레 미제라블
5

빅또르 위고

레 미제라블 5

이형식 옮김

펭귄클래식코리아

레 미제라블 5

1판 1쇄 발행 2010년 10월 25일
1판 20쇄 발행 2021년 7월 20일

지은이 | 빅또르 위고 옮긴이 | 이형식
발행인 | 이재진 단행본사업본부장 | 신동해 편집장 | 김경림
마케팅 | 이헌은 문혜원 홍보 | 최새롬 권영선 최지은
제작 | 정석훈 국제업무 | 김은정

브랜드 펭귄클래식코리아
주소 경기도 파주시 회동길 20 웅진씽크빅 단행본사업본부 펭귄클래식코리아
문의전화 02-3670-1024(영업)
홈페이지 www.wjbooks.co.kr
페이스북 www.facebook.com/wjbook
포스트 post.naver.com/wj_booking
발행처 ㈜웅진씽크빅
출판신고 1980년 3월 29일 제406-2007-000046호

Penguin Classics Korea is the Joint Venture with Penguin Random House Ltd.
Penguin and the associated logo are registered and/or unregistered trademarks of
Penguin Random House Limited. Used with permission.
펭귄클래식코리아는 펭귄랜덤하우스와 제휴한 ㈜웅진씽크빅 단행본사업본부의 브랜
드입니다. 펭귄 및 관련 로고는 펭귄랜덤하우스의 등록 상표입니다. 허가를 받아야만
사용할 수 있습니다.

이 책은 저작권법에 따라 보호받는 저작물이므로 무단 전재와 무단 복제를 금지하며,
책 내용의 전부 또는 일부를 이용하려면 저작권자와 ㈜웅진씽크빅의 서면 동의를 받아
야 합니다.

한국어판 ⓒ 웅진씽크빅, 2010

ISBN 978-89-01-11462-0 04800
ISBN 978-89-01-08204-2 (세트)

• 잘못된 책은 구입하신 곳에서 바꾸어 드립니다.
• 책값은 뒤표지에 있습니다.

차례

5부 장 발장

1편 시가전 · 11
2편 레비아탄의 내장 · 132
3편 진흙탕, 그러나 영혼 · 159
4편 궤도를 이탈한 쟈베르 · 218
5편 손자와 할아버지 · 235
6편 불면의 밤 · 280
7편 성배의 마지막 한 모금 · 316
8편 낙조 · 353
9편 최후의 어둠, 최후의 여명 · 373

옮긴이의 말 · 424
작가 연보 · 428
옮긴이 주 · 430

〈1권 차례〉
작가 서문 · 9

1부 팡띤느 · 11
 1편 의인 / 2편 전락 / 3편 1817년에
 4편 신뢰가 때로는 투항이다 / 5편 추락
 6편 쟈베르 / 7편 샹마튜 사건 / 8편 반격
옮긴이 주 · 450

〈2권 차례〉
2부 꼬제뜨 · 9
 1편 워털루 / 2편 전함 '오리온' / 3편 죽은 여인에게 한 약속의 이행
 4편 고르보의 누옥 / 5편 어둠 속 사냥에 나선 벙어리 사냥개 떼
 6편 쁘띠-삑쀠스 / 7편 여담 / 8편 묘지들은 주는 대로 받는다
옮긴이 주 · 391

〈3권 차례〉
3부 마리우스 · 9
 1편 빠리를 구성하는 원자 / 2편 상류 부르주와 / 3편 할아버지와 손자
 4편 아베쎄(ABC)의 친구들 / 5편 불운의 미덕들 / 6편 두 별의 만남
 7편 빠트롱-미네뜨 / 8편 못된 가난뱅이
옮긴이 주 · 357

〈4권 차례〉

4부 쁠뤼메 거리의 목가와 쌩-드니 거리의 영웅전 · 9

1편 역사의 몇 페이지 / 2편 에뽀닌느 / 3편 쁠뤼메 거리의 집

4편 지상의 도움이 천상의 도움 / 5편 끝이 시작을 닮지 않은 것

6편 소년 가브로슈 / 7편 은어 / 8편 환희와 절망

9편 그들은 어디로 가는가? / 10편 1832년 6월 5일

11편 원자가 폭풍과 친해지다 / 12편 코린토스

13편 마리우스가 어둠 속으로 들어가다

14편 절망의 위대함 / 15편 롬므-아르메 로

옮긴이 주 · 510

▶ 일러두기
1. 모든 외래어는 현지 발음에 가깝도록 표기하고, 라틴어는 고전 라틴어 발음 규범을, 고대 그리스어는 에라스무스의 발음 체계를 따랐다.
2. [f]음은 우리의 음운 체계에 존재하지 않는지라, 혼동 여지의 유무 및 인접한 철자와의 관련을 고려하여 [ㅎ]음이나 [ㅍ]음으로 표기했다.
3. 특정 교단들이 변형시켜 사용하는 어휘들(수단, 가톨릭, 그리스도, 모세 등)은 원래의 발음대로 적었다.(소따나, 카톨릭, 크리스토스, 모쉐 등)
4. 우리말 어휘들 중 많은 것들은 실제로 통용되는 형태를 취했다.(숫소, 생울타리, 우뢰 등)
5. 인(人), 어(語), 족(族), 해(海), 도(島), 산(産) 등처럼, 우리말 체계에서 독립적으로 사용되지 않는 말은 붙여 썼다. 반면, 강(江), 산(山), 섬[島], 길[路] 등처럼 독립적 활용이 가능한 말들은 떼어 썼다.

5부

쟝 발쟝

1편 시가전

1. 카륍디스와 스퀼레[1]

 사회적 질병을 관찰하는 사람이 가장 기억할 만한 두 바리케이드라고 언급할 수 있을 그것들은, 이 책에서 이야기하고 있는 사건이 일어나던 시기에 축조된 것들이 아니다. 둘 모두, 서로 다른 관점에서, 하나의 무시무시한 상황을 상징하던 그 바리케이드들은, 유사 이래 가장 대규모였던 시가전인 1848년 6월의 숙명적 봉기 당시, 땅에서 솟아오르듯 생겨났다.
 때로는, 절망한 대규모 집단, 즉 개새끼들 집단이, 극도의 고통과 실의와 결핍과 열병과 절망과 역한 냄새와 무지와 암흑의 밑바닥으로부터, 원칙들과 보통선거와 심지어 모든 이들에 의한 모든 이들의 정부까지 부정하며 항의를 하고, 더 나아가 하층민 집단이 온 국민을 상대로 싸움을 벌이는 경우가 발생한다.
 그리하여 거지들이 다수의 권리를 공격하고, 소수의 폭민(暴民)이 백성을 상대로 소요를 일으키기도 한다.
 모두 구슬픈 투쟁들이다. 그러한 광중에도 항상 얼마만큼이나마 정당한 권리가 있고, 그러한 투쟁에는 자살행위가 곁들여 있기 때문이다. 또한 '거지'니 '개새끼 집단'이니 '폭민'이니 '하층민'이니 하는 욕설들이 확인해 주는 것은, 애석하게도, 고통받는 이들의 잘못보다는 군림하는 이들의 잘못이다. 다시 말해, 아무것도 물려받지 못한 이들의 잘못보다는 특혜받은 이들의 잘못을 부각시켜 준다.

우리로서는 그러한 단어들을 입에 담을 때마다 한편 슬픔과 존경심을 느끼지 않을 수 없는 바, 그 단어들이 가리키는 현상들을 깊이 탐조할 때마다, 그 속에서, 비참함 곁에 나란히 있는 위대함들을 발견하기 때문이다. 아테네에는 중우(衆愚)정치가 있었다. 거지들이 홀랜드를 건설하였다. 하층민이 로마를 위기로부터 구출하기 한두 번이 아니다. 그리고 '개새끼들'[2]이 구세주 예수를 따랐다.

가끔이나마 사회의 밑바닥에 있는 관후함에 시선을 던지지 않는 사상가는 없다.

성자 히에로니무스가 다음과 같은 신비한 말을 하면서, 그는 틀림없이 그 개새끼들, 사도들과 순교자들을 배출한 그 모든 가엾은 사람들, 그 떠돌이들, 그 모든 비참한 사람들을 뇌리에 떠올렸을 것이다. "도시의 재강으로부터 세계의 법이 나온다."

고통받고 피 흘리는 그 무리의 격분, 자기들의 생명인 원칙에 순리를 거역하며 가하는 그들의 폭력, 법에 가하는 폭행 등은, 곧 백성이 국가를 전복시키려는 행위이며, 따라서 강력하게 억제되어야 한다. 올곧은 사람은 그러한 일에 성심껏 임하며, 그러한 군중에 대한 사랑 때문에 그들과 맞서 싸운다. 하지만 그렇게 맞서면서도 그 군중의 행위가 용서할 만하다는 것을 얼마나 절실히 느끼는가! 그러면서도 그 군중을 얼마나 존경하는가! 바로 그러한 순간이, 해야 할 일을 하면서도 당황할 수밖에 없고, 더 이상의 행동을 하지 못하게 하는 그 무엇을 느끼는, 희귀한 순간들 중의 하나이다. 그러나 버티며, 또 그래야 한다. 하지만 그렇게 만족감을 얻은 양심은 동시에 슬픔을 느낀다. 또한 그러한 의무의 이행에는 비통한 심정이 수반된다.

미리 서둘러 말해 두거니와, 1848년 6월의 사태는 매우 특이한 것으로, 역사 속에 어떻게 그것을 분류해야 할지 거의 불가능해 보인다. 자신의 권리를 요구하는 노동의 신성한 불안이 느껴지던 그 특이한 소요에 대해 언급하는 경우, 앞에서 사용하던 단어들은 제쳐두어야 할 것이다. 여하튼 그 소요는 진압해야 했다. 또한 그것이 의무였다. 왜냐하면 그 소요가 공화국에 대한 공격이었기 때문이다. 하지만 1848년 6월의 진정한 실체는 무엇이었을까? 그것은 백성이 자신을 상대로 일으킨 반란이었다.

주제가 시야에서 사라지지 않을 경우, 본론에서 이탈한 이야기란 없다. 따라서, 조금 전에 언급한, 유례가 없는, 그리고 그 소요를 특징지어 준, 두 바리케이드에 독자의 시선을 잠시 머물게 하는 것이 허락되기 바란다.

그 둘 중 하나는 쌩-앙뚜완느 구역 입구를 막고 있었다. 다른 하나는 땅쁠르 구역에로의 접근을 방해하고 있었다. 푸른 6월 하늘의 찬연한 대기 속에 우뚝 서 있던, 그 시가전의 두 걸작품을 정면에서 바라본 이들은, 그것들을 영영 잊지 못할 것이다.

쌩-앙뚜완느의 바리케이드는 거대한 괴물 같았다. 높이가 건물 사 층에 이르렀고, 폭은 칠백 삐에나 되었다. 그것이 그 구역의 한 귀퉁이로부터 다른 귀퉁이까지, 즉 세 길의 출구를 제방처럼 막고 있었다. 깊은 골들이 파이고, 조각나고, 톱니처럼 까끌까끌하고, 도끼로 이겨놓은 듯하고, 큰 폭으로 찢겨 너덜거리고, 보루와 같은 무더기들을 지주로 삼고, 여기저기 비죽비죽 솟아 나와 있고, 그 구역의 건물들로 형성된 곶(岬)들이 힘차게 등을 받쳐주고 있던 그 바리케이드가, 7월 14일의 장면을 목격한 그 무시무시한 광장[3] 안쪽에서, 거대한 제방처럼 솟구쳐 있었다. 어머니 격인 그 바리케이드 뒤로, 여러 길들 안쪽으로 들어가며 다른 바리케이드들 열아홉이 층층으로 겹쳐져 있었다. 그 바리케이드를 바라보고만 있어도, 그 구역의 광범위하고 단말마적인 고통이 그 극단에 이르러, 절망이 차라리 파국을 원하게 된 상태임을 느낄 수 있었다. 그 바리케이드가 무엇으로 구성되어 있었을까? 칠 층 건물 셋을 일부러 무너뜨려 축조하였다고 말하는 이들도 있었다. 반면 다른 이들은, 온갖 분노가 이루어낸 기적이라고 하였다. 그 바리케이드는 중오가 세운 모든 건축물의 면모를, 즉 폐허의 모습을 띠고 있었다. "누가 저것을 세웠지?" 그러한 질문을 던질 수 있는 동시에, 이렇게 물을 수도 있었을 것이다. "누가 저 꼴로 파괴했나?" 그것은 감정의 부글거림이 즉흥적으로 만들어놓은 작품이었다. "받아! 이 문짝도! 이 철망도! 이 뚜껑도! 이 창틀도! 이 깨진 난로도! 이 찌그러진 냄비도! 뭐든지 이리 주게! 가리지 말고 모두 던져 넣게! 밀게, 굴리게, 곡괭이로 쪼아 부수어 무너뜨리게!" 그것은 포석들과 석회, 대들보, 철 막대, 행주, 깨진 타일, 지푸라기 떨어져 나간 의자, 양배추 심, 넝마, 누더기, 그리고 저주 등의 합작품이었다. 그것은 거대하면서 동시에 왜소하였다. 그것은 대혼란이 즉석에서 우스꽝스럽게 모방해 놓은 심연이었다. 거대한 덩어리가 미세한 원자와 나란히 있었다. 벽 한 자락이 깨진 주발 옆에 있었다. 모든 부스러기들의 위협적인 제휴였다. 시쉬포스가 자기의 거대한 바위를 던져놓은 곁에 욥이 자기의 사금파리를 던졌다. 한마디로 무시무시했다. 그것은 거지들의 아크로폴리스[4]였다. 뒤집어 놓은 짐수레들이 비탈에 기복이 생기게 하였고, 큰 통들이 비스듬히 널려 있는가 하면, 하늘로 뻗쳐 있는 수레의 차축은, 그 소란스러운 앞면에 나 있는 칼자국 같았다. 그 사나운 축조물을 세운 건축가들이 그 무시무시한 것에 마치 장난기를 가미하려 한 듯, 무더기 꼭대기까지 힘껏 밀어 올린 합승마차 한 대가, 자기의 빈 채를 어떤 천마(天馬)에게 내밀고 있었다. 반란이 쌓은 충적토였던 그 거대한 덩어리는, 모든 혁명들에서 발견되는, 펠리온 산 위에 얹어놓은 오싸 산[5]의 모습을 연상시켰다. 즉, 1789년 위에 있는 1793년[6], 1792년 8월[7] 위에 있는 열월(熱月) 9일[8], 1793년 1월 21일[9] 위에 있는 무월(霧月) 18일[10], 목월(牧月)[11] 위에 있는 포도월[12], 1830년 위에 있는 1848년을 연상시켰다. 장소 또한 그만한 가치가 있어서, 그러한 바리케이드라면 바스띠유 감옥이 사라진 장소에 모습을 드러낼 자격을 갖추고 있었다. 만약 대양이 제방을 쌓는다면 아마 그러한 식으로 쌓을 것이다. 그 기괴한 무더기 위에 파도의 미친 듯한 노기가 인영(印影)되어 있었다. 무슨 파도였을까? 군중이라는 파도였다. 군중의 요란한 고함이 응고되어 있는 것 같았다. 난폭한 진보의 거대한 검은 꿀벌들이 자기네들의 벌통 위에 들러붙어 있기라도 한 듯, 그 바리케이드 위에서 끊임없이 붕붕거리는 소리가 들리는 것 같았다. 그것이 하나의 덤불이었을까? 박쿠스 축제의 현장이었을까? 하나의 요새였을까? 여하튼 일종의 도취경이 자신의 날갯짓으로 그것을 구축해 놓은 것 같았다. 그 각면 보루에 시궁창 같은 것이 섞여 있었고, 그 무질서함 속에 올림포스적인 그 무엇이 있었다. 절망감 가득한 그 혼합물 덩어리 속에서, 서까래들, 벽지 붙어 있는 지붕밑방 부스러기, 유리창과 함께 무더기 속에 처박힌 창틀들, 뽑힌 굴뚝들, 옷장들, 탁자들, 벤치들, 거지들의 허섭스레기를 비롯한 수천의 가난한 물건들이, 뒤죽박죽 아우성치며, 포격을 기다리고, 분노와 허무를 동시에 억제하고 있는 것이 보였다. 백성의 누더기라 할 만하였다. 목재, 철, 청동, 돌의 누더기, 쌩-앙뚜완느 구역이 거대한 비로 쓸어낸 누더기였다. 또한, 그 가난이 바리케이드를 이루고 있었다. 도마 비슷하게 생긴 덩어리들, 흩어진 쇠사슬들, 교수대의 말뚝 모양을 한 까치발 달린 구조물들, 무더기로부터 불거져 나와 수평으로 걸려 있는 바퀴들 등이, 그 아나르키아의 기념물에, 백성들이 감수하던 유구한 형벌의 음산한 형상을 섞어놓았다. 쌩-앙뚜완느의 바리케이드는 모든 것을 무기로 삼았다. 내란이 사회의 머리통을 노리고 던질 수 있는 모든 것이 그곳으로부터 불거져 나왔다. 그것은 전투가 아니라 절정에 달한 발작 증세였다. 그 각면 보루를 방어하던 총들 중에는, 사금파리나 뼈 부스러기들, 단추들, 심지어 룰렛 도박장에서 사용하던 구슬들까지 발사하는 나팔총들도 몇 정 있었고, 특히 룰렛 도박장 구슬들은, 그것이 구리로 만들어져 있어서 매우 치명적인 발사체였다. 그 바리케이드는 미치광이였다. 그것에서 터져 나오는 형언할 수 없는 함성이 구름에까지 닿았다. 이따금씩 스스로를 군중과 폭풍우로 뒤덮어 정부군에게 도전장을 보내기도 하였다. 활활 타는 듯한 머리들 무더기가 그 상단을 왕관처럼 치장하였다. 하나의 굼실거림이 그 속을 채웠다. 총들과 군도, 몽둥이, 도끼, 창, 대검 등이 상단에 가시처럼 돋아 있었다. 그 꼭대기에 거대한 붉은 깃발 하나가 바람을 받아 맹렬하게 펄럭이고 있었다. 명령을 내리는 고함 소리, 공격을 고취하는 호전적인 노랫소리, 우르릉거리는 북소리, 여인들의 흐느낌, 굶어 죽어가는 이들의 음산한 웃음소리 등도 들렸다. 어마어마하게 크되 살아 있었다. 그리고, 전류가 흐르는 짐승의 등에서처럼, 벼락이 탁탁 튀어 오르기도 하였다. 신의 음성과 흡사한 백성의 음성이 으르렁거리고 있던 그 꼭대기를, 혁명의 정령이 자신의 구름으로 뒤덮고 있었다. 티탄의 거대한 채롱이 쏟아놓은 듯한 그 건물 잔해로부터 기이한 장엄함이 발산되고 있었다. 그것은 쓰레기 더미이면서 동시에 시나이[13]였다.

  이미 앞에서 말한 바와 같이, 그 바리케이드는 대혁명의 이름으로 대혁명[14]을 공격하고 있었다. 우연, 무질서, 심한 불안, 오해, 미지의 존재 등으로 칭할 수도 있을 그 바리케이드가, 제헌의회, 백성의 주권, 보통선거, 국민, 공화국과 정면으로 대치하고 있었다. 마치 「까르마뇰」이 「라 마르세이예즈」에게 도전하는 격이었다.[15]

  무모한 도전이었으되 영웅적이었다. 그 고색창연한 구역이 곧 영웅이었기 때문이다.

  쌩-앙뚜완느 구역과 그 각면 보루가 서로 협력하고 있었다. 구역이 보루를 엄폐물로 삼았고, 보루는 구역에 기대었다. 그 거대한 바리케이드가, 아프리카 장군들[16]의 전략이 와서 부딪쳐 산산조각 났던 그 해안의 절벽처럼 포진하고 있었다. 바리케이드의 동굴들, 혹들, 무사마귀들, 척주후만증(脊柱後彎症) 등이 오만상을 찌푸리며 연기 속에서 낄낄거리고 있었다. 산탄을 퍼부어도 그 형체 모호한 것 속으로 잦아들 뿐이었다. 파편들이 그 속에 처박히고 삼켜져 심연 속으로 자취를 감추었다. 공 모양의 포탄들도 이미 있는 무수한 구멍들에 구멍을 낼 뿐이었다. 대혼돈에 포격을 가한들 무슨 소용 있겠는가? 그리하여, 전쟁의 사나운 풍경에 익숙한 보병 연대 병사들조차, 멧돼지처럼 거칠고 산처럼 거대한, 그 야수처럼 생긴 보루를 불안한 눈빛으로 바라보았다.

그곳으로부터 사분의 일 리으[17] 떨어진 곳, 즉 샤또-도(저수탑) 근처에서 대로와 이어지는 땅빨르 로 모퉁이에서, 상점 달마뉴의 진열창 때문에 생긴 귀퉁이로부터 과감하게 고개를 내밀어 보면, 멀리 운하 건너, 벨빌 언덕으로 올라가는 길, 그 비탈 꼭대기에, 건물 삼층 높이에 이르는 기이한 장벽 하나가 있었다. 길의 왼편에 있던 건물들과 오른편에 있던 건물들이 합쳐져 이루어진 구축물 같았다. 마치 길이 양쪽 건물들의 윗부분을 접어 문득 스스로 닫아버린 것처럼 보였다. 그 장벽은 포석들로 구축되어 있었다. 각도기를 사용하여 수평을 잡고, 먹줄로 선을 긋고 납으로 만든 추로 수직선을 정하면서 구축한 듯, 곧고, 정확하고, 엄정하며, 지면과 수직을 이루고 있었다. 시멘트는 사용하지 않은 것이 분명했으나, 로마 시대에 축조된 장벽들처럼, 그 엄격한 짜임새에 추호도 흔들림이 없었다. 그 높이로 보아 그 안쪽의 깊이가 짐작되었다. 벽의 상단 갓돌이 하단 토대와 정확히 평행을 이루고 있었다. 그 회색 표면에, 일정한 간격을 두고 검은 선이 그어진 것 같았는데, 그것은 육안으로 잘 보이지 않는 총안들이었다. 길에는, 아무리 멀리까지 훑어보아도, 인적이 없었다. 그 장벽이 길을 막다른 골목으로 만들어놓았고, 장벽은 꿈쩍도 하지 않으며 태연하였다. 아무도 보이지 않았고, 아무 소리도 들리지 않았다. 고함 소리 하나, 소음 하나, 숨소리 하나 들리지 않았다. 하나의 무덤이었다.

6월의 눈부신 태양이 그 무시무시한 물건 위로 밝은 빛을 쏟아 붓고 있었다.
 그것이 땅빨르 구역의 바리케이드였다.
 현장에 도착하여 그것을 목격하는 순간, 아무리 대담한 사람일지라도, 유령처럼 불쑥 나타난 그 신비한 물건 앞에서 생각에 잠기지 않기란 불가능하였다. 그것은 무엇에 꼭 맞춘 듯하였고, 틀에 넣어 떠낸 것 같았고, 비늘 모양으로 엮였고, 직선이었고, 균형 잡혀 있었으며, 음산하였다. 그곳에는 과학과 암흑이 함께 뒤섞여 있었다. 그 바리케이드 구축을 진두지휘한 사람이 기하학자이거나 유령이었을 것이라는 느낌이 들었다. 그것을 바라보면 음성을 낮춰 이야기할 수밖에 없었다.
 가끔 어떤 사람 하나가, 그 사람이 병사이건 장교이건 혹은 백성의 대표이건, 우연히 그 한적한 도로를 건너는 일이 생기면, 날카롭고 약한 휘파람 소리가 들리는 순간에, 그 행인이 부상을 당하거나 죽어서 땅바닥에 쓰러지곤 하였다. 혹은, 그 행인이 무사히 몸을 피할 경우, 닫힌 덧문이나 창틀과 창틀 사이의 석회석 혹은 석회 벽 등에 실탄 하나가 박히곤 하였다. 어떤 때에는 비스까야 산탄이 날아오기도 하였다. 바리케이드 안에 있던 사람들이, 한쪽 끝을 내화점토(耐火粘土) 및 뱃밥으로 막은 무쇠 가스관 두 토막을 가지고 작은 대포를 만들기도 하였기 때문이다. 그들이 화약을 허비하는 일은 없었다. 거의 모든 탄환이 명중되었다. 시신 몇 구가 여기저기 나뒹굴고 있었으며, 길바닥에 흥건히 고인 피도 보였다. 하지만 필자가 기억하거니와, 흰나비 한 마리는 그 길에서 태평스럽게 오가고 있었다. 여름은 어떠한 경우에도 양위하는 법이 없다.
 인근 다른 길들의 건물들 입구 그늘에는 부상병들로 가득했다.
 바리케이드가 있던 길로 들어서는 순간, 보이지 않는 사람이 자신을 조준하고 있다는 느낌을 받았으며, 그 길 전체가 과녁이라는 사실을 이내 깨닫곤 하였다.

 땅쁠르 구역 입구에서, 운하 위로 놓인 아치 모양의 다리가 만든 일종의 당나귀 등 뒤에 집결한 공격조 병사들이, 심각하고 생각에 잠긴 표정으로, 그 음산한 보루, 그것의 부동성, 그 무감각한 모습, 그 죽음이 발산되는 요새를 관찰하고 있었다. 그들 중 몇은, 배를 바닥에 깔고 굴곡 상단부까지 기어가기도 하였는데, 그들의 군모가 등성이 위로 드러나지 않도록 조심하였다.

 용감한 몽떼나르 대령이 몸서리를 치면서 그 바리케이드에 찬사를 보냈고, 곁에 있던 어느 의원에게 이렇게 말하였다. "기막히게 쌓았군요! 불거져 나온 포석이 단 하나도 없습니다. 표면이 도자기 같습니다." 그 말을 마치는 순간, 총탄 한 발이 그의 가슴에 있던 십자 훈장을 꿰뚫었고, 그는 그 자리에 쓰러졌다.

 "비겁한 놈들! 모습을 드러내봐! 어디 좀 보자! 감히 그러지 못하는군! 모두 숨었어!" 어떤 사람이 그렇게 투덜거렸다.

 하지만 땅쁠르 구역의 바리케이드를 지키던 사람은 팔십 명이었고, 일만 군사들의 공격을 받으면서도 사흘을 버티었다. 나흘째 되는 날, 자아차와 콘스탄티나[18]에서 쓰던 방법을 동원하여, 건물들에 구멍을 뚫고 지붕으로부터 공격하여, 바리케이드를 점령하였다. 그 '비겁한' 팔십 명 중 단 한 사람도 도망치지 않았고, 두령이었던 바르텔르미를 제외한 나머지 모든 사람들은 현장에서 죽임을 당하였다. 그 두령에 대해서는 뒤에 다시 이야기하고자 한다.

 쌩-앙뚜완느의 바리케이드가 천둥 같은 소동이었다면, 땅쁠르의 바리케이드는 고요 그 자체였다. 그 두 보루 사이에 차이가 있었다면, 하나가 어마어마한 반면, 다른 하나는 음산하였다는 점이다. 하나가 야수의 아가리에 흡사했던 반면, 다른 하나는 가면과 같았다.

 그해 6월의 거대하고 음산한 봉기에 일종의 노기와 수수께끼가 섞여 있다는 사실을 인정할 경우, 하나의 바리케이드 뒤에 용이 있음을, 다른 바리케이드 뒤에 스핑크스가 있음을 느꼈을 것이다.

그 두 요새는 각각 꾸르네라는 사람과 바르텔르미라는 사람에 의하여 축조되었다. 꾸르네가 쌩-앙뚜완느 요새를 축조하였고, 바르텔르미가 땅쁠르 요새를 축조하였다. 그 두 요새는 각각 그것을 축조한 사람의 모습 그 자체였다.

꾸르네는 신장이 큰 사람이었다. 또한 어깨가 우람하고 안색이 붉으며 무엇이든 가루로 만들어버릴 만한 주먹에, 심장이 당차고 의로운 영혼을 갖추었으며, 눈빛은 진지하고 무시무시했다. 불굴의 성격에 원기 넘치고 성마르며 질풍 같은 사람이었다. 가장 다정한 사람이로되 가장 무서운 투사였다. 전쟁과 싸움질과 백병전이 그가 즐겨 호흡하는 대기였고, 그 속에서만 흔쾌함을 느꼈다. 일찍이 그는 해군 장교였는데, 그의 몸짓과 음성만 보아도, 그가 대양과 폭풍우로부터 나온 사람임을 짐작할 수 있었다. 그는 전투에서 여전히 폭풍을 대동하였다. 당똥에게 신성(神性)을 제외한 헤라클레스적인 그 무엇이 있었던 것처럼, 꾸르네에게는 천재성을 제외한 당똥적인 그 무엇이 있었다.

깡마르고 연약하며 안색 창백한 데다 말이 없던 바르텔르미는 비극적 면모를 띤 소년이었는데, 어느 순경에게 따귀를 맞은 후, 그 순경의 동태를 살피며 기회를 엿보다가 순경을 살해하였으며, 그로 인해 나이 열일곱에 도형장으로 보내졌었다.

훗날, 두 사람 모두 추방되어, 그들이 런던에서 마주쳤는데, 운명의 장난이었던지, 바르텔르미가 꾸르네를 살해하였다. 두 사람 사이에 슬픈 결투가 있었던 것이다. 그 후 얼마 아니 되어 일종의 치정 사건에 말려들어 바르텔르미가 끔찍한 사건에 다시 연루되었는데, 프랑스의 사법이었다면 정상이 참작되었으련만, 잉글랜드의 사법은 사형 이외의 다른 결론을 내리지 못하여 그가 교수형에 처해졌다. 음울한 사회적 축조물은 그렇게 이루어지는 법, 물질적 결핍과 윤리적 미망으로 인하여, 단호하며 위대할 수도 있었을 지성을 갖추었던 그 불운한 존재가, 프랑스에서 도형장으로 끌려가는 것으로 시작하여, 잉글랜드에서는 교수대로 귀착되었다. 바르텔르미는 항상 같은 깃발만을 올렸던 바, 그것은 검은색 깃발[19]이었다.

2. 심연 속에서의 한담

소요에 대한 지하 교육에 있어 십육 년이란 상당히 소중한 세월이어서, 1848년 6월의 폭동은 1832년 6월의 폭동보다 훨씬 발전된 것이었다. 따라서, 샹브르리 골목에 있던 바리케이드는, 조금 전에 대략적으로 묘사한 그 두 거대한 바리케이드에 비할 때, 초벌그림 혹은 유충에 불과할지도 모르겠다. 하지만 당시에는 그것도 상당히 두려운 대상이었다.

반란에 가담한 이들은 앙졸라의 지도 아래 밤 시간을 최대한 활용하였다. 마리우스는 더 이상 아무 일에도 관심을 보이지 않았다. 밤 사이에 바리케이드가 보수되었을 뿐만 아니라 보강되었다. 두 뼈에쯤 더 높아졌다. 포석들 사이에 박아놓은 철 막대들이 마치 적을 겨누고 있는 창들 같았다. 사방에서 가져와 덧붙여 쌓아놓은 온갖 종류의 잔해들이 바리케이드의 외양을 더욱 어수선하게 만들었다. 그 보루의 내부는 담벼락처럼 다시 정비되었고, 외부는 덤불숲처럼 보였다.

포석들을 다시 쌓아 내부 계단을 만들었고, 요새의 성벽 상단에 올라가듯, 그 계단을 이용할 수 있게 되었다.

바리케이드 내부를 정돈하고, 선술집 아래층에 널려 있던 장애물들을 치우고, 부엌을 임시 야전병원으로 정하고, 부상자들을 치료하고, 바닥과 탁자 위에 흩어져 있던 화약을 조심스럽게 모으고, 탄환을 떠내고, 약포를 만들고, 천을 찢어 붕대를 만들고, 나뒹굴고 있던 무기들을 나누어 주고, 각면 보루 내부를 말끔히 청소하고, 흩어져 있던 조각들을 주워 모으고, 시신들을 치웠다.

시신들은 그들의 통제하에 있던 몽데뚜르 골목에 쌓아두었다. 그리하여 그곳의 포석들이 오랜 세월 후에도 붉은빛을 띠었다. 시신들 중에는 외곽 주둔군 소속 국민병들의 시신 네 구도 있었다. 앙졸라가 그들의 정복을 별도로 보관하라고 지시하였다.

앙졸라는 모든 사람들에게 두 시간씩 수면을 취하라고 권하였다. 앙졸라의 권고는 곧 군령이었다. 하지만 그 권고에 따라 휴식을 취한 사람은 서너 명에 불과했다. 훼이이는 그 두 시간을 이용하여, 선술집 맞은편 벽에 다음 구절을 새겼다.

모든 백성들 만세!

못으로 석회질 돌에 새긴 그 세 단어가 1848년까지도 그 벽에 선명히 남아 있었다.

세 여자는 야간의 휴전을 틈타 영영 자취를 감추었다. 덕분에 반란에 가담한 사람들도 한숨 돌리게 되었다. 그녀들은 나름대로 이웃 어느 집으로 피신할 방도를 찾아냈던 모양이다.

부상자들 대부분은 아직 더 싸울 수 있었고, 또 그러기를 원하였다. 임시 병원으로 탈바꿈한 부엌에 있던, 매트와 짚단으로 만든 침상에는, 중상자 다섯이 누워 있었는데 그들 중 둘은 빠리 경찰대원들이었다. 경찰대원들을 다른 부상자들보다 먼저 치료해 주었다.

술집 아래층 방에는 검은 천으로 덮은 마뵈프의 시신과 기둥에 묶인 쟈베르밖에 없었다.

"여기가 시신 안치실이군!" 앙졸라가 중얼거렸다.

그 방 안쪽, 촛불 한 가락이 겨우 밝혀 주고 있던 그 깊숙한 구석에, 시신을 모셔놓은 긴 탁자가 기둥 뒤에 수평으로 걸쳐놓은 막대기처럼 보였기 때문에, 서 있던 쟈베르와 눕혀져 있던 마뵈프가 일종의 십자가 형상을 이루고 있었다.

합승마차의 채는, 비록 충격에 손상을 입긴 했어도, 아직 꿋꿋이 버티고 서 있어, 그 끝에 깃발 하나를 걸 만하였다.

발설한 것은 반드시 실천하는, 지도자의 자질을 갖춘 앙졸라인지라, 그는 사살당한 노인의, 피에 젖은 상의를 그 채 끝에 매달았다.

더 이상 요기를 할 수 없게 되었다. 빵도 고기도 바닥이 나 있었다. 바리케이드 안에 있던 오십여 인이 그곳에 머문 지 열여섯 시간이나 되었던지라, 선술집의 보잘것없는 예비 식량이 모두 고갈되었다. 어떠한 바리케이드건, 어느 순간 문득, 메뒤즈 호의 뗏목[20]으로 변하게 되어 있다. 배고픔을 감수할 수밖에 없었다. 스파르타적으로 비장한 6월 6일이 시작되던 시각이었다. 그 시각, 쌩-메리 교회당 바리케이드에서는, 먹을 것을 달라고 아우성치는 전투원들에게, 그곳의 두령 쟌느가 이렇게 말하고 있었다. "무엇 때문에 먹으려 하나? 지금 시각 세 시일세. 네 시에는 우리 모두 죽을 것일세."

더 이상 먹을 것이 없었던지라, 앙졸라가 음주를 금하였다. 그는 포도주 마시는 것을 금지시킨 다음, 독주를 조금씩 나누어 주었다.

지하실에 밀봉된 포도주 열댓 병이 있었다. 앙졸라와 꽁브훼르가 그것들을 세심하게 살펴보았다. 다시 올라오면서 꽁브훼르가 말하였다.

"위슐루 영감의 아주 오래된 재고품이야. 그분이 식료품 상점 주인이셨거든."

"아주 좋은 포도주임에 틀림없어." 보쒸에의 말이었다. "그랑떼르가 자고 있는 것이 천만다행일세. 그가 잠에서 깨면 저 포도주병들을 구출하기가 지난할 걸세."

사람들의 불평에도 불구하고 앙졸라가 그 열다섯 병에 대해 촉수 금지령을 내렸고, 그것들에 신성함을 부여하여 아무도 감히 그것들에 손을 대지 못하도록, 그것들을 몽땅 마뵈프 영감의 시신이 누워 있던 탁자 밑으로 옮겨 놓았다.

새벽 두 시쯤 인원을 다시 점고해 보았다. 아직 서른일곱 명이 남아 있었다.

동녘이 밝아오기 시작하였다. 포석으로 쌓은 치조(齒槽) 모양의 구덩이에 있던 햇불을 껐다. 길 한가운데에 조성된 일종의 작은 안뜰과 같던 바리케이드의 내부가 어둠에 잠겼고, 어둠이 가져다주는 막연한 공포감 때문에, 파손되어 움직이지 못하는 선박의 갑판과 흡사하였다. 그 안에서 오가는 전투 요원들이 검은 형체들처럼 움직였다. 그 어둠 가득한 둥지 위쪽으로 건물들의 상층부들이 창백하게 모습을 드러내기 시작하였다. 맨 꼭대기에서는 굴뚝들이 더욱 창백해지고 있었다. 하늘은, 흰색일 수도 있고 푸른색일 수도 있는, 아직 확정되지 않은 매력적인 색조를 띠고 있었다. 그 속으로 새들이 행복한 고함을 지르며 날아다니고 있었다. 바리케이드 안쪽에 있던 높은 건물은, 동쪽을 향하고 있었던지라, 그 지붕이 분홍색 반사광을 받고 있었다. 그 건물 사 층의 작은 창문에서는, 새벽바람이 죽은 사람의 회색 머리카락을 마구 흩날리고 있었다.

"햇불을 꺼서 기분이 썩 좋군." 꾸르훼락이 훼이이에게 말하였다. "바람을 받아 겁에 질린 듯한 햇불이 마음에 거슬렸어. 잔뜩 겁을 집어먹은 꼴이었어. 햇불이 발산하는 빛은 겁쟁이들의 지혜와 흡사해. 햇불이란 떨고 있기 때문에 제대로 밝히지 못해."

여명은 새들뿐만 아니라 사람들의 오성도 깨운다. 모두들 이야기를 나누고 있었다.

빗물받이 홈통 위로 어슬렁거리는 고양이를 보고 쫄리가 제법 철학적인 결론 하나를 이끌어냈다.

"고양이란 무엇인가? 그것은 일종의 해독제야. 착한 신께서 생쥐를 만드신 직후 이렇게 말씀하셨지. '이런, 내가 멍청한 짓을 저질렀군.' 그러고는 고양이를 만드셨지. 고양이란, 이를테면 생쥐를 지우라고 만든 오식표(誤植表)이지. 생쥐와 고양이, 그것은 다시 검토하고 수정한 창조의 교정쇄(校正刷)야."

학생들과 노동자들에 둘러싸여 있던 꽁브훼르는, 쟝 프루베르와 바오렐, 마뵈프, 까뷕 등 죽은 사람들과, 앙졸라의 준엄한 슬픔에 대하여 이야기하고 있었다.

"하르모디오스와 아리스토게이톤, 브루투스, 케레아스, 스테파누스, 크롬웰, 샤를로뜨 꼬르데, 쌍드 등,[21] 그들 모두 거사 후에 극심한 고뇌를 겪었습니다. 우리의 심정이란 어찌나 흔들리기 쉬운지, 또한 인간의 생명이란 어찌나 신비로운 것인지, 비록 애국적인 살인이라 해도, 그리고 그러한 것이 있는지 모르지만, 해방을 위한 살인이라 해도, 사람을 죽였다는 회한이 인류에게 공헌하였다는 기쁨을 능가합니다."

그리고 무수한 강줄기들 뒤얽히듯 대화가 계속되었는데, 잠시 후, 꽁브훼르가 쟝 프루베르의 시에 대해 이야기하다가, 『농경시』의 여러 번역자들에 대한 논평으로 옮겨 갔다. 즉, 로를 꾸르낭에, 꾸르낭을 델릴르에 비교하였고, 특히 말휠라트르가 번역한 몇 구절을 지적하면서,[22] 카이사르의 죽음을 노래한 경탄할 만한 구절에 대해 언급하게 되었다. 그러다가, 카이사르라는 그 단어 때문에, 화제가 다시 브루투스에게로 옮겨 갔다. 꽁브훼르가 말하였다.

"카이사르가 쓰러진 것은 당연한 일이었습니다. 키케로가 카이사르를 평함에 있어 혹독하였으되, 그가 옳았습니다. 그의 혹독함은 비방이 아니었습니다. 조일로스[23]가 호메로스를, 마이비우스[24]가 비르길리우스를, 비제[25]가 몰리에르를, 포프[26]가 셰익스피어를, 후레롱[27]이 볼떼르를 비방하는 등의 행위는, 부러움과 증오라는 유구한 법칙의 발로입니다. 천재들에게는 욕설이 집중되고, 위인들에게는 거의 항상 짖어대는 개들의 소음이 뒤따릅니다. 하지만 조일로스와 키케로는 서로 본질이 다릅니다. 키케로는, 브루투스가 검을 든 재판관이었듯이, 사상으로 무장한 재판관이었습니다. 저 개인은 검이라는 형태의 재판을 규탄하지만, 먼 옛날에는 그것이 용인되었습니다. 루비코 강을 임의로 건널 수 없다는 원로원의 명령을 어긴 카이사르는, 시민에게서 비롯되는 작위들을 자기의 것인 양 멋대로 수여하였고, 원로원을 예우하지 않았으며, 에우트로피우스[28]의 말처럼, '하나의 왕이나 폭군 비슷하게' 처신하였습니다. 그가 위대한 인물이었음에는 틀림없습니다. 애석한 일인지 혹은 다행스러운 일인지는 모르되, 여하튼 그리하여 교훈은 그만큼 더 큽니다. 그의 몸 스물세 곳에 상처를 입었다는 사실이, 구세주 예수의 이마에 뱉은 가래만큼 저에게는 충격적이지 않습니다. 카이사르는 원로원 의원들의 칼에 찔린 반면, 구세주께서는 하인들로부터 따귀를 맞았습니다. 극도의 치욕을 감수하는 모습에서 신의 실체를 느낄 수 있습니다."

한쪽에 쌓아놓은 포석 무더기 위에서, 이야기하고 있는 사람들을 내려다보며, 그리고 한 손으로 기병총을 들어 보이며, 보쒸에가 소리쳤다.

"오, 퀴다테나이온[29]이여! 오, 뮈리노스[30]여! 오, 프로발린토스[31]여! 오, 아이안티도스[32]의 우아한 여인들이여! 오! 누가 나로 하여금, 라우리움[33]이나 에답테온[34]의 그리스인처럼, 호메로스의 구절들을 노래할 수 있도록 해줄 것인가!"

3. 빛과 어둠

앙졸라가 한 차례 정찰을 하러 나갔다. 그는 몽데뚜르 골목의 건물들을 따라 구불거리는 선을 그리며 밖으로 나갔다.

언급해 두거니와, 반란에 가담한 이들은 희망에 부풀어 있었다. 간밤의 공격을 물리친 것으로 인해, 그들은 새벽에 다시 가해 올 공격 역시 거의 하찮게 여기고 있었다. 그리하여 그 공격을 기다리며 미소를 짓고 있었다. 자신들의 명분을 의심하지 않는 것처럼 승리도 의심하지 않았다. 게다가 응원군이 틀림없이 올 것 같았다. 그렇게 믿고 있었다. 전투에 임하는 프랑스인들의 힘을 구성하는 요소들 중 하나인 승리에 대한 낙관적 예측으로, 그들은 이제 시작되려는 하루를 세 단계로 나누고 있었다. 아침 여섯 시에는 '선동된 연대' 하나가 몽땅 자기들 편으로 돌아설 것이고, 정오에는 빠리 전체가 들고 일어날 것이며, 해가 질 녘이면 혁명이 완수될 것이라는 것이었다.

지난밤부터 단 한순간도 멈추지 않은 쌩-메리 교회당의 경종 소리가 계속 들려오고 있었다. 그쪽에 있는 다른 큰 바리케이드, 즉 쟌느의 지휘하에 있는 바리케이드가 여전히 버티고 있다는 증거였다.

그러한 낙관적 예측들이, 무리와 무리들 사이에서, 즐거우며 동시에 무시무시한 속삭임 형태로 오갔으며, 그것은 하나의 꿀벌통에서 들리는 전쟁 개시 신호인 그 응웅거림과 흡사하였다.

앙졸라가 다시 모습을 드러냈다. 바깥의 어둠 속에서 참수리의 산책을 마치고 돌아오는 길이었다. 그는 팔짱을 끼고, 한 손을 자기의 입술 위에 얹어놓은 채, 그 즐거운 속삭임에 잠시 귀를 기울였다. 그러더니, 점점 밝아오는 하얀 아침 대기 속에서, 싱싱하고 발그레한 얼굴로 입을 열었다.

"빠리의 전군이 동원되었습니다. 그 군대의 삼분의 일이 지금 여러분들이 계신 이 바리케이드로 투입되었습니다. 게다가 국민병도 가세하였습니다. 보병 제5연대의 군모와 제6연대의 군기를 제 눈으로 확인하였습니다. 여러분들은 한 시간 이내에 공격을 받을 것입니다. 일반 백성들이 어제는 부글거렸으나, 오늘 아침에는 꼼짝도 하지 않습니다. 기다릴 것도, 기대할 것도, 더 이상 없습니다. 단 한 구역도, 단 한 연대도 없습니다. 여러분들은 버림받으셨습니다."

그러한 말이 웅성거리던 여러 무리 위로 떨어졌고, 폭풍우의 첫 빗방울이 꿀벌 떼 위에 떨어진 것과 같은 작용을 하였다. 모두들 벙어리가 되었다. 죽음이 날아다니는 소리가 들릴 듯한, 형언할 수 없는 적막의 순간이 잠시 흘렀다.

그 순간은 짧았다. 어떤 음성 하나가, 무리들 가운데로부터 앙졸라를 향하여 터져 나왔다.

"좋소이다. 바리케이드를 이십 뼤 높이로 쌓고, 우리 모두 그 속에서 버팁시다. 시민들이여, 시신들의 항변으로 맞섭시다. 국민이 공화파를 버려도 공화파들은 결코 국민을 버리지 않았음을 보여 줍시다."

그 말이, 개인적 불안감으로 형성되어 있던 고통스러운 구름을 걷어내고, 모든 이들의 사념을 명료하게 드러냈다. 그 말에 모두들 열광적으로 환호하였다.

그렇게 말한 사람의 이름은 끝내 알려지지 않았다. 노동자 차림의 이름 없는 사람, 미지의 사람, 잊혀진 사람, 어느 지나가던 영웅, 인간적 위기나 사회적 태동기에 끼어드는 그 위대한 익명의 인물, 그리고 어느 순간, 숭고한 억양으로 결정적인 말을 던진 다음, 그리고 번개의 빛 속에서 신의 백성을 잠시 대변한 다음, 깊은 어둠 속으로 사라지는 그러한 사람이었다.

그 준엄한 결심이 1832년 6월 6일의 대기 속에 어찌나 강렬하게 팽배되어 있었던지, 거의 같은 시각, 쌩-메리의 바리케이드에서도, 반란자들이 다음과 같이 힘차게 외쳤던 바, 그 역사적인 절규가 공판 기록에도 남아 있다. "누가 우리를 도우러 오건 오지 않건 그것이 무슨 상관인가! 이곳에서 마지막 한 사람까지 죽임을 당합시다."

보다시피, 두 바리케이드가 비록 물리적으로 분리되어 있었어도 서로 소통하고 있었다.

4. 다섯 사람 줄고, 한 사람 늘고

'시신들의 항변'을 제창한 이름 없는 사람의 발언이 공통의 영혼에 형태를 부여하자, 모든 입들로부터 기이하게 흔연하며 동시에 무시무시한 고함이 터져 나오는데, 그 의미는 음산했고 그 억양은 당당하였다.

"죽음 만세! 모두 여기에 남읍시다."

"왜 모두란 말이오?" 앙졸라가 이의를 제기했다.

"모두! 모두!"

앙졸라가 다시 말하였다.

"이곳 지형이 유리하고 바리케이드는 견고합니다. 따라서 이곳을 방어하는 데 서른 명이면 족합니다. 왜 마흔 명을 희생시켜야 합니까?"

그들이 대꾸하였다.

"아무도 이곳을 떠나려 하지 않기 때문이오."

그러자 앙졸라가 언성을 높이는데, 그의 음성에서 거의 역정이 난 듯한 전율이 느껴졌다.

"시민들이여, 우리의 공화국이 불필요한 낭비를 할 수 있을 만큼 인적자원을 충분히 확보하지 못하였습니다. 공명을 떨치려는 것은 일종의 낭비입니다. 만약, 이곳을 떠나는 것이 몇몇 분들의 의무라면, 그 의무 또한 다른 의무처럼 충실히 이행되어야 합니다."

원칙에 철저했던 앙졸라는, 자기의 동지들에 대해, 절대에서 발산되는 지상권을 행사하고 있었다. 그러나, 그 절대권에도 불구하고, 반발이 수그러들지 않았다.

손톱 끝까지 두령의 기질로 가득한 앙졸라가, 그러한 불평이 수그러들지 않음을 보고, 다시 위압적으로 말하였다.

"서른 명만 남는 것이 두려운 분은 그렇다고 말씀하십시오."

그러자 웅성거리는 소리가 더 커지더니, 무리 중 한 사람이 지적하였다.

"이곳을 떠난다는 것이 말하기는 쉽습니다. 그러나 이 바리케이드는 포위되어 있습니다."

"알 시장 쪽은 그렇지 않습니다." 앙졸라가 말하였다. "몽데뚜르 골목은 자유롭게 통행할 수 있으니, 그곳으로부터 뻬쉐르 골목을 거쳐 인노쌍 시장에 도달할 수 있습니다."

"그리고 그곳에서 잡히겠지요." 다른 사람의 말이었다. "틀림없이 정규군이나 외곽 주둔 국민병 부대의 전초 대원들의 수중에 걸려들 것입니다. 작업복 차림에 캡을 쓰고 지나가는 사람을 보면 그들이 이렇게 물을 것입니다. '너 어디에서 오는 길이야? 바리케이드에서 오는 길이지?' 그러면서 손을 내밀라고 할 것입니다. 그리고 손에서 화약 냄새가 나면 즉각 총살할 것입니다."

앙졸라가 아무 대꾸 하지 않고 꽁브훼르의 어깨를 툭 쳤다. 그러더니 두 사람이 함께 선술집 안으로 들어갔다.

잠시 후 그들이 다시 나왔다. 앙졸라는 그가 잘 보관해 두라고 했던 군복 네 벌을 두 손에 들고 있었다. 꽁브훼르는 군모들과 가죽 장비들을 들고 그의 뒤를 따라 나왔다. 앙졸라가 말하였다.

"이 군복을 입고 군인들과 섞여 있다가 도망치면 됩니다. 네 사람 분입니다."

그러면서 포석을 벗겨 낸 땅바닥에 군복 네 벌을 던졌다.

초연한 청중석에서는 아무 반응이 없었다. 그러자 꽁브훼르가 그들을 향하여 입을 열었다.

"보십시오, 조금이나마 연민을 가지셔야 합니다. 이 일이 누구와 연관된 것인지 압니까? 이것은 여인들과 직결된 문제입니다. 우리 생각해 봅시다. 여인들이 있습니까 혹은 없습니까? 아이들이 있습니까 혹은 없습니까? 어린것들이 우르르 달려드는 동안에도 발로 요람을 흔들어야 하는 어머니들이 있습니까 혹은 없습니까? 여러분들 중, 젖을 먹이는 여인을 한 번도 보시지 못한 분은 손을 들어보십시오. 아! 여러분들께서는 죽기를 원하십니다. 저 역시 마찬가지입니다. 그러나 저는 팔을 비비 꼬며 제 주위를 맴도는 여인들의 유령을 느끼고 싶지 않습니다. 죽으십시오. 좋습니다. 그러나 여러분들로 말미암아 다른 이들이 죽도록 하지는 마십시오. 이곳에서 이루어질 자살이 물론 숭고합니다. 그러나 자살이란 협소하며 확장되기를 원치 않습니다. 그것이 여러분들의 근친에 닿는 순간 그것은 곧 살인 행위가 됩니다. 어린 금발의 아이들과 백발의 노인들을 생각하십시오. 조금 전 앙졸라가 저에게 들려준 이야기를 들어보십시오. 그가 씨뉴 골목길 모퉁이에서 육 층의 초라한 창문에 밝혀 놓은 촛불을 보았는데, 밤을 지새우며 누구를 기다린 듯한 노파의 흔들거리는 머리가 유리창에 어려 있었다고 합니다. 아마 여러분들 중 어느 동지의 어머니일지도 모르겠습니다. 그러니 그분께서는 이곳을 떠나, 서둘러 모친 곁으로 가셔서 이렇게 말씀하십시오. '어머니, 저 돌아왔습니다!' 그리고 이곳 일은 염려하지 마십시오. 떠나시더라도 일에는 차질이 없을 것입니다. 노동을 하여 가족이나 근친을 돌보시는 분에게는 자신을 희생할 권리가 없습니다. 그것은 가족을 내팽개치는 행위입니다. 그리고, 딸들을 두신 분들과 누이들을 두신 분들! 생각해 보셨습니까? 여러분들이 스스로를 내던져 돌아가셨다고 합시다. 좋습니다. 그러면 내일은 어찌 되지요? 빵이 없는 소녀들, 생각만 하여도 끔찍합니다. 남자가 구걸할 때 여자는 몸을 팝니다. 아! 꽃으로 꾸민 모자를 쓰고, 노래를 부르고, 재잘거리고, 집 구석구석에 순결함이 넘치게 하고, 살아 있는 향기 같고, 이 지상 처녀들의 순결함으로 하늘에 천사들이 있음을 입증해 주는 그토록 우아하고 다정한 그 매력적인 존재들이, 그 쟌느가, 그 리즈가, 그 미미가, 여러분들에게 내려진 축복이며 자랑거리인 그 사랑스럽고 올곧은 여인들이, 장차 배고픔에 시달린다고 생각해 보십시오! 제가 여러분께 무슨 말씀을 할 수 있겠습니까? 인간의 살을 파는 장터가 있습니다. 하지만 유령이 된 후에는, 여러분의 떨리는 손이 그녀들의 주위를 속절없이 배회할 뿐, 그녀들이 그 장터로 들어서는 것을 막지 못할 것입니다! 거리를 생각해 보십시오. 행인들로 뒤덮인 길바닥을 생각해 보십시오. 가슴팍과 등이 드러난 옷차림으로 상점들 앞에서, 진흙탕 속에서, 오락가락하는 여인들을 생각해 보십시오. 그 여인들도 전에는 순결하였습니다. 여러분들에게 누이가 있다면, 그 누이들을 생각해 보십시오. 가난과 매춘과 순경들과 쌩-라자르 감옥을 생각해 보십시오. 그 섬세하고 아름다운 소녀들, 수줍음과 다정함과 아름다움의 그 연약한 경이로움들이, 5월의 라일락꽃들보다 더 싱싱한 그녀들이, 그 끔찍한 것들로 귀착될 것입니다. 아! 여러분들이 죽음을 자청하셨습니다! 그래서, 아! 이 세상에 아니 계십니다! 좋습니다. 하지만 여러분들은, 백성들을 왕권으로부터 피신시키고픈 열망 때문에 여러분의 딸들을 경찰의 손에 넘기시려 하십니다. 벗님들이시여, 조심하십시오, 연민을 가지십시오. 여인들, 그 가엾은 여인들, 우리들에게는 그녀들에 대해 심각하게 생각하는 습관이 결여되어 있습니다. 우리들은 여자들이 남자들만큼 교육받지 못한 점에 안심합니다. 그리고 여자들은 읽지도 못하게 하고, 생각도 못하게 하며, 정치에 관심을 갖지 못하도록 합니다. 하지만 오늘 저녁, 그녀들이 시체 공시장에 가서 여러분들의 시신을 확인하려 하는 것을 막으실 수 있겠습니까? 잘 들으십시오. 가정이 있는 분들께서는 그 가정의 착한 일원이 되시어, 이제 저희들과 악수를 나눈 다음 이곳을 떠나셔야 합니다. 그리고 저희들이 이곳 일을 마무리 짓도록 내버려 두십시오. 이곳을 떠나기란 어려운 일, 따라서 그 일을 결행하려면 용기가 필요함을 잘 압니다. 하지만 어려운 일일수록 그만큼 가치도 큽니다. 어떤 분은 이렇게 말씀하실 것입니다. '나에게는 총이 있고, 바리케이드 안에 들어와 있으니, 안됐지만 할 수 없지, 그냥 여기에 남겠어.' 그렇게 말씀하시기는 쉽지만, 벗님들이시여, 내일이라는 것이 있는데, 여러분들께서는 그 내일에 이르지 못할 때 여러분의 가족들은 그곳에 도달할 것입니다. 그들이 감당해야 할 고통을 생각해 보십시오! 볼이 사과처럼 발그레하며 건강하고 귀여운 아이 하나가 있다고 생각해 보십시오. 재잘거리고 떠들며 웃는, 그리고 볼에 키스하면 따뜻한 감촉이 느껴지는 그 아이가, 버림을 받았을 때 어찌 되는지 아십니까? 아주 작은 그러한 아이를 제가 본 적이 있습니다. 아이의 아버지가 세상을 떠났습니다. 가엾은 사람들이 불쌍히 여겨 아이를 거두어 길렀습니다. 하지만 그들에게는 자신들이 먹을 빵도 없었습니다. 아이는 항상 배고픔에 시달렸습니다. 어느 해 겨울이었습니다. 아이가 보채거나 울지도 않았습니다. 아이는 불도 피우지 않는 난로 곁으로 다가가곤 하였는데, 난로의 연통 틈들은 황토로 메워져 있었습니다. 아이가 그 어린 손가락으로 황토를 조금 떼어서 먹곤 하였습니다. 어느 날 문득 아이의 숨결이 거칠어지더니, 얼굴이 창백해지며, 다리가 흐느적거리고, 배가 불룩해졌습니다. 아무 말도 하지 않고, 말을 시켜도 응답이 없었습니다. 죽어가는 아이를 네크르 구호소로 급히 데려왔습니다. 제가 그 시절 그 구호소의 수련의였기 때문에 아이를 볼 수 있었습니다. 아이는 곧 숨을 거두었습니다. 이제, 여러분들 중에 혹시 아버지들이 계시면, 일요일마다 다정하고 굳센 손으로 아이의 어린 손을 잡고 산책하는 것을 행복으로 여기는 아버지들이 계시면, 제가 이야기하고 있는 아이가 자신의 아이라고 각자 상상해 보시기 바랍니다. 지금도 그 가엾은 어린것이 저의 눈앞에 있는 듯 생생히 뇌리에 떠오릅니다. 아이를 벗겨 해부대 위에 올려놓았을 때, 피부 밑에 있던 갈비뼈들이 마치 어느 묘지의 풀에 덮인 구덩이들처럼 부각되었습니다. 위 속에서는 진흙 덩이 같은 것이 발견되었고, 치아 사이에는 재가 끼어 있었습니다. 자, 이제 우리 정직하게 우리들 자신의 내면을 응시하고, 우리의 심정으로부터 조언을 구합시다. 통계에 의하면, 버림받은 아이들의 사망률이 55퍼센트에 이른다고 합니다. 반복해 말씀드리거니와, 이것은 여인들과 어머니들과 소녀들과 아이들의 문제입니다. 지금 우리가 여러분 이야기를 하고 있는 것입니까? 여러분들께서 어떤 분들인지는 잘 압니다. 여러분 모두 용감하신 분들임은 잘 압니다! 진정입니다! 모두들 영혼 속에, 위대한 명분을 위하여 목숨을 바치는 기쁨과 영광을 간직하고 계심을 잘 압니다. 여러분 모두, 자신이 유익하고 장엄하게 죽게끔 선택되었다고 느끼시며, 각자 자기 몫의 승리를 귀중하게 여기신다는 사실 또한 잘 알고 있습니다. 행운을 빕니다. 그러나 여러분들이 이 세상에 홀로 사시는 것이 아닙니다. 생각하셔야 할 다른 사람들이 있습니다. 이기적이시면 아니 됩니다."

모두들 침울한 기색으로 고개를 떨구었다.

그 지극히 숭고한 순간에 드러나는 심정의 기이한 모순이여! 그러한 말을 하던 꽁브훼르는 고아가 아니었다. 그는 다른 이들의 어머니들을 생각하면서, 정작 자신의 어머니는 까맣게 잊고 있었다. 그는 자신의 목숨을 바치려 하고 있었다. 그가 '이기적'이었다.

아무것도 먹지 않아 공복이었고, 열에 들떠 있었고, 모든 희망을 연속적으로 버렸고, 슬픔 속에 좌초하였고, 가장 암울한 실패를 겪었고, 온갖 걱정에 시달린 후, 종말이 다가옴을 느끼고 있던 마리우스는, 스스로 받아들인 숙명적인 시각에 앞서 항상 전조 증세로 나타나는 환상으로 인한, 그 혼미함 속으로 점점 더 깊이 빠져들어 가고 있었다.

어떤 생리학자가 그곳에 있었다면, 이미 과학에 의해 밝혀지고 분류된, 열에 들뜬 듯한 그 전념 상태의 점증하는 징후를 발견하였을 것인 바, 고통에 수반되어 나타나는 그 증세는, 쾌락에 병행되어 나타나는 관능의 절정 상태와 유사하다. 절망 또한 자기 나름대로의 도취경을 가지고 있다. 마리우스가 그러한 상태에 들어가 있었다. 그는 모든 것을 마치 밖에서 바라보듯 하였다. 그리하여, 이미 언급한 바와 같이, 그의 목전에서 일어나고 있던 일들이 까마득히 멀리 보였다. 전반적인 것이 대략 시야에 들어오긴 하나, 구체적인 부분들이 전혀 보이지 않았다. 오가는 사람들의 모습이 어른거리는 불길 같은 것 사이로 보였다. 사람들의 음성이 마치 심연 밑바닥으로부터 올라오는 것처럼 들렸다.

하지만 한 가지 점이 그를 감동시켰다. 그 장면에, 그에게까지 꿰뚫듯 도달하여 그를 일깨운 뾰족한 것 하나가 있었다. 그에게는 오직 한 가지 생각밖에, 즉 죽어야 한다는 생각밖에 없었고, 그 생각으로부터 벗어나기를 원치 않았다. 하지만 그 구슬픈 몽유병 같은 최면 상태 속에서도, 자신이 죽으며 다른 사람을 구출하는 것이, 금지된 일은 아니라고 생각하였다.

그가 목소리를 높였다.

"앙졸라와 꽁브훼르의 말이 옳습니다. 불필요한 희생은 아니 됩니다. 저는 그 두 사람과 견해를 같이합니다. 또한 이제 서둘러야 합니다. 꽁브훼르가 여러분께 결정적인 말씀을 드렸습니다. 여러분들 중에는 어머니, 누이, 아내, 아이들 등, 가족을 두신 분들이 계십니다. 그러한 분들은 대열에서 빠지십시오."

아무도 움직이지 않았다.

"결혼을 하여 가정을 돌봐야 할 처지에 계신 분들은 한쪽으로 비켜서십시오!" 마리우스가 말하였다.

그의 권위가 상당히 컸다. 앙졸라가 바리케이드의 두령임에는 틀림없었지만, 마리우스가 바리케이드를 구출하였기 때문이다.

"명령입니다!" 앙졸라가 언성을 높였다.

"제발!" 마리우스가 덧붙였다.

그러자, 꽁브훼르의 연설에 감동하고, 앙졸라의 명령에 움찔하였음인지, 그리고 다시 마리우스의 간곡한 권유에 마음이 흔들렸음인지, 그 영웅적인 사람들이 서로의 처지를 고발하듯 폭로하기 시작하였다.

"옳은 말씀이야. 자네는 한 가정의 아버지야. 그러니 어서 떠나."
어느 젊은이가 다른 남자에게 말하였다.

"돌아가야 할 사람은 자네일세. 자네는 누이 둘을 부양하고 있으니 말이야." 남자의 반격이었다.

그리하여 전대미문의 다툼이 시작되었다. 무덤의 문밖으로 쫓겨나지 않으려는 싸움이었다.

"서두릅시다. 십오 분 후에는 매사 끝입니다." 꾸르훼락이 재촉하였다.

"시민들이여, 이곳이 곧 공화국입니다. 따라서 이곳을 지배하는 것은 보통선거입니다. 여러분께서 직접 떠나야 할 분들을 지명하십시오." 앙졸라가 제안하였다.

모두들 그 제안에 따랐다. 잠시 후, 다섯 사람이 만장일치로 지명되었고, 그들이 대열에서 나왔다.

"다섯 분이야!" 마리우스가 소리쳤다.

군복이 네 벌밖에 없었기 때문이다.

"그러면 우리들 중 하나는 남아야지." 다섯 사람이 일제히 말하였다.

그리하여 누가 남아야 하는지, 또 다른 사람은 왜 남지 말아야 하는지 등을 놓고, 그 착한 다툼이 다시 시작되었다.

"자네에게는 자네를 사랑하는 아내가 있어."

"자네에게는 늙으신 어머니가 계셔."

"자네의 부모님 두 분 다 아니 계시는데, 그 어린 세 동생들이 장차 어찌 되겠는가?"

"자네는 어린 자식 다섯을 둔 가장일세."

"자네에게는 살 권리가 있네. 자네의 나이 겨우 열일곱이야. 죽기에는 너무 일러."

그 큰 바리케이드들은 온갖 영웅주의의 약속 장소였다. 있을 수 없을 듯한 일들도 그곳에서는 지극히 평범해 보였다. 그리하여 그곳에 있던 사람들은 자신들의 그러한 모습에 서로 놀라지 않았다.

"서두르시오." 꾸르훼락이 다시 재촉하였다.

여러 사람들이 마리우스에게 소리쳐 말하였다.

"남을 사람을 당신이 지목하시오."

"그래요, 고르시오. 우리는 당신의 뜻에 따르겠소." 다섯 사람이 동시에 말하였다.

마리우스는 자신이 그 어떠한 일에도 동요될 수 없을 것이라 믿고 있었다. 그러나, 한 사람을 골라 죽음의 길로 들어서도록 해야 한다는 생각에, 그의 모든 피가 심장으로 역류하였다. 그가 더 이상 창백해질 수 있었다면 아마 그랬을 것이다.

그가, 자기를 바라보며 미소 짓고 있던 다섯 사람 앞으로 다가섰다. 그러자, 먼 옛날 역사 속에서, 테르모퓔라이 협곡[35]에서 볼 수 있었을, 그 위대한 불꽃을 눈에 가득히 담은 채, 각자 소리쳤다.

"나요! 나! 나!"

그러자 마리우스가 바보처럼 그들의 수를 헤아렸다. 여전히 다섯이었다! 그러더니 군복 네 벌을 물끄러미 내려다보았다. 바로 그 순간, 마치 하늘에서 내려오기라도 한 듯, 군복 한 벌이 그 네 벌 위로 떨어졌다. 다섯 번째 사람이 구출된 것이다.

마리우스가 얼굴을 쳐들었고, 그 순간 포슐르방 씨를 발견하였다. 쟝 발쟝이 막 바리케이드 안으로 들어서는 길이었다.

미리 알아보았는지, 본능에 이끌렸는지, 혹은 우연이었는지 알 수는 없으되, 여하튼 그는 몽데뚜르 골목을 따라 그곳에 도착하였다. 그가 입고 있던 국민병 복장 덕분에, 그는 별 어려움 없이 모든 거리를 지나올 수 있었다.

몽데뚜르 골목에 있던 파수꾼은, 국민병 한 사람 때문에 소란을 피울 계제가 아니라고 생각하였다. 그는, 그 국민병이 자기들을 도우러 온 사람이거나, 그렇지 않을 경우 포로가 될 것이라 생각하고, 골목으로 들어가게 내버려 두었다. 보초가 그러한 일 따위로 자기의 임무나 초소에서 눈을 잠시나마 돌리기에는, 그 순간이 너무 심각하였다.

쟝 발쟝이 보루 안으로 들어설 때에는 아무도 그를 보지 못하였다. 모든 눈들이, 선정된 다섯 사람과 네 벌 군복 위로 쏠려 있었다. 쟝 발쟝은 모든 것을 보고 들은 후, 군복을 조용히 벗어 다른 것들 위로 던졌다.

그 순간의 놀라움은 형언할 수 없을 지경이었다.

"저 사람 누구야?" 보쒸에가 물었다.

"다른 사람들을 구출하는 사람이지." 꽁브훼르의 대꾸였다.

마리우스가 심각한 음성으로 덧붙였다.

"내가 저 사람을 잘 알아."

그 정도의 보증이면 모든 사람들이 안심할 수 있었다. 앙졸라가 쟝 발쟝을 향해 말하였다.

"시민이시여, 잘 오셨습니다."

그리고 다시 한마디 하였다.

"우리 모두 죽으리라는 것도 아실 것입니다."

쟝 발쟝은 아무 대꾸 하지 않고, 자기가 구출한 사람이 군복을 입도록 도와주었다.

5. 바리케이드 위에서 바라본 지평선

 그 운명적인 시각에, 그리고 그 준엄한 장소에서, 모든 사람들의 심정이 앙졸라의 극도로 깊은 우수로 요약되어 표출되었다.
 앙졸라는 자신 속에 혁명의 완전무결한 형태를 간직하고 있었다. 하지만, 절대적인 것도 그럴 수 있듯이, 그 역시 완벽하지 못하였다. 그는 지나치게 쌩-쥐스뜨 쪽에 치우쳐 있었고, 아나카르시스 클루츠[36]의 특성은 충분히 갖추지 못하고 있었다. 그러나 '아베쎄의 친구들'이라는 단체에 가입한 덕분에, 그의 영혼이 꽁브훼르의 생각으로부터 자성(磁性)을 받아, 얼마 전부터는 교조적 편협한 형태로부터 조금씩 빠져나와, 진보의 확장 쪽으로 옮겨 가기 시작하였으며, 결국 프랑스적 위대한 공화국을 광대한 인류의 공화국으로 변형시키는 것이 최종의 장엄한 혁명이라는 점을 받아들이게 되었다. 하지만 격렬한 상황에 처했을 경우, 즉각 동원하는 수단의 선택에 있어, 그는 그 수단이 격렬하기를 원했다. 그 점에 있어서는 그가 변하지 않았다. 그리하여 '93년'[37]이라는 말로 요약될 수 있는 그 영웅전 같고 무시무시한 혁명파의 전통을 간직하고 있었다.
 앙졸라는, 팔꿈치 하나를 자기의 총에 기댄 채, 포석들로 쌓은 층계 위에 서 있었다. 그는 깊은 생각에 잠겨 있다가, 문득 어떤 숨결이 그를 스치고 지나간 듯, 몸을 파르르 떨었다. 죽음이 있는 곳에는, 델포이 신전의 무녀가 앉아 신탁을 기다리던, 그 삼각의자 주위에 있던 것이 감돈다. 내면으로 향한 시선 가득한 그의 눈동자로부터, 일종의 억제된 불길이 치솟고 있었다. 그가 문득 자신의 머리를 번쩍 쳐들었다. 그의 금발이 뒤로 흩어져 내리는데, 별들로 만든 음산한 사두 이륜 전차를 탄 천사의 모발처럼 펄럭이는 머릿결은, 아우레올라의 불꽃 모양으로 뻗친 사자의 갈기와 흡사하였다. 앙졸라가 문득 음성을 높였다.

"시민들이여, 여러분께서는 미래를 상상해 보셨습니까? 도시들마다 길에 빛이 가득할 것입니다. 모든 집들의 문간에 푸른 가지들이 무성할 것입니다. 모든 국가들이 자매들 같고, 사람들이 모두 의롭고, 노인들이 아이들에게 축복을 내리고, 과거가 현재를 사랑하고, 사상가들이 한껏 자유롭고, 신도들이 완벽하게 평등하고, 하늘을 믿고, 신이 곧 사제이고, 인간의 양심이 곧 제단이고, 더 이상 증오가 존재하지 않고, 공장과 학교가 깊은 우의로 맺어지고, 처벌과 포상이 명백하고, 모든 이들에게 일거리가 있고, 모든 이들이 권리를 누리고, 모든 이들 위에 평화가 임하고, 더 이상 피를 흘리지 않고, 전쟁도 없을 것이며, 어머니들은 행복할 것입니다! 질료적 세계를 제어하는 것이 첫걸음이라면, 이상을 실현하는 것은 그다음 단계입니다. 진보가 이미 이룩해 놓은 것을 숙고해 보십시오. 먼 옛날, 태초의 인간들은, 수면 위에서 휙휙 거센 숨을 내뿜던 휘드라, 불을 토하던 용, 참수리의 날개와 호랑이의 발톱을 가지고 하늘을 날던 그리푸스 등, 인간보다 강했던 그 무시무시한 짐승들을 보고 두려움에 사로잡히곤 하였습니다. 하지만 인간은 자신이 고안한 덫, 지성의 신성한 덫을 놓아, 그 괴물들을 모두 잡아버렸습니다.[38]

우리는 휘드라를 제압하였습니다. 그것을 일컬어 증기선이라 합니다. 또한 기차라고 하는 용도 제압하였습니다. 그리고 그리푸스도 제압할 단계에 이르렀고, 이미 그것을 우리 손으로 잡고 있는 바, 그것을 일컬어 기구(氣球)라고 합니다. 그 프로메테우스적 과업이 이룩되는 날, 그리하여 휘드라, 용, 그리푸스라는 머리 셋 달린 그 태곳적 키마이라를 영원히 인간의 의지에 따라 제어하는 날, 인간은 물과 불과 대기의 주인이 될 것이며, 모든 생물체에 대하여, 태곳적 신들이 인간에게 행사하던 권리를 행사하게 될 것입니다. 용기를 가지십시오. 그리고 전진하십시오! 시민들이여, 우리가 지금 어디로 가고 있습니까? 정부라는 형태를 갖춘 지식, 유일한 공공의 힘으로 집약된 뭇 사물의 힘, 자신 속에 제재와 처벌 장치를 갖추고 오직 명백함만으로 자신을 공표하는 자연법, 태양의 떠오름에 상응하는 진리의 떠오름 등을 향하여 가고 있습니다. 무수한 민족들과의 제휴, 인간의 단결을 향하여 가고 있습니다. 더 이상의 허구도, 더 이상의 기생충들도 용납되지 않을 것입니다.[39] 진실에 의해 다스려지는 현실, 그것이 우리들의 지향점입니다. 문명이 유럽의 정상에서 회합을 가질 것이고, 그다음에는 여러 대륙의 중심에 있는 거대한 지성의 전당에서 모일 것입니다. 유사한 것이 이미 있었습니다. 암픽티오네스[40]들은 매년 두 차례 회합을 가졌는데, 한 번은 신들의 장소인 델포이에서, 다른 한 번은 영웅들의 장소인 테르모퓔라이 협곡에서 모이곤 하였습니다. 장차 유럽은 자신의 암픽티오네스들을, 그리고 지구 역시 자신의 암픽티오네스를 파견할 것입니다. 프랑스가 그 숭고한 미래를 품고 있습니다. 그것이 바로 19세기가 배태하고 있는 과업입니다. 일찍이 그리스가 초벌 그려놓은 그것을 프랑스가 완성시킬 만한 가치가 있습니다. 내 말 잘 들어보시게, 그대 훼이이, 용감한 노동자여, 백성의 아들이여, 만백성의 아들이여. 나는 자네에게 경의를 표한다네. 그래, 그대는 미래를 선명히 보고 있어, 그래, 그대가 옳아. 자네에게는 아버지도 어머니도 아니 계시지, 훼이이. 자네는 인류를 어머니로 받아들였고, 권리를 아버지로 받아들였네. 자네는 여기에서 죽을 걸세. 다시 말해, 승리할 걸세. 시민들이여, 오늘 무슨 일이 닥치든, 우리가 패하든 승리하든, 그것을 통하여 우리가 수행할 것은 혁명입니다. 화재가 온 도시를 밝히듯, 혁명들은 인류 전체를 밝힙니다. 그리고 오늘 우리가 수행할 것이 어떤 혁명입니까? 이미 조금 전에 제가 언급한 바와 같이, 그것은 진실의 혁명입니다. 정치적 관점에서는 오직 하나의 원칙밖에 없습니다. 그것은 인간이 자신에게 행사하는 지상권입니다. 자아에 대하여 자아가 갖는 지상권을 가리켜 자유라고 합니다. 그러한 지상권들이 둘 혹은 여럿이 연합할 때 국가가 시작됩니다. 하지만 그 연합에는 어떠한 포기도 없습니다. 다만, 각 지상권이 자신의 일정량을 스스로 양보하여 공동의 권리를 형성합니다. 그 양보된 일정량은 모든 사람의 것이 균등합니다. 모든 사람들을 위하여 각 사람이 스스로에게 허용하는 양보의 동일성을 가리켜 평등이라고 합니다. 공동의 권리란 다른 것이 아니라, 각 사람의 권리를 밝게 비추어주는 모든 사람들의 보호일 뿐입니다. 각 개인에게 드리워진 그 모든 사람들의 보호를 가리켜 박애라고 합니다. 집합된 그 모든 지상권들의 교차점을 가리켜 사회라고 합니다. 그 교차점은 하나의 접합점인지라, 그것은 곧 하나의 매듭입니다. 흔히 사회적 끈이라고 하는 말은 그 매듭에서 비롯된 것입니다. 어떤 이들은 사회적 계약이라고 합니다. 계약이라는 말이 어원적으로는 끈이라는 개념으로 형성되었기 때문에, 결국 같은 말입니다. 여기에서 평등이라는 것에 대해 그 의미를 분명히 해둘 필요가 있을 것 같습니다. 왜냐하면, 자유가 사회의 정점인 반면 평등은 사회의 토대이기 때문입니다. 시민들이여, 평등이란 모든 식물의 키가 같아야 한다는 뜻이 아닙니다. 키 큰 풀과 키가 같은 작은 떡갈나무로 이루어진 사회를 가리키는 말이 아닙니다. 서로 거세하기에 여념이 없는 질투들이 이웃해 있는 현상을 가리키는 말이 아닙니다. 그것은, 공민권적 측면에서, 모든 능력이 같은 기회를 부여받고, 정치적으로는 모든 유권자의 투표지가 같은 무게를 가지며, 종교적으로는 모든 양심이 같은 권리를 향유한다는 뜻입니다. 평등을 보장하기 위한 하나의 장치가 있는 바, 그것은 무상으로 제공되는 의무교육입니다. 문맹 상태에서 벗어날 권리, 다른 그 무엇에 앞서 그 권리부터 확보해 주어야 합니다. 모든 사람들에게 의무적으로 부여되는 초등학교 교육, 모든 사람들에게 권고되는 중등학교 교육, 그것이 바로 법입니다. 동등한 학교로부터 평등한 사회가 나옵니다. 그렇습니다, 교육입니다! 빛입니다! 모든 것은 빛에서 오고 또 그곳으로 돌아갑니다. 시민들이여, 우리의 19세기는 위대하지만, 20세기는 행복할 것입니다. 그때에는 낡은 역사를 닮은 것이 더 이상 없을 것입니다. 정복, 침략, 찬탈, 국가들 간의 무력 대결, 어느 왕의 혼인으로 인한 문명의 중단 사태, 세습적 폭정의 탄생, 국제적 협잡에 의한 민족들의 분열, 왕조의 붕괴에 뒤따르는 나라의 분할, 무한의 다리 위에서 마주친 어둠의 두 숫염소처럼 정면으로 부딪치는 두 종교의 싸움질 등, 오늘날 우리가 두려워하는 그따위 것들이 더 이상 없을 것입니다. 기아, 착취, 절망에서 비롯된 매춘, 실업으로 인한 극빈 상태, 처형대, 검, 전투, 사건들의 숲 속에서 벌어지는 온갖 약탈 행위 등을 더 이상 근심하지 않게 될 것입니다. 거의 이렇게 말할 수 있게 될 것입니다. '더 이상 사건은 없을 거야.' 모두들 행복해질 것입니다. 지구가 자기의 법칙을 따르듯, 인류 또한 자기들의 법을 충실히 이행할 것입니다. 영혼과 천체 사이의 조화가 다시 확립될 것입니다. 천체가 빛 주위를 선회하듯,[41] 영혼은 진리의 인력에 이끌려 그 둘레를 선회할 것입니다. 벗님들이여, 우리가 살고 있는 이 시각, 제가 그대들에게 말하고 있는 이 순간은 몹시 암울합니다. 하지만 이것은 미래를 얻기 위하여 지불하는 대가입니다. 하나의 혁명이란 통행세입니다. 오! 인류는 해방되고 다시 일으켜 세워져 위안받을 것입니다! 우리는 이 바리케이드 위에서 인류에게 그것을 약속하고 있습니다. 희생의 꼭대기에서가 아니면, 어디에서 사랑의 고함을 지르겠습니까? 오, 내 형제들이여, 이곳이 바로 생각하는 이들과 고통받는 이들의 합류 지점입니다. 이 바리케이드를 구성하고 있는 것은 포석도, 대들보도, 철물도 아닙니다. 이 바리케이드는 두 무더기로 구성되었는 바, 그것들은 이념의 무더기와 고통의 무더기입니다. 비참함이 이곳에서 이상과 조우합니다. 낮이 이곳에서 밤을 포옹하며 이렇게 말합니다. '내가 이제 그대와 함께 죽으리니, 그대 나와 함께 부활하리라!' 뭇 절망들 간의 힘찬 포옹으로부터 믿음이 용솟음칩니다. 무수한 수난이 이곳에 자기들의 단말마적 고통을 가져오고, 이념들이 자기네들의 불멸성을 이곳으로 가져옵니다. 그 고통과 불멸성이 서로 뒤섞여 우리의 죽음을 구성할 것입니다. 형제들이여, 이곳에서 죽는 이는 미래의 광휘로움 속에서 죽을 것이며, 우리들 모두 여명의 빛에 흠뻑 젖어 무덤 속으로 들어갈 것입니다."

앙졸라가 연설을 중단하였다. 그가 입을 다물었다고는 할 수 없었다. 마치 자신에게 계속 무슨 말을 하듯, 그의 입술이 조용히 움직였다. 그리하여, 모두들 잔뜩 귀를 기울여 그의 말을 더 들으려는 듯, 그를 바라보았다. 아무도 박수를 치지 않았다. 그러나 한동안 음성을 죽여 속삭였다. 말이란 곧 바람인지라, 지적 전율은 나뭇잎들의 떨림과 흡사하다.

6. 넋 나간 마리우스, 냉정한 쟈베르

마리우스의 뇌리에서 어떤 사념들이 오갔는지 이야기해 두자.

그의 영혼이 어떠한 처지에 있었는지를 상기하기 바란다. 이미 지적한 바와 같이, 그에게는 모든 것이 환상에 불과했다. 그의 판단력은 동요되어 있었다. 거듭 강조하거니와, 마리우스는 임종을 맞는 사람들 위로 펼쳐진 거대한 검은 날개의 그림자 속에 이미 들어가 있었다. 그는 자신이 무덤 속에 들어와 있다고 느꼈으며, 이미 자기는 장벽 저 너머에 가 있는 것 같았고, 그리하여 살아 있는 사람들의 얼굴을 오직 사자(死者)의 눈으로만 바라보고 있었다.

포슐르방 씨가 어떻게 그곳에 오게 되었을까? 무엇 때문에 왔을까? 무엇을 하러 왔을까? 마리우스는 그러한 의문조차 제기하지 않았다. 우리를 사로잡는 절망이란, 다른 사람들까지 우리처럼 함께 뒤덮어 감싸는 특징을 가지고 있는지라, 모든 사람들이 죽기 위하여 그곳에 온 것이 지극히 당연해 보였다.

다만, 꼬제뜨를 생각하면 가슴이 조여들었다.

게다가, 포슐르방 씨 또한 그에게 말을 건네지 않았고, 그를 쳐다보지도 않았으며, 마리우스가 상당히 큰 소리로 '그를 잘 안다'고 하였건만, 그 말을 들은 척도 하지 않았다.

포슐르방 씨의 그러한 태도가 마리우스에게 안도감을 주었을 뿐만 아니라, 이러한 말이 그가 느낀 인상을 표현하는 데 합당할지는 모르지만, 그의 마음에 들었다. 그는 항상 그 수수께끼 같은 사람에게 자신이 어떠한 말도 건넬 수 없을 것 같았다. 그가 하도 모호하고 위압적으로 보였기 때문이다. 게다가 그를 마지막으로 본 것이 오래 전 일이었다. 그러한 사실 또한 마리우스의 소심하고 내성적인 천성으로 하여금 말을 건넬 수 없게 하였다.

지목된 다섯 사람이 몽데뚜르 골목을 통하여 바리케이드를 떠났다. 그들의 외양은 영락없는 국민병들이었다. 그들 중 한 사람은 떠나면서 눈물을 흘렸다. 떠나기 전에 그들이 남는 사람들을 포옹하였다.

삶으로 돌려보낸 이들이 떠난 후, 앙졸라가 사형수에게로 갔다. 그가 선술집 안으로 들어갔다. 기둥에 묶인 채, 쟈베르는 깊은 생각에 잠겨 있었다.

"필요한 것 있나?" 앙졸라가 물었다.

"나를 언제 죽일 거요?" 쟈베르의 대꾸였다.

"기다려. 지금은 우리의 실탄 한 발도 긴요하니까."

"그러면 마실 것을 좀 주시오."

앙졸라가 손수 물 한 잔을 그에게 내밀었고, 쟈베르가 결박되어 있었던지라, 물을 마실 수 있도록 도와주었다.

"더 필요한 것은 없나?" 앙졸라가 다시 물었다.

"이 기둥에 묶여 있으려니 몹시 고통스럽소." 쟈베르가 대답하였다. "이러한 상태로 밤을 지새우도록 내버려 두다니, 당신들 참으로 인정이 없소. 나의 몸을 어떠한 식으로 결박해도 좋소만, 나 또한 저 사람처럼 탁자 위에 눕혀 주시오."

그러면서 머리를 돌려 마뵈프 씨의 시신을 가리켰다.

모두들 기억하다시피, 그 실내 안쪽에, 탄환을 주물 틀로 떠내고 약포를 만드는 데 사용하던 기다란 탁자 하나가 있었다. 약포를 다 만들어, 화약도 다 사용한지라, 탁자 위에는 더 이상 아무것도 없었다.

앙졸라의 명령에 따라, 네 사람이 달려들어, 쟈베르를 기둥에 묶었던 줄을 풀기 시작하였다. 그러는 동안, 다섯 번째 남자가 대검 끝을 쟈베르의 가슴팍에 대고 있었다. 그의 두 손을 등 뒤로 돌려 묶은 다음, 가늘고 질긴 채찍 줄로 두 발을 묶었으되, 처형대 위로 올라가는 사형수처럼, 보폭 십오 뿌쓰쯤으로 걸을 수 있도록 하였다. 그렇게, 그로 하여금 실내 안쪽까지 걸어가게 한 다음, 탁자 위에 눕히고, 몸통 가운데를 단단히 묶었다.

그가 탈출하지 못하도록 단단히 묶은 다음, 더욱 확실하게 하기 위하여, 목에 고정시킨 밧줄을 이용하여 감옥에서 흔히 '가슴걸이'라고 부르는 끈 하나를 더 사용하였는데, 그 끈을 목덜미로부터 당겨 가슴팍 위에서 쌍갈래 지게 한 다음, 그것들이 두 다리 사이를 지나 등 뒤에 있는 두 손을 다시 묶게 하였다.

그렇게 쟈베르를 포박하고 있는 동안, 어떤 남자 하나가 문간에서 그를 유심히 바라보고 있었다. 그 남자의 그림자를 보고 쟈베르가 고개를 돌렸다. 그리고 즉시 그 남자가 쟝 발쟝임을 알아차렸다. 그는 미동조차 하지 않았고, 거만하게 다시 눈꺼풀을 내리면서 간략하게 중얼거렸다. "그렇게 된 일이군."

7. 악화되는 상황

날이 빠르게 밝아오고 있었다. 그러나 열리는 창문 하나, 틈이 벌어지는 대문 하나 없었다. 여명이되 깨어남은 아니었다. 바리케이드와 정면으로 마주보고 있는 샹브르리 골목 입구에 있던 군대는 모두 철수하였다. 음산한 고요가 감도는 그곳으로 행인들이 자유롭게 지나갈 수 있을 것처럼 보였다. 쌩-드니 로는 스핑크스가 나타난 테베의 대로처럼 벙어리가 되어 있었다. 태양의 반사광으로 인해 더욱 하얗게 보이는 교차로들에는 살아 움직이는 생명체가 단 하나도 보이지 않았다. 인적 끊긴 거리의 밝음보다 더 음산한 것은 없다.

아무것도 보이지 않았으되 소리는 들렸다. 상당히 먼 곳에서 신비한 무엇이 움직이고 있었다. 위기의 순간이 닥치고 있었음은 분명했다. 전날 밤처럼 파수꾼들이 철수했다. 그러나 이번에는 전원이 일시에 돌아왔다.

바리케이드는 첫 공격을 받을 때보다 보강되었다. 다섯 사람이 떠난 후 그것을 더 높였다.

알 시장 방면을 정찰한 사람들의 보고를 받고, 배후 기습을 염려하게 된 앙졸라가 중대한 결단을 내렸다. 그는 자유롭게 왕래할 수 있었던 작은창자 같은 몽데뚜르 골목에도 바리케이드를 쌓게 하였다. 그러기 위하여 건물 몇 채 길이에 해당하는 길의 포석을 벗겼다. 그리하여, 정면의 샹브르리 골목과 왼쪽의 씨뉴 및 쁘띠뜨-트뤼앙드리 골목, 그리고 오른쪽의 몽데뚜르 골목 등, 세 길에 방벽을 쌓으니, 바리케이드는 거의 난공불락의 요새로 변하였다. 하지만 그 속에 숙명적으로 갇히게 된 것 또한 사실이었다. 방벽 셋을 구비하였으되, 더 이상 퇴로가 없었다.

"요새이지만 또한 쥐덫이야." 꾸르훼락이 웃으며 한마디 하였다.

앙졸라가 선술집 출입문 근처에 포석 삼십여 개를 쌓아놓게 하였다. 보쒸에가 그것들을 보고 이렇게 말하였다. "너무 많이 벗겼군!"

공격이 시작될 방면의 고요가 하도 깊어진지라, 앙졸라가 명령을 내려 각자의 전투 위치로 돌아가게 하였다.

모든 사람들에게 독한 술을 배급하였다.

공격에 대비하는 바리케이드보다 더 기이한 것은 없다. 각자 공연장의 관람객처럼 자리를 골라 잡았다. 서로 기대고, 팔꿈치를 괴고, 어깨를 맞대었다. 포석들을 쌓아 극장의 특별석 같은 자리를 만든 사람도 있었다. 벽 한 귀퉁이가 거추장스러우면 그 자리를 떠났다. 불거져 나온 모서리가 있으면 그 뒤로 몸을 숨겼다. 왼손잡이들이 요긴했다. 다른 사람들에게는 불편한 자리를 그들이 맡았다. 많은 사람들은 편안히 앉아서 싸울 준비를 하였다. 편안한 자세로 죽이고, 안락하게 죽고 싶어 했다. 맹렬했던 1848년 6월의 전투에서, 사격 솜씨 출중했던 어느 폭도 하나가 평면 지붕 위에서 싸웠는데, 그는 볼떼르가 사용했음 직한 안락의자⁴²⁾ 하나를 그곳에 올려다 놓고 편안히 앉아서 사격을 하였다. 하지만 산탄총 한 발이 그곳까지 그를 찾아왔다.

두령이 전투준비 명령을 내리면, 모든 무질서한 움직임이 즉시 멈춘다. 서로에게 던지던 욕설도, 파벌도, 밀담도, 구수회의도 모두 멈춘다. 각자의 뇌리에 있던 모든 것들이 한곳으로 집중되어, 공격에 대한 대비 태세로 변화한다. 위험이 다가오기 전의 바리케이드는 하나의 대혼돈이지만, 위험에 직면하면 규율 그 자체로 변한다. 위험이 질서를 회복시켜 준다. 앙졸라가 자기의 이연발 기병총을 들고 일종의 감시구 같은 곳에 자리를 잡고 앉자, 모두 입을 다물었다. 탁탁 튀는 듯한 나지막하고 건조한 소음이, 포석으로 쌓은 방벽을 따라 은은히 들렸다. 각자의 총에 장전하는 소리였다.

또한, 모든 사람들의 태도가 그 어느 때보다도 더 의연하고 자신만만하였다. 극단적 희생이 굳은 의지로 변한다. 그들에게 더 이상 희망은 없었으나 절망이 있었다. 절망이란, 가끔 승리를 가져다주기도 하는 최후의 무기이다. 비르길리우스가 그러한 말을 하였다. 극단적 결심에서 최상의 수단이 나오기도 한다. 죽음 속으로의 출항이 때로는 파선(破船)을 피하는 수단이 되기도 한다. 그리고 관 뚜껑이 목숨을 구해 주는 널판으로 변하기도 한다.

전날 저녁처럼 모든 관심이, 이제는 밝아져서 훤히 보이는 골목길 끝으로 집중되었다. 관심이 그곳에 아예 스스로를 기대고 있었다 해도 과언이 아닐 것이다.

기다리는 시간은 길지 않았다. 쌩-르 교회당 쪽에서 움직임 소리가 선명하게 들려왔다. 그러나 일차 공격 때의 움직임과는 같지 않았다. 쇠사슬들의 철컥거림, 거대한 덩어리의 불안감을 주도록 요동치는 소리, 포석 위로 튀어 오르는 청동의 마찰음, 일종의 장중한 굉음 등이, 음산한 철물 덩어리의 접근을 알려 주었다. 이로움과 사념들의 원활한 유통을 위하여 뚫리고 건설된 그 평화롭고 고색창연한 길들의 내장이 전율하였다. 그 길들이 전쟁의 흉측한 굉음을 위해 만들어진 것은 아니다.

골목의 끝을 주시하고 있던 전투원들의 동공이 문득 사나워졌다. 대포 한 문이 모습을 드러냈다.

포병대원들이 포를 밀고 있었다. 포는 발사대 위에 놓여 있었다. 포차의 앞부분은 이미 치워버렸다. 포병 두 사람이 포가(砲架)를 받치고 있었고, 네 사람은 바퀴에 매달려 있었으며, 다른 사람들은 포탄 운반차와 함께 그 뒤에 있었다. 이미 불을 붙인 심지가 연기를 내뿜고 있는 것이 보였다.

"발사!" 앙졸라가 외쳤다.

바리케이드 전체가 일제히 사격을 하였고, 폭음이 무시무시하였다. 눈사태 같은 연기가 대포와 포병들을 덮어버렸다. 잠시 후, 연기가 잦고 대포와 사람들이 다시 모습을 드러냈다. 포병들이 포를 천천히, 정확하게, 서두르지 않고, 바리케이드 정면에 위치시켰다. 그들 중 아무도 총탄에 맞지 않은 것 같았다. 다음 순간, 지휘관인 듯한 사람이 포차의 뒷부분에 중력을 가하여 포문을 높이더니, 천문학자가 망원경의 방향을 이리저리 돌리듯, 엄숙하게 포신의 방향을 잡았다.

"브라보, 포병들!" 보쒸에가 소리쳤다.

그러자 바리케이드 전체가 박수를 쳤다. 잠시 후, 길 한복판에 있는 도랑 위에 말을 타듯 걸쳐진 포가 사격 준비를 마치었다. 어마어마한 포의 아가리가 바리케이드를 향해 벌려져 있었다.

"어서 신 나게 한바탕 해보시지! 저 상스러운 녀석들. 손가락 끝으로 튀기더니, 이제는 주먹질이군. 군대가 우리에게 굵은 앞발을 내미는군. 바리케이드가 심하게 요동치겠어. 총질은 고작 더듬기만 하지만, 대포질은 아예 움켜쥐거든." 꾸르훼락의 말이었다.

"저것은 청동으로 만든 신형 8파운드 포야." 꽁브훼르가 덧붙였다. "저런 대포들은 주석과 구리의 혼합 비율이 십 대 백을 조금만 초과해도 파열하게 되어 있어. 주석이 지나치게 많이 섞이면 포신이 물렁거리지. 그러면 화구(火口) 속에 파인 부분과 빈 공간이 생겨. 포신이 파열되는 것을 예방하고 계속 장전하려면, 아마 14세기에 사용되던 방법으로 되돌아가야 할 거야. 그 방법이란 테 두르기인데, 이음새가 없는 강철 테를 포신 전체에 촘촘히 둘러, 포신을 외부로부터 강화시켜 주는 거야. 요즘에는 그럭저럭 보완책을 강구하고들 있지. 포신의 화구 어디에 구멍이나 움푹 파인 부분이 있는지, '고양이'라는 탐지기를 사용해 찾아내기도 해. 하지만 더 좋은 방법이 있어. 그것은 그리보발이 고안한 '움직이는 별'이라는 탐조기를 사용하는 거야."

"16세기에는 포신 내부에 나선형 홈을 팠지." 보쒸에가 지적하였다.

"그래, 그렇게 하면 발사력은 중대되지만 명중률이 감소되지." 꽁브훼르의 대꾸였다. "뿐만 아니라, 단거리 사격에 있어서 탄도(彈道)가 원하는 만큼 곧지 못해. 탄도가 그리는 포물선이 너무 심해서, 다시 말해 탄도가 직선적이지 못하여, 중간 지점의 목표물들을 제대로 때리지 못해. 그런데, 근접전이 전개되어 속사가 필요할 경우, 중간 목표물을 타격해야 하는 것은 전투에 있어 불가결한 일이야. 16세기에 사용하던 그러한 대포의 발사체가 그리는 완만한 곡선은, 장전되는 화약의 분량이 너무 적기 때문에 생기는 현상이야. 충분한 화약을 장전할 수 없는 이유는, 포가의 상태를 유지해야 하는 등, 발사기와 관련된 문제들 때문이지. 한마디로, 대포라는 그 폭군도 자기가 원하는 모든 짓을 할 수는 없어. 힘이란 커다란 약함일 수 있어. 대포알은 한 시간에 육백 리으밖에 가지 못하는 반면, 빛은 일 초에 칠만 리으[43]를 가지. 나뽈레옹에 대하여 구세주 예수가 가지고 있는 우월성이 그러한 것이지."

"다시 장전하시오." 앙졸라가 소리쳤다.

바리케이드의 표면이 포탄을 맞으면 어떻게 될까? 그곳에 구멍을 낼까? 그것이 문제였다. 반란군들이 소총에 탄약을 장전하는 동안, 포병들은 대포를 장전하고 있었다.

바리케이드 내부의 불안이 점점 고조되었다. 일제히 총을 발사하였고, 폭음이 요란했다.

"귀환 보고 드립니다!" 쾌활한 음성이 들렸다.

그러더니, 포탄이 바리케이드를 때리는 순간, 거의 동시에, 가브로슈가 안으로 굴러떨어졌다. 그는 씨뉴 골목길 방면으로부터 접근하여, 쁘띠뜨-트뤼앙드리의 미로를 막고 있던 보조 바리케이드를 날렵하게 뛰어넘어 귀환하였다.

바리케이드 안에 있던 사람들에게는, 포탄보다 가브로슈가 더 큰 놀라움을 안겨 주었다.

포탄은 허섭스레기 무더기 속으로 사라졌다. 포탄이 한 일이라야 고작, 합승마차의 바퀴 하나를 부수고 앙쏘의 낡은 통 운반용 수레를 끝장낸 것뿐이었다. 그것을 보고 바리케이드 전체가 웃기 시작하였다.

"계속들 하시게!" 보쒸에가 포병들을 향하여 소리쳤다.

8. 포병들이 진가를 보이다

모두들 가브로슈 주위로 몰려들었다. 하지만 그가 무슨 이야기를 할 틈이 없었다. 마리우스가 몹시 초조해하면서 그를 한쪽으로 데리고 갔기 때문이다.

"너 여기에 무엇 하러 왔어?"

"이런! 그럼 아저씨는?" 아이의 대꾸였다.

그러고는 뻔뻔스럽게 보이도록 과장한 기색으로 마리우스를 빤히 쳐다보았다. 그의 두 눈이, 그 속에 있던 의연한 광채로 인하여 점점 더 커졌다. 마리우스가 계속 엄한 어조로 물었다.

"누가 너에게 이곳으로 돌아오라고 하였어? 내 편지를 주소지에 전하기나 한 거냐?"

가브로슈가 그 편지 건에 대해 얼마간의 가책감을 가지고 있었던 것은 사실이다. 바리케이드로 서둘러 돌아올 생각에, 편지를 전했다기보다는 떨쳐 버렸기 때문이다. 그는 자신이, 편지를 얼굴조차 자세히 확인하지 않은 생면부지의 사람에게 경솔히 맡겼음을 스스로에게 고백하지 않을 수 없었다. 그 사람이 모자를 쓰고 있지 않았던 것은 사실이지만, 그렇다고 그의 얼굴을 정확히 볼 수는 없었다. 결국 그는, 그 문제에 관해 내심 자신을 얼마간은 비난하고 있었으며, 마리우스의 나무람을 걱정하고 있었다. 그러한 난관에서 벗어나기 위하여 그가 가장 간단한 방법을 택하였다. 즉, 뻔뻔스럽게 거짓말을 하기로 작정하였다. 그리고 이렇게 말하였다.

"시민이여, 제가 편지를 수위에게 맡겼습니다. 귀부인께서는 주무시고 계셨습니다. 잠에서 깨어나시는 즉시 편지를 받으실 겁니다."

마리우스는 두 가지 목적을 가지고 그 편지를 보냈다. 즉, 꼬제뜨에게 영별을 고하고, 가브로슈를 구출하기 위해서였다. 하지만 원하던 것의 반만이라도 이룬 것에 만족할 수밖에 없었다.

편지를 보낸 일과 포슐르방 씨가 바리케이드에 나타난 사실이, 문득 그의 뇌리에 인접되어 떠올랐다. 그가 포슐르방 씨를 가리키며 가브로슈에게 물었다.

"저 사람을 아느냐?"

"모릅니다." 가브로슈의 대꾸였다.

이미 말한 바와 같이, 가브로슈는 사실 쟝 발쟝을 어둠 속에서만 보았다. 마리우스의 뇌리에서 희미하게 형체를 이루던 혼란스럽고 병적인 추측이 말끔히 사라졌다. 게다가, 포슐르방 씨의 정치적 견해에 대하여 그가 무엇을 알고 있었던가? 포슐르방 씨 역시 공화파일지도 모르는 일이었다. 그리하여 그 싸움에 참가한 것이 지극히 당연할지도 모른다.

어느새 가브로슈는 바리케이드의 다른 쪽 끝으로 가서 소리를 지르고 있었다. "내 총 줘요!" 꾸르훼락이 그에게 총을 돌려주도록 하였다.

가브로슈가 '동무들'에게—그가 자주 사용하던 호칭이었다—바리케이드가 포위되었음을 알렸다. 돌아오는 중에 심한 어려움을 겪었노라고 하였다. 쁘띠프-트뤼앙드리 골목에 지휘소를 설치한 보병일 개 대대가 씨뉴 로 방면을 감시하고 있으며, 그 반대편에서는 빠리 경찰대가 뻬쉐르 로를 점령하고 있다고 하였다. 또한 그 맞은편에 주력부대가 포진해 있다고 하였다.

그러한 주변 상황을 설명한 다음, 가브로슈가 한마디 덧붙였다.

"제가 허락할 테니, 저들에게 한 방 야비하게 먹이십시오."

그동안 앙졸라는 자기의 감시구 앞에 앉아서 귀를 기울이며 전면을 주시하고 있었다.

보병 일 개 중대가 골목 끝으로 와서 대포 뒤에 포진하였다. 그리고 병사들이 도로의 포석을 벗겨, 작고 나지막한 방벽을 쌓았다. 바리케이드를 정면으로 마주 보는 지점에 축조한, 높이가 십팔 뿌쓰에 불과한 일종의 엄폐물이었다. 쌩-드니 로에 집결해 있는 빠리 외곽 대대 소속 일 개 지대의 선두 부분도 보였다.

적의 동정을 살피고 있던 앙졸라의 귀에, 탄약 운송차에서 산탄통을 내릴 때 나는 특유의 소리가 들렸다. 그리고 뒤이어 포대 지휘관이 포의 조준각을 변경하는 것이 보였다. 포문을 왼쪽으로 조금 낮추고 있었다. 지휘관이 직접 점화봉을 화구에 가져다 대었다.

"머리 숙이고 방벽 곁으로 집합! 바리케이드에 바싹 붙어서 무릎 꿇어!" 앙졸라가 다급하게 소리쳤다.

가브로슈가 돌아오자, 전투 위치를 떠나 선술집 앞에 흩어져 있던 사람들이, 뒤죽박죽 바리케이드로 몰려들었다. 그러나 앙졸라의 명령이 채 이행되기도 전에, 무시무시하게 그르렁거리는 소리를 내며 산탄포가 발사되었다.

포격은 각면 보루의 틈새에 가해졌고, 탄환들이 그곳 벽에서 튀어 무시무시한 소리를 내며 날았다. 그 바람에 두 사람이 죽고 세 사람이 부상을 당하였다. 만약 그런 식으로 계속된다면 바리케이드가 더 이상 견디지 못할 것 같았다. 산탄이 바리케이드 안으로 들어오기 때문이었다. 분위기가 문득 뒤숭숭해졌다.

"다시 발사하지 못하게 합시다." 앙졸라가 말하였다.

그러더니, 자기의 기병총으로, 마침 포신 뒤 끝에서 상체를 숙이고 조준각을 수정하여 고정시키고 있던, 포대 지휘관을 조준하였다.

그 포대 지휘관은 어리고 금발인데, 안색이 매우 부드러운, 용모 수려한 포병 하사관이었고, 끔찍한 살육의 완벽한 도구로 발전하여, 종국에는 전쟁 자체를 죽여 없앨 수도 있을, 그 숙명적이고 무시무시한 무기에 어울리는, 무척 총명해 보이는 젊은이였다.

앙졸라 옆에 서서 그 젊은 하사관을 유심히 바라보던 꽁브훼르가 말하였다.

"참으로 아깝군! 이 흉악스러운 도살 행위! 왕들이 없어지면 더 이상 전쟁도 없을 걸세. 앙졸라, 자네 지금 저 하사관을 겨누고 있다만, 그의 얼굴은 쳐다보지 말게. 그가 불굴의 매력적인 젊은이라는 것을 생각해 보게. 그가 깊은 생각에 잠긴 것 같아. 포병대 젊은이들은 교육을 잘 받았지. 그에게도 아버지와 어머니, 그리고 다른 가족도 있을 것이고, 아마 어떤 여인을 사랑할지도 모르지. 나이는 많아야 스물다섯쯤 되어 보이는데, 자네와 형제지간일 수도 있겠어."

"실제로 그렇다네." 앙졸라의 대꾸였다.

"그래, 나와도 형제지간일 수 있지. 그러니 그를 죽이지 말게."

"나를 내버려 두게. 해야 할 일은 해야 하네."

그 순간 한 줄기 눈물이 앙졸라의 대리석처럼 하얀 볼 위로 천천히 흘러내렸다.

그가 자기의 총 방아쇠를 당겼다. 섬광이 번쩍하였다. 포병이 제자리에서 두어 번 빙글빙글 돌더니, 두 팔을 앞쪽으로 내밀고, 공기를 마시려는 듯 고개를 하늘로 쳐든 채, 허리를 포신에 걸치며 쓰러졌다. 그다음에는 아무 움직임도 보이지 않았다. 그의 등으로부터 피 한 줄기가 솟구치는 것이 보였다. 실탄이 그의 흉부를 관통한 것이다. 그는 즉석에서 절명하였다.

그의 시신을 치워야 했고, 그를 다른 사람으로 대체해야 했다. 실제로 몇 분간의 시간을 벌게 되었다.

9. 1796년의 선고에 영향을 끼친 사격 솜씨의 활용

바리케이드 안에서는 여러 의견이 분분히 엇갈렸다. 포격이 언제 다시 이어질지 알 수 없었다. 그 산탄포 앞에서는 그 방벽 안에서 십오 분을 견디기가 어렵다고들 하였다. 그 포격을 무력화시키는 것이 절대 불가결한 일이었다. 앙졸라가 명령조로 말하였다.

"저기에 매트 한 장을 가져다 놓아야 합니다."

"매트가 더 이상 없네. 부상자들이 그 위에 누워 있네."

술집 모퉁이 경계석 위에서, 자기의 총을 두 다리 사이에 세워놓고 앉아 있던 쟝 발쟝은, 그때까지 그곳에서 일어나고 있던 일에 조금도 참견하지 않았다. "저기에 아무 일도 하지 않는 총 한 자루가 있어." 주위에서 그러한 말이 들려와도 그는 전혀 듣지 못하는 것 같았다.

앙졸라의 명령이 떨어지자 그가 벌떡 일어섰다.

그 무리가 샹브르리 골목에 도착하자, 어느 노파가, 총탄이 날아올 것에 대비하여, 매트 한 장을 자기의 창문 앞에 가져다 놓은 사실을 모두들 기억할 것이다. 그 창문은, 바리케이드 바깥쪽에 있는 칠층 건물 지붕 위 다락방의 창문이었다. 그 매트를, 빨래 널 때 사용하는 장대 둘이 밑에서 받치고, 다락방 창틀에 박은 못에 동여맨 밧줄 두 가닥이 위에서 지탱해 주고 있었다. 그 밧줄을 멀리서 보면 두 가닥 노끈 같았다. 밑에서 올려다보니, 그 밧줄이 두 가닥 머리카락처럼 허공에 걸려 있었다.

"누가 저에게 이연발 기병총 하나 잠시 빌려주시겠습니까?" 쟝 발쟝이 물었다.

마침 장전을 마친 앙졸라가 자기의 총을 그에게 내밀었다. 쟝 발쟝이 다락방을 향해 총을 겨누더니 첫 발을 발사하였다. 밧줄 한 가닥이 끊어졌다. 이제 매트는 줄 한 가닥에 매달렸다. 쟝 발쟝이 다시 발사하였다. 두 번째 밧줄 동강이 다락방 창문을 후려쳤다. 매트가 두 장대 사이로 미끄러져 길 위로 떨어졌다. 바리케이드 전체가 박수를 치며 환호하였다. 모두들 한목소리로 소리쳤다.

"매트 한 장이 생겼어."

"그래요. 하지만 누가 저것을 가져오지요?" 꽁브훼르의 말이었다.

매트는 바리케이드 바깥쪽에, 즉 공격하는 측과 방어하는 측 사이에 떨어져 있었다. 그런데, 포병 하사관의 죽음이 군인들을 몹시 자극하였던지라, 병사들 모두, 자기들이 쌓아 올린 엄폐물 뒤에 배를 깔고 엎드려 있었고, 입을 다문 대포의 침묵을 대신하여, 대포가 다시 작동되기를 기다리면서, 바리케이드를 향하여 총질을 해대고 있었다. 반란자들은 탄약을 아끼기 위하여 그 총질에 응사하지 않았다. 바리케이드에 도달한 총탄들은 모두 무력화되었지만, 반면 총탄이 비 오듯 쏟아지는 길바닥은 무시무시하였다.

쟝 발쟝이 건물의 벽과 바리케이드 사이에 뚫어놓은 통로를 거쳐 길로 나갔다. 그리고, 소나기처럼 쏟아지는 총탄 사이를 뚫고 매트가 있는 곳까지 가서, 그것을 자기의 등에 걸치고 바리케이드로 돌아왔다. 그가 매트를 통로에 내려놓은 다음, 건물의 벽이 포병들에게 보이지 않도록, 그것을 벽에 고정시켰다.

그런 다음 적의 포격을 기다렸다. 얼마 아니 되어 다시 포격이 시작되었다.

대포가 으르렁거리며 산탄 보따리를 토해 내었다. 하지만 벽에 부딪쳐 튀는 탄환은 없었다. 매트가 탄환들을 흡수하였기 때문이다. 예상했던 효과를 얻었고, 바리케이드가 부지될 수 있었다.

"시민이여, 공화국이 당신에게 감사드립니다." 앙졸라가 쟝 발쟝에게 치하하였다.

보쒸에가 찬탄하면서 웃어댔다. 그가 큰 소리로 떠들었다.

"매트가 저러한 위력을 가지고 있다니, 참으로 음탕하군. 벼락 치는 것을 상대로 나긋나긋한 것이 거두는 승리야. 하지만 상관없어. 대포를 무력화시키는 매트에 영광 있으라!"[44]

10. 여명

그 시각, 꼬제뜨는 잠에서 깨어나고 있었다.

그녀의 방은 좁고 정갈했으며 조용한데, 동쪽에 있던 안뜰을 향하여 긴 창문 하나가 뚫려 있었다.

꼬제뜨는 빠리에서 무슨 일이 벌어지고 있는지 아무것도 몰랐다. 전날 저녁, 뚜쌩이 '소요가 있는 모양'이라고 말하던 시각에, 그녀는 이미 자기의 침실로 들어간지라 그 자리에 없었다.

꼬제뜨는 단 몇 시간 잤으되 잠이 달았다. 그녀가 달콤한 꿈을 꾸었는데, 그녀의 작은 침대가 매우 깨끗했던 덕분인 것 같다. 마리우스라고 하는 사람이 찬연한 빛에 감싸여 그녀 앞에 나타났다. 그녀가 눈에 햇살을 받으며 잠에서 깨어났고, 따라서 그는 자신이 계속 꿈을 꾸고 있는 것으로 믿었다.

그 꿈에서 빠져나오는 순간 최초로 그녀의 뇌리를 스친 생각은 유쾌하였다. 꼬제뜨는 안도감을 느꼈다. 몇 시간 전에 장 발장이 그랬듯이, 그녀 또한, 불행을 결코 용납하지 않는 영혼의 그 특이한 반발 과정을 겪고 있었다. 그녀는, 그 원인은 모르되, 자신의 모든 힘을 다하여 기대하기 시작하였다. 그러다가 가슴이 조마조마해졌다. 그녀가 마리우스를 못 본 지 사흘이나 되었다. 하지만 스스로에게 말하기를, 그가 자기의 편지를 받았을 것이고, 따라서 자기가 어디에 있는지 알 것이며, 기지 뛰어난 사람이니 자기에게로 올 방도를 찾아낼 것이라고 하였다. "그리고 그 일이 오늘, 아니 오늘 아침에 이루어질 거야." 그녀의 독백이었다. 날이 환하게 밝았으나 햇살이 낮게 수평을 이룬지라, 그녀는 매우 이른 시각이라고 생각하였다. 하지만 마리우스를 맞기 위하여 잠자리에서 일어나야겠다고 생각하였다.

그녀는 마리우스 없이는 살 수 없을 것 같았고, 따라서 그러한 이유만으로도 마리우스가 돌아올 것이라고 생각하였다. 어떠한 반대도 용납될 수 없었다. 모든 일이 이루어질 것이라고 확신하였다. 사흘 동안 고통 속에서 지낸 것만도 이미 끔찍하였다. 마리우스가 사흘 동안이나 보이지 않다니, 신께서 너무 혹독하셨다. 이제, 저 높은 곳의 잔인한 장난은 끝난 시련이다. 마리우스가 곧 도착할 것이고, 좋은 소식을 가지고 올 것이다. 그것이 젊음의 속성이다. 젊음은 얼른 자신의 눈물을 닦고, 슬픔을 쓸데없는 것으로 여기며, 그것을 용납하지 않는다. 젊음이란 미래가 미지의 존재 앞에서, 즉 자신 앞에서, 짓는 미소이다. 젊음에게는 행복하다는 것이 지극히 자연스럽다. 젊음의 호흡은 온통 희망으로 이루어진 것 같다.

게다가, 꼬제뜨는 단 하루만 오지 못할 것이라고 하면서 마리우스가 그녀에게 한 말을, 즉 그의 설명을 도저히 기억해 낼 수가 없었다. 땅바닥에 떨어뜨린 주화가 얼마나 교묘하게 굴러가서 숨는지, 그 주화가 자신을 영영 찾아내지 못하게 하는 데 얼마나 탁월한 기술을 가지고 있는지, 누구나 겪어 알 것이다. 우리에게 그러한 장난을 치는 사념들이 있다. 그러한 사념들이 우리의 뇌수 한구석에 가서 웅크리고 있으면, 그것들은 영영 사라진 것이나 마찬가지이다. 기억 작용이 그것들에게까지는 손을 뻗치지 못한다. 꼬제뜨는 자기의 추억 작용이 헛되이 기울이던 약간의 노력에 조금은 앙앙불락하고 있었다. 그녀는 마리우스가 한 말을 잊은 것이 옳지 않은 짓이며 자신의 죄라고 생각하였다.

그녀는 침대에서 내려와, 영혼과 몸을 깨끗이 하는 이중재계(二重齋戒)에 착수하였다. 즉, 기도를 하고 화장을 하였다.

독자를 초야의 신방 안으로는 안내할 수 있으되 처녀의 방으로는 차마 안내할 수 없다. 운문이라면 감히 그러한 짓을 시도할 수 있을지 모르겠으나, 산문이 그래서는 아니 된다.[45]

처녀의 방이란 열리지 않은 꽃의 내부이다. 어둠 속에 있는 백색이다. 태양의 시선이 먼저 닿기 전에는 남자의 시선이 바라보아서는 아니 되는 닫힌 백합의 은밀한 씨방이다. 꽃봉오리 상태의 여인은 신성하다. 내부가 드러난 그 순결한 침대, 자신마저 두려워하는 사랑스러운 반나체, 실내화 속으로 도망쳐 숨는 발, 거울 앞에서도 그것이 마치 어떤 눈동자인 양 스스로를 가리는 젖가슴, 가구 삐걱거리는 소리나 지나가는 마차 소리만 들려도 황급히 올려져 어깨를 감추는 슈미즈, 장식용 매듭들, 채워진 후크들, 동여진 내의 끈들, 그 소스라침, 차가움과 수줍음으로 인한 약한 전율, 모든 몸짓에 나타나는 감미롭게 질겁하는 모습, 두려워할 것이 없건만 언제라도 날아갈 준비가 되어 있는 듯한 그 불안, 여명 위에 드리워진 구름 조각들처럼 매력적인 옷 입을 때의 연속적 과정들, 그 모든 것들을 상세히 이야기하는 것은 합당치 못할 듯하다. 그것을 대략적으로 암시하는 것만도 지나친 짓이다.

남자의 눈은 떠오르는 별 앞에서보다도 잠자리에서 일어나는 아가씨 앞에서 더 경건해야 한다. 손이 닿을 수 있다는 가능성은 존경심의 증대로 바뀌어야 한다. 복숭아의 솜털, 익은 자두의 잿빛 성에, 눈(雪)의 반짝이는 수정, 솜털이 가루처럼 덮인 나비의 날개 등도, 자신이 순결한지조차 모르는 그 순결함 앞에서는 오히려 거칠어 보인다. 젊은 아가씨는 꿈속의 미광에 불과하며, 아직 조각상의 상태에조차 이르지 못하였다. 그녀의 침실은 이상의 어두운 부분 속에 숨겨져 있다. 조심성 없는 시각적 접촉은 곧 그 미광에 대한 폭행이다. 그러한 경우, 응시가 곧 모독이다.

따라서, 꼬제뜨가 잠자리에서 일어나며 보인 자질구레하고 부산한 움직임은 묘사하지 않겠다.

어느 동방의 이야기에 의하면, 신이 장미를 순백색으로 창조해 놓았는데, 그것이 피어나는 순간에 아담이 그것을 바라보았기 때문에, 수줍어하며 붉게 변하였다고 한다. 우리는, 젊은 아가씨들과 꽃들을 숭배하기 때문에, 그것들 앞에서 당황하는 이들 중 하나에 속한다.

꼬제뜨는 서둘러 옷을 입고 머리를 빗으며 매만졌다. 그 시절에는 여인들이 패드와 작은 원통을 이용하여 머리를 부풀리거나, 또 그러기 위하여 뻣뻣한 천으로 만든 틀을 사용하는 경우가 없었기 때문에, 머리 매만지는 일이 간단했다. 그렇게 단장을 마친 다음 창문을 열고 주위를 살폈다. 길과, 건물 모퉁이와, 구석들이 보이면, 마리우스가 나타나는 것을 볼 수 있으리라 기대했기 때문이다. 하지만 바깥의 것들은 전혀 보이지 않았다. 안뜰이 상당히 높은 담장으로 둘러싸여 있었기 때문에, 몇몇 정원들에서 솟아오른 나뭇가지들만이 담장 위로 약간 보였다. 꼬제뜨는 그 정원들이 보기 흉하다고 생각하였다. 또한 처음으로 꽃들이 추해 보였다. 교차로의 작은 도랑 한끄트머리가 더 마음에 들 것 같았다. 그녀는 결국 하늘 쳐다보는 편을 택하였다. 마리우스가 하늘로부터 올 수도 있다고 생각하는 것 같았다.

문득 그녀가 눈물을 흘렸다. 그것은 영혼의 변덕 때문이 아니라 절망감 때문이었다. 절망, 그것이 그녀의 처지였다. 그녀는 무엇인지 모를 끔찍함을 막연히 느끼고 있었다. 사건들이 실제로 대기에 감돈다. 그녀는 이제 더 이상 아무것도 확신할 수 없고, 서로의 시야에서 사라지면 영영 사라지는 것이라고 생각하였다. 또한 마리우스가 하늘로부터 자기에게 돌아올 수도 있다는 생각이, 매력적이기보다는 음산하게 여겨졌다.

그러다가 안도감이 되돌아왔고, 그 뒤를 이어 희망과 일종의 무의식적인 미소도 돌아왔다. 하지만 신에 의지한 미소였다. 심정의 변화라는 구름 덩이들이 그러하다.

그 건물에 사는 모든 사람들이 아직 잠자리에 있었다. 시골의 적막이 감돌고 있었다. 쳐들린 덧창이 하나도 없었다. 수위실도 닫혀 있었다. 뚜쎙도 아직 일어나지 않았고, 따라서 꼬제뜨는 당연히 자기의 아버지도 주무시고 계시리라 생각하였다. 그녀가 큰 고통을 겪었고 또 여전히 괴로워하고 있었음에 틀림없다. 자기의 아버지가 심술궂다고 생각하고 있었으니 말이다. 하지만 그녀는 마리우스를 믿었다. 그러한 빛이 자취를 감출 수는 없다고 생각하였다. 그녀가 기도를 하였다. 가끔 상당히 먼 곳으로부터 무엇이 거세게 흔들리는 듯한 소리가 은은히 들려왔다. 그녀가 중얼거렸다. "이른 시각에 건물의 정문들을 여닫다니, 이상한 일이야." 그것은 바리케이드를 공격하는 대포 소리였다.

꼬제뜨의 침실 창문 아래 몇 삐에 되는 곳에, 오래되어 까맣게 된 건물의 돌림띠가 있었고, 그 위에 명매기의 둥지 하나가 얹혀 있었다. 그 둥지가 돌림띠 밖으로 조금 돌출해 있었기 때문에, 그 작은 낙원의 내부를 위에서 훤히 내려다볼 수 있었다. 그 속에서 엄마가 새끼들 위로 두 날개를 부채모양으로 펴고 있었다. 아빠는 날개를 퍼덕이며 그곳을 떠났다가 다시 돌아오곤 하였는데, 돌아올 때마다 먹이와 키스를 가져왔다. 떠오르는 태양이 그 행복한 것들을 황금빛으로 물들였고, 위대한 '번식'의 법칙이 곁에서 엄숙하게 미소를 짓고 있었으며, 그 다정한 신비가 아침의 영광 속에서 피어나고 있었다. 머리채는 햇살 속에, 영혼은 몽상 속에 담근 채, 그리고 안으로는 사랑의 빛을 받고 밖으로는 여명의 빛을 받으며, 꼬제뜨가 거의 기계적으로 상체를 숙였다. 그리고, 자기가 그 순간 마리우스를 동시에 생각하고 있다는 사실은 감히 자신에게도 고백하지 못한 채, 그 새들을, 그 가족을, 그 수컷과 암컷을, 그 엄마와 어린것들을 바라보기 시작하였고, 그러면서 새의 둥지가 처녀의 내면에 야기시킨 깊은 동요를 느꼈다.

11. 백발백중이되 죽이지 않는 사격

공격하는 측의 사격이 계속되었다. 소총과 산탄포를 번갈아 쏘아 댔지만 큰 타격은 입히지 못하였다. 코린토스 술집의 벽면 윗부분만 피해를 입었다. 이 층의 창문들과 지붕 위의 다락방들은, 노루 사냥용 산탄과 비스까야 총탄의 세례를 받아, 체처럼 구멍투성이가 되어 천천히 형체가 망가지고 있었다. 그곳에 자리를 잡고 있던 전투원들은 철수할 수밖에 없었다. 한편 그것은 바리케이드를 공격하는 전술이었으니, 오랫동안 산발적으로 사격을 가하여, 반란군들이 응사하는 실수를 저지르게 하여, 그들의 탄약을 소진시키려는 것이었다. 저항하는 측의 사격이 뜸해지면, 그들에게 더 이상 실탄도 화약도 없음을 간파하고, 총공세를 가하는 방법이다. 앙졸라는 그 덫에 걸려들지 않았고, 따라서 바리케이드에서는 아예 응사하지 않았다.

상대방이 사격을 할 때마다 가브로슈는 혀로 자신의 볼을 불룩하게 부풀렸다. 심한 경멸의 표시였다. 그러면서 말하였다.

"잘하는 일이야, 계속 헝겊이나 찢어요. 우리에게는 붕대가 필요하니."

꾸르훼락은 별 효과를 거두지 못하는 산탄포를 조롱하며 소리쳤다.
"자네 무척 장황하군, 나의 착한 늙은이."

전투에서도 무도회에서처럼 호기심에 사로잡히는 경우가 있다. 바리케이드의 침묵이 공격하던 측에게 불안감을 안겨 주어, 그들로 하여금 뜻밖의 사건을 염려케 하기 시작하였던 모양이고, 따라서 그 포석 무더기를 넘겨다보아, 공격을 받으면서도 꿈쩍하지 않고 아무 반응을 보이지 않는, 장벽 너머의 동태를 파악할 필요를 느꼈던 것 같다. 문득, 햇살을 받아 번쩍이는 투구 하나가 멀지 않은 건물의 지붕 위에 나타났다. 공병대원인 듯한 병사 하나가 높은 굴뚝에 등을 기대고 망을 보는 것 같았다. 그의 시선이 곧장 바리케이드 안으로

꽂혔다.

"귀찮은 감시병 하나가 나타났군." 앙졸라가 중얼거렸다.

쟝 발쟝이 앙졸라의 기병총을 주인에게 이미 돌려주었지만, 그는 여전히 자기의 총을 소지하고 있었다.

그가 아무 말 없이 공병대원을 겨냥하였는데, 그다음 순간, 투구가 실탄 한 발을 맞고 요란한 소리를 내며 길바닥으로 떨어졌다. 병사가 서둘러 사라졌다.

두 번째 정찰꾼이 그 자리에 다시 나타났다. 이번에는 장교였다. 이미 다시 장전을 마친 쟝 발쟝이, 새로 나타난 자를 겨누었고, 장교의 투구 역시 병사의 투구 곁으로 날려 보냈다. 장교 역시 더 이상 고집을 부리지 않고 급히 물러갔다. 이번에는 경고의 뜻을 알아차린 모양이다. 아무도 지붕 위에 다시 나타나지 않았고, 바리케이드 엿보기를 포기하였다.

"왜 죽이지 않았습니까?" 보쒸에가 쟝 발쟝에게 물었다.

쟝 발쟝은 아무 대꾸도 하지 않았다.

12. 질서의 편을 드는 무질서

보쒸에가 꽁브훼르의 귀에다 대고 소곤거렸다.

"그가 내 물음에 대답하지 않았네."

"총질로 친절을 베푸는 사람일세." 꽁브훼르가 대꾸하였다.

이미 먼 옛날이 되어버린 그 시절의 일들을 어느 정도 기억하는 사람들은, 당시 외곽 지역 국민병들이 반란에 매우 용감하게 맞섰다는 사실을 알고 있다. 그들이 특히 1832년 6월의 소요 때 악착스럽고 끈덕졌다. 빵땡, 베르뛰,[46] 뀌네뜨 등 관문 근처의 착한 선술집 주인들이, 소요 사태로 인하여 자기네들의 '영업장'이 휴업하게 되고,

손님의 발길이 뚝 끊기는 것을 보고는 사자처럼 사나워져, 선술집으로 대변되는 질서를 회복하겠노라고 목숨을 내걸었다. 부르주와적이면서 동시에 영웅적이었던 그 시절에는, 자기들의 기사들을 거느린 이념들에 맞서, 협객들을 거느린 이권들이 나타났다. 동기의 진부함이 행동의 용맹성을 전혀 퇴색시키지 않았다. 금화 한 꾸러미 감소한 것 때문에 은행업자들이 「라 마르세이예즈」를 불러댔다. 계산대를 위하여 자신의 피를 열정적으로 흘렸고, 그들에게는 곧 조국의 축소형인 자기들의 상점을 스파르타적 열광으로 방어하였다.

이 말은 해두자. 그 모든 현상의 저변이 매우 진지했다. 자기들 사이에 균형이 이루어질 날을 기다리며 싸움에 임한 주체들은 사회적 구성 인자들이었다.

그 시절의 또 다른 하나의 특징은 정부 중심주의(교조주의를 가리키는 상스러운 명칭이지만)에 뒤섞인 무정부주의였다.

규율에 복종하지 않으면서 질서의 편을 들었다. 국민병의 어떤 대령 하나가 멋대로 명령을 내리면, 변덕스러운 소집을 알리는 북을 느닷없이 마구 쳐댔다. 어떤 대위는 영감을 받아 불구덩이 속으로 뛰어들었다. 또 어떤 국민병은 독단적인 생각에 이끌려 오직 자신만을 위하여 싸웠다. 위기의 순간에는, 즉 소요가 일어나면, 지휘관의 지시보다 자신의 본능을 따랐다. 정규군 속에 진정한 게릴라들이 있었으니, 판니꼬와 같은 검을 든 게릴라들이 있는가 하면, 퐁후레드[47]와 같은 펜을 든 게릴라들도 있었다.

그 시절, 불행하게도 원칙주의자 집단보다는 이익집단에 의해 대변되던 문명이, 위기에 처해 있었다. 혹은 문명 자체가 그렇게 믿었다. 문명이 공포의 비명을 질렀다. 각자 스스로 중심이 되어 자기의 생각대로 문명을 방어하고, 구출하며, 보호하였다. 그리하여 아무나 사회를 구출하겠다고 나섰다.

그러한 열정이 때로는 학살로까지 이어졌다. 어느 국민병 소대는 멋대로 자체 군법회의를 구성하여, 포로가 된 반란자들을 자기들이 재판하여 처형하였다. 쟝 프루베르를 죽인 것도 그러한 즉석 재판이었다. 린치의 사나운 법[48]으로, 어떠한 당파도 그것을 들어 상대 당을 비난할 수 없었으니, 아메리카에서는 공화 체제에 의해 그 법이 시행되었고, 유럽에서는 군주 체제에 의해 시행되었기 때문이다. 그 '린치의 법'을 시행함에 있어 오해도 많이 작용하였다. 소요가 일어난 어느 날, 뽈-에메 가르니에라고 하는 젊은 시인이, 루와얄 광장에서 쫓기고 있었는데, 군인들의 대검이 그의 옆구리에 거의 닿을 지경으로 다급한 처지에 놓였다가, 6번지 대문 안으로 뛰어들어 겨우 피신하였다. 그를 쫓던 사람이 소리쳤다. "저 녀석도 쌩-시몽 파야!" 쌩-시몽 파라는 이유로 그를 죽이려 했던 것이다. 그런데 시인이 겨드랑이에 끼고 있던 책은 쌩-시몽 공작의 『회고록』이었다. 국민병 하나가 그 책 표지에 있던 '쌩-시몽'이라는 이름만 보고, 시인을 죽이라고 고함을 친 것이다.[49]

  1832년 6월 6일, 빠리 외곽 지역 주민들로 편성되었고, 앞에서 잠시 언급한 판니꼬 대위가 지휘하던 국민병 일 개 중대가, 샹브르리 골목길에서, 어떤 환상에 사로잡힌 듯 기꺼이 몰살당하다시피 하였다. 매우 기이한 그 사건의 내막이 1832년 소요 사태 직후 시행된 조사 과정에서 밝혀졌다. 성질 조급하고 과감한 부르주와였고, 질서의 편에 선 일종의 용병이었으며, 앞에서 이미 그 특징을 설명한 광신적이고 규율에 복종하지 않는 정부 중심주의자들 중 하나였던 판니꼬 대위는, 일찌감치 화력을 퍼붓고 싶은 충동과, 자기 홀로, 즉 자기의 중대 단독으로 바리케이드를 점령하고픈 야망을 억제하지 못하였다. 붉은 깃발과, 그가 검은 깃발이라고 여기던 낡은 상의가, 연속적으로 바리케이드 위에 나타나는 것에 머리끝까지 화가 치민 그는, 장군들과 부대장들을 큰 소리로 나무랐다. 그들은 회의를 하고 있었으며, 결정적인 공격의 때가 아직 도래하지 않았으니, 그들 중

한 사람이 사용한 유명한 표현대로, '반란이 국물 속에서 익도록' 내버려 두자고 하였다. 하지만 그는 바리케이드가 익었다고 판단했으며, 익은 것은 떨어질 수밖에 없다고 생각하여 공격을 시도하였다.

어느 증언에 의하면, 그는 자신처럼 과감한 사람들, 즉 '미친개들'을 거느리고 있었다. 시인 쟝 프루베르를 총살한 그 중대는, 길모퉁이에 포진해 있던 대대의 전초 중대였다. 아무도 예상하지 못하던 순간에, 그가 자기의 중대원들을 바리케이드 쪽으로 내몰았다. 계략보다는 의욕에 이끌려 감행한 그 작전이 판니꼬 중대에 심한 타격을 입혔다. 중대원들이 바리케이드를 향해 미처 삼분의 이도 진격하지 못하였을 때, 바리케이드가 일제사격으로 그들을 맞았다. 앞장 서 달리던 가장 과감한 네 사람이 보루 밑에서, 총구를 들이대고 하는 사격에 쓰러졌다. 그러자, 용맹하지만 정규군의 끈덕짐이 결여된 국민병 덩어리가, 잠시 주춤거리다가, 시신 열다섯 구를 남기고 물러설 수밖에 없었다. 그들이 멈칫거리는 동안, 반란자들이 재장전할 시간을 얻었고, 따라서 중대원들이 자기들의 은신처인 모퉁이에 도달하기 전에, 두 번째 일제사격이 퍼부어져 많은 사상자를 냈다. 게다가 어느 순간에는, 중대원들이 쌍방의 사격을 받는 처지에 놓이기도 하였다. 사격 중지 명령을 받지 못한 포병들이 포격을 계속하였고, 산탄포의 탄환들이 후퇴하는 중대원들을 때리기도 하였다. 굽힐 줄 모르고 신중하지 못했던 판니꼬 역시, 산탄포에 희생된 사람들 중 하나였다. 그는 대포에 의해, 즉 '질서'에 의해 죽임을 당하였다.

진지하기보다는 미친 듯했던 그 공격에, 마음이 언짢아진 앙졸라가 한마디 하였다.

"멍청한 것들! 부하들을 죽일 뿐만 아니라, 쓸데없이 우리의 탄약까지 축내는군."

진정한 반란의 지도자다운 말이었다. 반란군 측과 진압군 측은 대등한 무기를 가지고 싸우지 않는다. 즉시 고갈될 수밖에 없는 반란군에게는 한정된 탄약과 제한된 인원밖에 없다. 비운 탄약 주머니와 전사자가 다시 보충되지 않는다. 진압군 측은 전군을 거느리고 있기 때문에 인원을 헤아리지 않고, 뱅쎈느 병기창[50)]을 가지고 있는지라 발사하는 실탄을 헤아리지 않는다. 진압군 측은 바리케이드에 있는 인원과 같은 수의 연대들을 거느리고 있으며, 그곳에 있는 탄약통 수와 대등한 병기창을 보유하고 있다. 그리하여 항상 일백 대 일의 싸움이 벌어지며, 바리케이드들이 산산이 부서지는 것으로 귀결된다. 물론, 혁명이 불쑥 돌출하여 천사장의 활활 타오르는 검을 저울에 던져놓는 경우에는 상황이 달라진다. 그러한 일이 실제로 닥치기도 한다. 그러면 모든 것이 벌떡 일어서고, 포석들이 부글거리고, 백성들이 쌓는 보루가 급속도로 증가하고, 빠리가 숭고하게 전율하고, 신성한 무엇이 모습을 드러내고, 8월 10일(1792)과 7월 29일(1830) 같은 것이 대기에 떠돌고, 경이로운 빛이 나타나고, 힘의 딱 벌린 아가리가 뒷걸음질을 한다. 그러면, 군대라는 그 사자가, 자기 앞에 태연히 서 있는 선지자를, 즉 프랑스를 보게 된다.

13. 지나가는 섬광

하나의 바리케이드를 방어하는 숱한 감정과 열정의 대혼돈 속에는 모든 것이 섞여 있다. 그곳에는 용맹과 젊음, 명예, 열광, 이상, 신념, 도박꾼의 악착스러움, 그리고 특히 간헐적 희망이 있다.

그러한 간헐적 현상 하나가, 그 막연한 희망의 전율이, 가장 뜻하지 않던 순간에, 샹브르리 바리케이드를 순식간에 스치고 지나갔다.

"잘 들어보십시오. 빠리가 깨어나고 있는 것 같습니다." 계속 밖의 동태를 살피던 앙졸라가 소리쳤다.

확실한 것은, 6월 6일 아침나절에 소요가 한두 시간 동안 재연(再

燃)의 조짐을 보였다는 사실이다. 쌩-메리 교회당에서 고집스럽게 울리던 경종 소리에, 다시 일어서 볼까 생각한 사람들이 있었던 모양이다. 뿌와리에 로와 그라빌리에 로에서는 바리케이드들의 초벌 윤곽이 잡히기도 하였다. 쌩-마르땡 관문 앞에서는 기병총을 가진 어느 젊은이 하나가 홀로 기병 중대를 공격하였다. 그는 대로상에서, 훤히 드러난 상태로, 땅바닥에 무릎 하나를 꿇고 총을 겨누어, 중대장을 죽인 다음, 돌아서면서 이렇게 말하였다. "우리들에게 더 이상 해를 끼치지 못할 녀석 하나가 줄었군." 그는 즉시 기병들의 군도에 베어졌다. 쌩-드니 로에서는 어느 여인 하나가 미늘덧문 뒤에 숨어서 빠리 경찰대원들에게 총질을 하였다. 총을 발사할 때마다 덧문 조각들이 떨리는 것이 보였다. 나이 열네 살쯤 된 아이 하나가 꼬쏘느 리 골목길에서 잡혔는데, 그의 호주머니에 탄약포가 가득했다. 여러 초소들이 산발적인 공격을 받았다. 베르땡-뿌와레 로 입구에서는, 까베냐 드 바라뉴 장군이 이끌고 가던 흉갑 기병 연대가 뜻밖의 맹렬한 총격을 받았다. 또한 쁠랑슈-미브레 로를 지날 때에는, 지붕 위로부터 식기 깨진 사금파리들과 기타 조리 기구들이 군사들 머리 위로 쏟아져 내렸다. 좋지 않은 징조였다. 그러한 사실들을 쑬트 대원수에게 보고하자, 나뽈레옹의 옛 부관이 몽상에 잠기면서, 쒸셰가 사라고사에서 한 말을 뇌리에 떠올렸다. "노파들이 우리들의 머리 위로 자기들의 요강을 쏟으면, 우리는 끝장난 거야."

소요가 몇몇 지역에 한정되었다고 믿던 순간에 여러 곳에서 나타나던 그러한 징후들, 다시 성하기 시작하는 분노의 열병, 빠리의 변두리라고 일컫는 그 연소성 강한 거대한 덩어리 위로 여기저기 날아다니는 불티들, 그 모든 것들이 군 수뇌부에게 근심을 안겨 주었다. 그리하여 서둘러 초기 진화에 나섰다. 그리고, 그렇게 탁탁거리며 사방에서 반짝거리는 작은 불티들이 완전히 꺼질 때까지, 모뷔에 로, 샹브르리 로, 쌩-메리 교회당 등에 있던 바리케이드들에 대한 공격은 뒤로 늦추었다. 그것들에 병력을 집중적으로 투입하여 단번에 끝내버릴 수 있도록 하기 위함이었다. 우선 병력을 여러 지대로 나누어, 발효가 시작된 길들로 투입하여, 넓은 길들은 싹 쓸어버리고, 좁은 길들은 좌우를 세심하게 살피되, 때로는 천천히 조심스럽게, 때로는 돌격하듯 급작스럽게 시행토록 하였다. 어느 집에서 누가 총을 쏘면, 군사들이 그 건물의 출입문을 부수고 안으로 진입하였다. 동시에 기병대원들은 대로에 무리 지어 있던 사람들을 해산시켰다. 그러한 진압 작전이 수행되는 과정에 소음이 없을 수 없었고, 군사들과 시민들이 산발적으로 충돌하면서 생기는 소란한 파열음을 피할 수 없었다. 포격과 총격이 잠시 뜸한 동안에 앙졸라의 귀에 들려온 것은 바로 그러한 소음이었다. 뿐만 아니라, 골목 끝으로 부상병들이 들것에 실려 지나가는 것도 보였다. 또한 그리하여 그가 꾸르훼락에게 말하기도 하였다.

"저 부상병들은 이곳과 상관없는 사람들이야."

희망은 잠시 지속되다가, 그 섬광이 순식간에 어둠 속으로 자취를 감추었다. 채 반 시간도 지나지 않아, 대기에 떠돌던 것이 안개처럼 잦아들었고, 그 떠돌던 것은 마치 벼락을 동반하지 않은 번개 같았다. 그다음 순간, 반란군들은, 백성의 무관심이 버림받은 고집퉁이들에게로 던지는, 일종의 납 덮개가 자기들 위로 다시 떨어지는 것을 느꼈다.

희미하게 형체를 이루려던 대대적인 움직임이 중단되고 말았다. 따라서 이제 전쟁상(戰爭相)의 관심과 장군들의 전략은, 아직도 버티고 있던 서너 개의 바리케이드로 집중될 수 있었다.

태양이 지평선 위로 떠올랐다.

반란에 참가한 사람 하나가 앙졸라에게 큰 소리로 말하였다.

"여기에 있는 모든 사람들이 시장기에 시달리고 있소. 우리가 정말 이렇게 아무것도 먹지 못하고 죽을 거요?"

여전히 감시구에 팔꿈치를 괸 채 골목 끝에서 눈을 떼지 않고 있던 앙졸라가, 아무 말 없이 고개를 끄덕였다.

14. 앙졸라가 사랑하는 여인

앙졸라의 옆에 포석을 깔고 앉아 있던 꾸르훼락은, 계속하여 적의 대포를 향하여 모욕적인 언사를 쏟아냈다. 흔히들 산탄포라고 부르는 그 발사체가, 괴물의 소음을 내며 구름처럼 머리 위로 지나갈 때마다, 그는 한입 가득히 조롱을 내뱉었다.

"내 가엾은 늙다리 짐승아, 숨이 차서 헐떡이는 것을 보니 내 마음이 아프구나. 공연히 소음만 낭비하는구나. 너의 그 소리는 천둥소리가 아니야. 기침 소리야."

그러면 주위에 있던 사람들이 모두 웃어댔다.

위기가 고조될수록 오히려 명랑해지는 꾸르훼락과 보쒸에는 스까롱 부인처럼 음식을 농담으로 대체하였으며,[51] 포도주가 없었던지라, 모든 사람들에게 명랑함을 따라주었다.

"앙졸라를 보면 감탄하지 않을 수 없어." 보쒸에가 말하였다. "그의 끄떡도 하지 않는 무모함이 참으로 경이롭네. 그는 홀로 살기 때문에, 그것이 그를 조금은 슬프게 만들어. 그는 자신을 홀아비 상태로 묶어두는 자신의 위대함을 나무라고 있네. 그를 제외한 우리들 모두는, 우리들을 미치광이로 만드는, 즉 우리들을 용맹하게 만드는 정부 비슷한 여자들을 거느리고 있지. 누구든 호랑이처럼 연정에 사로잡히면 적어도 사자만큼은 용감히 싸우지. 그것은 우리들의 그 의상실 아가씨들이 우리들을 농락한 것에 대한 복수일 수도 있어. 오를란도가 죽음을 택한 것은 안젤리카의 분통이 터지도록 하기 위함이었지.[52] 우리의 모든 영웅적 행동은 우리의 여인들로부터 비롯되지. 여인 없는 남자는 공이치기 없는 권총이나 마찬가지야. 남자를 발사하는 것은 여인이야. 그런데 앙졸라에게는 여자가 없어. 그는 연정에 들떠 있지 않으면서도 용감할 수 있는 방법을 찾아낸단 말이야. 사람이 얼음처럼 차가우면서 동시에 불처럼 용맹할 수 있다는 것은 전대미문의 일이야."

앙졸라는 두 사람의 대화에 귀를 기울이는 것 같지 않았다. 그러나 만약 어떤 사람이 그의 곁에 있었다면, 그가 나지막하게 중얼거리는 소리를 들었을 것이다. "파트리아."[53]

보쒸에가 여전히 웃고 있는데 꾸르훼락이 소리쳤다.

"새 손님이야!"

그러더니 새로운 손님의 도착을 안에 고하는 문지기의 음성을 흉내 내며 다시 소리쳤다.

"새 손님 8파운드 포요."

정말 새로운 인물 하나가 막 등장하였다. 그것은 두 번째 불 아가리였다. 포병들이 신속하게 움직이며 그 두 번째 포를 첫 번째 것 가까이에 나란히 배치하였다. 그것은 곧 결말의 시작이었다.

잠시 후, 급히 설치된 포 두 문이, 바리케이드의 정면을 노리고 포격을 시작하였다. 정규군 보병 중대와 빠리 외곽 지역 국민병들의 소총 사격이 포병들을 지원하였다.

조금 떨어진 곳에서도 포성이 들렸다. 포 두 문이 샹브르리의 바리케이드를 집요하게 타격하는 동안, 쌩-드니 로와 오브리-르-부셰 로에 각각 한 문씩 거치한 다른 두 불 아가리가, 쌩-메리 교회당 바리케이드를 짓이기고 있었다. 대포 네 문이 마치 메아리처럼 음산하게 서로 화답하였다.

그 음산한 전쟁의 개들이 마구 짖어대고 있었다.

샹브르리 골목의 바리케이드를 때리고 있던 대포 두 문 중, 하나는 산탄포를, 다른 하나는 공 모양의 철환(鐵丸)을 발사하였다.

철환을 쏘는 대포의 끝은 조금 높게 쳐들려, 철환이 바리케이드의 상단을 때리도록 조준되었던지라, 그 상단을 무너뜨려 포석의 파편들이 반란군들의 머리 위로 산탄처럼 쏟아지게 하였다.

그러한 포격은 적으로 하여금 보루의 상단으로부터 물러나 안에서 움츠리고 있도록 하기 위함인데, 그것은 곧 바리케이드 점령 작전을 개시하겠다는 뜻이다.

전투원들이 철환 때문에 바리케이드 상단에서 철수하고, 산탄포 때문에 술집의 창문에서 물러서면, 돌격대원들이 적의 조준 사격을 염려하지 않고, 아니 적이 알아차리지도 못하는 사이에, 길바닥을 활보할 수 있고, 전날 저녁 그랬던 것처럼 신속히 보루 위로 기어올라, 바리케이드를 불시에 점령할 가능성도 있었다.

"어떻게든 저 대포들이 귀찮게 굴지 못하도록 해야겠어." 앙졸라가 그렇게 말하면서 명령을 내렸다. "포병들을 조준하여 사격 개시!"

모든 대원들은 이미 준비를 갖추고 있었다. 한동안 침묵하고 있던 바리케이드가 미친 듯이 사격을 해대는데, 일종의 광증과 즐거움이 수반된 일제사격이 칠팔 회 연속되었다. 골목이 앞을 가리는 연기로 가득했고, 잠시 후, 불꽃이 어지럽게 선을 그으며 오가는 그 자욱한 연기를 통해 보자니, 포병들의 삼분의 이가 대포의 바퀴들 밑에 나뒹굴어져 있었다. 쓰러지지 않은 병사들은 근엄하리만큼 태연스럽게 대포를 장전하고 있었다. 하지만 포격은 한층 느려졌다.

"좋군, 성공이야." 보쒸에가 앙졸라에게 말하였다.

앙졸라가 머리를 좌우로 흔들면서 대꾸하였다.

"앞으로 십오 분 동안은 이렇게 견딜 수 있어. 하지만 그 이후에는 바리케이드에 탄약통이 단 열 개도 남지 않을걸세."

가브로슈가 그 말을 들었던 모양이다.

15. 밖으로 나간 가브로슈

바리케이드 밖에, 총탄이 쏟아지는 길바닥에, 문득 사람 하나가 나타나는 것이 꾸르훼락의 눈에 띄었다. 가브로슈가, 술집 안에 있던 포도주병 담은 바구니를 들고 건물과 바리케이드 사이의 틈새를 통해 밖으로 나가, 바리케이드 아래 경사지에서 사살된 국민병들의, 실탄 가득한 탄약 주머니들을 태연스럽게 비우고 있었다.

"거기에서 무엇을 하고 있어?" 꾸르훼락이 소리를 질렀다.

가브로슈가 코끝을 쳐들며 대꾸하였다.

"시민이여, 지금 내 바구니를 채우고 있습니다."

"도대체 산탄포가 보이지 않느냐?"

"정말 비 쏟아지듯 하는군요. 그래서 어떻다는 말씀입니까?"

꾸르훼락이 언성을 높였다.

"냉큼 돌아와!"

"곧 가겠습니다." 가브로슈의 대꾸였다.

그러더니 한걸음에 길 한복판으로 뛰어들었다.

판니꼬의 국민병 중대가 후퇴하면서 시체들을 줄줄이 흘려놓았다는 사실을 기억할 것이다. 길을 따라가며 시체 이십여 구가 여기저기 포석 위에 누워 있었다. 가브로슈에게는 그것이 탄약 주머니 이십여 개로 보였다. 바리케이드에 보충해 줄 탄약이었다.

길을 뒤덮고 있던 연기가 안개 같았다. 누구든, 산악 지역에서 두 절벽 사이에 있는 협곡에 드리워진 구름을 본 적이 있는 사람은, 두 줄로 음산하게 서 있던 높은 건물들 사이에 끼어서 더 짙어 보이던 그 연기를 상상할 수 있을 것이다. 연기가 천천히 피어오르면서 끊임없이 다시 생성되었다. 그리하여 대기가 단계적으로 어두워졌고, 태양마저 창백해 보였다. 또한 골목이 매우 짧았건만, 양쪽 끝에 포진해 있던 사람들의 눈에 상대방이 겨우 보일 정도였다.

바리케이드에 돌격대를 투입할 생각을 하고 있던 지휘관들이 아마 원했고 또 미리 계산된 것일지도 모를 그 어둠이, 가브로슈에게는 아주 요긴하였다.

그 연기 너울 자락 밑에 가려져, 또 작은 체구 덕분에, 그는 발각되지 않고 길을 따라 상당히 멀리까지 진출할 수 있었다. 그렇게, 별 위험을 겪지 않고, 탄약 주머니 칠팔 개를 비웠다.

그는 배를 깔고 기다가는 네 발로 달음박질을 하고, 바구니를 이빨로 문 채, 몸을 뒤틀어 미끄러지는가 하면 물결처럼 흐물거리며, 시신들 사이를 뱀처럼 굼실굼실 오갔고, 야자열매를 까는 원숭이처럼 탄약 주머니와 탄약통들을 비웠다.

그가 아직 바리케이드로부터 상당히 가까운 거리에 있었건만, 어서 돌아오라고 감히 소리쳐 부를 수가 없었다. 그에게로 상대방의 주의를 집중시킬까 저어되었기 때문이다.

어느 하사의 시신에서 그가 배[梨] 모양의 화약통 하나를 발견하였다.

"갈증 날 때 요긴하겠군." 그것을 자기의 주머니에 넣으면서 그가 중얼거렸다.

그렇게 전진하다 보니 어느덧, 총이 뿜어내는 연기 자락이 투명해진 지점에 도달하였다. 그리하여, 포석으로 쌓은 엄폐물 뒤에 엎드려 있던 보병 부대 저격수들과, 길모퉁이에 집결해 있던 외곽 지역 국민병 저격수들이, 연기 속에서 굼실거리고 있던 것을 서로에게 가리켜 알리게 되었다.

가브로슈가 길가 경계석 근처에 있던 어느 상사의 탄약통을 비우려 하는 순간, 총탄 한 발이 시신에 명중되었다.

"젠장! 내 시체들을 죽이는군." 가브로슈가 중얼거렸다.

두 번째 총탄이 그의 바로 옆 포석을 때리며 불꽃을 일으켰다. 세 번째 총탄이 그의 바구니를 뒤엎었다. 가브로슈가 유심히 살폈다.

5부 1편 시가전 75

빠리 외곽 지역 국민병들이 쏜 것이었다.
 그가 벌떡 일어서더니, 머리카락이 바람에 흩날리게 내버려 둔 채, 두 손을 엉덩이 위에 얹고, 총을 쏜 국민병들을 뚫어지게 바라보며 노래를 불렀다.

 낭떼르 녀석들 추하네,
 그건 볼떼르 탓이야,
 빨레조 녀석들 바보야,
 그건 루쏘 탓이야.

 그러고 나서 자기의 바구니를 다시 집어 들더니, 흩어져 있던 탄약들을 하나도 빠트리지 않고 주워서 바구니에 담았다. 그런 다음, 총탄이 날아오는 쪽으로 다시 전진하여 다른 탄약 주머니 하나를 더 비웠다. 그 순간 네 번째 총탄이 날아왔지만 빗나갔다. 가브로슈가 노래를 계속하였다.

 나는 공중인이 아니야,
 그건 볼떼르 탓이야,
 나는 작은 새야,
 그건 루쏘 탓이야.

 다섯 번째 총탄 역시 그가 3절을 부르도록 하는 데 그쳤다.

 명랑함은 나의 성품이야,
 그건 볼떼르 탓이야,
 가난이 나의 꾸러미야,
 그건 루쏘 탓이야.

그렇게 한동안 계속되었다.

그 광경은 무시무시하면서도 매력적이었다. 총격을 받는 가브로슈가 총질을 조롱하고 있었다. 그것을 매우 즐기는 것 같았다. 참새가 사냥꾼들을 부리로 쪼아대는 형국이었다. 그는 자신에게 총격이 가해질 때마다 한 절씩 불렀다. 그를 계속 겨누었지만 명중시키지 못하였다. 국민병들과 정규군 병사들이 그를 겨누면서 웃었기 때문이다. 그가 땅바닥에 누웠다가는 벌떡 일어섰고, 건물 출입문 귀퉁이로 자취를 감추었다가는 겅둥거리며 뛰어나왔다. 사라졌다가 다시 나타나고, 도망치다가 되돌아오면서, 쏟아지는 총탄에 비웃는 손짓으로 응수하였다. 그러면서 탄약 주머니들을 비우고 자기의 바구니를 채웠다. 반란군 측에서는 숨도 제대로 못 쉬고 그의 움직임을 초조하게 바라볼 뿐이었다. 바리케이드가 두려움에 떨고 있는 동안 그는 노래를 불렀다. 그는 아이가 아니었다. 인간도 아니었다. 개구쟁이로 변신한 기이한 요정이었다. 혼전(混戰) 한가운데로 뛰어든, 그러나 아무도 손댈 수 없는 난쟁이 같았다. 총탄들이 그의 뒤를 따라다니고 있었으나 그가 더 날렵했다. 그는 죽음과 무시무시한 숨바꼭질 놀이를 하고 있었다. 코 납작한 유령이 자기에게 다가올 때마다, 개구쟁이가 그 콧망울을 손가락으로 퉁겼다.

하지만, 더 정확히 조준되었는지 혹은 더 빗나간 것인지는 모르되, 총탄 하나가 그 아이 도깨비를 명중시켰다. 가브로슈가 비틀거리더니 털썩 주저앉았다. 바리케이드 전체가 비명을 질렀다. 하지만 그 난쟁이 속에는 안타이오스[54]가 있었다. 개구쟁이의 몸이 포석에 닿는 것은 그 거인의 몸이 대지에 닿는 것과 같았다. 가브로슈가 쓰러지는가 싶더니 벌떡 일어나 앉으며 상체를 꼿꼿이 세웠다. 피 한 줄기가 그의 얼굴에 길게 흘렀다. 그가 두 팔을 허공으로 치켜들고 총탄이 날아온 쪽을 바라보더니, 노래를 부르기 시작하였다.

내가 땅바닥에 쓰러졌네,
그건 볼떼르 탓이야,
코를 도랑에 처박고,
그건 …….

그가 노래를 마치지 못하였다. 같은 저격수의 두 번째 총탄이 노래를 중단시켰다. 이번에는 그의 얼굴이 포석 위로 처박혔고, 다시는 움직이지 않았다. 그 어리되 위대한 영혼이 날아가 버렸다.

16. 형이 어떻게 아버지로 변하나

바로 그 순간, 뤽상부르 공원에는—작가의 눈은 동시에 여러 곳에 있어야 하니 말이지만—서로 손을 잡고 서성거리는 아이 둘이 있었다. 한 아이는 일곱 살쯤, 그리고 더 작은 아이는 다섯 살쯤 되어 보였다. 몸이 비에 젖어서인지, 그들은 오솔길의 햇볕 쪼이는 쪽을 따라 걷고 있었다. 큰 아이가 동생을 이끌고 있었다. 두 아이 모두 누더기를 걸쳤고 안색이 창백했다. 그들은 길 잃은 새들 기색이었다. 작은 아이가 가끔 중얼거렸다. "배고파."
벌써 조금은 보호자의 풍모를 띠기 시작한 형이, 왼손으로는 동생의 손을 잡고, 오른손에는 막대기 하나를 들고 있었다.
공원 안에는 그들뿐이었다. 공원이 텅 비어 있었다. 소요 사태 때문에 치안 유지를 위하여 철책 문들을 모두 닫았다. 공원에서 야영하던 군인들도 전투 현장으로 이동하기 위하여 그곳을 빠져나갔다.
그 아이들이 어떻게 그 안에 들어가 있게 되었을까? 아마 어느 파출소에서, 출입문이 살짝 열려 있는 틈을 타서 빠져나왔을지도 모른다. 혹은, 앙훼르 관문이나 천문대 앞 광장에 있을지도 모를, 또는

'invenerunt parvulum pannis involutum'[55]이라는 라틴어 문구 새겨진 건물[56] 정면 상단부가 내려다보고 있는 근처 교차로에 있을지도 모를, 어느 곡예사들의 가건물에서 도망쳐 나왔을지도 모른다. 혹은, 전날 저녁에, 두 아이가 공원의 문을 닫을 시각에, 감시인들의 눈을 피하여, 평소에 사람들이 앉아서 신문을 읽는 차양 친 긴 의자에서 밤을 지새웠을지도 모른다. 분명한 사실은, 그들이 정처 없이 떠도는 것 같았고, 따라서 자유스러워 보였다. 떠돌며 자유스러워 보인다는 것, 그것은 곧 길을 잃었다는 뜻이다. 그 가엾은 어린것들은 정말 길 잃은 아이들이었다.

그 두 아이가 바로, 독자들께서도 기억하실, 가브로슈가 딱하게 여기던 그 아이들이었다. 떼나르디에의 자식들이지만, 질노르망 씨의 소생이라고 속여 마뇽의 집에서 자라던 그 두 아이가, 이제는 뿌리 없는 가지에서 떨어져, 바람에 밀려 땅바닥 위를 구르는 가랑잎 처지가 되어 있었다.

마뇽의 집에 살던 시절에는 깨끗했고, 또 마뇽이 질노르망 씨에게 제시하던 영수증 노릇도 하던 그들의 옷이, 이제는 누더기로 변해 있었다.

그 두 어린것들이 이제부터는, 빠리의 거리를 헤매다가 경찰에 의해 작성되는 통계인 '버려진 아이들' 중에 속하게 되었다.

그 가엾은 어린것들이 그 공원 안에 들어갈 수 있으려면 그날처럼 혼란스러워져야 했다. 공원 관리인들이 그들을 보았다면, 틀림없이 그 누더기들을 쫓아냈을 것이다. 어린 가난뱅이들이 공원에 들어가서는 아니 되기 때문이다. 하지만, 그 어린것들이, 아이라는 자격만으로도 꽃들 가까이 다가갈 권리를 갖는다는 점을, 모든 사람들이 생각해야 할 것이다.

두 아이가 공원 안에 있었던 것은 철책 문들이 닫혀 있었던 덕분이다. 그것은 분명 경범죄에 해당하였다. 그들이 공원 안으로 슬그머니 미끄러져 들어가 그곳에 남아 있었으니 말이다. 철책 문들이 닫혀 있었다 해서 관리인들이 쉬는 것은 아니었다. 공식적으로는 감시가 계속되었으되, 그것이 허술하고 나태해졌다. 관리인들 역시 사회적 불안에 놀라, 공원 안의 일보다는 밖의 일에 더 몰두하여, 그 안을 세심하게 살피지 않았고, 따라서 그 두 어린 범법자들을 발견하지 못한 것이다.

전날 밤에 비가 내렸고, 아침까지도 약간 계속되었다. 그러나 6월의 소나기는 별것이 아니다. 소나기가 쏟아지고 한 시간만 지나도, 금발의 그 아름다운 한낮이 눈물을 흘렸다는 사실을 알아채기 어렵다. 흙 위에 있던 물기 또한, 아이의 볼 위에 흐르던 눈물처럼 신속히 말라버린다.

하지가 가까워지는 그 무렵에는, 정오의 햇볕이 게걸스러워진다. 그것이 모든 것을 수중에 넣는다. 그 햇볕은 지표면에 들러붙어 마구 빨아들인다. 마치 태양이 갈증에 시달리는 것 같다. 한바탕 소나기도 물 한 잔에 불과하다. 비가 내려도 즉각 마셔버린다. 아침에는 모든 것이 젖어 번들거리다가도, 오후가 되면 그것들에서 먼지가 피어오른다.

빗물에 씻기고 햇살에 말려진 녹음보다 찬탄할 만한 것은 없다. 그것은 따스한 신선함이다. 뿌리에 물을 머금고 꽃에 태양을 머금은 정원과 풀밭들이 향로로 변하여, 자신들의 향기를 일시에 발산한다. 모든 것이 웃고, 노래하며, 자신을 선뜻 바친다. 누구든 그로 인해 달콤하게 취함을 느낀다. 봄철은 잠정적인 낙원이고, 태양은 인간을 도와 인내하도록 한다.

그러한 것들 이외의 다른 것은 요구하지 않는 사람들이 있다. 푸른 하늘을 바라보며 그것이면 족하다고 하는 이들이 있다. 경이로움에 몰입되어, 자연에 대한 숭배로부터 선과 악에 대한 무관심을 퍼올리는 몽상꾼들이다. 나무들 밑에 앉아서 몽상에 잠길 수 있는데,

이런 사람들의 배고픔과 저런 사람들의 갈증, 한겨울에 헐벗은 가난뱅이, 림프성 척추 만곡증에 걸린 어린아이, 허름한 침대, 지붕밑방, 지하 감방, 추위에 떠는 소녀들의 누더기 등 따위에 관심을 보이며 몰두하는 행위를 이해하지 못하고, 인간에 대하여 찬연하게 무관심해진 우주의 관조자들이다. 태평스럽고 무시무시한, 무자비하게 만족스러워하는 오성들이다. 무한으로 만족하다니, 기이한 일이다. 포옹을 허용하는 그 유한한 것, 인간의 그 커다란 욕구를 그들은 도외시한다. 진보를 허용하는 유한한 것, 그들은 그 숭고한 작업을 생각조차 하지 않는다. 무한과 유한의 인간적이며 동시에 신성한 조합에서 태동하는 미정(未定)의 것을 그들은 간파하지 못한다. 광대무변과 마주하고 있기만 하면 그들은 흔연한 미소를 짓는다. 소박한 기쁨이라는 것은 전혀 모르며, 항상 무아지경의 유열만 추구한다. 서서히 마모되는 것, 바로 그 현상이 그들의 삶이다. 그들에게는 인류의 역사도 토지 구획 대장의 미세한 한 부분일 뿐이다. 위대한 '전체'가 인류의 역사 속에 있지 아니 하고 그 밖에 있는데, 인류라는 그 자질구레한 부분에 몰두한들 무슨 소용이 있겠느냐는 주장이다. 그들은 이렇게 말한다. "인류가 고통받는다고들 한다. 그럴 수 있다. 하지만 하늘에 떠오르는 알데바란[57]을 바라보라! 엄마에게 젖이 없어 갓 태어난 아기가 죽어간다고 한다. 그러한 일들을 내 어찌 다 알 수 있으랴만, 현미경으로 들여다본 전나무 토막 단면에 나타나는 경이로운 그 장미꽃 문양을 보라! 벨기에의 말린느(메헬렌) 시에서 생산되는 그 곱다고 하는 백색 레이스를 그것에 비할 수 있겠는가!" 그 사상가들은 사랑하는 것을 잊는다. 황도대의 십이궁 별자리에 사로잡혀, 그들은 아이의 눈물을 보지 못한다. 신이 그들에게서 영혼을 삭제해 버렸다. 왜소하면서 동시에 위대한 오성 집단이다. 호라티우스가 그 집단에 속하였고, 괴테가 그 집단에 속하였으며, 라 퐁텐느 역시 그럴 법하다. 인간의 고통을 태평스럽게 구경하는, 그리고 무한에 함몰된 찬연한 이기주의자들이다. 날씨만 청명하면 그들의 눈에는 폭군 네로도 보이지 않는다. 그들은 태양에 눈이 멀어 화형대도 보지 못한다. 단두구가 사람의 목을 자르는 광경에서 빛의 효과를 찾는다. 그들은 비명 소리도, 흐느낌도, 단말마의 헐떡거림도, 급박한 경종 소리도 듣지 못한다. 5월이라는 계절만 있으면 그들에게는 모든 것이 선이다. 그들의 머리 위에 자줏빛 구름과 황금빛 구름만 있으면 그들은 만족스럽다 하고, 천체들의 빛과 새들의 노래가 고갈될 때까지는 행복하기로 작정한 사람들이다.

그들은 찬연한 소경들이다. 그들은 자신들이 딱한 처지에 있음을 짐작조차 하지 못한다. 그들의 처지가 딱함은 확실하다. 울지 못하는 사람은 보지 못한다. 눈썹 밑에 눈이 없고 이마 중앙에 별 하나가 박혀 있어, 밤임과 동시에 낮인 그러한 존재를 딱하게 여기며 동시에 찬미하듯, 그 사람들 역시 우리가 그렇게 대접해야 한다.

몇몇 사람들의 주장에 의하면, 그러한 사상가들의 무관심이 곧 우월한 철학이라고 한다. 그렇다 치자. 하지만 그 우월성 속에는 불구상태가 있다. 불사의 존재이면서 절름발이일 수도 있다. 불카누스[58]가 그 예이다. 초인이면서 동시에 인간에 못 미칠 수도 있다. 광대한 불완전성이 자연 속에 있다. 태양이 혹시 소경이 아닐지, 누가 알겠는가?

그렇다면 도대체 누구를 믿어야 하는가? 누가 감히 태양을 가리켜 협잡꾼이라 하는가?[59] 그렇게 몇몇 천재들도, 지극히 탁월한 인간들도, 별들과 같은 사람들도 실수를 저지를 수 있단 말인가? 저 높은 꼭대기, 저 높은 봉우리, 그 천정점에서, 이 지상으로 그토록 많은 빛을 보내는 그것도, 잘못 보거나, 별로 보지 못하거나, 전혀 보지 못한다는 말인가? 그렇다면 절망적이지 않은가? 아니다. 그러면 태양 위에 무엇이 있는가? 신[60]이 있다.

1832년 6월 6일 오전 열한 시경, 사람들이 없어 적막한 뤽상부르 공원은 매력적이었다. 주사위의 5점 눈처럼 다섯 그루씩 일정한 간격으로 심은 나무들과 화단들이, 밝은 빛 속에서, 향기와 눈부심을 서로에게 보내고 있었다. 정오의 밝음에 미쳐버린 가지들이 서로를 포옹하려 하는 것 같았다. 단풍나무들 속에서는 꾀꼬리들의 요란한 불협화음이 들렸고, 참새들 소리가 가장 요란했으며, 딱따구리들은 마로니에 줄기를 기어오르며 표피의 작은 구멍들을 쉴 새 없이 쪼아대었다. 화단들은 백합의 합법적인 왕권을 받아들이고 있었다. 순백에서 발산되는 향기가 가장 고귀하기 때문이다. 카네이션의 후추 냄새 섞인 향기가 진동하였다. 커다란 나무들의 가지들 속에서는, 마리 드 메디치 시절부터[61] 그곳을 찾는 작은 까마귀들이 사랑을 나누고 있었다. 태양이 튤립꽃들을 황금빛과 붉은색으로 감싸며 그것들에 불을 붙이고 있었다. 튤립꽃들이란 곧 꽃들로 이루어진 화염의 다양한 모양들이다. 튤립 화단 주위로 꿀벌들이 어지럽게 날아다니고 있었는데, 마치 화염 모양의 꽃들로부터 날아오르는 불티 같았다. 모든 것이, 심지어 곧 내릴 비조차, 우아함이고 기쁨이었다. 다시 도지는 질병 같은 그 비가 은방울꽃과 인동덩굴에게 유익할 것이니, 그것 또한 전혀 근심할 바 아니었다. 제비들이 낮게 날아다니며 매력적인 위협을 가하였다. 그곳에 있던 모든 것이 행복을 한껏 들이마셨고, 생명이 향기를 발산하였다. 그 모든 자연이 천진난만함과, 상호 간의 구제와, 도움과, 자애로움과, 애무와, 여명을 한껏 뿜어내고 있었다. 하늘로부터 떨어지는 사념들이, 입술에 와 닿는 아이의 작은 손처럼 부드러웠다.

 나무 밑에 있는 하얀 나체 조각상들이, 빛 때문에 구멍 난 그늘의 드레스를 걸치고 있었다. 그 여신들이 태양 때문에 모두 누더기를 입게 되었다. 그녀들의 몸 여기저기에 햇살들이 너덜거렸다. 커다란 연못 둘레의 흙은 이미 건조되어, 거의 불에 달구어진 것 같았다. 바람도 상당히 불어, 여기저기에 작은 먼지의 소요를 일으켰다. 지난해 가을에 떨어져 남아 있던 가랑잎 몇이 즐겁게 쫓고 쫓기는데, 마치 장난하는 아이들 같았다.

풍요로운 밝음에는 무엇인지 모를 안도감을 주는 것이 있다. 생명, 수액, 열기 등, 온갖 유기체의 발산물들이 넘쳐흐르고 있었다. 창조의 밑에 있는 샘의 거대함이 느껴졌다. 사랑이 스며든 그 모든 숨결들 속에서, 끊임없이 오가는 그 반향과 반사광 속에서, 햇살의 그 엄청난 낭비 속에서, 액화된 황금의 무한정한 유출 속에서, 고갈될 수 없는 풍요로움이 느껴졌다. 그리고 그 화려함 뒤로, 마치 화염의 장막 뒤로 보이듯, 수백만 개의 별을 소유한 절대신이 보이는 듯하였다.

모래 덕분에 진흙의 흔적 하나 없었고, 내린 비 덕분에 재 한 점 없었다. 꽃다발들이 몸을 씻고 난 직후였다. 흙으로부터 꽃의 형태를 띠고 솟아오른 모든 벨벳과 새틴과 모든 윤기 도는 것과 황금빛 도는 것들에 나무랄 점이 없었다. 그 장려함이 깨끗하였다. 행복한 자연의 거대한 정적이 공원을 가득 채우고 있었다. 천상의 고요가, 새들의 둥지에서 들리는 사랑의 지저귐, 꿀벌들의 웅웅거림, 바람의 박동 등 수천의 음악과 조화를 이루고 있었다. 계절의 총체적인 조화가 우아한 전체 속에서 이루어지고 있었다. 봄철의 입장과 퇴장이 예정된 순서에 따라 진행되고 있었다. 라일락이 끝나 가고 있었으며, 자스민이 시작되고 있었다. 몇몇 꽃들은 늑장을 부렸고, 몇몇 곤충들은 미리 와 있었다. 6월의 붉은 나비들을 선도하는 전위부대가 5월의 흰나비들 후위와 형제애를 나누었다. 버즘나무들의 피부가 새로 올라오고 있었다. 미풍이 마로니에의 장엄한 풍성함 속에 물결을 이루어놓기도 하였다. 모든 것이 찬란하였다. 근처에 있는 병영의 어느 용사 하나가, 철책을 통해 공원을 바라보다가 이렇게 말하였다. "봄이 정장 차림으로 부동자세를 취하고 있군."

자연 전체가 점심 식사를 하고 있었다. 삼라만상이 식탁 앞에 앉아 있었다. 그럴 시각이었다. 거대한 푸른색 식탁보가 하늘에 펼쳐졌고, 거대한 초록색 식탁보가 지상에 펼쳐졌다. 태양이 사방을 환하게 밝혀 주고 있었다. 신께서 모두에게 식탁을 차려주고 계셨다. 누구나 빠짐없이 자기의 먹이를 가지고 있었다. 야생 비둘기에게는 대마 씨가, 방울새에게는 좁쌀이, 엉겅퀴방울새[62]에게는 별꽃이, 울새에게는 유충이, 꿀벌에게는 꽃들이, 파리에게는 적충(滴蟲)이, 연두방울새[63]에게는 파리들이 있었다. 서로를 달게 먹고 있었던 바, 그것이 선에 혼합된 악의 신비이다. 그러나 어느 미물 하나 굶지 않았다.

버려진 두 아이가 커다란 연못 근처에 도달하였다. 그러더니, 사방에 가득한 찬란한 빛에 조금 불안해져서, 자꾸만 몸을 숨기려 하였다. 비록 대상이 사람이 아닐지라도, 장려함 앞에서 가난하고 약한 사람이 드러내는 본능이다. 두 아이가 백조의 우리 뒤에 엉거주춤 서 있었다.

여기저기에서, 가끔, 바람결에, 고함 소리와 웅성거림과 소란스러운 헐떡거림 같은 것이 은은히 들려왔다. 총격 소리였다. 또한 묵직하게 때리는 소리도 들렸는데, 그것은 대포 소리였다. 알 시장 방면 지붕들 위로 연기가 피어올랐다. 누구를 부르는 듯한 종소리도 멀리 들렸다.

두 아이는 그 소음들을 듣지 못하는 것 같았다. 그들 중 어린 것이 가끔 나지막하게 같은 말을 반복하였다. "배고파."

두 아이와 거의 동시에, 쌍을 이룬 다른 두 사람이 큰 연못 근처로 다가오고 있었다. 나이 오십쯤 되어 보이는 남자 하나가, 여섯 살쯤 되어 보이는 소년의 손을 잡고 나타났다. 의심할 나위 없이 아버지와 아들인 것 같았다. 여섯 살짜리 남자아이는 커다란 브리오슈 과자 하나를 손에 들고 있었다.

그 시절, 마담 로와 앙훼르 로에 있던 몇몇 집들은 뤽상부르 공원 출입문 열쇠를 소지하고 있었다. 물론 얼마 후 그러한 특혜가 사라지긴 했지만, 따라서 공원이 닫혔을 때에도, 그러한 집에 사는 사람들은 언제나 자유롭게 공원을 드나들 수 있었다. 그 아비와 아들 역시 그러한 집에 사는 것이 틀림없었다. 가난한 두 어린것들이 그 '나리'의 출현에 더욱 주눅이 들어 몸을 더 움츠려 숨겼다.

그 남자는 부르주와였다. 언젠가, 바로 그 연못가에서, 자기의 아들에게 '무절제를 피하라고' 조언하는 것을, 마리우스가 사랑의 열병에 들뜬 상태로 들은 바 있는, 그 사람이었을지도 모른다. 그의 기색은 사근사근하면서 동시에 오만하였고, 다물어지지 않는 그의 입은 끊임없이 미소를 짓는 듯 보였다. 턱뼈가 다부지고 그것을 덮은 가죽이 부족하여 생기는 그 기계적 미소가, 영혼보다는 이빨을 드러내고 있었다. 한 입 깨물고 더 이상 먹지 않는 브리오슈 과자를 손에 들고 있던 아이는, 더 이상 먹고 싶지 않은 눈치였다. 소요 사태 때문이었는지, 아이는 국민병의 복색을 하였고, 아비는 신중함 때문이었는지, 부르주와 차림이었다.

아비와 아들이 연못 근처에서 발걸음을 멈추었고, 마침 백조 두 마리가 물에서 한가롭게 놀고 있었다. 그 부르주와가 백조들을 각별히 좋아하는 것 같았다. 걸음걸이에 있어서 그가 백조들을 닮았다. 하지만 그 순간에는 백조들이 헤엄을 치고 있었으며, 그것이 그것들의 천부적 재능인지라, 더욱 당당하고 아름다워 보였다.

가엾은 두 아이가 만약 귀를 기울였다면, 그리고 이해할 수 있는 나이였다면, 그 점잖은 남자의 말을 가슴속에 간직하였을 것이다. 아비가 어린 아들에게 말하였다.

"현명한 사람은 적은 것에 만족하며 사느니라. 아들아, 나를 보거라. 나는 사치를 좋아하지 않는다. 내가 황금이나 보석으로 치장한 옷 입은 것을 본 적이 있는 사람은 아무도 없을 게다. 나는 그 거짓 화려함을 무절제한 영혼들의 몫으로 돌린다."

알 시장 방면에서 들리던 은은한 고함 소리가, 다급한 종소리 및 함성과 뒤섞여 더욱 요란스러워졌다.

"저것이 무슨 소리예요?" 아이가 물었다.

아비가 대답하였다.

"노예들이 주인 행세하며 소란 피우는 것이다."

문득, 초록색으로 칠한 백조 우리 뒤에 꼼짝도 하지 않고 서 있던, 누더기 걸친 두 아이가 그의 눈에 띄었다.

"벌써 여기에서도 시작되는군." 그가 중얼거렸다.

그리고 잠시 침묵하다가 한마디 덧붙였다.

"무정부주의가 이 공원에까지 들어왔군."

그의 아들이 브리오슈 과자를 한입 깨물다가 즉시 뱉더니, 울음을 터뜨렸다.

"왜 우느냐?" 아비가 물었다.

"나 배고프지 않아요." 아이의 대꾸였다.

아비의 미소가 더 환해졌다.

"배가 고파야만 과자를 먹는 것이 아니란다."

"이 과자 역겨워요. 딱딱해졌어요."

"더 먹기 싫으냐?"

"싫어요."

아비가 백조들을 가리키며 말하였다.

"저 물갈퀴 있는 새들에게 던져 주려무나."

아이가 주저하였다. 자기의 수중에 있는 과자를 먹고 싶지 않다 해서, 그것이 남에게 과자를 주어야 할 이유는 되지 못한다.

아비가 다시 말하였다.

"인정을 베풀거라. 짐승들을 가엾게 여겨야 하느니라."

그러면서 아들로부터 과자를 빼앗아 연못으로 던졌다. 과자가 가장자리 가까이에 떨어졌다. 백조들은 멀찌감치 연못 한가운데서 다른 먹이에 열중하고 있었다. 그것들이 과자도, 그것을 던진 남자도, 아직 보지 못하였다.

과자가 헛되이 물 밑으로 가라앉지 않을까 초조해진 부르주와가, 전신을 보내듯 몸짓을 해 보였고, 결국 백조들의 시선을 끌게 되었다.

물 위에 무엇이 부유하는 것을 보았는지, 선박이 뱃머리 돌리듯이 방향을 바꾼 백조들이, 백색 짐승들에게 걸맞는 편안한 위용을 뽐내며 천천히 브리오슈 과자 쪽으로 향했다.

"백조들이 신호를 알아차리는군." 자신이 기지를 발휘한 것에 만족스러워하면서 부르주와가 중얼거렸다.

그 순간, 먼 곳에서 들리던 소음이 문득 더 요란스러워졌다. 이번에는 몹시 음산하였다. 다른 그 무엇보다도, 몇 가닥 질풍이 그 소음을 더 선명히 전해 주었다. 그 순간에 불던 바람이, 북소리와 아우성 소리와 일제사격 소리 및 그것들에 화답하는 경종과 대포 소리 등을 더 선명하게 전했다. 공교롭게도 그 순간, 검은 구름이 별안간 태양을 가리었다.

백조들이 아직 브리오슈 과자에 도달하지 못하였다.

"돌아가자, 뛸르리 궁을 공격하는 모양이다." 아비가 말하였다.

그가 아들의 손을 다시 잡으며 말을 계속하였다.

"뛸르리 궁으로부터 뤽상부르 공원 사이의 거리는 옥좌로부터 귀족원(상원) 사이의 거리밖에 되지 않느니라.[64] 다시 말해 그리 멀지 않느니라. 이제 곧 총탄이 비 오듯 쏟아질 것이니라."

그가 구름을 쳐다보며 말을 이었다.

"아마 비도 쏟아질 모양이다. 하늘도 이 일에 끼어드는구나. 지파(支派) 가문[65]도 이제 끝장이구나. 서둘러 돌아가자."

"백조들이 브리오슈 과자 먹는 것 보고 싶어요." 아이의 그 말에 아비가 대꾸하였다.

"경솔한 짓이니라."

그러면서 꼬마 부르주와를 이끌고 그 자리를 떴다. 아들은 백조들이 못내 아쉬운 듯, 연못이 나무들에 가려 보이지 않을 때까지 고개를 그 쪽으로 향하고 있었다.

그러는 동안, 백조들과 거의 동시에 두 떠돌이 소년 역시 브리오슈 과자 가까이로 다가왔다. 과자가 물 위에 아직 떠다니고 있었다. 작은 아이는 과자를 바라보고, 형은 돌아가는 부르주와를 유심히 살폈다.

아비와 아들이, 마담 로 쪽 숲 속의 큰 층계로 이어지는 미로 같은 오솔길로 들어섰다.

그들이 시야에서 사라지자, 형이 둥글게 마무리된 연못 언저리에 재빨리 배를 깔고 엎드려, 왼손으로 언저리를 잡고, 상체를 자칫 물에 빠질 정도로 한껏 숙이면서, 오른손으로는 막대기를 과자 쪽으로 뻗었다. 백조들이 적을 보고 급히 서둘렀고, 그러는 바람에 자기들의 가슴팍이 과자를 건지려던 소년에게 유리한 결과를 빚었다. 백조들 앞쪽 물이 밀려 나갔고, 원을 그리는 잔잔한 물결이 과자를 아이의 막대기 쪽으로 밀었다. 백조들이 가까이 왔을 때 막대기 끝이 과자에 닿았다. 아이가 막대기로 힘차게 과자를 자기에게로 당겼고, 그 동작에 백조들이 놀랐으며, 아이가 과자를 손으로 집으면서 상체를 벌떡 일으켰다. 과자가 물에 젖었으나, 두 아이는 몹시 배가 고팠고, 또 갈증도 심하였다. 형이 과자를 두 쪽으로 나누었다. 하나는 컸고 하나는 작았다. 작은 것은 자기가 먹고 큰 것은 동생에게 주었다. 그러면서 동생에게 말하였다.

"이걸 총[66] 속에 붙여 둬."

17. 죽은 아버지가 죽을 아들을 기다리다[67)]

마리우스가 바리케이드 밖으로 뛰쳐나갔다. 꽁브훼르가 그의 뒤를 따랐다. 하지만 너무 늦었다. 가브로슈는 이미 숨을 거두었다. 꽁브훼르가 탄약 바구니를 수습하였고, 마리우스는 가브로슈를 안고 돌아왔다.

마리우스가 비탄에 잠겨 생각하였다. 아이의 아비가 자신의 선친께 베푼 일을 아이에게 갚는 격이었으되, 떼나르디에가 그의 선친을 살린 반면, 그는 죽은 아이를 데려왔을 뿐이다.

가브로슈를 안고 보루 안으로 들어섰을 때, 마리우스의 얼굴 역시 아이처럼 피투성이였다. 그가 가브로슈를 안으려고 상체를 숙이던 순간, 총탄 하나가 그의 이마를 스쳐 지나갔기 때문이다. 그는 그러한 사실을 의식조차 하지 못하였다.

꾸르훼락이 자신의 넥타이를 풀어 마리우스의 이마를 동여매어 주었다.

가브로슈를 탁자 위 마뵈프 옆에 눕히고, 검은 숄을 두 시신 위로 펼쳐 덮었다. 노인과 아이를 덮을 만큼 숄의 폭이 넓었다.

꽁브훼르가 바구니 속에 있던 탄약을 나누어 주었다. 한 사람당 열다섯 발씩 돌아갔다.

쟝 발쟝은 도로 경계석 위에 앉아서 꼼짝도 하지 않았다. 꽁브훼르가 실탄 열다섯 발을 그의 앞으로 내밀자 그는 고개를 가로저으며 사양하였다.

"정말 희한한 사람이군. 이 바리케이드 안에 들어와서 싸우지 않을 방도를 찾고 있어." 꽁브훼르가 앙졸라에게 나지막히 속삭였다.

"하지만 그가 바리케이드를 방어하였네." 앙졸라의 대꾸였다.

"영웅들 중에도 독창적인 사람들이 있지." 꽁브훼르가 한마디 더 하였다.

그러자 꾸르훼락이 그 말을 듣고 보태었다.

"마뵈프 영감님과는 다른 유형이야."

한 가지 언급해 두어야 할 사실은, 바리케이드에 가해진 총격이 그 내부를 거의 동요시키지 못하였다는 점이다. 그러한 전투의 소용돌이를 통과해 보지 못한 사람은, 그 발작 증세와 뒤섞인 기이한 평온의 순간들을 상상조차 할 수 없을 것이다. 우리가 아는 어떤 사람은, 한창 전투에 열중하던 사람 하나가 산탄이 쏟아지는 속에서 다음과 같이 말하는 것을 들었다고 한다. "우리들 모두 사내들끼리 점심 식사 하러 모인 것 같군." 반복해 말하거니와, 샹브르리 골목길에 있던 보루 내부는 매우 고요한 것 같았다. 온갖 돌발 사건들과 우여곡절을 다 겪은지라, 더 이상 새로울 것 같은 일이 있을 수 없었다. 심각했던 처지가 위협적인 처지로 변했고, 이제 곧 절망적인 처지로 변하려 하고 있었다. 처지가 암담해질수록 영웅적 미광이 바리케이드를 더 붉게 물들이고 있었다. 앙졸라가 엄숙한 모습으로 바리케이드를 지배하고 있었는데, 그의 태도는, 날이 시퍼런 검을 음울한 정령 에피도타스[68]에게 바치는 젊은 스파르타 청년 같았다.

꽁브훼르는 앞치마를 두르고 부상자들의 상처를 치료하였고, 보쒸에와 훼이이는, 가브로슈가 죽은 하사의 몸에서 거두어두었던 배 모양의 화약통에 있던 화약으로 총탄을 만들었다. 그러면서 보쒸에가 훼이이에게 말하였다. "우리도 곧 다른 천체로 떠나는 합승마차를 타게 될 걸세." 꾸르훼락은 앙졸라 옆에 쌓여 있던 포석들 위에다, 검이 든 단장과 자기의 장총, 기병용 권총 두 자루, '주먹질'이라고 하는 소형 권총 등, 병기창을 방불케 하는 무기 일습을, 소녀가 골동품 진열창 정리하듯 가지런히 늘어놓았다. 쟝 발쟝은 벙어리처럼 묵묵히 자기의 맞은편 벽을 바라보고 있었다. 어느 노동자 하나는, 위슐루 할멈의 챙이 넓은 밀짚모자를 자신의 머리 위에 올려놓고 끈으로 동여매면서, '햇살이 두려워' 그런다고 하였다. 엑스 지방에서 온 꾸구르드(호리병박) 회원 젊은이들은 자기네들끼리 즐겁게 환담하고 있었다. 마지막으로 고향 사투리를 지껄이고 싶어 서두는 것 같았다. 위슐루 할멈의 거울을 벽에서 떼어낸 쫄리는 그것을 이용해 자기의 혀를 들여다보고 있었다. 몇몇 전투원들은 서랍에서 곰팡이 슨 빵 누룽지를 찾아내어, 그것을 게걸스럽게 먹고 있었다. 마리우스는 아버지가 자기에게 무슨 말씀을 하실지, 그것을 근심하고 있었다.

18. 먹이로 변한 독수리

바리케이드 특유의 심리적 현상 하나를 강조해 두자. 그 거리의 전투를 특징짓는 것들 중 어느 것 하나 누락되어서는 아니 된다.

조금 전에 언급한 바리케이드 내부의 평온이 어떠하든, 그 속에 있는 사람들에게는 바리케이드가 일종의 환영(幻影)임에 틀림없다.

내전에는 묵시록 같은 것이 있어, 모든 미지의 안개가 그 속에서 사나운 화염과 뒤섞이며, 혁명들이란 스핑크스인지라, 누구든 바리케이드를 거쳐 나온 사람은 한 마당 꿈속을 헤매다 나왔다는 감회에 휩싸인다.

마리우스 이야기를 통하여 언뜻 시사하였고, 또 그 결과를 알게 되겠지만, 그러한 장소에서 사람이 느끼는 것이란, 실제의 삶 이상이면서 또 그 이하이기도 하다. 바리케이드에서 일단 나온 후에는, 그곳에서 본 것을 더 이상 기억하지 못한다. 자신이 무시무시했건만, 그 사실을 까맣게 모른다. 인간의 얼굴을 가진 투혼들에 둘러싸여 있었고, 머리는 미래의 빛 속에 담고 있었다. 그곳에는 누워 있는 시신들과 일어선 유령들이 있었다. 시간들이 한없이 길어, 각 시간이 영원과 같았다. 그림자들이 지나갔다. 그것들이 무엇이었을까?

피투성이 손들이 보였다. 끔찍한 굉음에 무시무시한 정적이 이어지기도 하였다. 고함을 지르는 딱 벌린 입들과, 벌렸으되 침묵하는 다른 입들도 있었다. 연기 속에, 아니 어둠 속에 들어가 있었다. 미지의 심연에서 배어 나오는 음산한 것에 손끝이 닿았던 것 같기도 하다. 자신의 손톱에 낀 붉은 것을 들여다본다. 그러나 더 이상 아무것도 기억하지 못한다.

이제 샹브르리 골목으로 다시 가보자. 두 차례의 일제사격 중간에, 문득 시각을 알리는 종소리가 멀리서 들렸다.

"정오군." 꽁브훼르가 중얼거렸다.

열두 번의 타종이 채 끝나지 않았는데, 앙졸라가 벌떡 일어서더니, 바리케이드 상단에서 천둥처럼 외쳤다.

"포석들을 건물 안으로 올려가시오. 그것들을 창문들과 다락방 창문 주위에 쌓으시오. 인원 중 반은 총을 들고 경계를 맡되, 나머지 반은 포석을 운반하시오. 단 한순간도 허비할 수 없소."

골목 끝에, 도끼를 어깨에 걸친 공병대원 한 무리가 전투대형을 갖추고 모습을 드러냈다.

그들은 긴 행렬의 선두에 불과한 듯하였다. 어떤 행렬이었을까? 공격 부대의 선두였음이 분명했다. 바리케이드를 파괴하는 임무를 띤 공병대가 항상 돌격대 앞에 서게 되어 있으니 말이다.

끌레르몽–또네르 씨가 1822년에 '짐승의 목걸이 조이기'[69]라고 부르던 그러한 공격의 순간이 임박해지고 있음이 분명했다.

앙졸라의 명령은 신속히 또 정확히 이행되었다. 탈출이 불가능한 두 싸움터, 즉 선박과 바리케이드에서만 발견되는 특유의 현상이다. 코린토스 선술집 출입문 앞에 앙졸라의 명령에 따라 쌓아두었던 포석들 중 삼분의 이가, 채 일 분도 지나지 않아 이 층과 지붕밑방으로 옮겨졌고, 이 분이 못 되어 이 층 창문들 및 지붕밑방 빛들이 창의 반쯤 높이로 멋있게 쌓아졌다. 그 작업을 지휘한 훼이이에 의해, 총신을 거치할 수 있는 틈들도 적당한 거리를 두고 마련되었다. 그렇게 창문들을 보강하는 작업이 수월했던 것은, 산탄포 사격이 뜸해진 덕분이었다. 대포 두 문은 바리케이드의 벽을 노리고 철환을 쏘아대었는데, 그 중앙부에 개구멍이나 큰 틈을 내어, 돌파 작전을 준비하려는 심산에서였다.

최후의 방어에 쓰일 포석들이 지정된 자리에 놓여지자, 앙졸라가 마뵈프의 시신을 눕혀 놓은 탁자 밑에 있던 포도주병들을 이 층으로 가져가게 하였다.

"그것들을 누가 마시지?" 보쒸에가 물었다.

"그들이." 앙졸라의 대꾸였다.

그런 다음, 아래층 창문들 앞에 바리케이드를 설치하고, 밤이면 출입문을 닫을 때 사용하던 빗장을 언제든 사용할 수 있도록 준비해 두었다. 요새는 완벽했다. 바리케이드는 성벽이었고, 술집 건물은 아성(牙城)의 주루(主樓)였다.

남은 포석들로는 바리케이드와 건물 벽 사이에 남겨 두었던 통로를 막았다.

바리케이드를 방어하는 측에서는 항상 탄약을 아껴야 하는 처지이고 또 공격하는 측이 그 사실을 잘 아는지라, 공격하는 측은 상대방의 심기를 격동시킬 만큼 느긋이 준비하고, 공격을 개시하기 전부터 자신들을 노출시키는 척하면서 편안히 휴식을 취한다. 공격 준비는 항상 조직적으로 천천히 이루어지다가, 그것이 문득 벼락으로 이어진다.

그러한 지체 덕분에, 앙졸라는 모든 것을 다시 살펴 미비한 점들을 보충할 수 있었다. 그곳에 모인 그 장한 사나이들이 곧 죽을 것인 바, 그들의 죽음이 하나의 걸작품이어야 한다는 것이 그의 어렴풋한 생각이었다.

그가 마리우스에게 말하였다.

"우리 두 사람이 이곳의 두령일세. 나는 안에 들어가 마지막으로 점검하고 명령을 내릴 것이니, 자네는 밖에 남아서 사태를 주시하게."

마리우스가 바리케이드 상단에 자리를 잡고 적의 동태를 살피기 시작하였다. 앙졸라는 우선 부엌 출입문에 못을 박아 폐쇄하였다. 모두들 기억하다시피 부엌은 야전병원이었다.

"부상자들이 피해를 당하지 않도록 하십시오." 그의 말이었다.

그가 아래층에서, 간략하지만 태산처럼 침착한 어조로, 마지막 점검에 들어갔다. 훼이이가 다른 모든 사람들을 대신하여 그의 질문에 답하였다.

"이 층에는 도끼들을 준비해 두었다가, 필요할 경우, 즉시 층계를 끊어야 하오. 도끼가 확보되었나요?"

"그렇소." 훼이이의 대답이었다.

"몇 자루?"

"일반 도끼 두 자루와 도살용 도끼 한 자루."

"좋소이다. 현재 전투에 임할 수 있는 인원이 도합 스물여섯인데, 총은 몇 정이오?"

"서른네 정."

"여덟 정이 남는군. 그 나머지 총들도 장전해서 가까이에 놓아두시오. 허리띠에 군도와 권총을 휴대하시오. 스무 명은 바리케이드를 방어하고, 여섯 명은 이 층과 지붕밑방에 설치한 총안을 통하여, 돌파해 들어오는 적들에게 총격을 가하시오. 이곳에는 단 한 사람도 남지 않도록 하시오. 공격의 북소리가 들리는 즉시, 스무 명은 급히 바리케이드로 달려가 전투태세를 취해야 하오. 먼저 도착하시는 분들이 더 좋은 자리를 차지하실 것이오."

그렇게 점검과 조치를 마친 다음, 그가 쟈베르 쪽으로 고개를 돌리며 말하였다.

"너도 잊지 않았어."

그러더니 권총 한 자루를 탁자 위에 놓으며 다시 말하였다.

"이곳에서 마지막으로 나가는 사람이 이 첩자의 머리를 부술 것이오."

"여기에서?" 누군가가 이의를 제기하였다.

"아니오. 이자의 시신과 우리들의 시신을 섞어서는 아니 되오. 몽데뚜르 골목에 있는 작은 바리케이드는 쉽게 넘을 수 있소. 높이가 사 삐에밖에 아니 되오. 이 사람을 단단히 결박하였으니, 그곳으로 끌고 가서 처단해야 하오."

그 순간에 앙졸라보다 더 태연했던 사람은 쟈베르였다. 그때 쟝 발쟝이 나타났다. 그는 다른 사람들 속에 섞여 있었으나, 문득 앞으로 나서며 앙졸라에게 말하였다.

"당신이 지휘관이시오?"

"그렇습니다."

"조금 전에 당신이 나에게 고맙다고 하셨지요?"

"공화국을 대신하여 감사를 표했습니다. 이 바리케이드를 위기에서 구출하신 분이 둘인데, 마리우스 뽕메르씨와 귀하이십니다."

"내가 보상을 받을 만한 자격을 가지고 있다 생각하시오?"

"물론입니다."

"그렇다면, 한 가지 보상을 청하겠소."

"그것이 무엇입니까?"

"저 사람의 뇌수를 내 손으로 태워버리는 것이오."[70)]

쟈베르가 고개를 쳐들어 쟝 발쟝을 발견하였고, 그 순간, 사람들의 눈에 띄지 않을 만큼 약하게 흠칫하였다. 그러더니 나지막하게 중얼거렸다.

"그것이 공평해."

앙졸라가 자기의 기병총을 장전하기 시작하였다. 그리고 주위를 둘러보며 물었다.

"이의 없습니까?"

그리고 다시 쟝 발쟝에게 말하였다.

"끄나풀을 데려가십시오."

쟝 발쟝이 탁자 끝에 앉으며 쟈베르를 정식으로 인수하였다. 그리고 권총을 집어 들었다. 약한 금속성이 들렸다. 그가 권총을 장전한 것이다. 거의 같은 순간 나팔 소리가 들렸다.

"비상!" 바리케이드 상단에서 마리우스가 외쳤다.

쟈베르가 소리 없이 웃기 시작하였다. 그 특유의 웃음이었다. 그러더니 반란자들을 뚫어지게 바라보며 말하였다.

"당신들의 처지도 내 처지보다 별로 나을 것이 없군."

"전원 밖으로!" 앙졸라가 외쳤다.

모두들 소란스럽게 밖으로 뛰쳐나갔다. 그러는 동안—이러한 표현 사용하는 것을 허용해 주시기 바란다—그들의 등 뒤에서 쟈베르의 다음 말이 들려왔다.

"잠시 후에 다시 만납시다!"

19. 쟝 발쟝의 복수

쟈베르와 단 두 사람만 술집 안에 남게 되자, 쟝 발쟝은 포로의 몸뚱이 중간을 휘감아 탁자 밑에 매듭을 지어놓았던 밧줄을 풀었다. 그런 다음 눈짓을 하여 포로에게 일어서라고 하였다. 쟈베르가 그 지시에 응하면서 불가사의한 미소를 지었는데, 그 미소 속에는 결박당한 공권력의 패기가 응결되어 있었다.

쟝 발쟝이, 일하는 마소의 고삐 끌 듯, 쟈베르를 묶은 가슴걸이 끈을 잡고 선술집 밖으로 천천히 나갔다. 쟈베르의 다리가 묶여 있어,

그의 보폭이 매우 좁았기 때문이다.

쟝 발쟝은 손에 권총을 들고 있었다. 두 사람이 그렇게 바리케이드 내부의 사다리꼴 빈터를 건넜다. 반란자들은 일촉즉발의 사태에 대비하느라고 모두 그들에게 등을 돌리고 있었다.

오직 마리우스만이, 방벽의 왼쪽 끝에 있었던지라, 그들이 지나가는 것을 보았다. 수난자와 망나니로 이루어진 그 한 쌍이, 마리우스의 영혼 속에 있던 무덤의 미광 덕분에 선명히 보였다.

쟝 발쟝이, 결박된 쟈베르로 하여금 몽데뚜르 골목의 방벽을 넘도록 하느라고, 약간의 어려움을 겪었다. 하지만 잡고 있던 끈은 단 한 순간도 놓지 않았다. 그 방벽을 넘으니 골목에는 그 두 사람밖에 없었다. 더 이상 아무도 그들을 볼 수 없었다. 건물들의 귀퉁이들 때문에 반란군들도 보이지 않았다. 몇 걸음 더 가자, 바리케이드에서 밖으로 던져버린 시신들이 무시무시한 무더기를 이루고 있었다.

그 무더기 속에, 창백한 얼굴에 머리가 풀려 흩어졌고, 손에 구멍이 뚫렸으며, 젖가슴이 드러난 반나체의 여인 하나가 보였다. 에뽀닌느였다.

쟈베르가 곁눈으로 그 여자의 시신을 유심히 바라보더니, 지극히 태연한 어조로 중얼거렸다.

"내가 저 계집아이를 알아볼 수 있겠군."

그러고 나서 다시 쟝 발쟝에게로 고개를 돌렸다.

쟝 발쟝이 권총을 겨드랑이에 낀 다음 쟈베르를 정면으로 뚫어지게 쳐다보았다. '쟈베르, 나일세.' 그러한 말조차 필요 없는 시선이었다.

쟈베르가 그 시선에 대꾸하였다.

"이제 너의 뜻대로 복수해."

쟝 발쟝이 자기의 호주머니에서 주머니칼을 꺼내어 폈다.

"단도군!" 쟈베르가 소리쳤다. "그렇지. 너에게는 그것이 더 어울리지."[71]

쟝 발쟝이 쟈베르의 목에 걸려 있던 가슴걸이 끈을 끊은 다음, 그의 손목을 묶은 밧줄을 끊었고, 다시 상체를 숙여, 발목의 족쇄 역할 하던 끈마저 끊었다. 그리고 다시 일어서면서 말하였다.

"이제 당신은 자유의 몸이오."

쟈베르는 쉽게 놀라는 사람이 아니었다. 하지만, 그가 아무리 자신을 완벽하게 통제하는 사람이었다 할지라도, 이번에는 충격에서 벗어나지 못하였다. 그가 넋 나간 사람처럼 꼼짝도 하지 않고 서 있었다.

쟝 발쟝이 말을 계속하였다.

"내가 살아서 이곳을 빠져나갈 수 있으리라고는 생각하지 않소. 하지만, 만약, 우연히, 내가 이곳에서 빠져나갈 경우, 나는 롬므-아르메 로 7번지에 포슐르방이라는 이름으로 살고 있을 것이오."

쟈베르가 호랑이처럼 얼굴을 찡그리는 바람에, 입 한 귀퉁이가 열렸다. 그가 이빨 사이로 중얼거렸다.

"조심해."

"어서 가시오." 쟝 발쟝의 대꾸였다.

쟈베르가 다시 말하였다.

"네가 포슐르방이라는 이름으로 롬므-아르메 로에 산다고 했지?"

"그 길 7번지요."

쟈베르가 나지막하게 중얼거렸다.

"7번지라."

그가 프록코트의 단추를 다시 채우고 양쪽 어깨를 군대식으로 뻣뻣이 편 다음 반쯤 돌아서더니, 팔짱을 끼고 한 손으로 자신의 턱을 괸 채 알 시장 방면으로 발걸음을 옮기기 시작하였다. 쟝 발쟝은 그 자리에 서서 그의 뒷모습을 바라보고 있었다. 쟈베르가 몇 걸음 가더니 별안간 돌아섰다. 그리고 쟝 발쟝에게 소리쳤다.

"당신이 나의 심기를 불편하게 하오. 차라리 나를 죽이시오."

쟈베르 자신도, 이번에는 자기가 쟝 발쟝에게 반말을 하지 않았다는 사실을 깨닫지 못하였다.

"어서 돌아가시오." 쟝 발쟝의 대꾸였다.

쟈베르가 천천히 멀어져 갔다. 잠시 후 그가 뻬쉐르 로 모퉁이를 돌아 사라졌다.

쟈베르가 사라지자, 쟝 발쟝이 허공으로 권총을 발사하였다. 그런 다음 바리케이드로 돌아와 말하였다.

"처치하였소."

그러는 동안 마리우스의 내면에서는 다음과 같은 일들이 전개되고 있었다.

선술집 안에서 벌어지던 일보다는 밖의 사태에 열중하느라고, 마리우스는 술집 아래층 안쪽 침침한 곳에 묶여 있던 밀정을 그때까지는 자세히 바라보지 못하였다.

하지만 그 밀정이 환한 햇빛 아래로 나와, 죽으러 가기 위하여 작은 바리케이드를 넘는 순간, 그를 즉각 알아보았다. 문득 그의 뇌리에 추억이 되살아났다. 그는 뽕뚜와즈 로의 경찰서에서 만난 그 형사와, 형사가 자신에게 맡긴 권총 두 자루를 다시 기억해 냈다. 그 두 자루 권총은 자기가 바리케이드에 도착하면서 사용한 바로 그것들이었다. 이제 형사의 모습뿐만 아니라 이름까지 기억 속에 되살아났다.

하지만, 그 순간에 그의 모든 사념들이 그랬듯이, 그 추억 역시 안개에 덮인 듯이 희미하였다. 그가 기억해 낸 것이 아직 확실한 단정이 아니었고, 자신에게 던지는 질문의 형태에 불과하였다. '자신의 이름이 쟈베르라고 하던 그 형사 아닐까?'

그 사람의 목숨을 구출하기 위하여 자신이 개입해야 하지 않을까 생각도 해보았다. 하지만 우선 그 사람이 정말 그 쟈베르인지 알아야 했다.

마침 바리케이드의 반대쪽 끝에 자리를 잡은 앙졸라를 마리우스가 소리쳐 불렀다.

"앙졸라!"

"무슨 일이야?"

"저 사람 이름이 뭐라 했지?"

"누구 말인가?"

"경찰관 말이야. 그의 이름을 아나?"

"물론이지. 그 스스로 우리에게 자신의 이름을 밝혔어."

"그의 이름이 무엇이지?"

"쟈베르."

마리우스가 벌떡 일어섰다.

그 순간 권총 발사하는 소리가 들렸다. 그리고 뒤이어 쟝 발쟝이 나타나면서 외쳤다. "처치하였소."

음산한 냉기가 마리우스의 심장을 관통하였다.

20. 죽은 이들이 옳으나 산 이들 또한 잘못이 없다

바리케이드의 단말마적 고통이 시작되려 하고 있었다.

모든 것이 그 최후 순간의 비극적 장엄함에 부합되고 있었다. 대기에 퍼져 있는 수천의 신비한 소음, 보이지 않는 길들에서 기동하기 시작한 대규모 군대의 숨결, 간헐적으로 들리는 기병대의 질주 소리, 이동하는 포병대의 육중한 진동, 빠리의 여러 미로에서 서로 주고받는 총격과 포격, 전투 과정에 발생하여 지붕들 위로 피어오르는 황금빛 연기, 멀리서 희미하게 들리는 정체 모를 무시무시한 고함, 사방에서 번뜩이는 위협적인 섬광, 이제는 흐느낌으로 변한 쌩-메리 교회당의 경종 소리, 계절 특유의 따스함, 태양 빛과 구름 가득한 하늘의 찬연함, 한낮의 아름다움과 건물들의 무시무시한 침묵 등이 그것들이었다.

전날 저녁부터, 샹브르리 골목길 양편에 있는 건물들이 두 장벽으로, 그것도 사나운 장벽으로 변모해 있었다. 출입문들과 창문들 그리고 덧문들까지 모두 닫혀 있었다.

지금 우리가 살고 있는 시절과 현격하게 달랐던 시절에는, 즉 너무 오랜 동안 지속되었던 상황과 군주가 시혜 베풀 듯 안겨 준 헌장 및 허울뿐인 법치국가를 백성들이 끝장내기를 갈망하던 시절에는, 모든 이들의 분노가 대기 중에 확산되어 있던 시절에는, 거리의 포석들 벗겨 내는 것을 도시가 기꺼이 동의하던 시절에는, 반란이 시민의 귀에다 구호를 속삭이면 시민이 미소를 짓던 시절에는, 폭동에 동감하는 일반 주민이 투사들의 조수가 되었고, 건물들이, 자기들에게 기대어 축조한 즉흥적 요새들과 형제애를 나누었다. 반면, 상황이 무르익지 않았을 때, 반란이 결정적인 동의를 얻지 못하였을 때, 대중이 그러한 움직임을 인정하지 않았을 때에는, 투사들에게 아무 가망이 없었다. 반란을 주도한 이들을 둘러싼 도시가 황량한 사막으로 변하였고, 영혼들이 얼음장처럼 차가워졌으며, 모든 피신처들이 벽으로 가로막혔다. 또한 길들은 협로처럼 변하여, 정부군이 바리케이드 점령하는 것을 도왔다.

백성이 원하지 않는 한, 백성으로 하여금 얼떨결에 서둘러 나아가게 할 수는 없다. 백성의 손을 억지로 이끌려 하는 이에게는 불행이 닥칠 것이다! 백성이란 자신이 조정되도록 내버려 두는 존재가 아니다. 혹시 누가 백성을 조정하려 할 경우, 백성은 반란을 외면해 버린다. 그러면 반란 주동자들은 흑사병 환자 꼴로 전락한다. 건물은 깎아지른 급경사로 변하고, 출입문은 거절의 상징으로 바뀌며, 모든 건물의 정면이 장벽의 모습을 띤다. 그 장벽이 보고 들으나 동의하지 않는다. 그것이 살짝 열리며 구원의 손길을 내밀 수도 있으련만, 그렇게 하지 않는다. 그 장벽은 하나의 심판관이다. 그것은 묵묵히 바라보다가 단죄할 뿐이다. 닫힌 건물들만큼 음산한 것이 있으랴! 그것들이 외견상 죽은 것 같으나 실은 살아 있다. 생명이 유보된 듯 보이지만, 실은 그 속에서 끈질기게 지속되고 있다. 이십사 시간 전부터 사람의 모습 하나 보이지 않았으되, 모든 사람들이 고스란히 그 속에 있다. 그 거대한 암석 속에서 사람들이 오가고 잠자리에 들고 다시 일어나고, 가족들끼리, 먹고, 마신다. 그리고 두려워하는 바, 정말 무서운 일이다! 공포감이 그 무시무시한 냉대의 명분이다. 그리고 그 냉대에 당황하는 기색을 가미하기도 한다. 때로는 심지어, 그리고 실제 있었던 일이지만, 공포감이 격정으로 변하기도 한다. 즉, 두려움이 격렬한 노기로 변할 수도 있는데, 신중함이 광증으로 변하는 것과 같다. 그리하여 '온건파 미치광이들'이라는 의미심장한 말이 생겼다. 극도의 공포감이 활활 타오르는 경우가 있으며, 그 화염으로부터 음산한 연기 같은 노기가 치솟기도 한다. "저 사람들 도대체 무엇을 원하는 거야? 저들은 도무지 만족할 줄 몰라. 저들은 평화롭게 살아가는 사람들까지 위태롭게 만들어. 저따위 혁명에 아직까지도 싫증을 느끼지 않는 모양이군! 여기엔 무엇 하러 온 거야? 자초한 일이니 스스로 해결해야지. 그들에게는 안된 일이지만. 자업자득이야. 마땅한 보상을 받은 거야. 우리와는 상관없는 일이야. 우리의 가엾은 거리가 총탄 세례를 받아 체처럼 구멍투성이가 되었어. 저들은 건달 무더기야. 절대 문을 열어주지 말아요." 그리하여 건물이 무덤의 모습을 띤다. 반란에 가담했던 이가 그 출입문 앞에서 죽어간다. 총탄이 빗발치듯 하고 시퍼런 군도가 자기를 노리고 다가오는 것을 본다. 자기가 비명을 지르면 그 소리를 듣되, 자기를 구출해 주지 않을 것임을 잘 안다. 그를 보호해 줄 수 있을 벽들이 있고, 그를 구출해 줄 수 있을 사람들이 있으며, 육신의 귀를 가진 벽들이 있으되, 그 속에 있는 사람들의 내장은 돌과 다름없다.

누구를 비난해야 할까?

아무도 비난할 수 없으되 또한 모든 사람들을 비난해야 할 것이다.

우리가 살고 있는 이 불완전한 시대를 비난해야 할 것이다.

유토피아[72]는 항상 온갖 위험을 감수하고 반란으로 변신한다. 그리하여 철학적 항변이 무기를 든 반발로 변한다. 즉, 미네르바가 팔라스[73]로 둔갑한다. 조바심하다가 반란으로 변신하는 유토피아는 무엇이 자기를 기다리고 있는지 잘 안다. 유토피아는 거의 항상 너무 앞서 간다. 그리하여 스스로 체념하고, 승리 대신 파멸을 스토아 철학자들처럼 초연히 받아들인다. 유토피아는, 자기를 부정하는 사람들에 대하여 조금도 불평하지 않고, 심지어 그들을 변호하면서, 그들에게 봉사한다. 그리하여 그의 관대함은 기꺼이 버림받는다는 것이다. 또한 자기의 앞을 막는 장애에 대해서는 아무도 제어할 수 없을 만큼 맹렬하지만, 배은망덕함 앞에서는 지극히 유순하다.

사람들의 그러한 태도가 과연 배은망덕함일까?

인류라는 전체의 관점에서 보면 그렇다.

그러나 개인의 관점에서는 그렇지 않다.

진보란 인간의 존재 양식 그 자체이다. 인류의 보편적 삶 자체를 가리켜 진보라고 한다. 즉, 인류가 내딛는 발걸음 자체가 진보이다. 진보는 행진한다. 그렇게, 인간적이고 지상적인 위대한 여행이 천상적이고 신성한 것을 향한다. 그러면서 중도에 잠시 멈추어, 뒤처진 가축 떼를 모아 합류시킨다. 또한, 어떤 찬연한 가나안이 문득 그 지평을 드러내면, 명상에 잠기기도 한다. 진보 역시, 잠드는 나름대로의 밤 시간을 가지고 있다. 인간의 영혼 위에 어둠이 드리워진 것을 보는 것, 그리고 암흑 속에서 잠들어 있는 진보가 손끝에 닿건만 그것을 깨우지 못하는 것, 그것이 사상가의 가장 비통한 근심이다.

"신은 아마 죽었을 거요." 이 글을 쓰고 있는 사람에게 어느 날 제라르 드 네르발이 한 말이다. 진보와 신을 혼동하고, 또 동작의 일시적 중단을 절대존재의 죽음으로 오해하여 나온 말일 듯하다.

절망하는 것은 옳지 않다. 진보는 어김없이 잠에서 깨어나게 되어 있고, 결국 그런 다음에는, 그것이 비록 잠을 자면서도 계속 걸었다고 말할 수 있을 것이다. 그것이 성장하였으니 말이다. 그것이 깨어나 일어서 있는 것을 보면, 비로소 그것이 성장하였음을 알게 될 것이다. 항상 평온한 것, 그것은 강물의 경우와 마찬가지로 진보 자체에 의해 좌우되지 않는다. 그 흐름을 막는 댐을 쌓지도 말고 암석들을 던져 넣지도 말라. 장애물이 강물로 하여금 포말을 일으키게 하고, 인류로 하여금 부글거리게 한다. 그것으로 인하여 혼란이 야기된다. 그러나 그러한 혼란 후에도 진척이 이루어졌음을 깨닫게 된다. 질서가, 즉 보편적 평온이 확립될 때까지는, 조화와 단합이 지배하게 될 때까지는, 진보가 혁명이라는 역참들을 거쳐 지나가야 한다.

도대체 진보란 무엇인가? 조금 전에 말한 바와 같다. 뭇 백성들의 항구적인 삶이다.

그런데, 개인들의 일시적인 삶이 인류의 영원한 삶에 저항하는 경우가 가끔 생긴다.

조금도 언짢게 여기지 말고 시인하자. 개인은 자기 고유의 이권을 가지고 있으며, 따라서 그 이권을 위하여 당당하게 협정을 맺고 그것을 지킬 수 있다. 현재는 용납될 수 있을 만큼의 이기주의를 가지고 있다. 순간에 불과한 삶이라도 그 고유의 권리를 가지고 있으며, 미래를 위하여 끊임없이 자신을 희생할 의무를 지고 있지 않다. 현재 이 지상을 스쳐 지나갈 차례에 있는 세대가, 자기들의 차례를 기다리고 있는 훗날의 세대들을 위하여, 즉 자신과 동등한 세대들을 위하여, 스스로를 단축시켜 희생할 의무는 없다. '모든 이들'이라 지칭되는 어떤 존재가 나지막하게 투덜거린다. "내가 존재해. 나는 젊고 사랑에 빠져 있어. 나는 늙었고, 따라서 쉬고 싶어. 나는 한 가정의 가장이고, 일을 하고, 번영을 누리고, 사업도 번창하고, 세놓을 집도 있고, 국가에 돈을 빌려주고, 행복하고, 아내와 자식들도 있고, 그 모든 것을 좋아하며, 살고 싶어. 그러니 나를 조용히 내버려 둬." 깊은 냉담함이 인류의 전위병들 앞에 가끔 드리워지는 것은 바로 그러한 이유 때문이다.

그리고 이 사실만은 시인해 두자. 즉, 유토피아가 전쟁을 벌이는 순간 자신의 찬연한 영역을 이탈한다는 사실이다. 내일의 진실인 그것이, 어제의 거짓, 즉 전투라는 방법을 빌린다는 것이다. 미래인 그것이 과거처럼 처신한다는 것이다. 순수한 이념인 그것이 폭력으로 변한다는 사실이다. 유토피아가 자신의 영웅주의에 폭력을 곁들이는 바, 그 폭력에 대해 책임을 져야 함은 마땅하다. 일시적이고 궁여지책인 폭력이로되, 원칙에 상반되는 바, 숙명적으로 처벌될 수밖에 없다. 반란을 일으키는 유토피아가 낡은 군율을 손에 들고 싸운다. 그리하여 간첩을 총살하고, 반역자들을 처단하며, 생명체들을 말살하여 미지의 암흑 속으로 던져버린다. 유토피아 역시 죽음을 이용하는 바, 매우 심각한 일이다. 더 이상 자신의 밝은 영향력과, 아무도 저항할 수 없는 힘과, 결코 부패할 수 없는 힘에 대한 믿음이 없는 모양이다. 그리하여 이도(利刀)를 휘두른다. 그런데 그 날카로운 검은 어느 것 하나 단순하지 않다. 모든 검은 양날 검이다. 날 하나가 다른 이에게 상처를 입히는 순간, 나머지 날은 검을 휘두르는 사람에게 상처를 입힌다.

이상과 같은 유보 사항들에도 불구하고, 또한 아무리 엄정한 조건을 전제로 한다 해도, 우리는 미래를 위하여 싸우는 그 영광스러운 투사들을, 그 유토피아의 사제들을, 그들이 성공하건 그러지 못하건, 찬미하지 않을 수 없다. 그들이 실패하는 경우에도 그들은 여전히 존경스러우며, 성공하지 못하였을 때 오히려 그들의 장엄함이 돋

보일지도 모른다. 진보에 입각한 승리가 백성들의 갈채를 받을 자격을 갖는다면, 영웅적 패배는 백성들의 깊은 동정을 받아 마땅하다. 승리가 찬연하다면 패배는 숭고하다. 성공보다는 순교를 택하는 우리에게는, 존 브라운[74]이 워싱턴보다 더 위대하고, 삐사까네[75]가 가리발디보다 더 위대하다.

누군가는 패자들의 편을 들어주어야 한다.

그 위대한 미래의 개척자들이 실패할 경우, 사람들은 그들을 부당하게 대접한다.

흔히들 혁명가들이 공포감을 만연시킨다고 비난한다. 모든 바리케이드를 범죄적 기도로 여긴다. 그들의 이론을 비난하고, 그들의 목적을 의심하며, 그들의 내심을 두려워하는 나머지, 그들의 양심을 공공연히 고발한다. 그들이 현재의 사회질서에 맞서, 가난과 고통과 부패와 불평과 절망 등의 무더기를 쌓아 올려 발판을 만들고, 사회의 밑바닥에서 암흑의 포석들을 벗겨 올려, 그 발판 위에다 총안들을 만들어 싸움에 임한다고 비난한다. 그러면서 그들에게 소리친다. "당신들은 지옥의 포석들을 벗겨 올리고 있어." 그들이 이렇게 응수할 수 있을 듯하다. "그래서 우리의 바리케이드는 선의로만 구축되었소."[76]

최선책은 말할 나위 없이 평화적 해결이다. 요컨대, 사람들이 포석을 보면 즉시 곰을 뇌리에 떠올리고,[77] 사회는 선의 앞에서 불안해한다. 하지만 사회가 자신을 구출하는 것은 오직 자신에게 달렸다. 우리가 호소하는 것은 사회 자체의 선의를 향해서이다. 어떤 포악스러운 치유책도 필요치 않다. 우리가 사회에 권하는 것은, 환부를 호의적인 마음으로 살피고 확인하여 치유하는 것이다.

이 세상의 모든 지점에서, 시선을 프랑스에 고정시키고, 이상의 꺾일 수 없는 논리로, 위대한 과업을 위하여 싸우는 그 사람들은, 여하튼, 비록 쓰러지더라도, 아니 특히 쓰러질 때에, 장엄하다. 그들은 진보를 위하여 자신들의 생명을 아무 대가 바라지 않고 흔쾌히 바친다. 그들은 섭리의 뜻을 실천한다. 그들이 하는 일은 일종의 종교의식이다. 정해진 때가 이르면, 대사를 외우는 배우처럼 허심탄회하게, 신성한 대본에 복종하며 무덤 속으로 들어간다. 또한 그들이 가망성 없는 그 투쟁과 초연한 사라짐을 기꺼이 받아들이는 것은, 항거할 수 없는 힘으로 시작된 1789년 7월 14일의 그 웅장한 인간적 움직임이 찬연하고 숭고한 범인류적 결과로 귀착되도록 하기 위함이다. 그 병사들은 곧 사제들이다. 프랑스 대혁명은 신의 무용담이다.

또한, 사람들에 의해 받아들여지는 반란을 일컬어 혁명이라 하고, 거절되는 혁명을 폭동이라고 한다. 다른 장(章)에서 언급한 구분에 이러한 구분을 첨가하는 것이 적절할 듯하다. 폭발하는 반란이란 국민이라는 시험관 앞에 서는 하나의 이념이다. 만약 국민이 검은 공을 던져 반대 의사를 표하면, 그 이념은 쓸모없는 시든 과일에 불과하며, 반란은 하나의 폭거일 뿐이다.

유토피아가 원할 때마다 온갖 명분을 내세워 싸움질을 벌이는 것은 국민의 뜻이 아니다. 국민들이 항상 그리고 매 순간 영웅들과 순교자들의 기질을 가지고 있지는 않다.

국민들은 실질적인 것에 발을 딛고 있다. 따라서 반란을 달갑게 여기지 않는 것이 그들의 속성이다. 반란이 우선 파국을 가져오는 경우가 빈번하기 때문이며, 두 번째로는, 그것의 출발점이 항상 추상적이기 때문이다.

그 이유는, 그것이 또한 아름다운 점이기도 하지만, 열성적으로 자신을 반란에 던지는 사람들은 항상 이상을 위해서, 게다가 오직 이상만을 위해서, 그렇게 처신한다. 반란이란 일종의 열광이다. 열광은 노기를 띨 수 있고, 그러할 경우 무기를 집어 든다. 그러나 어떠한 반란이라도, 정부나 체제를 향해 총을 겨누면서 실은 더 높은 곳을 겨냥한다. 마찬가지로, 예를 들자면, 강조해 두거니와, 1832년의 반란들을 주도하던 투사들, 특히 샹브르리 골목길에 있던 그 열광한 젊은이들이 타도하려 했던 것은, 엄밀히 말해 루이-필립이 아니었다. 그들 중 대부분은, 허심탄회하게 이야기를 하면서, 군주제와 혁명의 중간 지점에 있던 그 왕의 장점들을 인정하였다. 그들 중 아무도 그 왕을 증오하지 않았다. 하지만 그들은, 샤를르 10세 속에 있던 신권의 종손을 공격하였듯이, 루이-필립 속에 있던 지손(支孫)을 공격하였다. 또한 그들이 프랑스에서 왕권을 뒤엎으면서 실제로 뒤엎으려 하였던 것은, 이미 설명하였듯이, 전 세계에 만연되어 있던, 인간에 의한 인간의 찬탈 및 특권에 의한 보편적 권리의 찬탈 행위였다. 왕 없는 빠리가 독재자 없는 세계를 그 여파로 남길 것이다. 그 젊은이들의 생각이었다. 그들의 목표가 물론 까마득히 멀리 있었고, 아마 모호했을지도 모르며, 그들의 노력에도 불구하고 멀어지기만 했을지도 모르나, 위대했던 것만은 사실이다.

그 현상의 실체가 그러하다. 그리하여 그 환영들을 위하여 자신들을 희생한다. 그 환영들이 희생자들에게는 거의 항상 환영일 뿐이지만, 그 속에는 모든 인간적 확신이 섞여 있다. 반란을 일으키는 사람은 반란 자체를 시적으로 만들며 그것에 찬란한 금빛을 입힌다. 자기가 할 일에 도취되어 그 비극적 일에 자신을 던진다. 누가 알겠는가? 혹시 성공할 수 있을지. 적은 수가 한 나라의 군대 전체를 대적해야 한다. 그러나 권리와, 자연법과, 각자의 양보할 수 없는 주권과, 정의와, 진리를 수호하며, 필요할 경우, 삼백 스파르타 용사들처럼 죽을 수도 있다. 돈끼호떼를 생각하지 않고 레오니다스를 생각한다. 그리고 앞으로 나아간다. 일단 그 길로 들어서면 결코 물러서지 않으며, 머리를 숙이고 돌진하는데, 그 순간에 품은 희망이란 전대미문의 승리와 완성된 혁명, 다시 자유로워진 진보, 더 위대해진 인류, 범세계적인 해방이다. 그리고 최악의 경우, 테르모퓔라이 협곡의 비극을 맞을 것이다.

진보를 위한 무장투쟁은 대개의 경우 실패로 귀결되며, 그 원인에 대해서는 조금 전에 언급하였다. 대중이란 협객들 앞에서 뒷걸음질하는 속성을 가지고 있다. 대중이라는 그 육중한 덩어리는 자체의 중력 때문에 부서지기 쉬우며, 모험을 두려워하는데, 이상 속에는 필연적으로 모험이 있다.

게다가, 망각해서는 아니 될 일인 바, 이상과 감상적인 것과는 우호적이지 못한 이권이라는 것이 있다. 때로는 위(胃)가 심장을 마비시키기도 한다.

프랑스의 위대함과 아름다움이란, 프랑스의 복부가 다른 민족들의 것보다 덜 불룩하다는 데에 있다. 프랑스는 허리띠를 더 수월하게 졸라맨다. 또한 제일 먼저 잠자리에서 일어나고 가장 늦게 잠든다. 그리고 항상 전진한다. 그러면서 모색한다.

그것은 프랑스가 예술가이기 때문이다.

미(美)가 진실의 꼭대기라는 것 이상의 다른 것 아니듯, 이상이란 논리의 정점에 불과하다. 예술가적인 국민들은 또한 합리적인 국민이기도 하다. 미를 사랑한다는 것은 곧 빛을 갈망한다는 뜻이다. 그렇기 때문에 유럽의 횃불을, 다시 말해 문명의 횃불을 처음 그리스가 치켜들었고, 그것을 다시 이딸리아로 넘겼으며, 이딸리아는 그것을 프랑스로 넘겼다. 길을 밝히는 신성한 민족들이다! 생명의 횃불을 넘기도다.[78]

찬탄할 만한 일이거니와, 한 민족의 문예가 그 민족이 성취하는 진보의 요소이다. 문명화의 양은 상상력의 양으로 측정된다. 다만 문명화를 선도하는 민족은 남성적인 민족으로 남아야 한다. 코린토스를 닮으면 좋으나, 쉬바리스는 아니 된다.[79] 여성화되는 자는 곧 얼치기로 변한다. 교묘한 재주꾼도, 예술 애호가도 아니 된다. 진정한 예술가라야 한다. 문명화를 이루기 위해서는 세련됨보다 숭고함을 추구해야 한다. 그러한 조건에서만 인류에게 이상의 원형을 제공할 수 있다.

현대의 이상은 자신의 모형을 예술에서, 그리고 수단은 과학에서 찾는다. 사회적 아름다움이라는 문인들의 숭고한 공상을 실현하는 것은 과학을 통해서이다. A+B라는 방법으로 에덴을 재건할 수 있을 것이다. 문명이 도달해 있는 현재의 지점에서는, 정확성이 찬연함의 불가결한 요소이며, 예술적 감정이 과학적 수단의 도움을 받을 뿐만 아니라, 그것에 의해 완성된다. 몽상도 계산을 해야 한다. 정복자인 예술에게는 과학이라는 튼튼한 다리를 가진 움직이는 의지처가 있어야 한다. 타고 다닐 물건의 견고함이 중요하다. 현대의 기지란, 인도의 천분(天分)이라는 수레를 탄 그리스의 천분이다. 이를테면 코끼리를 탄 알렉산드로스와 같다.

교조 속에서 화석이 되었거나 이윤에 의해 문란해진 족속들은 문명을 이끌어 가는 데 적합지 않다. 우상이나 금화 앞에서 굽실거리다 보면, 걷는 데 필요한 근육과 전진하는 데 필요한 의지가 쇠약해진다.

종교와 상업에의 몰두가, 한 민족의 빛을 약화시키고, 그 수준을 낮추어 결국 그 민족의 지평을 낮추며, 많은 민족들로 하여금 선도적 역할을 수행케 하는 지혜를, 즉 보편적 목표를 인지하는 인간적이면서 동시에 신성한 지혜를, 그 민족으로부터 박탈해 버린다. 바빌론에게는 이상이 없다. 카르타고 또한 이상을 가지고 있지 않다. 반면 아테네와 로마는, 여러 세기의 어두운 층들을 거치면서도 문명의 빛을 간직하고 있다.

프랑스는 그 국민의 질에 있어서 그리스 및 이딸리아와 대등하다. 프랑스는 미에 있어서 아테네적이고 위대함에 있어서 로마적이다. 게다가 프랑스는 착하다. 프랑스는 스스로를 바친다. 다른 어느 민족보다도 헌신적이고 희생적인 기질을 가지고 있다. 다만 그 기질이 프랑스를 붙잡다가는 놓아버리기도 한다. 따라서, 프랑스가 단지 걸으려고만 할 때에 달음박질을 한다든가, 멈추려 할 때 걷는 이들은, 커다란 위험에 직면할 수도 있다. 프랑스 또한 물질주의 속으로 추락하는 때가 있으며, 따라서 어떤 때에는, 그 숭고한 뇌수를 막아버리는 이념들이, 프랑스적인 위대함을 상기시키는 아무것도 내포하지 못하며, 미주리 주나 남부 캐롤라이나 주만큼이나 왜소해진다.[80] 어찌하겠는가? 거인이 난쟁이 흉내를 내고 있는 것이다. 거대한 프랑스가 변덕 때문에 문득 작아지고 싶은 모양이다. 그것이 전부이다.

그러한 점에 대해서는 아무 할 말이 없다. 민족들 또한 천체들처럼 나름대로의 이지러질 권리를 가지고 있다. 또한, 빛이 되돌아오고 이지러짐이 어둠으로 변하지 않을진대, 어떻든 상관없다. 여명과 부활은 동의어이다. 빛의 재출현은 자아의 존속과 대등하다.

그러한 사실들을 차분히 검토하자. 바리케이드 위에서의 죽음이나 망명지에서의 죽음 모두, 헌신하는 사람에게는 하나의 수락할 만한 임시방편이다. 헌신의 진정한 이름은 무사 무욕이다. 버림받은 이들은 버림받게 내버려 두고, 추방당한 이들은 추방당하도록 내버려 두자. 그리고 위대한 민족들이 후퇴할 경우, 너무 멀리 물러서지 말라고 그들에게 간곡히 애원하는 것으로 그치자. 다시 이성을 회복하겠다는 핑계를 내걸고 너무 깊숙하게 추락하면 아니 되기 때문이다.

물질이 존재하고, 순간이 존재하고, 이권이 존재하고, 복부가 존재한다. 하지만 복부가 유일한 지혜이어서는 아니 된다. 순간적인 삶도 나름대로의 권리를 가지고 있다. 그러나 항구적인 삶 또한 자기의 권리를 가지고 있다. 애석한 일이다! 올라갔다는 사실이 다시 떨어지는 것을 막아주지 못한다. 우리는 역사 속에서 그러한 현상을 유감스럽게도 자주 발견한다. 어느 국민이 찬연하다. 그 국민이 이상의 맛을 본다. 그런 다음 소택지의 썩은 개흙을 덥썩 한 입 문다. 그러더니 그 맛이 좋다고 한다. 그리하여, 소크라테스를 버리고 팔

스타프[81]를 취하는 이유가 도대체 무엇이냐고 물으면, 이렇게 대답한다. "내가 정치인들을 좋아하기 때문이오."

싸움터로 돌아가기 전에 한마디만 더 하자.

지금 우리가 이야기하고 있는 것과 같은 전투는, 다른 그 무엇 아닌, 이상으로 향한 발작 증세일 뿐이다. 족쇄가 채워진 진보는 병세가 위중하여, 그러한 비극적 간질 증세를 보인다. 진보가 겪는 질환을, 즉 내란을, 지나는 길에 만날 수밖에 없었다. 그것은, 사회의 저주를 받은 사람을 축으로 삼아 구성된 이 비극의 숙명적 한 과정으로, 그것이 본극의 한 막일 수도 있고, 동시에 막간일 수도 있는 바, 따라서 이 비극의 진정한 제목은 '진보'이다.

"진보!"

우리가 자주 외치는 그 소리가 우리의 사념 전부이다. 또한 그 소리에 내포된 것이 앞으로도 수차례 시련을 겪어야 하는 바, 지금 우리가 도달해 있는 비극의 이 지점에서, 그것을 덮고 있는 너울을 홀딱 벗기지는 않더라도, 최소한 그것의 미광이나마 비쳐 보이도록 하는 것이 우리에게 허용되었으리라 생각한다.

지금 독자들 앞에 있는 이 책은, 처음부터 끝까지, 그 전체나 부분 할 것 없이, 간헐적 중단이나 예외 혹은 약화되는 현상 등이 어떠하건, 악으로부터 선으로의, 불의로부터 정의로의, 거짓으로부터 진실로의, 밤으로부터 낮으로의, 욕망으로부터 양심으로의, 부패로부터 생명으로의 행군이다. 또한 이 책은, 수성(獸性)으로부터 의무로의, 지옥으로부터 천국으로의, 허무로부터 신에게로의 행군이기도 하다. 출발점은 질료로되, 도착 점은 영혼이다. 시작은 레르네 늪의 괴독사 휘드라이되, 그 끝은 천사이다.

21. 영웅들

문득 돌격의 북소리가 울렸다.

공격은 폭풍과 같았다. 전날에는 야음을 틈타 보아처럼 바리케이드로 접근하였었다. 하지만 이번에는, 한낮인 데다가 길이 훤하게 비어 있어 기습이 불가능했던지라, 대규모 병력이 모습을 드러냈다. 대포가 먼저 포효한 다음 대군이 바리케이드로 쇄도하였다. 전날 밤의 민완함이 이제 노도로 변하였다. 정규군 보병이 종대를 이루고 있는데, 일정한 간격을 두고 국민병 및 빠리 경찰대 보병들이 사이사이에 끼어 있었다. 그렇게 전열을 갖추고, 보이지는 않되 소음이 들리는 대규모 병력의 응원을 받으면서, 그 선봉대가 북을 치고 나팔을 불며 길 한복판으로 선뜻 들어서더니, 총에 착검을 하고 공병대원들을 앞세워, 날아오는 총탄에도 끄떡하지 않고, 성벽으로 돌진하는 청동 파성추의 기세로 육중하게 바리케이드에 와서 부딪쳤다.

방벽이 잘 버티었다.

반란군들이 미친 듯이 총격을 가하였다. 바리케이드 위로 군사들이 기어오르니, 마치 번개로 이루어진 듯한 갈기 모습을 띠었다. 쇄도하는 기세가 어찌나 맹렬했던지, 어느 순간 바리케이드가 홍수 같은 군사들에 휩쓸리는 듯하였다. 그러나, 사자가 달려드는 사냥개들 떨쳐 버리듯, 바리케이드가 군사들을 흔들어 떨어뜨렸다. 달려드는 군사들은 포말 같았고, 바리케이드는, 그 포말이 잠시 뒤덮은 후 다시 모습을 드러내는, 깎아지른 듯하고 검으며 무시무시한 해안의 절벽과 같았다.

물러서지 않을 수 없었던 돌격대가 길 한복판에, 아무 엄폐물 없이 재집결하였고, 무시무시한 기세로 각면 보루를 향하여 총격을 퍼부었다. 누구든 불꽃놀이를 구경한 적이 있는 사람이라면, 흔히들 '꽃다발'이라고 부르는 불다발이 치솟는 광경을 기억하고 있을 것이다. 그 불다발이 수직으로 치솟지 않고 수평으로 날아가는 광경을 상상해 보시라. 그리고, 그 다발을 이루는 화전(火箭)들 끝마다 노루 사냥용 산탄이나 구경 큰 비스까야 총탄이 장착되어 있어, 그 벼락 송이로부터 죽음이라는 알갱이들이 쏟아지는 광경을 상상해 보시라. 바리케이드가 그 밑에 있었다.

결연함은 쌍방이 대등하였다. 그곳에서의 용맹은 거의 야만스러움에 가까웠고, 자신의 희생으로 시작하는 일종의 영웅적 표독스러움을 수반하고 있었다. 일개 국민병일지라도 알제리 원주민 보병대 병사처럼 싸우던 시절이었다. 정부군은 일을 종결시키고 싶어 하였고, 반란군들은 끝까지 싸우려 하였다. 한창 젊은 나이에, 그리고 기력이 왕성할 때, 죽음을 받아들일 경우, 대담성은 광기를 띠게 된다. 각개가 그 혼전에서 최후 순간의 위대함을 보였다. 길에 시신들이 쌓였다.

바리케이드의 한쪽 끝에는 앙졸라가 있었고, 반대편 끝에는 마리우스가 있었다. 바리케이드 전체를 자신의 머릿속에 넣고 있던 앙졸라는, 몸을 사리며 엄폐물 뒤에 있었다. 하지만, 접근하던 정부군 병사 셋이, 그의 모습은 보지도 못한 채, 총안 밑에서 차례로 쓰러졌다. 반면 마리우스는 자신을 노출시킨 채 싸웠다. 그는 스스로 표적이 되었다. 각면 보루 위로 상반신을 드러내고 있었다. 노하여 날뛰는 노랑이보다 헤픈 사람 없고, 행동에 있어서 몽상꾼보다 더 무시무시한 사람 없다. 마리우스는 맹렬하되 몽상에 잠겨 있었다. 그는 전투 현장에 있으면서 꿈속에 있는 사람 같았다. 총질하는 유령이라 할 만하였다.

공격받는 측의 탄약이 고갈되고 있었다. 하지만 그들의 빈정거림은 그렇지 않았다. 그들이 처해 있던 그 무덤 속 소용돌이 속에서도 그들은 웃었다.

꾸르훼락의 머리에 모자가 없었다.

"도대체 자네의 모자는 어찌한 거야?" 보쒸에가 물었다.

꾸르훼락이 대꾸하였다.

"그들이 결국 대포질을 하여 가져가 버렸네."

혹은 품위 있는 것들에 관한 이야기도 하였다. 어느 순간 훼이이가 씁쓸한 어조로 언성을 높였다.

"우리와 합류하겠다고 약속하며 우리를 돕겠다고 명예를 걸고 맹세한 사람들, 게다가 장군들인 그 사람들이(그러면서 그가, 잘 알려지고 명성 자자한, 지난 시절 군의 주요 인사였던 사람들의 이름 몇을 들먹였다) 우리를 저버리다니, 도무지 이해할 수 없어!"

그러자 꽁브훼르가 심각한 미소를 지으며 간략하게 대꾸하였다.

"명예라는 준칙을 아주 멀리서 별 관찰하듯 바라보는 사람들이 있다네."[82]

바리케이드 안에 찢긴 탄약포가 어찌나 많이 널려 있었던지, 마치 눈이 내린 것 같았다.

공격하는 측은 수적으로 우세하였고, 반란군 측은 지형적으로 유리하였다. 반란군들은 장벽 위에 포진하여, 시신들과 부상자들 사이에서 비척거리거나 벽 밑에서 오도 가도 못하는 정부군 병사들에게 총구를 들이대고 벼락 치듯 총격을 가하였다. 그 바리케이드는 찬탄할 만큼 튼튼히 구축되어 있어서, 한 줌밖에 아니 되는 병력으로 일개 여단을 저지할 수 있는 이점을 확보해 주었다. 하지만, 총탄이 빗발침에도 불구하고, 돌격대의 인원이 계속적으로 늘어나 그 규모가 점점 커졌고, 전열을 가다듬은 그들이 조금씩, 한 걸음 한 걸음, 냉혹하게 그리고 흔들림 없이 다가와, 나사가 압착기 조이듯 바리케이드를 압박하였다.

돌격이 계속 이어졌다. 처참함이 점점 심하여졌다.

드디어 그 포석 더미 위에서, 그 샹브르리 골목에서, 트로이아의 성벽을 방불케 하는 치열한 싸움이 전개되었다. 얼굴 핼쑥하고 누더기를 걸쳤으며 극도로 지친 그 사나이들이, 스물네 시간 전부터 요기를 하지 못하였고, 잠을 자지 못하였고, 몇 번 쏠 실탄밖에 없었고, 그래서 텅 빈 탄약 주머니를 자주 더듬던 그 사나이들이, 거의 모두가 부상을 입어 머리나 팔을 검은색이 돌 만큼 불결한 천 조각으로 동여매었고, 옷에 뚫린 구멍으로는 피가 스며 나오고, 성능 좋지 않은 총과 이 빠진 낡은 군도로 겨우 무장한 그 사나이들이, 모두 티탄들로 변하였다. 정부군이 바리케이드에 집중 공격을 퍼부으며 접근하여 열 번이나 돌파를 시도하였으나, 그것을 점령하지 못하였다.

그 싸움이 어떠했는지 짐작해 보려 한다면, 무시무시한 용맹 무더기에 불이 번져 타오르는 광경을 상상해 보아야 할 것이다. 그것은 전투가 아니라 도가니의 내부 그 자체였다. 그 속에 있던 입들은 화염을 호흡하였고, 얼굴들은 기괴하여 인간의 형체 같지 않았으며, 전사들이 모두 활활 타올랐다. 그 붉은 연기 속에서 오가는 불도마뱀들의 모습이 무시무시하였다. 연속적으로 또 동시에 자행되던 그 대대적 살육 장면의 묘사는 포기하겠다. 오직 에포포이아(영웅전)만이 전투 하나를 가지고 일만이천 행(行)을 채울 권리를 가지고 있다.[83]

베다 경전에서 '검들의 숲'이라고 부르며, 열일곱 심연들 중 가장 무시무시한, 바라문 교의 그 지옥이라 부를 만하였다.

드잡이질 하듯, 가까이에서, 권총과 군도와 주먹을 휘두르는가 하면, 위에서, 아래에서, 높은 곳에서, 지붕 위에서, 술집 창문에서, 몇몇 사람이 미끄러져 들어간 술집 지하실로 이어지는 좁은 층계에서, 장소를 가리지 않고 싸웠다. 한 사람이 정부 측 군사 육십여 명을 상대하였다. 코린토스의 반쯤 무너진 정면 벽은 그 형상이 끔찍하였다. 산탄 세례를 받아 문신을 해놓은 듯한 창에는 더 이상 유리도 창틀도 없어, 창이라는 것이 형태 없는 구멍에 불과한데, 그 구멍을 포석들로 어지럽게 막아놓았다. 보쒸에도, 훼이도, 꾸르훼락도, 폴리도, 모두 죽임을 당하였다. 부상당한 정부군 병사 하나를 부축하던 순간에 대검 셋이 동시에 가슴팍을 꿰뚫어, 꽁브훼르는 하늘을 한 번 쳐다보고 이내 숨을 거두었다.

온몸이 상처투성이가 되어 싸우고 있던 마리우스는, 특히 머리에 심한 부상을 입어 얼굴이 온통 피로 덮여 있었고, 마치 붉은 수건으로 복면을 한 것 같았다.

앙졸라만이 상처를 입지 않았다. 그는 자신의 손에 더 이상 무기가 없을 때마다 좌우로 손을 뻗쳤고, 그럴 때마다 전우들이 닥치는 대로 칼 하나를 그의 손에 쥐어 주었다. 그의 손에 있던 것은 네 번째 검 한 동강뿐이었다. 프랑수와 1세가 마리냐노[84] 전투에서 사용한 검들보다 한 자루 더 많았다.

호메로스는 이렇게 서술하고 있다. "디오메데스가 행복한 도시 아리스바에 살던 테위트라니스의 아들 악쉴로스의 목을 벤다. 메키스테우스의 아들 에위뤼알로스는 드레소스와 오펠티오스, 에세포스, 그리고 샘터와 강물의 요정(나이아스) 아바르바래에가 나무랄 데 없는 부콜리온의 사랑을 받아 낳은 페다소스 등을 죽인다. 오뒷세우스는 페르코테 출신의 피뒤테스를, 안틸로코스는 아블레로스를, 폴뤼파이테스는 아스튀알로스를, 폴뤼다마스는 퀼레네의 오토스를, 그리고 테위크로스는 아레아톤을 쓰러트린다. 영웅들의 우두머리인 아가멤논은, 용용히 흐르는 장강 사트니오에이스가 그 변두리를 적셔주는 웅장한 도시 출신인 엘라토스를 땅바닥에 내던진다." [85] 우리의 무훈시에서는 에스쁠란디안[86]이 화염 이글거리는 쌍갈래 투창으로 거인 후작 즈반티보레를 공격하는데, 그에 맞서 거인은 탑들을 뿌리째 뽑아 기사에게 던진다. 우리의 옛 벽화들은, 무장을 하고 가문(家紋) 위에 투구를 얹어 장식하고, 말을 타고, 손에는 전투용 도끼를 들고, 강철 가면을 쓰고, 강철 장화를 신고, 강철 장갑을 끼고, 한 사람은 말에 백담비 마갑(馬甲)을 입히고, 다른 한 사람은 하늘색 갑주를 자신의 말에 입힌 채, 브르따뉴 공작과 부르봉 공작이 서로에게 다가가는 장면을 보여 준다. 브르따뉴 공작이 쓴 왕관의 두 뿔 사이에는 사자상이 있고, 부르봉 공작의 투구 면갑(面甲)에는 괴물 같은 백합꽃 문양이 그려져 있다. 그러나 절륜한 용맹을 발휘하기 위해서, 이본[87]처럼 공작의 투구를 쓰거나, 에스쁠란디안처럼 이글거리는 화염을 손에 들거나, 폴뤼다마스의 부친 퓔레오스처럼 전사들의 왕인 에위페테스가 선물한 좋은 갑주를 에퓌라에서 구태여 가져와야 하는 것은 아니다.[88] 하나의 신념이나 신의를 위하여 자신의 목숨을 내놓는 것으로 족하다. 어제까지 보쓰 지방이나 리무쟁 지방 농부였던 그 이름 없는 병사, 뤽상부르 공원에서 아이 보는 하녀들 주위를 허리에 단검을 매단 채 어슬렁거리는 그 순진한 병사와, 해부할 것이나 책 위로 창백한 얼굴을 처박고 있는 젊은 학생, 가위로 자신의 수염을 손수 다듬는 그 어린 젊은이, 그 병사와 학생에게 의무라는 것을 불어넣어 준 다음, 그들을 부슈라 교차로나 쁠랑슈-미브레 골목에 마주 세워놓고, 병사는 자기의 군기를 위해, 학생은 자신의 이상을 위해 싸우도록 해보라. 그리고 두 사람 모두 조국을 위하여 싸운다고 생각도록 해보라. 그 싸움은 거인들의 싸움을 방불케 할 것이다. 인정이 몸부림치는 그 위대한 영웅적 전장에서 어린 병사와 젊은 의과대학생이 각축하며 던지는 그림자는, 호랑이 득실거리는 나라 뤼키아의 왕 메가뤼온[89]이, 신들의 반열에 있던 장대한 아이아스를 상대로 드잡이질 하면서 던지던 그림자에 못지않을 것이다.

22. 근접전

두령들 중, 바리케이드의 양쪽 끝에 있던 앙졸라와 마리우스만 남자, 꾸르훼락과 쫄리, 보쒸에, 훼이이 및 꽁브훼르 등이 그토록 오랫

동안 버티던 중앙부가 휘어졌다. 포격이, 출입 가능한 구멍을 내지는 못하였으나, 각면 보루 중앙을 움푹 들어가게 만들어놓았다. 그 부분의 벽 상단이 포격을 당해 사라졌고, 벽 자체도 무너졌다. 온갖 물건들 부서진 조각들이 더러는 밖으로 떨어져 쌓이고, 더러는 안으로 떨어져 쌓여, 벽 안쪽과 바깥에 둔덕 두 개가 생기게 하였다. 바깥에 형성된 둔덕이 접근하는 측에게 경사 완만한 발판을 제공하였다.

그 부분에서 최후의 돌파 작전이 감행되었고, 또 성공하였다. 고슴도치 털처럼 빽빽한 대검을 앞세운 한 무리가 그 무엇도 저항할 수 없는 기세로 정연히 구보를 하여 들이닥쳤다. 그리고 다음 순간, 돌격대의 선두가 방어벽 상단 연기 속에 모습을 드러냈다. 이번에는 끝장이었다. 바리케이드의 중앙을 방어하던 반란군들이 뒤죽박죽 후퇴하였다.

그 순간, 몇몇 사람들의 내면에서 희미한 생명에의 애착이 고개를 쳐들었다. 숲처럼 빽빽한 총들이 겨누고 있건만, 몇몇 사람은 죽기를 원치 않았다. 보존 본능이 비명을 질러대고, 인간 속에 있는 짐승이 다시 모습을 드러내는, 바로 그러한 순간이다. 그들은 보루의 안쪽 벽을 이루고 있던 높은 칠 층 건물 앞으로 몰려 꼼짝 못하고 있었다. 그 건물이 곧 구원일 수도 있었다. 건물 자체가 높은 장벽이었다. 정부 측 군대가 보루 안으로 진입하기 전에, 출입문 하나를 열었다가 다시 닫을 시간은 충분하였다. 번개 한 번 번쩍하는 동안이면 족했다. 그러면, 살짝 열렸다가 즉시 닫힌 그 문이, 그 절망한 사람들에게는 곧 생명이었다. 그 건물 뒤에는 길들이 있었고, 도주할 공간이 있었다. 그들이 사람을 부르고, 소리치고, 두 손 모아 애원도 하면서, 개머리판과 발길질로 문을 두드리기 시작하였다. 문을 열어주는 이 아무도 없었다. 사 층의 좁은 창문에서 죽은 사람의 얼굴이 그들을 바라보고 있었다.

그러나 앙졸라와 마리우스 및 두 사람 근처에 있던 동지 칠팔 명이 그들에게로 달려가 그들 앞에 막아섰다. 앙졸라가 정부군 병사들에게 소리쳤다. "더 이상 접근하지 마시오!" 장교 하나가 그 말에 응하지 않자, 앙졸라가 그 장교를 죽였다. 그는 이제 보루 안의 작은 마당에서 술집 코린토스를 등지고, 한 손에는 검을, 다른 한 손에는 기병총을 든 채, 술집 출입문을 막고 서 있었다. 그가 절망한 사람들에게 소리쳤다. "열린 문은 하나뿐이오. 이 문이오." 그러더니, 홀로 일개 대대와 맞서 자신의 몸으로 동지들을 보호하며, 그들이 자기 뒤로 가게 하였다. 모두들 서둘러 그의 뜻에 따랐다. 앙졸라는 자기의 기병총을 단장처럼 사용하여, 봉술 전문가들이 '덮인 장미'라고 부르는 기술로 자기를 에워싸는 대검들을 후려치며, 제일 늦게 안으로 들어갔다. 그다음 순간, 안으로 들어오려는 병사들과 출입문을 닫으려는 반란자들 사이에 끔찍한 실랑이가 벌어졌다. 드디어 문이 격렬하게 닫혔는데, 문에 악착스럽게 들러붙던 어느 병사의 손가락 다섯이 몽땅 잘려 문틈에 붙어 있었다.

마리우스는 밖에 남아 있었다. 총탄 한 발이 날아와 그의 빗장뼈를 부러뜨렸고, 그 충격에 그는 기절할 듯 쓰러졌다. 바로 그 순간, 눈을 감고 있는데, 힘찬 손 하나가 그를 움켜잡는 것이 느껴졌고, 기절하기 직전의 짧은 동안에, 꼬제뜨에 대한 마지막 추억에 섞여 다음과 같은 상념이 어른거렸다. '내가 포로 신세가 되는구나. 곧 총살당하겠지.'

앙졸라 또한, 술집 안으로 피신한 사람들 중에 마리우스가 없는 것을 보고 같은 생각을 하였다. 하지만 그 순간에는, 누구를 막론하고, 각자 자신의 죽음만을 생각할 시간밖에 없었다. 밖에서 병사들이 개머리판으로, 혹은 공병대원들이 도끼로, 출입문을 미친 듯이 두드려대는 동안, 앙졸라가 빗장을 지르고 자물쇠를 채웠다. 공격하는 측의 군사들이 모두 그 문에 매달렸다. 이제 술집 공략이 시작되고 있었다.

정부군 병사들이—이 점은 언급해 두자—몹시 노해 있었다.

포병대 하사관의 죽음이 그들을 격동시켰을 뿐만 아니라, 매우 비통한 일이거니와, 돌파 작전이 개시되기 몇 시간 전부터, 반란자들이 포로들의 몸을 산 채로 마구 절단하며, 따라서 술집 안에 머리 없는 병사의 시신이 하나 있다는 소문이 그들 사이에 유포되었다. 그러한 종류의 치명적인 소문이 모든 내란에는 일상적으로 등장하기 마련이며, 훗날 트랑스노냉 거리에서 벌어진 참사 또한 유사한 유언비어가 그 원인이었다.

출입문을 봉쇄한 후 앙졸라가 다른 사람들에게 말하였다.

"우리들을 비싼 값에 팝시다."

그런 다음, 마뵈프와 가브로슈가 누워 있던 탁자 곁으로 다가갔다. 검은 천에 덮여 있던 곧고 뻣뻣한 형체 둘이 선명히 보였다. 하나는 크고 하나는 작은데, 두 얼굴의 윤곽이 차가운 상포 자락의 주름 위로 희미하게 그려졌다. 손 하나가 상포 밖으로 삐져나와 바닥 쪽으로 늘어져 있었다. 노인의 손이었다.

앙졸라가 상체를 숙이더니, 전날 밤 노인의 이마에 그랬듯이, 그 존경스러운 손에 입을 맞추었다. 그 두 번의 입맞춤이 아마 그가 평생 한 입맞춤의 전부였을 것이다.

이야기를 요약하자. 바리케이드는 테바이의 어느 관문처럼 저항하였고,[90] 선술집은 사라고사의 어느 가문처럼 저항하였다.[91] 그러한 저항들은 하나같이 거칠다. 자비도 없다. 어떠한 협상 가능성도 없다. 적을 죽여야 하니 자신들도 죽을 준비가 되어 있었다. "항복하시오!" 쉬세 장군이 그렇게 소리치자, 빨라폭스 공작이 대꾸하였다. "대포를 가지고 싸우다가 단검을 가지고 싸울 뿐이오." 위슐루 선술집 공략 과정에서도 어느 현상 하나 모자람이 없었다. 창문과 지붕에서 빗발처럼 쏟아져 공격하던 병사들을 덮치며 끔찍하게 짓이기던 포석들, 지하실과 지붕밑방에서 해대는 총질, 노도 같은 공격, 광기 어린 방어, 출입문이 돌파된 후에 자행된 학살의 발광 상태까지, 어느 것 하나 결여되지 않았다. 부서진 문짝 구멍에 발이 끼어 거북한 자세로 진입한 정부군 병사들 앞에 아무도 나타나지 않았다. 도끼로 끊은 나선형 층계가 아래층 한가운데에 나뒹굴어 있고, 몇몇 부상자가 막 숨을 거두고 있었다. 죽지 않은 모든 것은 이 층에 있었는데, 그곳으로부터, 층계의 입구였던 천장의 구멍을 통하여, 무시무시한 총격이 병사들에게 가해졌다. 마지막 실탄들이었다. 그렇게 실탄을 소진한 후, 더 이상 화약도 납덩이도 남은 것이 없게 된 후, 그 무시무시한 모습으로 죽어가던 사람들이, 앞에서 언급한, 앙졸라가 예비해 두었던 술병들을 각자 양손에 하나씩 집어 들었다. 그리고 깨어지기 쉬운 몽치를 휘두르며, 기어 올라오는 병사들과 맞섰다. 그 포도주병들이 질산염[92]을 대신하였다. 우리는 그 살육의 현장에서 벌어지던 음울한 일들을 있었던 그대로 전한다. 포위당한 이들은 애석하게도 손에 잡히는 모든 것을 무기로 삼았다. 옛 비잔틴 사람들이 무기로 삼았던, 수중에서도 타는 그리스 화약[93]이 아르키메데스의 명예를 손상시킬 리 없고, 부글거리는 수지(樹脂)가 바이야르 장군의 명예를 퇴색시킬 수도 없다. 모든 전쟁은 공포로 이루어졌고, 따라서 전쟁에서는 선택이라는 것이 없다. 정부군 병사들의 총격은, 비록 밑에서 위로 쏘는 것이라 거북하였지만, 매우 사나웠다. 이 층으로 통하는 천장 구멍 언저리에, 얼마 아니 되어, 죽은 사람들의 머리가 즐비하였고, 그 머리들로부터 김이 모락모락 피어오르는 긴 핏줄기가 치솟았다. 폭음은 형언할 수 없을 지경이었고, 실내에 갇혀 타는 듯한 연기가 싸움의 현장을 거의 밤처럼 어둡게 만들었다. 그 지경에 이른 끔찍함을 묘사할 말이 부족하다. 그 지옥으로 변한 결투장에 더 이상 인간이란 없었다. 더 이상 거인들 간의 싸움이 아니었다. 호메로스가 묘사한 싸움이기보다는 밀턴과 단떼가 묘사한 장면들에 더 가까웠다. 악마들이 저항하는 유령들을 공격하는 격이었다.

 괴물들의 용맹이었다.

23. 굶은 오레스테스와 취한 필라데스

 드디어, 뼈대만 남은 층계의 잔해로 만든 사다리를 이용하여, 벽으로 기어오르고 천장에 매달리며, 천장 구멍 언저리에서 최후까지 저항하던 사람들을 난도질해 죽인 다음, 정규군과 국민병 및 경찰대원들 이십여 명이 뒤섞여 이 층으로 불쑥 진입하는데, 그 무시무시한 등반 과정에서 대부분 얼굴들이 찢겨 피가 눈을 가리고, 몹시 노하여 거의 야만인들 같았다. 그곳에 버티고 서 있던 사람은 단 하나, 오직 앙졸라뿐이었다. 그에게는 더 이상 탄약도 검도 없었다. 그가 손에 들고 있던 것은 기병총의 총신뿐이었다. 개머리판은, 진입하려는 군사들의 머리를 내려칠 때 부서져 버렸다. 그와 군인들 사이를 당구대가 막고 있었다. 그가 한구석으로 물러가, 의연한 눈빛으로 머리를 꼿꼿이 세운 채, 기병총 토막을 손에 움켜쥐고 서 있으니, 그 위세에 눌려 아무도 그에게 접근하지 않았다. 그 순간 누군가가 소리쳤다.

 "저자가 두목이야. 저자가 포병을 죽였어. 스스로 저 구석으로 갔으니, 자리를 제대로 잡았군. 그 자리에 꼼짝하지 말고 서 있으라 하지. 저렇게 세워놓고 총살합시다."

 "나를 총살하시오." 앙졸라가 대꾸하듯 말하였다.

 그러더니, 기병총 동강을 내던지고 팔짱을 끼면서, 가슴팍을 앞으로 내밀었다.

 당당하게 죽으려는 담대함이 항상 사람들의 마음을 뒤흔든다. 앙졸라가 자신의 최후를 선선히 받아들이며 팔짱을 끼자, 싸움으로 야기되었던 실내의 소음이 문득 멎고, 그 대혼돈이 진정되면서 일종의 무덤 속 엄숙함으로 변하였다. 무장을 해제한 채 미동도 하지 않는 앙졸라의 위협적인 장엄함이 그 소동을 무겁게 짓누르는 것 같았고, 홀로 부상을 당하지 않았으며, 당당하고, 무자비하되 매력적이고, 불사신처럼 초연한 그 젊은이의 고요한 시선에서 발산되는 위력이, 그 음산한 무리에게, 자기를 정중하게 죽이라고 강압하는 것 같았다. 그 순간, 의연함으로 인하여 더욱 증대된 그의 수려함은 하나의 광휘로움이었고, 마치 부상을 입을 수 없듯이 지칠 수도 없는 사람인 듯, 무시무시한 스물네 시간을 보낸 직후이건만, 안색은 분홍빛이었고 입술은 진주홍빛이었다. 훗날, 군법회의에 출두하여 증언하던 어떤 사람이 한 다음 말은, 아마 그에 관한 언급일 듯하다. "어느 반란자를 가리켜 사람들이 아폴론이라고 하는 것을 제가 들었습니다."

그를 겨누고 있던 어느 국민병 한 사람이, 자기의 총을 내려놓으며 이렇게 말하였다. "내가 꽃 한 송이를 총살하려는 것 같군."

앙졸라가 서 있던 맞은편 귀퉁이에서, 열두 사람이 총살 집행반을 형성하여, 묵묵히 각자의 총에 실탄을 장전하고 있었다.

하사관 하나가 명령을 내렸다.

"조준!"

장교 하나가 나서며 말하였다.

"기다리시오."

그리고 다시 앙졸라에게 물었다.

"눈을 가려주기를 바라시오?"

"아니오."

"포병대 하사관을 죽인 사람이 정말 당신이오?"

"그렇소이다."

잠시 전부터 그랑떼르가 잠에서 깨어나 있었다.

5부 1편 시가전 125

모두들 기억하겠지만, 그랑떼르는 전날부터 술집 이 층에서, 의자에 앉은 채 상체를 탁자 위에 널브러뜨리고 있었다.

그는 '죽도록 취한다'는 오래된 은유를 전력을 다하여 실현하고 있었다. 압생뜨주와 스타우트와 포도주를 혼합한 그 흉악한 음료가 그를 가사 상태로 몰아넣었다. 그가 차지하고 있던 탁자가 작아서, 바리케이드 축조에 별 보탬이 되지 않았던지라, 그를 그러한 상태로 내버려 두었다. 그는 줄곧 같은 자세로 있었던 바, 가슴팍을 탁자 위로 구부려 얹고, 머리를 두 팔 위에 얹은 채, 포도주 잔들과 맥주잔들 및 술병들에 둘러싸여 있었다. 그러한 상태로, 동면에 들어간 곰이나 피를 잔뜩 빤 거머리처럼 깊은 잠에 빠져 있었다. 총격전도, 대포의 철환도, 그가 있던 방 안으로 창문을 통하여 날아들던 산탄들도, 돌파 작전을 수행할 때 들리던 그 요란한 함성도, 그 무엇도, 그의 잠을 깨우지 못하였다. 다만, 이따금씩, 대포 소리에 코고는 소리로 화답할 뿐이었다. 마치, 그곳에 앉아서, 총탄 하나가 날아와 잠에서 깨어나는 수고를 덜어주기를 기다리는 것 같았다. 그의 주변에 시체 여러 구가 누워 있었다. 언뜻 보기에는, 죽음이라는 깊은 잠에 빠진 이들이나 그나 별로 다를 것이 없었다.

술에 취한 사람을 소음은 깨우지 못한다. 반대로 적막이 깨운다. 그 기이한 현상이 흔히 발견된다. 주위로 떨어지던 모든 물건들의 소음이 그랑떼르의 가사 상태를 더욱 심화시켰다. 도괴 현상이 요람처럼 그를 다독거려 주었다. 앙졸라 앞에서 일어난 소음의 급작스러운 멈춤이 그 무겁고 깊은 수면 상태를 격렬하게 뒤흔들었다. 전속력으로 달리던 마차가 문득 멈출 때 빚어지는 효과이다. 그러한 경우, 마차 속에서 잠들어 있던 사람이 깨어난다. 그랑떼르가 소스라치듯 상체를 벌떡 일으키더니, 두 팔을 앞으로 한 번 뻗고 나서 눈을 비빈 다음, 사방을 두리번거리며 하품을 하였다. 그리고 즉시 사태를 짐작하였다.

끝나는 취기란 찢어지는 장막과 유사하다. 취기가 감추고 있던 모든 것을 단번에, 그리고 첫눈에 파악하게 된다. 모든 것이 순식간에 기억 속에 되살아난다. 그리하여, 스물네 시간 전부터 일어난 일들을 전혀 모르건만, 눈꺼풀이 열리기가 무섭게 즉시 사태를 파악한다. 여러 사념들이 문득 명철한 형태로 되돌아온다. 뇌수를 가리고 있던 일종의 수증기인 취기의 몽롱함이 걷히고, 현실에 대한 명료한 관심이 그 자리를 차지한다.

그가 한구석에 방치되어 있었고, 또한 당구대에 어느 정도 가려져 있었던지라, 앙졸라에게 시선을 집중하고 있던 군인들의 눈에는 그랑떼르가 보이지도 않았다. 그리하여 하사관이 다시 명령을 내렸다. "조준!" 바로 그 순간, 그들 곁에서 힘차게 외치는 소리가 들렸다.

"공화국 만세! 나도 무리들 중 하나요."

그랑떼르가 일어섰다.

그가 참가하지 못한, 그래서 구경할 수 없었던 전투의 광대한 섬광이, 변용(變容)된 술꾼의 형형한 시선 속에 나타났다.

그가 다시 소리쳤다. "공화국 만세!" 그러면서, 단호한 걸음으로 방을 가로질러, 총부리 앞에 있던 앙졸라 옆으로 가서 섰다. 그러더니, 다시 한마디 하였다.

"한 번에 둘 처리하시오."

그리고 앙졸라를 다정하게 쳐다보며 말하였다.

"허락하겠나?"

앙졸라가 미소를 지으며 그의 손을 꼭 쥐었다. 그 미소가 채 끝나기도 전에 총이 발사되었다. 총탄 여덟 발을 맞은 앙졸라는, 총탄들이 마치 못질이라도 한 듯, 벽에 등을 기대고 서 있었다. 다만 고개를 숙였을 뿐이었다. 하지만 그랑떼르는 벼락을 맞은 듯 앙졸라의 발치에 쓰러졌다.

잠시 후, 건물 꼭대기로 피신했던 반란자들을 군사들이 몰아내기 시작하였다. 그들은 지붕 밑 다락방에서 나무 격자를 통하여 총을 쏘아대고 있었다. 드디어 건물 꼭대기에서 난투극이 벌어졌다. 창문을 통해 시신들을 밖으로 던졌는데, 몇몇은 아직 살아 있었다. 부서진 합승마차를 일으켜 세우려 애를 쓰고 있던 소총수 병사 둘이, 지붕밑방에서 발사된 기병총 실탄을 맞고 죽었다. 작업복 차림을 한 남자 하나가, 복부를 대검에 찔린 채, 그 방으로부터 땅바닥으로 내던져져 마지막 숨을 헐떡거리고 있었다. 정부군 병사 하나와 반란 가담자 하나가, 지붕의 비탈진 기와 위에서 함께 미끄러지면서도, 서로를 놓아주지 않으려 하다가, 서로 우악스럽게 포옹한 채 길바닥 위로 떨어졌다. 지하실에서도 유사한 싸움이 벌어지고 있었다. 고함소리와 총소리, 사나운 발길질 소리가 들렸다. 그러다가 조용해졌다. 바리케이드가 점령당하였다.

병사들이 인근의 건물들을 수색하고, 도주하는 사람들을 추격하기 시작하였다.

24. 포로

마리우스는 정말 포로였다. 쟝 발쟝의 포로였다.

그가 쓰러지려던 순간에 그를 뒤에서 움켜잡던 손, 그리고 그가 의식을 잃으면서 느끼던 그 손은, 쟝 발쟝의 손이었다.

쟝 발쟝은 전투 현장에 자신을 위태롭게 내맡긴 것 이외의 다른 역할은 하지 않았다. 죽음을 앞둔 그 절체절명의 상황에서, 그가 없었다면 아무도 부상자들에게 눈길을 돌리지 못하였을 것이다. 살육이 자행되던 그곳 여기저기에 구세주처럼 모습을 드러내던 그 덕분에, 쓰러진 사람들이 술집 아래층으로 옮겨져 치료를 받았다. 그러면서 그는 간간이 바리케이드를 보수하기도 하였다. 그러나, 공격적 행위로 간주될 법한 행위나, 심지어 개인적 방어에 해당될 듯한 어떠한 거조도 보이지 않았다. 그는 묵묵히 구제하는 일에만 전념하였다. 그의 몸에는 가볍게 스친 상처들밖에 없었다. 총탄들이 그를 원하는 것 같지 않았다. 혹시 그가 그 무덤으로 오면서 자살을 생각하였다면, 그러한 측면에서는 성공을 거두지 못한 셈이다. 그러나 반종교적 행위인 자살을 그가 염두에 두었으리라고는 생각되지 않는다.

전투 현장의 자욱한 연무 속에서 쟝 발쟝이 마리우스를 안중에 두고 있는 것 같지는 않았다. 그러나 실은, 그가 마리우스에게서 잠시도 눈을 떼지 않았다. 그리하여, 총탄 하나가 마리우스를 쓰러뜨리자, 쟝 발쟝은 호랑이처럼 날렵하게 껑충 뛰어가, 마치 먹이 덮치듯 달려들어 그를 가져가 버렸다.

그 순간, 공격의 소용돌이가 앙졸라와 선술집 출입문에 맹렬하게 집중되고 있었던지라, 쟝 발쟝이 기절한 마리우스를 품으로 감싸 부축하고 바리케이드 안쪽의 포석 벗겨 낸 마당을 건너, 코린토스의 건물 모퉁이로 돌아가는 것을 아무도 보지 못하였다.

건물의 그 귀퉁이가 일종의 곶처럼 길로 불거져 나와 있음은 모두들 기억할 것이다. 그 귀퉁이가, 총탄들과 산탄포 및 사람들의 시선으로부터, 몇 평방삐에 되는 약간의 공간을 보호해 주고 있었다. 어떤 집에 화재가 발생하였을 때 가끔 타지 않는 방이 있고, 물결 사나운 바다에서도 곶 안쪽이나 암초의 막다른 골목 같은 지점에 물결 잔잔한 작은 구석이 있는 법이다. 에뽀닌느가 조용히 숨을 거둔 곳도, 바리케이드 안쪽 사다리꼴 공간의 접혀진 듯한 감추어진 부분이었다.

그곳에 이르러, 쟝 발쟝이 걸음을 멈추고 마리우스를 땅바닥에 내려놓은 다음, 등을 벽에 기대고 서서 주위를 둘러보았다. 처지가 끔찍하였다.

당장 이삼 분 동안은 그 벽 한 자락이 은신처가 될 수도 있었다.

하지만 그 학살의 현장에서 어떻게 빠져나간단 말인가? 그는 팔 년 전 뽈롱쏘 로에서 겪은 극도의 불안과, 그 난관을 벗어나던 방법을 뇌리에 떠올렸다. 그 시절에는 어려웠으나, 이번에는 불가능하였다. 그의 앞에는, 창틀에 머리를 걸치고 죽어 있는 사람 하나밖에 없는 듯한, 가차 없고 귀를 틀어막은 듯한 그 칠 층 건물이 버티고 서 있었다. 그의 오른편에는 쁘띠뜨-트뤼앙드리 골목을 막고 있는 상당히 낮은 바리케이드가 있었다. 그 장애물을 넘는 것쯤은 쉬워 보였다. 그러나 바리케이드 상단 위쪽으로 총부리에 꽂은 대검들의 끝 부분이 열을 지어 드러나 있었다. 바리케이드 뒤에 포진하여 망을 보고 있던 정규군 소속 부대원들이었다. 바리케이드를 넘어간다는 것은 스스로 총살 집행반의 총부리 앞에 자신을 내던지는 꼴이고, 포석으로 쌓은 담벼락 위로 위험을 무릅쓰고 드러낸 머리는 총탄 육십 발의 표적으로 이용될 것이 뻔하였다. 그의 왼쪽에서는 전투가 한창이었다. 담벼락의 귀퉁이 뒤에 죽음이 있었다.

어찌할 것인가? 오직 한 마리 새만이 그곳을 벗어날 수 있을 것 같았다.

그런데 즉시 결단을 내려야 했다. 어떠한 궁여지책이라도 세워 향배를 정해야 했다. 불과 몇 걸음 되는 곳에서는 싸움이 한창인데, 다행스럽게도 오직 한 지점, 즉 술집 출입문에만 모두들 매달려 있다. 하지만 어떤 병사 하나가, 단신으로라도, 건물의 모퉁이를 돌아 측면에서 공격을 할 생각을 할 경우, 모든 것이 끝장날 판이었다.

쟝 발쟝은 자기 앞에 있는 높은 건물을 바라보다가는 옆쪽에 있는 바리케이드를 바라보았고, 다시 땅바닥을 내려다보았다. 극한상황에 처해 제정신을 잃은 듯한 그의 사나운 기세는, 마치 자기의 눈으로 그 땅바닥에 구멍이라도 뚫으려 하는 것 같았다.

그렇게 바라보고 있으려니, 갈망하던 것을 부화시키는 것이 시선의 권능이기라도 한 듯, 그 끔찍한 괴로움 속에서, 무엇인지 모를 희미한 것이 그의 발밑에서 선을 그리며 형태를 드러냈다. 밖에서 그토록 무자비하게 감시하고 있던 작은 바리케이드 아래에, 굴러 내린 포석들에 일부가 가려진, 그리고 지표면과 수평을 이루며 놓여진 무쇠 격자 하나가 그의 눈에 띄었다. 굵은 쇠막대들로 만들어진 그 격자의 크기는 사방 이 뼈에쯤 되어 보였다. 그것을 고정시키고 있던 포석들이 모두 뽑힌지라, 그것이 접착부에서 떨어져 나온 것이나 다름없었다. 쇠막대들 사이로 어두운 구멍 하나가 언뜻 보였다. 굴뚝 혹은 저수탱크의 원통형 도관과 유사한 무엇이었다. 쟝 발쟝이 그것으로 달려들었다. 그의 노련한 탈옥 재능이 마치 섬광처럼 되살아났다. 포석들을 옆으로 치우고, 무쇠 격자를 들어 올리고, 시신처럼 무기력한 마리우스를 어깨에 걸치고, 그 무거운 짐을 감당하며 팔꿈치와 무릎을 이용하여 다행히 깊지는 않은 그 우물 같은 구덩이 속으로 들어가고, 자기의 머리 위로 그 무거운 뚜껑문을 다시 닫아 포석들이 진동에 의해 굴러 내려 그것을 다시 덮도록 하고, 지표면으로부터 삼 미터 아래에 있는 타일 깐 바닥에 안착하는 일련의 그 일이, 마치 거인의 힘과 참수리의 신속함을 동원하여 열광 속에서 해치운 듯 이루어졌다. 그 모든 일이 불과 몇 분 만에 끝났다.

  쟝 발쟝은, 여전히 기절한 상태에 있던 마리우스와 함께, 일종의 긴 지하 복도에 들어와 있었다. 그곳에는 깊은 평온과 완벽한 적막과 어둠이 있었다.

  지난날 그가 길에서 수녀원 안으로 떨어지면서 받았던 인상이 되살아났다. 다만, 그가 오늘 등에 지고 가는 사람은 꼬제뜨가 아니라 마리우스였다.

  이제, 집중 공격을 받고 있는 선술집에서의 그 요란한 소음도, 그의 머리 위에서 희미한 웅얼거림처럼 들렸다.

2편 레비아탄[1]의 내장

1. 바다로 인하여 척박해지는 토양

빠리는 매년 이천오백만 프랑을 물속에 던져버린다. 이 말은 단순한 은유가 아니다. 어떻게, 어떤 방법으로 버리느냐고? 낮에도 밤에도. 어떤 목적으로? 아무 목적 없이. 무슨 생각으로? 아무 생각 없이. 무엇 하려고? 공연히. 어떤 기관을 통하여? 그것의 내장을 통하여. 그것의 내장이 무엇이냐고? 하수도이다.

이천오백만 프랑은 그 분야 전문가들이 계산하여 제시하는 가장 낮은 근사치이다.

오랜 세월 더듬거리던 끝에 과학이 오늘날에 이르러 알게 된 것은, 비료들 중 가장 생산성 높고 효과적인 것이 인간이 배출하는 비료라는 사실이다. 부끄럽지만 밝혀 두거니와, 중국인들은 우리들보다 훨씬 앞서 그러한 사실을 알고 있었다. 에커베르크가 전하는 말에 의하면, 시가지에 들어갔던 중국인들 중, 우리가 오물이라고 부르는 것으로 가득 찬 통 둘을 대나무 막대 양쪽 끝에 매달고 돌아오지 않는 사람이 없다고 한다. 인간이 배출한 그 비료 덕분에 중국의 토양은 아직도 아브라함 시절의 토양만큼이나 젊다. 중국의 밀 소출량은 뿌린 것의 일백이십 배에 이른다. 어떠한 해조분(海鳥糞)도 그 기름짐에 있어서는 대도시의 배출물에 비할 바 못 된다. 하나의 대도시란 도둑 갈매기들 중 가장 강력한 녀석이다.[2] 들판을 비옥하게 만듦에 있어 대도시를 이용하면 성공이 보장될 것이다. 우리의 황금이 곧 비료라면, 역으로 말할 경우, 우리가 배출하는 비료가 곧 황금이다.

그런데 우리는 그 황금 비료를 가지고 무엇을 하는가? 그것을 쓸어서 심연 속에 처박는다.

남극에서 바다제비와 펭귄의 배설물을 수거하기 위하여, 엄청난 비용을 들여 대선단을 파견하면서, 수중에 있는 이루 계산조차 할 수 없는 부(富)의 요소들은 바다로 흘려보낸다. 지금 전 세계에서 버려지는 인간과 짐승들의 배설물을 물속에 던지지 말고 흙에 돌려줄 경우, 그 비료가 전 세계를 먹여 살릴 것이다.

도로변 한구석에 무더기를 이루고 있는 오물들, 밤이면 찌꺼기들을 싣고 도시의 길들을 덜컹거리며 지나가는 수레들, 오물 집하장의 그 끔찍한 통들, 포석 밑에 감추어진 채 악취를 풍기며 질질 흐르는 개흙 등, 그 모든 것들이 무엇인지 아시는가? 그것들이 곧 백화(百花) 만발한 초원이고, 푸른 목초이고, 쎄르풀룸[3]이고, 티무스[4]이고, 쌀비아[5]이고, 사냥감이고, 가축 떼이고, 저녁나절에 들리는 실한 황소들의 울부짖음이고, 향기 가득한 건초이고, 황금빛 밀밭이고, 여러분들의 식탁에 오른 빵이고, 여러분들의 혈관에 흐르는 뜨거운 피며, 건강이며, 기쁨이며, 생명이다. 그것이, 지상에서는 변형이 하늘에서는 변용(變容)이 일어나게 하는, 신비한 창조의 뜻이다.

그것들을 거대한 도가니에게 돌려주어 보시라. 그 도가니로부터 풍요가 나올 것이다. 들판이 영양을 섭취하면 인간의 양식을 만든다.

그러한 부를 낭비하고, 한술 더 떠서, 나를 우스꽝스럽게 여기는 것은 순전히 여러분들의 뜻에 달려 있다. 그렇게 하실 경우, 무지의 걸작품이 될 것이다.

통계에 의하면, 프랑스 홀로 하구들을 통하여 대서양에 쏟아버리는 금액이 한 해에 5억 프랑에 이른다고 한다. 그 5억 프랑으로 정부 예산의 사분의 일을 충당할 수 있다는 점에 유의하시기 바란다. 인간의 능란함[6]이, 그 5억 프랑을 차라리 개울물에 던져버리는 편을 택하는 지경에까지 이르렀다. 한 방울씩 모여 줄기를 이루고, 우리의 하수도들이 그 물결들을 우리의 강들로 토해 내고, 그 강들이 다시 대양으로 거대한 규모로 쏟아내는 그 토사물은 곧 우리 국민의 자양분이다. 우리의 시궁창들이 오물을 삼키며 딸꾹질 한 번 할 때마다, 우리들은 일천 프랑의 경비를 감당해야 한다. 또한 그러한 일로부터 치명적인 결과 둘이 초래되는 바, 토양이 척박해지고 물이 심한 악취를 풍기게 된다는 것이다. 밭고랑으로부터는 기근이 나오고, 강으로부터는 질병이 나온다.

예를 들어, 오늘날 템즈 강이 런던에 심한 악취를 풍긴다는 것은 잘 알려진 사실이다. 빠리의 경우, 최근에, 대부분 하수도들의 출구를 쎈느 강 하류 쪽 마지막 다리 아래로 옮겼다.

흡입밸브와 정화용 방수문을 갖춘, 즉 물을 흡입하기도 하고 방출하기도 하는, 인간의 허파처럼 구조가 단순한 초보적인 배수장치, 그리고 잉글랜드의 여러 지역에서는 이미 활발하게 사용되고 있는, 그 이중의 기능을 가지고 있는 배수 시설만 갖추면, 전원 지역의 맑은 물을 각 도시로 끌어들였다가, 유기물 듬뿍 함유한 도시의 물을 전원으로 돌려보내기가 아주 수월할 것이다. 또한, 그 무엇보다도 단순한 물의 왕복운동이, 밖으로 던져지는 5억 프랑을 우리의 땅에 잡아둘 것이다. 그렇건만 사람들은 다른 생각을 하고 있다.

현재 도입된 방법은, 개선하기를 원하면서 해를 끼친다. 의도는 좋으나 결과는 서글프다. 도시에서 불순물을 배출시켜 도시를 정화한다고 믿지만, 실은 시민들을 허약하게 만들 뿐이다. 도시 밑에 하수도를 건설하는 것은 커다란 착오이다. 흡입했던 것을 되돌려주는 이중의 기능을 갖춘 배수 체제가, 토양을 척박하게 만드는 단순한 세탁 기능만을 수행하는 하수도 체제를 대체할 경우, 이중의 기능을 갖춘 배수 체제가 새로운 사회적 경제 체제와 맞물려, 토지의 생산성은 열 배로 증대될 것이고, 빈곤의 문제도 기적적으로 완화될 것이다. 게다가 여러 형태의 기생적 생태[7]를 제거해 보라. 빈곤의 문제는 해결될 것이다.

지금도 공공의 재화가 하천으로 가고, 유출에 의한 낭비가 계속된다. 낭비라는 말이 적합할 것이다. 유럽 전체가 그러한 식의 고갈로 피폐해지고 있다.

프랑스의 경우, 조금 전에 그 총 손실액에 관해 언급하였다. 그런데, 빠리의 인구가 프랑스 인구의 이십오분의 일에 불과하지만, 빠리가 배출하는 인분이 가장 기름지기 때문에, 프랑스가 매년 낭비하는 5억 프랑 중에서 빠리의 몫을 이천오백만 프랑으로 추산하는 것은, 진실에 미치지 못한다. 여하튼 그 이천오백만 프랑을 복지 비용으로 사용할 경우, 빠리의 화려함이 배로 증대될 것이다. 그런데 빠리가 그 돈을 하수구 속으로 처박는다. 따라서 빠리의 하수도를 가리켜, 화려한 축제, 보종[8]의 저택 같은 별장, 통음 난무, 마구 낭비하는 금전, 화려한 치장, 사치 등으로 요약될 수 있는, 빠리의 엄청난 낭비성이라고도 할 수 있을 것이다.

그러한 식으로, 잘못된 경제 정책이 초래한 실명 상태에서, 모든 사람들의 복지를 익사시켜, 물결 따라 흘러가다가 깊은 하수도 속으로 사라지게 한다. 투신자살하는 사람들 때문에 쌩-끌루 인근 쎈느 강에 그물 치듯, 빠리의 하수도에도 공공의 재화를 건지기 위한 그물을 드리워야 할 것이다.

그러한 현상을 경제학적으로는 이렇게 요약할 수 있을 것이다. '빠리는 곧 구멍 뚫린 바구니이다.'

하나의 전범이 될 만한 이 도시, 이 세계의 많은 민족들이 그 모조품 하나 갖기를 원할 만큼 잘 만들어진 도성들 중의 우두머리, 창의성과 추진력과 온갖 시도의 거룩한 고향, 지성들이 모이는 중심지, 독립국과 같은 도시, 미래가 탄생하는 꿀벌통, 바빌론과 코린토스의 경이로운 혼합체인 이 빠리이건만, 이 도시를 앞에서 지적한 관점에서 본다면, 푸젠성(福建省)의 이름 없는 농부라도 어이없다는 듯 어깨를 움찔할 것이다.

그 경악스러운 어리석음이 새삼스러운 현상은 아니다. 즉, 나타난 지 얼마 아니 되는 멍청이 짓이 아니다. "로마 시의 시궁창들이 근교 농민들의 모든 편안함을 빨아들였다." 리비히[9]의 말이다. 로마의 하수도가 인근 전원 지역을 폐허로 만든 다음 이딸리아 반도 전역을 고갈시켰다. 그리고, 이딸리아를 시궁창 속으로 부어버린 다음, 시칠리아를, 그리고 뒤이어 사르데냐, 다시 아프리카까지 그 속에 휩쓸어 넣었다. 결국 로마의 하수도가 세계를 삼켜버렸다. 그 시궁창이 로마와 세계의 수액을 고갈시켰다. 우르비 에트 오르비(Urbi et orbi).[10] 영속한다는 도시[11]가 그 바닥을 알 수 없는 하수도로 변하였다.

다른 여러 일에서와 마찬가지로, 그러한 일에서도 로마가 모범을 보였다. 빠리가 기지 넘치는 도시들 특유의 멍청함에 사로잡혀 그 모범을 흉내 낸다.

앞에서 설명한 기능을 수행하기 위하여 빠리는 자기의 밑에 다른 빠리 하나를 더 가지고 있는데, 그것은 하수도로 이루어진 빠리이다. 그 빠리 역시, 고유의 길들과 교차로와 광장들과 막다른 골목들과 간선도로들을 가지고 있으며, 그곳 특유의 왕래자들, 즉 썩어서 질질 흐르는 개흙이 있으되, 인간의 모습만 보이지 않는다.

상대가 아무리 위대한 백성이라 해도 아부는 하지 말아야 하는 법, 모든 것이 있는 곳에는 숭고함 곁에 비열함도 있기 때문이다. 빠리가 비록 빛의 도시인 아테네와, 부강함의 도시인 튀로스, 용기의 도시인 스파르타, 경이로움의 도시인 니니베를 내포하고 있지만, 진흙탕의 도시인 루테티아[12]도 동시에 내포하고 있다.

뿐만 아니라 위대한 힘의 흔적도 그곳에 있는 바, 여러 기념물들 중 하나인 그 거대한 진흙 구덩이가, 마키아벨리, 베이컨 및 미라보 등 몇몇 사람에 의해 인류사 속에 실현된, 그 기이한 이상을 실현하기도 한다. 그 이상이란 천한 거창함이다.

빠리의 지하 세계에 우리의 시선이 침투한다면, 그 세계가 거대한 석산호(石珊瑚)의 모습을 우리들 앞에 드러낼 것이다. 어떠한 해면(海綿)도, 그 거대한 태곳적 도시를 지하에서 떠받치고 있는, 둘레 육 리으에 가까운 진흙 덩어리보다, 더 많은 구멍과 통로를 가지고 있지는 못할 것이다. 또 다른 지하실인 지하 납골당들, 극도로 복잡하게 뒤얽힌 가스 도관들, 모든 도로변의 급수대로 이어지는 거대한 상수도관들은 제쳐두더라도, 쎈느 강 양안에 걸쳐 이어진[13] 하수도만으로 거대한 암흑의 망상 조직이 형성되어 있는 바, 그것은 자체의 경사를 아리아드네의 실로 삼는[14] 거대한 미노타우로스의 미궁이다.

그곳에서, 축축한 안개 사이로, 쥐가 모습을 드러내는 바, 빠리가 애써 분만한 산물이다.

2. 하수도의 옛 역사

뚜껑 벗긴 빠리를 상상해 보시기 바란다. 하늘에서 내려다본 하수도들의 지하 망상체가, 강 양안에 걸쳐 그 강에 접목시키듯 접합시켜 놓은 일종의 거대한 가지 하나를 그리고 있을 것이다. 강의 우안에 있는 접합대 역할을 하고 있는 하수도가 가지의 본줄기에 해당하고, 그곳에서 뻗어 나간 지맥들은 굵은 곁가지들, 그리고 끝이 막힌 하수도들은 잔가지들에 해당한다.

여기에 제시하는 형태는 지극히 대략적이며 정확하지도 못하다. 지하에 있는 그런 종류의 분지(分枝) 현상에서 일반적으로 발견되는 직각이, 식물들의 분지 현상에서는 거의 발견되지 않으니 말이다.

그 기이한 기하학적 도면과 더 흡사한 것을 상상해 보고자 할 경우, 암흑의 밑바닥에, 파헤친 흙덩이들처럼 어지럽게 놓여 있는, 동방의 괴상한 문자들을 자세히 관찰하고 있다고 가정하면 된다. 그 기형의 글자들은, 뒤죽박죽인 듯 보이고 우연히 집합된 것처럼 보이며 때로는 모서리에, 때로는 끄트머리에 서로 용접되어 있을 것이다.

중세와 로마 제국 말기, 그리고 고대 동방에서는, 시궁창들과 하수도들의 역할이 매우 중요했다. 흑사병이 그곳에서 발생하였고, 전제군주들이 그곳에서 죽었다. 백성들은 그 부패의 온상들을, 즉 죽음의 흉악한 요람들을, 종교적 경외심을 가지고 바라보았다. 베나레스의 해충 구덩이[15]가 바빌론의 사자 구덩이 못지않게 무시무시하다. 유대인들의 율법서에 의하면, 테글라스-팔라사르[16]는 니니베의 시궁창을 걸고 맹세하는 일이 잦았다고 한다. 얀 반 라이덴[17]이 자기의 가짜 달이 나타나게 한 곳은 뮌스터의 하수도였으며, 동방의 라이덴이라 할 수 있는 코라싼[18] 지방의 베일 속 선지자 모칸나가 자기의 가짜 태양이 나타나게 한 곳 역시, 케크셰브의 시궁창이었다고 한다.

인간의 역사가 시궁창의 역사에 어리어 있다. 로마의 시체 공시대들이 로마의 역사를 전해 준다. 빠리의 하수도는 낡고 무시무시한 것이기도 했다. 그것이 무덤이기도 했고, 피신처이기도 했다. 범죄, 공모, 사회적 항거, 양심의 자유, 사상, 절도 등, 인간의 법이 박해하는 혹은 박해하던 모든 것들이 그 구멍에 숨었다. 14세기의 나무망치들,[19] 15세기의 털이범들, 16세기의 깔뱅파 개신교도들, 17세기에 모랭[20]을 추종하던 계시파들, 18세기의 화부(火夫)들[21]이 곧 그들이다. 백 년 전만 하여도 야간의 살인강도가 하수도에서 나왔고, 야바위꾼이 위험을 느끼면 그 속으로 미끄러져 들어가곤 하였다. 숲 속에 동굴이 있듯이, 빠리에는 하수도가 있었다. 갈리아의 삐까레리아[22]인 직업 구걸꾼들은, 하수도를 '기적의 궁전'[23]에 딸린 지부(支部)

로 여겼으며, 저녁이면, 교활하고 표독스러운 그 무리가, 마치 침실로 들어가듯, 모뷔에의 하수도 출구로 들어가곤 하였다.

비드-구쎄 골목이나 꾸쁘-고르주[24] 골목을 일상의 작업장으로 삼는 이들이, 슈맹-베르의 작은 다리나 위르뿌와 로에 있는 오두막을 야간 거처로 정한 것은 당연한 일이었다. 그곳으로부터 무수한 소문들이 퍼져 나갔다. 온갖 종류의 유령들이 한적한 지하 통로에 출몰하였다. 썩는 냄새와 독한 기운이 사방에 퍼져 있었다. 여기저기에 환기구들이 있었고, 안에 있던 비용이 밖에 있는 라블레와 이야기를 나누기도 하였다.[25]

옛 빠리의 하수도는 모든 고갈과 모든 시도가 합류하는 곳이다. 따라서 정치 경제학은 그곳에서 잔해를 발견하고, 철학은 찌꺼기를 발견한다.

하수도는 도시의 의식(意識)이다. 모든 것이 그곳으로 수렴되어 서로 대조된다. 그 납빛 장소에는 암흑이 있으되 비밀은 없다. 어느 것이든 자신의 진실한 형태를 가지고 있으며, 그러지 못할 경우, 적어도 확정된 형태를 띠고 있다. 그곳에 있는 오물 더미는 거짓말을 하지 않는다는 특징을 가지고 있다. 천진스러움이 그곳으로 피신하였다. 바질[26]의 가면이 그곳에 있다. 하지만 그곳에서는 가면의 재료였던 마분지와 노끈, 그리고 가면의 이면과 외면을 모두 볼 수 있고, 정직한 진흙으로 인해 더욱 돋보인다. 바로 옆에 스까뺑[27]의 가짜 코도 이웃해 있다. 문명의 모든 더러움들이 더 이상 쓸모없어지면, 거대한 사회적 도괴물들이 도달하는 그 진실의 구덩이 속으로 떨어져 처박힌다. 하지만 그 더러움들도 자신들을 당당하게 자랑하듯 드러낸다. 그 혼합물은 일종의 고백이다. 그곳에는 더 이상 거짓 외양이라는 것이 없다. 회를 칠하여 꾸미는 일이 불가능하다. 오물이 자신의 슈미즈를 벗어 완전한 나신으로 변한다. 환상과 신기루들의 궤주가 시작된다. 실재하는 것 이외의 다른 아무것도 없으며, 그것이 종말을 맞는 것의 음산한 표정을 짓는다. 그곳에는 실체와 사라짐이 있다. 그곳에서는 술병 밑바닥이 못된 술버릇을 고백하고, 바구니 손잡이가 하인의 숨은 이야기를 들려준다. 그곳에서는 문학적 견해를 가지고 있던 사과 찌꺼기가 다시 사과 찌꺼기의 모습을 찾는다. 두툼한 오 프랑 주화에 양각된 인물이 솔직히 녹청색으로 변하고, 가야파[28]의 가래침이 팔스타프가 토해 놓은 것을 만나며, 도박장에서 나온 루이 금화가, 목매어 자살한 사람이 끈을 매었던 못과 부딪친다. 사육제 마지막 날 빠리의 오페라 극장에서 춤을 추던 번쩍이는 의상에 싸인 납빛 태아 하나가 그곳에서 굴러다닌다. 사람들을 심판하던 재판관의 모자 하나가 마르고똥[29]의 치마였던 썩은 덩어리 곁에 한가하게 자빠져 버둥거린다. 그곳에서 발견되는 것은 형제애 이상의 것, 즉 평등이다. 분을 발라 자신을 치장하던 모든 것들이 스스로의 얼굴에 오물을 바른다. 마지막 너울까지 벗겨졌다. 하수도는 냉소적인 철학자이다. 그리하여 무엇이든 말한다.

오물의 그러한 진실성이 우리의 마음에 들고, 그리하여 영혼에 휴식을 준다. 지표면에서, 국가의 시책이라고 하면서 거드름 피우는 장면, 정치적 지혜, 인간적 정의, 직업적 청렴성이라는 것들, 상황의 엄중함들, 결코 부패할 수 없다는 법복들, 그 모든 것들을 감내하며 살아가던 사람에게는, 하수도에 들어가 그곳에 걸맞는 오물을 바라보는 것이 편안하게 느껴진다.

뿐만 아니라 하수도는 교훈도 준다. 조금 전에 말한 바와 같이, 역사는 하수도를 통해 지나간다. 바르톨로메오 성자 축일 전야의 학살과 같은 사건들이, 포석들 틈으로 흘러, 그 속으로 방울방울 떨어진다. 공공연히 자행되는 대대적인 학살, 즉 도살장을 연상시키는 정치·종교적 학살들이 그 문명의 지하 세계를 지나고, 시신들을 그곳으로 밀어 넣는다. 몽상가의 눈에는, 모든 역사적 학살꾼들이 그곳의 흉악스러운 어둠 속에서, 수의 자락으로 지은 앞치마를 두르고,

자신들이 저지른 짓들에서 흐르는 피를 음산한 기색으로 닦고 있는 모습이 보인다. 그곳에는 루이 11세가 트리스땅[30]과 함께 있고, 프랑수와 1세가 뒤프라[31]와 함께 있고, 샤를르 9세가 자기의 모후[32]와 함께 있고, 리슐리으가 루이 13세와 함께 있고, 루부와[33]가 그곳에 있고, 르뗄리에[34]가 그곳에 있고, 헤베르와 마이야르가 그곳에 있으며, 그들 모두 돌덩이들을 긁어 자기들의 행위가 남긴 흔적들을 지우려고 애를 쓰고 있다. 그곳 천장 밑에서는 그 유령들이 쓰레질하는 소리가 들린다. 그곳에서는 사회적 파국의 거대한 악취가 진동한다. 구석들에서는 불그스름한 번쩍거림이 나타난다. 그곳에는 선혈 낭자했던 손들을 씻은 물이 흐른다.

사회를 관찰하고자 하는 이는 그 어둠 속으로 들어가야 한다. 그 어둠도 그가 사용하는 실험실의 일부이다. 철학은 사유가 사용하는 현미경이다. 모든 것이 도망치려 하나, 아무것도 그것을 피하지 못한다. 얼버무리려 하나 부질없는 짓이다. 얼버무리면서 자신의 어떤 측면을 드러내는가? 수치스러운 측면이다. 철학은 자신의 흠절 없는 눈으로 악을 추적하며, 그것이 허무 속으로 도주하는 것을 허락하지 않는다. 사라지는 사물들의 지워진 자취 속에서도, 가물거리는 사물들의 희미함 속에서도, 철학은 모든 것을 분간해 낸다. 철학은 넝마 한 조각에 의지하여 국왕이나 추기경의 주홍빛 옷을 재생해 내고, 행주 하나에 의지하여 여인 하나를 재생해 낸다. 시궁창에 의지하여 사라진 도시를 되살려 내고, 진흙에 의지하여 사라진 풍습을 되살려 놓는다. 도기 부스러기 하나만 보고도, 그것이 고대 그리스나 로마 시대의 날렵한 항아리(암포라)인지 혹은 평범한 단지인지를 판단한다. 양피지에 남은 손톱자국만 보고도, 일반 유대인 거리(Judengasse)에 사는 유대인들과 지정 거주지(Ghetto)에 사는 유대인들 간의 차이를 알아낸다. 남은 것에서, 선과 악, 진실과 거짓 등, 존재했던 것을 다시 찾아낸다. 궁궐의 핏자국과 동굴 속의 잉크 얼룩과 사창가의 촛농에서, 당한 시련들과 흔쾌히 받아들인 유혹들과 다시 토해 낸 향연 등을 발견한다. 옷의 주름에서 비굴하게 자신을 낮춘 흔적을, 상스러운 영혼들에서 매춘의 흔적을, 그리고 로마 거리의 짐꾼 작업복 상의에서 메쌀리나의 팔꿈치가 쿡쿡 찔러[35] 남긴 자국을 찾아낸다.

3. 브뢴죠

빠리의 하수도가 중세에는 전설적인 존재였다. 16세기에 앙리 2세가 그 내부를 조사케 하였으나 실패하였다. 불과 백 년 전까지만 해도, 메르씨에[36]의 증언에 의하면, 빠리의 시궁창이 그대로 내버려져서 멋대로 변모되었다고 한다.

숱한 논쟁과 머뭇거림과 모색에 몰두하던 옛 빠리가 그러하였다. 오랜 세월 동안 빠리가 상당히 멍청했다. 훨씬 후, 인간의 정신이 어떻게 도시에 개입하는지를, 1789년이 보여 주었다. 그러나 태평스러웠던 옛날에는, 우리의 그 도성에 생각하는 머리가 별로 없었다. 그리하여 정신적으로나 물리적으로나 우리의 수도(首都)가 제구실을 못하였고, 오물을 쓸어내지 못하던 것은, 악습을 쓸어내지 못하던 것과 별반 다름이 없었다. 모든 것이 장애였고, 모든 것이 문제였다. 예를 들어 하수도는, 어느 쪽으로 갈피를 잡아야 할지 알 수 없었다. 그 오물 구덩이 속에서 방향을 잡지 못함은, 그 위에 있는 시가지에서 사람들이 서로 소통하지 못함과 다름없었다. 다시 말해, 지표면에서는 서로 이해하지 못하였고, 그 밑에서는 풀릴 수 없을 지경으로 뒤얽혀 있었다. 언어적 혼란 아래층에 동굴들의 혼란이 있었다. 다시 말해, 다이달로스 위에 바벨탑이 있었다.[37]

때로는 빠리의 하수도가 범람하려 들기도 하였다. 무시된 그 나일

강이 문득 역정을 내는 것 같았다. 몹시 지저분한 일이긴 하지만, 하수도가 범람하기도 하였다. 그 문명의 위가 소화 기능을 제대로 수행하지 못하여, 때로는 시궁창이 도시의 목구멍까지 역류하였고, 따라서 빠리에는 썩은 진흙탕의 뒷맛이 감돌곤 하였다. 그러한 하수도의 뒷맛과 회한 간의 유사성에 이로운 점도 있었으니, 그것들이 인간에게 보내진 경고였다는 사실이다. 물론 사람들이 그것을 전혀 이해하지 못하였다. 도시는 오히려, 그 썩은 흙탕이 방약무인하다며 분개하였고, 그 오물이 다시는 얼씬도 하지 못하도록 하라고 엄포를 놓았다. "철두철미 내쫓으시오."

지금 빠리에 사시는 이들 중 연치 여든쯤 된 분들은, 1802년의 홍수를 기억하실 것이다. 썩은 진흙탕이 루이 14세의 동상이 서 있던 '승리의 광장'을 범하여 십자형으로 퍼졌다. 진흙탕은 샹젤리제에 있는 두 하수구로 올라와 쌩-오노레 거리로 들어갔고, 쌩-플로랑땡의 하수구로 역류한 진흙탕은 쌩-플로랑땡 로를 뒤덮었으며, 쏘느리의 하수구로 역류한 것은 삐에르-아-쀠와쏭 로를, 슈맹-베르 하수구로 역류한 것은 뽀뺑꾸르 거리로, 그리고 라쁘 로에 있는 하수구로 역류한 것은 로께뜨 거리를 뒤덮었다. 진흙탕이 샹젤리제 도로 양편의 도랑을 따라 흐르는데, 그 깊이가 삼십오 센티미터[38]에 달했다. 또한 쎈느 강 남쪽으로는, 강변에 닿아 있던 배출구가 반대 방향으로 그 기능을 수행하는 바람에, 진흙탕이 마자린느, 레쇼데, 마레 등의 길로 역류하여 일백구 미터의 띠를 이루었으며, 라씬느가 살던 집[39] 몇 걸음 앞에서 멈추었다. 17세기에는 국왕보다 문인을 더 존경하던 풍습 때문인 듯하다. 진흙탕이 가장 깊었던 곳은 쌩-삐에르 로였는데, 도로변 도랑 포석 위로 흐르던 진흙탕이 두께가 삼 삐에였고, 가장 길게 퍼진 곳은 쌩-싸뱅 로였는데, 그 길이가 이백삼십팔 미터에 달하였다.

금세기 초까지도 빠리의 하수도는 신비한 곳으로 여겨졌다. 진흙탕이라는 것에 대한 평판이 결코 좋을 리 없지만, 빠리의 하수도에 대한 좋지 않은 소문은 공포감에까지 이르렀다. 빠리는 자신의 밑에 무시무시한 동굴 하나가 있다는 사실을 막연히 알고 있었다. 사람들은 그 동굴 이야기를 할 때마다, 길이 십오 삐에 되는 지네들이 우글거리고, 베헤못[40]이라는 괴물이 욕조로 사용했다는, 테바이의 그 끔찍한 진창 구덩이를 뇌리에 떠올렸다. 하수도 청소부의 길고 두툼한 장화들도, 잘 알려진 일정한 지점 너머로는 들어설 엄두를 내지 못하였다. 쌩뜨-푸와가 크레끼 후작과 함께 타고 우의를 돈독히 하였다는,[41] 도로 청소부들의 수레가 하수도에 마구 짐을 부려 처넣던 시절과 그리 멀지 않은 시절이었다. 하수도의 준설(浚渫)은 소나기에 맡겼는데, 소나기가 쓸어내는 것보다는 그 속에 처박는 것이 더 많았다. 로마는 그래도 자기의 시궁창에 약간의 시정(詩情)을 남겨, 그것을 가리켜 비탄의 층계(Gemoniae scalae)[42]라 하였건만, 빠리는 자신의 시궁창을 모욕하며 악취 풍기는 구멍이라고 불렀다. 과학과 미신이 공포감 앞에서는 의기 상통하였다. 그 '악취 풍기는 구멍' 이, 전설을 믿던 사람들에게 못지않게 보건 당국에게도 혐오감을 주었다. 무프따르 근처 하수도의 역한 냄새 풍기는 아치 밑에서 '무완느-부뤼'[43]가 나타났다는 소문이 돌았다. '마르무제'[44]들의 시체를 바리으리 근처 하수구에 처박았다는 소문도 있었다. 화공[45]은, 1685년에 창궐했던 그 무시무시한 열병의 원인을, 마레 구역 하수도 상층부에 뚫려 있던 커다란 구멍에 돌렸다. 그 구멍은, 쌩-루이 로에 있는 여인숙 '메싸제 갈랑'의 간판 맞은편에서, 1833년까지도 아가리를 커다랗게 벌리고 있었다. 모르뗄르리라는 길에 있던 하수구는, 그 구멍을 통하여 흑사병이 나온다는 소문으로 유명했다. 치열 모양으로 만든 그 하수구의 뾰족뾰족한 철책으로 인하여, 그 치명적인 길에서는 그 하수구가 지옥의 바람을 인간에게로 뿜어대는 용의 아가리로 여겨졌다. 일반 백성들의 그러한 상상력이 빠리의 그 수챗구멍에 무엇인지 모를 무한한 것을 가미시켜 주었다. 백성들은 그 하수도가 끝없이 깊다고 믿었다. 그 하수도가 곧 바라트룸[46]이었다. 나병에 걸린 그 지역을 조사한다는 것은 경찰조차 엄두를 내지 못하였다. 그 미지의 존재를 시험해 본다든가, 그 어둠 속으로 탐조봉을 들이민다든가, 그 심연 속으로 무엇을 발견하기 위하여 들어간다든가 하는 등의 일을, 누가 감히 생각이나 할 수 있었겠는가? 너무 두려운 일이었다. 하지만 어떤 사람 하나가 나섰다. 그 시궁창이 드디어 그것에 도전하는 크리스또포로 꼴롬보(콜럼부스)를 만나게 되었다.

1805년 어느 날, 황제가 모처럼 빠리에 모습을 드러냈을 때, 당시 내무상이었던 드크레인지 혹은 크레떼인지 하는 사람이 자기의 주인에게 알현을 청하였다. 까루젤 광장에서는, 위대한 공화국의, 즉 위대한 제국의, 비범한 군사들이 군도를 끌고 다니는 소리가 요란하게 들려오고 있었다. 나뽈레옹의 거처 입구에는 영웅들이 우글거리고 있었다. 라인 강, 쉘더 강, 아덱스 강, 나일 강에서 싸운 사나이들, 주베레와 드세, 마르쏘, 오슈, 끌레베르 등과 함께 싸운 전우들, 홀뢰뤼스에서 기구를 타고 적정을 살피던 관측병들, 마인츠에서 용맹을 떨치던 척탄병들, 제노바에서 활약하던 가교병(架橋兵)들, 피라미드들이 묵묵히 바라보았을 경기병들, 쥐노의 철환 포탄 때문에 흙탕물을 뒤집어썼던 포병들, 조이데르 내해(內海)에 정박해 있던 함대를 기습하던 흉갑 기병들 등이 그들이었다. 그들 중 어떤 이들은 일찍이 보나빠르뜨를 따라 로디 시의 다리를 건넜고, 어떤 이들은 뮈라와 함께 만또바 전선의 참호에서 싸웠으며, 또 어떤 이들은 몬떼벨로의 움푹 들어간 협로에서 란느 대원수의 앞장을 서기도 하였다. 전군의 각 부대를 대표하는 분대 혹은 소대 규모의 병력들이 그곳 뛸르리 궁에 집결하여, 휴식을 취하고 있던 나뽈레옹을 호위하고 있었다. 또한, 제국의 위대한 군대가 마랭고에서 전승을 거두고, 슬라브코프의 승리를 앞두고 있던, 찬연한 시절이었다.

내무상이 나뽈레옹에게 아뢰었다.

"폐하, 신이 어제 폐하의 제국 내에서 가장 용감한 사람을 보았나이다."

"그가 무엇 하는 사람이오? 그리고 그가 어떤 일을 하였소?" 황제가 퉁명스럽게 반문하였다.

"그가 어떤 일을 하려 합니다."

"그것이 무슨 일이오?"

"빠리의 하수도를 샅샅이 조사하겠다고 합니다."

그러한 사람이 실제로 있었고, 그 사람의 이름은 브륀죠였다.

4. 누락된 세부 사항들

조사가 즉시 착수되었다. 그것은 무시무시한 전투였다. 흑사병과 질식의 위험을 상대로 벌인 야간전투였다. 또한 긴 탐험이었다. 그 탐험에 참가했던, 당시 젊고 영리했던 노동자 하나가 몇 년 전까지 생존하여, 공식 보고서에 포함시키는 것이 합당치 못하다고 브륀죠가 판단한 사항들, 그리하여 빠리 경찰국에 제출한 보고서에서 누락시킨 그 세부 사항들에 대하여, 자주 이야기하곤 하였다. 그 시절의 소독 방법은 매우 초보적인 상태에 있었다. 브륀죠가 그 지하 망상체의 첫 매듭 몇을 지났을 때, 노동자들이 스무 명 중 여덟은 더 이상 앞으로 나아가기를 거부하였다. 탐사 작업이 무척 까다로웠다. 조사가 청소로 불가피하게 이어졌다. 따라서 청소를 하며 동시에 측량도 하였다. 측량이란, 물의 유입구들을 기록하고, 철책들과 배수구들의 수를 헤아리고, 지관(支管)들을 상세히 파악하고, 각 분기점에서 물이 흐르는 방향을 기록하고, 각 웅덩이에 모이는 물이 어느 구역에서 오는지 확인하고, 중앙 수로에 연접된 작은 수로들을 조사하고,

각 통로의 높이와 넓이를 측정하고, 각 유입구와 직각을 이루는 통로의 천장 중앙점이나 지표면의 종좌표(Y좌표)를 추단하는 등의 작업이었다. 앞으로 나아가는 것이 몹시 힘들었다. 낮은 지점으로 내려갈 때 사용하던 사다리가 깊이 삼 뼈에나 되는 수렁에 빠지는 일이 드물지 않았다. 독한 기운에 램프들이 꺼질 듯 가물거리기도 하였다. 이따금씩, 기절한 하수도 인부를 밖으로 옮겨야 했다. 어떤 곳에서는 낭떠러지가 문득 앞을 가로막기도 하였다. 흙이 무너지고 포석들이 뒤틀려, 하수도의 어떤 부분은 무너진 우물 같았다. 단단한 바닥이 없었다. 사람이 별안간 수렁 속으로 사라져, 그를 다시 이끌어내기 위하여 큰 곤욕을 치르기도 하였다. 푸르크라[47]의 권유에 따라, 충분히 청소된 지점에 수지 먹인 밧줄 부스러기 가득 담은 철제 바구니를 띄엄띄엄 놓고, 불을 붙였다. 벽 여기저기가 징그러운 버섯들로 덮여 있었는데, 영락없는 종양이었다. 그 숨쉬기조차 어려운 곳에서는 돌들마저 중병에 시달리는 것 같았다.

브륀죠는 탐사를 상류로부터 하류 쪽으로 진행시켰다. 그랑-위를뢰르에서 두 물줄기가 갈리는데, 그곳에 돌출해 있는 돌 표면에서 1550년이라는 연도를 발견하였다. 그 돌이, 빠리의 지하 쓰레기 집하장을 조사하라는 앙리 2세의 명령을 받았던 필리베르 들로름므가 조사를 중단한 지점을 알려 주었다. 그 돌은 하수도에 남겨진 16세기의 흔적이었다. 브륀죠는, 1600년으로부터 1650년 사이에 아치형 천장을 구축한 뽕쏘의 물길과 비에이유-뒤-땅쁠르 물길에서, 17세기 노동자들의 손길을 다시 발견하였고, 1740년에 파고 천장을 얹은 집수거(集水渠)의 서쪽 칸에서는 18세기의 기술을 발견하였다. 그 두 하수거의 천장들은, 특히 근래의 것, 즉 1740년의 것이 더 심했는데, 1412년에 구축된 중앙 수거의 것보다 균열이 더 심했고 또 더 낡아 있었다. 그 중앙 수거는 1412년에, 메닐몽땅 지역의 고지대에서 흐르던 개천이 빠리의 대하수도로 승차한 것이다. 일개 농부가 하루

아침에 국왕의 침소 시종장으로 변한 격이었다. 르벨로 변신한 그 로-쟝과 유사한 무엇이었다.[48]

재판소 밑에 이르렀을 때, 하수도 속에 축조했던 옛 지하 감옥의 벌집 같은 감방들이 여기저기 눈에 띄었다. 영원히 평온을 누리는 흉악한 지하 감옥이었다. 그 감방들 중 하나에는 죄인의 목에 걸었던 쇠고리가 여전히 매달려 있었다. 그 감방들을 모두 벽을 쳐 봉하였다. 그곳에서 발견된 물건들 중 몇몇은 매우 기괴하였다. 그것들 중에는, 1800년에 왕립 식물원에서 종적을 감추었던 오랑우탄의 해골도 있었다. 18세기의 마지막 해에, 베르나르댕 로에 틀림없이 나타났다고 소란을 피우던, 그 마귀의 출현 사건과 아마 밀접한 관계가 있을 듯한 오랑우탄의 잠적이었다. 그 가엾은 마귀가 결국 하수도 속에서 익사하고 만 듯하다.

아르슈-마리옹으로 이어지는 아치형 천장을 갖춘 긴 통로 밑에서, 원형이 완벽하게 보존된 넝마주이의 채롱 하나가 발견되었고, 모든 사람들이 그것을 바라보며 감탄하였다. 하수도 인부들이 과감히 치우던 수렁 여기저기에서, 금이나 은으로 만든 패물들과 보석들 및 주화들이 발견되었다. 어떤 거인이 그 시궁창 전체를 거대한 체로 걸러냈다면, 그의 체 속에 수 세기의 보화가 쌓였을 것이다. 땅뺄르 로와 쌩뜨-아부와 로 쪽으로 갈리는 분기점에서, 깔뱅파 개신교도의 기이한 구리 메달 하나를 수거하였는데, 메달의 한쪽 면에는 추기경의 모자를 쓴 돼지 한 마리가, 그리고 반대편에는 교황의 모자 티아라를 머리에 얹은 늑대 한 마리가 새겨져 있었다.

그러나 가장 놀라운 일은 대하수도 입구에서 일어났다. 그 입구가 전에는 철책 문으로 막혀 있었지만, 그들이 도착하였을 때에는 겨우 돌쩌귀들만 남아 있었다. 그 돌쩌귀들 중 하나에 보기 흉하고 불결한 일종의 넝마 한 조각이 걸려 있었는데, 그곳을 지나다가 걸린 듯, 어둠 속에서 펄럭이며 갈가리 찢기고 있었다. 브륀죠가 램프를 가까이 가져다 대고 그 넝마 조각을 유심히 살폈다. 그것은 올이 고운 바띠스뜨 아마포[49] 조각이었고, 다른 부분보다 덜 마모된 한 귀퉁이에, 'LAVBESP' 일곱 글자 위쪽에 어떤 가문의 관(冠) 하나가 수놓인 것이 선명히 보였다. 그 관은 후작관이었고, 일곱 글자는 로베삔느(Laubespine)를 뜻하였다. 또한 그것이 마라의 시신을 감쌌던 천의 한 조각임을 알아볼 수 있었다. 마라가 젊은 시절에 어떤 여인과 사랑에 빠진 적이 있었다. 그가 외양간 의사 자격으로 아르뚜와 백작 휘하에 있던 시절이었다.[50] 이미 역사적으로 확인된 어느 지체 높은 여인과의 사랑이 남긴 것이 그 침대 시트였다. 사랑의 부유물 혹은 기념물이었다. 그가 죽자, 그의 집에 있던 비교적 고운 천이라곤 그것뿐이었던지라, 시신을 그것으로 감쌌다. 노파들이, '백성의 비극적인 친구'를 무덤 속에 안치하기 위하여, 관능에 젖은 그 천으로 정성스럽게 감쌌던 모양이다.

브륀죠는 그 물건을 내버려 두고 그냥 지나갔다. 그 넝마 조각을 원래 있던 자리에 내버려 두고 치우지 않았다. 그것이 멸시였을까 혹은 존경이었을까? 마라는 그 둘을 다 받을 만한 사람이었다. 게다가 운명의 손길이 그것에 하도 선명히 흔적을 남긴 듯하여, 아무도 그것에 손을 댈 엄두조차 내지 못하였다. 또한 무덤 속의 것들은, 그것들이 택한 자리에 놓아두는 법이다. 한마디로 기이한 유품이었다. 후작 부인 하나가 그 유품 속에서 잤는데, 마라가 그 속에서 썩었으니 말이다. 또한 그 유품이 하수도 속의 쥐들에게로 오기 위하여 빵떼옹을 거쳤으니 말이다.[51] 일찍이 바또가 모든 주름들까지 즐겁게 그렸을[52] 그 침실의 넝마가, 뚫어지게 바라보는 단떼의 시선[53] 앞에 놓일 만한 물건으로 전락하고 말았다.

빠리의 그 지하 오물 집하장을 모두 조사하는 데, 1805년부터 1812년까지 7년이 소요되었다. 브륀죠는 처음부터 끝까지 몸소 샅샅이 살피며 작업을 지휘하였고, 상당한 공사를 마무리 지었다.

1808년에는 뽕쏘 지역의 배수거 바닥을 낮추었고, 사방에 새로운 하수도망을 새로 구축하였으며, 1809년에는 쌩-드니 로 밑으로부터 인노쌍 급수대 밑까지 하수도를 연장시켰다. 1810년에는 푸롸-망또 로와 쌀뻬트리에르 구호소 밑에, 1811년에는 뇌브-데-쁘띠-뻬르 로 밑과 마이유 로 밑과 레샤르쁘 로 밑과 롸와얄 광장 밑과 라뻬 로 밑과 앙뗑 대로 밑에까지 하수도 망을 확장하였다. 그러면서 하수도망 전체를 소독하고 청소하였다. 그 작업을 시작한 다음 해부터 그는 자신의 사위 나르고를 보좌역으로 기용하였다.

그렇게, 금세기 초에, 낡은 사회가 자신의 이중 밑바닥을 청소하며 하수도를 단장하였다. 여하튼 깨끗해졌다.

뒤틀리고, 틈바구니투성이고, 포석들이 벗겨지고, 금 가고, 웅덩이들로 끊기고, 괴이한 굴곡부들로 울퉁불퉁하고, 멋대로 올라가다가는 내려가고, 썩는 냄새 진동하고, 원시적이고, 사납고, 어둠에 덮여 있고, 바닥의 타일은 파손되었고, 벽들은 칼자국 같은 흉터로 뒤덮였고, 무시무시하고……. 이상이 되돌아본 빠리의 옛 하수도이다.

사방으로 뻗은 무수한 가지들, 긴 구덩이들의 뒤얽힘, 지관(支管)들, 거위의 발 같은 분기점들, 지하호 속의 별들인 양 갈라진 부분들, 맹장들, 막다른 골목들, 습기에 썩은 천장들, 역한 냄새 풍기는 유수조들, 옴 같은 벽의 분비물들, 천장에서 떨어지는 방울들, 암흑 등, 그러한 모습을 한, 비할 데 없이 끔찍한 그 지하묘 같은 배출구, 바빌론의 소화 기관, 괴물의 동굴, 무덤 구덩이, 도로가 뚫린 심연, 그 거대한 두더지 흙 둔덕 속에서, 과거라는 장대하고 눈먼 두더지가 어둠에 감싸여, 한때 화려함이었던 그 오물 더미 사이를 배회하고 있다. 다시 말하거니와, 그것이 빠리의 옛 하수도였다.

5. 현재의 발전

오늘날의 하수도는 청결하고 차갑고 꼿꼿하고 단정하다. 그리하여, 잉글랜드에서 '존경할 만하다(respectable)'는 단어가 의미하는 것의 이상을 거의 실현하고 있다. 그것이 예의를 갖춰 검박한 색을 띠었고, 질서 정연한 모습이 마치 멋을 부린 것 같기도 하다. 참사원 의원으로 변신한 상인과 같다. 하수도에 들어가도 사물들이 거의 선명하게 보인다. 흙탕도 단정하게 처신한다. 그곳에 처음 들어서는 순간, '백성들이 자기네 왕을 좋아하던' 태평스럽던 옛 시절에 흔하였고, 군주들이나 왕자들의 탈출에 그토록 유용했던, 그 지하 통로들로 여길 수도 있을 지경이다. 오늘날의 하수도는 멋진 하수도이다. 순수한 품격이 그곳에 감돈다. 시에서 쫓겨난 단아한 고전적 알렉산드리아풍이, 그 건축물 속으로 피신하여, 그 어둡고 희끄무레한 긴 천장의 모든 돌들과 섞인 것 같다. 각 배수구가 곧 하나의 아케이드, 마치 리볼리 로가 시궁창 속에서까지 일파를 이루고 있는 것 같다.[54] 게다가, 기하학적 직선이 제자리에 있는 곳이 있다면, 그것은 의심할 나위 없이 대도시의 오물 배출 통로일 것이다. 그 배출 통로에서는 최단 거리가 우선권을 가지기 때문이다. 오늘날에는 하수도가 상당히 관변적(官邊的)인 면모를 띠게 되었다. 그것에 관한 경찰 보고서들도 이제는 결례를 범하지 않는다. 하수도와 관련된 행정적 용어들도 품격이 높아져 의젓해졌다. 그리하여, 전에는 '창자'라고 부르던 것을 이제는 '갤러리'라고 칭한다. 또한, '구멍'이라고 하던 것을 가리켜 '시선'이라고 한다. 프랑수와 비용이 환생한다면, 자기의 옛 비상 거처를 더 이상 알아보지 못할 것이다. 그 망상체 지하실에는 쏟아대기 좋아하는 유구한 거주자들이 여전히 살고 있는데, 과거 그 어느 때보다도 왕성한 번식력을 보이고 있다. 가끔, 노병(老兵)격인 쥐 한 마리가, 목숨을 걸고 하수도의 창문까지 나와서 빠리 시민들을 유심히 살핀다. 하지만 그 해로운 집단도 스스로 길들여진다. 자기들의 지하 궁궐에 만족하기 때문이다. 그 시궁창이 더 이상 태초의 사나움을 가지고 있지 않다. 비가 옛날에는 하수도를 더럽혔지만, 이제는 그것을 깨끗이 씻어준다. 하지만 하수도를 너무 신뢰하지는 마시라. 아직도 그곳에는 독한 기운이 상주한다. 하수도가 나무랄 데 없기보다는 위선적이다. 빠리 경찰국과 위생 위원회가 아무리 애를 써도 소용없다. 모든 위생적 조치에도 불구하고 하수구는 수상한 냄새를 은은히 풍긴다. 고해성사를 마치고 나오는 따르뛰프와 유사하다.

모든 면을 고려해 보건대, 청소라는 것이 하수도가 문명에게 표하는 경의이고, 또 그러한 관점에서 보면 따르뛰프의 양심이 아우게이아스의 외양간[55]에 비하면 하나의 발전인 바, 빠리의 하수도가 개선되었다는 사실은 시인하자.

그것은 하나의 발전 이상이다. 본질적인 변화이다. 옛날의 하수도와 현재의 하수도 사이에 한 차례 혁명이 있었다. 누가 그 혁명을 주도하였을까? 모든 사람들이 잊었으되, 우리가 그 이름을 밝힌 브륀죠였다.

6. 미래의 발전

빠리의 하수도를 굴착하는 작업이 작은 일은 아니었다. 지난 십 세기 동안 그 작업에 매달렸지만, 그동안 빠리가 완성되지 않았듯이 그 일 또한 여파를 고스란히 받는다. 그것은 땅속에 있는 촉수 수천 개를 가진 일종의 검은 폴립으로, 지표면에서 도시가 성장함에 따라 함께 성장한다. 도시에 도로 하나가 뚫릴 때마다 하수도에도 가지 하나가 생긴다. 구왕조들은 도합 23,300미터의 하수도밖에 구축하지 못하였다. 그것이 1806년 1월 1일을 기준으로 집계한 빠리 하수도의 총 길이였다. 그 무렵부터―그 시기에 대해서는 잠시 후에 다시 이야기하겠다―하수도 구축 작업이 효과적으로 또 활기 있게 재개되어 계속되었다. 나뽈레옹은 4,840미터를 구축하였는데, 기묘한 수치이다. 루이 18세는 5,709미터, 샤를르 10세는 10,836미터, 루이-필립은 89,020미터, 1848년의 공화국(제2공화국)은 23,381미터, 그리고 현 정부(제2제정)는 70,500미터를 구축하여, 빠리 하수도의 총 길이가 현재는 226,610미터, 즉 60리으에 이른다. 빠리의 거대한 내장이다. 어둠 속에서 끊임없이 계속되는 분지(分枝) 현상이며, 사람들에게 알려지지 않은 거대한 공사이다.

수치를 통해 알 수 있듯이, 오늘날의 지하 미로의 길이는 금세기 초에 비해 열 배로 증가하였다.[56] 그 시궁창을 현재의 비교적 완벽한 상태에 이르도록 하기 위하여 감당했을 인내와 노고를 정확히 가늠하기 쉽지 않을 것이다. 역대 왕조 시절의 빠리 고위 관리들과 18세기 마지막 십 년 동안 빠리 시정을 담당했던 혁명 당국이, 1806년 이전까지 하수도 5리으[57]를 굴착하는 데 엄청난 노고를 쏟았다. 온갖 장애가 그 작업에 족쇄를 씌우곤 했는데, 어떤 것들은 토양의 성질에 기인한 것들이었고, 어떤 것들은 작업에 임하던 빠리 사람들의 편견 속에 내재한 것들이기도 했다. 빠리는, 곡괭이, 삽, 시추기 등, 인간의 작업 도구들에게 기이한 거부감을 드러내는 지층 위에 서 있다. 빠리라는 경이로운 역사적 형성체가 위에 포개어져 있는 그 지층을 뚫고 들어가는 일만큼 어려운 작업은 없을 것이다. 어떠한 형태로든 작업이 개시되어 그 충적층 밑으로 들어가기 무섭게, 지하 세계의 엄청난 저항과 마주하게 된다. 진흙, 샘 구덩이, 단단한 암석, 흐물거리고 깊은 그리고 전문가들이 '겨자'라고 부르기도 하는 수렁 등이 그 저항들이다. 매우 얇은 점토층과 태고의 바다에 살던 굴 껍질 박힌 판암층이 사이사이에 곁들여진 석회질 지층을 곡괭이로 뚫으면서 앞으로 나아가기가 몹시 힘들었다. 때로는 예상치 못했던 물줄기가, 이미 동굴의 모양을 갖추기 시작한 지점의 천장을 뚫고 들어와, 인부들이 물속에 잠기게 하였다. 혹은 이회토가 문득 폭포처럼 맹렬한 기세로 쏟아져, 아무리 굵은 지주들이라도 유리 조각처럼 부스러뜨렸다. 최근에는, 쌩-마르땡 운하를 오가는 배들의 운행을 멈추지 않고, 즉 운하의 물을 비우지 않고, 운하 밑을 지나는 하수도의 집수거를 비예뜨 관문 근처에 파야 했는데, 운하 밑바닥에 문득 균열이 생겨, 물이 지하 공사장으로 쏟아져 들어왔다. 그 물을 퍼내기 위하여 펌프를 동원하였으나, 펌프질로는 역부족이었다. 결국 잠수부를 시켜 운하 밑바닥의 균열 부위를 찾아서 막게 하였는데, 그 어려움이 이만저만 아니었다. 다른 곳에서도, 쎈느 강 근처나 혹은 강에서 상당히 먼 곳에서도, 예를 들어 벨빌이나 그랑드-뤼 혹은 뤼니에르 골목 근처의 공사장에서도, 사람이 미끄러져 들어가면 순식간에 사라져버릴 만큼 깊은 모래 구덩이들과 마주치곤 하였다. 그 이외에도 독한 기운으로 인한 질식사나 급작스러운 붕괴 사고로 인한 매몰사 등 재난이 꼬리를 물었다. 또한 그 작업에 동원된 인부들의 몸으로 서서히 침투하던 티푸스성 질병을 무시할 수 없었다. 최근에도, 우르끄 강물을 끌어들이기 위하여 지하 십 미터 깊이에서 작업을 하며 끌리쉬 관문 근처의 갱도를 판 후, 로삐달 대로에서 쎈느 강에 이르는 비에브르 개천을 아치형 천장으로 덮기 위하여, 무너지는 흙을 파내고 버팀목들을 세우며 혹은 썩는 냄새와 싸우며 작업을 한 후, 몽마르트르 동산으로부터 쏟아져 내려오는 급류로부터 빠리를 구하기 위하여, 다시 말해, 마르띠르 관문 근처에 고여 썩고 있는 구 헥타르 면적의 늪지에 배출구를 만들어주기 위하여, 밤낮 가리지 않고, 십일 미터 지하에서 작업을 계속하여, 사 개월 만에, 블랑슈 관문으로부터 오베르빌리에 대로에 이르는 하수도를 건설한 후, 그리고 전례가 없던 작업 방식이거니와, 지표를 절개하지 않고 육 미터 지하에서 바르-뒤-벡 로 근처의 하수도를 건설한 후, 작업 감독관 모노가 목숨을 잃었다. 트라베르시에르-쌩-앙뚜완느 로에서 루르씬느 로에 이르기까지, 삼천 미터에 이르는 하수도 원형 천장을 시내 도처에 건설한 후, 아르발레드의 지관들을 이용하여 쌍시에-무프따르 교차로에 고이던 빗물이 배수되게 한 후, 흐물거리는 모래에 돌과 시멘트로 토대를 쌓아 쌩-죠르주 하수도를 건설한 후, 노트르-담므-드-나자렛 분지점의 바닥을 낮추는 무시무시한 작업을 지휘한 후, 토목 기사 될로가 목숨을 잃었다. 그 용감한 행동들이, 전쟁터에서 저지르는 멍청한 살육 행위보다 훨씬 더 유익하건만, 그 상세한 사항들을 알리는 공적인 보고서 하나 없다.

빠리의 하수도가 1832년에는 오늘날의 것과 현격히 달랐다. 물론 브뤼죠가 일을 시작하여 자극을 주기는 하였지만, 대대적인 공사를 재개하게 된 것은 콜레라의 창궐 덕분이었다. 예를 들어, 베네치아에서처럼 '대운하'라고 불리던 하수도의 주요 간선 중 일부분이, 1821년에도 구르드 로에서 그 속을 하늘 아래에 드러내놓은 채 썩고 있었으니, 참으로 놀라운 일이다. 그 수치스러운 부분을 덮기 위하여, 빠리 시 당국이 필요한 자금 266,080프랑 6쌍띰므를 호주머니에서 꺼내 놓은 것은, 1823년에 이르러서이다. 배수구와 부대시설들, 유수조들 및 정화관 등을 갖춘, 꽁바, 뀌네뜨, 쌩-망데 등 거리의 세 흡수정(吸水井)이 건설된 것은 1836년에 이르러서이다. 빠리의 내장을 이루고 있는 그 오물 집하장이, 이미 말한 바와 같이, 사 세기 동안에 열 배로 커졌다.

삼십 년 전에는, 즉 6월 5일과 6일의 소요가 일어났던 시절에는, 많은 지점의 하수도들이 옛날의 상태 그대로였다. 오늘날에는 중앙부가 볼록 솟은 대부분 도로들이, 그 시절에는 갈라진 길들이었다. 따라서, 하나의 길이나 교차로의 사면(斜面) 끝 부분에는, 사람들의 발에 닳아 번쩍이는 굵은 쇠살 받침이 자주 눈에 띄었고, 그 물건들이 미끄러워, 마차들에게는 매우 위험했으며, 그것들에 걸려 말들이 자주 넘어졌다. 교량과 도로를 담당하던 관청의 공식적인 용어로는, 그 경사지점과 쇠살 받침을 가리켜 까씨스라고 하였는데, 매우 표현성이 강한 명칭이다.[58] 1832년에는 많은 길들에서, 예를 들어, 에뚜왈, 쌩-루이, 땅쁠르, 비에이유-뒤-땅쁠르, 노트르-담므-드-나자렛, 폴리-메리꾸르, 풀뢰르 부두, 쁘띠-뮈스끄, 노르망디, 뽕-오-비슈, 마레, 쌩-마르땡 변두리, 노트르-담므-데-빅뚜와르, 몽마르트르 변두리, 그랑주-바뜰리에르, 샹젤리제, 쟈꼽, 뚜르농 등의 길에서, 그 중세의 낡은 시궁창이 아직도 냉소적인 아가리들을 드러내고 있었다. 그것들은 매춘부의 지저분한 거처를 닮은 거대한 석재 파열공(破裂孔)이었고, 때로는 기념물처럼 뻔뻔스럽게 경계석까지 두르기도 하였다.

빠리의 하수도가 1806년에는 아직도 1663년에 집계된 길이와 거의 같은 수치를 보이고 있었던 바, 도합 5,380뚜와즈였다. 브뤼죠가 등장한 이후, 1832년에는, 그 길이가 40,300미터에 달했다. 1806년부터 1831년까지 매년 평균 750미터씩 건설한 것이다. 그리고 그 이후에는 매년 시멘트 기초 위에 수경성(水硬性) 석회를 이용하여 잡석들을 쌓아, 매년 지하 갤러리 팔천 내지 일만 미터씩을 구축하였다. 1미터 쌓는 데 2백 프랑의 경비가 소요되었다 치면, 60리으에 달하는 현재의 빠리 하수도를 뚫는 데 지출한 총 경비는 사천팔백만 프랑에 달한다.

이야기를 시작하면서 지적한 경제적인 측면은 차치하고라도, 빠리의 하수도는 공중위생이라는 심각한 문제에 밀접하게 관련되어 있다.

빠리는 두 층 사이에 놓여 있는 바, 두 층이란 물의 층과 공기의 층이다. 상당히 깊은 지하에 있으되, 이미 두 번이나 착암기로 그 존재를 확인한 지하수층은 백악층과 쥐라기 석회암층 사이에 있는 녹색 사암(沙岩) 층으로부터 물을 공급받는다. 그 지하수층은 반경 25리으 되는 원반 모형을 하고 있다. 무수한 하천들의 물이 그곳으로 스며든다. 그르넬의 우물에서 뜬 물 한 잔에는, 쎈느, 마른느, 이온느, 와즈, 엔느, 셰르, 비엔느, 루와르 등 강들의 물이 섞여 있다. 건강에 좋은 그 지하수가 처음에는 하늘에서 떨어지고, 그다음 땅으로부터 온다. 반면 공기의 층은 건강에 해로운데, 그것은 하수도에서 온다. 시궁창의 모든 독한 기운들이 도시의 숨결과 뒤섞이며, 냄새가 좋지 않음은 그 때문이다. 이미 과학적으로 증명된 바이거니와, 퇴비 더미 위에서 채취한 공기가 빠리 상공에서 채취한 공기보다 더 맑다. 때가 이르면, 모든 분야의 발전과 더 완벽해진 장치들 및 한 층 개명된 인지 덕분에, 사람들이 지하수층을 이용하여 공기층을 정화하게 될 것이다. 다시 말해, 하수도를 씻어낼 것이다. 하수도를 씻어낸다는 말은, 오물을 땅에 돌려준다는 뜻이며, 바꾸어 말하면, 퇴비를 토양으로, 그리고 비료를 밭으로 돌려보낸다는 뜻이다. 그 간단한 일로 인하여, 사회 전체에 가난의 완화와 건강의 증진이 이루어질 것이다. 현재, 악취 풍기는 바퀴인 빠리의 바퀴통에 해당하는 루브르 궁으로부터, 사방 50리으까지 온갖 질병들이 전파된다.

지난 십 세기 전부터 시궁창이 빠리의 질병이었노라고도 말할 수 있을 것이다. 하수도는 도시가 핏속에 가지고 있는 악습이다. 그 점에 있어서는 백성의 본능이 결코 잘못 짚은 적이 없었다. 하수도 청소부라는 직업이 전에는, 혐오의 대상이어서 오랜 세월 동안 망나니들에게 맡겨졌던 백정의 일만큼이나, 위험스러운 일로 여겨졌고, 따라서 백성들이 기피하였다. 석공 한 사람으로 하여금 역한 냄새 진동하는 그 지하도 속으로 사라지듯 들어갈 결단을 내리도록 하려면 높은 임금을 지불해야 했다. 우물 파는 인부들의 사다리가 그 지하도로 내려가기를 주저하곤 하였다. 다음과 같은 말이 속담처럼 통용되었다. "하수도 속으로 내려가는 것, 무덤 구덩이 속으로 들어가는 것이니라." 게다가, 이미 말한 바와 같이, 온갖 흉측스러운 전설들이 그 거대한 수채를 공포감으로 뒤덮고 있었다. 인간의 변천뿐만 아니라 지각변동의 흔적도 간직하고 있어, 노아의 홍수가 있었던 시절의 조개껍질로부터 마라의 넝마 조각까지 발견되는, 더럽고 습한 곳이다.

3편 진흙탕, 그러나 영혼

1. 시궁창과 뜻밖의 일들

쟝 발쟝이 들어선 곳은 빠리의 하수도 속이었다.

빠리와 바다의 또 다른 유사점이다. 대양 속에 뛰어든 잠수부처럼, 그 하수도 속으로 들어가는 이 또한 흔적 없이 사라질 수 있다.

전대미문의 급작스러운 이동이었다. 도시의 한가운데에 있었건만, 쟝 발쟝은 도시로부터 벗어나 있었다. 그리고, 눈 깜짝할 사이에, 즉 뚜껑 하나를 쳐들었다가 다시 닫는 사이에, 대낮으로부터 완벽한 암흑 속으로, 정오로부터 자정으로, 요란한 굉음으로부터 고요 속으로, 천둥의 소용돌이로부터 무덤의 침체 상태 속으로, 또한 뽈롱쏘 로에서 겪은 것보다 더 경이로운 사건의 급변에 의해, 극도의 위험으로부터 가장 절대적인 안전함 속으로 건너갔다.

지하실 속으로의 급작스러운 추락, 빠리의 그 거대한 지하 감옥 속으로의 잠적, 사방에 죽음이 널려 있는 거리를 떠나 생명이 있는 무덤 속으로의 도피, 참으로 기이한 순간이었다. 그는 잠시 넋을 잃은 사람 같았고, 어리둥절한 상태에서 귀를 기울였다. 생각해 보니 구원의 함정이 그의 발밑에서 문득 열린 것이었다. 하늘의 호의가 어떤 면에서는 배신적으로 그를 수중에 넣은 것이었다. 섭리의 찬양할 만한 매복 작전이었다!

다만, 부상자가 꼼짝도 하지 않아, 쟝 발쟝은 자기가 그 구덩이 속으로 짊어지고 온 사람이 살았는지 죽었는지 알 수 없었다.

그 속으로 들어서면서 그가 처음 느낀 것은, 자신이 소경이라는 감회였다. 문득 아무것도 보이지 않았다. 또한 자기가 순식간에 귀머거리가 된 것 같았다. 아무 소리도 들리지 않았다. 자기의 머리 위 몇 삐에 되는 곳에서 벌어지고 있던 학살의 광적인 폭풍우 소리가, 이미 지적한 바와 같이, 사이에 있는 흙의 두께 덕분에, 마치 심연 속의 웅얼거림처럼, 거의 잦아진 상태로 희미하게 들릴 뿐이었다. 그는 자기가 딛고 있던 바닥이 단단함을 느낄 뿐이었다. 그것이 전부였다. 또한 그것이면 족하였다. 한 팔을 뻗어본 다음, 다른 한 팔도 뻗어보았다. 양쪽 벽이 두 손끝에 닿았고, 따라서 통로가 좁음을 알 수 있었다. 또한 자기의 발이 어느 순간 미끄러지는 바람에, 바닥의 타일이 젖어 있음을 알았다. 혹시 어떤 구멍이나 유수조 또는 구덩이가 있지 않을까 저어하여, 그는 조심스럽게 한 걸음씩 내딛었다. 타일 바닥이 계속됨을 확인할 수 있었다. 거센 입김처럼 이따금씩 몰려오는 역한 냄새가, 그가 어떤 곳에 와 있는지를 일깨워 주곤 하였다.

잠시 후 그가 맹인 상태에서 벗어났다. 그가 미끄러져 통과한 구멍으로 약간의 빛이 떨어져 들어왔고, 그의 시선이 그 지하도에 익숙해졌기 때문이다. 그가 사물들을 조금씩이나마 분별하기 시작하였다. 산짐승이 땅속에 숨듯 그가 은신한 통로는—그 처지를 더 정확히 표현할 말은 없을 것이다—그 뒤가 벽으로 막혀 있었다. 그가 들어간 곳은, 그 분야 전문가들이 지관이라고 부르는 막다른 골목들 중의 하나였다. 그의 앞에도 다른 하나의 벽이 있었던 바, 그것은 어둠이라는 벽이었다. 구멍을 통해 들어오는 빛은, 쟝 발쟝이 있던 지점으로부터 십여 걸음쯤 되는 곳에서 소멸하였고, 하수도의 축축한 벽 몇 미터에 걸쳐 희끄무레한 일종의 창백함을 드리울 뿐이었다. 그 창백함 저 너머에는 두꺼운 어둠이 가로막고 있었다. 그 속으로 들어가는 것이 끔찍해 보였고, 그 속으로의 진입은 곧 심연 속으로 삼켜지는 것처럼 여겨졌다. 하지만 그러한 안개 장벽 속으로 스스로 처박힐 수도 있는 법, 게다가 그것이 불가피하였다. 뿐만 아니라 서둘러야 할 일이었다. 쟝 발쟝은, 자기가 포석들 밑에서 발견한 그 쇠살 뚜껑이 정부군 병사들의 눈에도 띌 수 있으며, 그것은 순전히 우연에 달린 일이라고 생각하였다. 그들 또한 그 우물 속으로 내려와 그곳을 샅샅이 뒤질 수도 있는 것이다. 따라서 단 한 순간도 지체할 수 없는 처지였다. 그가 마리우스를 땅바닥에 내려놓았다가 다시 주워—이 단어 또한 가장 진실에 가까운 말이다—어깨에 들쳐 메고 걷기 시작하였다. 그리고 단호하게 그 짙은 어둠 속으로 진입하였다.

두 사람이 실은 쟝 발쟝이 생각하던 것만큼 안전해진 것은 아니었다. 다른 종류의, 그리고 못지않게 심각한, 위험들이 아마 그들을 기다리고 있었을지도 모른다. 전투의 번개 같은 소용돌이 다음에 그들 앞에 나타난 것은, 독한 기운과 온갖 덫들이 도사리고 있는 지하 동굴이었다. 대혼돈 다음에 나타난 것은 시궁창이었다. 쟝 발쟝이 지옥의 한 권역에서 다른 권역으로[1] 떨어졌을 뿐이다.

오십 보쯤 이동한 후 걸음을 멈추어야 했다. 의문점 하나가 생겼기 때문이다. 그가 따라서 걷던 통로가 그것을 횡단하는 다른 창자에 가 닿았다. 따라서 그의 앞에 길 둘이 나타났다. 어느 길을 택할 것인가? 왼쪽으로 가야 하나 오른쪽으로 가야 하나? 그 어두운 미로 속에서 어떻게 방향을 잡아야 한단 말인가? 이미 말한 바와 같이, 그 미로 속에 아리아드네의 실 한 가닥이 있었던 바, 그것은 경사면이었다. 경사면을 따라 내려가면 하천에 이르게 되어 있었다. 쟝 발쟝은 그 사실을 즉각 깨달았다.

그는 자기가 알 시장 밑 하수도 속에 들어와 있다고 생각하였다. 따라서, 왼쪽 통로를 택하여 경사면을 따라 내려갈 경우, 십오 분이 채 지나지 않아, 상주 교와 새 다리(뽕-뇌프) 사이에 있는 쎈느 강변 배출구에 도달할 것이라고 생각하였다. 다시 말해, 빠리에서도 사람들의 왕래가 가장 많은 지점에서, 그것도 대낮에, 불쑥 모습을 드러내야 한다고 생각하였다. 혹은 어느 사거리의 쇠살 뚜껑을 열고 밖으로 나가야 할지도 모를 일이었다. 피투성이가 된 남자 둘이 그들의 발밑에서 불쑥 솟아오를 경우, 그들의 놀라움이 어떠하겠는가! 순경들이 달려올 것이고, 인근 수비대에 비상이 걸릴 것이다. 구멍에서 미처 나오기도 전에 잡힐 것이 뻔했다. 차라리 그 미로 속으로 더 깊숙이 처박히며 어둠에 자신을 맡긴 다음, 그곳에서 빠져나오는 일은 섭리에 맡기는 것이 낫겠다고 생각하였다. 그리하여 경사면을 따라 올라가며 오른쪽 통로를 택하였다.

그가 갤러리의 모퉁이를 돌아서자, 쇠살 뚜껑으로 떨어져 들어오던 까마득한 미광마저 완전히 사라졌다. 어둠의 장막이 그의 위로 다시 내려졌고, 그는 다시 소경 신세가 되었다. 하지만 걷는 속도를 늦추지 않았다. 최대한 신속히 이동하였다. 마리우스의 두 팔을 자기의 목에 감고, 두 발은 건들거리도록 내버려 두었다. 한 손으로는 마리우스의 두 손목을 감싸 쥐고, 다른 한 손으로는 벽면을 더듬으며 나아갔다. 마리우스의 볼이 그의 볼에 닿아 풀로 붙인 듯 밀착되었다. 흥건한 피 때문이었다. 마리우스의 몸에서 솟구치는 미지근한 액체 한 줄기가, 그의 옷으로 스며들어 그의 피부 위로 흐르는 것이 느껴졌다. 하지만, 그의 귀에 닿아 있던 부상자의 입으로부터 전해지는 축축한 온기가, 아직도 호흡이 계속되고 있음을, 즉 아직 살아 있음을 알려 주었다. 이제 쟝 발쟝이 따라 걷고 있던 통로는 첫 번째 것보다 덜 비좁았다. 하지만 걷기가 몹시 힘들었다. 전날 내린 빗물이 아직 다 빠져나가지 못하여, 바닥 중앙에 실개천이 형성되어 있었고, 발이 물에 잠기지 않도록 하기 위해서는 몸을 벽에 바싹 붙일 수밖에 없었다. 그렇게 어둠을 헤치며 소리 없이 나아갔다. 보이지 않는 세계에서, 그리고 암흑의 혈관 속에서 길을 잃은 채, 끊임없이 더듬거리고 있는 밤의 존재들과 흡사하였다.

하지만, 멀리 있는 환기구들이, 부유하는 약간의 미광이나마 그 두꺼운 안개 속으로 보냈음인지, 혹은 그의 눈이 어둠에 익숙해졌음인지, 조금씩이지만, 희미하게나마 약간의 시야가 다시 열리는 듯했고, 자기의 손이 닿는 벽과 머리 위 천장이 어렴풋이 짐작되었다. 영혼이 불행 속에서 팽창하여 신을 찾아내듯, 동공 또한 어둠 속에서 팽창하여 빛을 찾아낸다.

스스로 방향을 잡아 나아가기가 쉽지 않았다. 하수도들의 노선은 그 위에 포개어져 있다시피 한 길들의 노선을 반영하고 있다. 그 시절 빠리의 도로 수는 이천이백에 달하였다. 흔히들 하수도라고 부르는 암흑의 가지들이 그 밑에서 숲을 이루고 있는 광경을 상상해 보시라. 그 무렵의 하수도들을 한 줄로 이어놓으면 그 길이가 11리으에 달했을 것이다. 이미 앞에서 말한 바와 같이, 오늘날의 하수도는, 지난 삼십 년 간의 각별한 노력 덕분에, 그 길이가 60리으에 이른다.

쟝 발쟝의 짐작은 처음부터 착각이었다. 그는 자신이 쌩–드니 로 밑에 도달했다고 믿었는데, 그곳에 이르지 못하여 마음이 상했다. 쌩–드니 로 밑에는 루이 13세 시절에 축조한 석조 하수도가 있는데, 그것은 흔히들 '대하수도'라고 부르던 집수거로 연결되어 있었으며, 그것이 옛 '기적의 궁전' 근처에서 굴곡을 이룬 다음, 쌩–마르땡 하수도 하나만을 지관으로 가지고 있었는데, 쌩–마르땡 하수도로부터 갈린 네 가지들은 모두 십자가 모양으로 잘려 있었다. 그러나, 선술집 코린토스 옆에 입구가 있었던 쁘띠뜨–트뤼앙드리의 그 창자는 쌩–드니 로 밑의 지하 세계와 연결된 적조차 없었다. 그 좁은 창자는 몽마르트르의 하수도에 연결되어 있었고, 쟝 발쟝이 들어선 길이 그 통로였다. 그곳에서는 길을 잃을 위험이 몹시 컸다. 옛 하수도 망에서 몽마르트르의 하수도가 가장 복잡한 미로를 형성하고 있는 것으로 알려져 있다. 다행히 쟝 발쟝이 알 시장 밑의 하수도는 이미 멀찍감치 뒤로하고 있었는데, 그 하수도의 실측도(實測圖)는 빽빽하게 몰려 있는 돛대들의 모습을 연상시킬 지경이었다. 하지만, 그의 앞에서 어둠 속으로부터 문득 의문부호처럼 나타나, 그를 난처하게 만들 것들이나 길들(하수도 역시 길이다)이 한둘이 아니었다. 우선 그의 왼편에는 쁠라트리에르의 거대한 하수도가 있었는데, 그것은 일종의 중국식 퍼즐 비슷하게 생겨, 체신국 청사 밑과 밀 시장의 원형건물 밑에서 T나 Z형으로 어수선하게 얽히다가, 그러한 식으로 쎈느 강변까지 이르러 Y형태로 끝나는 하수도였다. 그다음, 그의 오른편에는 까드랑 로 밑의 통로가 있었는데, 그것으로부터 이빨 모양으로 뻗어 나온 세 가지는 모두 막다른 골목이었다. 그리고 세 번째 길은, 역시 그의 왼편에 있던, 마이유 로의 가지였는데, 그것은 거의 입구서부터 일종의 쇠스랑처럼 복잡하였고, 그것이 구불거리며 루브르 궁 밑의 거대한 지하 배출구에 이르게 되어 있었으며, 그 배출구가 다시 토막토막 잘려 사방으로 연결되어 있었다. 그리고, 그의 앞에 있던 네 번째 길은, 그의 오른편에 있던, 즈뇌르 로 밑의 막다른 골목에서 시작된 통로였다. 그 통로 군데군데에는 움푹 들어간 구석들이 있었고, 그것을 따라가면 고리 모양으로 여러 통로에 연결된 하수도에 이르고, 그 하수도만이 그를 상당히 멀리 있는 안전한 출구로 인도해 줄 수 있었을 것이다.

  만약 쟝 발쟝이, 우리가 여기에 설명하고 있는 사실들을 대강이나마 알고 있었다면, 그는 통로의 벽만 더듬어보고서도, 자신이 쌩-드니 로 밑의 지하 갤러리에 도달한 것이 아님을 즉각 알아차렸을 것이다. 옛날의 잘 깎은 건축용 석재 대신에, 그리고 바닥과 물막이 보강 공사에 화강석과 비석회(肥石灰)[2]를 사용하여 1뚜와즈 공사에 800리브르가 소요된, 하수도 공사에서조차 오만하고 제왕의 태를 부리던 옛날의 건축물 대신에, 그의 손끝에 닿은 것이, 1미터 공사에 200프랑밖에 소요되지 않는, 시멘트 위에 수경석회(水硬石灰)로 물막이 공사를 한, 흔히 말하는 '싸구려 재료'를 사용한 부르주와적

석물(石物) 작업의 산물, 즉 경제적 궁여지책에서 나온 근대적 염가 제품이라는 사실을 깨달았을 것이다.

아무것도 보이지 않고 아무것도 알 수 없었으며, 우연 속에 빠져든 채, 다시 말해, 섭리 속에 침강된 채, 그는 불안감을 느끼며, 그러나 고요한 마음으로 앞만 보고 나아갔다.

하지만 어떤 공포감이 점진적으로 그를 휘감았다. 그를 감싸고 있는 어둠이 그의 오성으로 스며들고 있었다. 그는 하나의 불가사의 속에서 걷고 있었다. 시궁창 속의 수로는 무시무시하다. 그것들이 교차하며 현기증을 유발시킨다. 그 암흑의 빠리 속에 갇힌다는 것은 음산한 일이다. 쟝 발쟝은, 길이 보이지 않아, 그것을 찾을 수밖에, 아니 때로는 그것을 상상해 낼 수밖에 없었다. 그 미지의 세계 속에서 그가 내딛는 발걸음 하나하나가, 언제든 마지막 발걸음이 될 수도 있었다. 그곳에서 어떻게 나온단 말인가? 어떤 출구를 찾을 수나 있을까? 또 너무 늦지 않게, 적시에 찾을 수 있을까? 무수한 돌구멍들이 있는 그 지하의 거대한 해면 덩어리가, 침투나 돌파를 허용할까? 그곳에서 뜻하지 않았던 어떤 어둠의 매듭과 조우하지나 않을까? 빠져나오지 못할 혹은 넘지 못할 것에 봉착하지 않을까? 마리우스는 과도한 출혈로, 그리고 그는 먹지 못하여, 그 속에서 죽지 않을까? 두 사람 모두 길을 잃고, 결국 그 암흑의 한구석에서 해골로 변하지 않을까? 그는 아무것도 알 수 없었다. 그 모든 질문을 자신에게 던졌지만, 어떤 대답도 할 수 없었다. 빠리의 내장은 하나의 심연이다. 옛 선지자처럼 그 역시 괴물의 배 속에 들어가 있었다.

어느 순간 그가 깜짝 놀랐다. 전혀 예상하지 못한 순간에, 또한 직선으로 걷기를 멈추지 않았건만, 그는 자신이 더 이상 경사를 오르지 않는다는 사실을 간파하였다. 실개천의 물이 그의 발끝을 치지 않고, 뒤로부터 내려와 그의 발뒤꿈치를 치는 것이었다. 하수도가 이제 내리막으로 변하였다. 어찌 된 일이란 말인가? 문득 쎈느 강에 도달하게 되어 있단 말인가? 그것은 매우 큰 위험이었다. 하지만 물러서는 위험은 더 컸다. 그가 계속 앞으로 나아갔다.

그가 가던 방향은 쎈느 강 쪽이 아니었다. 쎈느 강 우안의 빠리 지형이 형성한 당나귀 등 모양의 능선으로부터, 경사면 하나는 강 쪽으로 향하였고, 다른 하나는 '대하수도'를 향하고 있었다. 물을 양쪽으로 분산시켜 흐르게 하는 등성이의 마루가 매우 불규칙한 선을 그리고 있었다. 물의 흐름을 분산시키는 정점이, 쌩-아부와 하수도의 경우, 미셸-르-꽁뜨 로 너머에 있었고, 루브르 하수도의 경우에는 대로들 근처에 있었으며, 몽마르트르 하수도의 경우, 알 시장 근처에 있었다. 쟝 발쟝이 도달한 곳이 바로 그 정점이었다. 그가 고리형 하수도로 향하고 있었으며, 원하던 곳으로 가고 있었다. 하지만 그는 그러한 사실을 전혀 모르고 있었다.

그는 분지점을 만날 때마다 모서리들을 더듬었다. 그러면서, 자기 앞에 새로 나타난 통로가 그때까지 따라가던 통로보다 좁을 경우에는 그곳으로 들어가지 않고, 계속 앞으로만 나아갔다. 더 좁은 통로들은 틀림없이 막다른 길일 것이고, 따라서 그의 목적지로부터, 즉 출구로부터, 그를 멀어지게 할 것이라 판단했기 때문이다. 옳은 생각이었다. 그렇게 그는, 우리가 묘사한 네 미로가 그의 앞에 내밀고 있던 덫들을 피할 수 있었다.

어느 순간 그는, 바리케이드들 때문에 일체의 통행이 금지된 구역, 즉 소요 사태 때문에 화석처럼 굳어진 빠리의 밑으로부터 빠져나와, 자신이 살아 있고 정상적인 빠리 밑으로 들어와 있음을 문득 깨달았다. 그의 머리 위에서 멀리, 그러나 지속적으로 들리는, 벼락 같은 소리가 별안간 감지되었다. 마차들 굴러다니는 소리였다.

무의식적으로 계산한 것이기는 하지만, 그가 걷기 시작한 지 약 반 시간쯤 되었으되, 그는 아직 쉬었다가 걸을 생각을 하지 못하였다. 다만 손을 바꾸어가며 마리우스를 잡았을 뿐이다. 어둠이 더욱 깊어졌다. 하지만 그 깊음이 그에게 안도감을 주었다.

그는 문득 자신의 그림자가 앞에 어리는 것을 감지하였다. 그림자는, 그의 발치 즉 바닥과, 머리 위 즉 천장을 불그스름하게 물들이며, 동시에 그의 좌우 양쪽 통로 벽의 질척거리는 표면 위로 미끄러져 지나가는 희미한 빛에 의해 형성되었다. 그가 기겁하며 고개를 돌렸다.

그의 뒤, 그가 지나온 통로의 까마득히 멀어 보이는 지점에서, 그를 주시하고 있는 듯한 일종의 무시무시한 별 하나가, 어둠의 두꺼운 켜 속에 선을 그으며 번쩍이고 있었다.

그것은 하수도 속에서 떠오르던 경찰의 음산한 별이었다. 그 별 뒤에서, 검고 꼿꼿하며 불분명하지만 공포감을 주는 형체 여덟 내지 열이, 희미하게 움직이고 있었다.

2. 설명

6월 6일, 하수도들을 수색하라는 명령이 하달되었다. 공권력에 의해 제압된 자들이 하수도를 도피처로 삼지 않을까 저어하여, 뷔죠 장군이 드러난 빠리를 비로 쓸고 있는 동안, 경찰국장 지스께는 은밀한 빠리를 샅샅이 뒤져야 했다. 위에서는 군대에 의해, 그리고 밑에서는 경찰에 의해 대변되는, 공권력의 복합 전략이 요구되는 긴밀한 양동작전이었다. 경찰관들과 하수도 인부들로 구성된 3개 수색대가 빠리의 그 지하 오물 집하장을 뒤졌는데, 제1수색대는 쎈느 강 우안 지역을, 제2수색대는 좌안 지역, 그리고 제3수색대는 씨떼 섬을 맡았다. 경찰관들은 기병총과 곤봉, 검, 단도 등으로 무장하였다.

그 순간 쟝 발쟝에게로 향했던 것은, 우안 지역 수색대원들의 등불에서 발산된 빛이었다.

그 수색대원들은 까드랑 로 밑에 있는 굽은 갤러리와 세 막다른 통로를 수색하였다. 그들이 순찰용 각등(角燈)으로 막다른 통로 속을 살피고 있는 동안, 쟝 발쟝은 그 굽은 갤러리 입구에 도달하였고, 그것이 자기가 따라 걷던 통로보다 좁은지라, 그 속으로 들어가지 않았다. 그리고 즉시 그곳을 지나쳐 걸었다. 수색대원들이 까드랑 로 밑의 갤러리에서 다시 나왔을 때, 고리형 하수도 방향에서 발걸음 소리가 들리는 것 같았다. 그것이 쟝 발쟝의 발걸음 소리였다. 수색대장이 등을 높이 쳐들었고, 나머지 대원들은 소리가 들려오는 쪽의 어둠 속을 일제히 주시하였다.

쟝 발쟝에게는 형언할 수 없을 만큼 끔찍한 순간이었다.

다행히, 그가 등불을 선명히 볼 수 있었던 반면, 등불은 그를 잘 볼 수가 없었다. 등불이 빛이었던 반면 그는 어둠이었다. 그는 멀리 있었고, 또 그곳의 어둠과 혼합되어 있었다. 그가 벽으로 바싹 다가서며 걸음을 멈추었다.

또한 그는 자기의 뒤쪽에서 움직이고 있던 것이 무엇인지 짐작조차 못하였다. 자지도 먹지도 못한 데다, 심한 격정에 휘둘렸던지라, 그 또한 환상에 사로잡힌 상태에 있었다. 그의 눈에 보이던 것은, 하나의 번쩍이는 빛과 그 둘레에 모여 있는 유충들이었다. 그것들이 무엇이었을까? 그는 깨닫지 못하였다.

쟝 발쟝이 걸음을 멈추자 소리도 그쳤다. 순찰대원들이 귀를 기울였으나 아무 소리도 들리지 않았고, 유심히 바라보았으나 아무것도 보이지 않았다. 그들이 서로의 견해를 물었다.

그 시절, 몽마르트르 하수도의 그 지점에, 흔히들 '일상용'이라고 하던 일종의 교차로가 있었다. 하지만 비가 많이 올 때에는 그 지점에 일종의 지하 호수가 형성되는지라, 후에 그것을 없애 버렸다. 수색대원들이 그 지점에 둘러섰던 모양이다. 쟝 발쟝의 눈에 그 유충들이 원을 그리고 있는 것처럼 보였으니 말이다. 사나운 경비견들의 대가리들이 서로 가까워졌고, 나지막한 소리로 무슨 말을 주고받았다.

경비견들의 그 구수회의에서 내린 결론은 이러하였다. 즉, 자기들이 착각한 것뿐 아무 소리도 들리지 않았고, 그 속에 아무도 없으며, 따라서 고리형 하수도 방향으로 들어서는 것이 부질없는 짓이고 시간 낭비일 뿐이니, 서둘러 쌩-메리 교회당 방면으로 가야 한다는 것이었다. 해야 할 일이 있는 곳, 다시 말해 몇몇 '소동꾼'이라도 추적할 곳은 그 동네라는 것이었다.

정파(政派)들은 자기들이 사용하던 낡은 욕설들의 밑창을 가끔 새로운 것으로 갈아댄다. 1832년에는, '소동꾼'이라는 단어가, 이미 닳아버린 '쟈꼬뱅'이라는 단어와 '선동꾼'이라는 단어 사이에서 그 둘의 대리 역을 맡고 있었던 바, '선동꾼'이라는 단어가 그 시절에는 아직 거의 사용되지 않았지만, 그 이후에는 훌륭한 역할을 하였다.[3]

수색대장이 쎈느 강 쪽으로 향한 사면(斜面) 쪽으로, 즉 왼쪽으로 접어들라는 명령을 내렸다. 만약 그들이 두 분대로 나누어 양 방향으로 수색을 계속하였다면, 쟝 발쟝은 꼼짝없이 잡혔을 것이다. 아슬아슬한 일이었다. 혹시 하수도로 피신한 반란 가담자들의 수가 많아 그 속에서 전투가 벌어질 경우를 생각하여, 경찰 당국이 아마 수색대의 분산을 금하는 지시를 내렸던 모양이다. 수색대원들이 뒤쪽에 쟝 발쟝을 놓아둔 채 다시 움직이기 시작하였다. 그 모든 움직임들이 쟝 발쟝의 눈에는 전혀 보이지 않았고, 다만 급작스럽게 방향을 바꾼 등불의 이지러짐[4]만이 감지되었다.

그곳을 떠나기 전에 수색대장은, 경찰의 양심을 가볍게 하기 위함인지, 자기들이 포기한 쪽, 즉 쟝 발쟝이 있던 쪽으로 자기의 기병총을 발사하였다. 총소리가 연속적으로 메아리를 만들며 그 지하 묘 속으로 굴러가는데, 티탄의 창자 속에서 나는 꾸르륵 소리 같았다.

회반죽일 듯한 덩어리 하나가 쟝 발쟝 바로 앞 실개천으로 떨어지며 첨벙 소리를 내는 것으로 보아, 총탄이 그의 머리 위 천장을 때렸던 것 같다.

절도 있고 느린 발걸음들 소리가 한동안 바닥으로부터 올라와 울리더니, 거리가 멀어질수록 차츰 약해졌고, 검은 형체들로 이루어진 집단이 어둠 속으로 처박혔으며, 한 가닥 미광이 천장에 불그레한 띠를 만들며 흔들거리더니, 그 띠가 작아지다가 완전히 사라졌다. 고요가 다시 깊어졌고, 어둠이 다시 완벽해져, 눈먼 상태와 귀먹은 상태가 다시 그 암흑세계를 점령하였다. 쟝 발쟝은 감히 움직이지 못하고 등을 벽에 기댄 채, 귀를 쫑긋 세우고 동공을 확장시키며, 유령들 같은 수색대원들이 사라지는 것을 바라보고 있었다.

3. 미행당하는 남자

그 시절의 경찰이, 가장 심각한 정치적 상황에서도, 도로 행정 및 치안 유지라는 자신의 의무를 흔들림 없이 수행하였다는 사실은 인정해야 한다. 경찰의 시각으로 보면, 소요 사태가 악당들의 고삐를 풀어줄 하등의 핑계가 되지 못하였으며, 정부가 위험에 직면해 있다 하여 사회를 등한시할 이유도 되지 못하였다. 경찰은, 비상사태로 인해 부과된 임무를 수행하면서도 직분에 충실했으며, 비상사태로 인하여 본연의 임무를 유기하지 않았다. 막 시작된, 앞날을 예측할 수 없는 정치적 사건의 와중에서도, 혹은 언제 터질지 모르는 혁명의 위험 앞에서도, 소요 사태나 바리케이드에 한눈파는 일 없이, 경찰관은 평소와 다름없이 절도 용의자를 뒤쫓곤 하였다.

쎈느 강변에서, 강 우안 제방에서, 앵발리드 다리를 조금 지난 지점에서, 6월 6일 오후에, 바로 그와 유사한 일이 벌어졌다.

오늘날에는 그곳에 더 이상 제방이 없다. 그 인근의 모습이 바뀌었다.

그 제방 위에서, 일정한 간격을 두고 두 남자가 서로를 주시하고 있는 것 같았는데, 한 남자가 다른 남자를 피하는 기색이었다. 앞에서 가는 남자는 두 사람 간의 간격을 넓히려 하는데, 그의 뒤를 따르는 남자는 더 접근하려 하였다.

마치 멀찍감치서 묵묵히 장기를 두고 있는 것 같았다. 두 사람 중 어느 하나 서두르는 기색이 없었고, 서두를 경우 상대방의 걸음을 재촉하지나 않을까 저어하는 듯, 두 사람 모두 천천히 걸었다. 시장한 짐승이 먹이를 따라가면서도 전혀 티를 내지 않는 모습이라고 할 만하였다. 먹잇감은 음흉하였고, 조금도 경계를 늦추지 않았다.

쫓기는 담비와 쫓는 개 사이에 적절한 거리가 유지되었다. 피하려고 하는 남자의 몸집은 크지 않았고 안색 또한 허약하였다. 움켜잡으려 하는 남자는 신장이 크고 강건해 보였으며, 억센 모습으로 보아 상대하기 만만치 않을 것 같았다.

앞서 가는 사람은, 자신이 더 약함을 느끼고 따라오는 사람을 피하였다. 그러나 몹시 화가 난 듯한 태도로 피하였다. 누구든 그를 관찰하였다면, 그의 눈에서, 도망자의 음산한 증오심과, 그 두려움 속에 있는 위협적인 기색을 보았을 것이다.

제방은 한적하였고, 행인도 없었다. 여기저기 정박해 있던 거룻배들에도 사공이나 하역 인부 하나 보이지 않았다.

그 두 사람을 편안히 관찰하려면, 제방과 평행을 이루고 있던 강변도로 위에서 보는 것이 가장 좋을 듯했고, 그만한 거리를 두고 그들을 관찰하였다면, 앞서 가던 사람은 성미가 까다롭고, 누더기를 걸쳤으며, 엉큼하고, 해진 작업복 차림에 불안한 듯 오들오들 떨고 있는 반면, 그의 뒤를 쫓던 다른 사람은, 턱 밑까지 단추를 채운 권위어린 프록코트를 입은 점잖은 관리처럼 보였을 것이다. 만약 독자들께서 그들을 가까이에서 보신다면, 그들이 누구인지 즉시 알아차리실 것이다.

뒤에서 따라가던 사람의 목적이 무엇이었을까? 아마 앞서 가던 사람에게 기필코 더 따뜻한 옷을 입히는 것이었을 것이다.

관복을 입은 사람이 누더기 걸친 사람을 추격할 경우, 그것은 그 사람 역시 관복 입은 사람으로 만들기 위함이다. 다만 관복의 색깔이 문제이다. 하늘색 관복을 입는 것은 영광스러운 일이되, 붉은색 관복을 입는 것은 불쾌한 일이다. 하층부의 주홍빛[5]도 있다. 앞장서 가던 사람이 피하고 싶어 하던 것이 아마 그러한 불쾌함과 주홍빛이었을 것이다.

다른 사람이 그로 하여금 앞장서 가도록 내버려 두면서 아직 그를 잡지 않는 것은, 아무리 보아도, 그가 어느 의미 있는 약속 장소에, 즉 잡아들여야 할 무리에, 접근하는 것을 볼 희망 때문이었던 것 같다. 그 까다로운 작전을 일컬어 '미행'이라고 한다.

그러한 추측을 매우 그럼 직하게 해준 것은, 턱 밑까지 외투 단추를 채운 남자가, 마침 손님을 태우지 않은 채 강변도로를 지나던 삯마차의 마부에게 신호를 보냈다는 사실이다. 마부가 신호를 알아차렸고, 상대가 누구인지 알아본 것이 확실했으며, 말 머리를 돌린 다음, 두 남자의 걸음에 맞춰 마차를 천천히 몰기 시작하였다. 수상해 보이며 누더기를 입은, 앞에서 가던 남자는 그 사실을 눈치채지 못하였다.

삯마차는 샹젤리제[6]의 나무들을 따라 굴러가고 있었다. 도로 난간 위로 마부의 상체와 그의 손에 들려 있던 채찍이 보였다.

경찰 당국이 요원들에게 시달한 비밀 훈령에는 다음과 같은 항목이 있다. "언제든지 사용할 수 있는 마차를 현장에 확보해 둘 것."

각자 나무랄 데 없는 계략으로 수작을 부리며, 그 두 남자가 강변도로에서 제방으로 이어지는 완만한 비탈에 이르렀다. 그 시설, 빠씨 관문으로부터 들어오던 삯마차 마부들이, 그 비탈을 따라 강변으로 내려와 말에게 물을 먹이곤 하던 곳이다. 그 비탈길이 얼마 후 없어졌는데, 강변의 지형을 정돈하기 위해서였다. 말들이 갈증에 죽어 갈 지경에 이르렀으되, 사람의 눈은 즐겁게 되었다.

작업복 차림의 남자가 그 비탈길을 타고 올라가 샹젤리제 공원 안으로 피신할 공산이 컸다. 그곳에 나무들이 많으니 말이다. 하지만 경찰관들 역시 사방에 깔려 있어, 쫓아가던 남자가 지원을 받기도 또한 용이한 곳이었다.

강변로의 그 지점은, 1824년에 브라끄 대령에 의해 모레로부터 빠리로 옮겨졌고, 사람들이 프랑수와 1세의 집이라고 부르는 그 건물과 멀지 않았다.[7]

놀랍게도, 쫓기던 사람은 말들 물 마시는 터로 이어진 비탈길로 접어들지 않았다. 그는 강변로 옆의 제방을 따라 계속 앞으로 갔다. 그의 처지가 몹시 곤란하게 되었다. 쎈느 강 속으로 뛰어들 작정이라면 모르려니와, 도대체 어찌할 생각이란 말인가?

이제 강변로 위로 올라설 방법은 없어졌다. 비탈길도 층계도 없으니 말이다. 게다가, 강의 굽이가 예나 다리 쪽으로 꺾이는 지점 가까이에 이르렀는데, 그 지점에서는, 점점 좁아지던 제방이 혀 모양으로 얇아지며 물 밑으로 잠기었다. 그 지점에 이르면 그가, 오른쪽으로는 수직으로 쌓은 축대, 왼쪽과 앞으로는 강물, 뒤로는 발뒤꿈치로 다가서는 공권력에 의해 완전히 포위될 처지가 될 판이었다.

물론 제방의 끝 부분이, 높이 육칠 삐에 되는 잔해물 더미에 가려져 있었던 것은 사실이다. 그 잔해가 무엇이 무너져 생긴 것인지는 알 수 없었다. 그 남자가 그 더미 뒤로 돌아가 자신의 몸을 효과적으로 숨길 수 있으리라 생각한 것일까? 그러한 궁여지책은 유치해 보였다. 그따위 생각은 하지 않았음에 틀림없었다. 도적들의 순진함이 그 지경까지는 이르지 않으니 말이다.

잔해 더미가 물가에 일종의 갑을 형성하며 강변로 밑의 축대에까지 이어져 있었다.

추적당하던 남자가 그 작은 동산에 이르자 서슴지 않고 그것을 넘었고, 그 순간 그의 모습이 추적자의 시야에서 사라졌다.

추적자 또한, 상대가 보이지 않으니 자신도 보이지 않게 된지라, 그 순간을 놓치지 않고, 가장하기를 그만둔 채, 걸음을 재촉하였다. 잠시 후, 잔해 더미에 도달하여 그 반대편으로 돌아가 보았다. 그곳에 이르는 순간 그는 아연실색하여 걸음을 멈추었다. 그가 쫓던 사람이 그곳에 없었다. 작업복 차림의 남자가 흔적도 없이 사라졌다.

잔해 더미로부터는 제방의 남은 길이가 채 삼십 미터도 아니 되었고, 그 끝은 강변로 밑 축대에 와서 부딪치는 물결 밑으로 사라졌다. 도주하던 사람이, 쎈느 강 물속으로 뛰어들었거나 강변로 밑의 축대로 기어 올라갔다면, 쫓던 사람의 눈에 띄지 않았을 리 없었다. 도대체 어디로 갔단 말인가?

프록코트의 단추를 턱 밑까지 채운 남자가 제방 끝까지 가더니, 사방을 두리번거리고 주먹을 쓰다듬으며 잠시 생각에 잠겼다. 그가 문득 손으로 자기의 이마를 쳤다. 제방이 끝나고 물이 시작되는 지점에 있는, 육중한 자물통이 달리고 실한 돌쩌귀 셋에 고정된, 폭이 넓고 나지막한 아치형 철책 문 하나가 그의 눈에 띈 것이다. 강변로 밑에 설치된 그 철책 문이, 제방 끝 지면과 강물에 잇닿아 있었다. 철책 밑으로 거무스름한 개천 한 줄기가 흐르고 있었다. 그 개천은 쎈느 강으로 유입되는 하수였다.

그 녹슨 굵은 쇠막대 안쪽으로, 천장이 아치형이고 어두운 일종의 통로가 희미하게 보였다.

남자가 팔짱을 낀 채 못마땅한 기색으로 철책 문을 바라보았다.

그러한 시선만으로는 모자란다는 듯, 그가 철책 문을 밀어보았다. 그러면서 이리저리 흔들어보았으나 철책 문은 요지부동이었다. 비록 아무 소리도 들리지 않았지만, 그 철책이 조금 전에 열렸던 것은 거의 틀림없는 사실이었다. 그토록 녹슨 철책 문이 아무 소리를 내지 않다니, 기이한 일이었다. 하지만 그것이 열렸다가 다시 닫혔음은 분명했다. 그것은 다시 말해, 그 철책 문을 연 사람이 단순한 쇠막대가 아니라 열쇠를 가지고 있다는 뜻이었다.

그 명료한 사실이, 철책을 흔들어보려 애를 쓰고 있던 남자의 뇌리에서 번쩍하였고, 그 순간 그의 입에서 탄식 한마디가 터져 나왔다.

"이건 너무 심해! 정부의 열쇠가!"

그러더니, 즉시 안정을 되찾은 듯, 자기 내면의 무수한 생각들을 일련의 단음절에 실어 내뱉었는데, 그 억양이 거의 빈정거림에 가까웠다.

"이런! 이런! 이런! 이런!"

그런 다음, 사라진 사람이 다시 나오는 것을, 혹은 다른 사람들이 그곳으로 들어가는 것을 볼 수 있으리라 기대하는 듯, 그가 사냥개의 노기를 억제하며 잔해 더미 뒤에서 망을 볼 자세를 취하였다.

한편, 그의 걸음에 보조를 맞추던 삯마차 역시, 그의 바로 위 난간 옆에서 정지하였다. 마부는, 오래 기다려야 한다고 예상하였는지, 밑부분이 축축한 귀리 자루를 말들의 목에 걸어주었다. 그 귀리 자루는 빠리 사람들에게 잘 알려진 것으로, 지나는 길에 말해 두거니와, 역대 정부들이 가끔 그것을 빠리 사람들의 목에도 걸어준다.[8] 예나 다리를 지나던 몇 아니 되는 행인들이, 다리로부터 멀어지기 전에 고개를 돌려, 제방 위에 있던 남자와 강변로 위에 멈추어 있던 삯마차로 구성된, 그 움직이지 않는 풍경을 잠시 바라보곤 하였다.

4. 그 또한 자신의 십자가를 지다

쟝 발쟝은 다시 걷기 시작하여 더 이상 멈추지 않았다.

앞으로 나아가기가 점점 더 힘들어졌다. 천장의 높이가 일정치 않은데, 평균 오 삐에 육 뿌쓰쯤 되었다. 남자의 키에 맞추어 계산된 것이었다. 쟝 발쟝은 마리우스의 몸이 천장에 부딪치지 않도록 하기 위하여 몸을 구부릴 수밖에 없었다. 매 순간 몸을 낮추었다가 다시 일어서고, 끊임없이 벽을 더듬어야 했다. 돌이 축축하고 바닥이 미끈거려, 손이나 발에는 좋지 않은 받침대였다. 그리하여 도시의 그 흉악한 분뇨통 속에서 끊임없이 비척거렸다. 환기구들을 통해 들어오는 반사광이 몹시 드물 뿐만 아니라 매우 창백하여, 한낮의 태양빛도 그 속에서는 달빛 같았다. 나머지 모든 것은 안개와 독한 기운과 불투명과 검은색뿐이었다. 쟝 발쟝이 시장기와 갈증을 느끼고 있었는데, 특히 갈증이 심하였다. 그곳 역시 바다처럼 물이 가득하되 물을 마실 수 없었다. 모두들 아는 바와 같이, 나이에도 불구하고, 정숙하고 절제된 생활 덕분에 거의 줄지 않은 그의 경이로운 체력이, 조금씩 기울기 시작하였다. 피곤이 엄습하는데, 체력이 줄면서 짐이 더욱 무겁게 느껴졌다. 아마 절명했을지도 모를 마리우스가, 축 처진 모든 몸뚱이가 그러듯, 그를 무겁게 짓눌렀다. 쟝 발쟝은 그를 밑에서 떠받치되, 그의 가슴팍이 방해를 받지 않게 하여, 호흡이 지속적으로 원활하게 이루어지도록 하였다. 그는 자기의 두 다리 사이로 쥐들이 스치며 지나가는 것을 느꼈다. 어떤 녀석은, 몹시 질겁한 나머지, 그를 물기도 하였다. 가끔, 하수구의 물받이로부터 신선한 공기 한 가닥이 들어와, 그에게 생기를 돌려주었다.

그가 고리형 하수도에 도착한 것은 오후 세 시쯤이었다. 그리고 처음에는 통로가 별안간 넓어진 것에 놀랐다. 두 팔을 뻗어도 손끝에 벽이 닿지 않고, 천장에 자기의 머리가 닿지 않는, 그러한 갤러리 속으로 문득 들어선 것이다. 실제로, '대하수도' 의 넓이는 팔 삐에 이고, 높이도 칠 삐에나 된다.

몽마르트르의 하수도가 '대하수도' 와 만나는 지점에는, 다른 두 지하 갤러리, 즉 프로방스 로 근처의 갤러리와 아바뜨와르 로 근처의 갤러리도 합류하여 일종의 교차점을 형성한다. 그 네 통로 사이에서, 예민하지 못한 사람은 주저하지 않을 수 없을 것이다. 쟝 발쟝은 가장 넓은 통로, 즉 고리 역할을 하는 통로를 택하였다. 하지만 또 다른 문제가 제기되었다. 내려가야 할 것인가? 혹은 올라가야 할 것인가? 그는 상황이 급박해졌다고 생각하였고, 따라서, 어떠한 위험을 감수하더라도 쎈느 강 방향으로 접어들어야 한다는 결론을 내렸다. 다시 말해, 내려가야 한다고 생각하였다. 그리하여 왼쪽으로 선회하였다.

그렇게 한 것은 다행스러운 일이었다. 왜냐하면, 고리형 하수도가 그 명칭이 시사하듯 쎈느 강 우안 지역을 둥글게 감싸는 지하의 띠라 생각하고, 따라서 출구도 베르씨 방면과 빠씨 방면 양쪽에 있을 것이라고 믿는다면, 그것은 큰 착각이기 때문이다.[9] 잊지 말아야 할 사실이려니와, 옛날의 메닐몽땅 개천이었던 그 '대하수도' 를 거슬러 올라갈 경우 막다른 통로에 도달하게 되어 있는데, 그곳은 다름 아닌 메닐몽땅 동산 밑에 있는 그 개천의 발원지일 뿐이다. 그 하수도는, 뽀뺑꾸르 구역부터 빠리의 하수를 모아, 옛날의 루비에 섬 상류 쪽에 있는 아믈로 배수거를 통해 쎈느 강으로 들어가는, 그 지관과 직접 연결되어 있지 않다. 대하수거의 보조 역할을 하는 그 지관은, 이미 메닐몽땅 로 밑에서부터 하나의 산괴(山塊)에 의해 대하수거와 분리되었다. 만약 쟝 발쟝이 통로를 따라 올라갔다면, 천신만고 끝에, 암흑 속에서, 피로에 지쳐 죽을 지경이 되어, 어느 장벽 앞에 도달하였을 것이다. 그러면 끝장이었을 것이다.

물론, 엄밀히 말해, 그가 조금 길을 되돌아와, 휘유-뒤-깔베르 통로로 접어든 다음, 부슈라 교차로 밑의 지하 교차점에서 머뭇거리지 않고 쌩-루이 통로로 들어간 후, 그 끝에 이르러, 왼쪽에 있는 쌩-질르 창자 속으로 진입하여, 다시 오른쪽으로 방향을 꺾되 쌩-쎄바스띠앵 갤러리를 피할 수만 있다면, 아플로 하수도에 도달할 수 있을 것이고, 다시 그곳으로부터, 바스띠유 광장 밑의 F모양을 한 지점에서 길을 잃지 않을 경우, 아르스날 근처 쎈느 강으로 난 출구에 이를 수도 있었을 것이다. 그런데, 거듭 강조하거니와, 그는 자기가 따라가던 그 무시무시한 하수도 망에 대하여 전혀 아는 것이 없었다. 따라서 만약 누가 그에게 어디에 있느냐고 물었다면, 그는 기껏 이렇게 대답하였을 것이다. "어둠 속에."

그의 본능이 그에게 큰 도움을 주었다. 내려가는 것이 곧 구원의 가능성이었다.

그는 라휘뜨 로와 쌩-죠르주 로 밑에서 맹수의 발톱 모양으로 가지를 친 두 통로와, 앙땡 대로 밑에서 두 가닥으로 갈라진 긴 통로를 오른편에 둔 채, 아래쪽으로 내려갔다.

마들렌느 교회당 지역으로부터 오는 지류로 여겨지는 가지를 지나 조금 더 가서, 그가 걸음을 멈추었다. 몸이 나른하였다. 앙주 로의 맨홀일 듯한 상당히 넓은 환기구를 통하여 강렬한 빛이 쏟아져 들어왔다. 쟝 발쟝은, 부상당한 아우를 다루듯 조심스럽게, 마리우스를 하수도 속 인도 위에 내려놓았다. 환기구를 통하여 들어온 하얀 빛 아래 나타난 마리우스의 피투성이 얼굴이, 마치 무덤 밑바닥에 누워 있는 것 같았다. 두 눈을 감았고, 머리카락들은, 붉은 물감에 담갔다가 말린 붓처럼, 양쪽 관자놀이에 붙었는데, 두 손은 죽은 사람의 손처럼 건들거리고, 팔과 다리가 차가우며, 입의 양쪽 귀퉁이에는 피가 응고되어 있었다. 핏덩이 하나가 넥타이 매듭에 붙어 있었다. 셔츠가 상처의 틈을 파고들었으며, 정장의 천이 갈라진 살의 균열 부위를 문지르고 있었다. 쟝 발쟝이, 손가락 끝으로 옷자락을 조심스럽게 헤친 다음, 가슴 위에 손을 얹어보았다. 심장이 아직도 뛰고 있었다. 쟝 발쟝이 자기의 셔츠를 찢어 상처들을 동여매고 지혈을 시켰다. 그런 다음, 그 어둑한 곳에서, 의식도 호흡도 거의 멈춘 마리우스 위로 상체를 숙이고, 형언할 수 없는 증오감 섞인 시선으로 그를 바라보았다.

마리우스의 옷자락을 헤치던 중, 그는 호주머니에서 물건 둘을 발견하였다. 전날부터 그 속에 잊혀진 채 있던 빵과, 마리우스의 수첩이었다. 그가 우선 빵을 먹은 다음 수첩을 펼쳤다. 첫 페이지에서 마리우스가 써놓은 다음 넉 줄을 발견하였다. "저의 이름은 마리우스 뽕메르씨입니다. 저의 시신을, 마레 구역 휘유-뒤-깔베르 로 6번지에 사시는 저의 조부님 질노르망 씨에게 인도해 주시기 바랍니다."

쟝 발쟝은, 환기구로 들어오는 빛에 의지하여 그 네 줄을 읽은 다음, 한동안 생각에 잠기더니 나지막하게 중얼거렸다. "휘유-뒤-깔베르 로, 6번지, 질노르망 씨." 그리고 수첩을 다시 마리우스의 호주머니에 넣었다. 빵을 먹은 덕에 원기가 되살아났다. 그가 마리우스를 다시 등에 업고 자기의 오른쪽 어깨 위에 마리우스의 머리를 조심스럽게 올려놓았다. 그리고 다시 하수도를 따라 내려가기 시작하였다.

메닐몽땅 계곡의 곡저(谷底)를 따라 구축한 '대하수도' 의 길이는 2리으에 가깝다. 그 대부분 구간의 바닥에는 포석이 깔려 있었다.

독자들을 위하여, 쟝 발쟝이 지하에서 이동한 궤적을 밝혀 주는데 횃불로 사용한 빠리 거리들의 명칭을, 쟝 발쟝은 전혀 모르고 있었다. 그가 도시의 어느 구역을 통과하고 있는지, 어떤 선을 그으며 이동하였는지, 그에게 그것들을 알려 주는 것은 없었다. 다만, 그가 이따금씩 만나는 빛의 반점들이 점점 더 창백해지는 것을 보고, 태양이 거리의 포석 위에서 물러가고 있으며, 곧 해가 질 것이라는 것을 짐작할 수 있을 뿐이었다. 또한, 그의 머리 위에서 지속적으로 들리던 마차 바퀴 소리가, 듬성듬성 들리기 시작하더니, 어느 순간 거의 들리지 않는지라, 자기가 더 이상 빠리의 중심부에 있지 않고, 외곽 도로나 강변로 끝 근처의 한적한 곳으로 접근하고 있음을 간파하였다. 건물들과 도로가 적은 곳에는 환기구도 그만큼 적다. 그리하여 더 짙은 어둠이 쟝 발쟝을 휘감았다. 하지만 어둠 속을 더듬거리면서도 그는 전진을 계속하였다.

그 어둠이 별안간 무시무시한 존재로 변하였다.

5. 모래의 배신

그는 자기가 물속으로 들어가고 있으며, 자기의 발밑에 있는 것이 포석이 아니라 개흙이라는 사실을 감지하였다.

브르따뉴나 스코틀랜드의 몇몇 해안에서는, 나그네나 어부가 썰물 때에 연안으로부터 멀리 떨어진 모래사장 위를 걷다가, 어느 순간 문득 발걸음 옮기는 것이 힘들어졌음을 깨닫는 일이 가끔 생긴다. 그의 발밑 해변이 마치 송진으로 이루어진 듯, 신발창이 들러붙는다. 해변이 더 이상 모래로 이루어진 것이 아니라 끈끈이투성이인 것같이 느껴진다. 모래사장은 완전히 말랐건만, 발걸음을 옮길 때마다, 발을 떼기가 무섭게, 그의 발자국에는 물이 가득 고인다. 하지만 어떠한 변화도 그의 눈에 띄지 않았다. 광막한 해변은 여전히 고르고 평화롭다. 모래사장의 모습은 조금 전이나 마찬가지이며, 단단한 땅과 그렇지 못한 땅을 분간케 해줄 어떠한 징후도 보이지 않는다. 갯벼룩[10]의 작은 무리 역시 여전히 즐겁게, 지나는 사람의 발 위로 뛰어오른다. 행인은 계속 걸으며 육지를 향하여 이동하고, 연안에 다시 접근하려 애쓴다. 물론 그가 불안해하지는 않는다. 무엇을 근심한단 말인가? 다만, 발걸음을 옮길 때마다, 자신의 발이 더 무거워지는 듯한 느낌을 받을 뿐이다. 별안간 그의 발이 움푹 들어간다. 두 세 뿌쓰쯤 빠진다. 그가 안전한 길로 들어서지 못한 것은 분명하다. 그리하여 걸음을 멈추고 새로운 방향을 찾는다. 그러면서 우연히 자기의 발을 내려다본다. 발이 사라졌다. 모래가 두 발을 덮어버렸다. 모래로부터 발을 빼어 발길을 돌리려 한다. 그러자 더욱 깊게 빠진다. 모래가 발목을 덮는다. 발을 빼어 왼쪽으로 급히 움직이려 한다. 그러자 모래가 정강이 중턱까지 올라온다. 이번에는 오른쪽으로 뒤척인다. 그러자 모래가 오금까지 올라온다. 행인은 그제서야 자기가 모래 수렁에 빠졌고, 사람이 걸을 수도 물고기가 헤엄칠 수도 없는 무시무시한 곳에 들어와 있음을 깨닫고 형언할 수 없는 공포감에 휩싸인다. 그가 지니고 있던 짐을 벗어 던진다. 조난당한 선박의 화물을 바다에 던지는 격이다. 하지만 너무 늦었다. 모래가 무릎 위까지 올라왔다.

그가 모자나 손수건을 흔들며 고함을 지르지만 모래는 점점 더 그를 감싼다. 모래사장에 인적이 없고, 해변이 너무 멀리 떨어져 있으며, 모래사장이 위험 지대로 알려져 있는데, 근처에 용기 있는 사람들이 없을 경우, 그는 끝장난 사람이다. 매몰될 수밖에 없다. 그는, 여러 시간 지속되어 언제 끝날지 모르고, 자유롭게 다니던 건강한 사람을 세워놓은 채 붙잡고, 사람의 발을 당기고, 용을 쓰거나 고함을 지를 때마다 조금 더 밑으로 이끌고, 저항할수록 더욱 조이면서 그러한 행동을 벌하려는 듯하고, 사람으로 하여금 지평선과, 나무들과, 푸른 전원과, 들판 마을에서 피어오르는 연기와, 바다의 수면 위를 지나는 선박들의 돛과, 날아다니며 노래하는 새들과, 태양과, 하늘 등을 끝까지 바라보도록 내버려 둔 채 사람을 천천히 땅속으로 다시 불러들이는, 그 불가피하고 무자비하며 지체시킬 수도 앞당길 수도 없는, 그 무시무시한 생매장 형을 선고받은 것이다. 모래 속에 매몰된다는 것은, 조수로 둔갑한 무덤이 지하 밑바닥으로부터 살아 있는 사람을 향하여 올라오는 현상이다. 매 순간이 곧 무자비한 매장 인부이다. 가엾은 사람이 주저앉기도 하고 눕기도 하고 엉금엉금 기려고도 한다. 하지만 그의 모든 동작이 그의 매장을 도울 뿐이다. 몸을 다시 일으켜 세우려 하면 더욱 깊이 빠져들어 간다. 그는 자신이 무엇에 삼켜짐을 느낀다. 그 순간, 울부짖으며 하소연하고, 구름을 향해 고함을 지르면서 두 팔을 비틀 듯 꼬다가 결국 절망한다. 모래가 그의 복부까지 올라왔는가 싶은데, 어느 순간 가슴팍까지 이르렀다. 그는 이제 하나의 흉상에 불과하다. 그가 두 손을 쳐들고, 노기 가득한 비명을 질러대며, 손톱으로 모래사장을 경련하듯 움켜잡아 그 푸석한 재에 매달리면서, 팔꿈치에 의지하여 그 흐물거리는 칼집에서 벗어나려 안간힘을 쓰다가, 광란적으로 흐느낀다. 그러나 모래는 계속 올라온다. 모래가 어깨에 이르더니 이내 목을 감싸, 이제 보이는 것은 얼굴뿐이다. 아우성치는 입을 모래가 채우고, 침묵이 이어진다. 두 눈은 아직 바라보고 있으되, 모래가 그것들을 감기니, 암흑이 드리워진다. 그다음 이마가 하현달처럼 이지러지고 몇 가닥 머리카락이 모래 위에서 파르르 떤다. 손 하나가 불쑥 솟으며 모래사장 표면에 구멍을 낸다. 그리고 꿈틀거리며 심하게 움직이다가 사라진다. 한 인간의 불쌍한 사라짐이다.

때로는 말을 타고 가던 사람이 말과 함께 매몰된다. 짐마차꾼이 수레와 함께 매몰되기도 한다. 모든 것이 모래사장 밑으로 가라앉는다. 그것은 물이 아닌 곳에서 일어나는 파선(破船)이다. 그것은 인간을 익사시키는 육지이다. 대양이 침투해 있는 육지가 덫으로 변한다. 그러한 육지는, 자신을 평지인 양 선선히 내맡기다가, 물결처럼 자신의 품을 연다. 심연은 그러한 식으로 배반한다.

이런저런 해안에서 언제든 일어날 수 있는 그 치명적인 사고가, 삼십 년 전에는 빠리의 하수도 속에서도 발생할 수 있었다. 1833년에 시작된 대대적인 공사가 시행되기 전에는, 빠리의 그 지하 통로가 불시에 붕괴될 위험을 항상 안고 있었다.

물이, 밑에 있는 특정 토양층으로, 특히 무른 토양층으로, 스며들곤 하였다. 그러할 경우, 옛날의 하수도처럼 바닥에 포석을 깔았건, 혹은 새로 건설한 지하 갤러리처럼 바닥을 시멘트와 수경석회로 마무리했건, 밑에 더 이상 받침대가 없기 때문에, 하수도 바닥이 접혀지곤 하였다. 그러한 종류의 바닥에 생긴 주름, 그것은 틈이고, 하나의 틈이란 붕괴를 의미한다. 그렇게 하수도 바닥이 군데군데 내려앉곤 하였다. 깊은 진흙 구렁 위에 생긴 그 틈, 그 빈 공간을 가리켜 전문용어로는 함몰공(陷沒孔)이라고 하였다. 그 함몰공을 다른 말로 표현하면 무엇이 될까? 그것은 지하 세계에서 불시에 나타난 해안의 모래 수렁이다. 다시 말해, 그것은 하수도 속에 들어와 있는 몽-쌩-미셸의 모래사장이다.[11] 물에 흠뻑 젖은 흙은 마치 용해된 것 같다. 흙의 입자들이 흐물거리는 속에서 떠도는데, 그것은 흙도 아니고 물도 아니다. 때로는 그것이 매우 깊다. 불시에 나타나는 그것보다 더 무시무시한 것은 없다. 그 혼합물에 물이 지배적으로 많을 경우, 죽음이 신속하게 닥친다. 삼켜지기 때문이다. 반면, 흙이 지배적으로 많을 경우에는 서서히 죽는다. 미끄러져 들어가 매몰되기 때문이다.

그러한 죽음을 상상해 보라! 해변의 모래사장에서도 매몰되는 것이 그토록 무시무시한데, 시궁창 속에서 그러한 일을 당한다면 어떻겠는가? 한껏 호흡할 수 있는 대기, 화창한 빛, 밝은 태양, 맑은 지평선, 뭇 생명의 소리, 생명을 뿌리는 자유로운 구름 덩이들, 멀리 보이는 선박들, 온갖 형태의 희망들, 혹시 근처로 지나갈지도 모를 행인들, 마지막 순간에라도 뻗쳐 올지 모를 구원의 손길 등, 그 모든 것들 대신, 귀먹은 상태, 눈먼 상태, 검은 천장, 이미 만들어진 무덤의 내부, 뚜껑 밑에 있는 썩은 개흙 속에서의 죽음, 썩은 오물로 인한 느린 숨 막힘, 질식이 진흙탕에서 사나운 발톱을 펴서 목을 조이는 그 돌로 만든 상자 등이 기다리고 있음을 생각해 보라! 썩는 냄새가 임종의 헐떡거림에 섞인다고 상상해 보라! 모래사장 대신 썩은 수렁, 거센 바람 대신 황화수소, 대양 대신 오물을 뇌리에 떠올려보라! 그리고, 소리쳐 부르고, 이를 갈고, 몸을 비꼬고, 몸부림치다가, 아무것도 눈치채지 못하는 거대한 도시를 바로 머리 위에 두고 임종을 맞는 광경을 생각해 보라!

그렇게 죽는다는 것은 형언할 수 없을 만큼 끔찍한 일이다! 죽음의 끔찍성이 때로는 무시무시한 존엄성에 의해 완화될 수 있다. 화형대 위에서 혹은 난파선 속에서는 사람이 위대해질 수도 있다. 다시 말해, 화염이나 바다의 포말 속에서는 당당한 태도를 취할 수도 있다. 그럴 경우, 죽으면서 신성하게 변모할 수 있다. 그러나 시궁창 속에서는 전혀 그럴 수 없다. 죽음이 불결하다. 숨을 거두는 것이 모욕스럽다. 최후의 순간에 어른거리는 광경들이 추하다. 썩은 개흙은 수치와 동의어이다. 그것은 왜소하고 추하며 수치스럽다. 클레어런스처럼, 감미로운 그리스산 포도주 통에 빠져 죽는 것은 좋다. 그러나 에뀌블로처럼 도로 청소부의 구덩이에 빠져 죽는 것은 끔찍한 일이다.[12] 그러한 구덩이 속에서 몸부림치는 꼴은 흉측하다. 죽으면서 개흙탕 속에서 질퍽거려야 하니 말이다. 그 속의 암흑은 지옥의 어둠에 못지않고, 흙탕은 진흙 구덩이의 그것이다. 그리하여 그 속에서 죽는 사람은, 자기가 장차 유령이 될 것인지 혹은 두꺼비가 될 것인지 알지 못한다. 어디에서든 무덤은 음산하다. 그러나 이 지하 무덤은 흉하다.

함몰공의 깊이뿐만 아니라 그 길이 및 밀도 또한 다양하였는데, 그것은 지층의 질이 얼마만큼 나쁘냐에 따라 달랐다. 함몰공의 깊이가 삼사 삐에 되는 곳이 있는가 하면, 팔 내지 십 삐에 되는 곳도 있고, 때로는 그 깊이를 아예 알 수 없는 경우도 있었다. 또한 수렁의 개흙이 거의 단단하다 할 정도인 반면, 액체에 가까운 경우도 있다. 뤼니에르 로 근처에 있는 함몰공의 경우, 사람이 빠져 그 속으로 사라지는 데 하루가 걸리는 반면, 펠립뽀 로 근처에 있던 함몰공의 수렁은 사람 하나를 삼키는 데 오 분도 걸리지 않았을 것이다. 즉, 수렁의 밀도에 따라 그 위에 들어선 것을 지탱하는 힘이 다르다. 또한 어른이 목숨을 잃는 곳에서 아이는 목숨을 건진다. 구원의 첫째 법칙은 모든 짐을 벗어 던지는 것이다. 자기의 연장 주머니나 지고 있던 채롱 혹은 석회 반죽 통을 벗어 던지는 것, 발밑의 흙이 침강하기 시작하는 듯 느껴질 경우 하수도 인부가 제일 먼저 해야 할 일이었다.

 함몰공은 여러 원인 때문에 생겼다. 토양의 연함, 인간이 닿을 수 없는 깊은 곳에서 일어난 어떤 붕괴, 여름철의 격렬한 소나기, 겨울철의 지속적인 소나기, 장시간 계속된 약한 이슬비 등이 모두 그것이 생기도록 하는 원인일 수 있다. 때로는 이회암질이나 사토질 터에 지은 근처 건물들의 무게가 지하 갤러리의 지붕을 밀어, 그것이 뒤틀리게 하기도 하였다. 혹은 그 엄청난 압력을 받아, 갤러리 바닥의 포장이 깨지면서 그 밑 땅이 갈라지는 경우도 있었다. 한 세기 전에는, 빵떼옹을 쌓아 올리는 바람에,[13] 쌩뜨-주느비에브 동산의 지하 갱도 일부가 그러한 식으로 막힌 적도 있었다. 건물들의 무게에 짓눌려 하수도가 무너지면, 경우에 따라서는, 그 지하에서 일어난 혼란이 지표면으로 전달되어, 거리의 포석들 사이가 톱니들처럼 벌어지고, 그 균열이 지하 갱도의 천장이 갈라진 길이만큼 지표면에서도 구불구불 이어진다. 그러한 경우에는 문제가 훤히 드러나기 때문에 신속한 치유가 가능했다. 그러나 지하의 사고가 지표면으로는 어떤 기미도 드러내지 않는 경우도 있었다. 그러한 경우에는 하수도 인부들이 불행을 피하기 어려웠다. 밑바닥 뚫린 하수도 속으로 예방 조치 없이 들어가다가는 목숨을 잃을 수도 있었다. 옛 문서들이, 함몰공 속에 그렇게 묻혀 버린 몇몇 하수도 인부들에 대해 언급하고 있다. 그 문서에는 여러 사람들의 이름들이 보이는데, 까렘-프르낭 로에 있던 매춘굴 밑에 생긴 함몰공 속에 매몰된, 블레즈 뿌트랭이라는 사람도 그들 중 하나이다. 그 블레즈 뿌트랭은, 1785년에 '무고한 사람들의 시체 구덩이'라고 불리던, 그리고 그 무렵에 사라진, 묘지의 마지막 무덤 구덩이 파는 인부였던 니꼴라 뿌트랭과 형제지간이었다.

그러한 사람들 중에는 이미 앞에서 언급한 젊고 매력적인 에꾸블로 자작도 있는데, 그는 비단 스타킹을 신고 바이올린을 머리 위로 치켜든 채 돌파전을 감행했던, 레이다(레리다) 포위 작전의 영웅들 중 하나였다. 그가 어느 날 밤, 자기의 사촌인 쑤르디스 공작 부인과 사랑을 나누던 중 불시에 발각되어, 공작으로부터 몸을 피하려 보트레이이 하수도로 도망쳤다가, 그곳에 생긴 수렁에 빠져 목숨을 잃었다.[14] 그 죽음의 상세한 전말을 들은 쑤르디스 부인은, 서둘러 자기의 작은 병(플라스코)을 가져오라고 하더니, 그 속에 있는 후각 자극제를 열심히 코로 흡입하느라고, 우는 것조차 잊었다. 그러한 경우에 지탱할 수 있는 사랑이 없는 바, 시궁창 냄새가 사랑을 꺼버리기 때문이다. 헤로가 레안드로스의 시신 씻어주기를 거부하며, 티스베가 퓌라모스 앞에서 코를 막으며 이렇게 소리칠 것이다. "뿌아!"[15]

6. 함몰공

쟝 발쟝이 그러한 함몰공(陷沒孔) 앞에 도달하였다.

그러한 종류의 붕괴 사고가 그 시절 샹젤리제 인근 지하에서 자주 발생하였는데, 흙의 지나친 유동성 때문에 치수공사가 어려웠고, 이미 있던 시설들이 견디지 못하였다. 그 유동성은 쌩-죠르주 교회당 구역 지하의 모래층, 시멘트 바닥 위에 돌을 쌓아 겨우 막은 그 모래층이나, 하도 질척거려서 무쇠 관을 이용하여 겨우 통로를 만들 수밖에 없었던, 마르띠르 구역 밑의 가스 냄새 진동하던 점토층의 유동성보다도 심하였다. 지금 쟝 발쟝이 도달한 지점에 있던 석조 하수도를 부수고 다시 구축하기 위하여 1836년에 공사를 착수하였을 때, 샹젤리제 구역부터 쎈느 강까지의 지하층을 형성하고 있던 모래 수렁 때문에 공사가 여섯 달 가까이 계속되었고, 인근 주민들, 특히 합승마차 영업이나 호텔업 종사자들의 항의가 몹시 거세었다. 공사는 어려웠던 것을 넘어 위험하기까지 하였다. 비가 넉 달 반 동안이나 내렸고, 쎈느 강이 세 번이나 범람하였다.

쟝 발쟝 앞에 나타난 함몰공은 전날 쏟아진 소나기 때문에 생긴 것이었다. 밑에 있던 모래층이 제대로 지탱해 주지 못해 튕겨진 포석 바닥으로 인하여, 빗물의 통로가 막혔다. 침윤이 시작되었고 붕괴가 뒤따랐다. 아귀가 뒤틀린 바닥이 수렁 속으로 주저앉았다. 그러한 현상이 어느 정도 길이에 걸쳐 발생하였을까? 그것을 알 방도가 없었다. 그곳의 어둠이 다른 어느 곳보다 짙었다. 그것은 암흑의 동굴 속에 있던 진흙 구멍이었다.

쟝 발쟝은 포석이 자기의 발밑에서 미끄러져 도망침을 느꼈다. 그가 흙탕 속으로 들어섰다. 표면에는 물이 있었지만 그 밑은 수렁이었다. 여하튼 그곳을 통과할 수밖에 없었다. 발길을 돌린다는 것은 불가능한 일이었다. 마리우스가 죽어가고 있으며, 쟝 발쟝 자신도 기진한 상태였다. 게다가 발길을 돌려 어디로 간다는 말인가? 쟝 발쟝은 무작정 앞으로 나아갔다. 게다가, 처음에는 웅덩이가 별로 깊어 보이지 않았다. 그러나 앞으로 갈수록 발이 바닥으로 빠져들어 갔다. 얼마 아니 되어, 수렁이 정강이 중턱까지 올라오고, 물은 무릎 윗부분까지 덮었다. 그는 두 팔로 마리우스를 수면 위로 잔뜩 쳐들면서 걸었다. 어느새 수렁이 그의 오금까지 올라오고, 그의 허리가 물에 잠겼다. 이제 물러선다는 것은 이미 글렀다. 그는 점점 더 깊이 빠져들어 갔다. 남자 한 사람의 체중은 지탱할 수 있을 만큼 밀도가 높은 수렁이었지만, 두 사람은 지탱할 수 없을 것이 뻔하였다. 마리우스와 쟝 발쟝이, 서로 떨어져서라면, 그곳을 무사히 빠져나올 가능성이 있었다. 쟝 발쟝은 그러나 그 죽어가는 사람을 안고, 아마 이미 시신일지도 모를 사람을 안고, 계속 전진하였다.

물이 그의 겨드랑이까지 차올랐다. 그는 자신이 가라앉는 것을 느꼈다. 개흙 속에 깊이 빠져 운신이 힘들었다. 무게를 지탱해 주는 개흙의 밀도가 운신을 어렵게 하는 장애가 되기도 하였다. 그는 여전히 마리우스를 쳐든 채, 이루 말할 수 없는 기력을 소진시키며 걸었다. 그러나 더욱 깊이 빠져들어 가고 있었다. 수면 위에 남은 부분은, 그의 얼굴과 마리우스를 쳐든 두 팔뿐이었다. 노아의 홍수를 묘사한 옛 그림들 중에, 자신의 아이를 그렇게 쳐들고 있는 어느 엄마의 모습이 그려져 있는 것이 있다.

그가 더 깊이 빠져들어 갔다. 덮쳐 오는 물을 피하여 숨을 쉴 수 있도록 고개를 뒤로 젖혔다. 그 어둠 속에서 누가 그를 보았다면, 물 위에 둥둥 떠다니는 하나의 가면이라고 여겼을 것이다. 그가 보자니 자기 위에 마리우스의 축 처진 머리와 창백한 안면이 희미하게 어른거렸다. 그가 필사적으로 발을 앞으로 내딛었다. 그의 발이 무엇인지 모를 단단한 것에 부딪쳤다. 하나의 받침점이 나타난 것이다. 기회를 놓치지 말아야 했다.

그가 몸을 솟구치고 뒤틀며, 노한 사람처럼, 그 받침점에 뿌리를 내리듯 들러붙었다. 그것이 마치, 삶으로 다시 올라가는 층계의 첫 계단처럼 여겨졌다.

최후의 순간에 그의 발끝이 조우한 그 받침점은, 부서지지 않고 기울어져 하나의 판자처럼 물속에 잠겨 있던 하수도 바닥의, 다른 경사면이 시작되는 지점이었다. 잘 구축된 바닥이 그렇게 천장 노릇을 하며 견고하게 버티기도 한다. 일부가 물에 잠겼으되 견고한 그 바닥재 조각이 하나의 진정한 비탈길을 이루었고, 그 비탈로 올라서기만 하면 구출된 것이나 다름없었다. 쟝 발쟝이 그 비탈을 따라 올라갔고, 그렇게 웅덩이의 건너편에 도달하였다.

 물에서 나오는 순간, 그의 몸이 어느 돌에 부딪쳤고, 그 바람에 그가 무릎을 꿇으며 주저앉았다. 그는 그것이 당연하다고 생각하였으며, 따라서 그러한 자세로 한동안 머물러 있었고, 영혼은 신에게로 향한 무엇인지 모를 자기의 말 속에 깊이 잠기게 내버려 두었다.

 그가, 얼음장처럼 차가워지고 냄새 고약해졌으며, 끌고 다니던 빈사자의 무게에 휘어진 채 오들거리는, 그리고 흙탕물에 번질거리는, 몸을 다시 벌떡 일으켰다. 그의 영혼이 기이한 밝음으로 가득했다.

7. 상륙인 줄 알았는데 좌초인 경우

 그가 다시 걷기 시작하였다.
 비록 목숨은 함몰공 속에 남겨 두지 않았지만 원기는 그 속에 버린 것 같았다. 필사적인 노력이 원기를 소진시켰다. 이제 나른함이 어찌나 심하였던지, 서너 걸음 옮길 때마다 숨을 몰아쉬어야 했고, 그때마다 벽에 기대어 서곤 하였다. 한번은, 마리우스를 업은 자세를 바꾸기 위하여 통로 옆에 잠시 주저앉았었는데, 그는 자신이 그 자리에 영영 머물러야 할지도 모른다는 감회에 사로잡히기도 하였다. 하지만 그의 기력은 고갈되었지만 단호함만은 그렇지 않았다. 그가 다시 일어섰다.
 그는 절망적으로, 거의 서두르다시피 걸었고, 그렇게 머리도 쳐들지 않고 숨도 거의 쉬지 않으며 일백 보가량을 갔는데, 문득 벽에 가 부딪쳤다. 그가 하수도의 어느 굴곡부에 도달하였는데, 머리를 숙인 채 그 모퉁이에 이른지라 벽과 마주친 것이다. 눈을 쳐드니, 그의 앞쪽 멀리, 아주 멀리, 지하도 끝에, 빛 한 가닥이 보였다. 이번에는 그 무시무시한 빛이 아니었다. 우호적이고 하얀 빛이었다. 그것은 햇빛이었다. 쟝 발쟝에게 출구가 보였다.

저주받은 영혼이 도가니 속에 있다가 문득 지옥의 출구를 발견할 경우, 쟝 발쟝이 그 순간에 느낀 감회에 사로잡힐 것이다. 그 영혼은, 타다 남은 날개 끄트머리를 파닥이며, 그 눈부신 문을 향하여 미친 듯이 날아갈 것이다. 쟝 발쟝은 더 이상 피곤을 느끼지 못하였고, 더 이상 마리우스의 체중도 느끼지 못하였으며, 그의 강철 같은 정강이의 힘을 되찾아, 걷기보다는 달음박질을 하였다. 가까이 갈수록 출구가 점점 더 선명히 모습을 드러냈다. 그것은 천장이 활처럼 굽은 반원형 출구였는데, 차츰 낮아지던 하수도의 천장보다 낮았고, 차츰 좁아지던 갤러리보다 좁았다. 터널이 끝나는 부분은 깔때기의 안쪽과 같았다. 감옥의 협문을 모방하여 이상하게 좁혀 놓은 출구였다. 감옥의 출구라면 사리에 맞는다 할 수 있겠지만, 하수도 출구로는 합당하지 않았다. 그리하여 그러한 배수구들을 후에 고쳐 다시 축조하였다.

쟝 발쟝이 출구에 당도하였다. 하지만 그곳에서 멈추었다. 분명 출구이긴 하나 나갈 수가 없었다.

출구가 육중한 철책으로 막혀 있었다. 언뜻 보기에도 녹슨 돌쩌귀 위에서 별로 회전한 적이 없는 것 같은 철책 문은 석제 문틀에 두툼한 자물쇠로 묶여 있었는데, 벌겋게 녹슨 자물쇠는 벽돌 크기만 하였다. 열쇠 구멍과, 자물쇠 판에 깊숙이 박힌 실한 자물쇠 빗장이 보였다. 자물쇠는 보기에도 단단히 잠겨 있는 것 같았다. 그것은 옛 시절의 빠리가 즐겨 생산하던 감옥용 자물쇠들 중 하나였다.

철책 문 너머에는, 대기와, 강과 태양과, 좁되 그것을 따라 걷기에는 충분한 제방과, 멀리 보이는 강변로들과, 그토록 쉽게 잠적할 수 있는 심연인 빠리, 넓은 지평선, 자유 등이 있었다. 오른쪽 하류 방향으로는 예나 다리가, 왼쪽 상류 방향으로는 앵발리드 다리가 보였다. 밤이 되기를 기다렸다가 빠져나가기에는 더없이 좋은 곳이었다. 빠리에서 인적이 가장 드문 지점들 중 하나였다. 그로-까이우[16] 맞은편에 있는 제방이었다. 철책 문의 철 막대 사이로 파리들이 드나들고 있었다.

저녁 여덟 시 반쯤 된 것 같았다. 해가 기울고 있었다.

쟝 발쟝은 마리우스를 마른 바닥에 내려놓은 다음 벽에 기대어 앉혔다. 그리고 철책으로 다가가서 두 손으로 철 막대를 움켜잡았다. 그리고 신들린 사람처럼 격렬하게 흔들었다. 그러나 꿈쩍도 하지 않았다. 철책은 전혀 움직일 기미를 보이지 않았다. 쟝 발쟝은 철 막대들을 하나씩 차례로 잡고 흔들어보았다. 혹시 약한 것이 있으면, 그것을 뽑아서 문을 쳐들거나 자물쇠를 부수는 지렛대로 사용할 생각이었다. 어느 철 막대 하나 움직이지 않았다. 호랑이의 이빨도 치조 속에 그토록 탄탄하게 박혀 있지는 않을 것이다. 지렛대가 없으니 힘을 한 번 써볼 도리가 없었다. 장애물을 돌파할 방법이 없었다. 철책 문을 열 묘책이 떠오르지 않았다.

그곳에서 종말을 맞아야 한단 말인가? 어찌해야 하나? 장차 어찌 될 것인가? 발길을 돌려서 이미 지나온 그 무시무시한 여정을 다시 시작해야 하나? 하지만 그럴 여력이 없었다. 게다가, 거의 기적적으로 빠져나온 그 웅덩이를 무슨 수로 건너간다는 말인가? 그리고, 그 웅덩이를 건넌다 해도, 경찰 수색대가 있고, 그들을 두 번씩이나 피할 수 있겠는가? 뿐만 아니라, 어디로 간단 말인가? 어느 쪽으로 진로를 잡아야 하는가? 비탈을 거슬러 올라가는 것이 목적지를 향하는 것은 아니었다. 다른 출구에 혹시 도달한다 할지라도, 그것 역시 뚜껑이나 철책 문으로 막혀 있을 것은 뻔했다. 모든 출구들이 틀림없이 그렇게 막혀 있었을 것이다. 우연히 열린 쇠살 뚜껑을 쳐들고 하수도로 들어서긴 하였지만, 다른 모든 구멍들은 막혀 있을 것 같았다.

결국 감옥 속으로 탈출한 꼴이었다. 모든 것이 끝장인 것 같았다.

쟝 발쟝이 한 모든 일이 허사였다. 신께서 거부하시는 것 같았다.

두 사람 모두 어둡고 거대한 죽음의 거미줄에 걸려 있었고, 쟝 발쟝은, 그 검은 거미줄 위로, 암흑 속에서, 무시무시한 거미가 희열에 몸을 떨며 달려오는 것을 느꼈다.

그는 철책 문 쪽으로 등을 돌린 채, 여전히 꼼짝도 하지 않는 마리우스 곁에 털썩 주저앉았다. 앉았다기보다는 쓰러졌다고 함이 옳을 것이다. 그리고 두 무릎 사이로 얼굴을 처박았다. 출구는 없었다. 그것이 괴로움의 마지막 한 방울이었다.

그 깊은 절망 속에서 그가 누구를 생각하고 있었을까? 그 순간에 그가 생각하던 사람은 자신도 마리우스도 아니었다. 그는 꼬제뜨 생각에 잠겨 있었다.

8. 찢긴 옷자락

그렇게 기진맥진하여 넋을 잃고 앉아 있는데, 어떤 손 하나가 그의 어깨 위에 놓이며 한 가닥 나지막한 음성이 들려왔다.

"두 몫으로."

그 어둠 속에 누가 있었단 말인가? 절망처럼 꿈과 유사한 것은 없다. 쟝 발쟝은 자기가 꿈을 꾸고 있다고 생각하였다. 그는 발걸음 소리를 전혀 듣지 못하였다. 그것이 도대체 있을 수 있는 일인가? 그가 눈을 치켜떴다. 사람 하나가 그의 앞에 있었다.

그 사람은 작업복 차림이었다. 그리고 맨발이었는데, 신발을 왼쪽 손에 들고 있었다. 쟝 발쟝이 앉아 있던 곳으로 오는 동안, 혹시 발걸음 소리가 들리지 않을까 하여, 신발을 벗었음에 틀림없었다.

쟝 발쟝은 단 한 순간도 머뭇거릴 필요가 없었다. 그 마주침이 아무리 뜻밖이었다 할지라도, 그는 그 사람을 잘 알고 있었다. 그 사람은 떼나르디에였다.

 이를테면 불시에 소스라치듯 다시 깨어났지만, 비상 사태에 익숙해 있었고 신속히 방어해야 할 기습에 단련되어 있었던지라, 쟝 발쟝은 즉시 자기의 기지를 되찾았다. 게다가 그의 처지가 더 악화될 것도 없었던 바, 절망이 어느 단계에 이르면 더 이상 고조될 수 없는 법, 비록 떼나르디에라도 그를 휘감고 있던 암흑에 다른 어둠을 가중시킬 수는 없었다.

 잠시 침묵이 흘렀다.

 떼나르디에가 오른손을 이마 높이까지 쳐들어 그것으로 차양을 삼더니, 눈살을 찌푸리며 눈을 깜박거렸다. 그러면서 입을 살짝 오므리는 그러한 동작은, 상대방의 정체를 알아내려고 하는 사람의 예민한 주의력에서 발견되는 특징이다. 하지만 그는 성공하지 못하였다. 조금 전에 말한 바와 같이, 쟝 발쟝은 빛이 들어오는 쪽으로 등을 돌리고 있었을 뿐만 아니라, 흙탕물과 피가 범벅이 되어 그의 얼굴을 어찌나 심하게 변모시켜 놓았던지, 비록 정오의 햇볕 아래에 있었다 할지라도 그를 알아볼 수는 없었을 것이다. 반면, 철책을 통해 들어오는 빛을 정면으로 받고 있던 떼나르디에의 얼굴은, 비록 그 빛이 지하실 속의 창백한 빛이었으되, 그 창백함 속에 선명함이 있었던지라, 속되긴 하되 표현력 강한 은유를 빌리자면, 쟝 발쟝의 눈 속으로 톡 튀어 들어왔다. 그러한 조건상의 불균등이, 곧 전개될 두 처지 간의 다툼과 두 사람 간의 대결에 있어서, 쟝 발쟝에게 약간의 우위를 확보해 주었다. 그 대결은 너울에 가려진 쟝 발쟝과 가면이 벗겨진 떼나르디에 사이에서 벌어졌다.

 쟝 발쟝은 떼나르디에가 자기를 알아보지 못한다는 사실을 즉각 간파하였다. 그들은 마치 상대의 힘을 가늠해 보려는 듯, 그 어둑한 속에서 한동안 서로를 유심히 살폈다. 떼나르디에가 먼저 침묵을 깨뜨렸다.

"어떻게 이곳에서 나갈 생각인가?"

쟝 발쟝이 아무 대꾸도 하지 않았다. 그러자 떼나르디에가 계속하였다.

"곁쇠질로 저 문을 열 수는 없어. 하지만 자네는 이곳에서 나가야 하겠지."

"그건 사실일세." 쟝 발쟝이 대꾸하였다.

"그럼 두 몫으로 나누지."

"그게 무슨 뜻인가?"

"자네가 저 사람을 죽였고, 나는 열쇠를 가지고 있네."

떼나르디에가 손가락으로 마리우스를 가리키고 나서 말을 계속하였다.

"나는 자네를 모르지만 자네를 돕고 싶네. 자네 또한 나와 통할 수 있는 친구임에 틀림없으니까."

쟝 발쟝은 그제서야 그가 하는 말의 뜻을 이해하기 시작하였다. 떼나르디에가 그를 살인범으로 믿고 있었던 것이다. 떼나르디에가 말을 계속하였다.

"잘 듣게, 동무. 자네가 저 사람의 호주머니 속에 있던 것을 노리지 않고 저 사람을 죽였을 리는 만무하네. 그것의 반을 내 몫으로 주게. 나는 자네에게 문을 열어주겠네."

그리고, 구멍투성이인 자기의 작업복 갈피 속에서 굵직한 열쇠를 반쯤 꺼내어 보이며 덧붙였다.

"자유로운 들판으로 나가게 해줄 열쇠가 어떻게 생겼는지 보고 싶겠지? 이걸세."

쟝 발쟝은 '얼이 빠져'—늙은 꼬르네이유의 말이다—자기 눈에 보이는 것이 현실인지 의심할 지경이었다.[17] 그것은 끔찍한 모습을 하고 나타난 구세주였고, 떼나르디에의 탈을 쓰고 땅속으로부터 나오는 수호천사였다.

떼나르디에가 작업복 안주머니에 손을 밀어 넣더니, 밧줄 한 가닥을 꺼내어 쟝 발쟝에게 내밀었다. 그러면서 말하였다.

"받게. 자네에게 이 밧줄을 덤으로 주겠네."

"밧줄을 무엇에 쓰란 말인가?"

"자네에겐 돌도 하나 필요할 걸세. 하지만 그것은 밖에 나가서 찾게. 밖에 건축 폐기물 더미 하나가 있으니까."

"돌은 또 무엇에 쓰란 말인가"

"자네 멍청이군. 저 얼간이를 강물에 던지려면 밧줄과 돌이 하나 필요할 걸세. 그렇게 하지 않으면 저 물건이 물 위로 둥둥 떠다닐 거야."

쟝 발쟝이 밧줄을 받아 들었다. 그러한 처지에서 그것을 기계적으로 받지 않을 사람은 아무도 없을 것이다.

문득 새로운 생각이 떠오른 듯, 떼나르디에가 자신의 손가락을 힘차게 마찰시켜 '딱' 소리를 내며 말하였다.

"아, 참, 동무, 저 뒤에 있는 웅덩이에서 도대체 어떻게 빠져나왔나? 나는 감히 그 근처에 얼씬도 하지 못하였네. 프! 자네 좋지 않은 냄새를 풍기는군!" 그리고 잠시 멈추었다가 덧붙였다.

"내가 자네에게 이것저것 묻지만 자네가 일일이 대꾸하지 않는 것은 옳은 일이야. 그것이 예심판사 앞에서 보내야 할 그 빌어먹을 십오 분에 대처하기 위한 훈련에 불과하니까. 게다가, 아예 입을 꽉 봉하면, 지나치게 언성을 높여야 할 위험도 없지. 내 말에 대꾸하지 않아도 상관없네. 내가 자네의 얼굴을 볼 수 없고 자네의 이름을 모른다 해서, 자네가 어떤 사람이며 자네의 의도가 무엇인지를 모를 것이라 생각한다면 그것은 착각일세. 나는 다 알고 있네. 자네가 저 신사를 조금 부러뜨렸고, 그래서 이제 그를 어디에다 처박고 싶은 거지. 자네에게는 강이, 그 거대한 오물통이 제격이야. 내가 자네를 곤경에서 구해 주겠어. 어려움에 처한 착한 녀석을 돕는 것이 내 취향에 맞으니까."

쟝 발쟝이 침묵을 지키는 것이 옳다고 하면서도 그가 쟝 발쟝의 입을 열려고 하는 것이 분명했다. 그가 쟝 발쟝의 옆모습을 보려는 의도인 양 그의 어깨를 조금 밀었다. 그러면서 놀란 듯한 어조로 다시 말하는데, 그러면서도 음성은 조금도 높이지 않았다.

"참, 그 웅덩이 말인데, 자네 참으로 고집스러운 짐승이군! 저 사람을 왜 그 속에 던져버리지 않았나?"

쟝 발쟝이 아무 대꾸도 하지 않았다. 떼나르디에가 넝마에 불과한 넥타이를 '아담의 사과'[結喉]까지 치켜 올리며 다시 말하였다. 진지한 사람의 기색을 돋보이게 하는 동작이었다.

"사실은 자네가 현명했는지도 몰라. 내일 저 구멍을 메우러 올 인부들이 그 속에 버려진 빠리 녀석을 발견할 것이고, 이 가닥 저 가닥, 온갖 오라기들을 더듬고 주물러 자네의 흔적을 끄집어낼 것이며, 결국에는 자네에게까지 도달하고야 말 걸세. 어떤 자 하나가 하수도로 지나갔다. 그것이 누굴까? 그가 어디를 통해 다시 나갔지? 그를 본 사람이 있을까? 경찰은 매우 영리해. 하수도는 배신자인지라 고발을 잘하지. 하수도 속에서 시신이 발견되는 것은 드문 일인지라, 또한 일을 하면서 하수도를 이용하는 사람이 거의 없는지라, 사람들이 촉각을 곤두세우지. 반면 강은 모든 사람들의 것일세. 강이야말로 진정한 무덤 구덩이지. 한 달쯤 지나면 강물에 던져진 사람이 쌩-끌루에 쳐놓은 그물에 걸리지. 그때쯤에는 그것이 무슨 문제가 되겠어? 해골에 불과한데! 누가 그 사람을 죽였느냐고? 그거야 빠리지. 그리하여 사법 당국은 더 이상 조사도 하지 않지. 자네가 잘한 걸세."

떼나르디에가 수다스러워질수록 쟝 발쟝은 점점 더 벙어리가 되었다. 떼나르디에가 다시 한 번 그의 어깨를 흔들며 말하였다.

"이제 일을 매듭짓자구. 어서 나누세. 자네가 나의 열쇠를 보았으니, 자네 또한 돈을 보여 주게."

떼나르디에의 기색이 사납고 표독스러우며, 수상쩍고 약간은 위협적이었으나, 반면 붙임성도 있었다. 이상한 점이 하나 있었다. 떼나르디에의 거동이 자연스럽지 않았다. 즉, 아주 편안한 기색이 아니었다. 무엇을 숨기는 듯한 기색을 드러내지 않으면서도 말은 나지막하게 하였다. 또한 가끔 손가락을 자신의 입 위에 얹으면서 중얼거리기도 하였다. "쉿!" 그 곡절을 짐작하기가 어려웠다. 그곳에는 그들 두 사람밖에 없었다. 쟝 발쟝은, 다른 강도들이 아마 별로 멀지 않은 어느 구석에 숨어 있으며, 떼나르디에가 노획물을 그들과 나눌 생각이 없는 모양이라고 생각하였다.

떼나르디에가 다시 독촉하였다.

"어서 끝내자구. 저 멍청이의 주머니 속에 얼마나 있었나?"

쟝 발쟝이 자기의 주머니들을 뒤졌다.

모두들 기억하다시피, 항상 현금을 몸에 지니고 다니는 것이 그의 습관이었다. 언제든 궁여지책을 동원해야 하는 음울한 삶을 영위해야 하던 처지였기 때문에, 몸에 현금을 지녀야 하는 것은 하나의 철칙이었다. 그러나 이번에만은 준비가 아니 된 상태에서 일을 당하였다. 전날 저녁, 국민병 복장으로 갈아입으면서, 불길한 상념에 사로잡혀 있던 나머지, 지갑 챙기는 것을 잊었던 것이다. 그에게는 조끼 주머니에 들어 있던 주화 몇 닢밖에 없었다. 도합 삼십여 프랑쯤 되었다. 그가 진흙탕에 젖은 자기의 주머니를 홀딱 뒤집은 다음, 바닥 물막이 위에다 루이 금화 한 닢과 오 프랑 주화 두 닢, 그리고 2쑤짜리 동전 대여섯 닢을 늘어놓았다.

떼나르디에가 아랫입술을 내밀고 고개를 의미심장하게 약간 비틀며 말하였다.

"자네 싸구려 살인을 저질렀군."

그러더니, 스스럼없이 쟝 발쟝과 마리우스의 호주머니들을 손바닥으로 더듬기 시작하였다. 쟝 발쟝은 빛이 들어오는 쪽으로 등을 돌리고 있는 것에만 몰두하며, 그가 하는 대로 내버려 두었다. 떼나르디에는 마리우스의 옷을 더듬으면서, 소매치기꾼의 능숙한 솜씨로, 쟝 발쟝이 눈치채지 못하는 사이에, 천 한 조각을 떼어내어 자기의 작업복 자락 밑에 감추었다. 그 천 조각이 훗날, 살해당한 사람과 살인범의 신원을 알아내는 데 도움이 될 것이라고 생각하였던 모양이다. 그는, 이미 꺼내 놓은 삼십여 프랑 이외에, 다른 것을 더 발견하지 못하였다. 그가 중얼거렸다.

"정말이군. 두 사람의 것을 합쳐 기껏 이것뿐이군."

그러더니, 자기가 한 '두 몫'이라는 말을 잊은 듯, 돈을 몽땅 자기의 수중에 넣었다.

그가 2쑤짜리 동전들 앞에서는 잠시 멈칫거렸다. 하지만 단안을 내린 듯, 그것들마저 몽땅 자기의 수중에 넣으면서 중얼거렸다.

"상관없어! 사람을 너무 싼값에 죽였어."

그러더니 열쇠를 작업복 자락 밑에서 다시 꺼냈다.

"친구여, 이제 자네는 나가야 하네. 여기는 장터와 같아서 나갈 때 돈을 지불해야 하네. 자네는 이미 지불하였으니, 이제 나가게."

그러면서 그가 웃기 시작하였다.

그가 모르는 사람에게 자기의 열쇠를 사용하여 도움을 주고, 자신이 아닌 다른 사람으로 하여금 그 문으로 나가게 하면서, 살인범 하나를 구출하려는 순수하고 사심 없는 의도를 가지고 있었을까? 의심해 보아도 좋을 일이다.

떼나르디에는, 쟝 발쟝이 마리우스를 다시 어깨에 들쳐 메는 것을 도와준 다음, 자기를 따라오라고 쟝 발쟝에게 손짓을 하면서, 벗은 발끝으로 살금살금 철책 문을 향해 움직였다. 그가 밖을 살피더니, 자기의 입 위에 손가락을 얹으면서 잠시 멈칫하였다. 그렇게 동정을 살피고 난 다음, 열쇠를 자물통에 꽂았다. 자물통 빗장이 미끄러지더니 철책 문이 스르르 선회하였다. 찰칵하는 소리도 마찰음도 들리지 않았다. 아주 조용히 열렸다. 돌쩌귀에 정성스럽게 기름칠을 해 둔 철책 문이, 생각보다는 자주 여닫히는 것이 분명했다. 그 조용함이 오히려 음산했다. 은밀한 왕래와, 밤 사나이들의 소리 없는 출입, 그리고 범죄의 늑대 걸음이 그 조용함에서 느껴졌다. 하수도가 어느 비밀 집단과 공모 관계에 있던 것이 분명했다. 그 과묵한 철책 문은 하나의 은닉범이었다.

떼나르디에가 철책 문을 살짝 열어, 쟝 발쟝이 겨우 통과할 수 있을 만큼의 공간만 허락한 다음, 그것을 다시 닫고 열쇠를 자물통에 넣어 두 번 돌렸다. 그리고 숨결 한 가닥처럼 아무 소리 내지 않고 어둠 속으로 다시 잠겨들었다. 마치 호랑이의 벨벳 같은 발바닥으로 걷는 것 같았다. 잠시 후, 그 흉측스러운 구세주가, 보이지 않는 세계 속으로 다시 돌아갔다. 쟝 발쟝은 바깥에 나와 있었다.

9. 죽은 것처럼 보이는 마리우스

쟝 발쟝은 마리우스를 제방 위에 조심스럽게 내려놓았다. 드디어 두 사람이 바깥세상으로 나온 것이다! 독한 기운과 암흑과 끔찍함을 떨쳐 버렸다. 건강에 좋고, 맑고, 생생하고, 명랑하고, 자유롭게 호흡할 수 있는 대기가 홍수처럼 그에게 밀려왔다. 고요함이 사방에서 그를 에워쌌다. 그러나 깊은 창공 속으로 진 태양의 매력적인 고요함이었다. 황혼 녘이었다. 고뇌로부터 빠져나오기 위하여 어둠의 외투를 필요로 하는 이들의 다정한 벗이며, 위대한 해방의 여신인 밤이 다가오고 있었다. 하늘이 마치 하나의 거대한 평화처럼 사방에서 자신을 제공하고 있었다. 강물이 입맞춤 소리를 내며 그의 발밑까지 도달하였다. 샹젤리제 공원의 느릅나무 가지 속에서 서로에게 저녁 인사를 건네는 둥지들의 공중 대화 소리가 들려왔다. 천정점에서 창백한 푸르름을 약하게 찌르고 있는, 그리고 오직 꿈꾸는 눈에만 보이는 몇몇 별들이, 광막함 속에 거의 보이지 않을 만큼 작은 반짝임들을 만들고 있었다. 저녁이 쟝 발쟝의 머리 위에 무한의 모든 다정함을 펼치고 있었다.

결정을 내리지 못하여 수락도 거절도 못하는 그윽한 시각이었다. 조금 멀어지면 보이지 않을 만큼 충분한 어둠과, 가까이 다가가면 대상을 식별할 수 있을 만큼의 충분한 밝음이 있었다.

쟝 발쟝은 그 엄숙하고 다정한 고요함에 한동안 항거할 수 없을 만큼 사로잡혔다. 망각의 순간들이 있다. 고통도 가엾은 사람 들볶기를 포기한다. 모든 것이 사념 속으로 이지러져 잠적한다. 평화가 어둠처럼, 꿈꾸는 이를 덮는다. 그리고 마지막 빛을 던지는 황혼 속에서는 영혼이, 반짝이는 하늘을 모방하여, 자신 속에 별들을 뿌린다. 쟝 발쟝은 자기의 머리 위에 광대하게 펼쳐져 있던 맑은 어둠을 응시하지 않을 수 없었다. 그는 깊은 상념에 잠긴 채, 영원한 하늘의 장엄한 고요 속에서, 환희와 기도로 목욕을 하고 있었다. 그러다가 불현듯, 마치 어떤 의무감이 되살아나기라도 한 듯, 상체를 숙여 마리우스를 내려다보았다. 그러더니 손으로 물을 떠서, 그의 얼굴에 조심스럽게 몇 방울 떨어뜨렸다. 마리우스의 눈꺼풀이 쳐들리지 않았다. 하지만 살짝 열린 그의 입은 호흡을 하고 있었다.

쟝 발쟝이 다시 손을 물에 담그려 하는 순간, 그가 문득 무엇인지 모를 거북함을 느꼈다. 보이지는 않되 누가 자신의 뒤에 와 있을 때 엄습하는 느낌이다. 모든 사람들이 잘 아는 그러한 인상에 대해서는 이미 앞에서 언급한 바 있다. 그가 고개를 돌렸다.

조금 전 하수도 속에서와 마찬가지로 어떤 사람이 정말 그의 뒤에 서 있었다.

신장 우뚝하고 긴 프록코트로 몸을 감싼 남자 하나가, 팔짱을 낀 채, 납덩이 두구(頭球)가 드러난 곤봉을 오른손에 움켜쥐고, 마리우스를 들여다보고 있던 쟝 발쟝 몇 걸음 뒤에 서 있었다.

막 시작된 어둠 때문에 일종의 유령처럼 보였다. 순진한 사람이라면 황혼 녘이었기 때문에 두려워했을 것이고, 사려 깊은 사람은 곤봉 때문에 그러했을 것이다. 쟝 발쟝은 그가 쟈베르임을 즉각 알아차렸다.

독자들께서는 떼나르디에를 추격하던 사람이 쟈베르였음을 짐작하셨을 것이다. 쟈베르는, 바리케이드에서 뜻밖에 풀려난 후, 곧장 경찰국으로 가서 경찰국장과의 짧은 면담 동안에 구두로 경과보고를 한 다음, 즉시 자기 직무에 복귀하였다. 그 직무란, 모두들 그의 몸에서 발견된 메모를 기억하다시피, 쎈느 강 우안 샹젤리제 공원 근처의 제방을 감시하는 것이었다. 얼마 전부터 경찰 당국이 그 구역을 주시하고 있었기 때문이다. 그가 그곳에 도착하여 떼나르디에를 발견하여 그의 뒤를 밟았던 것이다. 나머지는 모두들 아시는 바와 같다.

또한 쟝 발쟝 앞에서 그토록 고분고분 열린 철책 문이, 실은 떼나르디에의 교활한 술책의 산물임을 이해하기 어렵지 않을 것이다. 떼나르디에는 쟈베르가 그곳을 떠나지 않고 여전히 지키고 있음을 알고 있었다. 감시당하는 사람은 결코 실수하지 않는 후각을 가지고 있다. 떼나르디에는, 자기를 노리고 있던 사냥개에게, 뼈다귀 하나를 던져주어야 할 필요를 느끼고 있었다. 그러던 차에 살인범 하나가 제 발로 찾아왔으니, 그 얼마나 기막힌 횡재인가! 그것은 번제(燔祭)에 바칠 희생물, 결코 마다할 수 없는 희생물이었다. 떼나르디에는, 자기 대신 쟝 발쟝을 밖으로 내놓음으로써 경찰에 먹이 하나를 제공하고, 그렇게 하여 추적을 그만두게 하고, 더 큰 사건 때문에 자기를 잊도록 하고, 쟈베르에게는 기다린 노고를 보상해 주고(밀정에게는 언제나 감미로운 일이니), 곁들여 삼십 프랑도 번 다음, 그렇게 경찰의 주의를 분산시켜 빠져나갈 계산을 하였다.

쟝 발쟝은 하나의 암초에서 다른 암초로 이동한 셈이었다.

연속적인 그 두 마주침, 떼나르디에를 피해 쟈베르의 수중으로 떨어진다는 것, 참으로 가혹한 일이었다.

이미 말한 바와 같이 더 이상 자기의 모습이 아니었던 쟝 발쟝을, 쟈베르가 알아보지 못하였다. 그는 여전히 팔짱을 낀 채, 거의 감지할 수 없는 움직임으로 곤봉을 움켜쥔 다음, 짧고 조용한 음성으로 물었다.

"당신 누구요?"

"나요."

"당신이 누구냐고?"

"쟝 발쟝이오."

쟈베르가 곤봉을 이빨로 물더니, 무릎을 굽혀 상체를 앞으로 기울이며 자기의 억센 두 손으로 쟝 발쟝의 양어깨를 잡았다. 양어깨가 마치 두 바이스에 물린 것 같은데, 쟈베르가 그를 유심히 살핀 끝에 쟝 발쟝임을 확인하였다. 쟈베르의 시선은 무시무시했다.

쟝 발쟝은 쟈베르의 손아귀 밑에서 아무 저항도 보이지 않았다. 스라소니의 발톱에 선선히 자신을 내맡기는 사자 같았다. 쟝 발쟝이 쟈베르에게 말하였다.

"쟈베르 형사, 이제 당신이 나를 수중에 넣으셨소. 나는 오늘 아침부터, 나를 당신 수중에 있는 사람으로 여겼소. 내가 당신에게 나의 주소를 알려 준 것은 당신의 손아귀를 빠져나가기 위함이 아니었소. 나를 체포하시오. 다만 나에게 한 가지만 허락해 주시오."

쟈베르에게는 아무 말도 들리지 않는 듯하였다. 그는 자신의 눈동자를 쟝 발쟝 위에 고정시키고 있었다. 그의 주름진 턱이 입술을 코쪽으로 밀어 올리고 있었다. 사나운 생각에 잠겨 있다는 징후였다. 이윽고 그가 쟝 발쟝을 놓아주더니, 벌떡 상체를 일으켜 세우고 곤봉을 다시 움켜잡았다. 그리고 꿈을 꾸는 사람처럼, 말을 한다기보다 웅얼거리는 어투로 물었다.

"여기에서 무엇 하고 계시오? 그리고 저 사람은 무엇이오?"

그가 여전히[18] 쟝 발쟝에게 더 이상 반말을 하지 않았다.

쟝 발쟝이 그의 질문에 대꾸하였다. 또한 그의 음성이 꿈속에 잠겼던 쟈베르를 깨운 것 같았다.

"바로 저 사람에 대하여 당신께 말씀드리려 한 것이오. 나는 당신의 뜻대로 처리하시되, 그러기 전에 먼저, 내가 저 사람을 그의 집에 데려다 줄 수 있도록 나를 좀 도와주시오. 내가 당신께 요청하는 것은 그것뿐이오."

쟈베르의 안면이 일그러졌다. 그가 무엇을 양보할 것처럼 보일 때마다 나타나는 현상이었다. 하지만 그는 아무 말도 하지 않았다.

그가 다시 상체를 숙이더니, 자신의 호주머니에서 손수건을 꺼내어 물에 적신 다음, 마리우스의 피투성이 얼굴을 닦아주었다.

"이 사람이 바리케이드에 있었지. 마리우스라고들 부르던 사람이군." 쟈베르가 마치 자신에게 말하듯 나지막하게 중얼거렸다.

자신이 곧 죽을 처지에 놓였건만, 그 경황에도 모든 것을 관찰하고, 귀 기울이고, 파악하고, 착념해 둔, 그리고 죽어가면서도 엿보고, 무덤 구덩이의 첫 계단에 팔꿈치를 걸친 상태에서도 메모를 하던, 진정한 일급 정탐꾼이었다.

그가 마리우스의 손을 잡고 맥을 짚어보았다.

"부상당하였소." 쟝 발쟝이 말하였다.

"이미 죽은 사람이오." 쟈베르의 대꾸였다.

쟝 발쟝이 다시 말하였다.

"아니오, 아직은."

"저 사람을 바리케이드에서 여기까지 데려왔단 말이오?" 쟈베르가 놀란 기색으로 말하였다.

하수도를 통한 그 염려스러운[19] 탈출에 대하여 꼬치꼬치 캐묻지 않을 뿐만 아니라, 그의 물음에 쟝 발쟝이 아무 대꾸 하지 않았다는 사실조차 깨닫지 못한 듯한 기색으로 보아, 그가 더 깊고 절박한 생각에 몰두해 있었음에 틀림없다.

쟝 발쟝 역시, 나름대로 오직 한 가지 생각에만 몰두하는 것 같았다. 그가 다시 말하였다.

"이 사람은 마레 구역 휘유-뒤-깔베르 로에 있는 그의 조부…… 이름을 잊었는데……. 조부 댁에 사오."

쟝 발쟝이 마리우스의 호주머니를 뒤져 수첩을 꺼낸 다음, 마리우스가 연필로 써놓은 페이지를 펴서 쟈베르에게 내밀었다.

대기에 아직 잔광이 부유하고 있어서 그것을 읽을 수 있었다. 뿐만 아니라 쟈베르의 눈에는 밤새들의 눈에 있는 고양잇과 짐승의 인광(燐光)이 있었다. 마리우스가 써놓은 몇 줄을 읽고 나서 그가 중얼거렸다.

"질노르망, 휘유-뒤-깔베르 로, 6번지."

그러더니 문득 소리를 질렀다.

"마부!"

만일의 경우에 대비하여 삯마차가 근처에서 대기하고 있었음은 모두들 기억하는 바와 같다.

마리우스의 수첩은 쟈베르가 간직하였다.

잠시 후, 말들 물 먹이는 장소로 이어지는 비탈길을 따라 내려온 마차가 제방 위에 도착하였다. 마리우스는 안쪽 좌석에 앉고, 쟈베르와 쟝 발쟝은 앞쪽 좌석에 나란히 앉았다.

출입문이 닫히자, 바스띠유 쪽으로 강변로를 거슬러 올라가며, 마차가 신속히 멀어져 갔다.

어느덧 강변로를 벗어나 그들이 시내 거리로 들어섰다. 자기의 자리에 앉은 검은 그림자가, 즉 마부가, 자기의 여윈 말 두 마리에게 채찍을 휘두르고 있었다. 마차 안에는 얼음장 같은 냉기가 감돌고 있었다. 안쪽 구석에 상체를 기댄 채, 머리는 가슴팍 위로 푹 처박혔고, 두 팔은 멋대로 건들거리며, 두 다리가 뻣뻣해져, 마리우스는 마치 관 속으로 들어가기만을 기다리는 사람 같았다. 쟝 발쟝은 그림자로 형성된 사람 같았고, 쟈베르는 돌로 이루어진 사람 같았다. 그리하여, 가로등 옆을 지날 때마다, 간헐적으로 번개가 번쩍일 때처럼, 납빛으로 창백해진 내부가 드러나는 어둠 가득한 그 마차 속에, 우연이, 시체와 유령과 조각상이라는 세 비극적 존재를 모아놓고 음산하게 대질시키고 있는 것 같았다.

10. 생명을 탕진한 자식의 귀가[20)]

마차 바퀴가 포석에 부딪쳐 흔들릴 때마다 마리우스의 머리카락으로부터 피가 한 방울씩 떨어졌다. 마차가 휘유-뒤-깔베르 로 6번지에 도착하였을 때에는 이미 날이 완전히 어두워져 있었다.

쟈베르가 제일 먼저 마차에서 내려 정문 위를 흘낏 살펴 번지를 확인한 후, 한 마리 숫염소와 사튀로스가 싸우고 있는 장면을 옛날식으로 새겨 장식한, 묵직한 연철(鍊鐵) 망치를 들어 대문을 맹렬한 기세로 두드렸다. 대문이 조금 열리자 쟈베르가 그것을 밀었다. 수위가, 잠이 덜 깬 듯, 하품을 하며 촛불을 든 채 모습을 반쯤 드러냈다.

집 안에는 모든 것이 잠들어 있었다. 마레 구역에서는 모두들 이른 시각에 잠자리에 드는데, 특히 소요가 있을 때에는 더욱 그러하다. 혁명에 질겁한 그 착하고 유서 깊은 동네는, 크로끄미뗀느(신발 깨물어 먹는 귀신)가 온다는 말을 들으면 머리를 얼른 이불 밑에 처박는 아이들처럼, 소요가 있을 때마다 일찍 잠 속으로 피신한다.

그러는 동안 쟝 발쟝과 마부는 마리우스를 마차에서 끌어내렸는데, 쟝 발쟝이 그의 양쪽 겨드랑이 밑으로 팔을 넣어 부축하였고, 마부는 그의 두 오금으로 손을 밀어 넣어 잡았다.

그렇게 마리우스를 부축하면서, 쟝 발쟝은 크게 찢어진 옷자락 사이로 손을 밀어 넣어 그의 가슴팍을 더듬어보았고, 심장이 박동하고 있음을 확인하였다. 심장의 박동이 오히려 덜 약해졌다. 마치 마차의 움직임이 생명의 재개를 촉진시킨 것 같았다.

쟈베르는, 반역자의 집 문지기 앞에 나타난 정부 측 인사의 어조에 걸맞는 음성으로, 수위에게 말을 건넸다.

"질노르망이라는 사람이 있소?"

"여기 맞습니다. 무슨 일인가요?"

"그의 아들을 데려왔소."

"그분의 아들이라고요?" 수위가 멍해진 기색으로 반문하였다.

"그가 죽었소."

누더기를 걸치고 또 온통 더러워진 몸으로 쟈베르의 뒤에 있던, 그리고 수위가 공포감에 사로잡혀 바라보던 쟝 발쟝이, 고개를 가로저으며 수위에게 죽지 않았다는 신호를 보냈다. 수위는 쟈베르의 말이나 쟝 발쟝의 신호 모두 이해하지 못하는 눈치였다.

쟈베르가 말을 계속하였다.

"바리케이드에 갔다가 이렇게 되었소."

"바리케이드에!" 수위가 기겁한 듯 소리쳤다.

"거기서 죽었소. 어서 그의 부친을 깨우시오."

수위가 그 말을 듣고도 움직이지 않았다.

"어서 서두르시오!" 쟈베르가 재촉하였다.

그러더니 한마디를 덧붙였다.

"내일 이곳에서 장례식이 거행될 것이오."

쟈베르에게는, 거리에서 발생하는 일상적인 사건들이 범주별로 분류되어 있어서, 그것이 예측과 감시의 기초 자료가 되었고, 따라서 불시에 터지는 각 사건에게는 자기 고유의 분류함이 있었다. 모든 개연성 있는 사건들이, 어떤 의미에서는 여러 서랍들 속에 있다가, 계기를 만나면 다양한 양으로 그 서랍으로부터 나오는 것으로 여겨졌다. 예를 들어 거리라는 서랍 속에는 소동, 소요, 카니발, 장례식 등이 있었다.

수위는 바스끄를 깨우는 것으로 그쳤다. 바스끄가 니꼴레뜨를 깨웠다. 니꼴레뜨가 질노르망 이모를 깨웠다. 할아버지는 계속 주무시도록 내버려 두었다. 서둘러 알려 드릴 필요가 없다고 생각하였기 때문이다.

마리우스를 이 층으로 옮겼다. 건물의 다른 부분에 있던 사람들은 그 사실을 눈치조차 채지 못하였다. 마리우스를 질노르망 씨의 거처 대기실에 있던 낡은 소파 위에 눕혔다. 바스끄가 의사를 부르러 가고, 니꼴레뜨가 내의류 넣어둔 장롱을 여는데, 쟈베르가 쟝 발쟝의 어깨를 툭 쳤다. 그 뜻을 알아차리고 아래층으로 내려갔으며, 쟈베르가 그의 뒤를 따랐다.

수위는, 그들이 들이닥칠 때 그랬던 것처럼, 그들이 떠나는 모습을 두려움에 사로잡힌 몽유병자처럼 물끄러미 바라보았다. 두 사람이 마차 안으로 올라 좌석에 앉았고, 마부 역시 자기의 자리에 앉았다.

"쟈베르 형사, 한 가지만 더 허락해 주시오." 쟝 발쟝이 말하였다.

"무엇을?" 쟈베르가 무뚝뚝하게 물었다.

"잠시 내 집에 들를 수 있게 해주시오. 그런 다음에 당신의 뜻대로 하시오."

쟈베르가, 자신의 턱을 프록코트 속에 처박은 채, 잠시 아무 말도 하지 않았다. 그러더니, 앞쪽 유리문을 내리며 마부에게 말하였다.

"마부, 롬므-아르메 로 7번지."

11. 절대 속에 일어난 동요

이동하는 동안 두 사람은 입도 쩍 하지 않았다.

쟝 발쟝이 원하던 것이 무엇이었을까? 꼬제뜨에게 사태를 알리고, 마리우스가 어디에 있는지 말해 주고, 그녀에게 필요할 다른 몇 가지 사항을 일러주고, 가능하다면 최후의 조치들을 취할 생각이었다. 그를 위해서는, 즉 그 자신과 직결된 일은, 더 이상 할 것이 없었다. 그가 쟈베르에게 잡혔고 또 저항도 하지 않았다. 그 아닌 다른 사람이었다면, 그러한 처지에 놓일 경우, 떼나르디에가 준 밧줄과 그가 갇힐 첫 감방의 쇠창살을 막연하나마 뇌리에 떠올렸을 것이다. 그러나 주교와의 인연 이후, 쟝 발쟝의 내면에는, 강조해 두거니와, 모든 위해(危害) 앞에서의, 비록 그것이 자신에게로 향한 것일지라도, 깊은 종교적 머뭇거림이 형성되어 있었다.

미지의 존재에게 가하는 신비한 폭력이며, 어떤 의미에서는 영혼의 죽음을 내포할 수도 있는 자살이라는 것을, 쟝 발쟝은 받아들일 수 없었다.

롬므-아르메 로 입구에서 마차가 멈추었다. 마차들이 들어가기에는 길이 너무 좁았다. 쟈베르와 쟝 발쟝이 함께 마차에서 내렸다.

마부가 '형사님'에게 공손하게 환기시키기를, 자기 마차 내부의 위트레흐트산 벨벳이, 살해당한 사람의 피와 살인범의 옷에 묻어 있던 진흙에 더럽혀졌다고 하였다. 또한 이해할 수 있는 일이라고 하였다. 그러면서 덧붙이기를, 배상이 이루어져야 한다고 하였다. 그리고 동시에 주머니에서 장부 하나를 꺼내더니, 그것에다가 '증명이 될 만한 말씀 몇 마디'를 적어달라고, 형사님께 간청하였다. 마부가 내민 장부를 퉁명스럽게 밀어내면서 쟈베르가 물었다.

"대기료와 운행료 포함해서 모두 얼마를 지불하면 되겠는가?"

"대기한 시간이 총 일곱 시간 십오 분이고, 마차의 벨벳은 새것입니다. 형사님, 팔십 프랑입니다." 마부의 대꾸였다.

쟈베르가 주머니에서 나뽈레옹 금화 네 닢을 꺼내어 주고 마차를 돌려보냈다.

쟝 발쟝은, 지근거리에 있는 블랑-망또 로나 고문서 보관소 근처의 경비대로 자신을 도보로 호송하려는 것이 쟈베르의 의도라고 생각하였다. 두 사람이 좁은 길로 들어섰다. 평소와 다름없이 길에는 인적이 끊겼다. 쟈베르가 쟝 발쟝의 뒤를 따랐다. 그들이 7번지에 도착하였다. 쟝 발쟝이 문을 두드렸다. 문이 열렸다.

"좋소, 올라가시오." 쟈베르가 말하였다.

그러더니, 기이한 표정을 지으면서, 그리고 그렇게 말하는 것이 힘들다는 듯, 한마디를 덧붙였다.

"여기서 당신을 기다리겠소."

쟝 발쟝이 쟈베르를 유심히 바라보았다. 쟈베르의 평소 습관에서 거의 볼 수 없던 거조였기 때문이다. 하지만, 이제 쟈베르가 그에 대하여 일종의 거만한 신뢰를 갖게 되었다 하더라도, 다시 말해, 자기의 발톱이 미치는 영역 안에서만은 생쥐에게 자유를 허락하는 고양이의 신뢰를 갖게 되었다 하더라도, 쟝 발쟝은 이미 자신을 경찰에 내맡겨 모든 것을 끝내기로 작정한 터라, 그러한 신뢰에 별로 놀라지 않았다. 그가 대문을 밀고 안으로 들어서며, 침대에 누운 채 줄을 당겨 문을 열어준 수위에게 소리쳤다. "나일세!" 그런 다음 층계를 따라 올라갔다.

이 층에 도달하여 그가 잠시 멈추었다. 어떠한 고난의 길에도 잠시 쉴 역참은 있는 법이다. 층계참의 창문은 내리닫이식이었고, 그것이 열려 있었다.[21] 많은 옛날 건물들과 마찬가지로, 그 건물의 층계 역시 길 쪽으로 창문을 내어 빛을 얻게 되어 있었다. 길 건너편 가로등이 층계의 계단을 다소나마 밝혀 주어, 조명 비용을 절약할 수 있게 해주었다.

한숨 돌리기 위해서였는지, 혹은 기계적으로 그랬는지 모르겠으나, 쟝 발쟝이 그 창문으로 머리를 내밀었다. 그리고 길을 내려다보았다. 길이 짧은지라 가로등 불빛이 양쪽 끝까지 이르렀다. 쟝 발쟝은 현기증을 느낄 지경으로 멍해졌다. 길에 아무도 없었다.

쟈베르가 가버린 것이다.

12. 할아버지

도착하면서 눕혀 놓았던 소파 위에 널브러진 채 미동도 하지 않는 마리우스를, 바스끄와 수위가 응접실로 옮겨 놓았다. 의사가 서둘러 달려왔다. 질노르망 이모도 잠자리에서 일어났다.

질노르망 이모는 두려움에 사로잡혀, 두 손을 마주 잡고 끊임없이 왔다 갔다 하면서, 어찌 할 바를 모르고 같은 말만 반복하였다. "맙소사, 어찌 이런 일이!" 그리고 이따금씩 덧붙이기도 하였다. "모든 것이 피범벅이 되겠어!" 그리고 최초의 전율이 가라앉자, 상황에 대한 인식이 조금은 명료해진 듯, 그것이 원망 섞인 탄식의 형태로 터져 나왔다. "이렇게 끝나게 되어 있었어!" 하지만, 그러한 경우에 흔히들 하는, 다음과 같은 푸념은 하지 않았다. "내가 뭐라고 했어!"

의사의 지시에 따라 소파 근처에 X형 야전침대 하나를 폈다. 의사가 마리우스의 몸을 세심하게 살폈다. 그리고, 맥박이 아직 뛰고 있고, 흉부에 깊은 상처가 없으며, 입 귀퉁이의 피가 비강으로부터 흐른다는 사실을 확인한 후, 그를 침대 위에 평평하게, 즉 베개 없이 머리와 몸이 수평을 이루게, 아니 머리를 오히려 조금 더 낮게, 눕히도록 하였다. 또한 상체의 옷을 모두 벗기게 하였는데, 호흡이 용이해지도록 하기 위함이었다. 질노르망 아씨는 사람들이 마리우스의 옷을 벗기기 시작하자 자리를 떴다. 그리고 자기의 방에서 묵주기도를 드리기 시작하였다.

　상체는 어떠한 내부 손상도 입지 않았다. 수첩에 맞아 위력이 약해진 총탄 하나가 방향을 바꿔 옆구리를 돌며 심하게 피부를 찢어놓긴 했으나, 상처가 깊지 않아 위험스럽지는 않았다. 지하에서 먼 거리를 걷는 동안, 부러진 빗장뼈가 심하게 흩뜨려져 그 부분의 상해가 심각하였다. 두 팔은 군도의 가격을 받았다. 얼굴에는 상처가 없었으나 머리는 온통 도끼나 칼로 짓이겨 놓은 것 같았다. 머리의 그 상처가 어떤 결과를 초래할까? 상처가 머리 가죽에 한정된 것일까? 혹은 두개골에도 손상을 입혔을까? 아직은 어떤 판단도 내릴 수 없었다. 심각한 징후는, 그 상처로 인하여 기절하였고, 그 이후 의식을 회복하지 못하였다는 사실이었다. 게다가 출혈로 인하여 부상자가 기진해 있었다. 허리 아랫부분은 바리케이드 덕분에 상처를 입지 않았다.

　바스끄와 니꼴레뜨가 천을 찢어 붕대를 만들었다. 니꼴레뜨는 꿰매고 바스끄는 두루마리로 만들었다. 가제가 없어, 의사는 솜으로 우선 지혈을 시켰다. 침대 옆 탁자 위에 양초 세 가락이 놓여 있었고, 그 옆에 외과용 도구 가방을 펼쳐놓았다. 의사가 냉수로 마리우스의 얼굴과 머리카락을 씻어냈다. 물 한 통이 순식간에 벌겋게 변했다. 수위가 손에 촛불을 들고 주위를 밝혔다.

　의사는 구슬픈 생각에 잠겨 있는 듯하였다. 그가 가끔 고개를 가로저었다. 마치 자신이 스스로에게 던지는 내면적인 질문에 답변하는 것 같았다. 의사가 자신과 나누는 그 은밀한 대화는, 환자의 용태가 좋지 않다는 징후이다.

　의사가 얼굴을 씻긴 후 여전히 감겨 있던 눈꺼풀을 손가락으로 가볍게 건드리는 순간, 응접실 안쪽에 있는 문 하나가 열리더니, 길고 창백한 얼굴 하나가 나타났다. 할아버지였다.

　소요 사태가 이틀 전부터 질노르망 씨를 심하게 동요시키고 그의 노기를 돋우면서 그를 온통 사로잡고 있었다. 전날 밤에는 그가 잠을 이루지 못하였고, 그날은 온종일 신열에 시달렸다. 저녁나절이 되자, 문단속 잘하라고 분부한 다음 즉시 잠자리에 들었고, 피곤에 겨워 잠이 들었다.

노인들의 잠이란 원래 깊지 않은 데다, 질노르망 씨의 침실이 대기실에 잇닿아 있던 터라, 아무리 주의를 해도 소음이 그를 깨울 수밖에 없었다. 자기의 침실 출입문 틈으로 들어오는 빛에 놀라, 그가 침대에서 내려와 더듬더듬 밖으로 나온 것이다.

그가 한 손으로, 살짝 열린 문의 오리 부리 모양 손잡이를 잡고, 흔들거리는 머리를 조금 앞쪽으로 숙인 채, 수의처럼 주름 하나 없이 수직으로 처진 하얀 실내 가운으로 온몸을 감싸고, 놀란 기색으로 문지방 위에 서 있었다. 마치 무덤 속을 들여다보고 있는 어떤 유령 같았다.

침대가 먼저 그의 눈에 띄었고, 그다음, 밀랍처럼 창백하고, 눈을 감았고, 입을 벌렸고, 입술이 시들었고, 상체가 나신이고, 주홍빛 상처들로 뒤덮였고, 꼼짝도 하지 않고, 환한 불빛을 받으며 매트 위에 누워 있던 피투성이 젊은이 하나가 시야에 들어왔다.

뼈만 남은 노인의 사지가 머리끝부터 발끝까지 경련을 일으켰다. 고령으로 인해 각막이 누렇게 변한 그의 두 눈을 일종의 유리 같은 번쩍임이 뒤덮었다. 그의 얼굴이 순식간에 몽땅 해골 같은 흙빛으로 변했다. 두 팔은 마치 용수철이 끊어진 듯 밑으로 축 처졌다. 부들부들 떠는 늙은 두 손의 손가락들이 제멋대로 벌어지는 것은 그가 망연자실한 상태에 있다는 뜻이었다. 그의 두 무릎이 앞쪽으로 조금 굽으면서, 하얀 털로 덮여 있던 그의 가엾은 두 종아리가 실내 가운 자락 사이로 드러나게 하였다. 그가 중얼거렸다.

"마리우스!"

"나리, 사람들이 조금 전에 도련님을 모셔 왔습니다. 바리케이드에 가셨다가 그만……."

"녀석이 죽었군! 아! 악당 녀석!" 노인이 무시무시한 음성으로 소리쳤다.

그 순간, 일종의 무덤 속 변용이 그 일백 세 노인을 젊은이처럼 다시 벌떡 일으켜 세웠다. 그가 다시 말하였다.

"선생, 당신은 의사요. 우선 한 가지만 나에게 말해 주시오. 이 녀석 죽었지요, 그렇지 않아요?"

극도의 근심에 사로잡혀 있던 의사는 아무 대꾸도 하지 않았다.

질노르망 씨가 자신의 두 손을 맞잡고 비틀면서 무시무시한 웃음을 터뜨렸다.

"녀석은 죽었어! 죽었단 말이야! 녀석이 죽으려고 바리케이드에 갔어! 나에 대한 증오심 때문에! 녀석이 이런 짓을 한 것은 나에게 대항하기 위해서야! 아! 흡혈귀 녀석! 이런 꼴로 돌아오다니! 불쌍한 내 인생, 녀석이 죽었어!"

그가 창가로 가더니, 숨이 막히는 듯 창문 하나를 활짝 열었다. 그리고 어둠 앞에 우뚝 서서, 길에 가득한 밤을 향하여 쏟아놓기 시작하였다.

"찔리고, 베이고, 목이 따이고, 찢기고, 점점이 잘리다니! 저 거지 녀석 좀 보라구! 녀석은 내가 자기를 기다리고 있으며, 자기의 침실을 잘 정돈해 두었고, 자기의 어릴 적 초상화를 내 머리맡에 놓아두고 있음을 뻔히 알고 있었지! 녀석은 자기가 돌아오기만 하면 된다는 사실을 잘 알고 있었어! 여러 해 전부터 내가 자기를 불렀고, 저녁이면 내가 벽난로 귀퉁이에 앉아 두 손을 무릎 위에 올려놓은 채 어찌할 바를 몰랐으며, 내가 자기 때문에 멍청이가 되었다는 사실을 잘 알고 있었어! 녀석아, 너는 잘 알고 있었어. 돌아와서 '저예요!' 하면 그만이라는 것을 알고 있었어. 네가 이 집의 주인이고, 따라서 내가 너에게 복종할 것이며, 그래서 너의 이 늙정이 할애비를 네 뜻대로 부릴 수 있다는 것을 잘 알고 있었어! 잘 알면서도 네가 이렇게 말하였겠지. '아니야, 영감은 왕당파야, 돌아가지 않겠어!' 그러면서 바리케이드로 달려가서, 너의 못된 심보에 이끌려 죽음을 자초하였어! 내가 베리 공작에 대하여 너에게 한 말에 앙심을 품고! 수치스러운 일이야! 이제 누워서 편안히 쉬시게. 그가 죽었어. 이제 내 눈이 뜨이는군."

양쪽이 다 근심스러워진 의사가, 잠시 마리우스 곁을 떠나 질노르망 씨에게로 가더니, 그의 팔을 조심스럽게 잡았다. 노인이 고개를 돌려, 더 커진 듯하고 핏발 선 눈으로 그를 바라보더니, 그에게 담담한 어조로 말하였다.

"고맙소. 나는 괜찮소. 나는 남자라오. 루이 16세의 죽음도 목격하였소. 따라서 어떤 일이라도 감당할 수 있소. 끔찍한 일 한 가지가 있는 바, 당신네들의 온갖 신문들이 모든 고통의 원천이라는 생각이 뇌리에 어른거리는 것이오. 저질 글쟁이들, 잡담꾼들, 변호꾼들, 연설꾼들, 연단들, 토론들, 진보, 광명, 인권, 언론의 자유 등, 그런 것들로 인하여 아이들이 저 꼴이 되어 집으로 돌아오는 것이오! 아! 마리우스! 고약한 일이야! 죽임을 당하다니! 나보다 먼저 죽다니! 바리케이드! 아! 강도 녀석! 의사 선생, 이 동네에 사시죠? 오! 내가 당신을 잘 알아요. 당신의 마차가 지나가는 것이 내 방 창문에서 보이지요. 당신에게 단언하지요. 내가 노여워하고 있는 것으로 생각하시면 그것은 잘못이오. 죽은 사람을 상대로 화를 낼 수는 없소. 멍청한 짓이지요. 저 아이는 내가 길렀소. 저 아이가 아주 어렸을 때 나는 이미 늙은이였소. 저 아이가 뗄르리 공원에서 작은 삽과 작은 의자를 가지고 놀 때면, 관리인들이 아이에게 호령을 하는 일이 없도록, 아이가 작은 삽으로 땅에 파놓은 구멍들을 내가 따라다니며 지팡이로 다시 메웠지요. 세월이 흘러, 아이가 어느 날 이렇게 외치더군요. '루이 18세를 타도하라!' 그러고는 집을 나가 버렸지요. 그것은 내 잘못이 아니오. 저 아이가 전에는 얼굴이 발그레하고 머리는 황금빛이었소. 아이의 엄마는 일찍 세상을 떠났소. 모든 어린애들이 금발이라는 사실을 아시오? 그것이 무엇 때문일까? 저 아이는 루와르 강 유역 산적들 중 하나가 낳은 아들이라오. 하지만 아이들은 아비들의 죄와 무관하오. 저 아이의 키가 요만하던 시절의 일들을 기억하고 있소. 아직 'd' 음조차 제대로 발음하지 못하던 시절이었소. 그의 말이 어찌나 부드럽고 알아들을 수 없었던지, 마치 새의 지저귐 같았다오. 언제가 한번은, 화르네세 궁에서 발견된 헤라클레스의 조각상 앞에서, 관람객들이 그 아이를 둘러싸고 놀라며 찬탄을 금치 못하였소. 저 아이의 용모가 그토록 아름다웠다오! 화폭 속에서나 볼 수 있는 얼굴이었지요. 내가 언성을 높이기도 하고, 때로는 지팡이로 겁을 주기도 하였지만, 녀석은 그것이 웃기 위한 짓이라는 사실을 잘 알고 있었소. 아침에 그가 내 방으로 들어오면 내가 투덜거리곤 했지만, 나에게는 태양 같은 아이였소. 그러한 어린것들 앞에서는 속수무책이오. 고것들이 우리를 사로잡고 영영 놓아주지 않지요. 진실로 이르거니와, 저 아이에게로 향한 사랑에 비할 사랑은 없소. 나의 저 아이를 죽인 당신네들의 라화이예뜨, 방자맹 꽁스땅, 띠르뀌르 드 꼬르쎌[22] 등 무리에 대해, 이제 무슨 말을 하시겠소? 이런 식으로 계속될 수는 없소."

그는, 여전히 창백하고 미동도 하지 않는 마리우스 곁으로 돌아와, 다시 자기의 두 팔을 뒤틀기 시작하였다. 의사는 훨씬 앞서 환자 곁에 이미 돌아와 있었다. 노인의 하얗게 변한 입술이 기계적으로 움직이면서, 겨우 들릴락 말락 하여 거의 알아들을 수 없는 말들을, 빈사자가 내뿜는 숨결처럼 내보냈다. "아! 무정한 녀석! 아! 정치적 패거리! 아! 악당 녀석! 아! 9월의 학살꾼!" 죽어가는 사람이, 나지막한 음성으로, 시신에게 퍼붓는 나무람이었다.

내면적 분출이란 항상 밖으로 드러나야 하는 법인지라, 말의 고리가 조금씩 다시 이어졌다. 그러나 노인에게는 그 말들을 입 밖으로 내놓을 힘이 더 이상 없는 것처럼 보였다. 그의 음성이 어찌나 희미하고 활기가 없었던지, 그것이 심연의 건너편 연안에서 들려오는 것 같았다.

"이제 상관없어, 나 역시 죽을 거니까. 그런데, 이 빠리에, 그 불쌍한 녀석에게 행복을 안겨 주면서 행복해할, 우스꽝스러운 계집 하나 없단 말인가! 즐기면서 인생을 향유하는 대신 싸움판으로 뛰어들어 야수처럼 총탄 세례를 받는 거렁뱅이 녀석! 도대체 누구를 위해서? 무엇을 위해서? 공화국을 위해서라구! 쇼미에르 무도장에 춤이나 추러 가는 것, 그것이 젊은것들의 의무야! 나이 스물이면 당연히 그래야지. 공화국이라니, 그 무슨 처량한 멍청이 짓이야! 가엾은 어머니들, 잘생긴 아들 녀석들 만들어보시지! 이보시오, 저 녀석은 죽었어. 이 집 대문 앞에서 장례식 둘이 한꺼번에 치러질 거야. 라마르끄 장군의 눈에 들려고 네 녀석이 일을 이 지경으로 만들어놓다니! 그 라마르끄 장군이라는 자가 네 녀석에게 무얼 해주었길래! 그 칼잡이가! 그 수다꾼이! 죽은 녀석을 위해 죽음을 자초하다니! 미칠 노릇 아닌가! 터무니없는 짓이야! 나이 스물에! 자기 뒤에 무엇을 남겼는지, 고개 한 번 돌리지 않고! 이제 가엾은 늙은이들은 모두 홀로 죽게 되었어. 부엉이야, 네 구석에 틀어박혀 뻗어라! 이런 말이겠지! 좋아, 사실은 잘된 일이야, 내가 바라던 것이야. 그러면 내가 깨끗이 죽겠지. 나는 늙었어. 내 나이 백 살이야. 아니 십만 살이야. 이미 오래전에 나는 죽을 권리를 얻었어. 이번 일로 그것이 이루어졌어. 그러니 끝났어. 얼마나 다행인가! 저 녀석에게 암모니아를 흡입시켜서 뭐하나? 이 수북한 약들이 무슨 소용이야? 멍청한 의사 선생, 당신 지금 헛수고하고 있어! 이보시오, 녀석은 죽었어, 아주 죽었어. 내가 잘 알지, 나 역시 죽었으니까. 녀석이 일을 중단한 것이 아니야. 그래, 이 시절은 추해, 아주 추악해. 그리고 그것이, 당신네들에 대하여, 그리고 당신들의 이념, 당신들의 체제, 당신들의 이론가들, 당신들의 사부들, 당신들의 예언, 당신들의 그 못된 글쟁이들, 당신들의 거렁뱅이 철학자들, 그리고 육십 년 전부터 뛸르리 궁의 까마귀 떼를 자극하여 성나게 하는 당신들의 모든 혁명들에 대하여 내가 가지고 있는 견해야! 그리고, 네 녀석이 이토록 무정하게 죽음을 자초하였으니, 나는 너의 죽음을 슬퍼하지도 않겠어. 알아듣겠지, 살인범 녀석아!"

그 순간 마리우스가 천천히 눈을 떴고, 아직 혼수상태의 충격이 채 가시지 않은 시선이 질노르망 씨 위에 멈추었다.

"마리우스!" 노인이 소리쳤다. "마리우스! 내 어린 마리우스! 내 자식! 내 사랑하는 자식! 네가 눈을 뜨고 나를 바라보는구나. 네가 살아 있구나. 고맙다!"

그러더니 기절하며 쓰러졌다.

4편 궤도를 이탈한 쟈베르

쟈베르는 롬므-아르메 로를 떠나 느린 걸음으로 멀어져 갔다.

그는 생전 처음으로 머리를 숙이고 걸었고, 역시 생전 처음으로 뒷짐을 지고 걸었다. 그날까지 쟈베르는, 나뽈레옹의 두 자세 중에서, 오직 결단을 나타내는 자세만을 취했다. 그것은 두 팔을 가슴팍 위에 엇갈려 올려놓는 것이었다. 불확실성을 드러내는 자세는, 즉 뒷짐을 지는 모습은, 그에게서 볼 수 없던 것이었다. 이제 변화 하나가 생긴 것이다. 느리고 침울한 그의 몸 전체에 근심이 드리워져 있었다.

그가 고요한 거리로 깊숙이 잠기듯 들어갔다. 하지만 어느 방향을 따르고 있었다. 그가 쎈느 강 쪽으로 이어지는 가장 빠른 길로 접어들어 오름므 강변로에 도달하였고, 강변로를 따라 내려가다가 그레브 광장을 지난 다음, 샤뜰레 광장 경비대 초소로부터 조금 떨어진 곳에 있는 노트르-담므 다리 어귀에서 걸음을 멈추었다. 쎈느 강이 그 지점에서, 상류 쪽에 있는 노트르-담므 다리와 하류 쪽의 샹주교(橋), 그리고 우안의 메지쓰리 강변로와 씨떼 섬의 홀뢰르 강변로[1]에 의해 일종의 정방형 호수 모양을 이루는데, 그 부분에 물살 센 여울이 형성되어 있었다.

쎈느 강의 그 지점을 선원들이 모두 두려워하였다. 그 여울보다 더 위험스러운 곳이 없었던 바, 그 시절에는, 지금은 허물려 없어진 다리 근처 물방앗간의 지주들로 인해, 강폭이 좁아지면서 물살이 거칠어졌기 때문이다. 두 다리가 너무나 가까이에 있어 위험을 증대시

컸다. 강물이 교호(橋弧)들 밑을 서두르듯 지나갔다. 강물이 그 지점에서는 폭 넓은 주름들을 형성하여 굴렀다. 즉, 강물이 그곳에 집결하여 거대한 더미를 이루었다. 그리하여 물결이, 굵은 액체 밧줄로 교각들을 감아 당기며, 그것들을 뽑으려 하는 것 같았다. 사람이 그 지점에 빠지면 영영 다시 나타나지 않았다. 수영 솜씨 뛰어난 사람들도 그곳에서 익사하는 일이 잦았다.

쟈베르가 두 팔꿈치로 난간을 짚고, 두 손으로 자기의 턱을 감싸잡았다. 손톱들이 실한 구레나룻 속으로 파고드는 동안, 그는 몽상에 잠기었다.

새로운 일이, 하나의 혁명이, 일종의 파국이 그의 내면 깊숙한 곳에서 일어났다. 그리하여 자신을 면밀히 들여다보게 되었다. 쟈베르가 몹시 고통스러워하고 있었다. 몇 시간 전부터 쟈베르는 더 이상 단순한 사람이 아니었다. 그의 내면에 혼란이 일어났다. 실명 상태에서는 그토록 맑던 그 뇌수가 투명성을 상실한 것이다. 그 수정 속에 구름 한 덩이가 생겼다. 쟈베르는 자기의 의식 속에서 의무가 둘로 나누어짐을 느꼈고, 그러한 사실을 자신에게 감출 수 없었다. 그가 쎈느 강 제방에서 그토록 뜻밖에 쟝 발쟝과 마주쳤을 때, 그의 내면에는, 먹이를 덮치는 늑대 같은 것과, 주인을 다시 만나는 개와 같은 것이 함께 있었다.

그의 앞에 두 가닥 길이 보였고, 두 길 모두 곧았다. 그러나 여하튼 둘이었다. 그러한 사실이 그에게 공포감을 야기시켰다. 평생 단 한 가닥 곧은 길만 알고 있었기 때문이다. 게다가 더욱 괴로웠던 것은, 그 두 길이 서로 상반된 방향으로 뻗어 있었다는 점이다. 그 두 곧은 길들이 서로를 배제시키고 있었다. 그 둘 중 어느 길이 진실한 길이란 말인가? 그의 처지가 형언할 수 없을 지경이었다.

하나의 범인에게 목숨을 빚지고, 그 빚을 선선히 지고 또 갚아, 내키지 않음에도 불구하고 하나의 전과자와 대등해지고, 다른 봉사로 그에게 봉사료를 지불하고, 다시 말해, '가시오'라는 말을 들은 대가로 '자유롭게 사시오'라는 말을 하고, 개인적인 동기 때문에 의무를, 그 보편적인 의무를 희생시키고, 그 개인적인 동기 속에서 역시 보편적인 무엇을, 아니 더 우월할지도 모를 그 무엇을 느끼고, 자신의 양심에 충실하기 위하여 사회를 배신하는 등, 그 모든 모순들이 현실로 나타나 쌓여 그를 짓눌렀던 바, 그가 쓰러진 것은 그 무게 때문이었다.

한 가지 일이 그를 경악게 하였던 바, 그것은 쟝 발쟝이 그를 용서하였다는 사실이고, 다른 한 가지 일이 그를 아연실색게 하였던 바, 그것은 자기 쟈베르가 쟝 발쟝을 용서하였다는 사실이었다.

그가 도대체 어찌 되었단 말인가? 자신을 열심히 찾았건만 종전의 자신은 종적을 감추어버렸다.

이제 어찌한단 말인가? 쟝 발쟝을 사법 당국에 넘기는 짓은 분명 악행이었다. 하지만 쟝 발쟝을 자유롭게 살도록 내버려 두는 것 또한 악행이었다. 첫 번째 악행을 저지를 경우, 그것은 국가의 관리가 도형수보다 더 천하게 전락함을 뜻하였다. 두 번째 악행을 저지를 경우, 그것은 도형수가 법 위로 올라가서 법을 밟고 서 있도록 허용한다는 뜻이었다. 두 경우 모두 쟈베르에게는 치욕이었다. 어느 쪽을 택하건 그곳에는 죄의 요소가 있었다. 인간의 운명은 불가능이라는 것 위에 까마득히 솟은 몇몇 봉우리들을 가지고 있으며, 그 봉우리들 너머에서는 삶이 하나의 낭떠러지에 불과하다. 쟈베르가 그 봉우리들 중 하나의 꼭대기에 도달해 있었다.

그를 불안케 하던 것들 중 하나는, 그가 생각을 하지 않을 수 없었다는 사실이다. 그 모순된 모든 격정들의 맹렬함이 그에게 생각하기를 강요하였다. 사유한다는 것이, 그에게는 익숙하지 않을 뿐만 아니라, 기이하게 괴로운 일이었다.

사유 속에는 항상 일정량의 내적인 반역이 있게 마련인데, 그는 자신 속에 그것이 있다는 사실에 역정이 났다.

그의 직무들로 구성된 좁은 범주 밖의 어떤 문제와 관련되었건, 사유라는 것이 그에게는, 어떠한 경우라도, 부질없고 피곤한 일이었다. 하지만, 그날 벌어진 일들에 대한 사유는, 그 정도가 아니라 일종의 고문이었다. 그러나 그 엄청난 동요를 겪었으니, 당연히 자신의 의식을 들여다보아야 했고, 자신에게 자신에 대한 상세한 보고를 하지 않을 수 없었다.

그가 저지른 일이 그에게 전율을 일으켰다. 그가, 쟈베르라는 개인이, 경찰의 모든 규칙과, 사회적 그리고 사법적 조직 전체와, 모든 법조문에 반(反)하여, 석방을 결단하였을 뿐만 아니라, 그것이 옳고 자신의 뜻에 합당하다고 여겼다. 그가 공적인 일을 자신의 일로 대체한 것이다. 언어도단의 일 아닌가? 자신이 저지른 그 명명할 수 없는 일을 정면으로 바라볼 때마다, 그의 몸이 머리끝부터 발끝까지 후들후들 떨렸다. 어떤 해결책이 있었을까? 오직 한 가지 방법이 그에게 남아 있었다. 서둘러 롬므-아르메 로에 다시 돌아가 쟝 발쟝을 수감토록 조치하는 것뿐이었다. 그가 해야 할 일이 그것임은 분명했다. 그러나 그럴 수가 없었다.

어떤 무엇이 그쪽으로 가는 길을 막고 서 있었다. 어떤 무엇? 그것이 무엇이란 말인가? 재판소, 집행명령, 경찰, 그리고 정부, 이 세상에 그것들 이외의 다른 것이 존재하는가? 쟈베르가 혼란에 빠졌다.

신성해진 도형수! 사법이 소추할 수 없는 도형수! 쟈베르의 행위로 인해 생긴 일이었다!

쟈베르와 쟝 발쟝이, 벌을 가하는 역할을 맡은 사람과 벌을 받아야 할 사람이, 다시 말해, 법의 수중에 있는 그 두 사람이, 함께 스스로 법 위에 처하는 지경에 이르렀으니, 몹시 두려운 일 아니었겠는가?

도대체 무엇이란 말인가! 그 엄청난 일이 생겼는데 아무도 처벌받지 않다니! 쟝 발쟝은 사회의 모든 질서보다 더 강한 듯 자유를 누릴 것이고, 자신 쟈베르는 계속 정부의 빵을 먹어야 하다니!

그의 몽상이 차츰 무시무시해졌다.

그러한 몽상을 펼치는 동안, 휘유-뒤-깔베르 로에 데려다 준 그 반도(叛徒)와 관련시켜서도, 그가 자신을 나무랄 수 있었을 것이다. 하지만 그 일은 그의 뇌리에 얼씬도 하지 않았다. 작은 잘못은 더 큰 잘못 속에 매몰되기 마련이다. 게다가, 그 반도는 분명 죽은 사람이었고, 법적으로 죽음이 사법적 소추를 소멸시킨다.

그의 뇌리를 무겁게 짓누르고 있던 것은 쟝 발쟝과 관련된 일이었다.

쟝 발쟝이 그를 산산이 흩어놓았다. 평생 그의 버팀목들이었던 모든 공리들이 그 사람 앞에서 우르르 무너졌다. 쟈베르에게로 향한 쟝 발쟝의 관용이 그를 심하게 짓눌렀다. 그가 기억하고 있던, 그리고 과거에는 거짓이나 미친 짓으로 치부했던 일들이, 이제 사실처럼 그의 뇌리에 되살아났다. 마들렌느 씨가 쟝 발쟝의 뒤에 다시 나타났고, 그 두 얼굴이 포개어져 하나가 되었으며, 하나로 합쳐진 얼굴은 숭고하였다. 쟈베르는 끔찍한 무엇이 자기의 영혼 속으로 침투하는 것을 느꼈다. 그것은 도형수에게로 향한 찬미였다. 도형수에게로 향한 존경심이라니, 그것이 있을 수 있는 일인가? 그는 그러한 생각에 몸서리를 치면서도 찬미하는 마음으로부터 벗어날 수가 없었다. 몸부림을 쳐도 소용없었다. 그는 자신의 내면 가장 깊숙한 곳에서 그 불쌍한 자의 숭고함을 고백하지 않을 수 없었다. 그에게는 몹시 끔찍한 일이었다.

선을 행하는 악당, 동정심 넘치고, 인자하고, 남을 기꺼이 돕고, 관대하고, 악을 선으로 갚고, 증오를 용서로 갚고, 복수 대신 자비를 택하고, 적을 파멸시키느니 차라리 자신이 파멸하고, 자기를 공격한 사람을 구출하고, 미덕의 꼭대기에서 무릎을 꿇고, 인간보다는 천사에 더 가까이 다가가 있는 도형수! 쟈베르는 그러한 괴물이 존재한다는 사실을 자신에게 고백할 수밖에 없었다. 그것이 그렇게 지속될 수는 없었다.

물론, 그리고 강조하는 바이지만, 그를 아연실색게 한 만큼 분개하게 하였던 그 괴물, 그 추한 천사, 그 징그러운 영웅에게 그가 아무 저항하지 않고 항복한 것은 아니다. 그가 마차 안에서 쟝 발쟝과 마주 앉아 있는 동안, 그의 내면에서는 사법적 호랑이가 스무 번이나 포효하였다. 쟝 발쟝에게 덤벼들어 그를 움켜잡아 삼켜버리고 싶은, 다시 말해 그를 체포하고 싶은 충동을 스무 번이나 느꼈다. 사실 그보다 더 간단한 일이 있겠는가? 어느 경비대 앞으로 마차가 지나갈 때 한마디만 외치면 그만이었다. "거주 지정령을 어긴 전과자 하나가 여기 있다!" 헌병들을 불러 그들에게 한마디만 하면 족하였다. "이 사람을 당신들에게 넘기오." 그런 다음, 그 저주받은 자를 그들의 수중에 내버려 두고 그곳을 떠나, 그다음 일은 잊고, 더 이상 관여하지 않으면 그만이었다. 그 사람은 영영 법의 손아귀를 벗어날 수 없는 처지, 법이 알아서 처리하게 되어 있었다. 그보다 더 정당한 일이 있겠는가? 쟈베르는 그 모든 생각을 해보았다. 또한 한술 더 떠서, 자기가 직접 그를 구속할 생각도 하였다. 그러나 지금처럼 그것이 불가능하였다. 자기의 손이 쟝 발쟝의 목덜미를 노리고 경련하듯 움찔할 때마다, 그것이 육중한 그 무엇에 짓눌린 듯 주저앉곤 하였고, 그의 사념 밑바닥으로부터 음성 하나가, 기이한 음성 하나가, 그를 향하여 외치는 소리가 들렸다. "그래, 잘하는 짓이야. 너를 구출한 자를 사법 당국에 넘겨. 그런 다음 폰티우스 필라투스의 대야를 가져오게 하여 너의 사나운 발톱을 씻어라."

그에 뒤이어 그의 사념이 자신에게로 향하였는데, 위대해진 쟝 발쟝 옆에 자신 쟈베르가 초라해진 모습으로 있는 것이 보였다. 일개 도형수가 자기의 은인이었다!

하지만 또한, 도대체 왜 그 사람이 자기를 살려 주도록 내버려 두었단 말인가? 그 바리케이드에서 그는 살해당할 권리를 가지고 있었다. 그 권리를 행사하였어야 했다. 쟝 발쟝에 맞서 다른 반도들을 불러 도움을 청하고, 억지로라도 총살을 당하는 편이 나았을 것이다.

그의 가장 큰 괴로움은 확신이 사라졌다는 것이었다. 그는 자신의 뿌리가 뽑혔음을 느꼈다. 그가 손에 쥐고 있던 법규는 하나의 초라한 동강에 불과하였다. 그는 전혀 알려지지 않은 종류의 가책감을 상대하고 있었다. 그때까지 그의 유일한 척도였던 법률적 확신과는 전적으로 다른 감정적 계시 하나가 그의 내면에 내려졌다. 지난날의 정직함 속에 머무는 것만으로는 더 이상 충분하지 못하였다. 뜻밖의 현상적 질서 하나가 불쑥 나타나 그를 굴복시켰다. 온통 새로운 세계 하나가 그의 영혼 앞에 모습을 드러내었다. 주고받는 친절, 헌신, 자비, 관용, 엄혹함을 자제시키는 연민, 배려, 영원한 단죄의 근절, 저주의 근절, 눈물을 흘릴 수 있는 법의 눈, 인간의 정의에 역행하는 무엇인지 모를 신의 정의 등이 그것이었다. 그는 암흑 속에서 미지의 윤리적 태양이 무시무시한 기세로 떠오르는 것을 발견하였다. 그 태양이 끔찍해 보였으되 동시에 눈이 부셨다. 참수리의 시선을 바라보도록 강요당한 부엉이 꼴이었다.

따라서, 예외들이 존재하고, 사법 당국도 당황할 수 있고, 규칙이 어떤 현상 앞에서는 할 말을 잃을 수도 있고, 모든 것이 법조문의 틀에 들어가는 것은 아니고, 예견하지 못했던 것에도 복종해야 하고, 도형수의 미덕이 관리의 미덕 앞에 덫을 놓을 수 있고, 괴물이 신성할 수 있고, 운명이 그러한 매복들을 가지고 있다는 것 등이 모두 사실이라고 생각하였다. 그는 또한 자신도 그러한 기습을 피할 수 없었다는 생각을 하며 절망감에 사로잡혔다.

그는 착함이라는 것이 존재한다는 사실을 시인하지 않을 수 없었다. 그 도형수는 시종 착하였다. 그리고 그 자신마저도, 놀라운 일이거니와, 조금 전에 착하게 처신하였다. 그는 따라서 자기가 변질되었다고 생각하였다. 자신이 느슨해진 것 같았다. 자신이 끔찍했다.

 쟈베르에게 이상이란, 인정 많거나 위대하거나 숭고한 것이 아니었다. 그의 이상은 나무랄 데 없이 처신하는 것이었다. 그런데 의무를 저버린 것이다.

 그가 어떻게 그 지경에까지 이른 것일까? 그 모든 일이 도대체 어떻게 진행된 것일까? 그가 자신의 머리를 두 손으로 감싸 쥐었지만 소용없었다. 그 곡절을 도무지 이해할 수 없었다.

 그가 줄곧 쟝 발쟝을 사법 당국에 넘길 의도를 가지고 있었던 것은 틀림없었다. 쟝 발쟝은 법의 포로였고, 자기는 법의 노예였다. 그를 수중에 넣고 있는 동안 단 한 순간도 그를 풀어주어야겠다는 생각을 한 적이 없었다. 그의 손이 열려 그를 놓아준 것은 자신도 모르는 사이에 발생한 일이라 볼 수도 있었다.

 온갖 수수께끼 같은 새로운 것들이 그의 눈앞에 살짝 모습을 드러냈다. 자신에게 질문들을 던지고 또 그 질문들에 답하였다. 그런데 자신이 한 답변이 그에게 두려움을 주었다. 그는 자신에게 이러한 질문을 던지고 있었다. '내가 끈질기게 추적하여 들볶던 그 도형수, 그 절망한 자, 그리고 나를 드디어 자신의 발로 밟고 서서 복수를 할 수 있게 되었던 자, 원한 때문만 아니라 자신의 안전을 위해서라도 복수를 해야 했던 그가, 나의 목숨을 살려 주면서, 나에게 자비를 베풀면서, 한 일이 무엇인가? 그의 의무? 아니다. 그것 이상의 무엇이다. 그리고 나 역시, 그에게 자비를 베풀면서 내가 한 일이 무엇인가? 나의 의무? 아니다. 그것 이상의 무엇이다. 그렇다면, 의무 이상의 그 무엇이 있단 말인가?' 그러한 질문을 던지며 그는 두려움에 사로잡혔다. 그의 천평칭(天平秤)이 균형을 잃었다. 저울판 하나는 심연으로 떨어지고, 다른 하나는 하늘로 올라갔다. 그런데 쟈베르에게는 위에 있는 것이 낮은 곳에 있는 것 못지않게 두려웠다. 그가, 흔히들 볼떼르주의자나 철학자 혹은 불신자(不信者)라고 부르는 이들 중 하나는 전혀 아니었고, 오히려 기존 교회에 대하여 본능적으로 존경심을 간직하고는 있었지만, 그는 교회를 사회적 통합체 속에 있는 하나의 엄숙한 부스러기쯤으로만 알고 있었다. 질서라는 것이 그의 교조였고 또 그것이면 족하였다. 그가 성년이 되어 관직에 몸담은 이후, 그는 사제직 수행하듯 정탐꾼의 책무를 다하였고, 경찰이 곧 신앙의 대상이었다(그러한 어휘들에 추호의 조롱도 섞이지 않았으며, 그것들의 엄밀한 본의에 입각하여 사용한다). 그에게는 지스께 씨라는 하나의 상전이 있었을 뿐, 그날까지는 신이라는 다른 또 하나의 상전이 있음은 거의 생각조차 하지 않았다.

신이라는 그 새로운 상관을 그가 느닷없이 느끼게 되었고, 따라서 매우 혼란스러워졌다.

그는 뜻밖의 그 출현에 갈피를 잡지 못하였다. 하급자는 항상 몸을 숙여 스스로를 낮추어야 하고, 상관에게 불복하거나 상관을 나무라거나 맞서 이의를 제기하면 아니 되며, 상관이 지나치게 터무니없을 경우, 하급자에게는 사직 이외의 다른 방도가 없음을 모르지 않던 터라, 그는 그 새로운 상관을 상대로 어떻게 처신해야 할지 몰랐다. 하지만 어떤 절차로 신에게 사직서를 제출한단 말인가?

여하튼, 끊임없이 그를 사로잡고 다른 모든 것에 우선하는 사실 하나는, 그가 무시무시한 범법 행위를 저질렀다는 것이었다. 그가 거주 지정령을 어긴 누범자에게 눈을 감아주었으니 말이다. 그가 도형수 하나를 석방한 것이다. 사법 당국의 수중에 있던 사람 하나를 훔쳐낸 것이다. 자기가 그러한 짓을 감히 저지르다니, 그는 자신을 더 이상 이해할 수 없었다. 그는 자기가 정말 자기인지 확신할 수 없었다. 자기가 저지른 행위의 이유도 포착되지 않았고, 그 행위로 인해 야기된 현기증만을 느낄 뿐이었다. 그 순간까지 그는 암흑의 청렴성만을 잉태시키는 그 맹신에 의지해 살아왔다. 그런데 그 믿음이 그를 저버렸고, 그 청렴성에 흠집이 생겼다. 그가 믿던 모든 것이 스르르 안개처럼 잦아버렸다. 그가 원치 않던 진실들이 그를 막무가내로 사로잡았다. 이제는 전혀 다른 사람이 되어야 했다. 그는 별안간 백내장 수술을 받은 의식의 기이한 통증 때문에 괴로워하였다. 이제 자기가 보기 싫어하던 것들이 보였다. 그는 자신이 텅 비워지고, 쓸모없고, 과거의 삶으로부터 탈구(脫臼)되었고, 파면당하였으며, 와해되었다는 감회에 사로잡혔다. 그의 내면에 있던 정부가 죽었다. 그에게는 더 이상 존재 이유가 없었다. 밑바닥까지 뒤흔들렸으니, 끔찍한 처지였다!

화강암이면서 의혹에 사로잡히다니! 법이라는 주물 틀에 통째로 떠낸 형벌의 조각상이면서, 자신의 청동 젖가슴 밑에 거의 심장을 닮은 어처구니없고 불복하는 무엇이 있음을 언뜻 알아채다니! 그 선이라는 것을 이제까지는 악이라 여겨왔건만, 그 선에 선으로 응답하다니! 경비견이면서 침입자의 손을 핥다니! 얼음덩이가 녹다니! 집게가 하나의 손으로 변하다니! 자신의 손가락이 스스로 펴지며, 잡았던 것을 놓아주는 것이 느껴지다니! 무시무시한 일이었다! 발사체 인간이 탄도(彈道)를 잃고 뒷걸음질하는 격이었다!

다음과 같은 사실들을 자신에게 시인하지 않을 수 없었다. 무류성(無謬性)이라는 것도 틀림이 전혀 없는 것은 아니다. 교조 속에도 오류가 있을 수 있다. 법조문에 언급된 것이 전부는 아니다. 사회라는 것은 완벽하지 못하다. 정부 속에도 망설임이 내포되어 있다. 부동의 것 속에서도 와지끈하는 소리가 날 수 있다. 판관들도 인간이다. 법률도 잘못 짚을 수 있다. 법정들도 오류를 범할 수 있다. 그야말로 창천의 거대한 유리창이 갈라진 것을 보는 것 같은 심정이었다!

쟈베르의 내면에서 일어나고 있던 것은, 올곧은 의식 속에서 발생한 팡뿌의 탈선 사고[2]였고, 한 영혼의 궤도 이탈이었으며, 제어할 수 없는 힘으로 직선을 따라 질주하다가 신에게 부딪쳐 하나의 청렴성이 산산조각 나는 사고였다. 분명 기이한 일이었다. 곧게 뻗은 길을 따라 달리는 눈먼 철마 잔등에 있던 질서의 화부(火夫)가, 그 정부의 기관사가, 한 줄기 빛의 가격을 받고 낙마하다니! 꿈쩍도 하지 않고, 직선적이고, 올곧고, 기하학적이고, 수동적이고, 완벽한 것이 구부러질 수 있다니! 열차에게도 다마스쿠스로 가는 길[3]이 있다니!

항상 인간에 내재하고, 진정한 양심으로서 거짓 양심에 저항하고, 불티가 꺼지지 않도록 방어하고, 태양을 기억하라고 햇살에게 명령하고, 진정한 절대와 허구적 절대가 대치할 경우 영혼에게 진정한 절대를 알아보라 재촉하는, 결코 패할 수 없는 인간성, 그 찬연한 현상, 우리의 내면적 경이로움들 중 아마 가장 아름다울지도 모르는 것을, 즉 신을, 쟈베르가 이해하고 있었을까? 쟈베르가 그 내면까지 꿰뚫어 보았을까? 쟈베르가 그것을 짐작이라도 하였을까? 틀림없이 아니다. 하지만 그 불가해하되 이론의 여지가 없는 것의 압력에 짓눌려, 그는 자신의 두개골이 살짝 벌어지는 것을 느꼈다.

그는, 그 기적 덕분에 다시 태어난 변용체이기보다는, 그 기적의 희생자였다. 몹시 역정이 난 상태에서 그것을 감내하였다. 그 모든 일에서 삶의 거대한 난관만을 보았다. 이제부터는 자신의 호흡이 영영 거북할 것처럼 보였다. 미지의 존재가 자신의 머리 위에 올라앉아 있는 것에 그는 익숙하지 못하였다.

이제까지는 그의 위에 있던 모든 것들이 선명하고 단순하며 투명한 하나의 표면으로 보였다. 그곳에는 미지의 것도 모호한 것도 없었다. 어느 것 하나, 규정되고, 정돈되고, 연계되고, 구체적이고, 정확하고, 경계 그어지고, 한정되고, 닫히지 않은 것이 없었다. 모든 것이 예측되었다. 정부는 평면의 그 무엇이었다. 그 속에서는 추락이라는 것이 없었고, 그 앞에서는 현기증이라는 것이 없었다. 쟈베르는 미지의 것을 오직 밑바닥 세계에서만 보았다. 불규칙적인 것, 뜻밖의 것, 혼돈의 무질서한 틈, 낭떠러지 밑으로 미끄러져 떨어질 가능성 등은, 모두 하층 세계, 반란자들, 못된 자들, 불쌍한 자들에게서나 발견되는 현상이라고 생각하였다. 이제 쟈베르가 고개를 뒤로 젖혀, 높은 곳에 뚫려 있는 구멍이, 그 전대미문의 것이, 나타나는 것을 보고 문득 질겁하였다. 도대체 무엇이란 말인가! 깡그리 무너진 것이다! 완전히 분산된 것이다! 무엇에 의지한단 말인가? 확신하던 것이 우르르 무너지고 있었다!

도대체 무슨 말인가! 사회를 감싸고 있는 갑주의 결함이 관대하되 미천한 사람에 의해 발견되다니! 도대체 이 무슨 일인가! 법을 받드는 정직한 사람이 문득 두 범죄 사이에서, 즉 사람 하나가 도망치도록 내버려 둔 범죄와 그 사람을 체포하는 범죄 사이에서, 갈팡질팡하게 되다니! 관리에게 내려진 국가의 명령도 전부 확실하지는 않다는 말인가! 의무를 수행함에 있어서도 진퇴양난의 경우가 있다는 말인가! 도대체 어찌 된 일인가! 그 모든 것이 사실이라니! 단죄되어 엎드려 있던 지난날의 강도가 벌떡 일어서면서 자신이 옳았음을 선포할 수 있다는 것이 사실인가? 그것이 믿을 수 있는 일인가? 법이, 변모된 범죄 앞에서 공손히 물러서며, 우물쭈물 사과의 말을 늘어놓는 경우가 정말 있다는 말인가?

그렇다. 그러한 경우가 있었다. 또한 쟈베르가 그것을 보았다! 그리고 그것을 촉지하였다! 게다가, 그는 그것을 부인할 수 없었을 뿐만 아니라, 그러한 일에서 한몫을 담당하였다. 엄연한 사실이었다. 실제의 사건들이 그토록 흉악한 형태로 발생할 수 있다는 것이 혐오스러웠다.

만약 사건들이 자기들의 의무를 수행한다면, 그것들은 법의 증거 역할을 하는 것으로 그칠 것이다. 그런데 사건들은 신이 보낸다. 그렇다면 이제 무정부주의가 저 높은 곳으로부터 내려올 작정이란 말인가?[4]

그리하여—또한 점증되는 고통과 망연자실한 상태가 야기시킨 시각적 환상으로 인하여, 그가 받은 인상을 축소시켜 주거나 교정해

줄 수 있었을 모든 것들이 자취를 감추면서, 사회와 인류와 우주가 이제부터는 그의 눈앞에서 단순하고 흉측한 윤곽으로 요약되는지라,— 형벌과 판결된 것, 사법적 권력, 최고법원의 판결, 사법관, 정부, 예방과 징벌, 당국의 지혜, 사법적 무류성, 정부의 원칙, 정치적 그리고 사회적 안녕의 토대라 하는 모든 신조들, 주권, 정의, 법령에 기초한 논리, 사회적 절대성, 공공의 진리 등, 그 모든 것들이 잔해들, 보잘것없는 무더기, 대혼돈으로 보였다. 질서의 파수꾼, 경찰의 청렴한 봉사자, 사회의 가호자 경비견이었던 쟈베르 자신도 패배하여 쓰러졌다. 그리고, 이마에 영광의 빛을 띠처럼 두르고 초록색 빵모자를 쓴 남자 하나가 그 폐허 위에 서 있었다. 쟈베르에게 닥친 혼란이 그러했고, 그의 영혼 속에 모습을 드러낸 무시무시한 환영이 그러했다.

그것이 견딜 만한 일이었을까? 아니다.

이 세상에 존재할 수 있는 가장 격렬한 상태였다. 그 상태에서 벗어날 수 있는 방법은 둘뿐이었다. 그 하나는, 쟝 발쟝에게로 단호히 돌아가, 그 도형수를 감옥으로 보내는 것이었다. 그리고 다른 하나는……

쟈베르가 다리의 난간을 떠났다. 그리고 이번에는 의연한 얼굴로, 샤뜰레 광장 한 귀퉁이에 가로등 하나가 비추고 있던 경비대 건물을 향하여 뚜벅뚜벅 걷기 시작하였다.

도착해 보니, 순경 한 사람이 유리창을 통해 보이는지라 안으로 들어갔다. 경비대 건물의 문을 미는 동작만 보아도, 경찰에 종사하는 사람들은 서로를 알아본다. 쟈베르가 자신의 이름을 밝힌 다음, 순경에게 자기의 신분증을 제시하고, 촛불 하나가 놓여 있는 탁자 앞에 앉았다. 탁자 위에는 펜 하나와 납으로 만든 잉크병 하나, 그리고 조서나 야간 순찰 보고서 작성에 필요한 종이가 준비되어 있었다.

지푸라기 의자가 여일하게 곁들여진 그 탁자는 규정에 따른 비품이며, 모든 경비대 초소에서 볼 수 있다. 어디엘 가나, 그 탁자 위에는 톱밥 가득 담긴 굽 달린 회양목 쟁반 하나와, 봉인용 붉은색 반죽 가득한 골판지 상자 하나가 놓여 있다. 그것은 공용 물품들 중 하등급에 속한다. 국가의 문학[5]은 그 책상에서 시작된다.

쟈베르가 펜과 종이 한 장을 집어서 즉시 써 내려가기 시작하였다. 다음은 그가 쓴 내용이다.

업무의 개선을 위한 몇 가지 견해

첫째, 시경국장께서 일견하시기 바랍니다.

둘째, 예심에서 감방으로 돌아오는 피의자들이, 그들의 몸을 수색하는 동안, 신발을 벗고 맨발로 포석 위에 서 있습니다. 감방에 돌아온 후 기침하는 사람이 여럿입니다. 그것은 의료비 지출과 직결됩니다.

셋째, 요원들을 일정한 간격으로 배치하여 연속성을 가지고 미행하는 것은 좋습니다. 그러나 사안이 중대할 경우, 최소한 요원 둘은 서로를 시야에 두도록 해야 할 것입니다. 만약 어떤 돌발 사정으로 인해 요원 하나가 임무를 충실히 수행하지 못할 경우, 다른 요원이 그를 감시하거나 대신할 수 있도록 하기 위함입니다.

넷째, 마들로네뜨 감옥의 특별규정이 무슨 연유로, 심지어 그 비용을 지불하는 경우에도, 죄수들이 의자 사용하는 것을 금하는지 납득할 수 없습니다.

다섯째, 마들로네뜨 감옥의 수감자 식당에는, 주방과 식당 사이에 가로 막대가 둘밖에 설치되어 있지 않습니다. 그리하여 식당의 여종업원이 자기의 손을 수감자들이 만지도록 내버려 두기도 합니다.

여섯째, 다른 수감자들을 면회소로 부르는 일을 담당한 수감자들, 이른바 '호출꾼'이라고 하는 자들이, 이름을 또박또박 불러주는 대가로 2쑤를 요구합니다. 그것은 절도 행각입니다.

일곱째, 직조 작업실에서는 실 한 가닥이 빠질 때마다 수감자의 임금에서 10쑤를 공제합니다. 그것으로 인해 천의 질이 나빠지지 않는 바, 업자가 수감자들의 처지를 악용하는 처사입니다.

여덟째, 포르스 감옥을 방문하는 사람들이 쌩뜨-마리-레집씨엔느 면회소에 가기 위하여 '꼬마들의 마당'을 가로질러야 한다는 것은 유감스러운 일입니다.

아홉째, 사법관들이 피고인들을 신문한 내용에 대하여 헌병들이 매일 경시청 안마당에서 다른 사람들에게 이야기하는 소리가 들림은 분명한 사실입니다. 신성해야 할 헌병이 예심 법정에서 들은 사실을 떠들어대는 것은 매우 심각한 질서 문란 행위입니다.

열번째, 앙리 부인은 정직한 여자입니다. 그녀는 수감자 식당을 매우 깨끗하게 관리합니다. 그러나 여인이 비밀 감방 입구의 창구를 담당하는 것은 옳지 않습니다. 위대한 문명국의 꽁시에르주리[6] 감옥에 걸맞지 않는 일입니다.

쟈베르는 이상의 구절들을, 고요하고 정확한 필체로, 쉼표 하나 누락시키지 않고 썼다. 펜의 압력을 받아 종이가 마찰음을 냈다. 마지막 줄 밑에 그가 다음과 같이 서명하였다.

일등 수사관 쟈베르.
샤뜰레 광장 경비대 초소에서.
1832년 6월 7일 새벽 1시경.

쟈베르는 종이 표면의 잉크를 말린 다음, 그것을 편지 모양으로 접고 봉인하여, 겉에 이렇게 썼다. '당국에 올리는 메모'. 그것을 탁자 위에 남겨 두고 그가 초소를 떠났다. 철망을 씌우고 유리를 끼운 출입문이 그의 뒤로 다시 닫혔다.

그가 다시 샤뜰레 광장을 대각선으로 가로질러 강변로에 들어섰고, 십오 분 전에 떠났던 그 지점에 자동기계처럼 정확히 되돌아왔다. 그리고 앞서와 같은 포석 위에서 난간에 팔꿈치를 얹어놓고 같은 자세를 취하였다. 마치 그 자리를 떠나지 않았었던 것 같았다.

칠흑 같은 어둠이었다. 자정 이후의 무덤 속 같은 순간이었다. 천장처럼 구름이 별들을 가리고 있었다. 하늘은 한 장의 음산한 뚜껑에 불과하였다. 씨떼 섬의 건물들로부터는 단 한 가닥 빛도 흘러나오지 않았다. 근처를 지나는 이 아무도 없었다. 강변이나 길들 모두 인적이 끊겼다. 노트르-담므 교회당 건물과 법원의 탑들이 밤의 대략적인 윤곽 같았다.[7] 가로등 하나가 강변의 난간을 붉게 물들이고 있었다. 쎈느 강 다리들의 윤곽들이 안개 속에서 하나하나 지워지고 있었다. 여러 차례 내린 비에 강물이 불어나 있었다.

쟈베르가 팔꿈치를 괴고 있던 지점은, 모두들 기억하는 바와 같이, 쎈느 강의 여울 위였고, 끝없는 나사못처럼 풀렸다 되감기는 그 무시무시한 나선형 소용돌이와 수직을 이루고 있었다.

쟈베르가 머리를 숙여 내려다보았다. 모든 것이 검었다. 아무것도 보이지 않았다. 포말 소리는 들리는데 강물은 보이지 않았다. 하지만 이따금씩, 그 현기증 나는 심연에, 한 줄기 미광이 나타나 희미하게 뱀처럼 굼실거리곤 하였다. 아무리 어두운 밤에도, 물은 어디에서인지는 모르되 빛을 취하여 율모기로 바꾸는 힘을 가지고 있기 때문이다. 그 미광이 사라지면 다시 아무것도 보이지 않았다. 그곳에 광막한 공간이 열리는 것 같았다. 그 아래에 있던 것은 물이 아니라 심연이었다. 강변로를 지탱하고 있는 가파른 축대가 안개와 섞여 자취를 감추는데, 마치 무한 위로 솟아 있는 절벽 같았다.

아무것도 보이지 않았으되, 강물의 적대적인 차가움과 젖은 돌의 무미한 냄새는 느낄 수 있었다. 표독스러운 바람 한 가닥이 그 심연으로부터 숨결처럼 올라오곤 하였다. 보이기보다는 짐작되는 강물의 증가, 물결의 비극적인 속삭임, 교호(橋弧)들의 음산한 거대함, 그 어두운 허공 속으로 추락할 수 있는 가능성 등, 그 어둠 속에는 끔찍한 것들이 가득하였다.

　쟈베르는 그 암흑세계의 입구를 주시하며 잠시 꼼짝도 하지 않았다. 그는 시선을 고정시켜 보이지 않는 것을 뚫어지게 응시하였다. 강물의 희미한 소리가 들렸다. 문득, 그가 모자를 벗어 강변로 가장자리에 놓았다. 잠시 후, 늦은 시각까지 쏘다니던 어떤 사람이 먼발치에서 보았다면 유령으로 여겼음 직한, 우뚝하고 검은 형체 하나가 난간 위로 나타나더니, 쎈느 강 수면을 향해 상체를 굽혔다가 이내 다시 세웠고, 그런 다음 꼿꼿이 선 채 암흑 속으로 떨어졌다. 찰랑거리는 소리가 한 번 은은하게 들렸다. 물 밑으로 사라진 그 희미한 형체가 어떤 몸짓을 보였을지, 그 비밀은 오직 어둠만이 알고 있을 것이다.

5편 손자와 할아버지

1. 함석판 두른 나무가 있는 곳

지금까지 이야기한 사건들이 일어난 지 얼마 후, 불라트뤼엘 씨는 격렬한 심적 충격을 받았다.

불라트뤼엘 씨는 이 책의 다른 암울한 부분에서 우리가 잠시 언뜻 보았던, 몽훼르메이유의 그 도로 보수 인부이다.

아마 모두들 기억하겠지만, 불라트뤼엘은 수상하고 잡다한 일들에 몰두해 있던 사람이었다. 그는 도로 표면에 깔 돌을 깨트리는 일을 하면서, 한편으로는 대로상에서 행인들에게 해를 끼치기도 하였다. 토목 공사장 인부이면서 동시에 도둑이었던 그는, 하나의 꿈을 간직하고 있었다. 그가, 몽훼르메이유의 숲에 정말로 보물이 묻혀 있다고 철석같이 믿고 있었던 것이다. 그리하여, 언젠가는 어느 나무 밑에 묻혀 있을 그 돈을 찾아낼 수 있으리라 기대하였다. 그날을 기다리며 우선 행인들의 주머니에서 기꺼이 돈을 찾았다.

하지만 그 무렵에는 그가 신중하게 처신하였다. 큰 위험을 간신히 모면한 직후였기 때문이다. 모두들 아는 바와 같이, 그는 종드레뜨의 누추한 집에서 다른 강도들에 휩쓸려 경찰에 끌려갔었다. 못된 버릇이 유익할 때도 있는 법, 음주벽이 그를 구출하였다. 그가 그 현장에 강도짓을 저지르기 위하여 있었는지, 혹은 강도짓을 당했는지, 끝내 밝힐 수가 없었다. 그들이 덫을 놓았던 그날 저녁에 그가 몹시 취해 있었다는 사실이 확인되었고, 그 사실에 입각하여 공소기각 결정이 내려졌으며, 즉시 그를 방면하였다. 그가 다시 숲으로 돌아왔다. 그리고 가니에서 라니에 이르는 도로에 돌을 까는 일을 하였다. 안색이 침울하고 깊은 생각에 잠긴 듯하였으며, 자칫 그를 파멸시킬 뻔했던 절도 행위에 대한 열정은 조금 식은 반면, 그를 구출해 준 술에게 더 깊은 애정을 쏟았다.

도로 보수 인부들이 사용하는 오두막의 잔디 지붕 밑으로 돌아온 지 얼마 아니 되어 그가 겪은 심적 충격은 이러하다.

어느 날 아침, 평소와 다름없이 동트기 조금 전, 일터로—그리고 아마 잠복도 할 겸—가던 중에, 그가 나뭇가지들 사이로 어떤 사람 하나를 발견하였다. 그 사람은 등만 보였지만, 그 풍채가, 상당히 먼 곳에서 보아도 또 아직 어스름하였지만, 그에게 낯설지 않은 것 같았다. 비록 술꾼이었지만, 불라트뤼엘의 기억력은 정확하고 날카로웠다. 기억력이란, 사법 당국과 조금이나마 적대적인 관계에 있는 사람이라면 누구나 갖추어야 할 방어 무기이다.

"저 사람 비슷한 것을 젠장 내가 어디에서 보았단 말인가?" 그가 홀로 중얼거렸다.

하지만 도무지 그 의문에 답할 수가 없었다. 다만, 그의 뇌리에 희미한 흔적을 남긴 어떤 사람을 닮았다는 말밖에 할 수 없었다.

그 사람의 정체를 포착하는 데 실패하자, 불라트뤼엘이 여러 요소들을 조합하여 추론을 시작하였다. 그 사람이 우선 그 고장에 살지 않는 것은 분명했다. 어디로부터인가 그곳에 막 도착한 사람이었다. 걸어서 왔음에 틀림없었다. 그 시각에는 공용 마차가 몽훼르메이유를 지나지 않으니 말이다. 그가 밤새도록 걸었음에 틀림없었다. 어디에서 왔을까? 먼 곳에서 오지는 않았다. 배낭도 보따리도 지니지 않았으니 말이다. 그렇다면 빠리에서 온 것이 분명했다. 무엇하러 그 숲 속에 들어왔단 말인가? 게다가 그 시각에? 그곳에 무엇하러 왔단 말인가?

불라트뤼엘의 생각이 문제의 보물로 다시 향하였다. 자신의 기억을 후벼 판 끝에, 그는 여러 해 전에도 이미 어떤 남자 하나 때문에 유사한 충격을 받았다는 사실을 어렴풋이 뇌리에 떠올렸고, 그 남자가 틀림없이 이번에 나타난 사람과 같은 인물일 것이라는 생각을 하였다.

그러한 생각에 잠기면서 그는, 그 깊은 생각의 무게에 눌렸음인지, 고개를 숙였다. 자연스러운 일이기는 하나 별로 능란한 거조는 아니었다. 그가 다시 머리를 쳐들었을 때, 그의 눈에 아무것도 보이지 않았으니 말이다. 그가 보았던 사람이 숲과 어스름 속으로 잠적해 버렸다.

"젠장, 내가 녀석을 다시 찾아내고야 말겠어. 녀석이 사는 곳까지 알아내겠어. 야간에 강도처럼 쏘다니는 것을 보면 틀림없이 곡절이 있을 것이고, 그것을 내가 알아내겠어. 내 숲 속에 내가 모르는 비밀이 있을 수는 없어."

불라트뤼엘이 그렇게 중얼거리더니, 몹시 날카로운 곡괭이를 집어 들며 한마디를 음산하게 덧붙였다.

"이것으로 땅과 사람을 파헤치지."

그러더니, 다른 실에 실 한 가닥을 매듯, 사라진 남자가 따라갔을 법한 도정에 자기의 발걸음을 포개면서, 잡목림 사이를 뚫고 걷기 시작하였다.

그가 성큼성큼 일백 보쯤 걸었을 때, 모습을 드러내기 시작한 해가 그를 도왔다. 모래 위 여기저기에 찍힌 발자국, 밟힌 풀, 부러진 히스, 덤불숲에서 휘어졌다가 잠을 깨어 기지개를 켜는 예쁜 여인의 팔처럼 우아한 동작으로 천천히 다시 펴지는 어린 가지 등이, 그에게 일종의 발자취를 알려 주었다. 그가 그 발자취를 따라가다가 어느 순간 그것을 잃었다. 시간은 자꾸만 흐르고 있었다. 그가 숲 속으로 더 깊숙이 들어가 어느 언덕 위에 이르렀다. 멀리 있는 오솔길을 지나면서 노래 「기유리」¹⁾를 휘파람으로 부르던, 일찍 일어난 어느 사냥꾼이, 그에게 나무 위로 기어오르는 것이 좋겠다는 생각을 일깨워 주었다. 비록 늙었지만 그는 아직 날렵하였다. 마침 그곳에, 티티루스²⁾와 불라트뤼엘에게 어울릴 만한, 키 높이 자란 너도밤나무 한 그루가 있었다. 불라트뤼엘이 나무 위로 최대한 높이 올라갔다.

좋은 생각이었다. 숲이 사납게 뒤얽혀 적막한 쪽으로 눈을 돌리는 순간, 문득 그 사람이 불라트뤼엘의 시야에 들어왔다.

그러나 보이는가 싶더니 즉시 사라졌다.

그 사람이, 상당히 멀리 떨어진 곳에 있으며 커다란 나무들로 가려진, 숲 속의 공터로 미끄러지듯 들어갔다. 하지만, 나무들이 가리고 있어도, 불라트뤼엘은 그 공터를 잘 알고 있었다. 그곳에 쌓여 있는 커다란 규석 무더기 근처에 병든 밤나무 한 그루가 있고, 그 둥치에 함석 한 장을 둘러 껍질에 못을 박아 고정시킨 것도 본 적이 있었다. 그 공터를 전에는 블라뤼 터라고들 불렀다. 용도가 무엇인지 알 수 없었던 그 돌무더기가 삼십 년 전에 그곳에 있었고, 아직도 틀림없이 그곳에 있을 것이다. (……)³⁾

불라트뤼엘은 너무나 기쁜 나머지, 나무에서 내려오기보다 자신의 몸뚱이가 떨어지도록 내버려 두었다. 소굴이 발견되었으니 짐승을 잡는 일만 남았다. 그가 꿈꾸던 그 보물이 그곳에 있을 것 같았다.

그 공터에 도달하는 것이 작은 일은 아니었다. 이미 나 있는 오솔길을 따라서 갈 경우, 무수한 굴곡들 때문에 십오 분은 족히 걸렸다. 기이하게 촘촘하고 가시나무가 많아 몹시 사나운 밀림을 뚫고 직선으로 갈 경우, 반 시간 이상이 걸리는 길이었다. 불라트뤼엘이 그러한 사실을 정확히 파악하지 못한 실수를 범하였다. 그가 직선을 믿었다. 존경스럽기는 하되 많은 사람들을 파멸시키는 시각적 환상이다. 밀림이 그토록 험하였건만, 그에게는 좋은 길로 보였다.

"늑대들이 다니는 리볼리 로⁴⁾를 따라가자." 그가 중얼거렸다.

비스듬히 다니는 버릇을 가진 불라트뤼엘이건만, 그가 이번에는 직선으로 가는 실수를 범하였다.

그가 덤불숲과의 백병전에 단호히 뛰어들었다.

호랑가시나무, 쐐기풀, 산사나무, 찔레, 엉겅퀴, 성마른 나무딸기 등을 상대해야 했다. 그의 몸이 온통 생채기로 뒤덮였다.

협곡 아래에 이르러서는 물을 건너야 했다.

드디어 사십 분이 흐른 후, 땀을 뻘뻘 흘리며, 흠뻑 젖은 몸으로, 헐떡거리며, 온몸이 사나운 발톱에 긁힌 채, 표독스러운 기색으로 블라뤼 공터에 도달하였다.

공터에는 아무도 없었다.

불라트뤼엘이 돌무더기로 달려갔다. 돌무더기는 같은 자리에 있었다. 그것은 가져가지 않았다.

문제의 남자는 숲 속으로 잦아들었다. 이미 탈출한 것이다. 어디로? 어느 방향으로? 어느 밀림 속으로? 짐작하기란 불가능하였다.

그리고 통한스러운 일은, 돌무더기 뒤에, 즉 함석판 두른 나무 앞에, 땅이 새로 파헤쳐졌는데, 잊고 놓아두었는지 혹은 버렸는지 모를 곡괭이 한 자루와 구덩이 하나가 있었다는 사실이다.

그 구덩이는 텅 비어 있었다.

"도둑놈!" 두 주먹을 불끈 지평선을 향해 뻗으며 불라트뤼엘이 소리쳤다.

2. 내란에서 집안싸움으로

마리우스는 오랫동안 생사의 기로에 놓여 있었다. 여러 주간 동안 신열에 휩싸인 채 착란 증세를 보였다. 머리에 입은 상처 그 자체보다 상처가 준 충격으로 인해 야기된 두뇌 이상 증세가 상당히 심각하였다.
 그는 여러 날 밤을 지새우며 꼬제뜨의 이름만 반복해 불렀고, 그러면서 신열에 휩싸인 사람의 음산한 수다스러움과 죽어가는 사람의 암울한 집요함을 드러냈다. 몇몇 상처의 크기가 심각한 위험으로 대두되었다. 어떤 기상 조건 하에서는 큰 상처의 화농이 재흡수되어 결국 환자를 죽일 수도 있기 때문이었다. 날씨가 바뀔 때마다, 비바람이 조금만 몰아쳐도, 의사는 심한 불안감에 휩싸였다. "특히 환자가 흥분하지 않도록 하세요." 의사가 반복하던 말이다. 붕대를 감는 일이 몹시 복잡하고 까다로웠다. 보조 기구들과 천을 반창고로 고정시키는 방법을 그 시절에는 아직 상상조차 하지 못하였다. 니꼴레뜨는, 붕대를 만드느라고 '천장만큼 큰' 침대 시트 하나를 다 써버렸다고 하였다. 염화물 함유한 세척제와 질산은으로 상처의 곪아 썩는 증세를 멈추게 하는 데 어려움이 컸다. 위험이 어찌나 심각하였던지, 손자의 머리맡에 앉아 넋 나간 사람의 모습을 하고 있던 질노르망 씨 역시, 마리우스처럼 산 사람도 죽은 사람도 아니었다.
 날마다, 그리고 때로는 하루에 두 번씩, 잘 차려입은 백발의 신사 하나가—수위의 말이었다—방문하여 환자의 용태를 묻고, 가제 한 뭉치를 놓고 돌아가곤 하였다.
 드디어, 9월 7일, 죽어가던 그를 할아버지 댁으로 데려오던 그 구슬펐던 밤으로부터 넉 달째로 접어들던 날, 그의 생명이 위기를 넘겼다고 의사가 선언하였다. 회복기에 접어든 것이다. 하지만, 빗장뼈가 부러져 생긴 여러 후유증 때문에, 마리우스는 꼬박 두 달을 더 긴 의자에 누워 있어야 했다. 그처럼 항상, 끝까지 아물기를 거부하고 한없이 붕대를 감게 하여, 환자를 괴롭히는 상처가 있게 마련이다.
 그러나 한편으로는, 그 긴 투병 및 회복 기간이 그를 사법적 소추로부터 구출해 주었다. 프랑스에는 육 개월이라는 기간이 가라앉히지 못할 노여움이 없다. 공적인 노여움도 마찬가지다. 프랑스 사회의 실태에서는, 소요 사태라는 것이 모든 사람들의 잘못으로 여겨지기 때문에, 사태가 끝난 다음에는 누구나 눈감아 줄 필요를 느낀다.

또한, 치료한 모든 부상자들을 당국에 고발하라고 지스께가 의사들에게 내린 그 언어도단의 명령이 여론을, 특히 누구보다도 국왕을, 분개하게 만들었던지라, 부상자들이 그 분개한 여론에 감싸여 보호를 받았다는 사실도 덧붙여 이야기해 두자. 그리하여 군법회의도, 전투 현장에서 체포된 사람들 이외에는, 그 누구에게도 감히 불안감을 안겨 주지 못하였다. 따라서 마리우스를 편안히 내버려 두었음은 물론이다.

질노르망 씨는 먼저 온갖 혹독한 괴로움을 겪었고, 그다음 모든 환희를 맛보았다. 밤마다, 환자 곁에서 뜬눈으로 밤을 지새우겠다고 하는 그를 만류하느라고 사람들이 엄청난 고역을 치렀다. 그는 자기의 커다란 소파를 마리우스의 침대 곁에 가져다 놓으라고 하였다. 또한 자기의 딸에게 분부하기를, 습포나 붕대를 만들 때 집에 있는 천들 중 가장 좋은 것을 사용하라고 하였다. 질노르망 아씨는, 현명한 어른답게, 노인의 분부를 받드는 척하면서, 좋은 천들은 낭비하지 않을 방도를 찾아내곤 하였다. 질노르망 씨는, 가제를 만드는 데는 바띠스뜨 천이 거친 무명만 못하며, 새 천이 헌것만 못하다고, 누가 자기에게 설명하는 것조차 허락하지 않았다. 그는 붕대를 감을 때마다 지켜보았다. 반면 질노르망 아씨는 내외하듯 얼른 자리를 뜨곤 하였다. 가위로 상처 부위의 죽은 살을 잘라낼 때마다 그가 비명을 지르곤 하였다. "아야! 아야!" 늙어 덜덜 떨리는 자애로운 손으로 탕약 잔을 환자에게 건네는 그의 모습보다 더 감동적인 것은 없었다. 그는 의사에게 끊임없이 질문을 던져, 의사가 지칠 지경으로 만들어놓곤 하였다. 그러면서 자기가 같은 질문들을 반복하고 있다는 사실을 깨닫지 못하였다.

마리우스가 위험한 고비를 넘겼노라고 의사가 그에게 말하던 날,

노인은 광증을 보였다. 그는 수위에게 팁 삼 루이를 주었다. 그리고 저녁에는, 자기의 엄지손가락과 집게손가락을 마찰시켜 까스따네뜨로 삼아, 가보뜨 춤을 추며 자기의 방으로 들어갔다. 또한 다음과 같은 노래를 부르기도 하였다.

> 쟌느는 푸제르[5]에서 태어났네,
> 양치기 소녀의 진정한 둥지라네,
> 나 그녀의 속치마에 반했네.
>
> 에로스여,[6] 그대 그녀 속에 사네,
> 그대의 빈정거리는 화살 통을
> 그녀의 눈동자 속에 놓으니!
>
> 나 그녀를 찬송하고 사랑하네,
> 여신 디아나[7]보다 쟌느를,
> 그녀의 단단한 브르따뉴 유방을.[8]

그러더니 의자 위에 무릎을 꿇고 앉았다. 살짝 열린 문틈으로 그 모습을 본 바스끄는, 그가 기도를 하였음에 틀림없다고 하였다.

그때까지 그는 신을 별로 믿지 않았다.

병세가 호전되는 기미가 보일 때마다 노인이 엉뚱한 거조를 보였다. 기쁨 가득한 기계적 행동들이 무수히 나타났다. 예를 들어, 자신도 왜 그러는지 모르면서, 층계들을 오르내렸다. 예쁘장한 이웃 여인 하나는, 어느 날 아침, 커다란 꽃다발 하나를 받고 어리둥절하였다. 그것을 보낸 사람은 질노르망 씨였다. 남편이 질투심에 휩싸여 한바탕 부부 싸움을 벌였다. 질노르망 씨가 니꼴레뜨를 자기의 무릎 위에 앉히려 하였다. 혹은, 마리우스를 '남작님'이라고 부르기도 하였다. 그러다가 큰 소리로 외치기도 하였다. "공화국 만세!"

 매 순간 의사에게 묻기도 하였다. "더 이상 위험은 없겠지요? 그렇지요?" 그가 마리우스를 할머니의 눈으로 바라보곤 하였다. 마리우스가 식사를 할 때면, 그를 눈으로 품었다. 그는 자신을 잊었고, 자신은 안중에도 없었으며, 마리우스가 그 집의 주인이었다. 그의 기쁨에 양위가 병행되어, 스스로 손자의 손자 자리로 내려갔다.

 그러한 환희 속에 잠겨 있는 상태에서는, 그가 아이들 중 가장 존경스러운 아이의 모습을 띠었다. 회복기 환자가 피로해질까 혹은 귀찮아할까 저어되었음인지, 그가 환자에게 미소를 짓고자 할 때에는 환자의 등 뒤로 돌아가 서곤 하였다. 만족스러워하고 황홀한 기색이었으며 즐거워하던 그는, 젊고 매력적이었다. 그의 하얀 머리카락이, 그의 안면에 어려 있던 즐거운 빛에 다정한 장엄함을 가미해 주었다. 우아함이 주름살에 섞일 때, 우아함은 더욱 사랑스러워진다. 활짝 피어난 늙음 속에는 무엇인지 모를 여명이 있다.

 한편 마리우스의 경우, 치료와 온갖 보살핌을 받으면서도, 그의 생각은 오직 한 대상으로만 향하고 있었으니, 그 대상은 곧 꼬제뜨였다. 그에게서 신열과 착란 증세가 사라진 이후부터는, 그가 더 이상 그 이름을 입 밖에 내지 않았다. 그가 더 이상 그 이름을 생각조차 하지 않는다고 믿을 수 있을 정도였다. 그가 입을 굳게 다문 것은 바로 그의 영혼이 그녀에게로 가 있었기 때문이다.

 그는 꼬제뜨가 어찌 되었는지 전혀 모르고 있었다. 샹브르리 골목길에서 일어났던 사건 전체가, 그의 기억 속에서는 한 조각 구름에 불과하였다. 에뽀닌느, 가브로슈, 마뵈프, 떼나르디에 내외, 바리케이드의 화약 연기와 음산하게 뒤섞여 있던 그의 친구들 등, 모습 선명치 않은 그 그림자들이 그의 뇌리에서 부유하고 있었다. 그 유혈 낭자한 사건 속으로 기이하게 뛰어든 포슐르방 씨의 일이, 폭풍우 속에서 만난 하나의 수수께끼처럼 여겨졌다. 자신의 생명에 관한 일은 더욱 알 수 없었던 바, 자기가 어떻게, 누구에 의해 구출되었는지 전혀 몰랐고, 그의 주변 사람들도 마찬가지였다. 사람들이 그에게 말해 줄 수 있었던 것이라야 고작, 사건이 일어난 날 밤에, 그가 삯마차에 실려 휘유-뒤-깔베르 로에 왔다는 사실뿐이었다. 과거와 현재와 미래 등, 그의 내면에 있던 모든 것이, 모호한 사념으로 이루어진 안개에 불과하였다. 하지만 그 안개 속에 부동의 점 하나, 선명하고 구체적인 윤곽 하나, 화강암으로 만들어진 그 무엇, 하나의 결단, 하나의 의지가 있었으니, 그것은 꼬제뜨를 되찾는 것이었다. 그에게는, 삶에 대한 사념이 꼬제프에 대한 사념과 다르지 않았다. 그가 자신의 가슴속에 선포하기를, 꼬제뜨 없는 삶은 수용하지 않겠다고 하였으며, 굳게 결심하기를, 자기의 할아버지건 운명이건 지옥이건 그 누구건, 자기에게 살기를 강요하려는 존재에게, 잃어버린 에덴의 반환을 요구하겠노라 하였다.

여러 장애물들이 있다는 사실을 그는 자신에게 부인하지 않았다.

여기에서 한 가지 사실을 지적해 두자. 그는 자기 할아버지의 모든 정성과 애정에 전혀 마음을 빼앗기지 않았고, 거의 감동도 받지 못하였다. 우선 그는, 그 모든 정성과 애정의 곡절을 알 수가 없었다. 그리고, 아마 아직도 신열에 휩싸여 있었을지도 모를 환자 특유의 몽상 속에서, 그가 그 온갖 형태의 다정함을, 마치 그를 길들이기 위하여 동원한 기이하고 새로운 하나의 술책인 양 의심하고 있었다. 그리하여 냉담한 태도를 고수하였다. 할아버지는 늙은이의 가엾은 미소를 허비하고 있었다. 마리우스는, 자기가 아무 말 하지 않고, 자기에게 하는 대로 내버려 두면 모든 것이 순조로울 것이지만, 꼬제뜨와 관련된 이야기를 꺼내면, 할아버지의 진정한 태도가 가면을 벗어던지고, 그의 앞에 할아버지의 다른 얼굴 하나가 나타날 것이라고 생각하였다. 또한 그럴 경우, 가정 문제들의 재연, 사회적 지위의 비교, 한꺼번에 쏟아지는 온갖 조롱과 반대, 포슐르방, 꾸쁠르방, 재산, 가난, 비참한 처지, 수치, 장래 등, 몹시 힘든 일들이 대두될 것이라고 생각하였다. 할아버지의 저항이 격렬할 것이고, 결론은 거절이라고 생각하였다. 그리하여 마리우스가 미리 자신의 태도를 완강하게 굳히고 있었다.

뿐만 아니라, 그가 생기를 회복해 감에 따라, 그의 지난날 불평거리들이 다시 모습을 드러냈고, 그의 기억 속 궤양들이 다시 터졌고, 그가 다시 지난 세월을 생각하였고, 뽕메르씨 대령이 질노르망 씨와 마리우스 사이에 다시 자리를 잡았다. 그는, 자기의 아버지에게 그토록 부당하고 모질게 굴던 사람으로부터는 진정한 선의를 전혀 기대할 수 없다고 생각하였다. 그리고 건강이 조금 회복된 이후에는, 자기의 할아버지에게로 향한 일종의 사나움 같은 것이 되살아났다. 노인은 그 사실을 감지하고 말없이 괴로워하였다.

질노르망 씨는, 물론 전혀 내색은 하지 않았지만, 마리우스가 자기의 집으로 실려 와 의식을 되찾은 이후, 단 한 번도 그를 할아버지라 부르지 않았다는 사실을 주목하고 있었다. 물론 '아무개 씨'라고 부르지 않은 것도 사실이다. 하지만 어법을 적절히 변형시켜, 그 두 호칭 모두를 피하는 방법을 찾아내곤 하였다. 하나의 위기가 다가오고 있음은 분명했다.

그러한 경우에 거의 항상 생기는 일이지만, 마리우스가 자신을 시험해 보기 위하여, 본격적인 전투를 벌이기에 앞서 소규모 접전을 시도해 보았다. 그것을 가리켜 정찰전이라고 한다. 어느 날 아침, 질노르망 씨가, 우연히 읽게 된 신문의 기사 내용과 관련하여, 혁명의회에 대해 경솔한 말을 하였고, 땅똥, 쌩-쥐스뜨, 로베스삐에르 등에 대하여 왕당파적인 단언을 하였다. 그러자 마리우스가 준엄한 어조로 말하였다. "93년의 인물들은 거인들이었습니다." 노인은 즉시 입을 다물었고, 그날 온종일 입도 벙긋하지 않았다.

항상 뇌리에 어린 시절의 완고한 할아버지를 간직하고 있던 마리우스는, 그 침묵에서 노여움의 깊은 응결을 발견하였고, 그것에 입각하여 치열한 전투를 예상하였다. 그리하여 자기의 사념 깊숙한 구석에 전투 준비를 보강하였다.

그는, 이번에도 할아버지가 거절하실 경우, 자신의 몸에 부착되어 있던 모든 치료 기구들을 떼어버리고, 빗장뼈를 다시 탈구시킨 다음, 아직 아물지 않은 모든 상처들을 노출시키고, 일체의 음식을 거절하기로 작정하였다. 그의 상처들이 전투용 탄약이었고, 꼬제뜨를 얻느냐 혹은 죽느냐가 전투의 귀결점이었다.

그는 환자들의 음험한 인내심을 발휘하며 호기를 기다렸다. 드디어 그 기회가 도래하였다.

3. 마리우스의 공격

어느 날, 질노르망 씨는, 자기의 딸이 약병들과 잔들을 서랍장 위 대리석에 정돈하고 있는 동안, 상체를 마리우스에게로 숙이며 한껏 다정한 어조로 말을 건넸다.

"알겠느냐, 내 사랑스러운 마리우스, 내가 너라면, 이제는 생선 대신 육류를 먹겠다. 가자미 튀김이 회복기 환자의 초기 식사에는 훌륭하지만, 환자를 벌떡 일으켜 세우는 데는 좋은 양갈비가 제격이니라."

기력을 거의 다 회복한 마리우스가 침상 위에 일어나 앉은 다음, 움켜쥔 두 주먹으로 침대 시트를 짚고 자기 할아버지를 정면으로 바라보더니, 무시무시한 기색을 지으며 대꾸하였다.

"그리 말씀하시니, 저 역시 한 가지 아뢰겠습니다."

"무슨 일이냐?"

"제가 결혼을 하고 싶다는 것입니다."

"예정된 일이니라." 할아버지가 그렇게 말하며 껄껄 웃었다.

"예정되다니, 어떻게?"

"그래, 예정되었어. 네가 너의 고 귀여운 계집아이를 얻게 되었어."

마리우스는 어안이 벙벙하고 황홀함을 감당할 수 없는 듯, 그의 사지가 부들부들 떨렸다.

질노르망 씨가 말을 계속하였다.

"그래, 너의 아름답고 귀여운 소녀를 얻게 되었다. 그녀가 날마다 늙은 신사의 모습으로 와서 너의 안부를 묻는단다. 네가 부상을 당한 이후, 그녀는 눈물 흘리고 가제를 만드는 데 모든 시간을 바친다. 내가 자세히 알아보았다. 그녀는 롬므−아르메 로 7번지에 살지. 아! 우리가 드디어 도달하였구나! 아! 네가 그 아이를 원하는구나. 좋다, 그 아이를 얻게 될 것이다. 내 말 틀리지 않지? 네가 작은 음모를 꾸미며 이렇게 생각했으렸다. '이 할아버지에게, 섭정 시절[9]과 집정관 시절의 미라에게, 옛날의 바람둥이에게, 제롱뜨로 변신한 도랑뜨[10]에게, 내가 이 일을 단도직입적으로 통보해야지. 할아버지에게도 경솔하던 시절과, 가벼운 사랑들과, 직공 아가씨들과, 그의 꼬제뜨들이 있었을 거야. 멋진 옷을 자랑하듯 걸치고, 한껏 거드름을 피우고, 청춘 시절을 허송하였겠지. 그런 일들이 그의 뇌리에 되살아나도록 해주어야지. 어디 두고 보자. 이제부터 전투야.' 아! 네가 풍뎅이의 뿔을 잡았구나. 좋다. 내가 너에게 양 갈비를 권했더니 너는 이렇게 대답하는구나. '참, 저 결혼하고 싶어요.' 그런 걸 두고 만전 부린다고 하지! 아! 너는 하찮은 입씨름 한바탕 벌일 작정이었겠지! 너는 내가 늙은 겁쟁이라는 것을 몰랐어. 그것에 대하여 할 말 없느냐? 화가 나겠지. 너의 할애비가 너보다 더 바보일 줄은 미처 생각도 못하였겠지. 변호사 양반, 나에게 퍼부으려고 준비했던 연설이 쓸모없게 되었으니 약 오르겠지. 그 미친 듯한 노기가 참 안됐군. 네가 원하던 것을 내가 하니까 화낼 맛이 없어진 것이지, 이 멍청아! 잘 듣거라. 내가 상세하게 알아보았다. 나 역시 음흉하단다. 그녀는 매우 매력적이면서 정숙하단다. 창기병 녀석의 말은 사실이 아니었어. 그녀가 엄청난 가제를 만들었단다. 그녀는 보석이야. 그녀가 너를 극진히 사랑한다. 네가 만약 죽었다면 우리 셋이 길동무하였을 것이다. 그녀의 관이 나의 관 뒤를 따랐을 것이다. 네가 조금 차도를 보이자, 그녀로 하여금 너의 머리맡을 지키게 할까 생각도 해보았다. 그러나, 젊은 아가씨들을 부상당한 미남 녀석들 침상 가까이로 대뜸 데려다 놓는 것은 소설 속에나 있는 이야기지. 관례에 어긋나는 짓이야. 너의 이모가 뭐라고 했겠느냐? 너는 대부분 시간을 벌거숭이 상태로 보내야 했어. 단 한순간도 네 곁을 떠나지 않은 니꼴레뜨에게 물어보거라. 한 여인이 네 곁에 머물러 있을 방도가 있었는지. 게다가 의사는 또 뭐라고 했을까? 예쁜 아가씨로 열병을 치료할 수는 없지. 여하튼 다 잘 되었으니, 그 이야기는 그만하자꾸나. 그녀를 아내로 받아들여라. 이상이 나의 사나움이다. 네가 나를 좋아하지 않음을 깨닫고 생각해 보았지. '도대체 내가 어떻게 해야 저 짐승이 나를 좋아할까?' 그러고 다시 생각하였지. '그래, 귀여운 꼬제뜨가 내 수중에 들어왔으니, 그 아이를 녀석에게 주자. 그러면 나를 조금이나마 좋아하겠지. 혹은 적어도 나를 좋아하지 않는 이유라도 말해 주겠지.' 아! 너는 이 늙은이가, 폭풍우처럼 소리를 지르고, 아니 된다고 하면서, 아름다운 여명 위로 지팡이를 휘두를 것이라 생각하였지. 꼬제뜨, 좋지! 사랑, 좋지! 내게는 더 이상 좋은 일이 없단다. 공이시여, 수고로우시더라도 결혼하십시오. 행복하거라, 내 사랑하는 아가야!"

그 말을 마치며 노인이 흐느끼기 시작하였다.

그러더니 마리우스의 머리를 두 팔로 감싸 자신의 늙은 가슴팍 위에 꼭 눌렀고, 두 사람 모두 울기 시작하였다. 그것이야말로 지극한 행복의 한 형태였다.

"할아버지!" 마리우스가 큰 소리로 불렀다.

"아! 네가 나를 좋아하고 있었다는 말이구나!" 노인이 말하였다.

형언할 수 없는 한 순간이 흘렀다. 그들은 목이 메어 말을 하지 못하였다.

이윽고 노인이 웅얼거렸다.

"그래! 드디어 입이 열렸군. 나에게 할아버지라고 했어."

마리우스가 할아버지의 품에서 머리를 조심스럽게 쳐들며 나지막하게 말하였다.

"그런데 할아버지, 이제 저의 건강이 회복되었으니 그녀를 볼 수 있을 것 같아요."

"그것 또한 예정되어 있느니라. 그 아이를 내일 보게 될 것이다."

"할아버지!"

"무엇이냐?"

"왜 오늘은 아니 되나요?"

"좋다, 오늘. 오늘도 좋다. 네가 나에게 세 번이나 '할아버지'라고 했으니, 그런 대접 받을 만한 자격 충분하다. 내가 알아서 하마. 그녀를 너에게 데려올 것이다. 다시 말하지만, 그것도 예정되어 있다. 뿐만 아니라 이미 시로 노래되기도 하였느니라. 앙드레 쉐니에가 지은 비가 「젊은 환자」의 마지막 부분이 그것이니라.[11] 반역……, 아니 93년의 거인들에 의해 목이 잘린, 앙드레 쉐니에의 작품이지."

질노르망 씨는 마리우스가 미간을 약간 찌푸리는 줄 알았다. 그러나 사실은, 이 말은 해야 할 것이니, 마리우스가 그의 말을 더 이상 듣고 있지 않았다. 그가 환희에 들떠 있었기 때문에, 1793년보다는 꼬제뜨 생각을 훨씬 더 하고 있었다. 앙드레 쉐니에 이야기를 그토록 잘못 꺼낸 것이 두려워, 할아버지가 서둘러 다시 말하였다.

"목이 잘렸다는 말은 적합하지 않아. 사실은, 위대한 혁명적 천재들이, 명백한 일이지만, 사납지 않았던 그 영웅들이, 정말이지! 앙드레 쉐니에가 조금 거추장스럽다고 여겨 그를 기요……, 내 말은, 그 위대한 사람들이 열월(熱月) 7일에, 앙드레 쉐니에에게 정중히 청하기를, 공공의 안녕을 생각하여 기요띤느로 기꺼이 가달라고 하였지……."

질노르망 씨는 자신의 말이 목구멍에 걸려 더 이상 계속할 수 없었다. 자기가 하던 말을 마칠 수도 취소할 수도 없었던 그는, 자기의 딸이 마리우스 위에 있던 베개를 정돈하는 동안, 격정에 혼란스러워진 상태로, 나이가 허락하는 한 최대로 신속히 침실 밖으로 뛰쳐나와, 문을 다시 밀어 닫았다. 온통 벌겋게 달아오른 얼굴로, 숨이 막히는 듯 거품을 내뿜고, 머리통 밖으로 튀어나올 듯한 눈을 휘번득이면서 나온 그가, 마침 대기실에서 장화에 밀랍을 먹이고 있던 충직한 바스끄와 마주쳤다. 그가 바스끄의 멱살을 움켜잡더니, 미친 듯한 기세로 그의 면상을 향하여 소리쳤다.

"마귀의 십만 계집들을 두고 맹세하지만, 그 강도들이 그를 암살하였어!"

"누구를 말입니까, 나리?"

"앙드레 쉐니에!"

"예, 나리." 바스끄가 두려움에 사로잡혀 얼른 대답하였다.

4. 포슐르방 씨의 책

꼬제뜨와 마리우스가 드디어 재회하였다. 그 만남의 순간을 일일이 묘사하는 일은 포기하겠다. 구태여 묘사하려 하지 말아야 할 것들이 있다. 태양도 그러한 것들 중에 속한다.

꼬제뜨가 들어서던 순간, 바스끄와 니꼴레뜨를 포함한 온 가족이 마리우스의 방에 모여 있었다. 그녀가 문간에 모습을 드러냈을 때, 어떤 후광이 그녀를 감싸고 있는 것 같았다. 바로 그 순간에 할아버지가 막 코를 풀려던 참이었는데, 그는 손수건으로 코를 감싸 쥔 채 문득 어찌할 바를 모르고 그녀를 바라보며 소리쳤다.

"사랑스러워!"

그러더니 요란한 소리를 내며 코를 풀었다.

꼬제뜨는 도취하고 황홀해지고 두려워지고 천국에 들어간 것 같았다. 그녀는 행복에 질겁해 있었다. 얼굴이 창백해지다가는 빨갛게 되어, 무슨 뜻인지 알아들을 수 없는 말을 얼버무렸다. 마리우스의 품으로 뛰어들고 싶었지만, 사람들 앞에서 애정을 표현하는 것이 부끄러워 감히 그러지 못하였다. 사람들이 행복한 연인들에게는 무자비한 법, 단둘이서만 있고 싶은 마음 간절하건만 자리를 비워 주지 않는다. 두 연인에게는 다른 사람들이 전혀 필요치 않은데도 말이다.

꼬제뜨와 동행한 백발의 남자 하나가 그녀의 뒤를 따라 들어왔는데, 엄숙한 표정이었으되 미소를 짓고 있었다. 그러나 모호하고 비통한 미소였다. 그 사람은 '포슐르방 씨', 즉 쟝 발쟝이었다.

수위의 말처럼 그는 '멋지게 차리고' 있었다. 검은색 새 정장에 하얀 넥타이를 매고 있었다.

수위가, 혹시 공증인일지도 모를 그 단정하게 차린 부르주와 속에서, 누더기에 흙탕을 뒤집어써서 흉측하였고 피와 개흙으로 덮여 더욱 사나워 보였던, 그리고 기절한 마리우스를 부축한 채 6월 7일 밤 불쑥 나타났던, 그 시체 운반인을 알아보았을 리 만무하였다. 그러나 문지기 특유의 사냥개 후각이 되살아났다. 포슐르방 씨가 꼬제뜨와 함께 도착하였을 때, 문지기가 자기의 아내에게 가만히 털어놓았다. "왜 그런지는 모르겠으나, 어디에선가 내가 이미 본 적이 있는 얼굴이오."

포슐르방 씨는, 마리우스의 방에 들어온 후에도, 출입문 근처에 조금 떨어져 있었다. 그는 종이로 싼 8절판 책 모양의 보따리 하나를 겨드랑이에 끼고 있었다. 포장에 사용한 종이는 연두색이었고, 곰팡이가 슨 것 같았다.

"저분은 항상 저렇게 책을 겨드랑이에 끼고 다니시나?" 책을 전혀 좋아하지 않는 질노르망 아씨가 나지막한 음성으로 니꼴레뜨에게 물었다.

"학자이신 모양이다. 그것이 어때서? 그것이 무슨 흠이라도 되느냐? 나와 교분이 있었던 불라르 씨 또한, 책 한 권 휴대하지 않고 걷는 법이 없었으며, 항상 책을 가슴에 바싹 끼고 다녔지." 그녀의 말을 들은 질노르망 씨가 역시 나지막하게 대꾸하였다.

그러더니 인사를 하며 큰 소리로 말하였다.

"트랑슐르방 씨……."

질노르망 영감이 일부러 이름을 그렇게 바꾼 것은 아니다. 다만 고유 명칭에 별로 신경을 쓰지 않는 것이 그의 귀족적 습관이었을 뿐이다.[12]

"트랑슐르방 씨, 제가 영광스럽게도, 저의 손자 마리우스 뽕메르 씨 남작 공을 대신하여, 귀댁 아씨께 청혼하게 되었습니다."

그 말에 대한 답례로 '트랑슐르방' 씨가 가볍게 읍하였다.

"언약이 이루어진 것입니다." 할아버지가 말하였다.

그런 다음, 마리우스와 꼬제뜨를 향해 돌아서더니, 두 팔을 뻗어 축복을 내리며 큰 소리로 외쳤다.

"두 사람이 서로 찬미함을 허락하노라."

두 사람은 같은 말을 두 번 해주기를 기다리지 않았다. 다른 사람들이 뭐라 하든 신경 쓸 필요 없었다! 연인들의 지저귐이 시작되었다. 마리우스는 자기의 긴 의자에 팔꿈치를 괸 채, 그리고 꼬제뜨는 그 곁에 서서 소곤거렸다.

"오! 맙소사!" 꼬제뜨가 속삭였다. "당신을 드디어 다시 보다니,

그대를! 당신을! 그렇게 싸우러 가다니! 도대체 왜? 끔찍한 일이에요. 넉 달 동안 저는 죽은 목숨이었어요. 오! 그 싸움판에 뛰어들다니, 정말 못됐어요! 제가 당신에게 무슨 잘못을 저질렀지요? 이번에는 용서해 드리겠어요. 하지만 다시는 그런 짓 하지 말아요. 조금 전, 오라는 통보를 받았을 때, 이번에도 저는 죽을 것 같았어요. 물론 너무 기뻐서였어요. 제가 깊은 슬픔에 잠겨 있었으니까요! 옷을 제대로 차려입지도 못하였어요. 모두들 놀라셨겠어요. 저의 구겨진 장식깃을 보시고 어르신들께서 뭐라 하시겠어요! 제발 무슨 말씀 좀 해보세요! 저 혼자만 말을 하게 내버려 두시는군요. 저희들은 아직도 롬므-아르메 로에 살고 있어요. 어깨의 상처가 끔찍했던 모양이더군요. 저에게 전해 주기를, 손 하나가 들어갈 정도였다고 했어요. 게다가 가위로 상처의 살을 잘라내기도 하였다는군요. 끔찍도 해라! 제가 어찌나 울었던지, 저의 눈이 없어진 것 같아요. 그렇게 괴로워할 수 있다니 이상해요. 당신의 할아버님 참 좋으신 분 같아요! 편안히 앉아 계세요. 팔꿈치로 짚지 말아요. 조심해요, 아프시겠어요. 오! 정말 행복해요! 이제 불행은 끝났어요! 제가 멍청해졌어요. 당신에게 할 말이 많았는데, 아무 생각도 나지 않아요. 여전히 저를 사랑하세요? 우리는 롬므-아르메 로에 머물러 있어요. 그곳에는 정원이 없어요. 저는 가제 만드는 것으로 소일하였어요. 이것 좀 봐요, 나리, 당신 잘못이에요. 제 손가락에 못이 박혔어요."

"나의 천사!" 마리우스가 말하였다.

'천사'만이 마모되지 않는 유일한 단어이다. 다른 어느 단어도 연인들의 무자비한 남용을 견디지 못한다.

그러다가, 다른 사람들 앞인지라, 그들은 대화를 중단한 채, 더 이상 아무 말도 하지 않았다. 그리고 서로의 손을 조용히 잡는 것이 고작이었다. 질노르망 씨가 방 안에 있던 사람들을 향해 소리쳤다.

"다른 분들께서는 큰 소리로 말씀해 주시오. 무대 측면에서도 소음을 내도록 하시오. 어서요, 왁자지껄 떠들어요, 젠장! 이 두 아이들이 편안히 재잘거릴 수 있도록."

그러더니 마리우스와 꼬제뜨에게로 다가가서 속삭이듯 말하였다.

"허물없이 대화해요. 불편해하지 말아요."

그의 늙은 내면에서 분출하는 그 빛을 보고, 질노르망 이모는 그저 아연실색할 뿐이었다. 하지만 그 아연한 기색에 공격적인 것은 전혀 섞여 있지 않았다. 정다운 두 마리 멧비둘기를 바라보는 올빼미의 기분 상한 듯하고 질투심 가득한 시선과는 거리가 멀었다. 그것은, 나이 쉰일곱에 이른, 순진무구하고 가엾은 여인의 바보스러운 눈이었다. 사랑이라는 승리를 바라보는 실패한 인생의 눈이었다.

"나의 큰딸 질노르망 아씨, 이런 날이 너에게 닥칠 것이라고 너에게 누우이 경고했다." 그녀의 아버지가 말하였다.

그가 잠시 묵묵히 있다가 덧붙였다.

"다른 사람들의 행복을 좀 보거라."

그런 다음 꼬제뜨에게로 고개를 돌렸다.

"예쁘기도 해라! 귀엽기도 해라! 그뢰즈[13]의 화폭이야. 개구쟁이 녀석, 네가 결국 이 걸작품을 독차지하게 되었구나! 아! 내 사랑스러운 녀석, 네가 나를 운수 좋게 피했구나, 너는 행운아야, 내가 십오 년만 더 젊었어도, 너와 내가 이 아이를 놓고 결투를 벌였을 것이야. 이런, 아가씨, 내가 당신에게 연정을 품었소! 자연스러운 일이오. 그것은 당신의 권리지. 아! 아름답고 귀엽고 매력적이고 아담한 결혼식이 되겠군! 쌩-드니-뒤-쌩-싸크르망 교회당이 우리의 교구이지만, 너희들이 쌩-뽈 교회당에서 혼례식을 치르도록 내가 허가를 얻겠어. 그 교회당이 낫지. 예수회에서 지은 것이야. 그 교회당이 더 멋있지. 비라그 추기경 급수장 맞은편에 있어. 예수회파 건축물 중 걸작은 나뮈르(나멘)에 있지. 쌩-루 교회당이라고 하지. 혼례를 치른 후 너희들이 한번 그곳에 가보렴. 여정이 수고롭더라도 그럴 만한 가치가 있단다. 아가씨, 나는 전적으로 당신과 같은 생각입니다. 나는 아가씨들이 결혼하기를 바라요. 그것이 아가씨들의 도리니까. 카테리나라는 성녀 하나가 있는데, 나는 항상 그녀의 모자를 한번 벗겨 보고 싶어요.[14] 처녀로 남는 것이 혹시 아름다울지 몰라도, 그것은 차가워요. 『구약』에서 이르기를 번성하라고 했어요. 백성을 구출하기 위해서는 쟌느 다르끄가 있어야 하지만, 백성을 만들기 위해서는 지고뉴 부인[15]이 필요해요. 그러니, 아름다운 아가씨들이여, 결혼하시오. 처녀로 늙는 것이 도무지 무엇에 좋은지, 나는 정말 모르겠어. 교회당에 별도의 예배소가 있고 또 처녀 신도단으로들 만족하고 있다는 사실을 잘 알고 있어요. 그러나, 빌어먹을! 착한 녀석인 귀여운 남편 하나, 그리고 한 해가 지나면 태어나서 힘차게 젖을 빨아대고, 허벅지에 살집 좋은 주름살들을 가지고 있으며, 여명처럼 미소 지으면서 그 발그레하고 작은 앞발로 엄마의 젖가슴을 움켜잡고 주물러대는 금발의 통통한 아이, 그 모든 것들이, 만도(晚禱)에 참석하여 양초 한 가락 손에 들고 투리스 에부르네아[16]나 읊조리는 것보다는 낫지!"

할아버지가, 구십 세 노인의 발꿈치를 축으로 삼아 팽이처럼 한번 회전하더니, 튕겨 나오는 용수철처럼 다시 한마디 하였다.

"그렇게, 그대의 몽상을 멈추고, 알씨쁘, 정말 그대가 곧 결혼하도다."[17]

"그리고 참!"
"무슨 일이에요, 할아버지?"
"너에게 가까운 친구 하나가 있지 않느냐?"
"예, 꾸르훼락이에요."
"그 아이는 어찌 되었느냐?"

"죽었어요."

"잘된 일이다."

그가 두 사람 곁에 앉더니, 꼬제뜨를 앉게 한 다음, 그들의 손 넷을 자기의 주름투성이 손 둘로 감싸 쥐었다.

"요 귀여운 것, 정말 그윽하구나. 꼬제뜨, 하나의 걸작품이로다! 아주 작은 소녀이되 지체 높은 귀부인이야. 기껏 남작 부인이라니, 너무 아깝구나. 후작 부인의 자질인데. 저 속눈썹 좀 봐! 내 사랑스러운 아이들아, 너희들이 지당한 길로 들어섰음을 명심하거라. 서로 사랑하거라. 바보처럼 사랑하거라. 사랑이란 인간의 바보짓이되 신의 혼이란다. 서로를 열렬히 사랑하거라. 다만……." 문득 그의 얼굴이 침울해졌다. "다만, 불행한 일이로다! 그 생각을 하면! 내가 소유하고 있는 재산의 반 이상이 종신연금과 교환되었단다. 내가 살아 있는 동안에는 그럭저럭 지낼 수 있겠으나, 이십여 년 후, 내가 죽은 다음에는, 아! 가엾은 것들, 너희들이 무일푼의 처지가 되겠구나! 남작 부인, 당신의 아름다운 하얀 손이 마귀 녀석의 꼬리를 잡아당겨, 녀석에게 명예를 안겨 주셔야 할 것입니다.[18]"

그 순간, 엄숙하며 고요한 음성이 들렸다.

"외프라지 포슐르방 아씨께서는 육십만 프랑을 가지고 계십니다."

쟝 발쟝의 음성이었다.

그가 아직까지 단 한마디 말도 하지 않았던지라, 아무도 그가 와 있다는 사실조차 의식하지 못하였던 것 같았다. 게다가 그는, 그 행복한 사람들 뒤에 꼼짝도 하지 않고 서 있었다.

"그 외프라지 아씨가 누구요?" 할아버지가 놀란 기색으로 물었다.

"저예요." 꼬제뜨가 얼른 대답하였다.

"육십만 프랑이라니!" 질노르망 씨가 다시 말하였다.

"그 금액에서 일만사오천 프랑쯤 모자랄 것입니다." 쟝 발쟝이 대꾸하였다.

그러더니, 질노르망 이모가 책이라고 여겼던 꾸러미를 탁자 위에 올려놓았다. 쟝 발쟝이 손수 꾸러미를 풀었다. 은행권 한 다발이었다. 그것들을 한 장씩 넘기며 헤아렸다. 일천 프랑짜리 은행권 오백 장과, 오백 프랑권 일백육십팔 장이 있었다. 도합 오십팔만사천 프랑이었다.

"참으로 좋은 책이구나." 질노르망 씨가 한마디 하였다.

"오십팔만사천 프랑!" 이모가 홀로 중얼거렸다.

"이것이 많은 일들을 해결하겠군, 그렇지 않나요, 질노르망 큰아씨?" 할아버지가 다시 한마디 하였다. "저 마귀 같은 마리우스 녀석이 몽상의 나무에 올라가 백만장자 아가씨의 둥지를 꺼내 왔군! 그러니 이제부터는, 젊은이들의 가벼운 사랑놀음도 믿어주시오! 남학생들이 육십만 프랑짜리 여학생들을 찾아내니. 천사 케루빈이 로칠드보다 사업을 더 잘하는군."

"오십팔만사천 프랑! 오십팔만사천 프랑이라니! 거의 육십만 프랑이잖아!" 질노르망 아씨가 연신 홀로 중얼거렸다.

그동안, 마리우스와 꼬제뜨는 서로를 바라보는 데만 정신이 팔려, 그 일에는 거의 관심조차 보이지 않았다.

5. 돈은 공중인 말고 숲에 맡겨라

쟝 발쟝이 샹마튜 사건 이후, 며칠 동안 도주해 있던 기간에 빠리에 올 수 있었고, 몽트레이유-쉬르-메르에서 마들렌느 씨라는 이름으로 살면서 벌어, 라휘뜨 은행에 예치해 두었던 그 돈을 적시에 인출할 수 있었을 것이라는 점은, 장황하게 설명하지 않아도 이해하셨을 것이다. 또한, 얼마 아니 되어 실제 닥친 일이지만, 다시 체포될 것을 우려하여, 그 돈을 몽훼르메이유 숲 속에 있는 블라뤼 터라는 곳에 감추어두었다는 사실 또한 짐작하셨을 것이다. 은행권으로 인출한 육십삼만 프랑이라는 금액은, 부피가 얼마 되지 않아 자그마한 상자 속에 다 들어갔다. 그러나, 상자를 습기로부터 보호하기 위하여, 그것을 밤나무 대팻밥 가득 채운 떡갈나무 궤짝에 넣었다. 그는 주교의 촛대들도 같은 궤짝 속에 넣었다. 그가 몽트뢰이유-쉬르-메르에서 도주할 때 그 촛대들을 가지고 떠난 사실은 모두들 기억하실 것이다. 어느 날 저녁 무렵 불라트뤼엘이 처음 목격했던 사람은 쟝 발쟝이었다. 훗날, 돈이 필요할 때마다, 쟝 발쟝은 블라뤼 공터에 오곤 하였다. 이미 말한 바와 같이 그가 가끔 집을 비운 것은 그 일 때문이었다. 그는 자기의 곡괭이를 근처 히스 우거진 곳에 있던, 그만 알고 있는 은닉처에 숨기곤 하였다. 마리우스가 회복기에 들어서자, 그 돈이 어디에 소용될지를 예감하고, 그것을 찾으러 갔던 것이다. 불라트뤼엘이 숲 속에서 본 남자 역시 그였다. 다만 이번에는 저녁 나절이 아니고 이른 아침이었다. 불라트뤼엘은 곡괭이를 물려받았다.

남은 돈의 실제 총액은 오십팔만사천오백 프랑이었다. 쟝 발쟝은 자기의 몫으로 오백 프랑을 떼어놓았다. '나중의 일은 그때 보도록 하자.' 그의 생각이었다.

그 남은 금액과 라휘뜨 은행에서 인출한 육십삼만 프랑 간의 차액이 곧, 그가 십 년 동안에, 즉 1823년부터 1833년 사이에 지출한 금액이었다. 수녀원에서 보낸 다섯 해 동안에는 오천 프랑밖에 쓰지 않았다.

쟝 발쟝이 두 촛대를 벽난로 위에 올려놓았고, 그 위에서 반짝이는 촛대들이 뚜쌩의 감탄을 자아냈다.

또한 쟝 발쟝은, 자신이 쟈베르의 손아귀로부터 해방되었다는 사실을 알고 있었다. 쟈베르라는 형사의 익사체가, 샹주 교와 뽕-뇌프 중간 지점에 있던 빨래터 선박 밑에서 발견되었고, 나무랄 데 없으며 상관들로부터 커다란 신뢰를 받던 그 사람이 남긴 유서로 보아, 정신이상으로 인한 자살로 추정된다는 이야기를 사람들이 그의 앞에서 했을 뿐만 아니라, 그러한 사실을 정부 신문인《세계신보》에서 그가 직접 확인하였다.

'나를 수중에 넣고도 다시 풀어주었으니, 사실은 그가 이미 미쳐 있었음에 틀림없어.' 쟝 발쟝의 생각이었다.

6. 꼬제뜨의 행복을 위해

혼례 준비를 차질 없이 진행시켰다. 의사가 2월에는 혼례를 치러도 좋다고 하였다. 아직 12월이었다. 완벽하게 행복한 황홀한 몇 주간이 흘렀다.

할아버지도 그 누구 못지않게 행복해하였다. 그는 몇십 분이고 꼬제뜨 앞에 앉아서 넋을 잃은 듯 그녀를 바라보곤 하였다. 그러다가는 감탄하며 이렇게 말하기도 하였다.

"사랑스러운 아가씨야! 게다가 그 다정하고 착한 기색! '내 사랑, 나의 심장'[19]이라는 말로는 어림도 없어. 내 평생 본 여인들 중 가장 매력적인 아가씨야. 더 나이가 들면 미덕과 제비꽃 향기를 겸비한 여인[20]이 될 거야. 우아함 그 자체야! 저러한 여인과 함께라면 고아하게 살 수밖에 없어. 마리우스, 이 녀석아, 너는 남작이고 부유하니, 제발 변론질은 그만두거라."

꼬제뜨와 마리우스는 별안간에 무덤 속으로부터 낙원으로 건너간 셈이었다. 그 전이가 하도 우악스러워 그들이 만약 현혹되지 않았다면 정신을 잃었을 것이다.

"이 모든 일이 도대체 어찌 된 것인지, 짐작되는 것 있어요?" 마리우스가 꼬제뜨에게 물었다.

"전혀 없어요. 하지만 착한 신께서 우리들을 주시하시는 것 같아요."

쟝 발쟝이 모든 장애를 제거하고, 조정하고, 수월하게 만들었다. 그는 꼬제뜨의 행복을 향하여 걸음을 서둘렀고, 그의 열성과 표면적인 기쁨은 꼬제뜨의 것에 못지않았다.

그는 일찍이 시장직을 수행한 경험을 가지고 있었던지라, 매우 민감한 문제 하나를 해결할 수 있었는데, 그 문제란, 오직 그만이 비밀을 알고 있던 꼬제뜨의 출생이었다. 그녀의 출생에 관한 이야기를 무턱대고 털어놓을 경우, 그것이 혹시 결혼에 장애가 될지 누가 알겠는가? 그는 꼬제뜨가 장차 봉착할지도 모를 모든 난관에서 그녀를 이끌어냈다. 그는 그녀에게 이미 죽은 사람들의 가정 하나를 적당히 꾸며 마련해 주었다. 어떤 요구나 이의도 유발시키지 않을 가장 확실한 방법이었다. 꼬제뜨는 그리하여 이미 꺼진 가정의 마지막 생존자가 되었다. 그리고 꼬제뜨가 자기의 친딸이 아니라, 다른 포슐르방의 딸이라고 하였다. 두 포슐르방 형제가 쁘띠-뼉쀠스 수녀원에서 정원사 노릇을 하였노라고 밝혔다. 수녀원 측으로 조회가 이루어졌고, 가장 모범적인 사항들과 존경스러운 증언들이 넘쳤다. 혈족 관계를 상세히 알아볼 능력도 관심도 별로 없었고, 또 그러한 문제에 어떤 못된 술책이 개입되어 있으리라고는 생각도 못 하던 착한 수녀들은, 어린 꼬제뜨가 두 포슐르방 중 누구의 딸이었는지를 일찍이 정확히 안 적이 없었다. 조회하러 온 사람에게, 그녀들은 자신들의 생각대로, 또 열렬한 칭찬을 곁들여 대답하였다. 신분증명서 하나가 작성되었다. 꼬제뜨는 법적으로 외프라지 포슐르방 아씨가 되었다. 또한 부친과 모친을 모두 잃은 고아로 공인되었다. 쟝 발쟝은 손을 써서 자기는 포슐르방이라는 이름으로 꼬제뜨의 후견인으로, 질노르망 씨는 후견인 대리로 지명되게 하였다.

한편 오십팔만사천 프랑은, 이미 사망하였으며 신분을 밝히기 원치 않았던 어떤 사람이 꼬제뜨에게 유증(遺贈)한 것이라고 하였다. 그러나 일만 프랑은 외프라지 아가씨의 교육비로 지출하였으며, 그 금액 중 오천 프랑은 수녀원에 지불하였노라 하였다. 또한, 제삼자에게 위탁되었던 유산은, 꼬제뜨가 성년이 되었을 때, 혹은 결혼을 할 때 그녀에게 인도하게 되어 있다고 하였다. 그 모든 사항들이 그럴듯해 보였고, 특히 오십만 프랑이라는 거금이 큰 도움이 되었다. 물론 여기저기에 이상한 점들이 있었으나, 그것들이 그 누구의 눈에도 보이지 않았다. 직접 관련된 사람들 중 하나는 사랑에 눈이 멀어 있었고, 다른 사람들은 육십만 프랑에 눈이 멀어 있었다.

꼬제뜨는, 자기가 그토록 오랜 세월 아버지라 부르던 그 노인이, 자기의 아버지가 아니라는 사실을 비로소 알게 되었다. 즉, 그는 자기의 친척일 뿐, 이미 작고한 다른 포슐르방이 자기의 진정한 아버지라고 믿게 되었다. 만약 다른 때에 그러한 이야기를 접하였다면, 그녀가 몹시 상심하였을 것이다. 그러나 그 형언할 수 없었던 환희의 시기에는, 그러한 이야기도 한 점의 그늘, 약간의 침울함에 불과했고, 그녀의 기쁨이 어찌나 컸던지, 그 구름이 얼마 가지 못하였다. 그녀에게는 마리우스가 있었다. 젊은이가 도래하면서 노인이 스스로 자취를 감추고 있었던 바, 삶이라는 것이 그러하다.

게다가, 꼬제뜨는 오랜 세월 동안 자기의 주위에서 일어나는 수수께끼 같은 일들에 익숙해져 있었다. 신비에 감싸인 유년 시절을 보낸 사람은, 누구든 항상 체념할 준비가 어느 정도는 갖추어져 있다. 하지만 그녀는 여전히 쟝 발쟝을 아버지라고 불렀다.

꼬제뜨는 질노르망 영감에게 황홀경에 가까울 만큼 열광해 있었다. 그가 그녀에게 달콤한 말과 선물을 잔뜩 안겨 주고 있었음은 사실이다. 쟝 발쟝이 꼬제뜨에게 정상적인 사회적 처지와 흔들림 없는 신분을 구축해 주고 있는 동안, 질노르망 씨는 그녀의 결혼 선물에 신경을 쓰고 있었다. 그 노인에게는 후하게 베푸는 것만큼 재미있는 일이 없었다. 그가 이미, 자기의 할머니에게서 물려받은 뱅슈산 성긴 레이스 장식이 달린 드레스를, 그녀에게 주었다. 그러면서 이렇게 말하였다.

"이러한 유행이 되살아나고 있어. 고물들 앞에서 모두들 미친 듯 열광하지. 나의 노년기 젊은 여인들이 나의 유년기 젊은 여인들처럼 옷을 입어."

그가 여러 해 동안 단 한 번도 열지 않았고 애지중지하던, 가운데가 불룩 나온 코로만델(콜라 만달람)산 칠기 서랍장을 홀딱 뒤집으며 다시 중얼거렸다.

"이 마님들의 고백을 들어보자. 배 속에 무엇들을 간직하고 있는지 어디 한번 볼까."

그러더니, 자기의 아내들, 정부들, 할머니들, 그 모든 여인들이 사용하던 치장물들로 가득한 배불뚝이 서랍들을 거칠게 범하였다. 그리고, 베이징 원산 꽃무늬 비단, 다마스쿠스산 물결무늬 비단, 중국산 돋을무늬 비단, 채색 물결무늬 직물, 뚜르산 직물로 지은 드레스, 세탁할 수 있는 금실로 수놓은 인도산 손수건, 면모 교직물들, 안팎이 없는 꽃무늬 피륙, 제노바와 알랑쏭 원산의 자수 제품들, 옛 금은 세공술로 만든 장신구들, 전투 장면들을 미세하게 조각한 상아 과자 상자, 패물들, 리본들, 그 모든 것들을 꼬제뜨에게 선뜻 안겨 주었다. 마리우스에게로 향한 사랑에 넋을 잃고 질노르망 씨에게로 향한 감사의 정에 당황한 꼬제뜨는, 경이로움에 휩싸인 채, 새틴과 벨벳에 휘감긴 끝없는 행복을 꿈꾸고 있었다. 자기에게 건네지는 결혼 선물 바구니를 천사 세라핌들이 받들고 서 있는 것처럼 보였다. 그녀의 영혼은 메헬렌산 레이스로 마름질한 날개를 퍼덕이며 창천으로 날아오르고 있었다.

두 연인들의 도취경에 비할 만한 것은, 이미 말한 바와 같이, 할아버지의 환희뿐이었다. 휘유-뒤-깔베르 로에 화려한 취주악이 넘쳐

흐르는 것 같았다.

매일 아침, 할아버지가 꼬제뜨에게 새로운 골동품들을 선사하였다. 한껏 화려하고 야한 치장물들이 그녀를 감싸며 찬란하게 만개하였다.

어느 날, 행복감에 잠겨 있으되 엄숙하게 이야기하기를 좋아하는 마리우스가, 어떤 사건과 관련하여 다음과 같이 말하였다.

"대혁명을 주도했던 사람들은 하도 위대하여, 그들은 이미 카토와 포키온처럼 수세기의 명성을 확보하였으며, 그들 각자가 마치 태고의 기념물 같아요."

그러자 노인이 언성을 높였다.

"태곳적 무와르들이지! 고맙다, 마리우스, 그게 바로 내가 뇌리에서 찾아내려고 애쓰던 말이었다."[21]

그리고 다음 날에는, 태곳적 물결무늬 천[22]으로 지은 화려한 드레스 하나가 선물 바구니에 추가되었다. 할아버지는 그 천 조각들에서 하나의 지혜를 이끌어냈다.

"사랑, 그것 좋지. 하지만 이런 것들을 곁들여야 하느니라. 행복은 불필요한 것들을 겸비해야 하느니라. 행복이란 필수품일 뿐이야. 엄청난 사치품으로 그것의 풍미를 돋우어라. 하나의 궁전과 연인. 그의 연인과 루브르 궁. 그의 연인과 베르사이유 궁의 큰 호수. 그렇게 어울려야 하지. 양치기 소녀를 맞아들여 공작 부인으로 만들려 애써야 하느니라. 수레국화 화관을 쓴 필리스[23]를 맞아들이면, 그녀에게 연금 십만 리브르를 마련해 주어야 하느니라. 대리석 주랑 아래에 끝이 보이지 않는 목가적 풍경을 조성해야 하느니라. 나는 목가적 풍경뿐만 아니라, 대리석과 황금으로 꾸민 환상적 요정 세계도 승낙한다. 건조한 행복은 마른 빵과 비슷하지. 먹기는 하되 성찬을 즐기는 것은 아니지. 나는 넘치는 것, 불필요한 것, 정상을 벗어난 것, 지나친 것, 아무짝에도 소용없는 것을 원한다. 내가 스트라스부르 대성당 안에서 사 층 건물처럼 높은 시계 하나를 본 적이 있는데, 그 시계가 시각을 알리기는 하나, 즉 시각을 알리는 친절을 베풀기는 하나, 그런 용도로 만들어진 것 같지는 않았다. 또한 그것은 태양의 시각인 정오와 사랑의 시각인 자정, 그리고 기타 필요한 시각을 알릴 뿐만 아니라, 달, 별들, 육지와 바다, 새들과 물고기들, 포이보스와 포이베,[24] 어느 벽감에서 나오는 일련의 물건들, 열두 사도들, 황제 까를로스-낀또, 에쁘닌느와 사비누스, 그리고 트럼펫을 부는 자그마한 황금빛 늙은이들 한 무더기를 덤으로 얹어 보여 준다. 게다가 그 시계는 툭하면 아름다운 차임벨 소리를 허공에 마구 뿌린다. 고작 시각이나 알리는 보잘것없고 헐벗은 벽시계를 그것에 비할 수 있겠느냐? 나는 스트라스부르의 그 거대한 시계와 견해를 같이하며, 슈바르츠발트 산맥 지역의 뻐꾸기시계보다는 그것을 더 좋아한다."

질노르망 씨가 특히 혼례식에 관해 당치 않은 소리들을 늘어놓았고, 18세기의 온갖 잔해들을 자기의 그 찬송시에 뒤죽박죽 섞었다.

"당신네들은 축제의 예술을 몰라. 오늘날에는 도무지 기쁜 하루를 만들어낼 줄 몰라. 당신들의 19세기는 무기력하고 졸렬해. 지나침이 결여되었어. 19세기는 부유함도 고결함도 몰라. 모든 일에서 삭발한 꼴이야. 당신네들의 제3신분은 무미하고 무색이고 무취이고 형태도 불분명해. 결혼하는 부르주아 딸들의 꿈이란 기껏, 그녀들이 항상 입에 담고 사는, 깨끗하게 치장하고 자단(紫檀) 가구와 옥양목 커튼을 갖춘 침실이야. 비키시오! 비키시오! 그리구[25] 씨와 그립쑤[26] 아가씨가 혼인합니다. 사치스럽고 화려한 혼례식이라고 하면서, 기껏 양초 한 가락에다[27] 루이 금화 한 닢 붙이는 게 고작이지! 그것이 19세기야. 나는 사르마티아[28] 저 너머로 도망치고 싶은 심정이야. 아! 나는 이미 1787년부터, 레옹 대공이고, 샤보 공작이고, 몽바종 공작이고, 쑤비즈 후작이고, 뚜아르 자작이며, 프랑스 귀족원 의원인 로앙 공작이, 마차에 앉으면 말의 궁둥이가 손끝에 닿을 만큼 작은 이륜마차를 타고 롱샹 경마장에 가는 것을 본 날부터, 모든 것이 망가졌다고 예언하였어! 그 예언이 들어맞았어! 이 세기에는 모두들 사업을 하고 증권시장에서 도박을 하며 돈을 벌지만, 하나같이 쩨쩨하지. 그런 주제에 껍데기를 보살피며 번질거리도록 니스 칠을 하지. 한껏 멋을 부려 치장을 하였고, 물로 씻었고, 비누질을 하였고, 쇠스랑으로 고르게 다듬었고, 면도를 하였고, 빗질을 하였고, 밀랍을 입혔고, 윤을 내었고, 비볐고, 솔질하였고, 껍데기를 말끔히 닦았고, 자갈처럼 반들반들하고, 신중하고, 말쑥하고, 동시에 나의 연인처럼 정숙하지! 하지만 그 의식 밑바닥에는 퇴비 더미와 시궁창뿐인지라, 손가락으로 코를 푸는 소치기 소녀조차 그 앞에서는 뒷걸음질을 할 지경이지. 내가 이 시대에 이름 하나를 내리는 바, 그것은 '더러운 청결함'이야. 마리우스, 화내지 마라. 그리고 내가 말할 수 있도록 허락해 다오. 나는 너의 그 백성을 험담하는 것이 아니란다. 너도 보다시피, 나는 너의 그 백성에게는 경의를 표한다. 하지만 내가 부르주아지에게 한 방 먹이는 것은 나무라지 마라. 나도 그들 무리에 속한다. 진정으로 사랑하는 사람이 따끔하게 매질한다는 말이 있다. 이 점에 대해서는 내가 분명히 말하거니와, 오늘날에는 결혼을 하되 제대로 할 줄 몰라. 아! 정말이지, 나는 옛 풍습의 고귀함이 그립다. 아니 그것의 모든 것이 그립다. 그 멋, 기사도, 정중하고 귀여운 거조들, 각자가 부리던 유쾌한 사치, 상류층에서는 교향악을 연주하고 일반 층에서는 소란스러운 북소리로 그것을 대신하였으되 여하튼 혼례식에 빠질 수 없었던 음악, 춤, 식탁에 둘러앉은 즐거운 얼굴들, 기교를 부린 달콤한 말들, 노래, 불꽃놀이, 거침없는 웃음, 익살꾼과 그 패거리, 리본의 굵직한 매듭 등, 그 모든 것들이 그리워. 나는 특히, 혼례식 후에 하객들 앞에서 경매에 붙이던 신부의 스타킹 조임띠가 그립구나. 신부의 스타킹 조임띠는 베누스의 허리띠와 사촌지간이지. 트로이아 전쟁이 무엇 때문에 벌어졌는가? 두말할 나위 없이 헬레네의 스타킹 조임띠 때문이었지. 왜들 싸웠는가? 신을 방불케 하던 그 디오메데스가, 어찌하여 메리오네스의 머리 위에 있던 뿔 열 개 달린 커다란 청동 투구를 박살 내었는가? 무엇 때문에 아킬레우스와 헥토르가 서로에게 창을 겨누며 그토록 심하게 싸움박질을 벌였던가? 헬레네가 파리스로 하여금 그녀의 스타킹 조임띠를 수중에 넣게 하였기 때문이지. 꼬제뜨의 스타킹 조임띠를 호메로스가 본다면, 그것을 가지고 『일리아스』를 다시 한 편 지을 게다. 그러면서, 자기의 그 영웅전 속에 나와 같은 늙정이 수다쟁이 하나를 등장시킨 다음, 네스토르라는 이름을 부여하겠지.[29] 내 벗님들이여, 옛날에는, 그 다정했던 옛날에는 아주 현명하게 혼례를 치렀지. 나무랄 데 없는 혼인 계약서에 서명한 다음, 질탕하게 먹고 마셨지. 다시 말해, 퀴쟈스가 퇴장하기 무섭게 가마쵸가 등장하였지.[30] 젠장! 위(胃)라는 놈은 자기의 몫을 내놓으라고 하며, 자기도 혼례식을 치르겠다고 나서는 착한 짐승이야. 모두들 질탕하게 먹고, 식탁에는, 수건을 쓰지 않은 채 젖가슴을 지나치게 감추지 않은, 아름다운 이웃집 여자가 동석하였지! 오! 찢어져라 한껏 버리고 웃던 입들! 그 시절에는 참으로 즐거워들 하였지! 젊음이 곧 꽃다발이었지. 청년들은 누구나 라일락 가지 하나 혹은 장미꽃 한 다발로 치장하였지. 비록 용맹한 전사라 할지라도 목동으로 변하였지. 그리하여, 혹시 어떤 젊은이가 용기병 중대장이면, 사람들이 자기를 플로리앙[31]이라고 부르도록 할 방도를 찾아냈지. 멋지게 보이는 것을 중시하였지. 그리하여 수놓은 자주색 옷을 입었지. 부르주와 청년은 꽃 같은 모습이었고, 젊은 후작은 보석과 같았지. 장화도 신지 않았고, 발밑으로 돌려 매는 각반 끈도 달고 다니지 않았지. 온통 말쑥하고, 번쩍이고, 어른거리고, 금빛 띤 적갈색이었고, 팔락거리고, 귀엽고, 멋있었지. 그러면서도 옆구리에 검 하나 차는 것은 잊지 않았지. 부리와 발톱을 가진 벌새 같았지. 오페라-발레 「우아한 인도」[32]가 한창 공연되던 시절이었지. 그 세기의 한 측면은 섬세함이었고, 다른 한 측면은 장엄함이었지. 그리고, 제기랄! 누구나 즐겼지! 오늘날에는 모두들 근엄해. 부르주와들을 보면, 사내들은 인색하고 계집들은 정숙한 척하지. 당신들의 세기, 참으로 불운한 세월이야. 젖가슴 드러난 옷 입었다고 미의 여신들을 쫓아낼 세기야! 아! 아름다움을 추함인 양 감추다니! 대혁명 이후에는 모두가, 심지어 무희들까지도 바지를 입고 다녀. 여배우까지도 엄숙해야 하다니! 활발하고 쾌활해야 할 리고동 춤마저 교조적이야. 위엄을 갖추어야 한다고! 턱을 넥타이 속에 처박지 않으면 못마땅하게 여기지. 혼인하는 스무 살짜리 천둥벌거숭이가 이상으로 삼는 것이, 고작 루와이예-꼴라르[33] 씨를 닮는 것이라니! 그런데, 그 위엄이 어디로 귀착되는지 알고들 있나? 왜소해지는 것이야. 이것을 알아둬. 즉, 기쁨이란 다만 즐거워하는 것만이 아니고, 그것이 위대하다는 것이야. 그러니 제기랄, 즐겁게 연정에 사로잡히라구! 그러니, 혼례를 치르려거든, 열기와 현기증과 소란과 행복의 야단법석에 휩싸여서 치르란 말이야! 예배당에서 엄숙한 것은 그렇다 치지. 그러나 미사가 끝나면, 제기랄, 새색시 둘레에서 꿈 하나가 빙글빙글 돌게 해주어야지! 혼례식이란 장엄하고 동시에 환상적이어야 해. 즉, 랭스 대성당에서 샹뜰루 성의 빠고다가 있는 곳으로 옮겨 가야 해.[34] 꾀죄죄한 혼례식은 딱 질색이야. 젠장, 적어도 그날만이라도 올림포스에 올라가도록 해요! 신들이 되라고! 아! 그날만은 대기의 정령들, 놀이의 신, 웃음의 신, 아르귀라스피데스[35] 등으로 변신하여, 상스러운 건달이 되는 거야! 나의 벗님들이여, 갓 혼인한 남자는 알도브란디니 대공이 되어야 해![36] 다음 날에는 비록 개구리들의 부르주와지 속으로 다시 떨어지는 한이 있어도, 일생에 단 한 번 맞는 그 순간을 놓치지 말고, 백조들과 참수리들을 벗 삼아 창공으로 날아올라요. 혼례를 치르며 절약하지 말아요. 그것의 화려함을 깎지 말아요. 그대들이 찬연히 빛나는 날에 인색하게 굴지 말아요. 오! 내 생각대로 할 수 있다면, 혼례식이 아주 우아할 거야. 나뭇가지들 속에서 바이올린 소리가 들릴 거야. 나의 계획은, 하늘의 푸르름과 찬란한 은빛이 뒤섞이게 하는 것이야. 나는 잔치에 전원의 신들을 참석시키겠어. 숲의 님파 드뤼아스들과 바다의 님파 네레이스들을 초청하겠어. 분홍빛 구름 드리워지고, 머리채 아름답게 꾸민 알몸의 님파들이 참석한, 그리고 어느 한림원 학사가 그날의 여신에게 축시를 헌정하며, 바다의 괴물들이 전차 하나를 끌고 나타나는, 암피트리테³⁷⁾의 혼례식이 되도록 하겠어.

> 트리톤이 앞에서 달리며 소라 고동 부니
> 그 황홀한 소리에 누구든 매료되었네!

이런 것을 가리켜 축하연 계획이라 할 만하지, 이런 것을. 아니면 나는 모르겠다, 모르겠어!"

할아버지가 열정적으로 떠들며 자신이 하던 말에 도취해 있는 동안, 꼬제뜨와 마리우스는 서로를 자유롭게 바라보며 도취경에 빠져들고 있었다.

질노르망 이모는 그 모든 일들을, 그녀 특유의 흔들림 없는 평온한 기색으로, 조용히 바라보고 있었다. 지난 대여섯 달 동안 그녀가 겪은 놀라움이 적지 않았다. 돌아온 마리우스, 피투성이가 되어 실려 온 마리우스, 바리케이드에서 돌아온 마리우스, 죽었다가 살아난 마리우스, 화해한 마리우스, 약혼한 마리우스, 가난한 여자와 결혼하겠다던 마리우스, 백만장자 여자와 결혼하게 된 마리우스 등이 그것이었다. 그녀에게 마지막으로 놀라움을 안겨 준 것은 육십만 프랑이었다. 그리고, 처음으로 성체배령 하는 사람에게서 발견되는, 그녀 특유의 무관심이 그녀에게 다시 돌아왔다. 그녀는 꼬박꼬박 미사에 참여하여 묵주를 만지작거리며 기도서를 읽었고, 집에서는 한구석에서 '아베마리아' 기도문을 속삭이듯 외우곤 하였다. 그동안 다른 한구석에서는 'I love you'를 속삭이는 소리가 들렸는데, 마리우스와 꼬제뜨가 마치 두 그림자처럼 희미하게 그녀의 눈에 보이곤 하였다. 하지만 진정한 그림자는 그녀였다.

무기력한 금욕주의에 나타나는 특이한 상태가 있는데, 그러한 상태에서는, 마비 증세로 인하여 국외자로 변한지라 삶의 문제라고 부를 수 있는 것들에는 낯설어진 영혼이, 지진이나 대재앙들을 제외하고는, 즐거운 것이건 고통스러운 것이건, 어떠한 인간적 느낌도 감지하지 못한다. "그러한 신앙은 코감기와 같은 것이니라. 너는 삶의 냄새를 전혀 몰라. 나쁜 냄새뿐만 아니라 좋은 냄새도 모르고 있어." 질노르망 영감이 자기의 딸에게 말하곤 하였다.

한편, 육십만 프랑이 노처녀의 갈팡질팡하던 마음을 잡아주었다. 그녀의 아버지는 습관적으로 그녀를 거의 개의치 않았기 때문에, 마리우스의 결혼을 허락하면서도 그녀의 견해를 묻지 않았다. 폭군에서 노예로 변하여, 오직 마리우스의 비위 맞추는 데에만 급급한 나머지, 그는 자기의 평소 방법대로, 급한 성미에 이끌려 일을 처리하였다. 그녀가 존재하는지, 혹은 그녀에게 어떤 견해가 있는지, 마리우스의 이모에 대해서는 아예 생각조차 한번 해보지 않았다. 그리하여, 그녀가 양 같은 사람이었건만, 그 일이 그녀의 마음을 상하게 하였다. 하지만, 내면 깊숙한 곳에서는 반감이 꿈틀거렸어도 겉으로는 태연한 척하였다. 그러면서 스스로에게 말하였다. "아버지가 내게 묻지 않으시고 혼인 문제를 결정하셨으니, 나 또한 상속 문제를 아버지와 상의하지 않겠어." 사실 그녀에게는 재산이 있었으나 아버지는 부유하지 못했다. 따라서 그녀는 자기 재산의 상속 문제에 관한 결정을 유보하였다. 만약 그 결혼이 가난한 결혼이었다면 그녀가 아마 그대로 내버려 두었을 것이다. '내 조카님한테는 안된 일이지만!

거지 여자를 아내로 맞아들이니, 조카님도 거지 신세로 살아야지.'
그녀의 생각이었다. 그러나 꼬제뜨의 육십만 프랑이 이모의 마음에 기꺼웠고, 그 한 쌍의 연인에게로 향한 그녀의 내면적인 태도를 바꾸어놓았다. 육십만 프랑이라는 금액에는 경의를 표해야 하는 법, 따라서 그녀가 자기의 재산을 그 젊은이들에게 남겨 줄 수밖에 없었음은 분명했다. 그들이 자기의 재산을 더 이상 필요로 하지 않았기 때문이다.

그 새로운 한 쌍이 할아버지 댁에 살기로 하였다. 질노르망 씨는 자기의 방을 반드시 그들에게 주겠노라고 하였다. 그 집에서 가장 아름다운 방이었다. "그러면 내가 다시 젊어질 거야. 오래전부터 세워둔 계획이야. 나는 항상 내 방에서 혼인을 시켜야겠다는 생각을 가지고 있었어." 할아버지의 말이었다. 그리고 그 방을 온갖 세련된 골동품 가구들로 채웠다. 또한 천장과 벽은, 그가 위트레흐트산이라고 믿으며 간직해 두었던 진귀한 천으로 도배하였다. 새틴처럼 윤나는 바탕에 미나리아재비꽃과 앵초꽃 무늬를 수놓은 천이었다.

"라 로슈-기용에 있는 앙빌르 공작 부인의 침대 덮개를 이 천으로 만들었지." 그의 설명이었다.

그는 또한 벽난로 위에다, 벌거숭이 배를 토시로 가리고 있는, 작센 지방에서 생산된 밀랍 인형 하나를 올려놓았다.

질노르망 씨의 서재는 마리우스에게 필요한 변호사 집무실로 변하였다. 이미 말한 바와 같이, 변호사협회가 변호사들에게 갖추라고 요구한 집무실이었다.

7. 행복에 뒤섞인 꿈속의 일들

두 연인은 날마다 상면하였다. 꼬제뜨는 항상 포슐르방 씨와 함께

왔다. "약혼녀가 저렇게 구애를 받으러 남자의 집에 오는 것은 뒤바뀐 사리야." 질노르망 아씨가 홀로 중얼거리곤 하였다. 그러나 마리우스의 상처가 회복되던 긴 시기에 그러한 습관이 생긴 데다, 두 연인이 다정히 마주하기에는 롬므-아르메 로의 짚 의자보다는 휘유-뒤-깔베르 로의 소파들이 더 안성맞춤이었기 때문에, 그러한 습관이 뿌리를 내려버렸다. 마리우스와 포슐르방은 서로 얼굴을 대하면서도 피차간에 아무 대화가 없었다. 마치 그러기로 사전에 약속이라도 한 것 같았다. 어떠한 아가씨든 외출할 때에는 수행인이 필요하다. 포슐르방 씨가 동반해 주지 않으면 꼬제뜨가 그곳에 올 수 없었을 것이다. 따라서 마리우스에게는 포슐르방 씨가 꼬제뜨에 수반되는 하나의 조건이었다. 그가 그 조건을 수락하였다. 모든 사람들의 처지를 전반적으로 개선하는 일과 관련된 정치적 사안들을, 막연히 또 구체적 언급 없이 화제에 올리면서, 그들이 '예, 아니요'보다는 조금 더 긴 대화를 이어가는 데 성공하는 경우도 있었다. 언젠가 한 번은, 무상이어야 하고 의무적이고, 온갖 형태로 다양화되고, 공기와 태양처럼 모든 사람들에게 베풀어져 국민 전체가 호흡할 수 있어야 한다고 마리우스가 주장한 교육 문제에 대하여, 두 사람의 견해가 일치하였으며, 따라서 그들의 대화가 거의 정담(情談)을 방불케 하였다. 마리우스는 그때 포슐르방 씨의 언변이 좋으며, 그의 언사에 고결함이 배어 있음도 간파하였다. 하지만 무엇인지 모를 어떤 것이 그에게 결여되어 있는 것 같았다. 포슐르방 씨는 사교계 사람들보다 어떤 한 가지가 부족했고, 동시에 한 가지를 더 가지고 있었다.

마리우스는 자기에게 단지 친절하기만 하고 냉랭한 그 포슐르방 씨를, 속으로 또 그의 사념 가장 깊은 밑바닥에서, 온갖 종류의 묵묵한 질문들로 감싸고 있었다. 때로는 자신이 간직하고 있던 추억들에 대한 의구심이 일기도 하였다. 그의 기억 체계에 구멍 하나, 검은 장소 하나, 사경을 헤매던 넉 달 기간이 파놓은 심연 하나가 있었다. 그 심연 속으로 많은 것들이 사라졌다. 그토록 근엄하고 침착한 사람인 포슐르방 씨를 바리케이드에서 본 것이 사실일까, 자신에게 의문을 제기할 지경에 이르렀다.

게다가, 과거의 급작스러운 출현과 잠적 현상이 그의 뇌리에 남긴 것이 그 아연함뿐만은 아니었다. 행복하고 만족스러운 상태에서도 우리들로 하여금 우수 어린 시선을 과거로 던지도록 강요하는, 그 기억 속의 강박 증세로부터, 그가 그 무렵 해방되었을 것이라 믿어서는 아니 될 것이다. 지워진 지평선으로 고개를 돌리지 않는 머릿속에는 사념도 사랑도 없다. 가끔 마리우스가 자신의 얼굴을 두 손으로 감쌌고, 그럴 때마다 소란스럽고 모호한 과거가, 그의 뇌수에 드리워져 있던 황혼을 가로질러 지나갔다. 마뵈프가 쓰러지는 모습이 다시 보였고, 쏟아지는 산탄 아래에서 가브로슈가 부르던 노랫소리가 들렸으며, 에뽀닌느의 이마에서 느끼던 차가운 감촉이 그의 입술에 되살아났다. 앙졸라, 꾸르훼락, 쟝 프루베르, 꽁브훼르, 보쒸에, 그랑떼르 등, 그의 모든 친구들이 눈앞에서 벌떡 일어섰다가 즉시 사라졌다. 다정했고, 고통스러워했고, 용감하고, 매력적이고, 혹은 비극적이었던 그 모든 사람들이 꿈속의 존재들이었단 말인가? 그들이 정말 존재하기나 했던 것일까? 소요 사태가 모든 것을 화약 연기로 휘감아 버렸다. 그러한 대대적인 열병에는 위대한 꿈들이 수반된다. 그는 자신에게 질문을 던지며 자신의 내면을 더듬어보았다. 안개처럼 잦아버린 그 모든 사실들 앞에서 그는 현기증을 느꼈다. 그들이 도대체 모두들 어디에 있단 말인가? 모두 죽은 것이 사실이란 말인가? 암흑 속으로의 추락이 그를 제외한 모두를 휩쓸어 갔다. 그 모든 것이 마치 극장의 장막 뒤로 사라진 것 같았다. 삶에도 그렇게 내려지는 장막들이 있다. 신이 다음 막으로 넘어간다.

그리고 그 자신 또한 정말 같은 사람이었을까? 가난했던 그가 부유해졌다. 버려졌던 그에게 가정이 생겼다. 절망했던 그가 꼬제뜨를 아내로 맞아들이게 되었다. 마치 무덤 하나를 통과하였고, 검은 모습으로 그 속에 들어갔다가 하얗게 되어 다시 나온 것같이 여겨졌다. 그런데 다른 이들은 여전히 그 속에 남아 있었다. 어떤 순간에는 그 모든 과거의 존재들이 그의 곁으로 되돌아와 그를 둘러쌌고, 그를 우울하게 만들었다. 그럴 때마다 그는 꼬제뜨 생각을 하며 평온을 되찾곤 하였다. 하지만 그 유열 이외의 다른 그 무엇도 그의 뇌리에서 그 참사를 지워줄 수 없었다.

포슐르방 씨는 그 사라진 사람들 속에 자리하고 있는 것과 거의 다름없었다. 마리우스는, 바리케이드에 나타났던 포슐르방 씨가, 지금 꼬제뜨 곁에 그토록 엄숙하게 앉아 있는 포슐르방 씨와 같은 사람이라고 선뜻 믿을 수가 없었다. 바리케이드에 나타났던 포슐르방 씨는 아마, 그 광중의 순간에 나타났다가 스러진 악몽들 중 하나였을지도 모른다. 게다가, 두 사람의 천성은 절벽을 이루며 끊긴 두 덩이 산 같아서, 어떠한 질문도 마리우스로부터 포슐르방 씨에게로 건너갈 수 없었다. 아예 그럴 생각조차 품지 못하였다. 그러한 성격적 특징에 대해서는 이미 언급한 바 있다.

하나의 비밀을 공유하는 두 사람이, 일종의 암묵적 합의에 따라, 그 비밀에 관해서는 단 한마디 말도 나누지 않는 경우가, 흔히들 생각하는 것보다는 덜 희귀하다. 딱 한 번, 마리우스가 그 일에 관한 대화를 시도해 보았다. 그는 대화가 자연스럽게 샹브르리 골목길에 이르게 하였고, 그 순간, 포슐르방 씨를 쳐다보며 그에게 물었다.

"그 길을 잘 아십니까?"

"어느 길 말씀이오?"

"샹브르리 골목 말씀입니다."

"그러한 길 이름은 금시초문이오." 포슐르방 씨가 지극히 자연스러운 어조로 대꾸하였다.

길 자체가 아니라 길의 이름에 관한 그러한 답변이 마리우스에게는 실제보다 더 명확한 것으로 여겨졌다.

그리하여 홀로 생각하였다. '정말이지, 내가 꿈을 꾸었군. 내가 환각에 사로잡혀 있었던 거야. 그를 닮은 어떤 사람이었어. 포슐르방 씨는 그곳에 없었어.'

8. 다시 찾을 수 없는 두 사람

환희가 아무리 커도, 그것이 마리우스의 뇌리에서 다른 관심사들을 지워버리지는 못하였다. 혼례식을 준비하며 정해진 날을 기다리는 동안, 그는 사람을 시켜, 어렵고 치밀함이 요구되는 과거사에 대한 조사에 착수케 하였다.

그에게는 여러 사람에게 갚아야 할 은혜가 있었던 바, 자기의 아버지가 입으신 은혜뿐만 아니라 그 자신이 입은 은혜도 있었다. 그 사람들 중에 떼나르디에가 있었고, 자기 마리우스를 질노르망 씨 댁으로 데려온 미지의 남자가 있었다. 마리우스는 특히 그 두 사람을 찾는 데 집착하였다. 결혼을 하고 행복해지면서 그들을 망각하고 싶지 않았고, 또한 갚지 못한 그 의무라는 빚이, 이제부터 그토록 찬연할 자기의 삶에 그들을 드리우지 않을까 저어하였기 때문이다. 그 모든 미불금을 자기 위에 미결 상태로 남겨 두는 것이 그에게는 불가능하였고, 따라서 그는, 미래 속으로 즐겁게 들어가기 전에, 과거를 청산한 영수증을 갖고 싶어 하였다.

떼나르디에가 악당이었다는 사실로 인해, 그가 뽕메르씨 대령의 목숨을 구출하였다는 사실이 추호라도 변질될 수는 없을 것 같았다. 떼나르디에가 모든 사람들 눈에는 하나의 강도이었으되, 마리우스에게만은 예외였다. 또한, 워털루 전쟁터에서 벌어졌던 그 정경의 실체를 모르던 터라, 마리우스는, 자기의 아버지가 그 기이한 상황에서 떼나르디에 덕에 목숨은 구했으되, 그에게 은혜를 입지는 않았다는 특이한 사실을 알지 못하였다.

마리우스가 고용한 다양한 요원들 중, 아무도 떼나르디에의 족적을 포착하지 못하였다. 그쪽의 잠적은 완벽한 것 같았다. 떼나르디에의 처는 예심이 진행되는 동안에 감옥에서 죽었다. 그 통탄스러운 무리 중에서 유일하게 생존하였을 법한 떼나르디에와 그의 딸 아젤마는 다시 어둠 속으로 잠겨버렸다. 사회적 미지의 심연이 그 남은 사람들 위로 다시 조용히 닫혔다. 그리고, 그 표면에는, 그 작은 전율도, 출렁거림도, 무엇이 그곳에 떨어졌으며 따라서 그 지점에 탐조봉을 넣어볼 수 있다고 알려 주는 희미한 동심원들조차 보이지 않았다.

떼나르디에의 처는 사망하였고, 불라트뤼엘은 무혐의 처분 받았고, 끌라끄쑤는 사라졌고, 주요 혐의자들은 탈옥한지라, 고르보의 누옥에서 있었던 사건에 대한 재판은 거의 중절된 상태였다. 사건은 미궁 속에 빠져 있었다. 중죄 재판소는 남은 두 종범(從犯)으로 만족할 수밖에 없었는데, 하나는 프랭따니에 혹은 비그르나이유라고도 불리는 빵쇼, 다른 하나는 드-밀리야르(이십억)라는 별명을 가진 드미-리야르(반푼)였고, 그들은 모두 도형 십 년의 선고를 받았다. 탈옥한 그들의 공범들에게는 결석 재판에서 무기 도형이 선고되었다. 또한, 그들 모두의 두목이며 범행을 주도한 떼나르디에, 역시 결석재판에서, 사형선고를 받았다. 그러한 판결문이, 떼나르디에가 사라진 심연 위에 남은 유일한 흔적이었고, 그것이, 마치 관 옆에 켜놓은 한 가락 양초처럼, 묻혀 버린 그 이름 위로 음산한 미광을 던지고 있었다. 또한, 다시 체포될 두려움으로 떼나르디에를 심연 밑바닥으로 더 밀어 넣었던지라, 그 판결이 그 사람을 뒤덮고 있던 암흑의 층을 더 두껍게 만들었다.

한편 다른 사람에 대해서는, 즉 마리우스를 구출해 낸 미지의 사람에 대해서는, 조사 초기에 얼마간의 결실을 얻었다. 하지만 어느 순간 문득 조사가 멈추어버렸다. 마리우스를 태워 가지고 6월 6일 저녁 휘유-뒤-깔베르 로에 왔던 삯마차를 다시 찾아내는 데 성공하였다. 마부가 말하기를, 6월 6일, 어느 경찰관의 명령에 따라, 오후 세 시부터 해가 질 때까지, 샹젤리제 공원 옆 강변로 대하수도 위 지점에서 마차를 대기시켜 놓고 있었노라 하였다. 또한, 저녁 아홉 시경, 제방 쪽으로 난 하수구의 철책이 열리더니, 이미 죽은 듯한 남자 하나를 어깨에 들쳐 멘 남자가 나왔고, 경찰관의 명령에 따라 마부인 자기가 '그 모든 사람들'을 자기의 마차에 태워주었고, 먼저 휘유-뒤-깔베르 로에 들렀고, 죽은 사람을 그곳에 내려놓았고, 그 죽은 사람이 비록 '지금은 살아 계시지만' 마리우스 씨였음을 알겠고, 그다음 나머지 사람들이 다시 마차에 탔고, 자기가 말들에게 채찍을 가하였고, 고문서 보관소로부터 몇 걸음 아니 되는 지점에 이르렀을 때 마차 안에 있던 사람이 멈추라고 소리를 질렀고, 그곳 길에서 자기에게 마차 삯을 지불한 후 자기를 돌려보냈고, 경찰관이 다른 남자를 데려갔고, 자기는 더 이상 아는 것이 없고, 그날 밤이 몹시 어두웠노라고 하였다.

이미 말한 바와 같이, 마리우스는 아무것도 기억에 되살릴 수가 없었다. 그는 다만, 바리케이드 안에서 자기가 뒤로 자빠지려는 순간, 힘찬 손 하나가 자기를 잡은 사실만을 기억할 수 있었다. 그다음의 모든 것은 지워진 것이나 다름없었다. 그가 의식을 되찾은 것은 질노르망 씨 댁에서였다.

그는 무수한 추측 속으로 빠져들어 갔다. 그 죽은 사람이 자기였음은 의심할 여지가 없었다. 하지만 샹브르리 골목에서 쓰러진 자기를, 앵발리드 교 근처 쎈느 강 제방에서 경찰관이 발견하였다니, 도대체 어찌 된 일이란 말인가? 어떤 사람이 그를 알 시장 구역으로부터 샹젤리제 공원 근처까지 들쳐 업고 간 것이다. 또한 그 먼 거리를 어떻게 이동하였던가? 하수도를 따라 이동한 것이다. 전대미문의 헌신이었다! 어떤 사람이었을까? 아니 누구였을까?[39]

마리우스가 찾던 이는 그러한 사람이었다. 그를 구출해 낸 사람의 그 무엇도, 어떤 흔적도, 아주 작은 징후조차도 찾을 수 없었다.

마리우스는, 비록 그쪽으로는 신중하게 접근해야 했지만, 추적의 손길을 경찰국으로까지 뻗쳐 보았다. 그쪽에서 알아낸 것들 또한 다른 곳에서 얻은 사항들보다 나을 것이 없었고, 아무것도 밝혀 주지 못하였다. 경찰국은 삯마차꾼보다도 아는 것이 없었다. 대하수구 근처에서 6월 6일에 누가 체포되었다는 사실도 까마득히 모르고 있었다. 그러한 사실에 대하여 어떤 요원의 보고도 없었다고 하며, 경찰국은 마부의 이야기를 터무니없는 허구로 여겼다. 순전히 마부가 꾸며낸 이야기라는 것이다. 마부는 팁을 받기 위해 무슨 짓이든 하며, 심지어 없는 일을 상상해 내기도 한다는 것이다. 하지만 그것은 엄연한 사실이었고, 이미 말했듯이, 마리우스가 자신의 정체성을 의심한다면 모를까, 그 사실을 의심할 수는 없었다. 그 기이한 수수께끼 속에서는 모든 것이 불가해하였다.

마부가 보았다는, 기절한 마리우스를 업고 대하수도의 철책 문으로 나왔다는 그 사람, 그리고 잠복하고 있던 형사가 반도를 구출한 현행범으로 체포하였다는 그 신비에 감싸인 사람, 그가 어찌 되었단 말인가? 또한 그 형사는 어찌 되었단 말인가? 그 형사가 왜 침묵을 지킨단 말인가? 그 사람이 형사를 매수하여 도주하였다는 말인가? 그 사람이, 자기에게 모든 것을 빚지고 있는 마리우스 앞에, 무슨 연고로 흔적조차 내보이지 않는가? 그 사람의 무사무욕이 헌신 못지않게 경이로워 보였다. 그 사람이 왜 다시 나타나지 않는단 말인가? 혹시 보상에 무관심한 사람일 수도 있었다. 그러나 사은의 정 앞에서도 초연한 사람은 없다. 혹시 죽었을까? 어떤 사람이었을까? 용모는 어떠하였을까? 아무도 그러한 질문들에 답하지 못하였다. 마부의 대답은 이러하였다. "밤이 몹시 어두웠습니다." 바스끄와 니꼴레뜨는, 너무나 당황한 나머지, 자기들의 피투성이가 된 젊은 주인만을 바라보았노라고 하였다. 들고 있던 촛불이 마리우스의 비극적인 도착을 비춰준 터라, 수위는 문제의 그 사람을 보았고, 수위가 그에 대하여 한 말은 이러하였다. "그 사람은 무시무시했어요."

마리우스는, 자기의 조사에 도움이 될지도 모른다는 생각에, 자기가 할아버지 댁으로 실려 오던 날 걸치고 있던 피투성이 옷들을 잘 보관해 두었다. 그 옷을 면밀히 들여다보던 중, 천 한 조각이 괴이하게 뜯겨 나갔다는 사실을 발견하였다. 천 한 조각이 제자리에 없었다.

어느 날 저녁 마리우스는, 꼬제뜨와 쟝 발쟝 앞에서, 그 이상한 사건과, 자기가 수집한 정보들, 그리고 자기의 노력이 허사였다는 사실에 대해 이야기하였다. '포슐르방 씨'의 냉랭한 표정이 그의 성질을 돋우었다. 그가 격렬하게 언성을 높였는데, 그 어조에 거의 노여움에 가까운 전율이 섞여 있었다.

"그렇습니다, 그가 어떤 사람이든 간에, 그 사람의 행동은 숭고하였습니다. 그 사람이 어떤 일을 하였는지 아십니까? 그는 천사장처럼 개입하였습니다. 그가 전장 한가운데로 뛰어들어 저를 그곳으로부터 빼내어, 하수구를 열고, 저를 그 속으로 끌고 들어가, 등에 업고 이동하였습니다. 그가 끔찍한 지하 갤러리에서 일 리으 반이나 걸어야 했습니다. 몸을 굽히고, 아니 반으로 접힌 몸으로, 그 암흑 속에서, 그 시궁창 속에서, 시신 하나를 등에 업고, 한 리으 반이나 이동했단 말입니다! 도대체 무슨 목적이었을까요? 목적은 단 하나, 그 시신을 구출하려던 것이었습니다. 그 시신이 바로 저였습니다. 그는 스스로에게 이렇게 말하였던 것입니다. '아직 생명의 희미한 빛이 남아 있을지도 몰라. 내 목숨을 걸더라도 이 가엾은 생명의 불씨를 살려야지!' 그리고 그의 생명이 위험에 처하기 한 번이 아니라 스무 번이었습니다! 또한 그가 옮겨 놓던 발걸음 하나하나가 곧 위험이었습니다. 하수도에서 나오던 순간에 그가 체포되었다는 사실이 그 중 거입니다. 그 모든 일을 그 사람이 감당하였다는 사실을 아십니까? 게다가 기대할 보상도 없었습니다. 제가 무엇이었습니까? 하나의 반도였습니다. 제가 무엇이었습니까? 한낱 패배자였습니다. 오! 만약 꼬제뜨의 육십만 프랑이 저의 소유라면……."

"당신 것이오." 쟝 발쟝이 그의 말을 끊었다.

"만약 그렇다면, 저는 그 돈을 그 사람 찾는 데 쓰겠습니다!" 마리우스가 다시 말을 이었다.

쟝 발쟝은 아무 말도 하지 않았다.

6편 불면의 밤

1. 1833년 2월 16일

1833년 2월 16일과 17일 사이의 밤은 축복받은 밤이었다. 그 밤의 어둠 위로 하늘이 활짝 열려 있었다. 마리우스와 꼬제뜨가 혼인하던 날 밤이었다.

사랑스러움이 넘친 하루였다.

할아버지가 꿈꾸던 귀족적인 잔치나, 케루빈들과 쿠피도들이 신랑과 신부의 머리 위에서 뒤섞이는 몽환극과 같은 결혼식, 혹은 건축물의 출입문 위에 조각하여 장식할 만한 장면들을 연출한 결혼식은 아니었다. 하지만 다정함과 명랑함이 감돌았다.

결혼 풍속이 1833년에는 오늘날과 같지 않았다. 교회당 문을 나서기가 무섭게 자기의 아내를 납치하여 도망치고, 자기의 행복이 부끄러운 듯 숨으면서, 「아가」의 황홀경[1]을 파산한 사람의 도주하는 발걸음에 뒤섞는, 그 극도로 세련된[2] 우아함을, 프랑스가 아직은 잉글랜드로부터 빌려오지 않았던 시절이었다. 또한 자기의 낙원을 역마차에 실어 뒤흔들리게 하고, 자기의 지극한 사랑의 신비가 채찍 소리와 마차 출입문의 철컥거리는 소리에 자주 끊기게 하며, 여인숙의 침대를 첫날밤 침상으로 삼고, 생애의 가장 신성한 추억들을 마부나 여인숙 하녀와의 대화와 뒤섞어 하룻밤에 얼마 하는 천한 침실에 내버리는 등의 짓들에 내포된, 정숙함과 그윽함과 단정함 등은[3] 아직 이해하지 못하던 시절이었다.

우리가 살고 있는 지금 19세기 후반에는, 시장과 그가 두른 현장(懸章), 사제와 그의 제의(祭衣), 즉 법률과 신만으로는 충분치 못하다. 붉은 단을 대고 방울 단추에 완장까지 갖춘 하늘색 상의와 초록색 가죽 반바지를 입고, 꼬리를 묶은 노르망디산 말들에게 욕설을 퍼붓고, 거짓 계급 줄을 두르고, 밀랍 먹인 모자를 쓰고, 분 뿌린 덥수룩한 머리에, 커다란 채찍을 손에 들고 장화를 신은, 롱쥐모의 역마차 마부[4]로 그것들을 보충해야 한다. 프랑스가 아직까지는, 잉글랜드의 '귀족들'처럼, 신혼 남녀가 탄 역마차에 구멍 뚫린 실내화나 낡은 신발을 우박처럼 퍼붓는 지경까지 혼례식을 우아하게 만들지는 않았는데, 잉글랜드 귀족들의 그러한 풍습은, 최초로 말보로인지 말브루크인지의 공작이 된 처칠[5]의 숙모가, 그의 결혼식 날에 화가 나서 그의 마차에 그러한 짓을 했고, 그 사건이 그에게 행운을 가져다주었다는 데서 유래하였다. 낡은 실내화나 신발이 아직은 우리의 혼례식에 얼씬도 하지 않는다. 하지만 인내심을 가지고 기다리시라. 좋은 취향이란 지속적으로 만연하는 법, 언젠가는 우리도 그 지경에 이를 것이다. 여하튼, 백 년 전이나 1833년에는, 바쁘게 뛰어다니는 혼인은 하지 않았다.

그 시절에는 아직도, 매우 괴상한 일이긴 하지만, 혼례식이라는 것이 친밀하며 가정적인 잔치이고, 소박한 연회가 혼례식의 품위를 해치지 않고, 즐거워함이 좀 지나치더라도 그것이 정중할 경우 행복에 아무런 해를 끼치지 않고, 장차 하나의 가족을 형성할 두 운명의 융합이 집에서 시작되는 것이 존경스럽고 좋으며, 따라서 두 내외는 이제부터, 자기들이 첫날밤을 보낸 침실을 증인으로 삼아야 한다고들 생각하였다. 그리하여 부끄러움도 모르는 듯 혼례를 집에서 치렀다.[6]

그리하여 혼례식을, 지금은 소멸되어 가고 있는 그러한 풍습에 따라, 질노르망 씨 댁에서 치르기로 하였다.

혼인을 한다는 것이 아무리 자연스럽고 평범한 일이라 할지라도, 그것을 알리고, 혼인 계약서를 작성하고, 시청에 가고, 교회당에 가는 일들은 항상 다소나마 번거롭기 마련이다. 그리하여 2월 16일 이전에는 준비를 마칠 수가 없었다.

  그런데, 순전히 정확성을 기하고 싶은 욕구를 충족시키기 위하여 하는 지엽적인 이야기이기는 하지만, 공교롭게도 2월 16일이 참회의 화요일이었다. 그리하여 특히 질노르망 이모는 가책감 때문에 머뭇거렸다. 그러자 할아버지가 언성을 높였다.

  "참회의 화요일이라! 잘된 일이야. 이러한 속담이 있느니라. '참회의 화요일에 혼인하면 배은망덕한 자식이 태어나지 않는다.' 그러니 무시해 버리자. 2월 16일이 좋겠구나! 마리우스, 너는 뒤로 미루고 싶으냐?"

  "물론 아니죠." 연정에 들떠 있던 젊은이의 대꾸였다.

  "그럼 혼례식을 거행하자."

  그리하여 2월 16일이 축제일임에도 불구하고 그날 혼례를 치렀다. 비가 내렸지만, 그리하여 세상의 나머지 모든 사람들은 비록 우산 밑에 있더라도 연인들에게는 보이는, 행복에 기여할 한 귀퉁이 맑은 하늘은 항상 있게 마련이다.

  혼례식 전날 저녁, 쟝 발쟝은 질노르망 씨의 입회하에, 마리우스에게 오십팔만사천 프랑을 건넸다. 부부 공유재산제로 한 결혼이었기 때문에 증서 작성도 간단하였다.

  가정부 뚜쌩이 쟝 발쟝에게는 더 이상 필요치 않았기 때문에, 꼬제뜨가 그녀를 물려받아 침모직으로 승진시켰다. 쟝 발쟝을 위해서는 질노르망 씨 댁에 특별히 예쁜 방 하나를 새로 꾸몄고, 또 꼬제뜨가 '아버지, 제발!' 하며 어찌나 간곡히 애원하였던지, 그가 그 댁에 와서 함께 살겠노라는 약속에 가까운 언질을 주었다.

  혼례일을 며칠 앞두고 쟝 발쟝에게 사고 하나가 생겼다. 오른손

엄지손가락을 조금 다쳤다. 큰 상처가 아니었던지라, 그는 아무에게도 그것을 보이지 않았고, 혹시 누가 그곳을 붕대로 감싸 주는 등, 마음을 쓰는 일이 없게 하였다. 심지어 꼬제뜨조차 모르게 하였다. 하지만 상처로 인해, 그 손을 천으로 감싸 어깨걸이 붕대에 팔을 의지할 수밖에 없었고, 따라서 그가 직접 서명을 할 수가 없었다. 그리하여 질노르망 씨가 꼬제뜨의 후견인 대리 자격으로 서명을 하였다.

독자들을 시청이나 교회당까지 안내하지는 않겠다. 두 연인을 그곳까지 따라가는 일은 별로 없으며, 신랑이 단춧구멍에 작은 꽃다발을 꽂는 순간 그 비극적 사건에 등을 돌리는 것이 상례이다.[7] 대신, 휘유-뒤-깔베르 로에서 쌩-뽈 교회당까지 가는 동안에 일어난, 그러나 혼례 당사자들의 눈에는 띄지 않은, 작은 사건 하나를 부각시키는 것으로 그치겠다.

그 무렵 쌩-루이 로 북쪽 끝 부분에 포석을 다시 깔고 있었기 때문에, 그 길이 빠르끄-루와얄 로와 교차되는 지점부터 막혀 있었다. 따라서 혼례식에 참석하는 마차들이 쌩-뽈 교회당으로 직행하기는 불가능하였다. 노정을 바꿀 수밖에 없었는데, 가장 간단한 방법은 대로를 따라 우회하는 것이었다. 그러나 하객 하나가 이의를 제기하면서, 참회 화요일인지라 대로에는 마차들이 붐빌 것이라고 하였다.

"무엇 때문이오?" 질노르망 씨가 물었다.

"가면 쓴 사람들 때문입니다."

"그거 마침 잘되었군." 할아버지가 말하였다. "대로를 따라 갑시다. 이 젊은이들이 결혼을 하여 이제 삶의 진지한 국면으로 접어들려 하오. 가장행렬을 좀 구경하는 것도 그들에게 도움이 될 거요."

대로를 따라 출발하였다. 혼례식에 참석하는 대형 사륜마차들의 행렬 선두로 나선 마차에는 꼬제뜨와 질노르망 이모, 질노르망 씨, 그리고 쟝 발쟝이 탔다. 관례에 따라 약혼녀와 아직은 떨어져 있어야 했던 마리우스는 두 번째 마차를 탔다. 혼례 행렬은, 휘유-뒤-깔베르 로를 벗어나기 무섭게, 마들렌느 교회당으로부터 바스띠유 광장까지, 그리고 바스띠유 광장으로부터 마들렌느 교회당까지, 끝없는 사슬을 이루며 이어져 있던 마차들 행렬 속으로 휩쓸려 들어갔다.

대로에는 가면들이 넘쳐 났다. 간간이 비가 내렸지만, 빠이야쓰, 빵딸롱, 질르 등[8] 가면들은 고집스럽게 대로상에 남아 있었다. 흥겨운 분위기에 잠겨 있던 1833년의 겨울 날씨 속에서, 빠리가 베네치아로 변장하였다. 오늘날에는 더 이상 그러한 참회 화요일 풍경을 볼 수 없다. 현재 남은 것이라야 고작 지지부진해진 사육제뿐, 더 이상 진정한 사육제는 구경할 수 없다.[9]

양쪽 인도는 행인들로, 모든 창문들은 구경꾼들로 넘쳤다. 극장들 정면 회랑의 왕관 같은 테라스들은 구경꾼들로 수를 놓은 것 같았다. 가장행렬뿐만 아니라, 경찰의 통제하에 꼬리를 맞물고 마치 레일을 따라가듯 움직이는, 그리고 롱샹의 경마장이나 참회 화요일에만 볼 수 있는, 삯마차 휘아크르들과 도시 삯마차 씨따딘느들과 지붕만 있는 카페트 상인 마차들과 소형 시골 수레 까리올들과 소형 이륜마차 까브리올레 등으로 이루어진 마차들의 행렬 또한, 구경꾼들의 시선을 끌었다. 그 마차들 속에 있던 사람들은 누구나 구경꾼이면서 동시에 구경거리였다. 순경들은, 불편하게 움직이는 그 끊일 줄 모르며 평행선을 이루는 두 행렬이 대로의 양쪽 측면에서 벗어나지 못하도록 통제하는 한편, 그 이중의 흐름이, 다시 말해, 상류 쪽 앙땡과 하류 쪽 쌩-앙뚜완느 구역으로 향하던 두 줄기 냇물 같은 마차들 행렬이 막히지 않도록 감시하고 있었다. 프랑스 중신들이나 각국 대사들의 가문(家紋)으로 장식한 마차들은, 대로 중앙부를 따라 쌍방향으로 자유롭게 왕래하였다. '뵈프 그라'와 같은 몇몇 화려하고 쾌활한 가장행렬들도 같은 특권을 누렸다. 빠리의 그 즐거움 속에서 잉글랜드도 자기의 채찍 소리를 보태었다. 시모어 경[10]이 탄 역마차가 상스러운 야유에 휩싸인 채, 요란한 소리를 내며 지나가기도 하였다.

두 줄의 마차 행렬을 따라, 양치기 개들이 양 떼 감시하느라고 그러듯, 빠리 경찰대 소속 순경들이 말을 타고 질주하며 분주히 오르내렸다. 그 행렬 속에 있던, 대고모들과 할머니들 가득 태운 허름한 가족 마차들이, 일곱 살짜리 삐에로들과 여섯 살짜리 삐에레뜨들로 분장한 아이들을 마차의 승강구에 자랑스럽게 늘어놓았는데, 그 매혹적인 어린것들 역시, 자신들이 축제에 공식적으로 참가하고 있음을 느끼는 듯, 자기들의 맡은 아를르깽 역(광대 역)에 자부심을 드러내며 공무 수행인들의 엄숙한 표정을 지었다.

가끔 마차들 행렬에 뜻하지 않은 장애가 생겨, 평행을 이루고 있던 두 행렬들 중 하나가 멈추어 서서, 매듭이 풀리기를 기다리기도 하였다. 문제에 봉착한 마차 한 대가 행렬 전체를 마비시키기에 족했다. 그러다가 행렬이 다시 움직이기 시작하곤 하였다.

혼례식장으로 향하던 대형 사륜마차들은, 대로의 우측을 따라 바스띠유 광장으로 향하던 행렬 속에 끼어 있었다. 뽕-오-슈라는 길과 교차하는 지점에서 행렬이 잠시 멈추었다. 거의 같은 순간, 마들렌느 교회당 쪽으로 향하던 반대편 행렬 역시 멈추었다. 바로 그 지점에 가면들을 가득 태운 마차 한 대가 행렬 속에 끼어 있었다.

그러한 마차들이, 정확히 말하자면 가면 무더기와 다름없는 그 마차들이, 빠리 사람들의 눈에는 아주 친숙하였다. 그리하여, 만약 참회 화요일이나 사순절 중간 목요일 축제에 그러한 마차들이 거리에 나타나지 않을 경우, 사람들은 그러한 현상 이면에 어떤 악의가 숨어 있다고 여기며 이렇게들 말하였을 것이다. "무슨 꿍꿍이 수작이 있는 거야. 아마 개각이 단행될 거야." 행인들의 위쪽 높은 곳 마차에서 건들거리는 까쌍드로, 아를레키노, 꼴롬비나들의 무더기,[11] 터키인으로부터 야만인에 이르기까지 온갖 괴상한 몰골들, 후작 부인들을 어깨로 떠받치고 있는 헤라클레스들, 고대 그리스의 디오뉘소스 모시는 여사제들이 아리스토파네스로 하여금 눈을 내리깔게 하였듯이[12] 라블레로 하여금 스스로 귀를 막게 할 만한[13] 언사 더러운 여인들, 삼실 뭉치로 만든 가발들, 몸에 착 들러붙는 분홍색 내의들, 겉멋쟁이들의 모자들, 점잔 빼는 자의 안경들, 나비에게 놀림당하는 쟈노[14]의 삼각모들, 행인들에게 마구 질러대는 고함, 두 주먹을 엉덩이 위에 올려놓고 떡 버티어 서는 안하무인 격의 자세들, 드러내어 벌거숭이가 된 어깨들, 가면으로 가린 낯짝들, 부리망 풀린 뻔뻔스러움 등, 꽃으로 머리를 장식한 마부가 거리로 이리저리 끌고 다니는 파렴치한 그 대혼돈, 그것이 인위적으로 만들어낸 그 관습의 실체이다.

옛 그리스에게 테스피스의 짐수레가 필요했던 것처럼, 프랑스에게는 바데의 삯마차가 필요하다.[15]

모든 것이 풍자적으로 모방될 수 있으며, 풍자적 모방 작품 자체도 그러하다. 태곳적 아름다움의 찡그림인 사투르날리아[16]가 차츰 상스러워져 참회 화요일의 축제로 기착된다. 또한 옛날에는, 포도 넝쿨을 왕관처럼 머리에 두르고 태양 빛에 잠겨, 신처럼 반나신으로 대리석 젖가슴을 드러내던 바카날리아[17]가, 오늘날에는 북쪽 지방의 축축한 넝마 밑에서 흐물거리며 쉬앵리[18]라는 호칭을 얻었다.

마차에 가면들을 태우는 전통은 왕조의 초기 시절까지 거슬러 올라간다. 루이 11세에게 올린 회계 보고서에는, 궁정 집사에게, '거리의 가면 마차 세 대를 위하여 뚜르 주화[19] 20쑤를' 지출 승인한 기록이 보인다. 오늘에는 그 상스러운 것들의 소란스러운 덩어리들이 허름한 합승마차에 실려 운반되는데, 그들이 지붕 위 좌석까지 가득 채운다. 혹은 그 광란기 가득한 무리가, 지붕이 접히는 란다우[20]식 관영 합승마차를 들볶기도 한다. 그들은 6인승 마차에 스무 명이 함께 타기도 한다. 좌석에는 물론, 보조 의자, 지붕의 측면, 심지어 수레의 채 위에도 올라탄다. 때로는 마차의 전조등 위에도 걸터앉는다. 또한 자세도 각양각색이어서, 서기도 하고 눕기도 하며 앉기도 하는데, 오금을 구부리는가 하면 정강이를 늘어뜨리기도 한다. 여자들은 남자들의 무릎을 차지한다. 멀리서도, 굼실거리는 머리들 위로 그녀들의 몸뚱이들이 형성한 광기 어린 피라미드가 보인다. 그 마차들이 혼잡 한가운데에 환희의 동산들을 만든다. 꼴레, 빠나르, 삐롱[21] 등의 언사가 상스러운 은어로 보강되어 그 마차들로부터 흘러나온다. 그 위에서 사람들 머리 위로 더러운 언사를 마구 쏟아낸다. 실린 짐으로 인해 거대해진 그 삯마차가, 마치 노획물을 싣고 개선하는 마차처럼 보인다. 요란한 소음이 앞장을 서고 대혼돈이 뒤를 따른다. 모두들 고래고래 소리지르고, 단조로운 음을 발성 연습 하듯 길게 빼고, 깔깔거리고, 아우성치고, 행복하여 온몸을 꼬아댄다. 명랑함이 포효하고 빈정거림이 활활 타오르며 상냥함이 비단 폭처럼 펼쳐진다. 비쩍 마른 말 두 필이 활짝 피어난 익살극을 그 절정으로 이끌어 간다. 웃음의 신이 탄 승리의 전차이다.

너무나 냉소적이라 솔직한 웃음처럼 보이지 않는다. 사실 그 웃음은 수상하다. 그 웃음에 하나의 사명이 주어졌다. 그것은 빠리 사람들에게 사육제가 열리고 있음을 입증해 주는 책무를 맡고 있다.

무엇인지 모를 암흑이 느껴지는 그 상스러운 마차들 앞에서, 철학자는 생각에 잠기게 된다. 그 속에는 정부(政府)가 있다. 그 마차들 속에서는, 공공의 남자들(정치인들)과 공공의 여인들(매춘부들) 사이에 형성된 친화력이 손끝에 느껴진다.

그럴싸하게 쌓아 올린 치사함들이 하나의 뭉뚱그려진 명랑함을 제공한다는 것, 치욕 위에 상스러움을 층층으로 쌓아 백성의 구미를 돋우며 유혹한다는 것, 정탐질이 매춘 떠받치는 여인상 새긴 기둥(카리아티데스) 역할 하면서 뻔뻔스럽게 혼잡한 덩어리를 즐겁게 해 준다는 것, 그 살아 있는 괴물 덩어리, 싸구려 장식품 걸친 넝마, 오물과 빛이 반씩 섞인 그 무더기가 짖어대고 노래하면서 삯마차의 네 바퀴 위에 얹혀 지나가는 것을 보고 군중이라는 떼거리가 좋아한다는 것, 온갖 수치스러움으로 형성된 그 영광에 사람들이 박수갈채를 보낸다는 것, 경찰이 나서서 자기들 사이로 그 머리 스무 개 달린 쾌락의 독사 휘드라를 끌고 다니지 않으면 대중은 아예 축제가 없는 듯 여긴다는 것 등, 그 모든 사실들이 분명 서글프다. 그러나 어찌하겠는가? 리본과 꽃으로 장식한 오물 가득 실은 그 사형수 호송용 마차들이 공공의 웃음에 의해 모욕을 당하면서 동시에 사면을 받는다. 다중의 웃음은 전반적 타락을 조장하는 자의 공모자이다. 건전치 못한 축제들은 백성을 풍화시켜 천민으로 변모시키는데, 폭군들과 마찬가지로 천민들은 익살 광대를 원한다. 국왕에게 로끌로르[22]가 있다면 백성에게는 빠이야쓰가 있다. 빠리는 숭고한 도시의 면모를 잃을 때마다 즉시 미친 대도시로 변한다. 그곳에서는 사육제가 정치의 한 부분을 이룬다. 우리 모두 솔직히 시인해야 하는 바, 빠리는 추한 희극도 기꺼이 받아들인다. 그리고 자기의 주인들에게는—주인들이 있을 경우—오직 한 가지만을 요구한다. "저의 얼굴에 개흙을 발라주세요." 로마 역시 같은 기질을 가지고 있었다. 로마는 네로를 좋아했다. 네로는 하역 인부로 가장한 거인 광대였다.

앞에서 이야기한 바와 같이, 덮개를 뗄 수 있는 거대한 사륜마차에 실려 가던, 가면 쓴 남녀들로 이루어진 그 흉측한 덩어리들 중 하나가, 혼례 행렬이 대로의 오른쪽 측면에 멈추어 선 동안 왼쪽 측면에서 멈추었다. 가면들이 탄 마차로부터 대로 건너편에 있던 혼례마차 하나가 정면으로 마주 보였다.

"저것 봐! 혼례 마차야." 가면 하나가 말하였다.

"가짜군. 진짜는 우리들 것이야." 다른 가면의 대꾸였다.

하지만, 혼례 마차를 향해 소리를 지르며 말을 걸기에는 거리가 너무 멀었고, 게다가 순경들의 제지를 받을 것 같아, 두 가면은 시선을 다른 쪽으로 돌렸다.

잠시 후, 마차에 타고 있던 가면들 모두가 몹시 바빠졌다. 군중이 그들에게 야유를 퍼붓기 시작한 것이다. 그것은 곧 떼거리가 가장행렬에게 보내는 일종의 애무였다. 그리하여 조금 전 대화를 나누던 두 가면도 자기네 동료들과 함께 떼거리들에 응수해야 했다. 떼거리들의 어마어마한 아가리질에 맞서려니, 알 시장에서 수집해 두었던 그 발사체 같은 넋두리[23]가 오히려 부족할 지경이었다. 가면들과 떼거리들 사이에 무시무시한 아가리질 싸움이 벌어졌다.

그러는 동안 같은 마차에 있던 다른 두 가면도 혼례 행렬을 보았는데, 가면 하나는 조금 늙수그레한 기색에 콧수염이 검고 수북하며 코가 엄청나게 긴 에스빠냐인 모습이었고, 다른 하나는 늑대 가면을 쓴 몸이 야위고 소녀 티를 벗지 못한 장터 여인 같았다. 자기들의 동료들이 행인들과 욕지거리를 주고받는 동안, 그 두 가면은 나지막하게 소곤거리고 있었다.

그들의 속삭임이 소란 속에 휩쓸려 덮여 버렸다. 덮개가 활짝 열렸던지라, 간헐적으로 쏟아지던 비에 마차가 온통 찔꺽거렸다. 2월의 바람이 따뜻할 리 없다. 에스빠냐인 모습을 한 가면의 말에 대꾸하면서도, 어깨와 가슴을 드러낸 옷을 입고 있던 장터 여인 모습을 한 가면은, 오들오들 떨다가 웃고 또 기침도 하였다.

두 가면이 나눈 대화는 이러하다.

"저것 좀 봐."

"아버지, 무엇인데요?"

"저 늙은이 보이느냐?"

"어떤 늙은이 말이에요?"

"저기, 우리 쪽에서 보면 첫 번째 혼례 마차 속에 있는."

"검은 띠에 팔을 걸치고 있는 사람 말씀이에요?"

"그래."

"그런데요?"

"틀림없이 내가 아는 늙은이야. 만약 내가 저 꼭두각시를 모른다면, 누가 나의 목줄대를 낫으로 베어버려, 평생 아무 말도 못 하게 해도 좋아."

"오늘은 빠리 전체가 꼭두각시예요."

"네가 상체를 조금 숙이면 신부가 보이겠느냐?"

"아뇨."

"그럼 신랑은?"

"저 마차 속에는 신랑이 없어요."

"쳇, 그럴 리가!"

"곁에 있는 다른 늙은이가 신랑이라면 모르려니와."

"몸을 잔뜩 숙여서 신부를 좀 자세히 보려무나."

"불가능해요."

"여하튼, 앞발에 무엇인가를 걸치고 있는 늙은이, 장담하는데, 내가 저 물건을 잘 알아."

"하지만 그를 안다는 것이 아빠에게 무슨 소용이에요?"

"알 수 없지. 때로는!"

"저는 늙은이들에 관심 없어요."

"내가 저 늙은이를 알아!"

"맘껏 아세요."

"빌어먹을, 저 늙은이가 어떻게 혼례식에 참석했나?"

"우리가 어찌 알겠어요."

"저 행렬이 어디에서 오는 걸까?"

"저라고 알겠어요?"

"내 말 잘 들어라."

"무슨 말을?"

"네가 일 한 가지 해야겠다."

"무슨 일?"

"우리의 마차에서 얼른 내려가 저 혼례 행렬을 따라가라."

"그건 왜요?"

"어디로 가는지, 또 어떤 혼인지 알아내기 위해서. 서둘러 내려가라, 나의 요정아, 그리고 너는 젊으니까 뛰어가거라."

"저는 이 마차를 떠날 수 없어요."

"그건 또 무엇 때문이냐?"

"저는 고용된 몸이에요."

"아, 빌어먹을!"

"경찰국을 위하여 오늘 하루 장터 여인 노릇 해야 해요."

"그건 사실이다."

"제가 이 마차를 떠나면, 어느 형사든 저를 보자마자 체포할 거예요. 아빠도 잘 아시다시피."

"그래, 나도 안다."

"오늘은 제가 정부에 팔린 몸이에요."

"하는 수 없지. 하지만 저 늙은이가 나를 성가시게 하는구나."

"늙은이들이 아빠를 성가시게 하다니요. 하지만 아빠는 젊은 아가씨도 아닌데."

"늙은이가 첫 번째 마차에 있어."

"그래서요?"

"신부의 마차를 타고 있단 말이다."

"그게 어떻단 말이에요?"

"따라서 그가 아비다."

"그것이 저와 무슨 상관이에요?"

"저 늙은이가 아비라니까."

"다른 아버지들도 있어요."

"잘 들어라."

"또 무엇이에요?"

"나는 가면을 쓰지 않고는 나다닐 수 없다. 내가 여기에 숨어 있는 처지이고, 그 사실을 아무도 모른다. 하지만 내일은 더 이상 가면을 쓰지 못해. 내일은 성회례(聖灰禮) 수요일이야. 내가 밖으로 돌아다니다가는 자칫 걸려들 수 있어. 나는 내 굴 속으로 다시 들어가야 한다. 하지만 너는 자유롭게 다닐 수 있지."

"저도 별반 나을 것이 없어요."

"여하튼 나보다는 더 자유롭지."

"그렇다 치고, 그래서요?"

"저 혼례 행렬이 어디로 갔는지 네가 알아내야겠다."

"저것이 어디로 가는지를?"

"그래."

"저는 알고 있어요."

"어디로 가고 있는 것이냐?"

"까드랑 블르 식당으로."

"우선 방향이 그쪽이 아니다."

"그러면 라뻬 강변로 쪽이겠지!"

"혹은 다른 곳일 수도 있지."

"저 혼례 행렬 뜻대로 가겠지요. 모든 결혼식은 자유롭게 치를 수 있으니까."

"그런 얘기가 아니다. 내가 너에게 하는 말은, 저 늙은이가 관련된 듯한 혼례식이 어떤 혼사이며, 당사자들이 어디에 사는지를 알아내라는 것이다."

"어처구니없는 말씀이에요! 정말 우스운 짓이 될 거예요. 빠리에서 참회 화요일에 치러진 혼례에 대해 한 주간이나 지난 다음에 알아본다는 것이 참 쉽겠군요. 건초 무더기들 쌓여 있는 헛간에서 핀 하나 찾는 격이지! 그것이 가능한 일이에요?"

"군소리 말고 노력해 봐라. 알아듣겠느냐, 아젤마?"

대로 양편에 멈추어 서 있던 두 줄 마차 행렬들이 서로 반대 방향으로 다시 움직이기 시작하였다. 그리하여, 신부를 태운 마차가 가면들 실은 마차의 시야에서 사라졌다.

2. 여전히 붕대로 감은 쟝 발쟝의 팔

자신의 꿈을 실현한다는 것, 그것이 누구에게 허용될까? 그것을 위해 하늘에서 선거가 이루어져야 할 것이다. 우리들 모두는 자신도 의식하지 못하는 후보자이고, 천사들이 투표를 한다. 꼬제뜨와 마리우스는 그 선거에서 당선되었다.

시청에서나 교회당에서나, 꼬제뜨의 모습은 눈이 부실 지경이었다. 니꼴레뜨의 도움을 받아 뚜쌩이 그녀에게 정장을 시켰다.

꼬제뜨는 백색 호박단 치마 위에 뱅슈산 성긴 레이스로 지은 드레스를 입었고, 잉글랜드산 자수물로 마름질한 너울을 걸쳤으며, 알이 잔 진주 목걸이와 오렌지꽃 화환으로 치장하였다. 그 모든 것들이 백색이었고, 그 순백 속에서 그녀가 광채를 발산하였다. 그것은 곧 맑음 속에서 은은히 팽창하며 변모를 일으키는 그윽한 천진스러움이었다. 처녀가 여신으로 변하는 중이라고 할 만하였다.

마리우스의 아름다운 모발은 윤이 나고 향기가 감돌았다. 실한 머리카락 밑 군데군데에 희끗희끗한 선들이 보였다. 바리케이드에서 입은 상처의 흔적이었다.

전례 없이 자신의 차림새와 거조에 바라[24] 시절의 모든 우아함을 혼합시켜, 화려하고 당당한 모습으로 변한 할아버지가 꼬제뜨를 인도하였다. 그가 쟝 발쟝의 역할을 대신한 것인데, 팔을 어깨 붕대에 걸치고 있던 쟝 발쟝이 신부에게 손을 내밀 수가 없었기 때문이다.

쟝 발쟝이 검은 정장 차림으로 뒤를 따르며 미소를 지었다.

"포슐르방 씨, 참으로 아름다운 날이오. 나는 절망과 슬픔의 끝을 의결하오. 이제부터는 어느 곳에도 슬픔이 있어서는 아니 되오. 아무렴! 나는 기쁨을 선포하오! 고통에게는 존재할 권리가 없소. 불행한 사람들이 존재한다는 것, 정말이지, 그것이 푸른 하늘에게는 수치스러운 일이오. 고통이 본질적으로 선한 인간으로부터는 비롯되지 않소. 모든 인간적 참상의 중심지와 중앙정부는 지옥이오. 다시 말해 마귀가 사는 뛸르리 궁이오. 이런, 내가 현재 유행하는 선동적인 언사를 늘어놓는군! 나에게는 더 이상 정치적인 견해가 없소. 모든 사람들이 부유해지면, 즉 기뻐할 수 있으면, 나는 그것으로 만족하오." 할아버지가 한 말이었다.

시장과 사제 앞에서 모든 질문에 '예'라 대답하고, 시청과 교회당의 모든 문서에 서명하고, 두 사람이 반지를 교환하고, 향합에서 피어오르는 연기에 감싸인 채 하얀 물결무늬 천 너울 밑에서 두 사람이 나란히 무릎을 꿇는 등, 모든 의식이 끝난 후, 두 사람은 서로 손을 잡고, 모든 사람들의 찬탄과 부러움을 받으며, 마리우스는 검은 정장 차림으로, 그녀는 순백색 의상으로, 대령 견장을 달고 미늘창으로 타일 바닥을 힘차게 두드리는 예장(禮裝) 담당 수위를 앞세운 채, 감탄하는 하객들의 울타리 사이를 지나 활짝 열린 예배당 정문에 이르러, 모든 것이 끝난지라, 다시 마차에 오를 준비가 되어 있었건만, 꼬제뜨는 아직 그러한 사실을 믿을 수가 없었다. 그녀가 마리우스와 하객들과 하늘을 번갈아 바라보는데, 마치 그 꿈에서 혹시 깨어나지 않을까 두려워하는 기색이었다. 그렇게 놀라고 불안해하는 기색이 그녀에게 무엇인지 모를 매혹적인 것을 가미해 주었다. 예식을 마치고 돌아올 때에는 두 사람이 같은 마차에 올라, 마리우스가 꼬제뜨 옆에 앉았다. 질노르망 씨와 쟝 발쟝은 그들 맞은편 좌석에 앉았다. 질노르망 이모는 이제 한 걸음 물러나 두 번째 마차에 올랐다. 할아버지가 두 사람에게 말하였다.

"내 사랑스러운 아이들아, 이제 너희들은 연금 삼만 리브르를 받는 남작님이시고 남작 부인이시다."

그러자 꼬제뜨가 마리우스에게 바싹 다가앉으며, 다음과 같은 천사의 속삭임으로 그의 귀를 애무하였다.

"정말이야. 내 이름은 이제 마리우스야. 나는 뿌와 부인[25]이야."

두 사람은 찬연한 빛을 발산하고 있었다. 그들은 철회할 수도 다시 만날 수도 없는 순간에, 그리고 젊음과 기쁨이 몽땅 교차하는 눈부신 지점에 있었다. 그들은 쟝 프루베르가 지은 노래의 내용을 실현하고 있었으니, 두 사람의 나이를 합쳐도 사십 세가 못 되었다. 승화된 결혼이었던 바, 두 아이는 곧 두 송이 백합이었다. 그들은 서로를 보는 것이 아니라 관조하고 있었다. 꼬제뜨에게는 영광 속에 들어가 있는 마리우스가 보였고, 마리우스에게는 어느 제단 위에 있는 꼬제뜨가 보였다. 그리고, 그 제단 위와 영광 속에서 두 절정이 뒤섞이면서, 어찌 된 일인지는 모르되, 꼬제뜨의 눈에는 한 조각 구름 뒤에, 마리우스의 눈에는 타오르는 불길 뒤에, 이상적인 것, 사실적인 것, 입맞춤과 꿈의 만남, 첫날밤의 베개가 보였다.

그들이 겪은 모든 고통이 도취경의 형태로 되살아났다. 슬픔들과 불면증과 눈물과 극도의 불안과 두려움과 절망감 등이 끝없는 애무와 찬연한 빛으로 변하여, 다가오고 있던 매혹적인 시각을 더욱 매혹적으로 보이게 하는 것 같았다. 또한, 지나간 슬픔들이, 다가올 기쁨을 치장해 줄, 그만큼 더 충실한 하녀들처럼 보였다. 고통에 시달렸다는 것, 그 얼마나 좋은 일인가! 그들이 겪은 불행이 그들의 행복을 감싸는 후광이었다. 긴 고통에 시달리던 그들의 고통이 하나의 승천으로 귀결되고 있었다.

두 영혼 속에 같은 황홀경이 펼쳐지고 있었으되, 다만 마리우스 속에서는 관능이 가미되어 있었고, 꼬제뜨 속에서는 수줍음이 가미되어 있었다. 두 사람이 아주 나지막하게 속삭였다. "우리 쁠뤼메 로의 작은 정원을 다시 보러 가요." 꼬제뜨의 드레스 자락이 마리우스의 무릎 위에 걸쳐졌다.

그러한 날에는 꿈과 확실성이 형언할 수 없는 형태로 혼합된다. 소유하고 있으되 추측한다. 아직 시간이 앞에 놓여 있기 때문에 예측한다. 그러한 날 정오에 자정을 생각하며 꿈꾸는 일, 그것은 형언할 수 없는 감동이다. 그 두 가슴속에 일렁이던 감미로움이 구경꾼들 위로 흘러넘쳤고, 행인들에게 환희를 선사하였다.

쌩-뽈 교회당 앞 쌩-앙뚜완느 로에서는, 꼬제뜨의 머리 위에 있는 오렌지꽃들이 파르르 떨리는 것을 마차의 유리창을 통해 구경하기 위하여, 사람들이 걸음을 멈추었다.

그 이후, 휘유-뒤-깔베르 로에 있는 그들의 집으로 돌아왔다. 마리우스는, 죽어가는 몸으로 사람들에 의해 이끌려 올라가던 층계를, 꼬제뜨와 나란히, 개선장군처럼 찬연한 빛을 발산하며 올라갔다. 대문 앞에 둘러서서, 그들이 준 돈주머니를 자기들끼리 나누고 있던 가난한 사람들도, 두 사람을 축복하였다. 집 안 어디에나 꽃들이 있었다. 집 또한 교회당 못지않게 향기로 가득하였던 바, 교회당의 향을 장미꽃 향기가 대신하였다. 무한 속에서 부르는 노랫소리가 두 사람에게 들려오는 것 같았다. 그들 가슴속에 신이 있었다. 운명이 그들에게는 별들 가득한 천장처럼 보였다. 그들 머리 위로 떠오른 태양의 섬광 한 줄기가 보였다. 문득 벽시계 소리가 들렸다. 마리우스가, 꼬제뜨의 드러난 매력적인 팔과, 블라우스의 레이스를 통해 희미하게 보이던 발그레한 것들을 유심히 바라보았다. 그러자, 그러한 마리우스의 시선을 감지한 꼬제뜨의 얼굴이 붉어지기 시작하더니, 눈의 흰자위까지 온통 빨개졌다.

질노르망 가문의 오랜 친구들 중 다수가 초대되었고, 그들이 꼬제뜨 주위로 몰려들었다. 그리고 다투어 그녀를 남작 부인이라고 불렀다.

이제는 대위로 진급한 창기병 장교 떼오될 질노르망도, 자기의 친척 뽕메르씨의 혼례식에 참석하기 위하여, 주둔지 샤르트르로부터 먼 걸음을 하였다. 꼬제뜨는 그의 얼굴을 알아보지 못하였다.

그 또한, 여인들로부터 항상 잘생긴 청년이라는 찬사를 받는 데 익숙해 있던 터라, 다른 여인들보다 특히 꼬제뜨를 기억하고 있지는 않았다.

"저 창기병 녀석이 하던 말을 믿지 않은 내가 백번 옳았어!" 질노르망 영감이 홀로 중얼거렸다.

꼬제뜨는 그 어느 때보다도 쟝 발쟝에게 다정하였다. 또한 질노르망 씨와 장단을 맞추었다. 그가 기쁨을 경구나 금언 형태로 표출하는 동안, 그녀는 사랑과 선의를 향기처럼 발산하였다. 모든 사람이 행복해지기를 원하는 것이 행복한 사람의 속성이다.

그녀가 쟝 발쟝에게 말을 건넬 때마다 소녀 시절의 억양이 되살아났다. 그녀의 미소가 그를 애무하였다.

식당에 축하연을 마련하였다. 불을 대낮처럼 밝히는 것은 큰 기쁨에 불가결한 양념이다. 행복한 이들은 안개와 어둠을 받아들이지 않는다. 그들은 어둠으로 변하는 것을 절대 용납하지 않는다. 밤 자체는 무방하지만 암흑은 아니 된다. 태양이 없으면 그것을 하나 만들어야 한다.

식당은 명랑한 것들로 가득한 하나의 도가니였다. 중앙에 있는 백색 화려한 탁자 위 천장에서 드리워진 베네치아산 샹들리에 한복판에는, 하늘색, 보라색, 붉은색, 초록색으로 만들어진 온갖 종류의 새들이 촛대들에 둘러싸여 있었다. 그 샹들리에를 중심으로 가지들이 피라미드 형태를 이루는 커다란 촛대들이 놓여 있었고, 벽에는 세 폭 혹은 다섯 폭 거울들이 걸려 있었다. 그리하여, 거울들, 수정, 유리 제품, 각종 식기, 도자기, 화엔차 도기, 기타 도기, 금은 세공품, 은제품 등, 모든 것들이 번쩍이며 즐거움을 돋우었다. 촛대들과 촛대들 사이의 빈 공간들은 꽃다발들로 채워졌다. 그리하여 불빛이 없는 곳에는 꽃들이 있었다. 부속실에서는, 바이올린 셋과 플루트 하나로 구성된 합주단이, 하이든의 사중주곡을 은은히 연주하였다.

쟝 발쟝은 거실 출입문 뒤에 있던 의자 위에 앉아 있었는데, 문이 열리는 순간 문짝이 그를 거의 다 가려, 그의 모습이 보이지 않을 정도였다. 모두들 식탁 앞에 자리를 잡기 얼마 전, 문득 생각이 난 듯, 꼬제뜨가 그의 앞에 와서 두 손으로 혼례 의상을 펼치면서 깊숙이 몸을 숙여 절을 하더니, 장난기 어린 다정한 시선으로 그를 쳐다보며 물었다.

"아버지, 만족스러워요?"

"그래, 매우 만족스럽다." 쟝 발쟝이 대꾸하였다.

"그러면 웃으세요."

쟝 발쟝이 웃기 시작하였다.

잠시 후, 만찬이 준비되었다고 바스끄가 알렸다.

꼬제뜨와 팔짱을 낀 질노르망 씨를 필두로, 모든 하객들이 식당으로 들어가 흩어져 각자 지정된 식탁 앞에 앉았다.

신부의 좌석 좌우에 커다란 안락의자 둘이 놓여 있었는데, 하나는 질노르망 씨의 자리였고, 다른 하나는 쟝 발쟝의 것이었다. 질노르망 씨가 자리에 앉았다. 그러나 다른 하나는 비어 있었다.

모두들 눈을 두리번거리며 '포슐르방 씨'를 찾았다. 그의 모습이 더 이상 보이지 않았다. 질노르망 씨가 바스끄를 큰 소리로 불러 물었다.

"포슐르방 씨가 어디에 계시는지 자네는 아는가?"

"나리, 마침 아뢰려던 참이었습니다." 바스끄가 대답하였다. "포슐르방 씨께서 저에게 분부하시기를, 다치신 손이 불편하여 남작님 및 남작 부인과 함께 만찬을 즐기시지 못하겠노라고, 나리께 아뢰라 하셨습니다. 또한 너그러이 용서하시기를 간청하노라 하셨습니다.

그리고 내일 아침에 오시겠다고 하셨습니다. 그러시면서 조금 전에 나가셨습니다."

그 빈 안락의자가 연회의 열기를 잠시 냉각시켰다. 그러나, 포슐르방 씨가 자리를 비웠어도 질노르망 씨가 있었고, 그 할아버지가 두 사람 몫의 빛을 발산하였다. 그는, 포슐르방 씨가 불편하다면 일찍 잠자리에 든 것이 잘한 일이며, 그러나 중세는 가벼울 것이라 하였다. 그러한 선언 한마디로 족하였다. 게다가, 그 대대적인 기쁨 속에서 어두운 한구석쯤이 무슨 문제이겠는가? 꼬제뜨와 마리우스는, 행복 이외의 다른 그 무엇도 인지할 수 없는, 이기적이고 축복받은 순간에 들어와 있었다. 뿐만 아니라, 질노르망 씨가 하나의 대안을 내놓았다.

"정말 이 안락의자가 비었구나. 이리 오너라, 마리우스. 비록 너의 이모에게 우선권이 있지만, 이모께서 허락하실 것이다. 이 안락의자는 너의 것이다. 정당하고 보기 좋은 일이다. 포르투나투스가 포르투나타[26] 곁에 앉는 것이니라."

모든 식탁에서 박수가 터져 나왔다. 꼬제뜨 옆에 마련했던 쟝 발쟝의 자리에 마리우스가 앉았다. 일이 그렇게 되자, 쟝 발쟝이 자리를 비워 슬퍼하던 꼬제뜨도 만족스러워했다. 마리우스가 대리자로 나선 순간부터는, 꼬제뜨가 신도 아쉬워하지 않았을 것이다. 그녀가 하얀 새틴으로 지은 신발에 감싸인 자기의 작고 부드러운 발을 마리우스의 발 위에 올려놓았다.

그렇게 안락의자가 채워지자, 포슐르방 씨는 즉각 지워졌다. 또한 아무것도 부족하지 않았다. 그리고 오 분 후에는, 연회석의 이 끝에서 저 끝까지, 몽땅 망각의 열띤 대화에 휩쓸려 웃음바다를 이루었다.

후식이 시작되자, 구십이 세라는 고령 때문에 혹시 떨려 넘치지 않을까 하여 반만 채운 상빠뉴 지방 백포도주 잔을 든 질노르망 씨가 일어서서, 혼인한 두 사람의 건강을 축복해 주었다. 그러면서 큰 소리로 말하였다.

"너희들 두 사람은 두 강론을 피할 수 없느니라. 아침에 사제의 강론을 들었으니, 저녁에는 이 할애비의 강론을 들어야 하리라. 내 말 잘들 듣거라. 너희들에게 조언 한마디 하는 바, 서로를 열렬히 사랑하거라. 여러 궁상스러운 소리 늘어놓지 않고 곧장 핵심만 말하거니와, 행복하거라.[27] 철학자들은 이렇게들 말하지. '그대들의 기쁨을 절제하라.' 하지만 나는 이렇게 말하겠다. '기쁨의 고삐를 풀어주라.' 마귀들처럼 서로에게 반하거라. 광견병에 걸린 듯 서로에게 미치거라. 철학자들은 노망든 소리나 뇌까리지. 그들의 철학을 그들의 목구멍 속으로 처박아 다시 넣어주고 싶구나. 우리의 삶에 지나치게 많은 향기와 지나치게 많은 장미꽃 봉오리와 지나치게 많은 나이팅게일의 노래와 지나치게 많은 푸른 잎과 지나치게 많은 여명도 있더란 말이냐? 지나치게 사랑할 수도 있단 말이냐? 서로의 마음에 지나치게 든다는 말도 있느냐? 조심해, 에스뗄, 너는 너무 예뻐! 조심해, 네모랭, 너는 너무 수려해![28] 얼마나 우둔하고 융통성 없는 말들이냐! 서로를 바라보며 지나치게 황홀해하고, 서로를 지나치게 귀여워하고, 서로에게 지나치게 매혹된다는 따위의 말이 있을 수 있느냐? 지나치게 생기 있다는 말도 있느냐? 지나치게 행복하다는 말도 있느냐? '그대들의 기쁨을 절제하라.' 아! 그게 말이나 되는 소린가! 철학자들을 타도하라! 진정한 지혜는 환희이니라. 기뻐하라, 우리 모두 기뻐합시다. 우리가 선하기 때문에 행복한가, 혹은 우리가 행복하기 때문에 착한가? 쌍씨가 아를레 드 쌍씨의 소유였기 때문에 쌍씨인가, 혹은 그것의 무게가 쌍 씨(cent six, 106) 캐럿이었기 때문인가?[29] 그것에 대해서 나는 아무것도 모른다. 우리의 삶은 그러한 문제들로 가득하다. 중요한 것은 쌍씨를 갖는 것이고, 행복이다. 궤변 집어치우고 우리 모두 행복합시다. 태양에 맹목적으로 복종합시다. 태양이 무엇인가? 그것은 사랑이니라. 그리고 사랑은 곧 여인이니라. 아! 아!

절대권력 하나가 있으니, 그것은 여인이니라. 저 선동꾼 마리우스에게 물어보시오. 그가 꼬제뜨라는 작은 여자 폭군의 노예가 아닌지. 게다가 전적으로 자의에 따라 그렇게 되다니, 비겁한 것! 여인! 어떤 로베스삐에르도 그 앞에서 버티지 못하니, 여자가 지배하노라. 나는 이제 더 이상 왕당파가 아니로되, 여인이라는 그 왕권을 위해서만은 여전히 왕당파니라. 아담이 무엇인가? 그것은 하와의 왕국이니라. 하와에게는 89년의 혁명이라는 것이 없느니라. 백합꽃 모양으로 끝을 장식한 왕홀이 있었고, 지구 모형으로 장식한 황제의 홀이 있었고, 철로 만든 샤를르마뉴의 홀이 있었고, 황금으로 만든 루이 대왕의 홀도 있었으되, 혁명이 그것들을 두어 푼짜리 지푸라기처럼, 엄지손가락과 집게손가락으로 비틀어버렸느니라. 그것들 모두 끝장나 부러지고 땅바닥에 던져져, 이제 왕홀이란 더 이상 없느니라. 그러나, 빠출리 향[30] 풍기는, 자수 놓은 작은 손수건을 상대로 어디 혁명을 일으켜보시라! 내가 그 결과를 보고 싶노라. 시도해 보시라. 그것이 왜 질긴가? 여자의 치장물이기 때문이니라. 아! 그대들은 19세기 사람들이라고? 그래서, 그것이 어떻다는 것인가? 우리들은 18세기 사람이었느니라! 그리고 그대들 못지않게 멍청했느니라. 그대들이 급살병을 아시아 콜레라로,[31] 부레 춤을 까추차[32]로 바꾸어 부른다고 해서 이 세상에 커다란 변화라도 가져온 것으로 믿어서는 아니 되느니라. 결국 언제나 여인들을 좋아해야 할 것이니라. 그것에서 벗어날 수 있다면 어디 해보라지. 그 암마귀들이 우리들의 천사니라. 그래, 사랑, 여인, 입맞춤, 그것들의 권역으로부터는 아무도 벗어날 수 없는 법, 나는 그 속으로 기꺼이 다시 들어가고 싶노라. 무한 속에서, 자기의 아래에 있는 모든 것들을 다독거리며, 여인의 시선으로 거친 물결들을 응시하며, 베누스가, 그 심연의 위대한 요부가, 대양의 쎌리멘느가, 서서히 떠오르는 것을 그대들 중 누가 보았는가? 대양은 곧 그 퉁명스러운 알쎄스뜨니라. 녀석이 아무리 투덜대도 소용없으니, 베누스가 나타나면 녀석이 미소를 지을 수밖에 없기 때문이니라. 그 사나운 짐승이 즉시 고분고분해지느니라. 우리 모두 그렇게 생겼느니라. 분노, 폭풍우, 벼락, 천장까지 치밀어 오르는 포말 등도, 한 여인이 등장하면, 별 하나가 떠오르면, 즉시 배를 깔고 엎드리느니라! 마리우스가 여섯 달 전에는 전투에 뛰어들더니, 오늘은 결혼을 하는구나. 잘된 일이니라. 그래 마리우스, 그래 꼬제뜨, 너희들이 옳다. 서로를 위하여 과감하게 생존하거라. 서로를 한껏 귀애하거라. 우리들이 너희들만큼 사랑하지 못하여 광증에 거꾸러지도록 만들어라. 서로를 우상 섬기듯 하여라. 이 지상에 있는 모든 환희의 가닥들을 너희들의 부리로 물어다가 너희들이 살 둥지를 틀어라. 정말이지, 사랑하고 사랑받는 것, 젊을 때는 그것이 아름다운 기적이니라! 그것을 너희들이 처음으로 고안해 내었다고는 생각하지 마라. 나 역시 꿈꾸고 몽상하고 한숨지었느니라. 나 역시 달빛 같은 영혼을 가졌었느니라. 사랑이란 나이 육천 살 된 아이이니라. 사랑은 길고 하얀 수염을 가질 권리를 가지고 있느니라. 마투셀라(므두셀라)도 쿠피도(에로스) 앞에서는 애 녀석에 불과하니라. 육십 세기 전부터, 남자와 여자가 서로 사랑함으로써 곤경을 극복해 왔느니라. 교활한 마귀가 인간을 증오하기 시작하자, 마귀보다 더 교활한 인간이 여자를 사랑하기 시작하였느니라. 그러한 방식으로, 그는 마귀가 자기에게 끼친 해악보다 더 많은 이로움을 자신에게 끼쳤느니라. 그러한 교묘함은 이미 지상낙원 시절부터 발견되었느니라. 나의 벗들이여, 고안된 지는 오래되었으되, 그것이 여전히 새롭도다. 그것을 한껏 이용하거라. 그대들이 필레몬과 바우키스[33]가 될 때까지 다프니스와 클로에[34]처럼 살거라. 너희들이 함께 있기만 해도 더 이상 부족함이 없다고 느낄 수 있도록 할 것이며, 꼬제뜨가 마리우스에게는 태양, 마리우스가 꼬제뜨에게는 온 세상이 되도록 하여라. 꼬제뜨, 청명한 날씨를 부군의 미소로 여겨야 할 것이며, 마리우스, 비가 내리면 그것을 아내의 눈물로 여겨야 할 것이니라. 그리고, 너희들 가정에 결코 비가 내리는 일이 없어야 하리라. 너희들은 복권의 좋은 번호를, 즉 결혼에서 사랑을 뽑았느니라. 큰 몫을 얻었으니 잘 간직하고, 자물쇠를 채워둘 것이며, 낭비하지 말고 서로를 찬미할 뿐, 나머지 다른 것들은 무시해 버려라. 내가 하는 말을 믿어야 하리니, 그것은 상식에 입각한 말이기 때문이니라. 상식은 거짓말을 할 줄 모른다. 각자 서로에게 하나의 종교가 되거라.

각자 나름대로 신을 찬양하는 방법을 가지고 있느니라. 제기랄! 신을 찬양하는 가장 좋은 방법은 자기의 아내를 사랑하는 것이니라. '너를 사랑해!' 이것이 나의 교리문답집이니라. 사랑하는 사람은 누구나 정통파이니라. 앙리 4세의 불경스러운 욕설은, 푸짐하게 먹는 행위와 취하도록 마시는 짓 사이에 신성함을 끼워 넣지. 그래서, '방트르-쌩-그리!'[35]가 되지. 나는 그러한 욕설을 사용하는 교단에 속하지 않느니라. 그 욕설에 여인이 빠졌기 때문이니라. 앙리 4세의 욕설에서 여인이 빠지다니, 놀라운 일이니라.[36] 나의 벗님들이여, 여인만세! 사람들 말로는 내가 늙었다고 하나, 나는 젊어지는 것 같으니 놀라운 일이로다. 나는 아직도 숲 속에 가서 18세기의 순박하고 감미로운 곡조를 듣고 싶노라. 아름다워지고 만족스러워지기에 성공하는 그 아이들이 나를 도취시키느니라. 누가 원하기만 한다면 나 또한 살며시 결혼하겠노라. 서로를 우상처럼 여기고, 비둘기가 구구거리듯 사랑의 말을 속삭이고, 아도니스처럼 멋 부리고, 멧비둘기가 되고, 수탉이 되고, 아침부터 저녁까지 사랑들을 주둥이로 쪼아대고, 자기의 아담한 여인 속에서 자신을 응시하고, 자랑스러워하고, 의기양양해지고, 비둘기처럼 가슴을 한껏 부풀리는 것 등이 삶의 목표인데, 신께서 그것 이외의 다른 목적으로 우리를 만드셨다는 망상에 빠지기는 불가능하니라. 그것이, 그대들이 어떻게 생각하시건, 우리가 젊었던 우리 시절에, 지금 사람들과는 다른 우리들이 생각하던 것이로다. 아! 제기랄, 그 시절에는 귀여운 젊은 얼굴들, 나긋나긋한 소녀들, 매력 넘치는 여인들이 많기도 하였지! 내가 그 속을 헤집고 다니며 맘껏 사랑하고 괴로움도 뿌렸지. 그러니 모두들 사랑하시라. 만약 서로들 사랑하지 않는다면, 봄철이 있은들 그것이 무엇에 소용될지 나는 정말 모르겠노라. 서로 사랑하지 않을 경우, 나라면 그 착한 신에게 간곡히 부탁하여, 그가 우리에게 보여 주는 모든 아름다운 것들을 꼭꼭 감추어두라고 하겠느니라. 또한, 꽃들이며 새들이며 아름다운 여자들을, 우리들에게서 몽땅 걷어다가 그의 상자 속에 다시 처넣으라고 하겠느니라. 내 사랑스러운 아이들아, 이 주책바가지 늙은이의 축복을 받거라."

축하연은 활기 넘쳤고, 명랑했으며, 다정했다. 할아버지의 숭고하리만큼 아름다운 기질이 축하연의 기조를 이루었고, 백 세를 바라보던 노인의 다정함에 각자 어긋남이 없게 하였다. 춤도 조금 추었으되 많이 웃었다. 착한 아이와 같은 축하연이었다. 쟈디스 노인[37]을 초대하였어도 좋을 자리였다. 또한 질노르망 영감 속에 그가 있었다.

소란스러움이 지나고 적막이 이어졌다. 혼인한 두 사람이 자취를 감추었다. 자정이 조금 지난 후, 질노르망 씨의 집 건물은 신전으로 변하였다.

여기에서 잠시 이야기를 중단하자. 신혼 초야를 치르는 방 문지방 위에서는, 천사 하나가 서서 미소를 지으면서, 조용히들 하라는 뜻으로 손가락 하나를 자기의 입술에 가져다 댄다. 사랑의 의식이 거행되는 그 지성소 앞에서는 영혼이 명상에 잠기게 된다.

그러한 집들 위에는 틀림없이 어렴풋한 빛줄기들이 어릴 것이다. 그 집들이 내포하고 있는 기쁨이, 벽들의 돌을 통하여 밖으로 빠져나와, 암흑 위에 어지럽게 줄을 그을 것이니 말이다. 그 신성하고 숙명적인 축제가 천상의 반짝임 한 줄기를 무한에게 보내지 않는다는 것은 있을 수 없는 일이다. 사랑이란 남자와 여자 간의 혼융이 이루어지는 숭고한 도가니이다. 하나인 존재가 더할 바 없는 존재로 변하여 궁극적 존재태에 이르는 바, 인간적 삼위일체가 그곳에서 나온다. 두 영혼이 하나로 융합되어 탄생하는 현상이 어둠에 동요를 일으킬 수밖에 없을 것이다. 연인이 사제의 역할을 수행하고, 황홀경에 사로잡힌 처녀는 공포감에 전율한다. 그 기쁨 중 무엇인가가 신에게로 간다. 진정한 결혼이 있는 곳에는, 즉 사랑이 있는 곳에는, 이상적인 것이 개입하여 뒤섞인다. 초야의 침대가 암흑 속에 여명의 한구석을 만든다. 만약, 육신의 눈동자에게, 자기보다 우월한 생명의 무시무시하면서도 매혹적인 정경을 인지하는 것이 허락되었다면, 어두운 형체들, 날개 달린 미지의 존재들, 보이지 않는 세계로부터 온 푸른색 나그네들이, 그렇게 미광을 발산하는 집 둘레에 웅기중기 모여 서서 상체를 숙이는 장면과, 그 한 무리의 그늘 속 얼굴들이 만족스러운 듯 축복을 내리면서 서로에게 처녀 신부를 가리킬 때, 그들의 안면에 감미로운 놀라움이 어리고, 그 신성한 얼굴들 위에 인간적 환희의 반사광이 비추어져 있는 것이 아마 보일 것이다. 만약 그 절정의 시각에, 관능에 현혹되어 자기들 둘만 있는 것으로 믿던 그 한 쌍이 잠시나마 귀를 기울인다면, 그들은 자기들의 침실에서 날개들이 은은히 스치는 소리를 들을 것이다. 완벽한 행복은 천사들의 굳건한 연대를 내포한다. 그 작고 미미한 침실이 하늘 전체를 천장으로 삼는다. 사랑으로 말미암아 신성해진 두 입이, 창조하기 위하여 서로 가까이 다가갈 때, 그 형언할 수 없는 입맞춤 위에 있는 별들의 광막한 신비 속에서, 어떤 전율도 일어나지 않는다는 것은 있을 수 없는 일이다.

 그러한 환희가 진정한 환희이다. 그러한 기쁨 이외의 것들은 기쁨이 아니다. 오직 사랑만이 유일한 황홀함이다. 그것 이외의 모든 것은 눈물이다.

 사랑하거나 사랑했다는 것, 그것이면 족하다. 그다음에는 아무것도 요구하지 마라. 인생의 암흑 같은 주름들 사이에서 찾을 진주는 그것밖에 없다. 사랑한다는 것은 하나의 완성이다.

3. 헤어질 수 없는 존재

쟝 발쟝은 어찌 되었을까? 꼬제뜨의 다정한 독촉에 못 이겨 웃고 난 다음, 아무도 그에게 신경을 쓰지 않는 틈을 타, 쟝 발쟝은 그 누구의 눈에도 띄지 않게 자리에서 일어나, 부속실로 나왔다. 여덟 달 전, 진흙과 피와 먼지를 뒤집어써 까맣게 된 모습으로, 손자를 그의 할아버지에게 데려오면서 들어섰던 바로 그 방이었다. 낡은 판자벽은 나뭇잎과 꽃을 화환 모양으로 엮어 장식하였고, 악사들은 그가 처음 마리우스를 내려놓았던 소파에 앉아 있었다. 검은색 상의와 반바지에 흰색 스타킹과 장갑 등을 갖추어 복장을 단정히 한 바스끄는, 식탁에 올릴 각 요리 접시 둘레에 장미꽃 화환들을 보기 좋게 늘어놓고 있었다. 쟝 발쟝은 그에게 자기의 어깨에 걸친 붕대를 보여 주면서, 자리를 비운 사연을 설명해 아뢰라고 부탁한 다음 밖으로 나왔다.

식당의 창들이 길 쪽으로 나 있었다. 쟝 발쟝은 잠시 그 찬연한 창문들 밑 어둠 속에 꼼짝도 하지 않고 서 있었다. 그러면서 귀를 기울였다. 어수선한 소음이 그에게까지 들려왔다. 할아버지의 크고 단호한 언성과 바이올린 소리, 접시들과 잔들 부딪치는 소리, 웃음소리 등이 들렸고, 그 모든 즐거운 소음 속에서도, 꼬제뜨의 기뻐하는 다정한 음성이 선명하게 두드러졌다.

그는 휘유-뒤-깔베르 로를 떠나 롬므-아르메 로의 집으로 돌아왔다.

돌아오기 위하여 쌩-루이, 뀔뛰르-쌩뜨-까트린느, 블랑-망또 등의 길들을 거쳤다. 조금 먼 길이기는 하나, 삼 개월 전부터, 혼잡함과 진창을 피하기 위하여, 롬므-아르메 로와 휘유-뒤-깔베르 로를 꼬제뜨와 함께 날마다 오갈 때 거치던 길이었다. 꼬제뜨가 지나다니던 그 길이 그에게는 다른 어느 길보다도 각별하였다.

장 발쟝은 집으로 돌아와 촛불 하나를 들고 거처로 올라갔다. 아파트가 텅 비어 있었다. 뚜쌩조차 없었다. 이 방 저 방으로 들어설 때마다, 쟝 발쟝의 발걸음 소리가 평소보다 더 크게 울렸다. 모든 옷장들이 열려 있었다. 그가 꼬제뜨의 방으로 들어섰다. 침대에는 시트가 깔려 있지 않았다. 베갯잇도 레이스도 없는 즈크 베개가 매트 발치에 개어놓은 침대보 위에 놓여 있었고, 이제 아무도 더 이상 눕지 않을 매트의 거친 직물이 드러나 있었다. 꼬제뜨가 아끼던 여자용 소품들은 모두 가져가 버렸고, 커다란 가구들과 네 벽만 남았다. 뚜쌩의 침대 역시 헐벗은 상태였다. 침대 하나만이 정돈된 채, 그곳에서 잘 사람을 기다리고 있는 것 같았다. 쟝 발쟝의 침대였다.

쟝 발쟝은 벽들을 물끄러미 바라보다가, 옷장 문 몇을 닫고, 이 방에서 저 방으로 오락가락하였다. 그러다가 다시 자기의 방으로 돌아와 촛불을 탁자 위에 올려놓았다.

그는 오른쪽 팔의 붕대를 풀어버린 다음, 오른손을 다치지 않은 듯 사용하였다.

그가 자기의 침대로 다가갔고, 그의 두 눈이 '결코 헤어질 수 없는 것' 위에 멈추었다. 그것이 우연이었을까? 혹은 의도적이었을까? 그의 두 눈이, 결코 그의 곁을 떠나지 않아 꼬제뜨의 질투 대상이었던, 그 작은 여행 가방 위에 멈추었다. 6월 4일, 롬므-아르메 로에 도착하던 날, 그가 침대 머리맡에 있는 작은 원탁 위에 올려놓은 것이었다. 그가 서두르듯 원탁으로 다가가더니, 주머니에서 열쇠 하나를 꺼내어 여행 가방을 열었다.

그리고, 십 년 전에 꼬제뜨가 몽훼르메이유를 떠날 때 입었던 옷들을 꺼냈다. 먼저 작은 검은색 드레스를, 그리고 검은색 숄, 꼬제뜨의 발이 워낙 작은지라 아직도 신을 수 있을 법한 아이 신발, 두꺼운 혼방 마직물 조끼, 편물 스커트, 주머니 달린 앞치마, 모직 스타킹 등을 차례대로 꺼냈다. 작은 다리의 형체가 아직도 귀엽게 남아 있는 스타킹은, 쟝 발쟝의 손보다 별로 길지 않았다. 그 모든 것들이 검은색이었다. 그가 그녀를 위하여 그 의복들을 몽훼르메이유로 가져갔었다. 그것들을 여행 가방에서 하나씩 꺼내어 침대 위에 놓았다. 그러면서 생각에 잠기고 회상하였다. 어느 해 겨울, 몹시 춥던 12월이었다. 누더기만 걸쳐 거의 헐벗은 몸에, 맨발로 나막신을 신은 채, 그녀가 오들오들 떨고 있었다. 그가, 쟝 발쟝이, 그녀로 하여금 넝마들을 벗어 던지고 그 상복을 입게 하였다. 자기의 딸이 자기를 위하여 상복을 입은 것을 보고, 그리고 특히 그녀가 따뜻하게 갖춰 입은 것을 보고, 엄마가 무덤 속에서도 만족스러워할 것 같았었다. 그는 몽훼르메이유 숲을 뇌리에 떠올렸다. 꼬제뜨와 그가 함께 그 숲을 가로질렀다. 그날의 날씨, 잎 떨어진 나무들, 새들이 없던 숲, 태양 없던 하늘 등도 함께 떠올렸다. 하지만 그것이 상관없었고, 그저 매력적이기만 하였었다. 그가 그 초라한 옷들을 침대 위에 정돈하였다. 숄은 스커트 옆에, 스타킹은 신발 옆에, 조끼는 드레스 옆에 가지런히 놓았다. 그리고 그것들을 하나하나 들여다보았다. 그녀의 키가 그 옷들보다 크지 않았고, 그녀가 커다란 인형을 안고 있었고, 선물로 받은 루이 금화를 그 앞치마 주머니에 간직하고 있었고, 그녀가 웃었고, 두 사람이 손을 잡고 걸었으며, 그녀에게는 이 세상에 그밖에 없었다.

그러던 중, 그 존자(尊者)의 하얀 머리가 침대 위로 고꾸라졌고, 그 스토아 철인의 늙은 심장이 스스로 균열을 일으켰으며, 그의 얼굴이 꼬제뜨의 옷들 속에 파묻혀 버렸다. 또한 만약 그 순간에 층계를 지나간 사람이 있었다면, 그는 무시무시한 흐느낌 소리를 들었을 것이다.

4. 임모르탈레 예쿠르르[38]

우리가 이미 그 여러 국면을 목격한 바 있는 오래되고 끔찍한 투쟁이 다시 시작되었다.

야콥은 천사를 상대로 하룻밤 동안밖에 싸우지 않았다. 그러나 애석한 일이다! 쟝 발쟝이 암흑 속에서 자신의 양심을 상대로 미친 듯이 백병전을 벌이던 것이 그 몇 차례였던가!

전대미문의 싸움이었다! 어떤 순간에는 발이 미끄러졌고, 또 어떤 순간에는 발밑 흙이 무너졌다. 선(善)에 미쳐 있던 그 양심이 그를 조이고 짓누르기 그 몇 번이었던가! 냉혹한 진실이 무릎으로 그의 가슴팍을 짓누르기 그 몇 번이던가! 밝은 빛에 의해 땅바닥에 내던져져, 그것에게 자비를 애걸하기 몇 차례였던가! 주교에 의해 그의 내면에 또 그의 위에 점화된 무자비한 빛이, 그의 눈이 스스로 멀기를 바랄 때마다 강제로 부시게 하기 그 몇 차례였던가! 먼지 속에서 끌려가면서 자기의 양심을 넘어뜨리다가는 그것에 의해 전복되다가, 그 싸움의 와중에서, 바위에 매달리며, 즉 궤변에 의지하며, 벌떡 일어서기 그 몇 차례였던가! 애매한 생각을 한 직후, 즉 이기주의에서 비롯된 배신적이고 허울 좋은 사념을 펼친 직후, 역정 난 그의 양심이 그의 귀에다, '다리 걸지 말아! 불쌍한 놈!'이라고 속삭이던 말을 듣기, 그 몇 차례였던가! 반항적인 그의 사념이 의무의 명백성 밑에 깔려 헐떡거리며 투덜대기 그 몇 차례였던가! 그것은 신에 대한 저항이었다. 음산한 땀이었다. 오직 그만이 출혈을 감지하던 감추어진 상처가 얼마나 많았던가! 그의 통탄스러운 삶에 얼마나 많은 생채기가 있었던가! 피를 흘리고 멍이 들고 부러졌으되 빛을 받아 깨어나면서, 그리고 가슴속에는 절망을 품었으되 영혼 속에는 평온을 간직한 채, 다시 일어서기 그 몇 차례였던가! 또한 정복당하였으되 자신이 정복자라고 생각하기 몇 차례였던가! 그리고, 그를 와해시키고 집게로 비틀고 부순 다음, 그의 양심이 그를 딛고 올라서서, 무시무시하고 찬연하며 고요한 기색으로 이렇게 말하곤 하였다. "이제 편안히 가거라!"

하지만, 애석하도다! 그토록 음산한 결투 끝의 평온이 얼마나 구슬펐던가!

그날 밤, 쟝 발쟝은 자신이 마지막 전투를 벌이고 있음을 직감하였다. 의문 하나가 제기되었다. 비통한 의문이었다.

숙명들이 모두 직선을 이루고 있는 것은 아니다. 그것들이 숙명을 타고난 사람 앞에 직선의 대로 형태로 뻗어 있지 않다. 그 숙명의 길에는, 막다른 골목, 맹장, 어두운 모퉁이, 여러 길로 갈라져 불안감을 주는 교차로 등이 있다.

그는 선과 악이 엇갈리는 최후의 교차점에 도달해 있었다. 그 캄캄한 교차점이 그의 눈 아래에 놓여 있었다. 다른 고통스러운 돌발 사건들이 일어났을 때 이미 그에게 닥쳤듯이, 이번에도 두 갈래 길이 그의 앞에 열렸다. 하나는 유혹적이었고 다른 하나는 공포스러웠다. 어느 길로 들어설 것인가?

공포감을 주는 길은, 우리가 어둠 위로 우리의 눈을 고정시킬 때마다 포착되는 집게손가락이 가리키는 길이었다.

쟝 발쟝은 이번에도 무시무시한 항구와 미소 짓는 매복처 중 하나를 선택해야 할 처지에 놓였다. 영혼은 치유될 수 있으되 운명은 그렇지 않다는 것이 사실이란 말인가? 치유될 수 없는 운명이라니, 소름 끼치는 일이다.

그의 앞에 대두된 문제는 이러했다.

쟝 발쟝이 꼬제뜨와 마리우스의 행복에 대하여 어떤 태도를 보여야 할까? 그 행복을 원하고 만든 사람은 그였다. 그는 일찍이 그 행복을 자신의 내장 깊숙한 곳에 처박아 감추고 있었다. 그런데 이제, 그 행복을 유심히 바라보면서 그가 느낄 수 있게 된 만족감이란, 무기 제조인이 자기의 가슴팍에 박힌 칼을 뽑아내는 순간, 아직도 김이 피어오르는 그 칼에 새겨진 자기의 낙관을 보고 혹시 느낄 수도 있음 직한 그러한 종류의 만족감이었다.

꼬제뜨에게는 마리우스가 있었고, 마리우스는 꼬제뜨를 소유하게 되었다. 두 사람은 모든 것을, 심지어 부까지 얻었다. 그런데, 그것이 그의 작품이었다.

이제 존재하고 엄연히 앞에 나타난 그 행복이지만, 쟝 발쟝이 그것을 가지고 무엇을 한단 말인가? 그 행복을 상대로 그가 세도를 부릴 것인가? 그것을 자기의 귀속물 취급 할 것인가? 꼬제뜨가 다른 사람에게 귀속되어 있는 것이 엄연한 사실일지라도, 꼬제뜨로부터 유치(留置)할 수 있는 것들을 모두 찾아내어 유치해 둘 것인가? 모호하지만 존중되었던 일종의 아버지 신분을 계속 유지할 것인가? 차후로도 꼬제뜨의 집에 태연히 들어갈 수 있을 것인가? 아무 말 없이 자기의 과거를 그 미래에다 섞을 것인가? 마치 그럴 권리라도 있는 듯 떡 나서서, 자신을 너울로 가린 채, 그 반짝이는 가정에서 태연히 자리에 앉을 것인가? 그들에게 미소를 지으면서 자기의 비극적인 두 손으로 그 순진한 두 사람의 손을 잡을 것인가? 법의 욕된 그림자를 항상 달고 다니는 자기의 두 발을 질노르망 씨 댁 응접실의 평화로운 벽난로 받침쇠 위에 올려놓을 것인가? 꼬제뜨와 마리우스가 누릴 행운을 자기도 함께 나눌 것인가? 자신의 이마 위에 감도는 어둠과 두 사람의 이마에 어려 있는 구름을 더 짙게 만들 것인가? 자기가 겪은 비극은 그들의 두 행복과 무관한 것으로 놓아둘 것인가? 계속 함구할 것인가? 한마디로, 그 행복한 두 사람 곁에서, 운명이 만들어낸 음산한 벙어리 역할을 할 것인가?

어떤 문제들이 소름 끼치도록 적나라하게 우리 앞에 대두될 때, 감히 눈을 쳐들어 그것들을 직시하려면, 숙명과 그것으로 인한 돌발적인 마주침에 익숙해져야 한다. 선 혹은 악이 그 준엄한 의문부호 뒤에 있다. "어찌할 작정인가?" 스핑크스가 그렇게 묻는다.

쟝 발쟝은 그러한 시험에 익숙해져 있었다. 그는 질문을 던지는 스핑크스를 뚫어지게 주시하였다. 그러면서 무자비한 질문을 모든 측면에서 상세히 검토하였다.

꼬제뜨가, 그 매혹적인 존재가, 그 조난자에게는 뗏목이었다. 어찌할 것인가? 그것에 단단히 매달릴 것인가, 혹은 놓아버릴 것인가? 만약 단단히 매달릴 경우, 그는 그 재난을 피할 것이고, 태양 아래로 다시 올라올 것이고, 자기의 옷과 머리카락에서 바닷물이 번질거리며 흐르게 할 것이고, 구출될 것이고, 살 것이다. 놓아버릴 경우에는? 그러면 심연이었다.

그는 그렇게, 몹시 고통스럽게, 자신의 사념과 상의를 하고 있었다. 혹은, 더 정확히 말하자면, 투쟁을 벌이고 있었다. 몹시 노하여, 자신의 내면에서, 때로는 자기의 의지에게, 때로는 자기의 신념에, 저돌적으로 덤벼들고 있었다.

눈물을 흘릴 수 있었다는 것이 쟝 발쟝에게는 하나의 행운이었다. 그것이 아마 그를 깨우쳐주었을 것이다. 하지만 처음에는 몹시 사나웠다. 하나의 폭풍우가, 전에 그를 아라스로 밀어 보냈던 그것보다 더 맹렬한 폭풍우가, 그의 내면에서 일어났다. 현재를 바라보는 순간 과거가 되살아났고, 그리하여 둘을 비교하였고, 결국 흐느꼈다. 눈물의 수문이 일단 열리자, 절망한 존재가 몸부림을 쳤다.

그는 자신의 길이 막혔음을 느꼈다.

애석한 일이다! 우리의 이기주의와 의무가 벌이는 그 처절한 주먹다짐 도중, 우리로부터 결코 떼어놓을 수 없는 우리의 이상 앞에서, 당황하고, 필사적이고, 후퇴하는 처지에 격노하고, 한 치도 양보하지 않고, 도주로가 나타나기를 기대하고, 출구를 찾으면서, 우리가 그렇게 한 걸음씩 뒤로 물러설 때, 뒤에서 우리를 막는 그 벽의 하단, 얼마나 포악스럽고 음산한 저항인가! 그것은 곧 우리를 방해하는 신성한 그림자이다! 끈질기게 따라다니되 보이지 않는 준엄함이다!

따라서 양심을 상대로 벌이는 싸움이 결말에 이른 예가 없다. 이렇게 말할 수밖에 없다. "체념해, 브루투스. 체념해, 카토.[39]" 양심은 그 밑바닥이 없을 만큼 깊다. 그것이 곧 절대신이기 때문이다. 그 우물 속으로 평생의 과업을, 자신의 행운을, 재산을, 거둔 성공을, 자기의 자유와 조국을, 자신의 편안함을, 휴식을, 기쁨을 몽땅 던져 넣건만, 여전히 다음과 같은 말이 들려온다. "아직 더! 더! 더! 그릇을 비워! 단지를 더 기울여!" 결국에는 자신의 심장마저 그 속으로 던져야 한다. 태곳적 저승의 안개 속 어딘가에 그와 같은 통[40] 하나가 있다.

결국에는 거부할 수밖에 없는 바, 용서될 수 있는 일 아닌가? 고갈되지 않는 것에 하등의 무슨 권리가 있을 수 있는가? 끝이 없는 사슬은 인간의 힘 저 위에 있지 않은가? 그러니, 시쉬포스와 쟝 발쟝이 '더 이상 못 해먹겠다!'고 투덜거린다 한들, 누가 그들을 비난할 수 있겠는가? 질료의 복종은 마찰이라는 현상으로 그 한계가 그어지는데, 영혼의 복종에는 한계도 없단 말인가? 영속적 움직임이란 것이 불가능한데, 영속적 헌신을 요구할 수 있단 말인가?

첫걸음은 아무것도 아니다. 어려운 것은 마지막 한 걸음이다. 꼬제뜨의 결혼과 그것으로 인해 야기된 것들에 비할 때, 샹마튜 사건 따위가 뭐 그리 대수로울 수 있겠는가? 허무 속으로 들어가는 것에 비할 때, 도형장으로 들어가는 것쯤이야 무슨 문제가 되겠는가?

오, 밑으로 내려가는 첫 계단이여, 그대 참으로 어둡도다! 오, 두 번째 계단이여, 그대가 곧 암흑이로다! 그 두 번째 계단에서 무슨 수로 고개를 돌리지 않는단 말인가?

순교란 일종의 승화이되 부식성 승화이다. 그것은 신성하게 만드는 일종의 고문이다. 초기에는 그것에 동의할 수도 있다. 그리하여 벌겋게 달구어진 무쇠 옥좌에 앉고, 벌겋게 달구어진 무쇠 왕관을 이마에 얹고, 벌겋게 달구어진 무쇠 구슬[41]을 받아들이고, 벌겋게 달구어진 무쇠 홀을 선뜻 받아 들지만, 화염으로 지은 외투를 입어야 할 일이 아직 남아 있다. 바로 그 순간, 가엾은 살이 반발하며 고초를 회피할 수 있지 않겠는가?

이윽고 쟝 발쟝이 기진하여 평온을 되찾았다. 그리고 생각에 잠겨, 빛과 어둠으로 이루어진 신비한 저울판의 오르내림을 유심히 살피며 무게를 가늠하였다. 그 찬연한 두 아이에게 자기의 도형장을 안겨 줄 것인가, 혹은 자기의 돌이킬 수 없는 침강이 이행되도록 할 것인가를 저울질하고 있었다. 하나는 꼬제뜨의 희생을, 다른 하나는 자신의 희생을 뜻하였다.

그가 어떤 해결책을 찾았을까? 그가 어떤 결단을 내렸을까? 숙명의 가차 없는 추궁에 그가 내면에서 진술한 최후의 답변은 어떤 것이었을까? 그가 어떤 문을 열기로 단안을 내렸을까? 자기 생의 어느 쪽을 닫고 단죄하기로 결정하였을까? 그를 둘러싸고 있던 깊이를 알 수 없는 낭떠러지들 중 어느 것을 택하였을까? 어느 벼랑을 수락하였을까? 그 심연들 중 어느 것에게 고개를 끄덕였을까?

현기증에 휩싸인 그의 몽상이 밤새도록 계속되었다.

그는 같은 자세로, 즉 그 침대 위에서 몸뚱이가 두 동강으로 휘어지게 한 채, 애석하게도 아마 기진한 듯, 감당할 수 없는 운명 밑에 엎드린 채, 두 주먹을 잔뜩 움켜쥐고, 십자가에서 못을 빼고 다시 내려 얼굴이 땅바닥을 향하도록 내던져 놓은 사람처럼, 뻗은 두 팔이 동체와 직각을 이루게 한 자세로, 날이 밝을 때까지 머물러 있었다. 그렇게 열두 시간 동안, 머리 한 번 쳐들지 않고, 말 한마디 입 밖으로 내지 않고, 꽁꽁 언 몸으로, 긴 겨울밤에, 열두 시간 동안 그 상태로 있었다. 그의 사념이, 때로는 괴독사 휘드라처럼, 때로는 참수리처럼, 땅 위를 굴러다니다가는 하늘로 날아오르는 동안, 그의 몸뚱이는 시신처럼 꼼짝도 하지 않았다. 그렇게 미동도 하지 않는 그를 누가 보았다면, 그가 죽었다고 하였을 것이다. 그런데 문득, 그의 몸이 발작적으로 경련하였고, 꼬제뜨의 옷에 들러붙어 있던 그의 입이 옷에 키스를 하였다. 그러자 그가 살아 있음을 누군가가 알아차렸다.

도대체 누가? 누구라니? 쟝 발쟝은 홀로였고, 그곳에 아무도 없지 않았던가?

암흑 속에 있던 '누구'였다.

7편 성배의 마지막 한 모금

1. 제7권역과 여덟 번째 하늘[1]

혼례식 다음 날은 언제나 적막하기 마련이다. 행복한 두 사람이 고요히 생각에 잠길 수 있도록 다른 이들이 배려해 주기 때문이다. 또한 두 사람의 늦잠도 조금은 염두에 두기 때문이다. 방문객들과 축하 인사로 인한 떠들썩함은 늦게서야 시작된다. 2월 17일 아침, 정오가 조금 지나, 바스끄가 수건과 깃털 비를 겨드랑이에 낀 채, 부속실을 정돈하느라고 한창인데, 아파트 출입문을 누가 가볍게 두드리는 소리가 들렸다. 초인종을 울리지 않은 것은, 그러한 날에 합당한 사려 깊은 행동이었다. 바스끄가 문을 여니 포슐르방 씨가 와 있었다. 그를 응접실로 안내하였다. 응접실은 아직도 모든 것들이 뒤죽박죽, 전날 밤에 있었던 즐거움의 전투 현장 그대로였다.

"이런! 나리, 저희들이 늦게 일어났습니다." 바스끄가 무안한 듯 말하였다.

"주인께서는 기침하셨소?" 쟝 발쟝이 물었다.

"나리의 팔은 좀 어떻습니까?" 바스끄의 대꾸였다.

"나아졌소. 주인께서는 기침하셨소?"

"어느 주인 말씀입니까? 큰 주인 말씀입니까 혹은 젊은 주인 말씀입니까?"

"뽕메르씨 씨."

"남작님 말씀입니까?" 바스끄가 몸을 똑바로 세우며 대꾸하였다.

남작이라는 사실이 특히 하인들에게는 중요하게 여겨진다. 그 사실이 그들에게 무엇인가를 가져다준다. 진창에서 튄 물 같은 것이 그 작위로부터 그들에게 튀어, 그들을 으쓱하게 만든다. 지나는 길에 언급해 두거니와, 공격적인 공화파이며 또 그것을 입증한 마리우스이지만, 그는 이제 자신의 뜻과는 상관없이 남작이 되어 있었다. 그 작위와 관련하여 집안에서도 작은 변화 하나가 생겼다. 이제는 질노르망 씨가 그 작위를 중요시하는 반면, 마리우스는 별로 대수롭게 여기지 않았다. 하지만 뽕메르씨 대령의 유서에 이러한 구절이 있었다. "나의 아들이 나의 작위를 물려받을 것이다." 마리우스는 그 유언에 순종할 뿐이었다. 그리고, 여인의 모습을 드러내기 시작하던 꼬제뜨는, 그 작위에 황홀해하였다.

"남작님 말씀입니까?" 바스끄가 같은 말을 반복하였다. "가보겠습니다. 포슐르방 씨께서 오셨노라고 아뢰겠습니다."

"아니오. 나라고 말씀드리지 마시오. 어떤 사람이 조용히 드릴 말씀이 있노라 한다고만 하시고, 나의 이름은 밝히지 마시오."

"아!" 바스끄의 반응이었다.

"내가 그분에게 깜짝 선물 하나를 드리고 싶소."

"아!" 바스끄가 같은 대꾸를 하였다. 그러나 두 번째 '아!'는 첫 번째 '아!'에 대한, 그리고 자신에게 하는 설명이었다.

그러면서 그가 나갔고, 쟝 발쟝 홀로 남았다.

이미 말한 바와 같이, 응접실은 온통 뒤죽박죽이었다. 아직도 귀를 기울이면 축하연의 희미한 소음이 들릴 것 같았다. 바닥에는, 화환들과 여인들의 머리 장식에서 떨어진 온갖 종류의 꽃들이 여기저기 흩어져 있었다. 마지막 동강까지 타버린 양초들이, 샹들리에의 수정들에게 밀랍 종유석들을 달아주었다. 어느 가구 하나 제자리에 놓여 있지 않았다. 구석들에서는, 원을 이루며 서너 개씩 가까이 놓인 안락의자들이, 아직도 한담을 계속하고 있는 것 같았다. 응접실 전체에 웃음이 감돌고 있었다. 정지된 연회[2] 속에 아직도 어떤 우아함이 있었다. 행복했던 흔적이었다. 무질서하게 놓여 있던 그 의자들 위에서, 시들고 있던 그 꽃들 사이에서, 꺼진 그 촛불들 밑에서, 모두들 기쁨을 상상했던 모양이다. 태양이 샹들리에의 역할을 이어받았고, 그리하여 응접실 안으로 명랑하게 들어오고 있었다.

몇 분이 흘렀다. 쟝 발쟝은 바스끄가 그의 곁을 떠날 때 있던 자리에 그대로 꼼짝도 하지 않고 머물러 있었다. 그의 안색은 몹시 창백하였다. 두 눈은 움푹 들어가 있었는데, 잠을 못 잔 탓에 어찌나 깊숙이 박혔던지, 눈구멍 속으로 거의 사라져버린 상태였다. 그의 검은색 정장에는, 밤을 지새운 사람의 옷에서 볼 수 있는 피곤한 주름이 잡혀 있었다. 팔꿈치에는, 내의가 시트에 마찰되면서 남는 부풀이 묻어 있었다. 쟝 발쟝은 햇빛으로 인해 자기의 발 근처 바닥에 어린 창문의 그림자를 바라보고 있었다.

출입문 쪽에서 무슨 소리가 들리는지라 그가 고개를 들었다. 마리우스가 들어서는데, 얼굴이 당당하고, 입가에 미소가 감돌았으며, 무엇인지 모를 빛이 얼굴에 감도는데, 이마는 활짝 피어난 듯하고 눈은 의기양양하였다. 그 역시 불면의 밤을 보냈다.

"아버님이셨군요!" 쟝 발쟝을 보자 그가 소리쳤다. "바보 같은 바스끄가 수수께끼 놀이 하는 듯한 기색이더니! 그런데 너무 일찍 오셨습니다. 이제 겨우 열두 시 반입니다. 꼬제뜨는 아직 자고 있습니다."

마리우스가 포슐르방을 지칭하며 사용한 '아버님' 이라는 호칭은, 지극한 환희를 느끼고 있다는 뜻이었다. 모두들 아는 바와 같이, 그 두 사람 사이에는 항상, 절벽과 냉랭함과 거북함과 부수거나 녹여야 할 얼음이 있었다. 그러나 마리우스가 어찌나 도취경에 휩싸여 있었던지, 그 절벽이 낮아졌고, 얼음이 녹고 있었으며, 포슐르방 씨가 그에게도, 꼬제뜨에게처럼, 아버지로 여겨졌다.

그가 말을 계속하였다. 말이 그에게서 넘쳐흘렀던 바, 그것은 기쁨의 신성한 절정에서 나타나는 전형적인 현상이었다.

"뵈오니 얼마나 기쁜지 모르겠습니다! 어제 저희들이 얼마나 섭섭해하였는지 아신다면! 안녕히 주무셨습니까, 아버님? 손의 상처는 좀 어떻습니까? 많이 나아졌겠지요. 그렇지요?"

그러더니, 자신에게 한 자기의 긍정적인 대답에 만족한 듯, 말을 계속하였다.

"저희들 두 사람은 아버님 이야기를 많이 하였습니다. 꼬제뜨의 아버님 생각하는 정이 얼마나 각별한지! 여기에 아버님 방이 있다는 점 잊지 마십시오. 저희들 두 사람은 더 이상 롬므-아르메 로에 가기를 원치 않습니다. 다시는 가고 싶지 않습니다. 병든 것 같고, 침울하고, 보기 흉하고, 한끝이 차단되고, 을씨년스럽고, 자유롭게 드나들 수조차 없는 길인데, 도대체 어떻게 그런 곳에서 사실 생각을 하셨는지 모르겠습니다? 이곳으로 거처를 옮기십시오. 당장 오늘부터. 그러지 않으시면 꼬제뜨가 가만히 있지 않을 것입니다. 미리 말씀드리지만, 그녀는 우리들 모두를 자기의 뜻대로 부릴 생각인 듯합니다. 이미 보셨다시피, 아버님의 방은 저희들 방과 아주 가까이에 있고, 정원을 향하고 있습니다. 출입문 자물쇠 등도 이미 손보았고, 침대의 잠자리까지 말쑥하게 정돈되었으며, 모든 준비가 끝났으니 이제 오시기만 하면 됩니다. 꼬제뜨가 아버님 침대 옆에, 위트레흐트 산 벨벳 씌운 크고 고풍스러운 안락의자 하나를 놓으면서 이렇게 말하였습니다. '두 팔을 벌려 그분을 환영하거라.' 창문 맞은편에 있는 아카시아의 무성한 가지에는, 봄마다 나이팅게일 한 마리가 와서 머뭅니다. 두 달 후면 그 나이팅게일을 보실 수 있을 것입니다. 아버님 왼편에는 그 새의 둥지가 있을 것이고, 저희들 둥지는 오른쪽에 거느리시게 될 것입니다. 밤에는 그 새가 노래할 것이고, 낮에는 꼬제뜨가 재잘거릴 것입니다. 아버님의 방은 정남향입니다. 꼬제뜨가,

쿠크 선장의 『여행기』와 밴쿠버의 『여행기』 등, 아버님의 책들과 다른 모든 일상 용품을 그 방 안에 정돈해 놓을 것입니다. 제가 알기로는, 아버님께서 애지중지하시는 작은 여행 가방 하나가 있다는데, 그것을 위해서도 제가 특별석을 마련해 두었습니다. 아버님께서는 할아버지의 마음을 사로잡으셨습니다. 할아버지가 흡족해하십니다. 우리 모두 함께 살 것입니다. 혹시 휘스트 카드놀이 할 줄 아십니까? 휘스트 하실 줄 아시면 할아버지가 무척 기뻐하실 것입니다. 제가 재판소에 가는 날에는 아버님께서 꼬제뜨와 함께 산책길에 나서시고, 옛날 뤽상부르 공원에서처럼 그녀와 팔짱을 끼고 걸으십시오. 저희들 두 사람은 지극히 행복하게 살자고 서로에게 다짐하였습니다. 아버님 또한, 저희들의 행복으로 말미암아 행복해지실 것입니다. 그렇지요, 아버님? 아 참, 오늘 저희들과 함께 점심 식사 하실 것이죠?"

"내가 한 가지 드릴 말씀이 있소. 나는 과거에 도형수였소." 쟝 발쟝이 말하였다.

날카로운 음의 청각 가능 한계선은 귀에만 해당되는 것이 아니라 오성에게도 해당된다. "나는 과거에 도형수였소." 포슐르방 씨의 입에서 나와 마리우스의 귀로 들어가는 순간, 그 말이 인지 한계선을 넘어버렸다. 마리우스는 전혀 이해하지 못하였다. 자기에게 무슨 말을 한 것 같기는 한데, 그것이 무엇인지 알 수 없었다. 그가 벌어진 입을 닫지 못한 채 멍하니 서 있었다.

다음 순간, 그는 자신에게 말을 한 사람의 모습이 무시무시하다는 사실을 깨달았다. 온통 환희에 사로잡혀 있었던지라, 그는 그 순간까지 그 끔찍한 창백함을 미처 간파하지 못하고 있었다.

쟝 발쟝이 자기의 오른팔을 지탱하고 있던 검은색 띠의 매듭을 푼 다음, 손을 감싸고 있던 천도 벗겼다. 그리고 드러난 엄지손가락을 마리우스에게 보이며 말하였다.

"손에는 아무 이상 없소."

마리우스가 손가락을 유심히 살폈다.

"원래 아무 일도 없었소." 쟝 발쟝이 다시 말하였다.

정말 어떤 상처의 흔적도 없었다. 쟝 발쟝이 말을 계속하였다.

"당신의 결혼에 내가 끼어들지 않는 것이 합당하였소. 그리하여 내가 할 수 있는 한 자리를 피하였소. 이 상처를 상상해 낸 것은, 거짓을 행하지 않기 위함이었고, 혼인 관련 서류들 속에 무효가 될 소지가 있는 사항들이 내포되지 않도록 하기 위함이었으며, 서명하는 일을 면제받기 위함이었소."

마리우스가 더듬거렸다.

"그게 무슨 뜻입니까?"

"내가 전에 도형장에 있었다는 뜻이오." 쟝 발쟝이 대답하였다.

"저를 미칠 지경으로 만드십니다!" 마리우스가 공포감에 휩싸인 기색으로 소리쳤다.

"뽕메르씨 씨, 나는 도형장에서 십구 년 세월을 보냈소. 절도 혐의로. 그 이후에 다시 종신형에 처해졌소. 절도 재범 혐의로. 지금은 추방령[3]을 위반하고 있는 상태라오."

마리우스가 진실 앞에서 뒷걸음질을 하였고, 사실을 거부하였으며, 명백함에 저항하려 하였으나 소용없었다. 굴복할 수밖에 없었다. 그는 이해하기 시작하였고, 유사한 경우에 항상 닥치는 일이지만, 그 너머의 일들까지 직감하였다. 내면에서 번쩍이는 흉측한 섬광에 그가 전율하였다. 그에게 전율을 일으킨 사념 한 가닥이 그의 뇌리를 통과하였다. 그는 미래 속에서 자기의 일그러진 운명을 언뜻 보았다.

"모든 것을 말씀해 주십시오. 말씀해 주세요!" 그가 소리를 질렀다. "당신은 꼬제뜨의 부친이십니다!"

그러더니, 말로 표현할 수 없는 어떤 공포감에 휩싸인 듯한 태도로, 주춤 뒤로 두어 걸음 물러섰다.

쟝 발쟝이 다시 머리를 쳐드는데, 그 태도가 어찌나 장엄한지, 그의 키가 문득 커져 천장에 닿을 듯한 기세였다.

"이 시점에서 당신이 내 말을 믿는 것이 필요하오. 또한, 우리네 같은 사람들이 하는 선서를 사법이 인정하지는 않지만……."

그 부분에서 잠시 침묵하더니, 절대적이며 무덤 속에서 울려 나오는 듯한 위엄으로, 음절 하나하나에 힘을 주어 천천히 덧붙였다.

"……당신은 내 말을 믿어야 할 것이오. 내가 꼬제뜨의 아버지라고! 신 앞에 맹세하건대, 아니오. 뽕메르씨 남작님, 나는 화브롤 출신의 촌사람이오. 그곳에서 나무들의 가지 치는 일을 하면서 살았소. 나의 이름 또한 포슐르방이 아니라 쟝 발쟝이오. 꼬제뜨에게는 내가 아무것도 아니오. 내 말을 믿으시오."

마리우스가 간신히 한마디 우물거렸다.

"그것을 누가 저에게 증명합니까……?"

"나요. 내가 하는 말이니까."

마리우스가 그러한 말을 하는 사람을 쳐다보았다. 그 사람의 얼굴은 비통하지만 고요하였다. 그러한 고요함으로부터는 어떠한 거짓말도 나올 수 있을 것 같지 않았다. 차가운 것은 진지한 법이다. 그 무덤 속 차가움에서 진실이 느껴졌다.

"말씀을 믿습니다." 마리우스가 말하였다.

쟝 발쟝이, 그 말을 마치 증명서인 양 법적으로 인정한다는 듯 고개를 약간 끄떡한 다음, 계속하였다.

"내가 꼬제뜨에게 대관절 무엇이냐고 묻겠지요? 그 아이의 곁을 지나가던 사람일 뿐이오. 십 년 전에는 그 아이가 이 세상에 있다는 사실조차 몰랐소. 내가 그 아이를 사랑한다는 것은 사실이오. 이미 늙은 나이에 어린아이를 보면 그 아이를 사랑하게 된다오. 늙은 나이가 되면 자신을 모든 아이들의 할아버지로 여기는 법이오. 짐작하거니와, 당신은 나에게 연정 비슷한 무엇이 있으리라고 추측할 수도 있을 것이오. 그녀는 어린 고아였소. 아버지도 엄마도 없었소. 그녀에게는 내가 필요했소. 내가 그녀를 애틋하게 사랑하기 시작한 것은 그 때문이오. 아이들이란 너무나 여려서, 누구든, 심지어 나와 같은 사람도, 그들의 보호자가 될 수 있는 것이오. 나는 꼬제뜨를 만나 그러한 의무를 이행하였을 뿐이오. 그토록 작은 일을 가리켜 정말 선행이라고 할 수 있다고는 생각하지 않소. 하지만, 만약 그것도 선행이라면, 좋소, 내가 선행을 했다고 칩시다. 그리고 그러한 정황을 깊이 간직해 두시오. 오늘 꼬제뜨는 나의 삶을 떠나오. 우리 두 사람의 길이 오늘 두 갈래로 나뉘오. 이제부터는 내가 그녀에게 그 무엇일 수도 없소. 그녀는 뽕메르씨 부인이오. 그녀의 가호자가 바뀌었소. 또한 꼬제뜨는 가호자를 바꾸며 득을 보게 되었소. 모든 것이 잘되었소. 육십만 프랑에 대해서는 말씀 꺼내실 필요 없는 바, 내가 당신의 생각에 응하여 미리 말씀드리겠소. 그것은 위탁물일 뿐이오. 그 위탁물이 어떻게 내 수중에 있게 되었느냐구요? 그것이 무슨 상관이오? 나는 위탁물을 돌려줄 뿐이오. 나에게 요구할 것은 더 이상 아무것도 없소. 나는 나의 실명을 밝힘으로써 위탁물의 반환을 결말짓는 것이오. 그것 또한 내 일이오. 내가 누구인지 당신이 아는 것, 나에게는 그것이 중요하오."

그리고 나서 쟝 발쟝이 마리우스를 정면으로 쳐다보았다.

마리우스가 느낀 것은 온통 어수선하고 뒤죽박죽이었다. 운명의 급작스러운 바람이 우리들의 영혼 속에 그러한 물결을 일으키는 경우가 있다.

우리들 모두 그렇게 혼란스러운 순간들을 겪은 적이 있을 것이고, 그러한 순간에는 우리의 내면에서 모든 것이 흩어진다. 그러면 우리는 뇌리에 떠오르는 대로 아무 말이나 마구 하고, 그것들이 언제나 꼭 해야 할 말들은 아니다. 우리가 감당할 수 없는 새로운 사실들이 돌발적으로 드러나는 경우가 있고, 그것들이 치명적인 술처럼 우리들을 취한 상태로 몰아넣는다. 마리우스는 그의 앞에 나타난 새로운 국면 때문에 얼이 빠졌고, 그 상태가 어찌나 심하였던지, 그러한 고백을 한 사람을 원망이라도 하는 듯한 투로 언성을 높였다.

"하지만 그 모든 이야기를 왜 저에게 하십니까? 무엇이 그것을 강요합니까? 그것을 자신만의 비밀로 간직하실 수 있었습니다. 고발당하지도 않으셨고, 소추당하지도 않았으며, 몰리지도 않으셨습니다. 그 심각한 사실을 기꺼이 폭로하시는 데에는 그만한 이유가 있을 것입니다. 말씀을 끝까지 다 하십시오. 다른 무엇이 있음에 틀림없습니다. 무슨 까닭으로 그러한 고백을 하십니까? 무슨 동기로?"

"무슨 동기로?" 쟝 발쟝이 대답을 하는데, 그 음성이 어찌나 나지막하고 은은한지, 그가 마리우스에게보다는 자신에게 말을 하는 것 같았다. "이 도형수가 도대체 무슨 동기로 자기가 도형수임을 밝혔느냐 이 말씀이지요? 좋소이다, 말씀드리겠소! 그 동기가 좀 기이하긴 하지만, 그것은 정직하고자 하는 마음에 이끌려서였소. 잘 들어 보시오, 불행한 일은, 내 가슴속에 끈 한 가닥이 있어, 그것이 나를 포박하고 있다는 사실이오. 사람이 늙으면 특히 그 끈들이 더욱 질기다오. 우리를 둘러싸고 있던 전 생애가 풀려 망가져도, 그 끈들만은 버틴다오. 만약 내가 그 끈을 뽑아, 매듭을 풀거나 끊고 멀리 갈 수 있었다면, 나는 구출되었을 것이오. 그냥 떠나면 그만이었을 것이오. 불르와 로에는 역마차들이 많소. 당신들은 행복하게 살고, 나는 떠나고. 내가 그 끈을 끊으려고 애를 쓰며 힘껏 당겨보기도 하였소. 그러나 끊기지는 않고, 나의 심장이 뽑혔소. 그리하여 나 자신에게 말하였소. '내가 이곳 이외의 다른 곳에서는 살 수 없다. 그러니 주저앉아야 한다.' 그런데, 당신 말씀이 옳소, 내가 멍청하오. 왜 아무 말 하지 말고 머물러 살 생각을 하지 못했을까요? 당신은 이 집이 방 하나를 나에게 제공하고, 뽕메르씨 부인도 나를 극진히 여겨, 안락의자에게 '두 팔을 벌려' 나를 환대하라고 분부하였소. 당신의 조부님 또한 기꺼이 나를 받아주겠다 하시고, 내가 그분의 뜻에 크게 어긋나지 않으니, 우리 모두 함께 살며, 식사도 함께하고, 내가 꼬제뜨…… 뽕메르씨 부인과—용서하시오, 습관 때문에—팔짱을 끼고, 같은 지붕 아래에서, 식탁도, 불도, 겨울이면 벽난로도, 여름이면 산책도, 모든 것을 함께 나눌 수 있을 거요. 그것이 바로 기쁨이고, 그것이 곧 행복이며, 그것이 전부요. 우리들은 가족을 이루어 살 것이오. 가족을 이루어!"

가족이라는 말을 하는 순간 쟝 발쟝의 표정이 사나워졌다. 그가 자신의 가슴팍 위로 두 팔을 엇갈려 겹치더니, 자기의 발 옆 바닥에 깊은 심연 하나를 뚫을 듯한 기세로 그곳을 내려다보았고, 문득 그의 음성이 귀청을 찢을 듯 터져 나왔다.

"가족을 이루다니! 아니오. 나는 그 어느 가족의 일원도 아니오. 나는 당신의 가족에 속하지 않소. 나는 인간의 가족에 속할 수 없소. 가족들끼리 있는 어느 집에 들어간다 해도, 나는 그곳의 잉여물일 뿐이오. 이 세상에 가정들이 아무리 많아도 그것들이 나를 위한 것은 아니오. 나는 불운한 사람, 외곽인일 뿐이오. 나에게 아버지와 어머니가 있었던가? 나는 그것마저 거의 의심하오. 내가 그 아이를 혼인시키던 날 모든 것이 끝났소. 나는 그 아이가 행복해하는 것을 보았소. 또한, 그 아이가 사랑하는 사람과 함께 있고, 자애로운 노인 하나가 있고, 두 천사로 이루어진 가정 하나가 있고, 그 가정에 온갖 기쁨이 있고, 그것이 잘된 일이라는 것 등을 깨달았소. 그리하여 나 자신에게 말하였소. '너, 들어가지 마!' 내가 거짓말을 하고, 당신들 모두를 속이고, 포슐르방 씨로 남을 수 있었던 것은 사실이오. 그것이 그 아이를 위한 일이었다면, 거짓말을 할 수 있었을 것이오. 그러나 이제는 그것이 나를 위한 짓이리니, 그래서는 아니 되오. 내가 침묵하는 것만으로도 족했을 것이오. 그것은 사실이오. 그랬으면 모든 것이 순탄하게 계속될 것이오. 무엇이 나로 하여금 말을 하도록 강요했느냐고 물었지요? 아주 우스꽝스러운 것이었소. 나의 양심이었소. 내가 입을 다무는 것, 매우 쉬운 일이었소. 나는 그렇게 하라고 나를 설득하느라고 밤을 지새웠소. 당신이 지금 사제처럼 나의 고해를 듣고 계시오. 하지만 내가 당신에게 조금 전 한 이야기가 몹시 기이하니, 당신에게는 그럴 권리가 있소. 여하튼 좋소. 나는 나 자신에게 여러 이유를 제시하느라고 밤을 새웠소. 나 자신에게 매우 그럴듯한 이유들을 제시하였소. 최선을 다하였소. 그러나 두 가지 일에서만은 성공하지 못하였소. 나의 가슴을 이곳에 못과 접착제로 고정시키고 있는 끈을 끊지 못하였고, 내가 홀로 있을 때 나에게 나지막하게 말을 건네는 어떤 이의 입을 다물게 하지 못하였소. 그래서 오늘 아침 당신에게 와서 모든 것을 고백한 것이오. 모든 것을, 아니 거의 모든 것. 오직 나에게만 관련된 하찮은 것들도 있으나, 그것들은 내가 간직해 두겠소. 중요한 것은 당신에게 말한 그것이오. 여하튼 그리하여 나의 비밀을 몽땅 들고 당신에게 온 것이오. 그런 다음, 당신의 목전에서 그것의 배를 갈랐소. 그러한 결단을 내리기가 쉽지 않았소. 밤새도록 몸부림치며 생각을 거듭하였소. '아! 이번 일은 샹마튜 사건과는 본질적으로 다르다.[4] 나의 이름을 숨긴다 해도 그것이 아무에게도 해를 끼치지 않는다. 포슐르방이라는 이름은 나의 도움에 대한 감사의 표시로 그가 선뜻 나에게 준 것이다. 따라서 내가 그 이름을 나의 것으로 간직할 수 있다. 나에게 제공된 방에서 행복하게 살 수 있을 것이다. 그런다 해도 하등 폐를 끼칠 일이 없다. 나는 그 구석에 머물러 있을 테니까. 또한 그는 꼬제뜨를 차지하고 나는 그녀와 같은 집에 산다는 생각을 간직한다.' 이상과 같은 생각들을 내가 아니 한 줄 아시오? 그렇게 하면 각자 균형 잡힌 행복을 얻을 수 있을 것이오. 내가 계속 포슐르방 씨 행세를 하면 모든 것이 순탄할 것이오. 나의 영혼을 제외하고는 사실 그렇소. 나의 표면 어디에나 기쁨이 넘칠 것이되 나의 영혼 밑바닥은 여전히 검을 것이오. 행복한 것으로는 충분치 못하오. 만족스러워야 하오. 그렇게 하면 나는 포슐르방 씨로 남을 것이오. 그렇게 하면 나의 진정한 얼굴을 감쪽같이 숨길 수 있을 것이오. 하지만 그럴 경우, 그대들이 한껏 피어나는 그 앞에서 나는 수수께끼 하나를 간직해야 하고, 그대들의 대낮 같은 밝음 한가운데 있으되 나는 암흑을 품게 될 것이오. 또한, 나는 아무 경고 하지 않고 태연히 당신의 가정에 도형장을 끌어들일 것이고, 내가 누구인지 알면 당신이 즉각 나를 내쫓을 것이라는 생각을 하면서 당신의 식탁 앞에 앉을 것이며, 실상을 알면 '소름 끼쳐!' 하며 혐오감을 드러낼 하인들의 시중을 받을 것이오. 당신이 혐오할 권리가 있는 나의 팔꿈치로 내가 당신을 건드릴 수도 있고, 소매치기하듯 당신과 악수를 나눌 수도 있을 것이오! 당신의 가정에서 백발에게 표하는 존경이, 존경받을 만한 백발과 낙인 찍힌 백발로 찢기어 향하게 될 것이오. 당신들이 가장 친밀해지는 시각에, 즉 모든 가슴들이 서로에게로 밑바닥까지 열렸다고 믿는 시각에, 당신의 조부님과 당신 내외 및 나 네 사람이 다정하게 모였다고 믿는 시각에, 낯선 사람 하나가 그 자리에 끼어들 것이오! 나는 나의 그 무시무시한 우물의 뚜껑을 건드리지 않으려고 노심초사하면서 당신들 곁에서 살아야 할 것이오. 그렇게, 죽은 사람인 내가, 살아 있는 당신들에게 나 자신을 강제로 떠맡기게 될 것이오. 내가 그녀를 영원히 나에게 묶어놓게 될 것이오. 당신과 꼬제뜨 그리고 나, 우리 세 사람이 함께 도형수의 초록색 모자를 쓰게 될 것이오! 생각만 하여도 소름이 끼치지 않소? 나는 인간들 중 가장 짓눌린 사람에 불과했는데, 그러한 내가 가장 흉측한 사람으로 변할 것이오. 게다가 그러한 범행을 매일 저질러야 할 것이오! 그러한 거짓말을 매일 쏟아내야 할 것이오! 그 암흑의 얼굴이 날마다 내 얼굴 위에 감돌 것이오! 나의 몸에 찍힌 낙인을 당신들에게 날마다 나누어 주어야 할 것이오! 날마다!

내 사랑하는 당신들에게! 내 아이들에게! 무고한 당신들에게! 입을 다무는 것쯤 아무것도 아니라고? 침묵을 지키는 것이 간단한 일이라고? 아니오, 간단하지 않소. 거짓말하는 침묵이 있소. 또한 나의 거짓말, 나의 속임수, 나의 비굴함, 나의 비겁함, 나의 배신, 나의 범죄, 그것들을 한 방울 한 방울 마셨다가 다시 뱉고, 그러다가 다시 마시고, 그러기를 자정에 마치고 정오에 시작해야 할 것이오. 그러면 나의 아침 인사도 거짓말, 저녁 인사도 거짓말이 될 것이오. 나는 거짓말 위에서 잠들고, 그것을 빵과 함께 먹을 것이오. 꼬제뜨의 얼굴을 정면으로 바라보면서 천사의 미소에 저주받은 자의 미소로 화답해야 할 것이오. 그러면 나는 가증스럽고 교활한 자가 될 것이오! 내가 왜 그렇게 되겠소? 오직 행복하기 위함이오. 그런데 나 같은 자가 행복해지다니! 나에게 행복해질 권리가 있는가? 나는 생의 영역 밖에 있는 사람이오."

쟝 발쟝이 말을 멈추었다. 마리우스는 여전히 귀를 기울이고 있었다. 그렇게 사슬처럼 이어지는 사념들과 고뇌는 끊길 수가 없다. 쟝 발쟝이 다시 음성을 낮추었다. 하지만 이번에는 더 이상 은은한 음성이 아니었다. 음산한 음성이었다.

"내가 왜 발설하느냐고 물었지요? 당신은 내가 고발당하지도, 소추되지도, 몰리지도 않았다고 하오. 아니오! 나는 고발당했소! 아니오! 나는 소추를 받고 있소! 아니오! 나는 몰리고 있소! 누구로부터? 나 자신으로부터. 내가 나의 통로를 막고, 나를 질질 끌고 다니고, 나를 거세게 떠밀고, 나를 체포하고, 나를 처형하오. 누구든 스스로 자신을 체포할 경우 결코 놓치는 일이 없소."

그러더니, 자기의 정장 옷자락을 우악스럽게 움켜잡아 마리우스 쪽으로 당기면서 말을 계속하였다.

"이 주먹을 좀 보시오. 이 주먹이 결코 놓아주지 않을 기세로 깃을 잡고 있다고 생각하지 않으시오? 그렇소! 양심이란 또 다른 하나의 억센 손아귀라오! 행복하기를 바란다면 의무라는 것을 결코 이해하지 말아야 하오. 왜냐하면, 그것을 이해하는 순간, 그것이 즉각 무자비해지기 때문이오. 그것이 자기를 이해한 사람을 벌한다고들 생각할지 모르오. 하지만 전혀 그렇지 않소. 오히려 보상을 해주오. 왜냐하면, 의무가 그 사람을 지옥 속에 처박지만, 그 사람은 그 속에서 자기 곁에 신이 있음을 느끼기 때문이오. 스스로의 내장을 찢기가 무섭게 자신과의 화평이 이루어지는 법이오."

그러더니, 폐부를 찌르는 억양으로 덧붙였다.

"상식적으로는 터무니없는 말처럼 들릴지 모르겠으나, 나는 정직한 사람이오. 당신의 눈앞에서 나 자신을 미천하게 낮춤으로써, 나는 내 눈앞에서 나 자신을 드높이오. 그러한 일이 이미 한 번 나에게 닥친 적이 있소. 그러나 이번보다는 덜 고통스러웠소. 이번 경우에 비하면 아무것도 아니었소. 그렇소, 정직한 사람이오. 나의 잘못으로 만약 당신이 나를 계속 존경하였다면 나는 정직한 사람일 수 없을 것이오. 이제 당신이 나를 멸시하니, 나는 정직하오. 훔친 존경밖에 가질 수 없는지라, 그 존경이 내면에서 나를 모욕하고 짓누르며, 내가 나 자신을 존경할 수 있으려면 다른 이들이 나를 멸시해야 한다는 것, 그것이 나를 지배하는 숙명이오. 그래야만 내가 다시 일어설 수 있소. 나는 자신의 양심에 복종하는 도형수요. 그것이 있을 법한 일이 아님은 나도 잘 아오. 하지만 내가 어찌하겠소? 실상이 그렇소. 내가 나 자신과 약속한지라, 그 약속을 지킬 뿐이오. 우리들에게 오라를 지우는 만남들이 있고, 우리들을 여러 의무 속으로 끌고 가는 우연들이 있소. 보시다시피, 살아오는 동안 많은 일들이 나에게 닥쳤소."

쟝 발쟝이 다시 잠깐 멈추었다. 그리고 자기가 한 말이 쓴 뒷맛이라도 남긴 듯, 힘들여 침을 한 번 삼키면서 말을 이었다.

"사람이 그토록 소름 끼치는 것을 지니고 있을 경우, 그것을 다른 이들이 자신들도 모르는 사이에 함께 나누도록 할 권리는 없소. 자신의 몸속에 있는 페스트균을 그들에게 옮겨 줄 권리는 없소. 자신 속에 있는 낭떠러지로 그들이 자신들도 모르는 사이에 미끄러져 떨어지게 할 권리는 없소. 자기의 붉은색 죄수복이 그들 위로 늘어지게 내버려 둘 권리는 없소. 다른 이들의 행복 속에 자기의 비참함을 음험하게 잔뜩 처넣을 권리는 없소. 건강한 이들에게 접근하여, 어둠 속에서 자기의 보이지 않는 궤양으로 그들을 건드리는 짓, 그것은 흉악한 일이오. 포슐르방이 나에게 자신의 이름을 주었으되, 그것은 소용없는 일, 나에게 그것을 사용할 권리는 없소. 그가 그것을 나에게 줄 수는 있었으되, 나는 그것을 소유할 수 없었소. 하나의 이름이란 곧 하나의 자아(自我)요. 아시겠소? 내 비록 촌사람이나, 조금이나마 생각을 하였고, 조금이나마 책을 읽은지라, 사리는 어느 정도 분별하오. 보시다시피 내가 나의 생각을 적절하게 표현하오. 나는 홀로 배웠소. 그렇소, 이름 하나를 슬쩍하여 그것으로 자신을 덮는 짓은 파렴치하오. 남의 돈주머니나 시계를 슬쩍하듯, 알파벳의 철자들을 사취하는 행위요. 살과 뼈로 이루어진 거짓 서명이 된다는 것, 살아 움직이는 거짓 열쇠가 된다는 것, 자물쇠를 속여 정직한 이들의 집에 들어가는 것, 단 한 번도 똑바로 바라보지 못하고 항상 곁눈질하는 것, 나의 내면에서 수치스러워하는 것, 결코 아니 되오! 아니 되오! 아니 되오! 차라리 고통받고, 피를 흘리고, 눈물 흘리고, 손톱으로 내 살의 껍질을 벗기고, 극도의 괴로움에 시달려 밤새도록 몸부림치고, 나의 복부와 영혼을 송곳니로 쏟아내는 것이 낫소. 내가 당신에게 와서 그 모든 사실을 털어놓는 이유가 바로 그것이오. 그것도 기꺼이, 당신의 말처럼."

그가 힘들게 숨을 고르더니, 다음 말로 마무리하였다.

"내가 전에는 살기 위하여 빵을 훔쳤소. 그러나 오늘은, 살기 위하여, 이름 하나를 훔치고 싶지 않소."

"살기 위해서라니!" 마리우스가 그의 말을 끊었다. "살기 위해서, 그 이름이 필요 없다고요?"

"그렇지! 이제 깨닫겠어······." 쟝 발쟝이 여러 차례 연속적으로 고개를 천천히 끄덕이면서 말하였다.

한동안 침묵이 흘렀다. 두 사람 모두 입을 다문 채, 각자 사념의 깊은 구덩이 속으로 침잠하고 있었다. 마리우스는 탁자 곁에 앉은 채, 접힌 손가락 하나로 자기의 입술 한 귀퉁이를 괴고 있었다. 쟝 발쟝은 오락가락하였다. 그가 거울 앞에 멈추어 서더니 꼼짝도 하지 않았다. 그리고 잠시 후, 내면에서 들려오는 어떤 억설에 대꾸하듯, 자신의 모습은 아예 보이지도 않는 듯, 거울을 바라보며 중얼거렸다.

"하지만 나는 지금 홀가분해!"

그가 다시 걷기 시작하더니, 응접실의 반대쪽 끝으로 갔다. 그곳에서 다시 돌아서는 순간, 그는 마리우스가 자기의 걷는 모습을 바라보고 있었다는 사실을 깨달았다. 그러자 마리우스에게 그가 형언할 수 없는 어조로 말하였다.

"내가 다리를 조금 절름거리지요. 이제 그 곡절을 이해하실 것이오."

그런 다음 마리우스를 향하여 완전히 돌아섰다.

"그리고 이제 다음과 같은 경우를 상상해 보시오. 내가 아무 말도 하지 않았다. 내가 계속 포슐르방 씨 행세를 하였다. 내가 당신의 집에 자리를 잡았다. 내가 당신 가족의 일원이다. 내가 뽕메르씨 부인을 동행하여 뗄르리 공원과 루와얄 광장에 나들이한다. 우리가 함께 어울리고 당신네들이 나를 동등한 사람으로 대접한다. 어느 날, 나와 당신들이 어울려 담소하고 있는데, 별안간 당신들 귀에 이런 소리가 들린다. '쟝 발쟝이다!' 그리고 그늘로부터 무시무시한 손 하나가, 경찰이, 불쑥 나와 나의 가면을 거칠게 벗겨 버린다!"

그가 다시 입을 다물었다. 마리우스가 전율하며 벌떡 일어섰다.

쟝 발쟝이 다시 말하였다.

"그러면 당신은 무슨 말씀을 하시겠소?"

마리우스가 침묵으로 대꾸하였다. 쟝 발쟝이 계속하였다.

"내가 입을 다물지 않은 것이 옳았음을 이제 분명히 깨달으셨을 거요. 보시오, 행복하시오, 천국의 기쁨을 누리시오, 다른 천사의 천사가 되시오, 태양의 밝음 속에서 사시오, 그것으로 만족스러워하시오. 그리고, 저주받은 어느 가엾은 사람 하나가 자신의 가슴팍을 열고 자기의 의무를 이행함에 있어, 어떠한 방법을 택하든, 그것에 대해서는 근심하지 마시오. 지금 당신 앞에는 비참한 사람 하나가 서 있을 뿐이오."

마리우스가 천천히 응접실을 가로질러 갔다. 그리고 쟝 발쟝 가까이에 이르렀을 때 손을 내밀어 악수를 청하였다. 그러나 마리우스가 응답하지 않는 손을 잡아야 했다. 쟝 발쟝은 그가 하는 대로 내버려두었다. 마리우스는 자기가 대리석으로 빚은 손 하나를 꼭 쥐고 있다는 느낌을 받았다.

"저의 할아버님께서는 친구분들이 많으십니다." 마리우스가 말하였다. "제가 사면을 얻어내겠습니다."

"그것은 불필요한 일이오." 쟝 발쟝이 대답하였다. "내가 죽은 줄로들 믿고 있으니, 그것이면 족하오. 죽은 사람들은 감시 대상이 아니오. 그들은 조용히 썩고 있는 사람들로 간주되오. 죽음은 사면과 같은 것이오."

그리고, 마리우스가 잡고 있던 손을 거두면서, 일종의 범접할 수 없는 위엄 서린 어조로 덧붙였다.

"또한, 나의 의무를 이행하는 것이 곧 나를 도와줄 친구요. 그리고 나에게 필요한 사면은 오직 하나, 내 양심의 사면이오."

그 순간, 응접실 다른 쪽 끝에서 문 하나가 조용히 열리더니, 반쯤 열린 틈으로 꼬제뜨의 얼굴이 모습을 드러냈다. 그녀의 얼굴만 보였는데, 머리를 아름답게 풀어 늘어뜨렸고, 잠이 덜 깬 듯, 눈꺼풀이 아직 부풀어 있었다. 그녀가, 둥지 밖으로 머리를 내미는 새의 동작으로, 먼저 자기의 남편을, 그다음, 쟝 발쟝을 쳐다보았다. 그러더니, 웃으면서 그들에게 큰 소리로 말하는데, 장미꽃에서 발산되는 미소 같았다.

"두 분이 정치에 관해 이야기하고 계셨음에 틀림없어요! 바보처럼, 나와 함께 어울리지 않고!"

쟝 발쟝이 소스라치듯 움찔하였다.

"꼬제뜨……!" 마리우스가 더듬거렸다.

그러더니 아무 말도 못하였다. 두 남자의 모습이 범죄자들 같았다.

꼬제뜨가, 찬연한 빛을 발산하면서, 두 사람을 번갈아 유심히 쳐다보았다. 그녀의 눈에는 낙원에서 흘러나온 듯한 그 무엇이 있었다.

"두 분을 현행범으로 체포하겠어요." 꼬제뜨가 말하였다. "제가 문을 통해 듣자니, 저의 아버님 포슐르방 씨께서 이렇게 말씀하셨어요. '양심……. 의무의 이행…….' 그런 것들이 바로 정치예요. 저는 싫어요. 결혼 다음 날부터 정치에 관한 이야기를 해서는 안 돼요. 옳지 않아요."

"꼬제뜨, 잘못 들었어요." 마리우스가 대꾸하였다. "우리는 사업 이야기를 하는 중이야. 당신의 육십만 프랑을 어디에 투자하는 것이 가장 좋을지에 대하여 논의……."

"그것만이 아니에요." 꼬제뜨가 그의 말을 끊었다. "저도 그리로 가겠어요. 제가 참견해도 되겠어요?"

그러더니, 단호하게 문을 나서 응접실로 들어섰다. 그녀는 소매가 헐렁하고 그녀의 목에서부터 발까지 늘어진, 주름이 많은 백색 실내옷을 입고 있었다. 옛 고딕풍[5] 화폭들에 그려진 황금빛 하늘에, 천사를 감싸기 위한 그런 형태의 매력적인 드레스[6]였다.

그녀가 커다란 거울 앞에서 자신을 머리끝부터 발끝까지 유심히 바라보더니, 형언할 수 없는 환희가 폭발하듯 소리쳤다.

"옛날에 어느 임금과 왕비가 있었어요. 오! 제가 얼마나 만족스러운지 모르겠어요!"

그런 다음, 마리우스와 쟝 발쟝에게 공손히 절을 하였다. 그리고 다시 말하였다.

"이제 저도 안락의자에 앉아 두 분 가까이에 머물겠어요. 반 시간 후에 점심이 시작되니까, 무슨 말씀이든 나누세요. 남자분들이 이야기를 하시니까, 저는 얌전히 있을게요."

마리우스가 그녀의 팔을 부드럽게 잡으며 정겨운 어조로 말하였다.

"우리는 사업 이야기를 하는 중이에요."

"참, 제가 창문을 열고 보니, 정원에 무수히 많은 뻬에로들이 들어왔더군요. 새들 말이에요, 가면들이 아니고.[7] 오늘이 성회(聖灰)수요일[8]이지만 새들에게는 아니지요." 꼬제뜨의 대꾸였다.

"우리가 사업 이야기를 하던 중이라니까, 나의 사랑스러운 꼬제뜨, 어서, 우리들끼리 잠시 이야기하도록 해줘요. 수치를 가지고 하는 이야기인지라, 당신에게는 몹시 지루할 거예요."

"마리우스, 오늘 아침에는 아주 매력적인 넥타이를 매셨군요. 당신 아주 멋져요, 나리. 천만에, 조금도 지루하지 않아요."

"정말 지루할 거예요."

"아니에요, 두 분이 하시는 말씀이니까. 두 분의 말씀을 이해하지 못하더라도 저는 귀를 기울이겠어요. 사랑하는 음성을 들을 때에는, 그 음성이 하는 말의 뜻을 이해하지 못해도 좋아요. 함께 있는 것, 내가 원하는 것은 오직 그것뿐이에요. 당신과 함께 있겠어요!"

"당신은 나의 지극한 사랑 꼬제뜨요! 안 돼요."

"안 돼요?"

"그래요."

"그러면 좋아요." 꼬제뜨가 다시 대꾸하였다. "당신에게 여러 가지를 알려 드리려 하였어요. 할아버지께서는 아직도 주무시고, 당신의 이모께서는 미사에 참석하셨고, 우리 아버지 포슐르방 씨의 방에 연기가 자욱하고, 그래서 니꼴레뜨가 굴뚝 청소부를 불렀고, 뚜쎙과 니꼴레뜨가 벌써 다투었고, 니꼴레뜨가 뚜쎙의 더듬는 말투를 조롱한다는 것 등을 알려 드리려 하였어요. 좋아요, 그러면 앞으로는 당신이 아무것도 알 수 없을 거예요. 아! 안 된다고요? 저 또한, 두고 보세요, 나리, 이렇게 말하겠어요. '안 돼요!' 그러면 결국 누가 더 당하게 될까요? 제발, 내 귀여운 마리우스, 저도 여기에 두 분과 함께 있도록 해줘요."

"당신께 맹세코 말하건대, 우리 둘이서만 있어야 해요."

"그러면 저는 남인가요?"

쟝 발쟝은 아무 말도 하지 않았다. 꼬제뜨가 그에게로 돌아서며 말하였다.

"우선, 아버지, 저에게 키스해 주셨으면 좋겠어요. 제 편을 들어 주시기는커녕 아무 말씀도 없으시니, 도대체 뭐 하시는 거예요? 누가 도대체 이러시는 아버지를 저에게 주었나요? 보시다시피 저의 부부 생활이 무척 불행해요. 남편이 저를 때려요. 어서 저에게 키스해 주세요."

쟝 발쟝이 그녀에게 다가섰다. 꼬제뜨가 마리우스를 돌아보며 말하였다.

"당신에게는 내가 얼굴을 찌푸리겠어요."

그리고 나서 쟝 발쟝에게 자기의 이마를 내밀었다. 쟝 발쟝이 한 걸음 다가갔다. 그 순간 꼬제뜨가 흠칫 물러서며 말하였다.

"아버지, 얼굴이 창백해요. 팔의 상처 때문이에요?"

"다 나았다."

"제대로 주무시지 못하셨어요?"

"그런 것이 아니다."

"슬프세요?"

"아니다."

"키스해 주세요. 아버지가 건강하시고, 잘 주무시고, 만족스러우시다면, 제가 아버지를 꾸중하지 않을게요."

그러고는 다시 자기의 이마를 내밀었다. 천상의 반사광이 어려 있던 그 이마 위에 쟝 발쟝이 입술을 한 번 가져다 대었다.

"이제 웃으세요."

쟝 발쟝이 그 말에 고분고분 따랐다. 하지만 유령의 미소였다.

"이제 저의 남편으로부터 저를 방어해 주세요."

"꼬제뜨……!" 마리우스가 언성을 높였다.

"화를 내세요, 아버지. 제가 여기에 있어야 한다고 그에게 말씀하세요. 제 앞에서 무슨 말을 해도 좋아요. 도대체 저를 바보 취급 하네요. 하시는 말씀이 정말 놀랍군요! 사업, 어느 은행에 돈을 예치하는 것, 참으로 대단한 일이군요! 남자들은 아무것도 아닌 일 가지고 쉬쉬하는군요. 저는 여기 있고 싶어요. 오늘 아침 제가 무척 예뻐요. 나를 좀 봐요, 마리우스."

그리고, 어깨를 사랑스럽게 조금 으쓱하면서, 형언할 수 없을 만큼 감미롭게 뾰로통한 얼굴로 마리우스를 쳐다보았다. 두 사람 사이에 번개 같은 것이 일었다. 옆에 누가 있다는 것쯤은 상관이 없었다.

"사랑해!" 마리우스가 말하였다.

"당신을 미친 듯이 사랑해!" 꼬제뜨의 화답이었다.

그러면서 항거할 수 없는 힘에 이끌려 서로의 품으로 달려들었다.

"이제 나도 여기에 있겠어요." 의기양양한 기색으로 조금 뾰로통한 채, 실내옷 자락을 다시 매만지며 꼬제뜨가 말하였다.

"그것은 안 돼요." 마리우스가 애원하듯 말하였다. "매듭지어야 할 것이 있어요."

"여전히 안 된다고요?"

마리우스가 심각한 억양으로 다시 말하였다.

"꼬제뜨, 정말 안 돼요."

"아! 남자의 목소리를 내시는군요, 나리. 좋아요, 물러가겠어요. 아버지, 아버지도 저를 지지해 주시지 않았어요. 저의 남편 나리, 저의 아빠 나리, 두 분 모두 폭군이에요. 할아버지께 이 사실을 고하겠어요. 혹시 제가 다시 와서 굽실거릴 것이라 생각하신다면, 그건 오산이에요. 저는 자존심이 강해요. 이제는 제가 기다리겠어요. 제가 없으면 두 분이 심심하다는 것을 곧 깨닫게 되실 거예요. 저는 가겠어요, 자업자득이에요."

그러고는 응접실에서 나갔다.

잠시 후 문이 다시 열리더니, 그녀의 싱싱하고 발그레한 얼굴이 두 문짝 사이로 다시 모습을 드러냈다. 그녀가 두 사람에게 소리쳤다.

"저 굉장히 화났어요."

문이 다시 닫히고, 암흑이 다시 펼쳐졌다. 길을 잘못 들어선 햇살 한 줄기가, 그러한 사실을 짐작도 하지 못한 채, 별안간 어둠을 통과해 지나간 것 같았다. 마리우스가, 문이 제대로 닫혔는지를 확인하였다.

"가엾은 꼬제뜨! 이 사실을 알면……." 그가 중얼거렸다.

그 말에 쟝 발쟝의 사지가 후들거렸다. 그가 초점 잃은 눈으로 마리우스를 바라보며 말하였다.

"꼬제뜨! 오, 그래요, 당신이 꼬제뜨에게 그 사실을 말하겠지요. 당연하죠. 이런, 내가 그 점을 미처 생각하지 못했군요. 사람이란, 어떤 일은 감당할 수 있으되, 또 어떤 일은 감당하지 못한다오. 당신께 간곡히 청하거니와, 아니 애걸하거니와, 나에게 맹세해 주시오, 그 아이에게만은 사실을 알리지 않겠노라고. 당신이 아는 것만으로 족하지 않겠소? 내가 그 누구의 강요를 받지 않고도, 내 스스로, 그 이야기를 할 수 있었고, 온 세상을 향하여, 모든 사람들에게, 그 사실을 실토할 수 있는 바, 그것이 나에게는 아무렇지도 않소. 그러나 그 아이는 그것이 무엇인지 모르며, 그것이 아이에게 공포감을 안겨 줄 것이오. 도형수라는 것이 무엇인지, 그 아이에게 설명하지 않을 수 없을 것이고, '도형장에서 복역하던 사람' 이라고 말해야 할 것이오. 쇠사슬에 묶여 끌려가는 도형수들을 그 아이가 언젠가 본 적이 있소. 오, 맙소사!"

그가 안락의자에 무너지듯 주저앉더니, 두 손으로 자신의 얼굴을 감쌌다. 아무 소리도 들리지 않았으나, 그의 두 어깨가 흔들리는 것으로 보아, 울고 있음을 알 수 있었다. 조용한 눈물, 진정 비장한 눈물이다.

흐느낌에는 숨 막힘 현상이 수반된다. 일종의 경련이 일어났고, 호흡을 하기 위함인 듯, 그가 안락의자의 등받이 위로 상체를 젖혔다. 두 손이 늘어져 있어, 눈물에 흥건히 젖은 얼굴이 마리우스의 눈에도 보였다. 또한 중얼거리는 소리가 마리우스에게 들려왔는데, 그 음성이 어찌나 약한지, 끝없는 심연으로부터 올라오는 소리 같았다.

"오! 차라리 죽었으면!"

"아무 염려 마십시오. 당신의 비밀을 저 홀로 간직하겠습니다."

그러더니, 그가 마땅히 느꼈어야 할 만큼 측은함을 느끼지 못했음인지, 그리고 한 시간 전부터 뜻밖에 출현한 무시무시한 사람과 익숙해져야 할 의무감 때문이었는지, 도형수 하나가 자기의 눈앞에서 포슐르방 씨와 점차 겹쳐지는 것을 보면서, 그 음산한 현실에 조금씩 사로잡혀, 그리고 상황의 자연적인 흐름에 이끌려 그 사람과 자기 사이에 생긴 간격을 확인하기에 이른 마리우스가, 다시 덧붙여 말하였다.

"당신이 그토록 헌신적이고 정직하게 돌려주신 위탁물에 대하여, 저로서는 한 말씀 드리지 않을 수 없습니다. 참으로 정직한 행위의 표본입니다. 보상을 해드림이 마땅하다고 생각합니다. 그 금액을 말

쏨하시죠. 즉시 지불해 드리겠습니다. 너무 많은 금액을 요구하는 것이 아닐까 하는 염려는 거두십시오."

"고맙소." 쟝 발쟝이 부드러운 어조로 대답하였다.

그가 집게손가락 끝으로 엄지손가락의 손톱을 기계적으로 비비면서 잠시 생각에 잠기더니, 음성을 다시 높여 말하였다.

"모든 것이 거의 끝났소. 나에게 마지막 한 가지가 남았다면……."

"그것이 무엇입니까?"

쟝 발쟝이 극도로 주저하는 것 같았다. 또한 꺼져가는 음성으로, 호흡이 멈춘 듯, 말을 하기보다는 더듬거렸다.

"모든 것을 아시게 된 이제, 주인으로서, 당신이 생각하시기에, 제가 더 이상 꼬제뜨를 보아서는 아니 된다고 믿으십니까?"

"그러시는 것이 더 좋겠다고 생각합니다." 마리우스가 냉랭한 어조로 대답하였다.

"그녀를 더 이상 보지 말아야겠군." 쟝 발쟝이 중얼거렸다.

그러고는 출입문 쪽으로 다가갔다. 그가 문의 부리 모양 손잡이를 잡고 돌리자 빗장이 움직였고, 문이 살짝 열렸다. 쟝 발쟝이, 문을 나갈 수 있을 만큼 열고 한동안 꼼짝도 하지 않고 서 있더니, 문을 다시 닫고 마리우스를 향하여 돌아섰다.

그의 안색은 더 이상 창백하지 않았다. 납빛이었다. 그의 눈에는 더 이상 눈물이 없었다. 대신 일종의 비극적인 화염이 이글거리고 있었다. 그의 음성이 기이하게도 다시 차분해져 있었다. 그가 말하였다.

"이것 보시오, 만약 당신이 허락하신다면, 그 아이를 보러 오겠소. 정말이지, 그것을 간절히 원하고 있소. 내가 꼬제뜨 보는 것을 귀하게 여기지 않았다면, 나는 당신에게 아무 고백 하지 않고 떠났을 것이오. 그러나, 꼬제뜨가 있는 곳에 남아 그 아이를 계속 보기 원하였기 때문에, 당신에게 모든 것을 정직하게 털어놓을 수밖에 없었소. 내 생각 이해하실 줄 아오. 그렇지 않소? 충분히 이해될 수 있는 일이오. 아시겠소? 내가 그 아이를 곁에 데리고 사는 지 구 년이 넘었소. 우리들이 처음에는 외곽 대로에 있는 그 누옥에 살다가 수녀원으로 옮겼고, 그다음 뤽상부르 공원 근처에 살았소. 당신이 그 아이를 처음 본 것은 그곳에서였소. 그 아이의 하늘색 플러시 천으로 지은 모자를 기억하실 거요. 그다음 우리는 앵발리드 구역으로 이사하였고, 그곳의 집에는 철책과 정원이 있었소. 쁠뤼메 로에 있는 집이었소. 나는 그 집의 작은 후원에서 기거하며 그 아이가 치는 피아노 소리를 듣곤 하였소. 나의 삶이 그러했소. 우리들은 단 한 번도 헤어진 적이 없소. 그렇게 구 년 몇 개월 동안 계속되었소. 내가 그 아이의 아버지 행세를 하였고, 그 아이는 나의 자식이나 다름없었소. 당신이 나를 이해하실지 모르겠으나, 이제 멀리 떠난다는 것, 그 아이를 더 이상 못 본다는 것, 그 아이에게 더 이상 말을 건네지 못한다는 것, 더 이상 아무것도 없다는 것, 나에게는 어려운 일일 듯하오. 당신이 언짢게 여기지 않으신다면, 가끔 꼬제뜨를 보러 오겠소. 자주 오지는 않겠소. 와서 오래 머물지도 않겠소. 나를 아래층에 있는 작은 방에서 맞으라고 하시오. 일 층에서 말이오. 내가 하인들이 사용하는 뒷문을 통해 들어와도 상관없소만, 그러면 하인들이 혹시 이상하게 생각할지 모르겠소. 모든 사람들이 드나드는 문을 통하여 들어오는 것이 나을 듯하오. 정말이지, 꼬제뜨를 아직은 조금이나마 더 보고 싶소. 당신의 뜻이 그러하다면 아주 가끔이나마. 내 입장에 한번 서보시오. 나에게 남은 것이라곤 그것밖에 없소. 그리고 조심해야 하는 바, 내가 영영 발길을 끊으면 좋지 않은 결과가 초래될 것이오. 모두들 이상하게 생각할 것이오. 가령, 내가 할 수 있는 것은, 어두워지기 시작하는 저녁에 오는 것이오."

"매일 저녁 오십시오. 꼬제뜨가 기다리고 있을 것입니다."

"심덕이 착하십니다." 쟝 발쟝이 말하였다.

마리우스가 쟝 발쟝에게 작별 인사를 하였고, 행복이 절망을 출입문까지 배웅하였다. 그리고 두 남자가 헤어졌다.

2. 폭로 속의 모호한 점들

마리우스는 아연실색하여 깊은 혼란에 빠졌다.

꼬제뜨 곁에 있던 그 사람에 대하여 그가 항상 느끼던 일종의 거부감의 원인이 드디어 명료해진 것 같았다. 그 인물 속에 무엇인지 모를 수수께끼 같은 것이 있었고, 그의 본능이 그것을 알리며 경고를 보냈던 것이다. 그 수수께끼는, 수치들 중 가장 흉측스러운 것, 즉 도형장이었다. 그 포슐르방 씨를 자처하던 사람이 실은 도형수 쟝 발쟝이었다.

행복의 한가운데서 그러한 비밀을 발견한다는 것은 멧비둘기 둥지에서 전갈 한 마리를 발견하는 격이다. 마리우스와 꼬제뜨의 행복이 이제부터 그러한 사람과 이웃해야 할 처분을 받았단 말인가? 그것이 숙명적으로 이미 완결된 일일까? 그 사람을 받아들이는 것도 이미 이루어진 결혼의 일부일까? 따라서 어찌해 볼 도리가 없단 말인가? 결국 마리우스가 도형수와도 인연을 맺은 것일까?

찬연한 빛과 기쁨의 왕관을 쓰고 인생의 가장 위대한 순간을, 즉 행복한 사랑을, 맛본다 해도 소용없으리니, 그러한 충격에는, 환희 속에 잠겨 있던 천사장이라도, 영광 속에 묻혀 있던 반인반신(半人半神)이라도, 전율하지 않을 수 없을 것이다.

그러한 종류의 변화에 직면할 경우 항상 그러듯, 마리우스는 혹시 자신에게 나무랄 만한 일이 없었는지를 자문해 보았다. 선견지명이 없었던 것일까? 신중하지 못했던 것일까? 자신도 모르는 사이에 얼이 빠졌었던 것일까? 아마 약간은 그랬을 것이다. 꼬제뜨와의 결혼으로 귀결된 그 사랑의 모험 속으로, 주변을 밝힐 만큼 충분한 예비책을 강구하지 않고 뛰어든 것일까? 그는 차근차근 확인해 보았다─그렇게 우리 자신에 대한 연속적인 일련의 확인 작업을 진행하는 동안에 삶이 우리를 조금씩 개선시킨다─그는 자기 천성의 환상적이고 공상적인 측면을 확인해 보았다. 그 측면은 많은 기질들의 고유 속성으로, 일종의 내면적 구름이며, 그것이 정염과 슬픔의 절정에서는, 영혼의 온도가 변함에 따라, 한껏 팽창하여 그 사람 전체를 점령하여, 그를 안개에 잠긴 하나의 의식에 불과한 것으로 만들어놓는다. 우리는 마리우스의 그러한 특징적 요소를 이미 여러 차례 적시한 바 있다. 그는, 쁠뤼메 로에서 보낸 그 황홀한 육칠 주간 동안, 사랑에 도취한 나머지, 고르보의 다락방에서 일어났던 그 수수께끼 같은 사건과, 그 과정에서 희생자가 투쟁을 벌이는 동안이나 탈출한 후에도 고집스럽게 침묵하는 편을 택한 그 기이한 행동에 대하여, 꼬제뜨에게 이야기를 꺼낼 생각조차 하지 않았다는 사실을 뇌리에 떠올렸다. 그 사건에 대하여 꼬제뜨에게 아무 말도 하지 않다니, 도대체 어찌 된 일이었을까? 그 사건이 그토록 가까이에서 일어났고, 그토록 무시무시했건만! 그녀 앞에서, 심지어 에뽀닌느를 만났던 날조차, 떼나르디에의 가족을 입에 올리지 않은 것은 도대체 어찌 된 일이었을까? 이제 와서는, 자신의 그러한 침묵에 대한 설명이 거의 어려워 보였다. 하지만 그 침묵의 실체를 짐작은 하고 있었다. 그는 자신이 꼬제뜨에게 도취해 있던 일종의 현기증과 같은 상태, 모든 것을 흡수해 버리는 사랑, 서로를 이상 속으로 데려가려 하는 그 납치 행위 등을 회상하여 뇌리에 떠올렸다. 또한, 영혼의 그 격렬하고 매력적인 상태 속에 인지할 수 없을 만큼 적은 양이나마 이성이 섞여 있었으리니, 그 무시무시한 사건을 자기의 기억 속에 감추어 파괴해 버리고 싶었던 희미하고 은은한 그 당시의 본능도 아마 회상하였을지 모른다. 그 시절 그는, 본능적으로 그 사건과의 접촉을 두려워했고, 그 사건에서 아무 역할도 맡고 싶지 않았으며, 그 사건을 피하려 하였을 것인 바, 그러한 사건에서는, 진술자건 중인이건 고발자의 성격을 띠지 않을 수 없기 때문이다. 또한, 그 몇 주간은 하나의 번개였다. 그리하여 서로 사랑하는 것 이외의 다른 일에는 할애할 시간이 없었다. 결국 모든 것을 가늠하고 뒤척이며 고려해 볼 때, 그가 비록 고르보의 누옥에서 일어났던 사건을 꼬제뜨에게 이야기하며 떼나르디에의 가족들 이름을 발설했다 해도, 그 결과가 어떠했다 해도, 심지어 쟝 발쟝이 도형수였다는 사실을 알아냈다 해도, 그런 것들 따위가 마리우스의 마음을 바꾸어놓았을까? 그런 것들이 꼬제뜨의 마음을 바꾸어놓았을까? 그런 것들로 인해 그가 물러섰을까? 그녀를 덜 사랑했을까? 그리하여 그녀와 결혼하지 않았을까? 아니다. 그런 것들로 인하여, 이미 이루어진 것들 중 무엇이 바뀌었을까? 아니다. 따라서 후회할 것도, 스스로를 나무랄 것도 없다. 모든 것이 잘된 것이다. 흔히 연인들이라고 부르는 그 취한들을 인도하는 신 하나가 있다. 마리우스는 눈이 먼 상태에서도, 눈이 밝았을 때 선택하였을 길을 따라갔다. 사랑의 신이 그의 눈에 띠를 동여매어 주었다. 그를 어디로 끌고 가기 위해서였을까? 낙원으로.

하지만 그 낙원이 이제부터는 지옥과 나란히 인접하게 되었다.

쟝 발쟝으로 변한 그 포슐르방이라는 사람에 대하여 마리우스가 느끼던 옛날의 거부감에, 이제 혐오감이 섞여 들었다. 그러나 말해두거니와, 그 혐오감 속에는 약간의 연민과, 심지어 어떤 놀라움도 섞여 있었다.

그 절도범이, 더구나 절도 재범자가, 자기에게 위탁되었던 것을 고스란히 반환하였다. 육십만 프랑을. 그 위탁물의 비밀을 아는 사람은 오직 그뿐이었다. 그가 몽땅 차지할 수 있었건만 모두 반환하였다.

뿐만 아니라, 그는 스스로 자신의 처지를 폭로하였다. 아무것도 그에게 그것을 강요하지 않았다. 그가 누구인지를 알게 된 것은 오직 그를 통해서이다. 그러한 고백에는 모멸의 수용이라는 것 이상의 것이 있었던 바, 그것은 위험의 감수였다. 하나의 죄수에게는 하나의 가면이 단순한 가면이 아니라, 하나의 은신처이다. 그는 그 은신처를 포기하였다. 가명은 곧 안전인데, 그 가명을 버렸다. 도형수 처지에, 점잖은 가정 속에 영영 숨을 수 있게 되었건만, 그러한 유혹을 뿌리쳤다. 게다가, 그 무슨 동기에서였던가! 오직 양심의 가책감 때문이었다. 그가 그러한 사실을 거역할 수 없는 생생한 억양으로 몸소 설명하였다. 한마디로, 그 쟝 발쟝이 어떤 사람이건, 그가 깨어나고 있던 하나의 양심임은 부인할 수 없었다. 그의 내면에는, 이미 시작된, 무엇인지 모를 신비한 복위(復位)가 있었다. 또한 모든 징후로 보아, 이미 오래전부터, 가책감이 그 사람을 지배하는 주인임에 틀림없었다. 정의로움과 선함이 그렇게 받아들여진다는 것이, 상스러운 천성들에게는 어울리지 않는다. 양심의 깨어남, 그것이 곧 영혼의 위대함이다.

쟝 발쟝은 진실하였다. 눈에 선명히 보이고 촉지할 수 있으며 도저히 부인할 수 없을 뿐만 아니라, 그것이 그에게 야기시킨 고통으로 인해 명백해지기까지 한 그 진실성이, 다른 모든 조회를 불필요하게 만들었고, 그 사람이 하는 모든 말에 권위를 부여하였다. 그 단계에 이르러, 마리우스의 내면에 기이한 전도(轉倒)가 일어났다. 포슐르방 씨에게서 무엇이 나왔을까? 불신이었다. 쟝 발쟝에게서는 무엇이 발산되었을까? 신뢰였다.

마리우스가 생각에 잠겨, 작성하고 있던 쟝 발쟝에 관한 그 신비한 대차대조표를 앞에 놓고, 대변과 차변을 면밀히 살피면서, 대차의 차액을 계산해 내려 애를 썼다. 그러나 그 모든 것이 마치 폭풍우 속에 놓인 것 같았다. 마리우스가, 그 사람에 대한 하나의 명료한 견해를 얻기 위하여 애를 썼으나, 다시 말해, 자신의 사념 근저에서 쟝 발쟝을 추적하였으나, 그를 번번이 놓쳤고, 그러다가 숙명적 안개 속에서 그를 다시 발견하곤 하였다.

정직하게 반환된 위탁물, 고백의 진실성, 그것들은 분명 선(善)에 속하였다. 그것들은 구름 속에 잠시 나타난 햇살이었다. 그러다가 구름이 다시 검게 변하였다. 마리우스의 추억들이 아무리 혼란스러웠어도, 그것들의 몇몇 그림자가 되살아났다.

죵드레뜨의 다락방에서 일어난 그 사건은 도대체 무엇이었단 말인가? 경찰이 들이닥치자, 그 사람이 무슨 까닭으로, 호소하는 대신 도망을 쳤을까? 그 의문에 대해서는 마리우스가 답을 얻었다. 그 사람이 거주 지정령을 위반한 전과자였기 때문이었다.

또 다른 의문이 제기되었다. 그 사람이 무엇 때문에 바리케이드에 왔었던 것일까? 이번의 심정적 충격을 겪는 동안, 불 가까이에서 색이 선명해지는 잉크처럼, 그의 뇌리에 떠오른 그 추억을 마리우스가 다시 분명히 보게 되었다. 그 사람이 바리케이드에 있었다. 그러나 싸우지는 않았다. 그러면 무엇하기 위하여 왔던 것일까? 그러한 질문 앞에 유령 하나가 벌떡 일어서며 해답을 제시하였다. 쟈베르였다. 마리우스는 오라 지운 쟈베르를 이끌고 바리케이드 밖으로 나가던 쟝 발쟝의 침울한 모습을 완벽하게 기억해 냈고, 몽데뚜르 골목 모퉁이 뒤에서 발사된 끔찍한 권총 소리가 아직도 그의 귀에서 쟁쟁하게 울렸다. 그 정탐꾼과 도형수 사이에 필시 서로에게로 향한 증오가 있었을 것이다. 서로에게 불편한 사이였을 것이다. 쟝 발쟝은 복수하기 위하여 바리케이드에 갔을 것이다. 그는 늦게 그곳에 도착하였다. 쟈베르가 그곳에 잡혀 있다는 사실을 알고 있었을 것이다. 코르시카의 벤데따[9] 풍습이 일부 최하층 사회에 침투하여 엄연히 지배하고 있었으며, 그것이 어찌나 당연시되었던지, 어느 정도 선으로 돌아선 사람들조차 그 풍습에 놀라지 않았다. 그 사람들의 심정이 그랬던지라, 참회의 길로 들어선 죄인이라도, 절도 행위에 대해서는 가책감을 느끼면서, 복수하는 행위에 대해서만은 전혀 그렇지 않았다. 장 발장이 쟈베르를 죽였다. 적어도 그것은 명백해 보였다.

마지막으로 제기된 의문에 대해서는 해답을 찾을 수 없었다. 그 의문이 마리우스에게는 그를 잡고 놓아주지 않는 집게처럼 느껴졌다. 장 발장의 삶과 꼬제뜨의 삶이 그토록 오랜 세월 팔꿈치를 마주 대고 있었던 것은 어찌 된 일인가? 그 아이를 그 사람과 접촉시킨 섭리의 그 음산한 장난은 무엇이란 말인가? 저 높은 곳에도 두 갈래 쇠사슬이 있어, 신께서 천사와 악마를 기꺼이 짝지어 놓으셨단 말인가? 비참함의 신비한 도형장[10]에서는 범죄와 천진난만함이 같은 방을 사용하는 동료가 될 수 있단 말인가? 인간의 삶이라고들 부르는 그 죄인들의 행렬 속에서는, 천진난만한 이마와 무시무시한 이마, 여명의 신성한 백색에 잠긴 이마와 영원한 번개의 섬광에 영영 창백해진 이마, 그 두 이마가 나란히 행진할 수 있단 말인가? 그 설명할 수 없는 짝지우기를 누가 결정할 수 있었단 말인가? 어떤 방법으로, 어떤 기적에 뒤이어, 그 어린 천상의 소녀와 늙은 악마의 공동생활이 이루어졌단 말인가? 누가 어린 양을 늑대에게 데려갔으며, 더욱 이해할 수 없는 일인 바, 늑대를 어린 양에게 예속시켰단 말인가? 늑대가 어린 양을 좋아했고, 사나운 존재가 나약한 존재를 열렬히 사랑하였으며, 아홉 해 동안 천사가 흉악한 괴물을 의지하였으니 말이다. 꼬제뜨의 유년 시절과 소녀 시절, 그녀의 구출, 삶과 광명으로의 순결한 성장이 그 보기 흉한 헌신의 보호를 받았으니 말이다. 그 단계에 이르자, 의문들이 부스러기로 떨어져 나가 무수한 수수께끼들로 변하였으며, 심연들 밑바닥에 다시 심연들이 열려, 마리우스가 상체를 숙여 장 발장을 내려다보면, 현기증을 느끼지 않을 수 없었다. 도대체 그 절벽과 같은 사람의 정체가 무엇이란 말인가?

「창세기」의 그 태곳적 상징들은 영원하다. 현존하는 인간의 사회에는, 지금의 것보다 더 위대한 광명이 그것을 변화시킬 때까지는, 영영 변하지 않는 인간 둘이 있는 바, 하나는 상층부 인간이고, 다른 하나는 지하의 인간이다. 선에 의지하는 자는 아벨이고, 악을 따르는 자는 카인이다. 그렇다면, 그 다정한 카인은 무엇이란 말인가? 한 처녀에 대한 찬미에 경건하게 몰두하여, 그녀를 보살피고, 양육하고, 보호하고, 고귀하게 만들고, 자신은 불결하되 그녀를 순결함으로 감싸는, 그 강도가 도대체 무엇이란 말인가? 그 천진난만함에 단 하나의 오점도 생기지 않도록 그것을 숭배하던 그 시궁창이 무엇이란 말인가? 꼬제뜨를 교육시키는 그 쟝 발쟝이 무엇이란 말인가? 하나의 천체가 떠오를 때, 그것이 어떤 그늘이나 구름의 방해를 받지 않도록 하기에만 전념하는 그 암흑의 형상이 무엇이란 말인가?

쟝 발쟝의 비밀이 거기에 있었다. 또한 신의 비밀도 거기에 있었다.

마리우스는 그 이중의 비밀 앞에서 뒷걸음질을 했다. 하나가 어떤 면으로는 다른 존재에 대하여 그를 안심시켰다.[11] 그 사건에서는 신 또한 쟝 발쟝 못지않게 뚜렷이 보였다. 신 또한 자기의 연장들을 가지고 있다. 그리고 자기가 원하는 것을 도구로 사용한다. 인간에 대해 그는 아무 책임도 없다. 그가 인간에 관해 어떻게 행동하는지 우리가 아는가? 쟝 발쟝이 꼬제뜨에 많은 공을 들였다. 그가 조금은 그 영혼을 만들었다. 이론의 여지가 없었다. 그래서 어떻단 말인가? 일꾼은 소름 끼치되, 작품은 찬탄할 만하였다. 신은 멋대로 기적들을 생산해 낸다. 그가 매력적인 꼬제뜨를 만들면서 그 일에 쟝 발쟝을 고용하였다. 그 기이한 협조자를 선택하는 것이 그의 마음에 기꺼웠다. 우리가 그에게 무슨 책임을 묻겠는가? 퇴비가 봄을 도와 장미꽃 만드는 것이 처음 있는 일인가?

마리우스는 스스로에게 그러한 답변들을 제시하고 나서, 그것들이 정답이라고 자신에게 선언하였다. 우리가 지적한 그 모든 점들에 관하여 그는 쟝 발쟝에게 감히 캐묻지 못하였고, 감히 그러지 못하였다는 사실조차 스스로에게 고백하지 못하였다. 그는 꼬제뜨를 열렬히 사랑했고, 꼬제뜨를 소유하였고, 꼬제뜨가 찬연하리만큼 순결했다. 그것이면 족하였다. 무엇을 밝힐 필요가 있는가? 꼬제뜨는 한 줄기 빛이었다. 빛이 밝혀질 필요 있는가? 모든 것을 소유하였는데, 그가 무엇을 더 필요로 할 수 있는가? 모든 것, 그것이면 족하지 않은가? 쟝 발쟝 개인의 일들은 그와 아무 상관이 없었다. 그 사람의 숙명적인 어둠 위로 상체를 숙여 내려다보면서도, 그는 그 비참한 사람이 한 엄숙한 선언에 안간힘을 다하여 매달렸다. "꼬제뜨에게 나는 아무것도 아니오. 십 년 전에는 그녀가 존재한다는 사실조차 몰랐소."

쟝 발쟝은 하나의 행인이었다. 그 스스로 그 사실을 밝혔다. 그리고 지나갔다. 그의 역할이 어떠했든, 그것은 종료되었다. 이제부터는, 구원자의 역할을 수행하기 위하여, 마리우스가 꼬제뜨 곁에 있게 되었다. 자기와 동등한 존재, 자기의 연인, 자기의 부군, 천상에 사는 자기의 수컷을 찾으러, 꼬제뜨가 창공으로 돌아온 것이다. 날개가 돋아 변신한 꼬제뜨가 하늘로 날아오르면서, 텅 비고 보기 흉한 자기의 고치를, 즉 쟝 발쟝을, 땅 위에 내버려 둔 것이다.

마리우스가 사념의 어떤 권역으로 들어가 모퉁이들을 돌아도, 항상 쟝 발쟝의 끔찍한 모습과 조우하였다. 하지만 아마 신성한 끔찍함이었을 것이다. 왜냐하면, 이미 언급한 바와 같이, 그가 그 사람 속에서 무엇인지 모를 신성한 것을 느끼고 있었으니 말이다. 하지만, 아무리 애를 써도, 정상을 참작하려 해도, 다음과 같은 결론으로밖에 귀결될 수 없었다. 즉, 그는 도형수였다. 다시 말해, 사회적 사다리에 자리가 없는 사람이었다. 사다리의 맨 아래 가로 막대 밑에 있었기 때문이다. 인간들 중 가장 말단에 있는 사람 밑에 있는 존재가 도형수이다. 말하자면, 도형수는 더 이상 살아 있는 사람들과 동등한 존재가 아니다. 하나의 인간으로부터 빼앗을 수 있는 모든 인간적 측면을, 법률이 그에게서 박탈해 버렸으니 말이다. 마리우스가 비록 민주주의자였으되, 형벌 문제에 있어서는 여전히 준엄한 체제에 속했으며, 따라서 법률에 의해 처벌된 모든 사람들에 대해서는 법률의 견해를 고스란히 간직하고 있었다. 지적해 두거니와, 그가 아직은 모든 진보를 완성하지 못한 상태에 있었다. 그가 아직은, 인간이 명문화한 것과 신이 써놓은 것을, 즉 법률과 권리를 구분하지 못하였다. 그는 인간이 행사하고 있는 권리, 즉 돌이킬 수 없고 회복할 수 없는 일을 임의로 처결하는 권리[12]를, 아직은 단 한 번도 세심하게 검토해 보거나 그 무게를 가늠해 보지 않았다. 그는 '공적인 처벌'[13]이라는 단어에 아직 반감을 느껴보지 못하였다. 그는 명문화된 법률의 위반에 경우에 따라서는 영원한 형벌이 뒤따르는 것을 당연시하였고, 따라서 사회적 단죄를 문명화의 한 단계로 받아들이고 있었다. 그는 아직 그러한 상태에 있었다. 물론 천성이 선하고, 그것이 온통 잠재적 진보로 이루어져 있었기 때문에, 훗날 그가 앞으로 나아갈 것은 틀림없어 보였다.

생각이 그러했던지라, 쟝 발쟝이 그의 눈에는 흉측하고 혐오스럽게 보였다. 신으로부터 버림받은 사람에 불과했다. 도형수였다. 도형수라는 단어가 그에게는 최후의 심판을 알리는 나팔 소리[14]였다. 그리하여, 쟝 발쟝을 한동안 관찰한 다음 그가 보인 몸짓은, 고개를 돌리는 것이었다. 바데 레트로.[15]

그 점을 시인하고 또 강조하거니와, 마리우스는, 비록 쟝 발쟝이 그의 물음에 답하면서 '당신이 나에게 고해성사를 시킨다'고는 하였지만, 그에게 결정적인 질문 두셋은 던지지 않았다. 그 질문들이 그의 뇌리에 떠오르지 않아서가 아니라, 그것들이 두려웠기 때문이었다. 죵드레뜨의 다락방은? 바리케이드는? 쟈베르는? 사실들의 토로가 어디에서 멈출지 누가 알겠는가? 쟝 발쟝은 물러설 줄 모르는 사람 같은데, 그로 하여금 말을 하도록 한 마리우스마저 그의 말을 중단시키고 싶어 할 사태가 벌어지지 않을지 누가 알겠는가? 어떤 극단적인 상황에서는, 질문 하나를 던진 후, 답변을 듣지 않으려고 귀를 막는 일이 누구에게나 생기지 않는가? 특히 누구를 사랑할 때 그렇게 비겁해지는 법이다. 음산한 상황에 대하여 지나치게 캐묻는 것은 현명하지 못하며, 우리 삶의 떼어버릴 수 없는 부분이 그 상황과 숙명적으로 연루되었을 경우에는 특히 그러하다. 쟝 발쟝의 절망적인 설명으로부터 어떤 무시무시한 빛이 나올 수 있었고, 그 흉측한 빛이 분출하여 꼬제뜨에게까지 튀지 않았을지 누가 알겠는가? 그리하여 그 천사의 이마에 지옥의 미광 같은 것이 남게 되었을지 누가 알겠는가? 번개의 파편, 그것은 여전히 벼락이다. 숙명이란 특이한 연대성을 가지고 있어서, 착색되는 음산한 반사법칙에 의해, 순진무구함마저도 범죄의 색에 물드는 경우가 있다. 가장 순결한 모습이, 소름 끼치는 접촉으로 인하여 생긴 반사광을 영영 간직할 수도 있다. 그것이 옳건 그르건 간에, 여하튼 마리우스가 겁을 먹었다. 그가 이미 너무 많은 것을 알게 되었다. 그는 더 많은 것을 밝히기보다 자신을 잊으려 하고 있었다. 제정신을 잃은 나머지, 쟝 발쟝에게로는 눈을 질끈 감은 채, 꼬제뜨만을 품에 안고 가버리려 하고 있었다.

그 사람은 어둠의 사나이, 살아 있으며 무시무시한 어둠에서 나온 사람이었다. 어둠의 밑바닥을 어찌 감히 탐색한단 말인가? 어둠에게 질문을 던진다는 것은 공포스러운 일이다. 어둠이 어떤 대답을 할지 누가 알겠는가? 여명이 그것으로 인해 영영 검게 변할 수도 있다.

그러한 상념에 잠겨 있던 마리우스에게는, 그 남자가 차후에도 꼬제뜨와 어떠한 형태로든 접촉을 계속하리라는 생각 자체가, 하나의 비통한 곤혹스러움이었다. 그 무시무시한 질문들, 그 앞에서 그가 뒷걸음질하였고 또 그것들로부터 혹독하고 확정적인 결단이 도출되었을지도 모를 질문들, 그가 이제는 그것들을 던지지 못한 자신을 거의 나무라게 되었다. 그는 자신이 너무 착했고, 너무 유순했으며,

특히 너무 나약하다고 생각하였다. 그 나약함이 자신을 그토록 신중치 못한 양보로 이끌어 갔다고 생각하였다. 자신이 감동받게 내버려 두었다고 생각하였다. 자기가 잘못을 저질렀다 생각하였다. 쟝 발쟝을 무조건 물리쳤어야 했다고 생각하였다. 불길이 번지는 것을 막기 위하여 불필요한 물건들 치우듯, 쟝 발쟝을 치웠어야 했고, 그를 자기의 집에서 영영 쓸어냈어야 했다고 생각하였다. 그는 자신을 원망하였고, 자기를 귀먹게 하고 눈멀게 하며 마구 휩쓸어 간 감동의 급격한 소용돌이를 원망하였다. 그는 자신이 불만스러웠다.

이제 어찌한단 말인가? 쟝 발쟝의 거듭되는 방문이 그에게 깊은 혐오감을 일으킬 것 같았다. 그 사람이 자기 집에 무슨 소용이란 말인가? 어찌한단 말인가? 그러한 질문 앞에서 그는 자신을 포기하였다. 더 이상 깊이 파고들어 가기를 원치 않았다. 더 이상 자신의 내면을 탐조하고 싶지 않았다. 이미 약속을 하였다. 아니, 약속하도록 자신이 이끌려 가게 내버려 두었다. 쟝 발쟝은 이미 그의 약속을 얻었다. 도형수에게도, 특히 도형수에게는, 약속을 지켜야 한다. 하지만, 그의 최우선 의무는 꼬제뜨에 대한 의무였다. 여하튼, 모든 것을 지배하고 있던 일종의 반감이 그를 다시 일으켜 세웠다.

마리우스는 그 모든 생각들 사이를 오가며, 또 그것들에 의해 뒤흔들린 채, 그것들을 한꺼번에 뇌리에서 혼란스럽게 뒤섞고 있었다. 그로 인해 깊은 동요가 야기되었다. 그 내면의 동요를 꼬제뜨에게 감추는 것이 쉽지 않았으나, 사랑이 곧 하나의 재능인지라, 마리우스가 그것에 성공하였다.

또한 그가, 비둘기가 희듯 순진하고 아무것도 의심할 줄 모르는 꼬제뜨에게, 대수롭지 않게 이런저런 질문들을 던졌다. 그녀가 자기의 유년 시절과 소녀 시절 이야기를 그에게 하였고, 그는 그 도형수가 꼬제뜨에게 어느 사람도 흉내 낼 수 없을 만큼 선하고 부정(父情) 넘치며 존경스러운 사람이었음을, 점점 더 확신할 수 있게 되었다.

그 음산한 쐐기풀이 그 백합을 사랑하고 보호했던 것이다.

8편 낙조

1. 아래층 방

다음 날, 어둠이 내려앉을 무렵, 쟝 발쟝이 질노르망 씨 댁 대문을 두드렸다. 그를 맞은 사람은 바스끄였다. 바스끄는 분부를 받은 듯, 내정의 지정된 자리에 서 있었다. 가끔 하인에게 이러한 분부를 내리는 경우가 있다. "아무개 씨가 오시는지 잘 살피시오."

바스끄는 쟝 발쟝이 자기의 곁으로 다가오기도 전에 그에게 말을 건넸다.

"남작님께서 분부하시기를, 나리께서 이 층으로 올라가실지 혹은 아래층에 머무실지, 여쭈어보라 하셨습니다."

"아래층에 머물겠소." 쟝 발쟝의 대답이었다.

바스끄가 극도로 정중하게 아래층 방의 문을 열면서 말하였다. "마님께 연통하겠습니다."

쟝 발쟝이 들어간 방은, 천장이 궁륭형이고 습기 찬, 전형적인 아래층 방이었는데, 경우에 따라 술 창고로 사용하고, 창문은 길 쪽으로 나 있었으며, 바닥에는 붉은 타일을 깔았고, 쇠창살을 박은 작은 창문 하나밖에 없어, 빛이 별로 들어오지 않는 곳이었다.

그 방은 각종 먼지떨이와 비들이 자주 들볶는 그러한 방이 아니었다. 그곳의 먼지는 항상 평온하였다. 그곳에서는 거미들에 대한 박해도 없었다. 넓게 펼쳐지고 검은, 그리고 죽은 파리들로 장식된 잘 짜여진 거미줄 하나가, 창문의 유리 위에 바퀴 문양을 드리우고 있었다. 작고 낮은 그 방의 가구라고는 한구석에 있는 빈 병들 무더기 하나뿐이었다. 황토색으로 칠한 벽에는, 커다란 조각들이 비늘처럼 들고 일어나, 곧 떨어질 기세였다. 방 안쪽에는, 선반이 좁고 검은색으로 칠한 목재로 만든 벽난로 하나가 있었다. 불이 피워져 있었다. 그것으로 보아, '아래층에 머물겠다'는 쟝 발쟝의 대답도 미리 감안해 두었던 것 같았다.

벽난로의 양쪽 구석에 하나씩, 안락의자 둘이 놓여 있었다. 두 안락의자 사이에는 카펫 대신 침대 밑 깔개 한 장이 펼쳐져 있었는데, 올이 다 드러나 있었다. 조명 기구라고는 벽난로 불과 창문을 통해 들어오는 황혼 빛뿐이었다.

쟝 발쟝은 지쳐 있었다. 그는 여러 날 전부터 먹지도 못하고 잠도 이루지 못하였다. 그는 안락의자에 털썩 주저앉았다. 바스끄가 다시 와서 불 붙인 양초 한 가락을 벽난로 위에 놓고 물러갔다. 쟝 발쟝은, 고개를 푹 숙여 턱을 가슴팍에 처박고 있었던지라, 바스끄도 양초도 보지 못하였다.

문득, 그가 소스라치듯 벌떡 일어섰다. 꼬제뜨가 그의 뒤에 와 있었다. 그는, 그녀가 들어오는 것을 보지는 못하였으되, 그것을 느꼈다. 그가 돌아섰다. 그녀를 관조하듯 바라보았다. 사랑스럽도록 아름다웠다. 하지만 그가 그토록 깊은 시선으로 바라보던 것은 아름다움이 아니라 영혼이었다.

"정말 멋진 생각을 해내셨어요! 아버지, 기이하신 분인 줄은 알았지만, 이러한 생각까지 해내실 줄은 몰랐어요. 마리우스의 말에 의하면, 제가 아버지를 여기에서 영접하는 것이 아버지의 뜻이라더군요."

"그래, 내가 그렇게 말했다."

"제가 예상했던 대답이에요. 하지만 단단히 준비하세요. 경고해 드리는데, 제가 아버지를 상대로 한바탕하겠어요. 우선 첫 일부터 시작하지요. 아버지, 키스해 줘요."

그러고는 뺨을 내밀었다. 쟝 발쟝이 꼼짝도 하지 않았다.

"움직이지 않으시는군요. 알겠어요. 죄인의 태도예요. 하지만 상관없어요. 제가 아버지를 용서하니까. 구세주 예수께서도 다른 뺨을 내밀라고 하셨어요. 자, 여기 있어요."

그러면서 다른 뺨을 내밀었다. 쟝 발쟝은 여전히 꼼짝도 하지 않았다. 마치 그의 발이 타일 바닥에 못 박힌 듯하였다.

"일이 심각해지는군." 꼬제뜨가 말하였다. "제가 아버지에게 무슨 잘못을 저질렀죠? 제가 토라졌음을 선포해요. 아빠가 저에게 화해를 청하셔야 해요. 그런 뜻으로 우리들과 함께 저녁 식사 해요."

"저녁 식사는 이미 했다."

"거짓말! 질노르망 할아버지에게 말씀드려 아빠를 야단치시게 해야겠어요. 아빠들을 꾸짖는 것이 할아버지들의 일이니까. 어서, 저와 함께 응접실로 올라가요. 즉시."

"아니 된다."

그 말에 꼬제뜨의 기세가 조금 수그러졌다. 그녀가 명령을 중단하고 질문으로 넘어갔다.

"도대체 왜? 게다가 아빠는, 저를 만나시기 위하여, 이 집에서 가장 누추한 방을 택하셨어요. 여기는 정말 끔찍해요."

"너도 알다시피……."

쟝 발쟝이 얼른 어투를 바꾸었다.

"당신께서도 아시다시피, 부인, 제가 좀 특이하고 변덕스럽지요."

꼬제뜨가 자기의 작은 두 손을 마주 치며 언성을 높였다.

"부인이라니……! 당신께서도 아시다시피라니……! 다시 독창적인 것을 만들어내셨군요! 이게 다 무슨 뜻이에요?"

쟝 발쟝이 그녀를 그윽히 바라보며 비통한 미소를 지었다. 그가 가끔 동원하던 궁여지책이었다.

"당신이 귀부인 되기를 원하셨고, 이제 그렇게 되었소."

"아버지, 아버지에게는 아니에요."

"더 이상 나를 아버지라 부르지 마시오."

"뭐라고요?"

"나를 쟝 씨라고 부르시오. 원하신다면 그냥 쟝이라고 부르시든지."

"더 이상 저의 아버지가 아니시라고요? 제가 더 이상 꼬제뜨가 아니라고요? 쟝 씨? 그것이 무슨 뜻이에요? 이건 혁명이에요! 도대체 무슨 일이에요? 제발 저를 좀 똑바로 쳐다보세요. 그리고 우리와 함께 사시지 않겠다니! 제가 드리는 방도 싫다 하시고! 제가 무슨 잘못을 저질렀나요? 제가 아빠에게 무슨 잘못을 저질렀어요? 무슨 일이 있었어요?"

"아무 일도."

"그런데?"

"모든 것이 전과 같소."

"이름은 왜 바꾸셨어요?"

"당신도 바꾸셨소."

그가 같은 미소를 다시 한 번 지으며 덧붙였다.

"당신이 뽕메르씨 부인이시니, 나 또한 쟝 씨가 못 될 리 없지요."

"도무지 무슨 말씀인지 모르겠어요. 모든 것이 바보스러워 보여요. 아버지가 쟝 씨로 개명하여도 좋은지, 저의 남편에게 허락해 달라고 하겠어요. 절대 동의하지 않을 거예요. 아빠가 저를 몹시 괴롭히세요. 누구든 괴이한 변덕을 가지고 있을 수는 있지만, 자기의 어린 꼬제뜨에게 슬픔을 안겨 주지는 않아요. 그것은 못된 짓이에요. 착하신 아빠가 심술궂게 굴 권리는 없어요."

그는 아무 대꾸도 하지 않았다. 그녀가 억제할 수 없는 동작으로 그의 두 손을 와락 잡더니, 그것들을 자기의 얼굴 쪽으로 치켜 올려,

자신의 턱 밑 목에 밀착시키며 꼭 눌렀다. 깊은 애정을 표시하는 동작이었다. 그러면서 말하였다.

"오! 착하게 굴어요!"

그러더니 다시 계속하였다.

"제가 착하다고 하는 것은 이러한 것들이에요. 친절하시고, 이곳에서 기거하시고, 옛날처럼 저와 함께 산책하시고, 쁠뤼메 로처럼 여기에도 새들이 있으니 우리와 함께 사시고, 롬므-아르메 로의 그 굴을 이제 그만 떠나시고, 우리에게 더 이상 기이한 수수께끼를 풀라고 하지 마시고, 다른 사람들처럼 사시고, 우리와 함께 저녁 식사하시고, 우리와 함께 점심 드시고, 저의 아버지가 되시는 것 등이에요."

그가 두 손을 슬그머니 빼냈다.

"당신에게는 더 이상 아버지가 필요 없소. 당신에게는 이제 남편이 있소."

꼬제뜨가 펄쩍 뛰었다.

"저에게는 더 이상 아버지가 필요 없다니요! 이렇게 터무니없는 일에 대해서는 정말 뭐라 해야 좋을지 모르겠어요!"

"만약 뚜쌩이 여기에 있다면, 나에게 특이한 버릇이 있다는 것을 그녀가 제일 먼저 인정할 거요." 쟝 발쟝이, 자기를 인정해 줄 사람을 찾아 모든 가지를 잡고 늘어지는 사람처럼 대답하였다. "새삼스러운 것은 전혀 없소. 나는 항상 나의 어두운 구석을 좋아하였소."

"하지만 이곳은 추워요. 잘 보이지도 않아요. 게다가, 쟝 씨가 되시겠다니, 그건 정말 고약해요.[1] 저는 또한 아버지가 저에게 '당신'이라고 존칭 사용하시는 것도 싫어요."

"조금 전, 이곳으로 오던 중, 쌩-루이 로에서 가구 하나를 보았소." 쟝 발쟝이 엉뚱한 대답을 하였다. "어느 고급 가구 세공인의 상점에서. 내가 예쁜 여자라면 그 가구를 구입하겠소. 아주 좋은, 그리고 지금 유행하는 화장대더군. 혼히들 장미목이라고 부르는 것으로 만들었더군. 장식들도 박아 넣었고, 상당히 큰 거울도 달렸더군. 서랍들도 있고, 아름답소."

"우우! 못생긴 곰!" 꼬제뜨가 대꾸하였다.

그러더니, 지극히 다정한 표정을 지으면서, 치아를 꽉 깨물고 쟝발쟝의 얼굴에다 입김을 확 내불었다. 미의 여신이 암코양이 흉내 내는 동작이었다. 그리고 다시 말하였다.

"저 몹시 화났어요. 어제부터 모두들 저를 미치도록 화나게 해요. 저 약이 잔뜩 올랐어요. 도무지 무슨 영문인지 모르겠어요. 아버지는 마리우스로부터 저를 방어해 주시지 않았어요. 마리우스 또한 제 편을 들어주지 않아요. 저는 외톨이가 되었어요. 제가 방 하나를 깔끔하게 정돈해 놓았어요. 할 수만 있다면 착한 신이라도 그 방에 처넣겠어요. 그 방을 저의 두 팔에 떠맡겨 놓았어요. 그 방에 들어올 세 입자가 저를 파산 사태로 몰아넣었어요. 제가 니꼴레뜨에게 간소한 저녁 식사를 준비하라고 분부하였는데, 그녀가 저에게 이렇게 말하는 거예요. '마님의 저녁 식사를 잡숫지 않으시겠답니다.' 그리고 저의 아버지 포슐르방 씨는, 제가 당신을 쟝 씨라 불러드리기를 바라시고, 또한 벽은 수염투성이인데, 수정 장식품이라곤 빈 병들뿐이고, 커튼이라곤 거미줄뿐인, 곰팡이 슨 낡고 누추한 지하실, 그 끔찍한 곳에서 제가 당신을 영접하기를 원하세요. 아버지가 기이한 분이라는 점은 저도 인정해요. 그것이 아버지의 취향이니까. 하지만 이제 막 결혼한 사람들에게는 잠시나마 휴전을 허락하는 법이에요. 그렇게 즉시 기이한 행동을 다시 시작하시지 말아야 했어요. 그래 이제 아버지의 그 고약한 롬므-아르메 로에서 퍽이나 만족스러우시겠군요. 저는 그곳에 있을 때 절망스러웠어요! 도대체 저에 대해 무슨 불만을 품고 계신 거예요? 아버지가 저의 마음을 몹시 아프게 해요. 피!"

그러다 문득 진지해지더니, 그녀가 쟝 발쟝을 뚫어지게 바라보며 덧붙였다.

"제가 행복해진 것이 원망스러우신 거예요?"

천진스러움이 때로는 자신도 모르게 몹시 깊숙이 침투한다. 꼬제뜨에게는 단순했던 그 질문이 쟝 발쟝에게는 심오하게 들렸다. 꼬제뜨는 다만 생채기를 내려 할 뿐이었는데, 그것이 살갗을 찢었다.

쟝 발쟝의 얼굴이 창백해졌다. 그가 잠시 아무 대꾸 하지 않더니, 형언할 수 없는 억양으로, 또 자신에게 말하듯, 나지막하게 중얼거렸다.

"그녀의 행복이 내 삶의 목표였노라. 이제 신은 나의 퇴장을 명하는 교서에 서명할 수 있도다. 꼬제뜨, 네가 이제 행복하니, 나는 더 이상 쓸모가 없게 되었다."

"아! 아버지가 저에게 '너'라고 하셨어요!" 꼬제뜨가 감격한 듯 소리쳤다.

그러면서 그의 목을 얼싸안았다. 쟝 발쟝이 제정신을 잃은 사람처럼, 그녀를 미친 듯 자기의 가슴에 힘차게 껴안았다. 그에게는 자기가 그녀를 되찾은 것 같았다.

"고마워요, 아버지!" 꼬제뜨가 그에게 말하였다.

이끌림이 쟝 발쟝에게 폐부를 찌르듯 괴로워지려 하였다. 그가 꼬제뜨의 품에서 살며시 빠져나와 모자를 집어 들었다.

"어쩌시려고?" 꼬제뜨가 말했다.

그 말에 쟝 발쟝이 대답하였다.

"이제 부인께 작별을 고하오. 모두들 부인을 기다립니다."

그리고 문지방을 넘어서기 전에 다시 덧붙였다.

"내가 당신에게 '너'라고 하였소. 그러한 일이 다시는 없을 거라고 부군께 말씀해 주시오. 나를 용서하시오."

그 수수께끼 같은 작별 인사에 어리둥절해진 꼬제뜨를 남겨 둔 채, 쟝 발쟝이 밖으로 나갔다.

2. 뒤로 다시 몇 걸음

다음 날에도 같은 시각에 쟝 발쟝이 왔다. 꼬제뜨는 그에게 별 질문을 하지 않았고 놀라지도 않았으며, 더 이상 춥다고 불평을 하거나 응접실로 올라가자는 말도 하지 않았다. 또한 아버지라는 호칭도, 쟝 씨라는 호칭도, 모두 삼가하였다. 자신을 '당신'이라고 부르게 내버려 두었다. '부인'이라고 부르게 내버려 두었다. 다만 기쁨이 현격하게 감소된 것 같았다. 만약 슬픔이라는 것이 그녀에게 가능했다면, 아마 슬퍼했을 것이다.

사랑받는 남자가 생각나는 대로 아무 말이나 하되 아무것도 설명하지 않고, 그러면서도 사랑받는 여인을 만족시키는 말로 이어지는, 그러한 대화를 아마 그녀가 마리우스와 나누었던 것 같다. 연인들의 호기심이란 자기들의 사랑 너머로는 그리 멀리 미치지 못한다.

아래층 낮은 방이 약간 단장을 했다. 바스끄가 빈 병들을 치웠고, 니꼴레뜨가 거미줄들을 없애 버렸다.

다음 날이면 날마다 같은 시각에 쟝 발쟝이 왔다. 마리우스가 한 말을 다른 뜻으로는 해석할 힘이 없었던지라, 그가 말한대로 날마다 왔다. 마리우스는 쟝 발쟝이 오는 시각에 일부러 집을 비웠다. 집안의 모든 사람들이 포슐르방 씨의 그 기이한 거조에 익숙해졌다. 그렇게 되는 데에 뚜쌩의 도움이 한몫하였다. "나리께서는 항상 그러셨어요." 그녀가 자주 하던 말이다. 할아버지는 다음과 같은 판결을 내리셨다. "독창적인 사람이야." 그 말이 모든 것을 내포하고 있었다. 또한 나이 아흔에 이르면, 어떠한 새로운 인연도 불가능해진다. 누가 나타난다 해도 그저 옆에 나란히 놓이는 것에 불과하다. 새로 등장하는 사람이 누구든 거추장스러울 뿐이다. 더 이상 자리가 없다. 이미 모든 습관이 들어와 자리를 차지하고 있기 때문이다. 포슐르방 씨건 트랑슐르방 씨건, 질노르망 영감에게는 그 '양반' 대하는 수고를 면하는 것이 가장 중요하였다. 그가 덧붙였다. "그 독창적인 사람들만큼 흔한 것도 없지. 그들은 온갖 괴상한 짓들을 하지. 그러는 동기도 없어. 까나쁠 후작이 특히 심했지. 그는 궁전 하나를 매입한 후에 그 다락방에 기거했지. 변덕이 밖으로 드러나면 괴상한 짓이 되지."

아무도 그 음산한 밑은 짐작조차 못하였다. 누가 그러한 것을 예감이나 할 수 있었겠는가? 인도에 있는 어떤 늪에서는, 바람이 불지 않는데도 수면이 파르르 떨리고, 잔잔해야 할 물이 동요를 일으키는 등, 설명되지 않는 기이한 현상들이 자주 나타난다. 사람들이 수면 위로 나타나는 그 원인 모를 물거품은 바라보지만, 그 밑바닥에서 기어 다니는 괴독사 휘드라는 보지 못한다.

많은 사람들이, 그렇게 감추어진 괴물을, 자신들이 먹여 키우는 악을, 그들을 갉아먹는 용을, 그들의 어둠 속에 상주하는 절망을 간직하고 있다. 그러한 사람도 다른 이들과 외양이 같으며, 자연스럽게 돌아다닌다. 그 사람 속에, 이빨 수천 개 가진 무시무시한 고통이 기생하며, 그것이 결국 그 사람으로 하여금 죽음에 이르게 한다는 사실을 다른 이들은 모른다. 또한 그 사람이 하나의 심연이라는 사실도 모른다. 그는 침체되어 있다. 그러나 깊다. 가끔 이해할 수 없는 동요가 표면에서 일어난다. 신비한 주름 한 가닥이 잡혔다가 사라지고, 그러다가 다시 나타난다. 수포 하나가 수면으로 떠올랐다가 터진다. 하찮은 듯 보이나 무시무시하다. 그것은 미지의 짐승이 숨 쉬고 있다는 징후이다.

기이한 습관들 중에서도 가령, 다른 사람들이 떠날 시각에 도착한다든가, 다른 사람들이 나설 때 자취를 감춘다든가, 회색 외투라 할 수 있는 것을 어떠한 경우에나 걸치고 다닌다든가, 호젓한 오솔길을 찾는다든가, 인적 끊긴 길을 더 좋아한다든가, 결코 어떤 대화에도 참여하지 않는다든가, 군중과 축제를 피한다든가, 넉넉해 보이되 가난하게 산다든가, 부유하건만 자기의 집 출입문 열쇠를 자신의 호주머니에 넣고 다니며 자기의 양초를 수위실에 맡겨 둔다든가, 작은 문을 통해 들어간다든가, 비밀 층계로 올라간다든가 하는 등, 그 모든 대수롭지 않은 기이함들, 즉 그 물살들, 수포들, 수면에 잠시 나타났다 사라지는 주름들은, 대개의 경우 무시무시한 밑바닥으로부터 온다.

그렇게 여러 주가 흘렀다. 새로운 생활이 꼬제뜨를 차츰 점령하였다. 결혼으로 말미암아 새로 맺어진 관계들, 방문들, 집안일들, 기쁜 일들, 그러한 것들이 중요한 일들이었다. 꼬제뜨의 기쁜 일들은 비용이 들지 않았다. 그것들이 오직 한 가지로 귀결되었던 바, 그것은 마리우스와 함께 있는 것이었다. 그와 함께 외출하고 그와 함께 있는 것이 그녀의 생활에서 가장 중요한 관심사였다. 단둘이 팔짱을 끼고 당당하게 태양을 마주하며, 대로상에서, 숨지 않고, 모든 사람들 앞에 나서는 것, 두 사람에게는 그것이 항상 새로운 기쁨이었다. 그러는 동안 꼬제뜨가 난처한 일 하나를 겪었다. 뚜쌩이 니꼴레뜨와 뜻이 맞지 않았고, 두 노처녀 간의 납땜질이 불가능하여, 그녀가 결국 그 집을 떠났다. 할아버지는 정정하셨고, 마리우스도 여기저기에서 이따금씩 변론을 하였으며, 질노르망 이모는 새로 가정을 이룬 내외 곁에서 일종의 부속된 생활을 하였으되 그것으로 만족스러워하였다. 쟝 발쟝 또한 날마다 방문하였다.

사라진 친숙한 어투, 존칭, '부인' 이라는 호칭, '쟝 씨' 라는 호칭 등, 그 모든 것들로 인하여, 그가 꼬제뜨에게는 전과 다른 사람이 되어버렸다. 그녀를 자기로부터 멀어지게 하려던 그의 세심한 노력이 성공을 거두고 있었다. 그녀가 점점 더 명랑해지면서 그에게로 향한 애틋함이 점점 약해지고 있었다. 하지만 그녀가 여전히 그를 지극히 좋아하였고, 그 역시 그것을 느끼고 있었다. 어느 날 그녀가 느닷없이 그에게 말하였다. "전에는 저의 아버지셨는데 이제는 더 이상 저의 아버지가 아니시고, 저의 숙부이셨는데 이제는 더 이상 숙부가 아니시고, 전에는 포슐르방 씨셨는데 지금은 쟝 씨세요. 도대체 누구세요? 저는 이러한 모든 일이 싫어요. 그토록 좋은 분이라는 사실을 만약 모른다면, 제가 두려움에 사로잡힐 거예요."

그는 여전히 롬므-아르메 로에 살고 있었던 바, 꼬제뜨가 사는 구역으로부터 차마 멀리 갈 엄두를 낼 수 없었기 때문이다.

초기에는 그가 꼬제뜨 곁에 단 몇 분 동안만 머물다가 돌아가곤 하였다. 그러다가 차츰 그의 방문 시간이 습관적으로 길어졌다. 해가 길어지는 것을 그가 이용하는 것 같았는데, 그는 전보다 일찍 왔다가 전보다 늦게 돌아갔다.

어느 날 꼬제뜨가 무의식중에 그에게 '아버지'라고 하였다. 쟝 발쟝의 늙고 침울한 얼굴을 기쁨의 빛 한 줄기가 번개처럼 스쳤다. 그가 그녀를 가볍게 나무랐다. "쟝이라고 하시오."

"아! 맞아요, 쟝 씨." 그녀가 깔깔거리며 대답하였다.

"좋소." 그가 말하였다.

그러더니 얼굴을 돌렸다. 자기가 눈물 닦는 것을 그녀가 못 보도록 하기 위함이었다.

3. 쁠뤼메 로의 정원을 회상하다

그것이 마지막이었다. 그 짧은 미광 이후에는 빛이 완전히 꺼졌다. 더 이상, 친숙함도, 키스를 곁들인 인사도, '아버지!'라는 다정한 말도 없었다. 그는, 자신의 요청으로, 그리고 자신이 공모하여, 모든 행복들로부터 연속적으로 스스로를 몰아내었다. 또한, 꼬제뜨를 단 하루에 몽땅 잃은 다음, 그녀를 조금씩 다시 잃는 비참함을 겪었다.

우리의 눈이란 지하실 속의 빛에도 익숙해지는 법이다. 한마디로, 날마다 꼬제뜨의 출현을 보는 것이면 족하였다. 그의 생활 전체가 그 시각에 집중되어 있었다. 그녀 곁에 앉아, 그녀를 묵묵히 바라보 거나, 그녀의 유년 시절과 수녀원 및 그 시절의 어린 친구들, 즉 옛 시절에 대한 이야기들을 그녀에게 들려주곤 하였다.

어느 날 오후였다. 아직 선선하지만 이미 열기가 느껴지기 시작하는, 즉 태양이 한껏 명랑한 순간, 4월 초순 어느 날이었다. 마리우스와 꼬제뜨의 방을 에워싸고 있는 정원이 깨어남의 감격에 들떠 있었다. 산사나무가 바야흐로 꽃망울을 터뜨리려 하고 있었고, 꽃무가 낡은 담장 위로 보석 무더기를 펼쳐놓고 있었으며, 분홍색 늑대아가리[2]들이 돌들의 틈바구니에서 하품을 하고 있었다. 잡초들 사이에서는 데이지와 미나리아재비들이 모습을 드러내기 시작하였다. 흰나비들도 새해 들어 첫 출연 하였다. 영원한 혼례식의 흥을 돋우는 마을의 바이올린 연주자가, 즉 바람이, 나무들 속에서, 옛 시인들이 일컬어 부활[3]이라고 하던 그 위대한 여명 교향곡의 도입부를 연습하고 있었다. 마리우스가 꼬제뜨에게 말하였다.

"우리가 쁠뤼메 로에 있는 우리의 정원을 다시 보러 가자고 한 적이 있어요. 그곳에 갑시다. 배은망덕해서는 아니 되지요."

그리하여 그들은 두 마리 제비처럼 그 봄철로 향하여 나는 듯이 달려갔다. 쁠뤼메 로의 그 정원이 두 사람에게는 여명처럼 느껴졌다. 그들도 벌써 자기들 사랑의 봄철 같은 것을 뒤에 남겼다. 쁠뤼메 로의 집은, 아직도 계약 기간이 끝나지 않아, 꼬제뜨의 소유로 되어 있었다. 그들이 그 정원으로, 그 집으로 간 것이다. 그곳에서 두 사람은 자신들을 다시 발견하였고, 또한 자신들을 잊었다. 저녁나절, 평소와 같은 시각에, 장 발장이 휘유-뒤-깔베르 로에 도착하였다.

"마님께서는 나리와 함께 출타하셨는데, 아직 돌아오시지 않았습니다." 바스끄가 그에게 말하였다.

그는 아무 말 없이 앉아서 한 시간을 기다렸다. 꼬제뜨가 여전히 돌아오지 않았다. 그는 고개를 떨군 채 돌아갔다.

꼬제뜨는, '자기들의 정원'에서 산책을 하며 어찌나 도취되어 있었던지, 또한 '온종일 자기의 과거 속에서 산 것이' 어찌나 기뻤던지, 다음 날에도 다른 이야기는 꺼내지도 않았다. 그녀는 자기가 쟝 발쟝을 만나지 못하였다는 사실조차 깨닫지 못하였다.

"그곳에 어떻게들 가셨소?" 쟝 발쟝이 물었다.

"걸어서 갔어요."

"돌아올 때는?"

"삯마차를 타고 왔어요."

얼마 전부터 쟝 발쟝은 젊은 내외의 생활이 옹색함을 간파하였다. 마리우스의 절약이 매우 엄격하였고, '절약'이라는 그 말이 쟝 발쟝에게는 절대적인 의미로 들렸다. 그가 꼬제뜨에게 넌지시 한마디 던져보았다.

"어찌하여 전용 마차 한 대 구입하지 않은 것이오? 예쁜 이인승 마차 한 대를 굴리더라도 월 오백 프랑이면 족한데. 당신들은 부자요."

"저는 모르겠어요." 꼬제뜨의 대꾸였다.

"뚜쌩의 일도 그렇소." 쟝 발쟝이 계속하였다. "그녀가 떠난 후, 그녀 대신 다른 사람을 고용하지 않았소? 무엇 때문이오?"

"니꼴레뜨면 충분해서."

"하지만 부인에게는 침모가 있어야 하오."

"저에게 마리우스가 있지 않나요?"

"부인께서는 부인의 집과 하인들, 마차, 극장의 칸막이 좌석 등이 있어야 하오. 이 세상에 부인에게 과분하다고 할 만한 것은 없소. 부를 왜 한껏 누리지 않으시오? 부라는 것이 행복에 도움이 된다오."
꼬제뜨는 아무 대꾸도 하지 않았다.

쟝 발쟝의 방문 시간은 단축되지 않았다. 그와는 정반대였다. 마음이 미끄러지기 시작하면 그 비탈에서는 멈추지를 못한다.

방문 시간을 연장하기 위하여, 시각을 잊도록 하기 위해서, 쟝 발쟝이 마리우스에 대한 찬사를 늘어놓기도 하였다. 그가 잘생겼고, 고아하고, 용기 있고, 기지 넘치고, 언변 좋고, 선량하다고 하였다. 그러면 꼬제뜨가 맞장구를 쳤다. 쟝 발쟝이 칭찬을 다시 시작하였다. 이야기가 끊기지 않았다. 마리우스라는 단어는 고갈될 수 없었던 바, 그 여섯 글자(M-A-R-I-U-S) 속에 마치 여러 권의 책이 있는 것 같았다. 그러한 식으로 쟝 발쟝이 장시간 머무는 데 성공하곤 하였다. 꼬제뜨를 보고, 그녀 곁에서 모든 일을 망각하는 것이 그에게는 그토록 감미로웠다! 그것이 그의 상처에 붕대를 감아주는 것과 같았다. 바스끄가 연거푸 두 번이나 와서 다음과 같이 아뢰던 경우가 여러 번 있었다. "남작 부인께 저녁 식사가 준비되었음을 고하라고 질노르망 나리께서 저를 보내셨습니다."

그러한 날이면 쟝 발쟝이 깊은 생각에 잠겨 집으로 돌아오곤 하였다.

마리우스의 뇌리에 떠올랐던 '번데기'라는 비유에 진실이 내포되어 있었단 말인가? 쟝 발쟝이 정말, 집착을 버리지 못하고 자기의 나비를 거듭 찾아오는 번데기였단 말인가?

어느 날 그가 평소보다 더 오랫동안 머물렀다. 다음 날 도착하여 보니, 벽난로에 불을 피워 놓지 않았다. '이런! 불이 없군.' 그렇게 생각하며 그 곡절을 스스로에게 설명하였다. '당연하지. 벌써 4월이니까. 추위도 멈추었고.'

"맙소사! 방이 춥기도 해라!" 꼬제뜨가 들어서면서 소리쳤다.

"춥지 않은걸."

"그래서 바스끄에게 불을 피우지 말라고 하셨어요?"

"그렇소. 곧 5월인데."

"하지만 6월까지는 불을 피워요. 특히 이 지하실 같은 방에는 일년 내내 불을 피워야 해요."

"불을 피울 필요가 없다고 생각하였소."

"기껏 그런 생각을 해내셨군요!" 꼬제뜨의 대꾸였다.

다음 날엔 불이 피워져 있었다. 그러나 두 안락의자가 방의 다른 쪽 끝 문 곁에 나란히 놓여 있었다.

'이게 무슨 뜻일까?' 쟝 발쟝이 의아해하였다.

그가 안락의자들을 벽난로 곁으로 옮겨, 평소의 자리에 다시 놓았다. 불을 다시 피워 놓았던지라 그가 다시 용기를 얻었다. 그리고 평소보다 대화를 더 오래 계속하였다. 그가 돌아가려고 일어서는데, 꼬제뜨가 그에게 말하였다.

"저의 남편이 어제 저에게 이상한 말을 하였어요."

"무슨 말을?"

"그가 저에게 이렇게 말했어요. '꼬제뜨, 우리의 연금 수입은 삼만 프랑이오. 이만칠천 프랑은 당신의 소유이고, 삼천은 할아버지가 나에게 주신 것이오.' 제가 대답했지요. '도합 삼만이군요.' 그가 다시 말했어요. '삼천 프랑만 가지고 살 수 있겠소?' 제가 그 말에 대답하였어요. '그래요, 아무것도 없어도 살 수 있어요. 당신과 함께라면.' 그런 다음 제가 물었어요. '나에게 왜 그런 것을 물어요?' 그가 저에게 대답하였어요. '알고 싶어서.'"

쟝 발쟝은 단 한마디 말도 못하였다. 꼬제뜨가 아마 그에게서 어떤 설명을 기대하였을 것이다. 그는 침울한 기색으로 그녀의 말을 묵묵히 듣기만 하였다. 그리고 롬므-아르메 로의 집으로 돌아왔다. 그러나 어찌나 깊은 생각에 골몰해 있었던지, 출입문을 혼동하여, 자기의 집 대신 옆집으로 들어갔다. 그리고 거의 두 층을 올라간 후에야 자기의 실수를 알아차리고 다시 내려왔다.

그의 뇌리가 무수한 추측들로 미어터질 지경이었다. 마리우스가 육십만 프랑의 출처를 의심할 뿐만 아니라, 그 돈이 어떤 떳떳지 못한 일과 연관되지 않았을까 근심하는 것이 분명했다. 또 누가 알겠는가? 그가 아마, 그 돈의 출처가 쟝 발쟝이라는 사실까지 이미 알아내었을지도 모르는 일이었다. 그리하여 그 수상한 재산 앞에서 머뭇거리며, 그것을 선뜻 자기의 것으로 받아들이기를 꺼려하는지도 모를 일이었다. 또한, 수상한 재산을 가지고 부유하게 사느니, 꼬제뜨와 함께 가난을 감내하는 편을 택하려 하는 것 같기도 하였다.

뿐만 아니라, 쟝 발쟝은 자신이 그 집에서 점잖게 내침을 당한다고 막연히 느끼기 시작하였다.

다음 날, 아래층 방으로 들어서던 순간, 그는 일종의 충격에 휩싸였다. 안락의자들이 몽땅 사라진 것이다. 평범한 의자조차 하나 없었다.

"아, 이런! 안락의자가 없네! 그것들이 도대체 어디로 갔나?" 꼬제뜨가 들어서며 놀라 소리쳤다.

"더 이상 이곳에 없소." 쟝 발쟝이 대꾸하였다.

"이건 너무 심해요!"

쟝 발쟝이 더듬거렸다.

"내가 바스끄에게 그것들을 치우라고 하였소."

"그 이유가 뭐예요?"

"내가 오늘은 단 몇 분 동안만 머물 거요."

"잠시 머무신다 해서 그것이 서 계실 이유는 되지 못해요."

"응접실에서 사용할 안락의자를 바스끄가 원하는 것 같았소."

"무엇 때문이죠?"

"오늘 저녁에 손님들을 초대한 모양이오."

"아무도 초대하지 않았어요."

쟝 발쟝은 더 이상 아무 말도 하지 못하였다. 꼬제뜨는 어이없다는 듯 어깨를 으쓱하며 말하였다.

"안락의자들을 치우라고 하시다니! 일전에는 벽난로의 불을 끄라고 하시더니. 정말 이상해요!"

"안녕히 계시오." 쟝 발쟝이 중얼거렸다.

그가 '안녕, 꼬제뜨'라고는 하지 않았다. 그러나, '안녕히 계시오, 부인'이라고도 차마 못하였다.

그는 극도로 쇠진한 사람처럼 집을 나섰다. 이번에는 깨달았다. 다음 날 그는 꼬제뜨의 집에 오지 않았다. 꼬제뜨는 저녁 늦게야 그 사실을 알아차렸다.

"이런, 오늘은 쟝 씨가 오시지 않았네." 그녀가 한 말이었다.

그녀가 가벼운 상심 같은 것을 느끼기는 하였지만 겨우 깨달을 정도였고, 마리우스의 키스를 받고는 이내 잊었다.

다음 날에도 그가 오지 않았다. 꼬제뜨는 그 사실에 별로 신경을 쓰지 않았고, 평소와 다름없이 저녁 시간을 보내고 잠을 잔 후, 다시 잠을 깨고서야 그 생각을 하였다. 그녀가 그토록 행복했던 것이다! 그녀는 급히 니꼴레뜨를 쟝 씨 댁으로 보내어, 그의 몸이 불편한 것이 아닌지, 또 왜 아니 오셨는지 등을 알아보게 하였다. 니꼴레뜨가 쟝 씨의 답변을 가지고 돌아왔다. 그가 환후 중에 있지 않고, 바쁜 일에 얽매여 있으며, 곧 올 것이라는 소식이었다. 될 수 있는 한 조속히 오겠다고 하였다. 또한, 잠시 여행을 떠나겠다고 하였다. 가끔 여행길에 오르는 것이 그의 습관이었음을 마님께서 상기하시어, 별 근심 마시라고도 하였다. 자기에 대해서는 아예 생각조차 하지 말라고 하였다.

앞서, 니꼴레뜨는 쟝 씨 댁에 들어서면서, 자기의 젊은 마님이 한 말을 그대로 전하였다. 즉, 마님께서 자기를 보내어, '쟝 씨께서 전날 저녁에 왜 아니 오셨는지'를 알아 오라 하셨다고 하였다.

"내가 아니 간 지 이틀이나 되었네." 쟝 발쟝이 부드럽게 말하였다.
하지만 그의 그러한 지적이 미끄러지듯 니꼴레뜨를 스쳐 지나갔고, 그녀는 따라서 그 지적에 관하여는 꼬제뜨에게 아무것도 고하지 않았다.

4. 인력과 그것의 소멸

1833년 늦봄과 초여름 몇 달 동안, 검은색 옷을 깨끗하게 차려입은 노인 하나가, 매일 거의 같은 시각 해 질 녘에, 롬므-아르메 로의 쌩뜨-크롸-들-라-브르또느리 로 쪽에서 나와, 블랑-망또 교회당 앞을 지나, 뀔뛰르-쌩뜨-까트린느 로를 따라가다가, 레샤르쁘 로에 이르러, 왼쪽으로 돌아 쌩-루이 로를 따라 걷는 것이, 마레 구역에 드문드문 지나가는 행인들과 상점 주인들 혹은 문간에 나와 있던 한가한 사람들의 눈에 띄곤 하였다.

그 길로 들어서면, 그가 얼굴을 앞쪽으로 잔뜩 뺀 채, 아무것도 보이지 않고 들리지 않는 듯, 눈을 흔들림 없이 한곳으로 고정시키곤 하였다. 그 지점이 마치 그에게는 별빛 반짝이는 곳처럼 보였던 모양인데, 그 지점은 다름 아닌 휘유-뒤-깔베르 로 입구의 모퉁이였다. 그가 그 모퉁이로 다가갈수록 그의 눈빛이 점점 더 밝아졌다. 일종의 기쁨이 내면의 여명처럼 그의 눈동자를 반짝이게 하였다. 그의 기색은 무엇에 홀리고 감동된 듯하였다. 그의 입술이 희미하게 움직이곤 하였는데, 마치 그의 눈에 보이지 않는 어떤 사람에게 말을 하는 것 같았다. 그가 어렴풋한 미소를 지으며 걸음을 한껏 늦추곤 하였다. 마치, 도달하기를 희원하면서도, 가까워질 순간을 두려워하는 것 같았다. 그와 그를 이끌어 당기는 듯한 그 길 사이에, 불과 건물 몇 채 정도의 거리만 남게 되면, 그의 걸음이 어찌나 느려지는지, 그가 더 이상 걷지 않는다고 믿어질 지경이었다. 그의 흔들거리는 머리와 고정된 눈동자는 극점을 찾는 나침반의 바늘을 연상시켰다. 그가 그 지점에 도달하는 시간을 아무리 연장시켜도, 결국에는 도달할 수밖에 없었다. 그가 휘유-뒤-깔베르 로에 도달하면 걸음을 멈추고 후들후들 떨었으며, 일종의 침울한 소심함에 사로잡혀, 그 길의 끝 건물 모퉁이로 조심스럽게 머리를 내밀곤 하였다. 그리고 그 길 안쪽을 응시하였다. 그럴 때마다, 그 비극적 시선 속에는, 불가능할 듯한 것 앞에서 드러나는 경탄과 굳게 닫힌 낙원의 반사광을 연상시키는 것이 어리곤 하였다. 그다음, 눈꺼풀 귀퉁이에 조금씩 모여, 떨어질 만큼 굵어진 눈물 한 줄기가, 그의 볼을 타고 흘러내렸으며, 때로는 그의 입 귀퉁이에서 멈추었다. 노인이 그 쓴맛을 느끼곤 하였다. 그는 잠시 그렇게 돌처럼 머물다가, 같은 길을 따라 같은 발걸음으로 돌아오곤 하였는데, 그 지점으로부터 멀어질수록 그의 시선도 빛을 잃었다.

그 노인이 휘유-뒤-깔베르 로의 입구까지 가기를 차츰 멈추었다. 그리고 쌩-루이 로까지만 갔다가 그만두곤 하였다. 어떤 날은 조금 더 멀리 걸어 가까이 다가가기도 하였다. 어느 날, 그는 뀔뛰르-쌩뜨-까트린느 로에 멈추어서 휘유-뒤-깔베르 로를 멀리서 바라보았다. 그러다가, 아니 되겠다는 듯 고개를 좌우로 젓더니, 발길을 돌렸다.

얼마 아니 되어, 그가 쌩-루이로까지도 오지 않았다. 빠베 로까지만 왔다가 고개를 젓고 돌아가곤 하였다. 그다음에는 트롸-빠비용 로도 넘어서지 않았다. 그리고 다시, 블랑-망또 교회당 앞까지도 오지 않았다. 더 이상 태엽을 감지 않아 추의 진동 폭이 점점 짧아지다가 그 흔들림이 곧 멈추어버릴 벽시계 같았다.

그가 매일 같은 시각에 집을 나서서 같은 길로 들어섰으되, 더 이상 그 길의 끝에 이르지 못하였고, 아마 자신도 의식하지 못하는 채,

끊임없이 행로를 단축시키고 있었을 것이다. 그의 얼굴에 가득 표출된 사념은 오직 하나뿐이었다. '무슨 소용인가?' 동공의 빛도 꺼져 더 이상 반짝이지 않았다. 눈물도 고갈된 듯, 눈꺼풀 귀퉁이에 그것이 더 이상 모이지 않았고, 따라서 생각에 잠긴 듯한 그 눈이 건조하였다. 노인의 머리는 항상 앞쪽으로 한껏 향하여 있었고, 턱이 가끔 꿈지럭거렸으며, 가느다란 목에 생긴 주름들이 보기에 애처로웠다. 어떤 때에는, 날씨가 궂을 경우, 겨드랑이에 우산 하나를 끼고 있었으되, 그것을 펴지는 않았다. 그 구역의 아낙네들이 자기들끼리 주고받곤 하였다. "'반편'이다." 아이들이 웃으며 그의 뒤를 따르곤 하였다.

9편 최후의 어둠, 최후의 여명

1. 불행한 이들에게 자비를, 행복한 이들에게 관용을

행복하다는 것은 무정한 것이다! 모두들 그 상태에 어쩌면 그리도 만족하는지! 그것이면 족하다고들 생각한다! 행복이라는 삶의 거짓 목표를 수중에 넣으면, 의무라는 삶의 진정한 목표를 어찌도 그리 쉽사리 잊는단 말인가!

하지만 분명히 언급해 두는 바, 마리우스를 나무라는 것은 잘못일 것이다.

이미 설명한 바와 같이, 마리우스는 결혼하기 전에 자신이 품고 있던 질문들을 포슐르방 씨에게 감히 던지지 못하였고, 그가 쟝 발쟝임을 알게 된 이후에도, 그 질문 던지기를 저어하였다. 그리고, 자신이 끌려가듯 그에게 한 약속도 후회하였다. 그는, 자신이 그 절망한 사람에게 그러한 양보를 한 것이, 잘못이라고 자신에게 끊임없이 강조하였다. 그리고, 쟝 발쟝을 자기의 집으로부터 조금씩 멀리 밀쳐 버리면서, 꼬제뜨의 뇌리에서 그를 최대한 지워버리는 것으로 그쳤다. 그가 어떤 면에서는 항상 꼬제뜨와 쟝 발쟝 사이를 막아섰고, 그렇게 함으로써 그녀가 그를 볼 수 없으면 더 이상 그를 생각하지 않으리라 확신하였다. 그것은 지우는 것 이상의 행위였다. 그것은 하나의 천체를 이지러뜨리는 짓이었다.

마리우스는 자기가 필요하고 정당하다고 판단한 일을 하고 있었다. 그는 쟝 발쟝을 가혹하지는 않되 단호하게 멀리 내칠 만한 심각한 이유들이 있다고 믿었던 바, 그 일부는 이미 앞에서 언급하였고, 나머지는 뒤에 가서 드러날 것이다. 그가 변론을 맡은 어느 재판에서, 지난날 라휘뜨 은행에서 일하던 사람을 우연히 만났고, 그를 통하여 뜻하지 않게 신기한 일들을 알게 되었다. 하지만, 자신이 비밀을 지키겠다고 쟝 발쟝에게 한 약속 때문에, 그리고 쟝 발쟝이 혹시 위험한 처지에 놓이지 않을까 하는 배려 때문에, 그 일의 내막을 샅샅이 조사하지 않았다. 그 무렵에도 그는, 문제의 육십만 프랑을 주인에게 돌려주어야 한다는 심각한 의무감에 사로잡혀 있었고, 그 주인을 극도로 조심스럽게 찾고 있었다. 그리하여 그동안 그 돈에 손을 대지 않고 있었다.

꼬제뜨의 경우, 그녀는 그러한 비밀들을 까마득히 몰랐다. 하지만 그녀를 단죄함은 가혹한 처사일 것이다. 마리우스에게는 그녀에게로 발산되는 절대적인 자력(磁力)이 있었고, 그것으로 인하여 그녀는, 마리우스가 원하는 것을 본능적으로 또 기계적으로 이행하였다. 그녀는 '쟝 씨'를 대하는 마리우스에게 하나의 의지를 느꼈고, 그것에 순응하였다. 그녀의 남편은 그녀에게 아무 말도 할 필요가 없었다. 그녀는 남편의 묵시적인 의도가 발산하던 막연하나 선명한 압력을 느꼈고, 그것에 맹목적으로 복종하였다. 그녀가 복종하던 것은, 마리우스가 망각하려 하는 것을 기억 속에 떠올리지 말아야 한다는 의무감이었다. 그렇게 하는 데 어떤 노력도 필요치 않았다. 그녀 자신조차 어찌 된 영문인지 몰랐고, 또한 그러한 현상이 나무랄 일도 아니지만, 여하튼 그녀의 영혼이 어찌나 남편과 일체가 되었던지, 마리우스의 사념 속에서 어둠에 덮이는 것은, 그녀의 사념 속에서도 흐릿해지곤 하였다.

하지만 과장하지는 말자. 쟝 발쟝에 관련된 일에 있어서만은, 그녀의 그러한 망각과 지워짐이 피상적일 뿐이었다. 그녀가 망각하였다기보다는 잠시 정신을 잃었을 뿐이다. 그녀의 내면 깊숙한 곳에서는, 그녀가 그토록 오랜 세월 동안 자기의 아버지라고 부르던 그 사람을 여전히 지극히 사랑하고 있었다. 하지만 그러면서도 자기의 남편을 더 사랑하고 있었다. 그 심정의 균형을 조금 무너뜨려 한쪽으로만 기울게 한 것은 그러한 현상 때문이었다.

가끔 꼬제뜨가 우연히 쟝 발쟝의 이야기를 꺼내면서 깜짝 놀라곤 하였다. 그럴 때마다 마리우스가 그녀를 다독거리곤 하였다.

"아마 지금 댁에 아니 계실 거예요. 여행을 떠나신다고 하지 않으셨나요?"

"맞아요. 그렇게 사라지곤 하셨어요. 하지만 이토록 장시간 떠나지는 않으셨어요." 꼬제뜨의 생각이었다.

그녀가 두세 번쯤 니꼴레뜨를 롬므-아르메 로에 보내어, 쟝 씨가 여행에서 돌아오셨는지 알아보게 하였다. 그럴 때마다 쟝 발쟝이 다른 사람을 시켜, 아직 돌아오지 않았다고 대답도록 하였다.

꼬제뜨는 더 이상 묻지 않았다. 이 지상에서 그녀에게 필요한 것은 하나뿐이었고, 그것은 마리우스였다. 또한 말해 두거니와, 마리우스와 꼬제뜨 역시 한동안 집을 비웠다. 두 사람이 베르농에 갔었다. 마리우스가 꼬제뜨를 데리고 선친의 묘에 다녀왔.

마리우스가 조금씩 꼬제뜨를 쟝 발쟝으로부터 훔쳐내고 있었다. 꼬제뜨 또한 그가 하는 대로 내버려 두었다.

또한, 경우에 따라, 흔히들 너무 가혹하게 지칭하는, 소위 자식들의 배은망덕함이라는 것도, 사람들 생각하듯 그리 나무랄 일만은 아니다. 그것이 곧 자연의 배은망덕함[1]이다. 이미 어디에선가 말했듯이, 자연은 오직 '앞만을 본다'. 자연은 생명체들을 오는 것들과 떠나는 것들로 양분한다. 떠나는 것들은 어둠을 향하고, 오는 것들은 광명을 향한다. 그러한 현상에서 하나의 간극이 비롯되는 바, 늙은 것들 측에서 보면 숙명적이고, 젊은것들 측에서 보면 무의식이다. 처음에는 인지되지 않는 그 간극이 나뭇가지들의 벌어짐처럼 서서히 커진다. 가지들은, 줄기에서 떨어져 나가지는 않되, 그것으로부터 멀어진다. 그것은 가지들의 잘못이 아니다. 젊음은 축제, 강렬한 빛, 사랑 등, 기쁨이 있는 곳으로 간다. 늙음은 끝을 향해 간다. 서로의 시야에서 사라지지는 않았으되 더 이상 포옹은 없다. 젊은이들은 생명의 냉각 현상을 느끼고, 늙은이들은 무덤의 싸늘함을 느낀다. 그 가엾은 자식들을 나무라지 말자.

2. 기름 없는 램프의 마지막 깜박임

어느 날 쟝 발쟝이 층계를 내려와 세 걸음쯤 길로 나서더니 길가의 돌 위에 앉았다. 가브로슈가, 6월 5일과 6일 사이의 밤에, 생각에 잠겨 있던 그를 발견한 바로 그 돌이었다. 그곳에서 잠시 앉았다가 다시 올라갔다. 그것이 그 시계추의 마지막 왕복운동이었다. 다음 날 그는 자기의 거처에서 나오지 않았다. 그리고 그다음 날에는 침대 밖으로 나오지 않았다.

양배추와 감자 몇 알을 비계와 함께 삶아 그에게 초라한 끼니를 마련해 주던 수위의 아내가, 그것이 담겨 있던, 흙을 구워 빚은 갈색 접시를 들여다보더니, 몹시 놀란 듯 소리쳤다.

"아니, 어제는 아무것도 잡숫지 않으셨군요, 가엾은 착한 양반!"
"천만에, 먹었소." 쟝 발쟝의 대꾸였다.
"접시가 그대로 있는데요."
"물병을 보시오. 바닥이 났소."
"그것은 마셨다는 증거지, 잡수셨다는 증거가 아니에요."
"그래요, 물만 하도 주려서 그런 것을 어찌하겠소?"
"그것을 가리켜 갈증이라고 해요. 그리고 물을 마시며 아무것도 먹지 않을 경우, 신열이 심하다는 뜻이에요."

"내일 먹겠소."

"혹은 먼 훗날이겠지요. 오늘은 왜 아니 되나요? 내일 잡숫겠다니! 제가 준비한 음식에 손도 아니 대시고 몽땅 저에게 남겨 주시다니! 제가 요리한 길쭉한 감자가 그토록 좋은데!"

쟝 발쟝이 노파의 손을 잡았다.

"그것들을 먹겠다고 약속하겠소." 그가 다정한 음성으로 말하였다.

"저는 어르신이 못마땅해요." 수위의 아내가 대답하였다.

쟝 발쟝은 그 착한 여인 이외의 다른 어떤 사람도 거의 보지 못하였다. 빠리에는 아무도 지나가지 않는 길들과 아무도 오지 않는 집들이 있다. 그는 그러한 길에 있는 그러한 집 속에 있었다.

그가 아직 외출할 수 있었을 때, 그는 어느 철물 장수로부터 몇 쑤를 주고 작은 구리 십자가 하나를 샀고, 그것을 침대 맞은편 벽에 박힌 못에 걸어두었다. 그러한 처형 도구²⁾는 언제나 보기에 좋다.

쟝 발쟝이 그의 방에서 밖으로 단 한 걸음도 나오지 않기 시작한 지 일주일이 흘렀다. 그동안 그는 계속 누워 있었다. 수위의 아내가 자기의 남편에게 말하였다.

"저 위층에 사시는 노인께서 더 이상 자리에서 일어나지도 않으시고 잡숫지도 않으시니, 얼마 지탱하시지 못하겠어요. 마음의 병인 것 같아요. 그의 딸이 혼인을 잘못했다는 생각을 지울 수 없군요."

남편인 수위가 위엄을 갖춰 단호하게 대꾸하였다.

"그가 부자라면 의사를 부를 것이고, 부자가 아니라면 의사가 오지 않을 것이오. 의사가 오지 않으면 그는 죽을 것이오."

"만약 의사가 오면?"

"그래도 죽을 것이오."

수위의 아내는, 그녀가 '포석'이라고 부르는 바닥돌 사이에 자란 풀들을, 녹슨 칼로 긁기 시작하였다. 그리고 풀을 뽑으면서 중얼거렸다.

"정말 아까운 일이야. 그토록 깨끗하신 노인이! 닭처럼 하얀데."

마침 길 저편 끝에 그 구역 의사 하나가 지나가는 것이 그녀의 눈에 띄었다. 그녀가 선뜻 용기를 내어, 환자를 보러 올라가 달라고 간청하였다.

"삼 층이에요." 그녀가 말하였다. "그냥 들어가시면 돼요. 노인께서 더 이상 침대를 떠나시지 않는지라, 열쇠는 항상 문에 꽂혀 있어요."

의사가 쟝 발쟝을 보았고, 그와 이야기도 나누었다. 그가 다시 내려왔을 때 수위의 아내가 물었다.

"용태가 어떠세요, 의사 선생님?"

"댁의 환자는 위중하십니다."

"어디가 편찮으신데요?"

"온몸이 좋지 않으나, 특별히 아픈 곳도 없습니다. 증세를 보건대, 지극히 사랑하는 사람을 잃으신 분입니다. 그래서 죽기도 하지요."

"그분이 무슨 말씀을 하시던가요?"

"몸에 아무 이상 없다고 하시더군요."

"의사 선생님, 또 오실 것이죠?"

"예." 의사가 대답하였다. "하지만 저 이외의 다른 사람이 다시 와야 할 겁니다."

3. 포슐르방의 마차를 쳐들던 이에게 펜 하나가 벅차다

어느 날 저녁, 쟝 발쟝은 천신만고 끝에 팔꿈치에 의지해 몸을 일으켰다. 그리고 자신의 손을 더듬었으나 맥박이 짚어지지 않았다. 호흡이 짧았고, 이따금씩 멈추기도 하였다. 그는 자신이 전례 없이 약해졌음을 깨달았다. 그러자, 어떤 절대적인 관심사의 압박을 받은 듯, 애써 자리에서 일어서더니 옷을 입었다. 낡은 작업복을 입었다. 더 이상 외출하지 않게 된지라 다시 작업복을 입기 시작하였고, 또 그것을 더 좋아하였다. 그는 옷을 입으면서 여러 차례 중단해야 했다. 상의 소매에 팔 하나 겨우 집어넣었는데 이마에 땀이 흘렀다.

그가 홀로 살기 시작한 이후, 그는 자기의 침대를 작은 대기실로 옮겼다. 텅 빈 아파트에서 최소한의 공간만을 사용하기 위함이었다. 그는 여행 가방을 열고 꼬제뜨의 옷가지를 꺼냈다. 그것들을 자기의 침대 위에 펼쳐놓았다.

주교의 촛대들은 벽난로 위 제자리에 있었다. 그가 서랍에서 양초 두 가락을 꺼내어 두 촛대에 하나씩 꽂았다. 그런 다음, 아직 해가 높직하건만―여름철이었다―양초에 불을 붙였다. 시신이 있는 방에, 대낮임에도, 그렇게 촛불을 켜놓는 경우를 가끔 볼 수 있다. 하나의 가구에서 다른 가구로 가기 위하여 발을 옮겨 놓을 때마다 기력이 소진되었다. 그리하여 앉을 수밖에 없었다. 기운을 쓰면 즉시 보충되는 일반적인 피곤이 아니었다. 그가 쓰던 것은 마지막 잔여 가동 능력이었다. 다시는 반복하지 못할 처절한 몸부림 과정에서 방울방울 흐르는 고갈된 생명이었다.

그가 털썩 주저앉곤 하던 의자들 중 하나가, 그에게는 그토록 치명적이었으되 마리우스에게는 천우신조와 같았던 거울 앞에 놓여 있었다. 그가 압지에 뒤집혀 찍혀 있던 꼬제뜨의 글을 그 거울 속에서 읽었다. 그는 그 거울 속에 비친 자신의 모습을 보았다. 더 이상 자신을 알아볼 수 없었다. 그의 나이 여든이었다. 마리우스의 결혼 전에는 그의 나이가 겨우 오십 정도로밖에 보이지 않았다. 그 한 해가 그에게는 삼십 년의 세월과 같았던 것이다. 그의 이마에 있던 것은 더 이상 연륜의 주름이 아니었다. 죽음의 신비한 표식이었다. 그것에서 무자비한 손톱자국이 느껴졌다. 두 볼은 축 처져 있었다. 얼굴의 피부에는 벌써 흙이 얹혀 있는 것 같은 색깔이 감돌았다. 그의 입 양쪽 귀퉁이는, 옛 사람들이 묘지 덮개석에 조각하던 가면에서처럼, 밑으로 늘어져 있었다. 그가 나무라는 기색으로 허공을 쳐다보았다. 누구에게 불평할 것이 있는 비극적 위인들 중 하나처럼 보였다.

그는 괴로움이 더 이상 흐르지 않는 상황에, 즉 절망의 마지막 단계에 도달해 있었다. 괴로움이 응결되어 있던 셈이다. 영혼 위에도 절망의 엉긴 덩이 같은 것이 있다.

날이 저물었다. 그가 탁자 하나와 낡은 안락의자 하나를 열심히 벽난로 앞에 끌어다 놓았다. 그리고 탁자 위에 펜 하나와 잉크 및 종이를 올려놓았다.

그 일을 마치며 그가 기절하였다. 다시 깨어나니 갈증이 심했다. 물병을 쳐들 기운이 없어, 그것을 겨우 자기의 입 쪽으로 기울여서 한 모금 마셨다.

그런 다음, 일어설 기운이 없었던지라 앉은 채로, 고개를 침대 쪽으로 돌려, 작은 검은색 드레스와 애지중지하던 그 모든 물건들을 응시하였다. 그러한 정관(靜觀)은 몇 시간 동안 지속되어도 단 몇 분밖에 지나지 않은 것으로 여겨진다. 문득 그가 오한을 느꼈다. 냉기가 그를 엄습하였다. 주교의 촛대들이 밝혀 주고 있던 탁자에 팔꿈치를 기댄 채, 그가 펜을 집어 들었다.

펜도 잉크도 사용한 지 오래되었던지라, 펜의 끝이 굽었고 잉크는 말라 있었다. 다시 일어서서 잉크에 물 몇 방울을 섞어야 했는데, 그러기 위하여 두세 번을 멈추고 다시 앉았다 일어서야 했고, 펜의 등으로 쓸 수밖에 없었다. 그러면서 가끔 이마의 땀을 닦았다.

그의 손이 떨렸다. 그가 천천히 몇 줄을 썼다. 그 내용은 다음과 같다.

꼬제뜨, 너에게 신의 가호가 있기를 빈다. 너에게 설명하마. 내가 너희들로부터 멀어져야 한다고 나에게 넌지시 그 뜻을 내비친 네 남편의 행동은 옳았다. 하지만 그가 생각한 것 중에는 약간의 오류가 있다. 그래도 여하튼 그의 처사는 옳았다. 그는 탁월한 사람이다. 내가 죽은 후에도 그를 성심껏 사랑하거라. 뽕메르씨 씨, 나의 지극히 귀한 아이를 언제까지나 사랑해 주오. 꼬제프, 누군가가 이 쪽지를 발견할 테니 여기에 내가 너에게 하고 싶은 말을 적는다. 내게 그것들을 기억해 낼 힘이 있다면, 네가 그 수치들을 알게 될 것이다. 착념해 두어야 하리니, 그 돈은 정당한 너의 것이다. 일의 내막은 이러하다. 백옥은 노르웨이에서 오고 흑옥은 잉글랜드에서 오며, 검은색 유리 모조품은 알라마니아에서 온다. 옥이 더 가볍고 귀하며 가격도 더 비싸다. 프랑스에서도 알라마니아에서처럼 모조품을 만들 수 있다. 그러기 위해서는, 사방 두어 뿌쓰쯤 되는 작은 모루와, 각종 랍(蠟)[3]을 누그러뜨리는 데 필요한 알코올램프가 있어야 한다. 전에는 랍을 수지와 그을음을 이용하여 만들었는데, 1리브르 생산비가 4프랑에 달하였다. 그래서 내가 라카와 테레빈티나 수지를 이용하여 새로운 랍을 만들어내게 되었다. 생산비가 30쑤를 초과하지 않았고, 질은 더 우수하였다. 검은색 작은 철제 뼈대에, 그 랍을 이용하여 자주색 유리를 접착시키면 팔찌가 된다. 검은색 철제 뼈대를 이용하여 팔찌를 만들 경우에는 유리가 자주색이어야 하고, 황금 뼈대를 이용할 경우에는 유리가 검은색이어야 한다. 에스빠냐가 그 제품을 많이 수입한다. 흑옥의 나리이니······.

여기에서 그가 중단하였고, 펜이 그의 손에서 떨어졌으며, 그의 가장 깊숙한 곳으로부터 절망적인 흐느낌이 솟구쳐 올라왔다. 가엾은 사람이 머리를 두 손으로 감싸 쥐고 생각에 잠겼다.

'오!' 그가 자신의 내면에서 절규하였다(오직 신에게만 들렸을, 구슬픈 절규였다). '이제 끝장이야. 그 아이를 다시는 못 보겠구나. 그 아이는 내 위로 지나간 하나의 미소였어. 그 아이를 다시 보지도 못하고 어둠 속으로 들어가겠구나. 오! 단 일 분만이라도, 단 한순간만이라도, 그 아이의 음성을 듣고, 그 아이의 드레스를 만져보고, 그 아이를, 그 천사를 바라볼 수 있었으면! 그러고 나서 죽었으면! 죽는 것은 아무것도 아니지만, 끔찍한 것은 그 아이를 다시 못 보고 죽는다는 것이야. 그녀가 나에게 미소를 지으며 한마디 말이나마 건넬 테지. 그런다고 누구에게 해가 되는가? 아니야, 끝났어, 영원히. 나는 이제 외톨이야. 맙소사! 맙소사! 그녀를 다시 못 보다니.'

그 순간 누가 문을 두드렸다.

4. 희게 만드는 데만 성공한 잉크병

같은 날, 아니 더 정확히 말해 같은 저녁, 마리우스가 식사 후 검토할 서류가 있어 집무실로 들어갔을 때, 바스끄가 그에게 편지 한 통을 올리며 말하였다. "이 편지를 썼다고 하는 사람이 지금 부속실에 와 있습니다."

꼬제뜨는 할아버지와 팔짱을 끼고 정원을 거닐고 있었다.

편지도 사람처럼 그 외관이 좋지 않을 수 있다. 투박한 종이와 거칠게 접힌 형태, 어떤 편지들은 그러한 외양만으로도 받는 사람을 불쾌하게 만든다. 바스끄가 가져온 편지는 그러한 종류였다.

마리우스가 편지를 받아 들었다. 편지에서 담배 냄새가 진동하였다. 냄새만큼 추억을 일깨우는 것도 없다. 마리우스는 그 담배 냄새를 즉시 알아차렸다. 그가 겉봉에 쓴 것을 유심히 들여다보았다. '나리께, 뽕메르씨 남작님께. 그분의 저택으로.' 그가 알아차린 담배 냄새가, 그로 하여금 글씨체도 알아보게 해주었다. 놀라움이 번개를 내포한다고 말할 수 있을 듯하다. 마리우스는 마치 그러한 번개 덕분에 눈이 번쩍 뜨이는 것 같았다.

후각이라는 그 신비한 비망록이 그의 내면에 하나의 세계를 몽땅 되살려 놓은 것이다. 종이와, 그것을 접은 방식, 잉크의 창백한 색깔, 낯익은 필체 등은 물론, 특히 담배 냄새가 그 결정적인 역할을 하였다. 종드레뜨의 그 다락방이 그의 앞에 불쑥 나타났다.

그렇게,―우연의 기이한 장난이었다!―그가 그토록 추적하던 두 발자취들 중 하나가, 최근까지도 그토록 애를 쓰며 찾다가 영영 사라진 것으로 믿었던 그 발자취가, 스스로 찾아와 자신을 그에게 제공한 것이다.[4]

그가 서둘러 봉인을 깨고 편지를 읽었다.

남작님,

만약 절대자께서 저에게 재능을 주셨다면, 저 또한 학사원 위원이신 떼나르 남작일 수 있었겠으나, 저는 그렇지 못합니다. 저는 다만 그분과 이름이 같을 뿐, 만약 그러한 사실이 귀하의 호의를 유발할 수 있다면 다행으로 여기겠습니다. 귀하께서 저에게 베푸실 선의에는 반드시 대등한 보응이 따를 것입니다. 저는 어떤 자에 관련된 비밀 하나를 저의 수중에 간직하고 있습니다. 그자가 귀하와 깊이 관련되어 있습니다. 그 비밀을 귀하께 넘겨드리고자 하는 바, 제가 귀하께 유익함을 끼치는 영광 얻기를 갈망하기 때문입니다. 귀하의 명예로운 가문으로부터, 아무 권리도 없는 그자를 축출하실 수 있도록, 귀하께 아주 간단한 수단을 제공하겠습니다. 또한 남작 부인께서는 고결한 가문 태생이십니다. 미덕의 지성소가 스스로를 훼손치 않고는 더 이상 범죄와 동거할 수 없습니다.

저는 부속실에서 남작님의 분부를 기다리겠습니다.

경의를 다하여.

편지 끝에는 '떼나르'라고 서명하였다.
그 서명이 전적으로 위조된 것은 아니었다. 다만 조금 축약되었을 뿐이었다.[5]
뿐만 아니라, 뜻이 애매한 문장과 철자법이 정체를 확실하게 밝혀 주었다. 완벽한 신원 증명서였다. 의심할 여지가 없었다.
마리우스의 내면에서 깊은 동요가 일어났다. 처음에는 놀라움이라는 동요였으나, 그다음에 그를 휩싼 것은 행복감이었다. 이제 자기가 찾던 사람, 즉 자기의 목숨을 구해 준 사람을 찾을 수만 있다면, 마리우스에게는 더 바랄 것이 없을 것 같았다.
그가 책상 서랍을 열고 은행권 몇 장을 집어 호주머니에 넣은 다음, 서랍을 다시 닫고 초인종을 울렸다. 바스끄가 집무실 문을 살짝 열었다.
"들여보내세요." 마리우스가 말하였다.
바스끄가 큰 소리로 고하였다.
"떼나르 씨이십니다."
어떤 남자 하나가 집무실로 들어섰다. 마리우스가 다시 한 번 놀랐다. 들어선 사람은 전혀 생면부지의 남자였다.
이미 늙수그레한 그 남자는, 코가 뭉툭했고, 턱을 넥타이 속에 파묻고 있었으며, 눈 위쪽에 초록색 호박단 차양을 곁들인 초록색 안경을 썼는데, 이마를 눈썹 바로 위까지 덮은 윤기 흐르는 머리카락은, 잉글랜드 상류층 전속 마부들이 쓰는 가발을 연상시켰다. 모발은 희끗희끗하였다. 머리끝부터 발끝까지 온통 검은색으로 차려입었고, 검은색이 닳아 바래긴 하였지만 깨끗하였다. 조끼 주머니에서 불거져 나온 장식용 사슬로 보아, 그 속에 회중시계가 있을 법하였다. 손에는 낡은 모자를 들고 있었다. 그는 구부정한 자세로 걸었는데, 그가 허리를 깊숙이 숙여 예를 차릴 때마다 등의 곡선이 더욱 부각되었다.

무엇보다도 첫눈에 띈 것은, 그 사람이 입은 옷의 품이 너무 헐렁하여, 모든 단추들을 세심하게 채웠건만, 그 사람을 위하여 지은 옷같지 않았다는 점이다.

여기에서 짧은 여담 한마디 하는 것이 필요할 듯하다. 그 시절 빠리에, 아르스날 근처 보트레이이 로에 있는 낡고 수상쩍은 집에, 불량배를 점잖은 사람으로 바꾸어놓는 것을 업으로 삼던 약삭빠른 유대인 하나가 있었다. 바꾸어놓되 그것이 너무 오래 지속되지는 않았다. 불량배에게는 그것이 거북했을 터이니 말이다. 그것은 이삼 일 동안의 변장이었고, 누가 보아도 그럴듯한 의복으로 변장시켜 주는 비용으로 하루에 삼십 쑤를 받았다. 그 의복 대여자는 '환전상' 이라는 별명으로 통하였다. 빠리의 협잡꾼들이 그에게 부여한 호칭으로, 그것 이외의 다른 이름은 알려지지 않았다. 그는 거의 완벽한 갱의실 하나를 갖추고 있었다. 그가 고객들을 변장시키는 데 사용하는 넝마들은 상당히 그럴듯하였다. 그는 전문 분야별로 그리고 신분별로 의복들을 갖추어놓고 있었다. 그 상점 벽에 박힌 각 못에는, 닳고 구겨진 사회적 신분 하나씩이 걸려 있었다. 여기에는 관리의 옷, 저기에는 사제의 옷, 그 옆에는 은행가의 옷, 한구석에는 퇴역한 군인의 정장, 그리고 다른 쪽에는 문인의 옷, 저쪽에는 정치인의 옷 등이 걸려 있었다. 그 유대인은, 사기 행각이 빠리를 무대로 펼치는 광대한 드라마의 의상 담당자였다. 그의 지저분한 상점은 절도와 야바위질이 끊임없이 드나드는 극장의 출연자 대기실이었다. 누더기 걸친 불량배 하나가 그 갱의실에 도착하여 삼십 쑤를 내놓은 다음, 자기가 당일 맡고 싶은 역할에 합당한 옷을 고르고, 그 차림으로 다시 갱의실 층계를 내려올 때에는, 불량배가 그럴듯한 모습으로 바뀌곤 하였다. 다음 날이면 넝마들이 틀림없이 반환되었고, 그리하여 모든 것을 도적들에게 맡김에도 불구하고, 그 '환전상' 이 절도를 당하는 경우는 없었다. 그 옷들에 한 가지 불편한 점이 있었던 바, 그것들이 잘 '맞지 않는다'는 점이었다. 입을 사람들에게 맞춰 지은 옷들이 아닌지라, 어떤 사람들의 몸에는 찰싹 들러붙고, 어떤 사람들의 몸에는 헐렁하였다. 그 누구의 몸에도 맞지 않았다. 보통 사람들의 체구보다 작거나 큰 협잡꾼들은 모두들 그 '환전상'의 옷을 입고 불편해하였다. 너무 뚱뚱하거나 지나치게 날씬해서는 아니 되었다. '환전상'이 정상적인 체구들만을 감안해 옷을 준비해 두었기 때문이다. 그는, 뚱뚱하지도 날씬하지도, 크지도 작지도 않은, 평범한 불량배를 기준으로 치수를 정하였다. 그리하여 가끔 어려움에 봉착하였지만, '환전상'의 사업은 그럭저럭 난관을 극복하곤 하였다. 예외적인 체격들에게는 안된 일이었다! 예를 들어, 정치가의 옷이 상하 모두 검은색이고, 따라서 나무랄 데 없다 할지라도, 그것이 피트[6]에게는 너무 크고, 까스멜치깔라[7]에게는 너무 작았을 것이다. 정치가의 의복이 '환전상'의 목록에는 다음과 같이 지칭되어 있었다. "검은색 모직 상의 하나, 검은색 모직 바지 하나, 비단 조끼 하나, 장화 및 셔츠." 그리고 여백에 "전직 대사."라는 언급이 있고, 그 밑에 보충해 적어놓은 것은 다음과 같았다. "별도의 상자 속에 곱슬머리 가발 하나, 초록색 안경, 시곗줄 및 장신구, 솜으로 싼 길이 1뿌쓰가량 되는 작은 깃 토막[8] 둘." 그 모든 것들은 정치가나 전직 대사에 어울리는 복색이었다. 그 모든 복장은, 이러한 표현이 가능할지 모르나, 극도로 쇠잔해 있었다. 솔기들마다 허옇게 바래 있었고, 팔꿈치에는 단춧구멍 같은 것이 뚫려 있었다. 게다가 상의 가슴팍에는 단추 하나가 없는 경우도 있었다. 하지만 별로 신경 쓸 일이 아니었다. 정치가의 손은 항상 가슴팍 위에 놓여 있었던지라, 단추가 없다는 사실을 감추는 역할을 하였다.[9]

마리우스가 빠리의 그러한 흑막들을 알고 있었다면, 바스끄가 들여보낸 그 방문객이 걸친 정장이, 그 '환전상'의 간이 갱의실에서 빌린 것임을 즉각 알아차렸을 것이다.

기대하던 사람이 아닌 다른 사람이 들어오는 것을 보고 느낀 마리우스의 실망감이, 그 방문객에 대한 일종의 노여움으로 바뀌었다. 방문객이 지나치리만큼 허리를 굽히고 있는 동안, 마리우스가 그를 발끝부터 머리끝까지 살피며 간략한 어조로 물었다.

"무슨 일입니까?"

남자가 치아를 살짝 드러내고 제법 친절하게 웃으며 대꾸하는데, 그 악어의 상냥한 미소가 상당한 것들을 짐작게 해주었다.

"제가 이미 사교계에서 남작님을 뵙는 영광을 누리지 않았다는 것은 있을 수 없는 일인 듯합니다. 특히 몇 해 전에, 브라그띠옹 대공 부인 댁에서, 그리고 프랑스 귀족원 의원이신 당브레 자작님 댁에서 남작님을 뵈온 것으로 확신하고 있습니다."[10]

전혀 모르는 사람을 반갑게 알아보는 척하는 것은, 악랄한 술책을 부릴 때 항상 동원되는 좋은 수단이다. 마리우스가 그 남자의 말을 유심히 들었다. 특히 억양과 말할 때의 몸짓을 예리하게 살폈다. 하지만 그의 실망감은 점점 더 커지기만 하였다. 발음할 때마다 콧소리가 났는데, 그가 기대하던 신경질적이고 건조한 소리와는 전혀 딴판이었다. 마리우스는 어리둥절하여 도무지 갈피를 잡을 수 없었다.

"저는 브라그띠옹 부인과도 당브레 씨와도 일면식이 없습니다. 그 두 분의 댁에 평생 발을 들여놓은 적도 없습니다." 마리우스의 대꾸였다.

그의 대답은 무뚝뚝하였다. 하지만 낯선 방문객은 움츠러들지 않았다.

"그러면 제가 귀하를 뵌 것이 샤또브리앙의 집에서인 듯합니다! 제가 샤또브리앙과 친숙한 사이입니다. 매우 친절한 사람이지요. 그는 가끔 저에게 이렇게 말하지요. '떼나르, 내 친구여……. 나와 함께 한잔하지 않겠나?'"

마리우스의 안색이 점점 더 준엄해졌다.

"나는 단 한 번도 샤또브리앙 씨 댁에 초대되는 영광을 누리지 못하였소. 간략하게 합시다. 용건이 무엇입니까?"

더욱 무뚝뚝해진 음성 앞에서 방문자의 허리가 더 굽어졌다.

"남작님, 제가 드리는 말씀을 한번 들어주십시오. 아메리카에, 파나마 근처에 있는 어느 나라에, 호야라는 마을이 있습니다. 그 마을은 단 한 채의 건물로 이루어져 있습니다. 햇볕에 말린 흙벽돌로 지은 거대한 사 층 정방형 건물인데, 각 면의 길이가 오백 삐에입니다. 각 층은 바로 밑층보다 십이 삐에쯤 안쪽으로 들어가 있어서, 그렇게 생긴 테라스가 각 층을 둘러싸고 있습니다. 건물 중앙에는 내정 하나가 있고, 그곳에 식량과 탄약을 저장해 둡니다. 창문은 전혀 없고 그 대신 총안들이 뚫려 있습니다. 출입문도 전혀 없고 사다리들만 있습니다. 땅바닥에서 첫 번째 테라스로, 그곳으로부터 두 번째 테라스로, 그곳에서 다시 세 번째 테라스로 올라가기 위하여 사다리를 이용합니다. 내정으로 내려갈 때에도 사다리를 이용합니다. 각 방에도 출입문은 없고 뚜껑문들뿐입니다. 방들을 연결하는 층계도 없습니다. 그 대신 사다리를 이용합니다. 저녁이 되면 뚜껑문들을 닫고 사다리들을 치웁니다. 그리고 나팔총들과 기병총들을 총안마다 거치(据置)해 둡니다. 그 안으로 침입할 방도는 없습니다. 낮에는 평범한 건물처럼 보이나, 밤이면 요새로 변합니다. 그 안에 거주하는 인원이 팔백에 달합니다. 마을이 그러합니다. 왜 그토록 세심한 주의를 하는지 아십니까? 매우 위험한 고장이기 때문입니다. 그곳에는 식인종이 우글거립니다. 그렇건만 왜 그곳으로들 가는지 아십니까? 그곳이 경이로운 나라이기 때문입니다. 그곳에는 황금이 있습니다."

"도대체 무슨 말씀을 하시려는 것이오?" 실망감에 휩싸여 있던 마리우스가, 더 이상 참지 못하고 그의 말을 끊었다.

"이 말씀을 드리려 하는 것입니다, 남작님. 저는 일에 지친 전직 외교관입니다. 저는 이 노쇠한 문명 속에서 기진할 지경이 되었습니다. 그래서 야만인들과 어울려 보고 싶습니다."

"그래서요?"

"남작님, 이기주의가 이 세상을 지배하는 법칙입니다. 날품팔이 하는 프롤레타리아 촌여인은, 합승마차가 지나갈 때마다 일손을 멈추고 고개를 돌려 그것을 구경합니다. 반면, 자기의 밭에서 일하는 촌여인은 고개를 돌리지 않습니다. 가난한 사람의 개는 부자를 보면 짖고, 부자의 개는 가난한 사람을 보면 짖습니다. 각자 자기만을 생각합니다. 이권이 바로 인간의 목표입니다. 황금이 곧 모든 것을 이끌어 당기는 자석입니다."

"그래서요? 결론을 말씀하시오."

"제가 그 호야에 가서 자리를 잡고 싶습니다. 저희들은 세 식구입니다. 저에게는 아내와 딸 하나가 있는데, 딸은 매우 아름다운 아가씨입니다. 그곳까지의 여정이 매우 멀고 여비도 비쌉니다. 저에게 돈이 좀 있어야겠습니다."

"그러한 사정이 저와 무슨 상관 있다는 말씀이오!" 마리우스가 물었다.

미지의 남자가 넥타이 밖으로 자신의 목을 길게 늘여 빼었다. 독수리 특유의 동작이었다. 그러더니 거듭 미소를 지으며 대답하였다.

"남작님께서는 저의 편지를 읽지 않으셨습니까?"

그 말은 거의 사실이었다. 편지의 내용이 실은 마리우스를 스쳐 지나갔을 뿐이다. 그가 읽은 것은 편지의 내용보다 그 필체였다. 내용은 겨우 기억할 정도였다. 잠시 전부터 그가 새로운 사실 하나를 깨닫고 있었다. '저의 아내와 딸'이라는 말에 주목하게 되었다. 그가 미지의 남자를 뚫어지게 바라보았다. 예심판사도 그보다는 더 날카롭게 바라보지 않았을 것이다. 매복하여 엿보는 사람을 방불케 하였다. 하지만 간략하게 대꾸하는 것으로 그쳤다.

"구체적으로 말씀하시오."

미지의 남자가 두 손을 조끼 주머니에 찔러 넣더니, 굽힌 몸은 펴지 않고 얼굴만 쳐들었다. 하지만 그 역시 초록색 안경을 통하여 나름대로 마리우스를 훑듯 살폈다.

"좋습니다, 남작님. 구체적으로 말씀드리겠습니다. 남작님께 팔 비밀 하나가 저에게 있습니다."

"비밀이라고!"

"비밀입니다."

"저와 관련된 것이오?"

"조금은."

"그 비밀이라는 것이 무엇이오?"

마리우스는 그 남자가 하는 말을 들으면서 그를 더 자세히 살폈다.

"우선 무료로 시작하겠습니다. 제가 무시할 수 없는 사람임을 곧 아시게 될 것입니다."

"말하시오."

"남작님, 댁에 도적 하나와 살인범 하나를 데리고 계십니다."

마리우스가 몸을 부르르 떨었다.

"우리 집에? 그럴 리 없소."

미지의 남자가 태연히, 팔꿈치로 모자를 솔질하듯 한 번 훔치고 나서 말을 계속하였다.

"살인범이며 도둑입니다. 남작님, 제가 지금 옛날의 지나간 일을, 그리하여 법률 앞에서는 시효 때문에, 신 앞에서는 회개한지라 지워질 수 있는, 그러한 일을 말씀드리지 않는다는 점에 유의하십시오. 저는 최근에 벌어진 사건, 따라서 현재도 진행 중이나 이 시각까지 사법 당국이 모르는 사건에 대해 말씀드리는 것입니다. 계속하겠습니다. 그 사람은 남작님의 신뢰 속으로, 그리고 거의 남작님 가문 속으로, 거짓 이름을 가지고 미끄러져 침투하였습니다. 제가 남작님께 그의 진짜 이름을 알려드리겠습니다. 하지만 무료입니다."

"말씀하시오."

"그의 이름은 쟝 발쟝입니다."

"알고 있소."

"역시 무료입니다만, 그가 누구인지도 알려 드리겠습니다."

"말씀해 보시오."

"그는 지난날의 도형수입니다."

"알고 있소."

"제가 영광스럽게도 그 사실을 말씀드린 순간부터 아시게 되었습니다."

"아니오. 그전부터 알고 있었소."

마리우스의 냉랭한 어조, 연거푸 이어진 '알고 있다'는 대꾸, 대화에 제동을 거는 그 간결한 표현 등이, 미지의 남자 내면에 은연한 노여움을 돋우었다. 그가 마리우스에게로 노기 가득한 시선을 몰래 던졌고, 그러다가 이내 맹렬한 불길이 꺼졌다. 하지만, 그것이 아무리 신속히 꺼졌다 해도, 그러한 시선은, 누구든, 단 한 번만 본 적이 있어도, 즉시 알아볼 수 있다. 따라서 그의 맹렬했던 시선이 마리우스의 눈을 피하지 못하였다. 어떤 화염은 오직 특정 영혼들로부터만 타오른다. 그리고 영혼의 환기창인 눈동자가 그 화염으로 인해 숯불처럼 이글거린다. 안경도 그것을 전혀 감추지 못한다. 유리창으로 지옥의 불길을 감출 수 있겠는가!

미지의 남자가 미소를 지으며 다시 말하였다.

"제가 감히 남작님의 말씀을 부인하지는 않겠습니다. 그러나 여하튼 남작님께서는 제가 내막을 소상히 알고 있음을 깨달으시게 될 것입니다. 이제 귀하게 알려 드리려 하는 사실들은 오직 저에게만 알려진 것들입니다. 그것은 남작님 부인의 재산과 관련된 일들입니다. 매우 놀랄 만한 비밀입니다. 그 비밀은 제가 팔기 위하여 간직하고 있으며, 먼저 귀하께 거래를 제안하는 것입니다. 가격은 저렴합니다. 이만 프랑입니다."

"다른 것들과 마찬가지로 내가 그 비밀도 알고 있소." 마리우스가 말하였다.

미지의 남자는 가격을 조금 인하해야겠다고 생각하였다.

"남작님, 일만 프랑으로 하시죠. 그러면 즉시 아뢰겠습니다."

"거듭 말하거니와, 당신이 나에게 새로이 알려 줄 것은 없소. 나는 당신이 무슨 말을 하려는지 알고 있소."

그 남자의 눈에 새로운 번개 한 줄기가 다시 스쳐 지나갔다. 그러더니 그가 절규하듯 서둘러 말하였다.

"하지만 저도 오늘 끼니를 때워야 합니다. 장담하거니와 매우 놀라운 비밀입니다. 남작님, 제가 말씀드리겠습니다. 이제 아룁니다. 이십 프랑만 주십시오."

마리우스가 그를 뚫어지게 바라보았다.

"당신의 그 놀라운 비밀은 나도 알고 있소. 내가 장 발장의 이름을 알 듯, 당신의 이름도 알고 있소."

"저의 이름을?"

"그렇소."

"남작님, 그거야 어렵지 않은 일이지요. 제가 영광스럽게도 귀하께 서신을 올렸고, 서신에다 이름을 떼나르라고 밝혔으니……."

"……디에."

"뭐라고요?"

"떼나르디에."

"그게 누구입니까?"

위험에 처할 경우, 고슴도치는 털을 빳빳이 세우고, 풍뎅이는 죽은 척하며, 옛 근위대는 방진(方陣)을 형성한다. 그 남자는 웃기 시작하였다. 그러다가 손가락 끝을 튕겨 자신의 정장 소매에 있던 먼지 알갱이 하나를 털었다. 마리우스가 계속하였다.

"당신은 또한 노동자 종드레뜨, 희극배우 화방뚜, 시인 쟝플로, 에스빠냐인 알바레스, 여인 발리자르이기도 하오."

"여인 뭐라구요?"

"또한 몽훼르메이유에서 싸구려 여인숙도 경영하였소."

"싸구려 여인숙이라니! 천만에."

"그리고 단언하거니와 당신의 이름은 떼나르디에요."

"저는 부인합니다."

"아울러 단언하거니와 당신은 거지입니다. 받으시오."

그러면서 마리우스가 주머니에서 은행권 한 장을 꺼내더니, 그것을 그의 면상으로 던졌다.

"감사합니다! 용서하십시오! 오백 프랑이나! 남작님!"

그러더니, 혼비백산하여, 연신 굽실거리며 은행권을 움켜쥐고 자세히 들여다보았다. 그리고 놀란 듯 중얼거렸다.

"오백 프랑!" 그리고 다시 나지막하게 더듬거렸다. "진짜 돈이군!"

그러다가 불쑥 한마디 하였다.

"좋습니다. 편안하게 이야기합시다."

그렇게 말하더니, 원숭이처럼 민첩하게 가발을 뒤로 젖혀 버리고, 안경을 벗고, 조금 전에 언급하였으며 이 책의 다른 부분에서 이미 본 바 있는 깃 토막 둘을 코에서 뽑아 슬쩍 감춘 다음, 마치 모자 벗듯 자신의 얼굴을 벗겼다.

눈에 다시 화염이 일었다. 고르지 못하고 술에 절었으며, 군데군데 혹이 생겨 상단에 흉측한 주름들이 잡힌 이마가 드러났고, 코가 새의 부리처럼 다시 뾰족해졌다. 맹금류 같은 인간의 표독스럽고 예민한 윤곽이 다시 나타났다.

"남작님께서는 틀림이 없으십니다. 제가 떼나르디에입니다." 콧

소리가 사라진 또렷한 음성으로 그가 말하였다.

그리고, 구부정했던 그의 등도 다시 꼿꼿해졌다.

정말 떼나르디에였고, 그는 기이하게 놀랐다. 그리하여, 그가 만약 당황할 수 있는 사람이었다면 아마 당황하였을 것이다. 그가 놀라움을 안겨 주려고 왔건만, 오히려 자신이 그것을 받았다. 그러한 모욕의 대가로 오백 프랑이 그에게 지불되었고, 결국 그것을 받았다. 하지만 그가 넋을 잃었던 것만은 사실이다.

그가 처음으로 그 뽕메르씨 남작을 보았건만, 그리고 변장을 하였건만, 그 뽕메르씨 남작이 그를 알아보았고, 또 샅샅이 꿰뚫어 보았다. 게다가 그 남작이 떼나르디에뿐만 아니라 쟝 발쟝에 대해서도 훤히 알고 있는 것 같았다. 아직 수염도 제대로 나지 않았으되, 냉철하면서 동시에 후하고, 사람들의 이름을 샅샅이 알고 있으며, 그들에게 선뜻 자기의 돈주머니를 여는, 그리고 사기꾼들을 판관처럼 호되게 다루되 속기 잘하는 사람처럼 선선히 돈을 주는, 그 젊은이의 정체가 무엇이란 말인가?

모두들 기억하다시피, 떼나르디에가 비록 마리우스와 이웃해 살았으되, 그를 단 한 번도 본 적이 없었다. 빠리에서는 흔한 일이다. 그가 전에, 같은 건물에 산다는, 몹시 가난한 청년 마리우스에 대하여, 자기의 딸들이 이야기하는 것을 어렴풋이 들은 적은 있었다. 또한 그와 일면식도 없으면서 그에게 편지를 보내기도 하였다. 하지만 그의 뇌리에서 그 마리우스와 뽕메르씨 남작 간의 접근 가능성은 전혀 없었다.

뽕메르씨라는 이름의 경우, 모두들 기억하다시피, 그는 워털루 전쟁터에서 그 이름의 마지막 두 음절만 들었고, 그러한 음절들에 대하여 그는 항상, 의례적인 인사가 받아 마땅한 정당한 경멸감을 품고 있었다.[11]

한편, 2월 16일에 결혼한 사람들의 뒤를 밟으라는 그의 지시를 받은 딸 아젤마를 통하여, 그리고 나름대로 이곳저곳을 쑤시고 다닌 끝에, 그는 많은 것들을 알아내기에 이르렀으며, 자기가 묻혀 살던 암흑 속에서 여러 신비한 실마리를 포착하는 데 성공하였다. 그는, 자기가 어느 날 대하수도 속에서 우연히 마주친 사람이 어떤 자인지, 많은 노력 끝에 알아냈다. 혹은, 거듭된 귀납적 추론 끝에 적어도 짐작은 하게 되었다. 그 사람의 됨됨이를 짐작한 이상, 그 이름까지 도달하는 일은 쉬웠다. 그는 뽕메르씨 남작 부인이 꼬제뜨임을 알고 있었다. 하지만 그 방면에서는 신중하기로 작정하였다. 꼬제뜨가 누구인가? 물론 그 역시 정확히는 몰랐다. 팡띤느의 일이 그가 보기에는 항상 수상쩍었고, 따라서 그녀가 사생아일 것이라 짐작하고 있었다. 하지만 그 이야기를 해서 무엇한단 말인가? 입을 다물어주는 대가로 돈을 받기 위해서? 그에게는 그보다 더 비싼 값에 팔 수 있을 것이 있었다. 혹은 있을 것이라고 믿었다. 게다가, 아무 증거도 없이, 뽕메르씨 남작에게 가서, '당신의 아내는 사생아요'라고 폭로할 경우, 그 폭로가 십중팔구는 남편의 발길질을 폭로자의 옆구리로 불러들일 것이 뻔했다.

떼나르디에가 생각하기에는 마리우스와의 대화가 아직 시작도 되지 않았다. 물론, 후퇴하여 전략을 수정하고, 거점을 떠나 전선을 변경하지 않을 수 없었으나, 핵심적인 것은 전혀 손상을 입지 않았으며, 오백 프랑이라는 거금도 이미 자기의 주머니에 들어와 있었다. 게다가, 발설할 결정적인 것을 가지고 있었던지라, 그는, 그토록 많은 정보를 가지고 있으며 철저히 무장한 그 뽕메르씨 남작과 맞서더라도, 자기가 우세할 것이라 생각하였다. 떼나르디에와 같은 천성을 가진 사람들에게는 모든 대화가 곧 전투이다. 곧 전개될 전투를 앞두고 그는 어떤 상황에 있었을까? 그는 상대가 누구인지는 모르고 있었다. 하지만 자기가 말할 것만은 알고 있었다. 그는 내면에서 신속하게 자기의 전력을 점검하였다. 그리고, '제가 떼나르디에입니다' 라고 한 다음, 기다렸다.

마리우스는 생각에 잠겨 있었다. 그는 드디어 떼나르디에를 움켜잡게 되었다. 그토록 다시 만나기를 갈망하던 사람이 자기 앞에 와 있었다. 따라서 뽕메르씨 대령의 분부를 드디어 이행할 수 있게 되었다. 그는, 자기의 선친과 같은 영웅이 그따위 강도에게 어떤 빚을 졌다는 사실과, 아버지가 무덤 속에서 자기 즉 마리우스 앞으로 발행한 환어음이 아직까지 지불거절 되었다는 사실에, 심한 모멸감을 느꼈다. 또한, 떼나르디에를 마주 대하며 그의 사념이 빠져 있던 복잡한 상황에서는, 그따위 사기꾼에 의해 구출되는 불행을 겪은 대령을 위하여 복수를 해드리는 것이 당연해 보이기도 하였다. 여하튼 그는 만족스러웠다. 드디어 그 천한 채권자로부터 대령의 망령을 해방시켜 드리게 되었으니 말이다. 또한, 채무불이행죄로 투옥되었던 자기 부친의 추억을 드디어 감옥에서 이끌어내게 되었다고 생각하였다.

그 의무와 더불어, 그에게는 다른 의무가 하나 더 있었던 바, 그것은 가능하다면 꼬제뜨에게 남겨진 재산의 출처를 밝히는 일이었다. 그 기회가 주어진 것 같았다. 떼나르디에가 혹시 무엇인가를 알고 있을지도 모르는 일이었다. 따라서 그자의 내심 밑바닥을 들여다보는 것이 유익할 수 있을 듯하였다. 그리하여 그 측면으로부터 공략을 시작하기로 작정하였다.

떼나르디에는, 그 '진짜 돈' 을 자기의 호주머니 속에 깊숙이 넣은 다음, 거의 다정하다고 할 수 있을 만큼 부드럽게 마리우스를 바라보고 있었다. 마리우스가 침묵을 깨뜨렸다.

"떼나르디에, 내가 당신의 이름을 들춰내었소. 이제, 당신이 나에게 알려 주려고 왔다는 당신의 비밀, 그것을 내가 당신에게 말해 주기를 바라시오? 나 또한 나름대로 수집한 정보를 가지고 있소. 내가 당신보다 더 상세한 것들을 알고 있음을 깨닫게 될 것이오. 당신이 말했듯이, 쟝 발쟝은 살인범이며 도적이오. 그가 왜 도적이냐 하면, 마들렌느 씨라는 부유한 공장 주인을 파산 사태로 몰아넣은 다음, 그의 재산을 훔쳤기 때문이오. 또한, 왜 살인범인가 하면, 그가 경찰관 쟈베르를 살해하였기 때문이오."

"도무지 무슨 말씀인지 이해할 수 없습니다."

떼나르디에의 대꾸였다.

"내 말을 이해할 수 있도록 해주겠소. 잘 들으시오. 빠-드-깔레 지방 어느 군(郡)에, 1822년경, 지난날 사법 당국과 갈등을 겪었으되, 다시 일어서서 복권된, 마들렌느 씨라는 사람이 있었소. 그 사람은 말 그대로 의인이 되었소. 검은색 유리 세공품을 생산하는 기업을 일으켜, 그는 도시 하나를 번창케 하였소. 물론 개인적인 재산도 모았으되, 그것은 부차적이었고, 어떤 의미에서는, 가끔 그렇게 하였을 뿐이었소. 그는 가난한 사람들을 부양하는 어버이와 다름없었소. 그가 병원을 세우고, 학교를 열고, 환자들을 방문하고, 결혼하는 아가씨들에게 지참금을 마련해 주고, 과부들을 돕고, 고아들을 거두었소. 그는 그 고장의 보호자였소. 그가 훈장을 사양하자 그곳 시장으로 임명하였소. 석방된 어느 도형수 하나가, 그 사람이 과거에 받았던 형벌의 비밀을 알게 되었소. 그리하여 그를 밀고하였고 그가 체포당했소. 그 틈을 이용하여, 도형수가 빠리에 와서—이 사실은 당시에 출납계원이었던 사람에게서 직접 들었소—위조한 서명으로, 마들렌느 씨 소유였던 오십만 프랑 이상의 거금을 라휘뜨 은행에서 인출하였소. 마들렌느 씨의 돈을 그렇게 훔친 자가 쟝 발쟝이오. 나머지 다른 사실에 대해서도, 당신이 나에게 새삼 알려 줄 것은 전혀 없소. 쟝 발쟝이 경찰관 쟈베르를 죽였소. 권총 한 방으로 죽였소. 당신에게 이 말을 하는 내가 현장에 있었소."

떼나르디에가 마리우스를 의기양양한 시선으로 한 번 흘깃 쳐다보았다. 한 번 패하였으되, 즉시 승기를 잡아, 잃었던 땅을 순식간에 되찾은 사람의 시선이었다. 그러나 그의 얼굴에 미소가 즉시 되돌아왔다. 하급자가 상급자를 상대로 거두는 승리는 상냥해야 한다. 그리하여 떼나르디에는 마리우스에게 다음과 같이 말하는 것으로 그쳤다.

"남작님, 우리가 길을 잘못 들어선 것 같습니다."

그리고 자기의 치장용 시곗줄을 둥글게 빙글빙글 돌리면서 자기가 하는 말에 힘을 주었다.

"뭐라고? 내가 한 말에 이의를 제기하는 것이오? 그것들은 모두 사실이오." 마리우스가 반박하였다.

"사실이 아니라 환상들입니다. 남작님께서 저를 신뢰하시는 영광을 저에게 베푸시니, 남작님께 진실을 아뢰는 것이 저의 의무입니다. 다른 모든 것보다도 진실과 정의가 중요합니다. 저는 사람들을 부당하게 규탄하는 것 보기를 좋아하지 않습니다. 남작님, 쟝 발쟝은 마들렌느 씨의 돈을 훔치지 않았고, 쟝 발쟝은 쟈베르를 죽이지 않았습니다."

"이건 좀 지나치군! 어찌 그렇단 말이오?"

"두 가지 이유에서입니다."

"무슨 이유란 말이오? 말해 보시오."

"첫 번째 이유는 이러합니다. 마들렌느 씨가 곧 쟝 발쟝 자신이니, 그가 마들렌느 씨의 돈을 훔치지 않았습니다."

"그게 도대체 무슨 소리요?"

"두 번째 이유는 이러합니다. 쟈베르를 죽인 자는 쟈베르이니 그가 쟈베르를 살해하지 않았습니다."

"도대체 무슨 말을 하려는 거요?"

"쟈베르가 자살하였다는 뜻입니다."

"증명해 보시오! 어서!" 마리우스가 미친 듯이 소리를 질렀다.

떼나르디에가 고대 알렉산드리아의 운율에 맞춘 듯, 자기의 말에 박자를 곁들여 또박또박 대답하였다.

"경찰관-쟈-베르-가-샹주 교-근처의-어느-배-밑창-에서-익사체-로-발견-되었-습니다."

"증명해 보라니까!"

떼나르디에가 옆주머니에서 회색 종이로 만든 커다란 봉투 하나를 꺼냈는데, 그 봉투 속에 여러 크기의 쪽지들이 들어 있는 것 같았다.

"제가 간직하고 있는 문서들이 있습니다." 그가 차분하게 말하였다.

그리고 다시 덧붙였다.

"남작님, 귀하를 위하여 제가 쟝 발쟝에 대하여 철저히 조사하려 하였습니다. 거듭 말씀드리거니와, 쟝 발쟝과 마들렌느는 같은 사람이고, 쟈베르의 살해범은 오직 쟈베르뿐입니다. 또한 제가 이런 말을 하는 것은 저에게 증거물이 있기 때문입니다. 손으로 쓴 증거가 아닙니다. 필사본은 의심할 여지가 있고, 필사본은 잘못을 눈감아 줄 수도 있습니다. 그런 것들이 아니고 인쇄된 증거들입니다."

그렇게 지껄여 대면서, 떼나르디에가 봉투에서, 노랗게 변했고, 바랬으며, 담배에 찌든 신문 둘을 꺼냈다. 그것들 중 하나는, 접힌 부분이 닳아서 조각조각 떨어질 지경이었는데, 다른 하나보다 훨씬 오래된 것 같았다.

"두 사실에 관련된 두 증거입니다." 떼나르디에가 그렇게 말하면서, 펼쳐진 신문 둘을 마리우스에게 내밀었다.

그 두 신문을 독자들께서도 아실 것이다. 하나는 더 오래된 것으로, 1823년 7월 25일자 《백색 깃발》로, 그 기사를 독자들께서 이 책 3권 148페이지[12]에서 읽을 수 있었고, 그것이 마들렌느 씨와 쟝 발쟝이 동일 인물임을 밝혀 주었다.

다른 신문은, 1832년 6월 15일자 《세계신보》였는데, 그 신문이 쟈베르의 자살을 확인해 주었다. 또한 신문에는, 쟈베르가 경찰국장에게 한 구두 보고 내용도 덧붙여 게재되었는데, 그가 샹브르리 골목길의 바리케이드에서 포로가 되었으되, 권총으로 그를 제압하고 있다가, 권총을 그의 머리가 아닌 허공으로 발사한, 어느 반도의 고결함 덕분에 목숨을 부지할 수 있었다는 내용이었다.

마리우스가 신문을 읽었다. 명백함과 확실한 날짜와 부인할 수 없는 증거가 있었다. 그 두 신문이 떼나르디에의 말을 뒷받침해 주기 위하여 특별히 인쇄되었을 리도 만무하였다. 《세계신보》에 덧붙여 게재된 내용은 경찰청의 공식 발표문이었다. 마리우스는 더 이상 의심할 수가 없었다. 출납계원이 말해 준 사항들은 사실과 달랐고, 따라서 마리우스가 잘못 알고 있었던 것이다. 문득 위대해진 쟝 발쟝이 구름을 헤치고 모습을 드러내는 듯하였다. 마리우스는 터져 나오는 기쁨의 탄성을 억제할 수 없었다.

"그렇다면, 그 불쌍한 사람이 찬탄할 만한 인물 아닌가! 그 모든 재산이 진정 그의 것이야! 한 고장의 구세주였던 마들렌느야! 쟈베르의 목숨을 구해 준 사람이 쟝 발쟝이야! 그분은 영웅이야! 성자야!"

"그자는 성자도 영웅도 아닙니다. 그자는 살인범이고 도적입니다." 떼나르디에가 말하였다.

그러더니, 자신의 권위를 느끼기 시작하는 사람의 어조로 한마디 덧붙였다.

"우리 진정합시다."

사라진 줄 알았던 '도적'이니 '살인범'이니 하는 단어들이 되살아나, 마리우스 위로 얼음 소나기처럼 쏟아졌다.

"아직도!" 마리우스가 말하였다.

"여전히!" 떼나르디에의 대꾸였다. "물론 쟝 발쟝이 마들렌느의 돈을 훔치지는 않았지만 그는 도적입니다. 그가 쟈베르를 죽이지는 않았지만 살인범입니다."

 "사십 년 전에 그가 저질렀다는 그 하찮은 절도 행위를 말하는 것이오? 그거라면, 당신이 가져온 신문들에도 언급되었다시피, 한평생 동안의 참회와 자기희생과 덕행으로 이미 속죄하지 않았소?"

 "남작님, 저는 살인과 절도가 병행된 범행에 대해 말씀드리는 것입니다. 또한 반복해 말씀드리거니와, 저는 현재진행 중인 사건에 대해 말하고 있습니다. 제가 남작님께 드러내 보여 드리려는 것은 전혀 알려지지 않은 사실입니다. 미간행된 것입니다. 또한 쟝 발쟝이 남작 부인께 교활하게 드린 재산의 출처 또한 이 사건에서 아마 발견하실 수 있을 것입니다. 제가 교활하다고 언급하는 이유는, 그러한 기부를 수단으로 삼아, 명망 높은 가문에 슬쩍 끼어들어 그 유족함을 함께 누리고, 아울러 자신이 저지른 범행을 은폐하고, 훔친 것을 향유하고, 자신의 이름을 깊숙이 파묻고, 자신의 가정을 하나 만드는 등의 수작이, 서툰 짓은 아니기 때문입니다."

 "내가 이쯤에서 당신의 말을 중단시킬 수도 있소. 하지만 계속해 보시오." 마리우스가 한마디 하였다.

 "남작님, 모든 것을 말씀드리겠습니다. 그에 대한 보상은 귀하의 후함에 맡기겠습니다. 이 비밀은 커다란 금덩이의 가치를 가지고 있습니다. 귀하께서는 저에게 이렇게 말씀하실 것입니다. '그러면 왜 쟝 발쟝에게 거래를 제안하지 않나?' 이유는 아주 간단합니다. 그가 장물을 포기하였음을 제가 알기 때문입니다. 또한 남작님에게 귀속되도록 포기한 그 술책이, 제가 보기에도 매우 약삭빠릅니다. 하지만 그에게는 단 한 푼도 남아 있지 않습니다. 제가 거래를 제안한다 해도 그자는 저에게 빈손만 보여 줄 것입니다. 그런데 저는 호야에 갈 여비로 얼마간의 돈이 필요합니다. 따라서, 아무것도 없는 그보다는, 장물을 몽땅 가지고 계신 남작님을 택한 것입니다. 제가 조금 피곤하니, 의자에 앉는 것을 허락해 주십시오."

마리우스가 자리에 앉으며 그에게도 앉으라고 의자 하나를 가리켰다.

떼나르디에가 푹신한 의자에 앉아, 가져왔던 두 신문을 다시 집어 봉투에 넣었다. 그러던 중 《백색 깃발》을 손톱으로 쪼듯이 톡톡 치며 중얼거렸다. "요것 구하는 데 힘깨나 들었지." 그런 다음, 등을 의자에 느긋이 기대면서 다리를 포개었다. 자기가 하는 말에 자신감을 가지고 있는 사람들의 전형적인 자세였다. 그러더니, 각 단어에 힘을 주어, 엄숙한 어조로 본론에 들어갔다.

"남작님, 1832년 6월 6일, 즉 한 해 전쯤, 소요가 있던 날, 어떤 사람 하나가 빠리의 대하수도 속에 있었습니다. 그가 있던 지점은, 앵발리드 다리와 예나 다리 사이의 중간, 대하수도와 쎈느 강이 만나는 곳이었습니다."

마리우스가 자기의 의자를 와락 당겨 떼나르디에의 의자 곁으로 바싹 다가갔다. 그러한 움직임이 떼나르디에의 눈에 포착되었고, 그는 상대를 제압하여 자기의 적수가 자기의 말에 할딱거림을 느낀 변론사처럼, 느긋이 말을 계속하였다.

"그 사람은, 정치와는 상관없는 이유로 숨어 살아야 할 처지에 있었고, 따라서 하수도를 거처로 삼았으며, 하수구 철책 문의 열쇠를 가지고 있었습니다. 다시 말씀드리거니와, 6월 6일이었고, 저녁 여덟 시경이었습니다. 하수도 속으로부터 어떤 소리가 들렸습니다. 그 사람이 몹시 놀라 몸을 웅크려 숨기고 사방을 살폈습니다. 그것은 발걸음 소리였고, 누군가가 어둠 속에서 걷는데, 그 사람이 숨어 있던 쪽으로 다가오고 있었습니다. 그 사람 이외의 다른 누가 하수도 속에 있다니, 매우 기이한 일이었습니다. 하수도 출구의 철책 문으로부터 멀지 않은 지점이었습니다. 따라서, 철책 문을 통하여 들어오는 약간의 빛 덕분에, 그는 새로 나타난 자를 볼 수 있었고, 또 그 자가 등에 무엇인가를 짊어지고 있음도 알아차렸습니다. 그자는 허리를 잔뜩 구부린 채 걷고 있었습니다. 구부리고 걷던 자는 지난날의 도형수였고, 그가 어깻죽지에 걸치고 있던 것은 시신이었습니다. 살인이 저질러졌다면 그자는 틀림없는 현행범이나 마찬가지였습니다. 그가 절도죄를 저질렀음은 두말할 필요도 없습니다. 맹목적으로 사람을 죽이지는 않기 때문입니다. 그 도형수가 시신을 강에 던지려 하였던 것 같습니다. 한 가지 특이한 사항은, 하수도 속 먼 곳으로부터 오던 그 도형수가, 철책 문 가까이에 이르기 전에, 무시무시한 웅덩이를 만났을 것이고, 그 시신을 그 속에 처박을 수도 있었다는 사실입니다. 하지만 그렇게 할 경우, 그 웅덩이에서 다음 날이라도, 작업을 하던 하수도 인부들이 살해된 사람을 발견할 수도 있었던 바, 살인범이 그것을 원치 않았던 모양입니다. 그자는 그 무거운 짐을 지고 웅덩이를 건너는 편을 택하였습니다. 그자가 무시무시한 고역을 치렀을 것은 뻔한 일, 그 웅덩이보다 사람의 목숨이 더 위험에 처하는 곳은 없기 때문입니다. 그자가 그곳에서 살아 나왔다는 사실이 도무지 이해되지 않습니다."

마리우스가 자기의 의자를 더 가까이 당겼다. 그 틈을 타서 떼나르디에가 심호흡을 한 번 하였다. 그가 이야기를 계속하였다.

"남작님, 하수도라는 것이 빠리의 연병장과는 다릅니다. 그곳에는 모든 것이, 심지어 공간마저 부족합니다. 그 속에 두 사람이 있으면 마주치지 않을 수 없습니다. 그것이 실제로 닥친 일입니다. 그 속에 기거하는 사람과 행인이, 두 사람 모두 내키지는 않았지만, 서로 인사를 나누지 않을 수 없었습니다. 행인이 그곳의 거주자에게 말하였습니다. '내가 등에 지고 있는 것 보이지. 내가 나가야겠는데, 자네가 열쇠 가지고 있지. 그것을 내게 건네.' 그 도형수의 용력이 무시무시했습니다. 거절할 도리가 없었습니다. 하지만 열쇠를 가지고 있던 사람이, 시간을 벌기 위하여 이런저런 말을 건넸습니다. 그러면서 죽은 사람을 살펴보았습니다. 하지만, 그가 젊은 사람이고, 잘 차려입었고, 부유한 사람처럼 보였고, 얼굴이 피범벅이 되어 형상이 일그러졌다는 것 이외에, 다른 아무것도 알아낼 수 없었습니다. 그렇게 말을 건네면서 그는, 살해범이 눈치채지 못하는 사이에, 살해된 사람의 정장에서 천 한 조각을 슬쩍 찢어내는 데 성공하였습니다. 이해하시겠지만, 증거가 될 물건을 확보해 둔 것입니다. 그것이, 사건의 전모를 추적하고 범인에게 범행을 입증해 보일 때 유용한 도구일 수 있습니다. 그가 그 증거물을 자기의 호주머니 속에 넣었습니다. 그런 다음, 철책 문을 열어, 그 사람과 그가 등에 지고 있던 거추장스러운 짐을 내보냈고, 다시 철책 문을 잠근 다음 그 자리를 피했습니다. 더 이상 그 사건에 연루되고 싶지 않았으며, 특히, 살해범이 살해된 사람을 강물 속으로 처박는 현장에 있고 싶지 않았기 때문입니다. 이제 짐작하셨을 것입니다. 시신을 짊어지고 나타난 자는 쟝 발쟝이었습니다. 그리고 열쇠를 가지고 있던 사람이 지금 귀하께 그 사건을 아뢰고 있습니다. 또한 그 옷에서 찢어낸 조각은……."

떼나르디에가 말을 마치며, 자기의 호주머니에서, 찢기고 칙칙한 얼룩으로 뒤덮인 모직 천 한 조각을 꺼내어, 두 엄지손가락과 두 집게손가락으로 양쪽을 잡고, 자기의 눈높이까지 치켜 올렸다.

마리우스가 벌떡 일어섰다. 그리고, 창백해진 안색으로, 숨조차 제대로 쉬지 못하고, 검은색 천에 눈을 고정한 채, 단 한마디 말도 없이, 그 넝마 조각에서 시선을 떼지 않고, 벽 쪽으로 뒷걸음질을 한 다음, 오른손을 뒤로 뻗어, 벽난로 곁에 있는 벽장 자물쇠에 꽂혀 있던 열쇠를 더듬더듬 찾았다. 열쇠가 손끝에 닿자 벽장을 열더니, 그곳을 들여다보지도 않고 팔을 들이미는데, 그동안에도 그의 질겁한 눈동자는, 떼나르디에가 펼쳐서 들고 있던 넝마 조각에서 떨어질 줄 몰랐다.

그러는 동안에도 떼나르디에가 말을 계속하였다.

"남작님, 저에게는 그 살해된 젊은이가 쟝 발쟝의 덫에 걸려든 부유한 외국인이며, 그가 거금을 가지고 있었으리라 믿을 만한 충분한 이유가 있습니다."

"그 젊은이는 나였소. 그리고 여기 그 옷이 있소!" 마리우스가 소리를 지르면서, 엉겨 마른 피로 뒤덮인 검은색 상의를 바닥으로 던졌다.

그러더니, 떼나르디에의 손에서 천 조각을 낚아챈 다음, 상의 위로 상체를 숙여, 찢긴 자락에다 그것을 가져다 대었다. 찢어진 부분의 이가 완벽히 맞았으며, 천 조각이 옷의 형태를 완성시켜 주었다. 떼나르디에가 돌처럼 굳어졌다. 그리고 이러한 감회에 사로잡혔.
'내 납작하게 되었군!'

마리우스가 온몸을 부르르 떨면서 절망적인 기색으로, 그러나 또한 빛나는 눈빛으로 다시 일어섰다. 그리고 자기의 주머니를 뒤지더니, 맹렬한 기세로 떼나르디에 쪽으로 걸어가, 오백 프랑과 천 프랑 은행권들을 움켜쥔 주먹을, 그의 면상에 거의 닿을 만큼 가까이 들이밀었다. 그러면서 호령하였다.

"당신은 파렴치한이야! 당신은 사기꾼이고 중상꾼이며 몹시 간악한 자야. 당신이 한 사람을 규탄하러 왔으되 그 사람을 변론해 주었고, 그를 파멸시키려 하였으되 그를 영광스럽게 만들었을 뿐이야. 그리고 도적은 당신이야! 또한 살인범도 당신이야! 떼나르디에 종드레뜨, 오뼤딸 대로에 있는 그 지저분한 집에서 내가 당신을 보았어. 내가 당신을 도형장으로 보낼 수 있을 만큼 당신의 행적을 알고 있으며, 내가 마음만 먹으면 당신을 더 멀리 보낼 수도 있어. 받으시오, 일천 프랑이오. 무뢰한 같으니라구!"

그러면서 일천 프랑 은행권 한 장을 그에게 던졌다.

"아! 종드레뜨 떼나르디에, 추한 악당! 비밀이나 수집하는 고물장수, 비밀 장사치, 암흑 도굴범, 불쌍한 인간, 이 일을 교훈으로 삼으시오! 이 오백 프랑을 가지고 이곳에서 썩 나가시오! 워털루가 당신을 보호해 주는 것이오."

"워털루!" 오백 프랑 은행권과 천 프랑 은행권을 주섬주섬 자기의 호주머니에 넣으며 떼나르디에가 중얼거렸다.

"그렇소, 살인범! 그곳에서 당신이 어느 대령의 목숨을 구출해 주었으니······."

"어느 장군이었소." 떼나르디에가 다시 얼굴을 쳐들며 말하였다.

"어느 대령이오!" 마리우스가 버럭 소리를 질렀다. "당신이 어떤 장군의 목숨을 구출하였다면 단 한 푼도 당신에게 주지 않을 것이오. 게다가 파렴치한 짓을 하려고 이곳에 오다니! 단언하거니와, 당신은 온갖 범죄를 저질렀소. 떠나시오! 사라지시오! 다만 행복하시오. 그것이 내가 원하는 전부요. 아! 흉악한 괴물! 여기 삼천 프랑 더 있소. 받으시오. 내일 당장 당신의 딸과 함께 아메리카로 떠나시오. 당신의 아내는 죽었으니 말이오. 구역질 나는 거짓말쟁이! 당신이 떠나는지를 내가 확인할 것이며, 그때 이만 프랑을 건네겠소. 다른 곳으로 가서 목이 매달리든지 하시오!"

"남작님, 이 은혜 영원히 잊지 않겠습니다." 떼나르디에가 머리가 땅에 닿도록 허리를 굽히며 대답하였다.

그런 다음, 아무 영문도 모르는 채, 그러나 황금 자루에 달콤하게 으스러지고, 머리에 은행권의 찬란한 벼락을 맞아, 어리둥절하되 황홀해진 떼나르디에가 물러갔다.

그가 벼락을 맞은 것은 사실이었다. 그러나 만족스러워하였다. 그리하여, 만약 그 벼락을 막아주는 피뢰침이 있었다면, 그가 몹시 애석해하였을 것이다.

그 사람 이야기는 간략하게 끝내자. 지금 이야기하고 있는 사건들이 있은 지 이틀 후, 그는 마리우스의 도움을 얻어 아메리카로 떠났는데, 그러기 위하여 가명을 사용하였고, 이만 프랑을 가지고 자기의 딸 아젤마와 함께 뉴욕으로 직행하였다. 실패한 부르주와였던 떼나르디에의 윤리적 가난은 회복될 수 없는 상태였다. 그는 아메리카에서도 유럽에 있을 때의 상태 그대로였다. 심보 사나운 사람과는 접촉만 하여도, 하나의 선행이 부패하고, 그것에서 악한 일이 태동하는 경우가 종종 있다. 마리우스의 돈으로 그는 노예 상인이 되었다.

떼나르디에가 나간 후, 마리우스는 꼬제뜨가 아직 산책하고 있던 정원으로 달려갔다.

"꼬제뜨! 꼬제뜨!" 그가 소리쳤다. "와요! 어서 와요! 떠납시다. 바스끄, 마차 한 대! 꼬제뜨, 어서 와요. 아! 맙소사! 그분이 나의 목숨을 구출해 주셨어요! 단 일 분도 허비하지 맙시다! 어서 숄을 걸쳐요."

꼬제뜨는 그가 미쳤다고 생각했지만 그의 말에 따랐다.

그는 숨도 제대로 쉬지 못하고, 뛰는 심장을 진정시키려고 손으로 자신의 가슴을 눌렀다. 그리고 성큼성큼 왔다 갔다 하더니 꼬제뜨를 껴안았다.

"아! 꼬제뜨! 내가 불우한 놈이에요!" 그가 말하였다.

마리우스는 제정신을 잃은 상태였다. 그는 쟝 발쟝에게서 무엇인지 모를 높고 침울한 형상을 언뜻 발견하기 시작하였다. 전대미문의 덕성이 그의 앞에 나타나고 있었는데, 그 위대함 속에서도 숭고하고 다정하며 겸허해 보였다. 그 도형수가 구세주의 모습으로 변하고 있었다. 그 기적 앞에서 마리우스는 눈이 부셨다. 그는 자기 앞에 보이는 것이 무엇인지 정확히는 알지 못하였으나, 그것이 위대해 보였다.

잠시 후 마차가 대문 앞에 등대하였다.

마리우스가 꼬제뜨를 먼저 마차에 태운 후 자신도 뛰어올랐다. 그가 소리쳤다.

"마부, 롬므-아르메 로 7번지."

마차가 출발하였다.

"아! 행복해라!" 꼬제뜨가 속삭였다. "롬므-아르메 로에 가다니!

나는 당신에게 감히 그 길 이야기를 하지 못했어요. 우리가 쟝 씨를 보러 가는 거지요?"

"당신의 아버님을, 꼬제뜨! 진정한 당신의 아버님. 꼬제뜨 이제 짐작하겠어요. 당신이 나에게 말씀하시기를, 내가 가브로슈를 시켜 당신에게 보낸 편지를 영영 받지 못하였다고 하셨지요. 그 편지가 그분의 손으로 들어간 거예요. 꼬제뜨, 그분이 나를 구출해 내려고 바리케이드에 가셨던 거예요. 그리고, 그분의 천사와 같은 성품에 이끌리셔서, 지나는 길에 다른 사람들도 구출하셨어요. 그분이 쟈베르의 목숨도 구해 주셨어요. 그분이 나를 당신에게 주시려고 그 심연에서 이끌어내셨던 것이오. 그리고 나를 등에 짊어지신 채 그 무시무시한 하수도를 통과하셨소. 아! 나는 흉측스러운 배은망덕자요. 꼬제뜨, 당신의 구원자이시더니, 그분이 나의 구원자가 되셨소. 그 하수도 속에 무시무시한 수렁이 있다는 것을 상상해 봐요. 그 속에, 그 개흙 속에 빠져 익사하실 고비를 수백 번이나 넘기시면서, 꼬제뜨, 나를 업고 그곳을 건너셨소! 나는 기절해 있었던지라, 아무것도 보지 못하였고 듣지도 못하였으며, 내가 겪은 일을 전혀 모르오. 우리가 그분을 모셔다가 우리와 함께 사시도록 할 것이며, 그분의 뜻이 어떠하든, 우리들 곁을 떠나시지 못하도록 할 것이오. 제발 지금 댁에 계셨으면! 제발 우리가 그분을 뵐 수 있었으면 좋겠소! 나는 나의 여생을 그분 숭배하는 데 바치겠소. 그래요, 일이 그렇게 된 거요, 꼬제뜨, 짐작하시겠소? 나의 편지를 가브로슈가 그분께 드린 것이오. 모든 것이 분명해졌소. 당신도 이해하시겠지요?"

꼬제뜨는 무슨 말인지 단 한마디도 알아들을 수 없었다.

"당신 말이 맞아요." 그녀가 대꾸하였다.

그러는 동안 마차는 쉬지 않고 달렸다.

5. 낮이 뒤따를 밤

문 두드리는 소리에 쟝 발쟝이 고개를 돌렸다.

"들어오시오." 그가 힘없이 말하였다.

문이 열렸다. 꼬제뜨와 마리우스의 모습이 나타났다. 꼬제뜨가 방 안으로 급히 뛰어들었다. 마리우스는 문간에서 문설주에 몸을 기대고 서 있었다.

"꼬제뜨!" 쟝 발쟝이 소리쳤다. 그리고 의자에서 벌떡 일어나 떨리는 두 팔을 벌리고, 넋 나간 사람처럼, 납빛이 되어, 딱한 모습으로 서 있는데, 그의 눈에는 기쁨이 가득하였다.

꼬제뜨는 감격에 숨이 가쁜 듯, 쟝 발쟝의 품으로 무너지듯 뛰어들었다.

"아버지!" 그녀가 겨우 한마디 하였다.

쟝 발쟝이 아연실색한 사람처럼 웅얼거렸다.

"꼬제뜨! 그녀가! 당신이, 부인! 너로구나! 아! 이럴 수가!"

그러더니, 꼬제뜨의 꼭 껴안는 팔에 감싸여 격정적으로 외쳤다.

"너로구나! 네가 왔구나! 나를 용서한다는 뜻이구나!"

마리우스가, 눈물이 흐르지 못하도록 눈꺼풀을 내리깐 채, 안으로 한 걸음 들어섰고, 흐느낌을 억제하느라고 경련하듯 죄어진 입술을 겨우 움직여 한마디 하였다.

"아버님!"

"당신도 나를 용서하시는구려!"

마리우스는 아무 말도 못하였다. 쟝 발쟝이 덧붙였다.

"고맙소."

꼬제뜨가 숄을 벗고 모자를 침대 위로 던지며 중얼거렸다.

"이것들이 거추장스럽군."

그러더니, 노인의 무릎 위에 올라앉으면서, 사랑스러운 동작으로 그의 하얀 머리카락을 양쪽으로 젖힌 다음, 이마에 키스하였다. 쟝 발쟝은 어리둥절하여 그녀가 하는 대로 내버려 두었다.

아직 일의 진상을 희미하게밖에 짐작하지 못하였지만, 꼬제뜨는 마리우스가 진 빚을 갚기라도 하려는 듯, 더욱 열렬히 그를 애무하였다. 쟝 발쟝이 더듬거리며 말하였다.

"사람이란 어리석기도 하지! 나는 이 아이를 영영 다시 못 보리라 생각하였다오. 상상해 보시오, 뽕메르씨 씨, 당신이 이 집에 들어서던 바로 그 순간에 나는 이렇게 중얼거리고 있었다오. '이제 모든 것이 끝났구나. 그 아이의 작은 드레스는 저기 있는데, 내가 참으로 가련하구나. 꼬제뜨를 영영 다시 못 보겠구나.' 당신이 이 집 층계를 올라오고 있는 동안에도 나는 그렇게 중얼거리고 있었다오. 내가 어리석기도 하지! 인간이 이토록 어리석다오! 착한 신을 계산에 넣지 않기 때문이오. 하지만 착한 신께서는 이렇게 말하지. '너를 내동댕이친다고 생각하는구나, 바보! 아니야, 아니야, 일이 그렇게 돌아가지는 않을 거야. 서둘러야지, 천사가 하나 필요한 가엾은 노인이 있으니.' 그래서 천사가 오고, 꼬제뜨를, 나의 귀여운 꼬제뜨를 다시 보게 되는 것이오! 아! 내가 무척 불행하였소!"

그는 잠시 아무 말도 할 수 없었다. 그러다가 다시 말을 이었다.

"나는 가끔 꼬제뜨를 잠시나마 보고 싶은 절실한 욕구를 느끼곤 하였소. 인간의 심정이란 갉아먹을 뼈다귀를 원한다오. 하지만 나는 내가 성가신 존재임을 잘 알고 있었소. 그리하여 나 자신을 꾸짖었소. '그들에게는 네가 필요 없어. 그러니 네 구석에 처박혀 있어. 누구도 오래 주저앉아 있을 권리는 없어.' 아! 고맙게도 저 아이를 다시 보다니! 꼬제뜨, 너의 남편이 잘생겼다는 사실을 아느냐? 아! 너의 그 수놓은 깃이 예쁘구나, 잘 어울려. 나는 그 무늬가 좋아. 네 남편이 골라주었겠지, 그렇지 않니? 그리고 아울러 캐시미어 숄도 있으면 좋겠구나. 뽕메르씨 씨, 내가 저 아이에게 '너'라고 하는 것 허락해 주시오. 그리 오래가지는 않을 것이오."

그러자 꼬제뜨가 다시 입을 열었다.

"우리들을 그렇게 내버려 두시다니, 정말 심술궂어요! 도대체 어디엘 가셨던 거예요? 왜 그토록 오래 걸렸어요? 전에는 여행 기간이 삼사 일을 넘지 않았어요. 제가 니꼴레뜨를 보냈지만, 번번이 아니 계시다는 답변뿐이었어요. 언제 돌아오신 거예요? 왜 우리에게 돌아오신 것을 알리지 않으셨어요? 아빠가 많이 변하신 것 알아요? 아! 미운 아빠! 편찮으신데도 우리가 그 사실을 모르다니! 보세요, 마리우스, 아빠의 손을 만져보세요, 얼마나 차가운지!"

"이렇게 오셨구려! 뽕메르씨 씨, 나를 용서하시는구려!" 쟝 발쟝이 다시 말하였다.

쟝 발쟝이 거듭하여 사용한 '용서'라는 말에, 마리우스의 가슴 속에서 한창 부풀어 오르고 있던 것이, 마침내 출구를 찾아 터져 나왔다.

"꼬제뜨, 들으셨소? 이런 분이시오! 나에게 용서를 빌고 계시오. 그런데, 꼬제뜨, 이분이 나를 위해 어떤 일을 하셨는지 아시오? 나의 생명을 구해 주셨소. 그뿐만이 아니오. 그대를 나에게 주셨소. 나의 목숨을 구해 주시고, 그대를 나에게 주신 다음, 꼬제뜨, 당신께서 어떻게 하셨는지 아시오? 스스로를 희생하셨소. 바로 이분이오.[13] 그리고, 배은망덕한 나에게, 잊기 잘하는 나에게, 무자비한 나에게, 죄인인 나에게, 이제 고맙다고 하시오! 꼬제뜨, 나의 여생을 이분의 발밑에 엎드려 보낸다 하여도 오히려 부족할 것이오. 그 바리케이드, 그 하수도, 그 화염의 도가니, 그 시궁창을, 꼬제뜨, 나를 위해, 그대를 위해 돌파하셨소! 무수한 죽음의 그림자들과 흔쾌히 맞서, 나를 위하여 그것들을 물리치시며, 나를 구출해 내셨소. 모든 용기와, 모든 덕성과, 모든 영웅의 특질과, 모든 성스러움을 이분이 갖추셨소! 꼬제뜨, 이분이 천사이시오!"

"쉿! 쉿!" 쟝 발쟝이 속삭였다. "왜 그 모든 말을 하시오?"

"하지만, 왜 그 이야기를 하지 않으셨습니까? 그것은 잘못하신 겁니다. 사람들의 목숨을 구해 주시고, 그 사실을 감추시다니! 게다가, 가면을 벗겠다고 하시면서, 스스로를 비방하시다니! 끔찍한 일입니다." 마리우스가 화를 내듯, 그러나 존경심 가득한 어조로, 언성을 높였다.

"나는 진실을 말했을 뿐이오." 쟝 발쟝의 대꾸였다.

"아닙니다. 진실을 말한다 함은 모든 진실을 말한다는 뜻입니다. 그런데 그 모든 진실을 말씀하시지 않았습니다. 전에는 마들렌느 씨이셨는데, 그 사실은 왜 말씀하시지 않았습니까? 쟈베르의 목숨을 구해 주시고 왜 그 사실을 말씀하시지 않았습니까? 제가 생명의 빚을 졌는데 왜 말씀해 주시지 않았습니까?" 마리우스가 반박하였다.

"나 또한 당신처럼 생각하였기 때문이오. 나는 당신이 옳다고 생각하였소. 내가 떠나야 한다고 생각하였소. 만약 당신이 하수도 속에서 있었던 일을 아셨다면, 나를 당신 곁에 잡아두셨을 거요. 따라서 그 일에 대해서는 입을 다물 수밖에 없었소. 만약 내가 그 말을 하였다면, 모든 것에 폐가 되었을 거요."

"누구에게 무슨 폐가 된다는 말씀입니까! 차후에도 이곳에 머무실 수 있으리라 생각하십니까? 저희들이 모셔 가겠습니다. 아! 맙소사! 내가 그 모든 사실을 우연히 알았기에 망정이지! 저희들이 모셔 가겠습니다. 이제 저희들의 일원이십니다. 이제 그녀의 아버님이시고 저의 아버님이십니다. 이 끔찍한 집에서 단 하루도 더 머무실 수 없습니다. 내일도 이곳에 계시리라고는 꿈도 꾸지 마십시오."

"내일은 내가 이곳에 있지 않을 것이오. 또한 당신의 집에도 있지 않을 것이오." 쟝 발쟝이 말하였다.

"그것이 무슨 말씀입니까?" 마리우스가 물었다. "아 참, 더 이상은 여행하시는 것을 저희들이 허락하지 않겠습니다. 더 이상 저희들 곁을 떠나실 수 없습니다. 저희들에게 소속되셨습니다. 저희들이 절대 놓아드리지 않겠습니다."

"이번에는 정말이에요." 꼬제뜨가 덧붙였다. "마차 한 대가 저 밑에서 대기하고 있어요. 제가 아빠를 납치할 거예요. 필요하다면 완력을 쓰겠어요."

그러더니, 웃으면서, 두 팔로 노인을 안아 쳐드는 동작을 해 보였다. 그리고 다시 말하였다.

"저희들 집에는 여전히 아버지의 방이 준비되어 있어요. 지금 정원이 얼마나 예쁜지 아신다면! 진달래꽃이 한창이에요. 오솔길에는 강변의 모래를 깔았어요. 작은 자주색 조개껍질들도 섞여 있어요. 저의 딸기도 잡수실 거예요. 제가 그것들에게 물을 주어요. 그리고 더 이상 '부인'이니 '쟝 씨'니 하는 말은 사용하지 않도록 해요. 우리가 모두 공화국에 살고 있는지라 모두들 격의없는 호칭을 사용해요. 그렇지 않아요, 마리우스? 앞으로는 모든 것이 바뀔 거예요. 참, 아버지, 제가 슬픈 일을 겪었어요. 울새 한 마리가 담장 구멍에 둥지를 틀었는데, 흉악한 고양이 하나가 그 새를 먹어치웠어요. 자기의 창문에 머리를 얹은 채 저를 바라보곤 하던, 저의 그 가엾은 작고 귀여운 울새를! 그래서 제가 울었어요. 그 고양이를 죽이고 싶었어요! 하지만 이제는 아무도 울지 않아요. 모든 사람들이 웃고, 모두들 행복해요. 아버지도 우리와 함께 가요. 할아버지께서 얼마나 기뻐하실까! 정원에 아버지의 화단도 있을 거예요. 아버지가 그것을 가꾸시고, 기르신 딸기가 저의 딸기만큼 예쁠지 우리 비교해 보도록 해요. 그리고 저는 아빠가 원하시는 것이라면 무엇이든 하겠어요. 그러니 아빠도 제 말 잘 들어야 해요."

쟝 발쟝은 무슨 뜻인지 모르면서 그녀의 말에 귀를 기울였다. 그는 그녀가 하는 말의 의미보다 그 음성의 음악을 듣고 있었다. 영혼의 빛깔 어두운 진주들인 굵은 눈물방울들 중 하나가 그의 눈 속에서 천천히 맺히고 있었다. 그가 중얼거렸다.

"신이 선하다는 증거가 여기에 있구나."

"아버지!" 꼬제뜨가 그를 불렀다.

쟝 발쟝이 계속하였다.

"함께 살면 매력적일 것이라는 말이 지당해. 나무들에는 새들이 들끓을 거야. 나는 꼬제뜨와 산책을 하겠지. 살아서 서로 인사하고, 정원에서 서로를 부르는 것, 진정 기쁜 일이야. 아침부터 서로를 정답게 대하고, 각자 정원의 한구석을 가꾸겠지. 그녀는 나에게 자기가 기른 딸기를 먹으라 하고, 나는 내가 기른 장미꽃을 그녀에게 꺾으라 하겠지. 정말 매력적일 것이야. 다만……."

그가 문득 중단했다가 나지막하게 말하였다.

"애석하군."

눈물이 흐르지 않고 다시 잦았으며, 쟝 발쟝이 그것을 미소로 대체하였다. 꼬제뜨가 노인의 두 손을 감싸 잡았다.

"맙소사! 아버지의 손이 더 차가워졌어요. 몸이 편찮으세요? 어디 아프세요?" 그녀가 물었다.

"나 말이냐? 아니다. 아주 편안하다. 다만……." 쟝 발쟝이 대답하였다. 그러더니 말을 중단하였다.

"다만 뭐예요?"

"내가 곧 죽을 것이다."

꼬제뜨와 마리우스가 동시에 전율하였다.

"돌아가시다니!" 마리우스가 소리쳤다.

"그렇소, 하지만 대수롭지 않은 일이라오." 쟝 발쟝의 대꾸였다.

그가 호흡을 가다듬고 미소를 짓더니 다시 말하였다.

"꼬제뜨, 네가 나에게 이야기를 하고 있었지. 계속하거라. 이야기를 더 하거라. 너의 작은 울새가 죽었다 했지. 이야기를 더 해보렴. 너의 음성을 더 듣고 싶구나!"

마리우스는 돌처럼 굳어져서 노인을 쳐다보았다. 꼬제뜨가 애절한 비명을 질렀다.

"아버지! 나의 아버지! 사실 거예요. 아버지는 사실 거예요. 아버지는 사셔야 해요. 아시죠!"

쟝 발쟝이 열렬한 사랑 가득한 얼굴을 그녀에게로 돌렸다.

"오! 그래, 나에게 죽지 말라고 명령을 내리려무나. 혹시 내가 그 명령에 복종할지, 누가 알겠느냐? 너희들이 도착하던 순간에, 나는 죽어가고 있었단다. 너희들의 도착이 나를 멈추게 하였고, 내가 부활하는 것 같았다."

"아직도 기력이 왕성하십니다." 마리우스가 언성을 높였다. "사람이 그렇게 쉽사리 죽는다고 생각하십니까? 그간 슬픔을 감당하셨지만 차후로는 더 이상 그런 일이 없을 것입니다. 제가 무릎 꿇어 용서를 빕니다! 저희들과 함께 사실 것이며, 또 오래오래 사실 것입니다. 저희들이 다시 모시겠습니다. 여기 저희들 두 사람이 있으나, 저희들의 생각은 오직 하나, 행복하게 해드리려는 일념뿐입니다!"

"보셨지요, 아버지, 돌아가시지 않을 거라고 마리우스가 말했어요." 꼬제뜨가 눈물을 글썽이며 덧붙였다.

쟝 발쟝이 계속 미소를 지으며 말하였다.

"당신이 나를 다시 데려간다 하여, 뽕메르씨 씨, 그것이 나를 바꾸어놓을 수 있겠소? 아니오, 신께서도 당신과 나처럼 생각하셨고, 그 생각을 바꾸시지 않았소. 내가 떠나는 것이 필요하오. 죽음이 하나의 좋은 수습책이오. 우리에게 필요한 것이 무엇인지, 신께서 우리들보다 더 잘 알고 계시오. 그대들이 행복하고, 뽕메르씨 씨가 꼬제뜨의 주인 되고, 젊음이 아침과 혼인하고, 라일락과 나이팅게일이 나의 사랑스러운 자식들인 그대들을 둘러싸고, 그대들의 삶이 태양빛 가득한 잔디밭이고, 하늘의 모든 환희가 그대들의 영혼에 가득하고, 이제 아무짝에도 쓸모없어진 나는 죽는 것, 그 모든 것이 더할 나위 없이 좋은 일임은 분명하오. 아시겠소, 우리 분별 있게 처신합시다. 이제 더 이상 가능한 것은 없소. 모든 것이 끝났음을 나는 확실히 느끼고 있소. 한 시간 전에 내가 기절하였었소. 그리고 오늘 저녁, 저기 물병에 있던 물을 다 마셨소. 꼬제뜨! 너의 남편이 심성 착하니, 나보다는 그와 함께 있는 것이 훨씬 나을 것이다."

출입문에서 무슨 소리가 들렸다. 의사가 들어섰다.

"어서 오시오 의사 선생, 그런데 곧 작별해야겠소. 내 가엾은 자식들을 소개하오." 쟝 발쟝이 말하였다.

마리우스가 의사에게 다가갔다. 그리고 단 한 단어만 입 밖으로 내놓았다. "선생……?" 하지만 그 억양 속에 하나의 완전한 질문이 있었다.

그 질문에 의사가 눈짓 한 번으로 대꾸하였다.

"일들이 마음에 들지 않는다 해도, 그것이 신에게 불평할 이유는 되지 못하오." 쟝 발쟝이 말하였다.

한동안 침묵이 흘렀다. 모두들 가슴을 조이고 있었다. 쟝 발쟝이 꼬제뜨에게로 얼굴을 돌렸다. 마치 그녀에게서 영원히 간직할 무엇을 취하려고 하는 듯, 그녀를 그윽히 바라보기 시작하였다. 그가 이미 내려가 있던 어둠의 밑바닥에서도, 꼬제뜨를 바라보며 환희를 느낄 수 있었던 모양이다. 그녀의 다정한 얼굴에서 발산되는 반사광이 그의 창백한 얼굴을 비추고 있었다. 무덤도 나름대로 눈이 부실 수 있다.

의사가 그의 맥을 짚어보았다.

"아! 이분에게 필요했던 치료제가 두 분이셨군요!" 그가 꼬제뜨와 마리우스를 바라보며 나지막하게 말하였다.

그리고 마리우스의 귀에다 대고 아주 작은 소리로 다시 소곤거렸다.

"너무 늦었습니다!"

장 발장은, 꼬제뜨 응시하기를 거의 중단하지 않은 채, 마리우스와 의사를 조용히 바라보았다. 그의 입에서, 겨우 알아들을 수 있는 말이 흘러나왔다.

"죽는 것은 아무것도 아니야. 다만 살지 않는다는 것이 끔찍하지."

그가 문득 일어섰다. 그러한 기력의 회복이 때로는 임종의 신호이다. 그러더니 벽으로 당당히 걸어갔고, 부축하려고 하던 마리우스와 의사를 뿌리치더니, 벽에 걸려 있던 작은 구리 십자가를 떼어가지고, 건강했을 때처럼 자유로운 동작으로 되돌아와 앉았다. 그리고 십자가를 탁자 위에 놓으면서 큰 소리로 말하였다.

"이분이 위대한 순교자요."

그다음 순간, 그의 가슴팍이 아래로 처지더니, 마치 무덤의 취기에 휩싸인 듯 머리가 한 번 흔들거렸고, 무릎 위에 있던 두 손이 바지의 천을 손톱으로 후비기 시작하였다.

꼬제뜨가 그의 어깨를 부축한 채, 흐느끼면서 그에게 무슨 말을 하려 하였으나 뜻을 이루지 못하였다. 눈물과 뒤섞인 그 비통한 타액에 얼버무려진 단어들 중, 다음과 같은 말을 분간해 낼 수 있었다.

"아버지! 저희들 곁을 떠나지 마세요. 아버지를 다시 찾기 무섭게 잃어야 한다는 것이 있을 수 있는 일인가요?"

임종이 뱀처럼 꾸불꾸불 움직인다고 할 수 있을 듯하다. 가다가 다시 오고, 무덤 쪽을 향하다가 삶 쪽으로 돌아서기도 한다. 죽는 행위에는 더듬거림이 있다.

장 발장이, 그 반가사 상태를 거쳐 다시 기력을 회복하더니, 마치 암흑을 떨쳐 버리려는 듯 이마를 격렬히 흔들었고, 맑은 정신을 되찾았다. 그가 꼬제뜨의 소매 한 자락을 잡고 그것에다 입을 맞추었다.

"다시 깨어나십니다! 의사 선생님, 다시 깨어나세요!" 마리우스가 들뜬 소리로 외쳤다.

"그대들 두 사람 모두 착해요." 쟝 발쟝이 말하였다. "나에게 괴로움을 준 것이 무엇이었는지 말해 주겠어요. 나에게 괴로움을 준 것은, 뽕메르씨 씨, 당신이 그 돈에 손을 대려 하지 않았다는 사실이었소. 그 돈은 당신 아내의 떳떳한 돈이오. 나의 사랑스러운 자식들아, 내 그대들에게 설명해 주려니와, 그대들을 이렇게 볼 수 있어 내가 기쁜 이유는 아마 그 때문일 것이야. 흑옥은 잉글랜드에서 오고 백옥은 노르웨이에서 오지. 그 모든 이야기는 저기 있는 종이에 기록되어 있으니, 후에 읽도록 해요. 팔찌를 만듦에 있어, 나는 양 끝을 용접시킨 고리 대신, 양 끝을 접근시킨 고리를 사용하는 방법을 착안하였지. 그렇게 만들면 보기에도 더 좋고, 편리하며, 가격도 덜 비싸지. 그렇게 해서 그 모든 돈을 벌었다는 점 이해할 것이야. 따라서 꼬제뜨의 재산은 정당한 것이고. 내가 이 상세한 이야기를 하는 이유는, 안심하라는 뜻이야."

수위의 아내가 올라와, 살짝 열린 문틈으로 안을 들여다보았다. 의사가 그녀를 쫓아 보냈다. 하지만, 그 착하고 열성적인 여인이 물러가기 전에, 죽어가는 사람에게 소리치는 것만은 막지 못하였다.

"사제 하나 부를까요?"

"나에게 하나 있소." 쟝 발쟝이 대꾸하였다.

그러면서 손가락으로 자기의 머리 위 한 지점을 가리키는 것 같은데, 누구든 그 모습으로 미루어, 그가 어떤 사람을 보고 있었노라 말하였을 것이다. (디뉴의)[14] 주교가 정말 그 임종을 지켜보고 있었음 직도 하다.

꼬제뜨가 베개 하나를 가만히 그의 허리 밑으로 밀어 넣어주었다. 쟝 발쟝이 말을 다시 계속하였다.

"뽕메르씨 씨, 아무 염려 마오, 간청하오. 육십만 프랑은 꼬제뜨의 정당한 돈이오. 만약 두 사람이 그것을 가지고 한껏 누리지 않는다면, 내가 헛되이 한평생 수고한 꼴이 될 것이오! 우리가 그 유리 세공품을 멋지게 만드는 데 성공하였지. 흔히들 베를린의 보석이라고 부르던 것과 경쟁을 하게 되었소. 알라마니아의 검은색 유리는 당해 낼 수 없다는 것이 일반적인 생각이었지만. 잘 깎인 유리 알갱이 일천이백 개들이 1그로스(12다스)에 겨우 삼 프랑이었지."

우리가 사랑하는 사람이 임종을 맞으려 할 경우, 우리는, 그에게 꺾쇠로 고정되어 그를 놓지 않으려는 시선으로 그를 바라보게 된다. 두 사람 모두, 슬픔에 벙어리가 되어, 또한 다가오는 죽음에게 무슨 말을 해야 할지 몰라, 절망하여 몸을 떨 뿐, 그의 앞에 서 있었고, 꼬제뜨가 마리우스의 손을 꼭 잡았다.

쟝 발쟝이 시시각각 기울고 있었다. 그가 점점 낮아져 어두운 지평선에 접근하고 있었다. 그의 숨결이 간헐적으로 변했다. 약간의 헐떡임이 숨결을 군데군데 잘랐다. 그에게는 팔을 옮겨 놓을 기운도 없었다. 두 발은 이미 어떤 움직임도 보이지 않았다. 사지와 몸뚱이가 기력을 상실할수록, 영혼의 장엄함이 몽땅 위로 올라가 그의 이마에 펼쳐졌다. 미지의 세계에서 발산되는 빛이 벌써 그의 눈동자에 보이기 시작하였다.

그의 얼굴이 창백해지면서 동시에 미소를 지었다. 더 이상 그곳에 생명은 없었다. 다른 것이 있었다. 호흡이 약해지며 시선이 점점 더 커졌다. 이미 하나의 시신이었으되 날개가 달린 듯하였다.

그가 꼬제뜨에게, 그다음 마리우스에게, 다가오라는 눈짓을 하였다. 분명 생의 마지막 순간이었다. 그가 두 사람에게 말을 하기 시작하는데, 음성이 어찌나 약했던지 멀리서 들려오는 듯했고, 벌써 두 사람과 그 사이에 장벽이 가로놓여 있는 것 같았다.

"두 사람 다 이리로 다가와요. 내가 그대들 두 사람을 진정으로 사랑해요. 오! 이렇게 죽다니 참으로 좋구나! 나의 꼬제뜨, 너도 나를 사랑하지. 나는 네가 너의 이 늙은이에게 깊은 정을 품고 있었음을 잘 알고 있었어. 이 베개로 나의 허리를 받쳐주다니, 참으로 자상하구나! 내 죽은 후 눈물을 조금은 흘리겠지, 그렇지 않니? 너무 울지는 마라. 나는 네가 진정 슬퍼하는 것을 원치 않는다. 내 사랑하는 자식들아, 마음껏 즐겨야 한다. 참, 그 고리쇠 없는 팔찌가 다른 어느 물건들보다도 높은 수익을 올려 주었다는 이야기 하는 것을 깜박했구나. 그것 1그로스, 즉 12다스 생산비가 10프랑이었는데, 판매 가격은 60프랑이었지. 정말 좋은 사업이었어. 그러니, 뽕메르씨 씨, 육십만 프랑에 놀라서는 아니 되오. 그것은 정직하게 모든 돈이오. 편한 마음으로 부유하게 사시오. 나의 꼬제뜨, 마차도 한 대 가져야 하고, 가끔 극장에 가서 칸막이 좌석에 앉기도 하고, 아름다운 무도회 의상도 장만하고, 친구들을 만찬에 초대하기도 하고, 한껏 행복해야 한다. 내가 조금 전에 꼬제뜨에게 남기는 글을 썼어. 그 편지를 읽을 수 있을 거야. 벽난로 위에 있는 두 촛대는 꼬제뜨에게 유품으로 남긴다. 은촛대이지만 나에게는 황금 촛대, 다이아몬드 촛대 이상이다. 짐승의 비계로 만든 양초라도, 저 촛대에 꽂으면 성스러운 의식에 사용되는 밀랍 양초로 변한다. 저 촛대를 나에게 주신 분께서 지금 저 높은 곳에서 나에 대하여 흡족해하실지 모르겠어. 내가 할 수 있는 일은 하였다만. 나의 사랑스러운 자식들아, 그대들은 내가 가난한 사람임을 잊지 말고, 아무 땅에나 한구석 정하여, 표시가 될 수 있는 돌 밑에 나를 묻도록 해라. 그것이 진정 나의 뜻이니라. 돌에 이름을 새기지 마라. 혹시 꼬제뜨가 가끔 찾아와 준다면 내가 기뻐할 것이다. 뽕메르씨 씨, 당신도 그렇소. 내가 당신을 처음부터 좋아하지는 않았다는 사실을 고백해야겠소. 그리고 당신에게 용서를 비오. 하지만 이제는, 저 아이와 당신이 내게 일체로 보이오. 당신에게 깊이 감사하오. 나는 당신이 꼬제뜨를 행복하게 해줌을 느끼고 있소. 꼬제뜨의 발그레한 볼이 나의 기쁨이었고, 그 아이가 조금이라도 창백해지면 내가 슬펐소. 서랍장에 오백 프랑 은행권 한 장이 있소. 내가 그 돈을 쓰지 않았소. 가난한 사람들을 위하여 남겨 두었소. 꼬제뜨, 저기 침대 위에 있는 너의 작은 드레스 보이느냐? 저것을 알아볼 수 있겠느냐? 겨우 십 년밖에 지나지 않았는데. 세월이 빠르기도 하구나! 우리 참으로 행복했지. 하지만 이제 끝났어. 나의 사랑스러운 자식들아, 울지 말아요, 내가 그리 멀리 가는 것은 아니야. 그곳에서 내가 그대들을 바라볼 거야. 그대들이 밤에 유심히 바라보면, 내가 미소 짓고 있는 것이 보일 거야. 꼬제뜨, 몽훼르메이유를 기억하느냐? 너는 숲 속에 있었고, 몹시 두려워하였지. 내가 물통의 손잡이를 잡던 순간을 기억하느냐? 그때 처음으로 내가 너의 가엾은 작은 손을 만졌지. 손이 그토록 차갑다니! 아! 그 시절에는, 아가씨, 손이 그렇게 붉더니, 이제는 아주 희어졌어요. 그리고 그 커다란 인형! 기억하니? 네가 인형에게 까트린느라는 이름을 지어주었지. 그것을 수녀원에 가지고 가지 못하여 네가 몹시 슬퍼하였지! 나의 다정한 천사, 네가 나에게 기쁜 웃음 안겨 주기 그 얼마인가! 비가 내린 후에는, 네가 냇물에 지푸라기 한 가닥을 띄워 보내며, 그것이 멀어져 가는 것을 바라보곤 하였지. 어느 날 내가 고리버들 가지로 라켓 하나를 만들어, 노란색과 파란색과 초록색 깃이 달린 깃털 공 하나와 함께 너에게 주었지. 너는 그 일을 잊었지. 너는 아주 어려서부터 장난꾸러기였어! 장난을 좋아하였어. 버찌를 너의 귀에다 넣기도 하였지. 모두 지나간 일들이구나. 자기의 아이와 함께 지나간 숲, 산책하던 곳에 있던 나무들, 은신하였던 수녀원, 놀이들, 어린 시절의 흔쾌한 웃음들, 그 모든 것들이 그림자에 불과하구나. 나는 그 모든 것들이 나의 것이라 생각하였다. 나의 어리석음이 그러했다. 그 떼나르디에 내외가 몹시 심술궂었지. 그들을 용서해야 한다. 꼬제뜨, 이제 너에게 네 모친의 이름을 알려 줄 때가 되었구나. 그분의 이름은 팡띤느였다. 그 이름을 잘 기억해 두거라. 팡띤느이다. 그 이름을 입에 올릴 때마다 무릎을 꿇어라. 그분은 엄청난 고초를 겪으셨다. 또한 너를 지극히 사랑하셨다. 네가 행복을 누리는 것만큼이나 불행을 겪으셨다. 모두 신께서 내리신 분복이니라. 그분은 저 높은 곳에서 우리들 모두를 보시며, 저 거대한 별들 사이에서 당신께서 무슨 일을 하시는지 알고 계시다. 내 사랑하는 자식들아, 이제 나는 떠나야겠다. 항상 서로를 지극히 사랑하거라. 이 세상에, 서로 사랑하는 것 이외의 다른 것은 별로 없다. 이곳에서 죽은 가엾은 늙은이도 가끔 회상해 주기 바란다. 오, 나의 꼬제뜨! 내가 근간에 너를 보러 가지 않은 것은 나의 잘못이 아니다. 나의 가슴이 찢어질 듯하였다. 나는 네가 사는 길모퉁이까지 가곤 하였다. 지나가는 나를 바라보던 사람들이 매우 괴이하게 여겼을 것이다. 나는 미친 사람 같았고, 모자도 쓰지 않은 채 나간 적이 있단다. 아이들아, 이제 눈앞이 흐려지는구나. 아직 할 말이 많지만, 상관없다. 가끔 내 생각을 하여다오. 너희들은 축복받은 사람들이다. 내게 무슨 일이 생긴 것인지 모르겠구나. 빛이 보이는구나. 더 다가오너라. 나는 행복한 마음으로 죽는다. 너희들의 사랑스러운 머리 위에 내 두 손을 얹도록 가까이 오너라.[15]"

꼬제뜨와 마리우스는 격정에 넋을 잃고 눈물에 숨이 막힌 채, 각자 장 발장의 두 손 아래에 무릎을 꿇었다. 그 엄숙한 두 손이 더 이상 움직이지 않았다. 그의 상체가 뒤로 젖혀져 있었고, 두 촛대의 희미한 불빛이 그를 비추었다. 그의 하얀 얼굴이 하늘을 향하고 있었으며, 꼬제뜨와 마리우스가 두 손을 입맞춤으로 뒤덮도록 내버려 두었다. 그가 숨을 거둔 것이다.

그날 밤에는 별이 없었고, 깊은 어둠이 펼쳐졌다. 의심할 나위 없이, 그 어둠 속에는, 어느 거대한 천사가 날개를 편 채, 영혼을 기다리며 서 있었을 것이다.

6. 잡초는 감추고 빗물은 지운다

페르-라쉐즈 묘지의 공동 묘혈 근처, 분묘들로 이루어진 그 도시의 화려한 구역으로부터 멀리 떨어진 곳에, 죽음의 흉측스러운 유행들을 영겁 앞에 자랑하듯 펼쳐놓고 있는 그 한껏 멋을 부린 분묘들로부터 멀리 떨어진 곳에, 낡은 담장 곁 한적한 구석에 있는, 개밀과 이끼 사이에서 자란 메꽃 덩굴들이 휘감고 오른 커다란 주목(朱木) 밑에, 돌 하나가 있다. 그 돌 또한, 다른 돌들과 마찬가지로, 세월의 사나운 발톱과 곰팡이와 지의(地衣)와 새들의 배설물을 피하지 못하였다. 물이 그것에 초록색을 입혔고, 대기가 그것을 검게 만들었다. 그 돌 곁으로 지나는 오솔길 한 가닥 없으며, 사람들은 그 쪽으로 가기를 꺼린다. 잡초 무성하여, 그곳으로 들어서면 발이 즉시 젖기 때문이다. 그곳에 볕이 잠시 들면 도마뱀들이 모습을 보인다. 그 돌 둘레에서는 야생 귀리들이 바람에 파르르 떨고 있다. 봄에는 꾀꼬리들이 나무에서 노래를 부른다.

그 돌 위에는 아무것도 없다. 그것을 깎으며, 분묘를 조성하는 데 필요한 점만을 고려한 듯, 사람 하나 덮기에 족할 만큼 길고 좁게 자르는 것 이외에는 다른 공을 들이지 않았다.

그 돌에는 이름조차 새기지 않았다.

다만, 그것도 벌써 여러 해 전 일이지만, 어떤 손 하나가 연필로 다음 네 구절을 적어놓았지만, 그것 또한 비에 씻기고 먼지에 덮여 조금씩 알아볼 수 없게 되었고, 아마 지금은 지워졌을 것이다.

그는 잠들었노라. 운수 비록 기구했어도,
그는 살았노라. 그의 천사 떠나자 죽었노라,
그 일 자연스럽게 스스로 닥쳤노라,
낮이 가면 밤이 오듯.

옮긴이의 말

『레 미제라블』을 가리켜 흔히들 '인간의 양심을 노래한 거대한 시편'이라든가, '역사적, 사회적, 인간적 벽화'라고 한다. 또한 형태적으로는 웅장한 에포포이아(속칭 서사시)라고 한다. 모두 작품의 성격을 정확히 규정한 언급들이다. 그 이외에도 작품이 처음 발표되던 때부터 무수한 사람들의 찬사와 비난이 엇갈렸고, 그러한 말들이 각자 나름대로 타당성 있어 보인다. 따라서 작가나 작품에 대하여 새삼스레 무슨 말을 한다는 것이 부질없을 듯도 하다. 하지만 지금까지 이 작품을 소개하던 분들과는 조금 다른 시각으로 몇 마디만 부연해 두자.

이 작품은, 인간의 선한 천성에 대한 굳건한 신뢰가 그 축을 이루며 전개되는 이야기이다. 더 구체적으로 말하자면, 주교 미리엘 사제와 석방된 도형수 쟝 발쟝 간에 이루어진 무언의 약속을 쟝 발쟝이 이행하는 과정을 그리고 있다. 그 과정에서 쟝 발쟝을 지탱해 주는 힘은, 인간에 대한 사랑과 신의이다.

또한 그 과정에서 드러나는 것은 모든 이들의 비참한 존재태이다. 이 작품에 등장하는 사람들 중 가엾지 않은 이 거의 없다. 일제 통치 시절, 어떤 분이 이 작품의 제목으로 '아! 가엾다!'를 택하신 것이나, 중국인들이 '悲慘世上'으로 옮기는 것 또한, 작품의 그러한 특성을 염두에 두었기 때문일 듯하다. 뭇 인물들의 가련한 양상들이 잔혹하리만큼 상세하게 묘사되어 있는 바, 이 작품이 거대한 벽화이되 정치한 세밀화들로 구성된 벽화라 할 수 있을 듯하다. 그리고 그 세밀화 하나하나에는 슬픔이라는 격정이 감돌고 있는 바, 그 슬픔이 곧 작품의 고유 억양이다.

하지만 인간의 측은지심을 끊임없이 자극하는 그 따스한 시선과 억양이 심각한 위험성을 내포할 수도 있다. 도형수 쟝 발쟝이 성자의 모습으로 변신해 감에 있어, 그를 지탱하던 것이 무엇인가? 그것은 추상같은 정직성이다. 주교 미리엘 사제나 옛 혁명의회 의원이었던 G씨, 쟝 발쟝, 그 무서운 형사 쟈베르 등, 주요 인물들의 공통점은 그들이 정직하다는 것이다. 다시 말해, 정의로움을 지향한다는 것이다. 특히, 쟝 발쟝과 쟈베르 형사가 작품의 외형적 구도로만 보면 극단적으로 상호 대치되는 듯하지만, 기실 그들의 내면은 같은 사람이다. 쟝 발쟝이 복수하기 위하여 쟈베르를 죽였을 것이라고 마리우스가 잠시나마 믿었던 것은, 그 두 사람의 정직성과 양심을 몰랐기 때문이며, 그 짤막한 일화는, 세인들의 시선이나 인식의 한계를 가볍게 꼬집는 일종의 빈정거림이다. 쟝 발쟝과 쟈베르 사이에 드러나는 작은 차이는, 정직성에서 비롯된 자비를 구현할 기회가 쟝 발쟝에게 더 많이 주어졌다는 것뿐이다. 또한 청렴하고 추상같은 경찰로서 쟈베르가 음지에서 사회에 끼치는 바가, 그 보이지 않는 또 다른 형태의 자비가, 자비로 인정되지 않는다는 것뿐이다. 뿐만 아니라, 쟝 발쟝의 정직성마저도 쟈베르 덕분에 강화되고 실천된 경우가 있다. 자신이 과오를 저질렀다 생각하고, 윤리적 청렴성 때문에, 막무가내로 사직 의사를 밝히는, '결코 거짓말을 할 줄 모르는' 쟈베르의 초연한 결단과 정직성이 없었다면, 혹독한 고민 끝에 아라스 법정으로 달려가는 쟝 발쟝의 정직성이 태동하고 실천되었겠는가? 그처럼, 정직성과 자비는 표리의 관계에 있고, 따라서 그 둘은 일체이다. 정의 결여된 사랑을 상상할 수 있는가? 그러한 사랑, 즉 온정과 눈물만을 앞세운 관용 혹은 자비가, 인간이 현재까지 근근이 고안해 낸 제도들 중 가장 인간다운 제도 즉 법치(法治)를 무너뜨릴 수 있지 않겠는가? 자비와 관용을 맹목적으로 강조하다가 법치를 부정하는 지경에 이르지 않겠는가? 그러한 틈새를 노려, 이러저러한 신

(神)들이 슬그머니 법의 자리를 차지하여, 싸드가 지적하였듯이, 공화 체제의 붕괴를 초래하지 않겠는가?

『레 미제라블』은 자비와 정의라는 두 측면을 가지고 있는 위험한 양날 검이다. 가난과 압제 속에서 살던 시절에는 많은 이들이 이 작품에서 위안과 용기를 얻을 수 있었으되, 언제 어디에서건 잠복하여 우리 사회를 노리고 있는 집단들에게는 좋은 선동의 도구 내지 자양분이 될 수 있다. 특히 '신'이니 '천사'니 '영겁'이니 '무한'이니 '저 높은 곳'이니 '섭리'니 '영혼'이니 하는 모호한 어휘들이 너무 빈번히 사용되어, 작품을 웬만큼 주의 깊게 읽지 않으면, 정의라는 칼날이 자칫 헤픈 자비와 미신적 몽상에 감싸여 희미해질 위험도 있다. 실제로, 쟝 발쟝은 선을 대변하고, 쟈베르 형사는 악의 화신이라 생각하는 어린 독자들이 얼마나 많은가! 쟈베르 형사가 숭고한 경찰이며 진정한 순교자임을 간과하는 사람들이 얼마나 많은가! 그들이 어설픈 자비 혹은 사랑에 이미 중독되어 있기 때문이다.

이제 우리의 주변에, 미리엘 주교나 쟝 발쟝을 닮은, 혹은 닮은 척하는 이들은 상당히 많다. 또한 앙졸라처럼, '진보'라는 어설픈 깃발을 휘두르며 가난한 사람들 편인 양 스스로를 내세우는, 별로 정직하지 못한 지진아들도 지나치게 많다. 그리하여 충분히 훈훈하다. 어찌 보면, 불쾌할 만큼 후덥지근하여 사회 전체가 혼곤한 미망의 상태로 빠져들고 있는지도 모르겠다. 뿐만 아니라 쟈베르와 같은 인물을 경원시할 만큼 우리 사회가 추한 병에 걸려 있을지도 모른다. 또한 일부 사랑 장사치들을 우군으로 삼아, 이 나라를 송두리째 뒤엎거나 삼키려 하는 집단들이, 어느 구석에선가 음험한 미소를 짓고 있을지 모른다. 로마 제국을 무너뜨린 요인들 중 가장 치명적이었던 것이 무엇일까? 법치의 근간을 뒤흔들어 하나의 제국을 무너뜨리는 수단으로, 자비와 관용을 앞세운 위선과 선동만 한 것이 있으랴!

거듭 강조하거니와, 이 작품에는 사회에 온기를 불어넣는 숭고한 관용과 함께, 자칫 악의적인 선동꾼들에게는 좋은 연장이 될 수도 있는 요소들이 산재해 있다. 주교 미리엘 사제가 쟝 발쟝에게 베푼 관용이나 쟝 발쟝이 쟈베르에게 베푼 관용의 공통 특색은, 그 주체가 피해 당사자들이며 또 개인들이라는 점이다. 그것은 분명 숭고하다. 하지만 그러한 관용을 사법에 요구할 수 있겠는가? 이 작품에서 뿐만 아니라, 위고는 다른 작품(『어느 사형수의 마지막 날』)에서도, 그러한 관용을 사법에 요구하는 듯한 주장을 펴고 있다(사법의 가혹한 처분, 즉 행형, 그 처분의 정당성 여부 등은 별개의 문제이다). 그것이 위고의 작품이 내포하고 있는 위험성이다. 하지만 그는 쟈베르와 같은 '결코 부패할 수 없는'(로베스삐에르의 별명이다) 인물을 등장시켜 그 위험성을 다소나마 상쇄시키고 있다.

   쟝 발쟝과 쟈베르 형사가 보이는 극명한 대조는, 관용과 추상같은 사법 간의 관계를 어떻게 설정해야 하는가 하는 매우 어려운 문제를 던지고 있다. 그 둘의 조화라는 것이 과연 실현될 수 있는 이상일까? 사랑의 신과 복수의 신이 조화를 이룰 수 있단 말인가? 적을 단호히 무찌르라는 말은 그 개념이 선명하지만, 우리의 생명을 노리고 덤비는 적에게 관용을 베풀라는 명령을 받은 병사들은 매우 난처할 것이다. 사랑하며 동시에 복수하는 신, 적을 죽이며 동시에 용서하는 병사, 매우 이상한 신이며 이상한 병사 아닌가? 그러한 괴물들을 닮은 사법이 출현하면 사회의 꼴이 어찌 되겠는가? 국가의 존립마저 위협받지 않겠는가? 또한, 만에 하나, 그 괴물들 비슷한 얼치기 사법이 태어날 경우—인간의 궤변과 망상은 무엇이든 만들 수 있고, 또 실제 그것들의 산물들이 인류 역사의 대부분을 지배하였고, 지금도 버젓이 무수한 사람들의 뇌수를 감염시키고 있으니—정의로운 세계를 꿈꿀 수 있을까? 『레 미제라블』이 우리에게 깊은 감동을 안겨 주면서 동시에 남기는 숙제들 중 하나이다.

2010년 10월

작가 연보

1802년   2월 26일 브장송에서 출생. 같은 해 부친의 임지인 코르시카로 떠나, 1807년까지 그곳에 체류.
1816년   「이르타메네스」 완성.
1818년   양친 이혼.
1819년   「이네스 데 까스트로」 완성.
1821년   아델 푸셰와 비밀리에 약혼.
1822년   『오데와 잡영집』 출간.
1823년   『아이슬란드의 한』 출간.
1824년   『새로운 오데』 출간.
1826년   『오데와 발라드』 출간.
1827년   「크롬웰」 완성.
1828년   부친 타계.
1829년   『동방시집』 출간(1월). 『어느 사형수의 마지막 날』 출간(2월). 「마리옹 드 로름므 혹은 리슐리으 치세기의 어떤 결투」 집필. 「에르나니」 집필.
1830년   「에르나니」 공연(2월 25일).
1831년   『노트르-담므 드 빠리』 출간.
1833년   『메리 튜더』 출간.
1834년   『미라보 연구』 출간.
1835년   「안젤로」 공연.
1837년   『내면의 음성』 출간.
1840년   『햇살과 그늘』 출간.
1841년   프랑스 학술원 의원으로 선출.
1842년   『라인 강』 출간.
1843년   「뷔르그라브」 출간 및 공연. 그의 딸 레오뽈딘느 사망.
1845년   프랑스 귀족원 의원으로 임명됨.
1851년   벨기에로 망명.

1852년	「꼬마 나뽈레옹」 집필. 『징벌』 출간. 저지 섬으로 이주.
1856년	『정관(靜觀)』 출간.
1859년	『여러 세기의 전설』(1부) 출간.
1862년	『레 미제라블』 출간(빠리).
1864년	『윌리엄 셰익스피어』 출간.
1865년	『거리와 숲의 노래』 출간.
1867년	『바다의 노동자들』 출간.
1868년	부인 아델 위고 타계.
1869년	『웃는 남자』 출간.
1870년	제2제정의 종식과 함께 빠리로 귀환.
1871년	제3공화국 제헌국회 의원으로 피선되었으나 한 달 후에 사임 (2월~3월).
1872년	『끔찍한 해』 출간.
1873년	「1793년 Quatre-vingt-treize」 탈고.
1874년	『1793년』, 『내 아들들』 출간.
1876년	상원의원으로 피선. 『망명 이후』 출간.
1877년	『여러 세기의 전설』(2부), 『할아버지가 되는 기술』, 『어느 범죄 이야기』 출간.
1880년	『종교들과 종교』, 『당나귀』 출간.
1881년	『지성의 뭇 경향』 출간.
1882년	『또르께마다』 출간.
1883년	『여러 세기의 전설』(3부), 『망슈 군도』 출간.
1885년	5월 22일 자택에서 타계. 6월 1일, 국민장. 유해는 빵떼옹에 안치.

옮긴이 주

5부 1편 시가전
1) 호메로스가 『오뒷세이아』에서 이야기한, 메씨나 해협(이딸리아 반도와 시칠리아 사이) 바닷가에 있었다는 그 괴물들을 가리킨다. 1848년 6월 소요 사태 당시, 쌩-앙뚜완느 구역에 구축되었던 바리케이드가, 메씨나 해협으로 지나가는 모든 것을 삼켰다는 카륍디스처럼, 온갖 잡동사니들로 이루어졌다는 뜻일 것이다. 메씨나 해협에서 카륍디스 맞은편에 있었다는 또 다른 괴물 스퀼레는 땅쁠르 구역에 구축되었던 바리케이드를 가리킨다.
2) '경멸스럽고 부정직하며 사회에 해를 끼치는 사람'을 가리키는 말 canaille를 그 어원(cane, 개)에 입각하여 옮겼다.
3) 바스띠유 광장을 가리킨다.
4) 옛 그리스 도시국가 중앙 가장 높은 곳에 있던 요새와 지성소(至聖所)를 가리킨다.
5) 포세이돈의 두 아들(오토스, 에필라토스)이 신들을 상대로 전쟁을 벌이기로 작정하고(동기는, 기가스였던 그들이 헤라와 아르테미스에게 각각 연정을 품었기 때문이다), 하늘에 올라가기 위하여, 오싸 산을 올림포스 산 위에 올려놓은 다음, 그 위에 다시 펠리온 산을 쌓아, 신들이 있던 하늘을 위협하였다고 한다. 위고가 오싸 산과 펠리온 산의 위치를 혼동한 것 같다.
6) 공포정치가 시작된 해이다.
7) 프랑스 왕권의 추락.
8) 1794년 7월 27일. 로베스삐에르의 실각 및 산악당 세력의 약화.
9) 루이 16세가 처형된 날이다.
10) 1799년 11월 9일. 나뽈레옹의 꾸데따.
11) 1795년 5월 20~22일. 쟈꼬뱅 당원들의 시위.
12) 1795년 10월 5일. 왕당파의 격렬한 시위.
13) 이스라엘 사람들이 그곳에서 사십 년 동안 머물렀고, 그 무렵에 야훼와의 약속이 이루어졌다고 한다.
14) 1789년의 혁명을 가리키는 듯하다.

15) 혁명의 노래 「까르마뇰」의 가사는, 루이 16세와 왕비 마리 앙뚜와네뜨를 겨냥하는 말로 시작되며, 매우 호전적이다. 같은 해에 출현한 「라 마르세이예즈」가 1795년부터 프랑스의 국가로 채택된 반면, 「까르마뇰」은 1799년에 나뽈레옹에 의해 가창이 금지되었다.
16) 어떠한 장군들을 가리키는지 선뜻 단언하기 어렵다. 제1차 포에니 전쟁 시절에 카르타고 군이 시칠리아 해안에서 로마 군에게 연전연패한 사실을 가리키는 것일까? 그 바리케이드를 메씨나 해협의 괴물 카륍디스에 비유한 사실을 감안하면 그럴 가능성이 크다.
17) 1/4lieue. 약 1km.
18) 프랑스 군이 1836년에 콘스탄티나를 힘들여 점령한 사실과, 1849년에 있었던 자아차 전투를 염두에 둔 언급일 듯하다.
19) 검은색 깃발은 일반적으로 해적들의 깃발이다.
20) 1815년 7월, 세네갈로 향하던 메뒤즈호가 조난을 당한 후, 뗏목으로 피신했던 승객 149명이 12일 후에는 겨우 15명만 남았다고 한다. 일부는 잡아먹히고 일부는 바닷속에 던져졌다고 한다. 이미 앞에서 언급한 일화이다.
21) 케레아스는 폭군 칼리굴라를 암살한 사람이고, 쌍드는 광신적인 혁명파의 일원으로, 1819년에 당시의 재상 한 사람을 암살하였다고 하나, 스테파누스는 어떤 인물을 가리키는지 모르겠다. 나머지 사람들에 대해서는 이미 앞에서 언급하였다.
22) 로, 꾸르낭, 델릴르, 말휠라트르 모두 18세기 후반에 비르길리우스의 『농경시』를 번역한 사람들인 듯하다.
23) 기원전 4세기 호메로스의 작품을 악착스럽게 비판한 사람으로 유명하다. '호메로스 두들기는 도리깨'라는 별명을 얻었을 정도였다고 한다.
24) 비르길리우스의 작품들을 심하게 비판하던 사람이라고 한다.
25) 꼬르네이유와 몰리에르의 작품들을 비판하는 것으로 문필가 생활을 시작하였다고 한다.
26) 그의 어떤 글을 염두에 둔 언급인지 확인하지 못하였다.
27) 볼떼르와 당시 철학자들을 공공연히 공격하던 엘리 후레롱을 가리킨다.
28) 『간추린 로마 역사』의 저자로 알려진 사람이다. 그 책에서, 율리우스 카이사르에 대해 언급하면서, '누차에 걸쳐 왕처럼, 그리고 거의 폭군처럼 처신하였다'고 그를 평하였다고 한다.
29) 아리스토파네스의 출생지라고 한다.

30) 어느 시인의 이름인 듯하다.
31) 그리스의 옛 부족명이라고 한다.
32) 역시 부족명이라고 한다.
33) 아티케 지역에 있는 산이다.
34) 역시 지명일 듯하다.
35) 기원전 480년에 레오니다스 1세가 페르샤 대군을 맞아 최후의 결전을 벌인 곳이다.
36) 원래 프러시아 사람이었으나, 프랑스의 문물에 매료되어, 국적을 바꾸어 프랑스인이 되었고, 혁명에 적극 가담했던 인물이다. 범세계적 공화 체제를 주창하던 사람으로, 1794년에 로베스삐에르와 쌩-쥐스뜨 파에 의해 처형당하였다. '아나카르시스'는, 고대 그리스의 현인들 중 하나로 알려진 스퀴티아 출신 철학자의 이름으로, 그가 스스로 택한 별명이다.
37) 물론 1793년에 시작된 공포정치를 가리킨다.
38) 즉, 미신을 제압하였다는 뜻이다.
39) '허구'와 '기생충'은 각각 종교와 사제들을 가리킨다. 쌩-쥐스뜨와 르네 에베르 등처럼 예수교의 파기를 주장하던 사람들의 시각이다. 싸드의 『밀실의 철학』(1795) 등 여러 작품에 격렬하고 구체적으로 피력된 주장이다.
40) 고대 그리스 세계에서 정치·종교적 연합을 이루던 국가들이 매년 두 번씩 회합을 가질 때, 그 회합에 참석하던 각국의 대표들을 가리킨다. 그 회합 자체를 가리켜 암픽티오니아라고 하였다. 암픽티오네스의 원의는, 보통명사로 사용될 경우, '주위에 혹은 인근에 사는 민족들'이었다.
41) '천체'는 지구, '빛'은 태양을 가리키는 듯하다.
42) 볼떼르의 조각상들은 대부분 높직한 팔걸이가 있는 안락의자에 앉은 모습이다.
43) 약 28만km에 해당한다.
44) 의미가 모호한 듯 보이나, 지극히 보편화된 음담처럼 들린다.
45) 넌지시, 암시적으로 노래할 수는 있으되, 세세히 묘사해서는 아니 된다는 정도의 뜻일 듯하다.
46) 오늘날의 오베르빌리에(빠리 북쪽 변두리)를 가리킨다.
47) 복고왕조의 반대편에 섰던 공화파였으나, 7월 혁명 이후에는 새 왕조를 열렬히 지지한 기자였다고 한다.
48) 미국 버지니아 주 치안판사였던 윌리엄 린치가, 친영국 성향의 인사들을 약

식재판 후에 처형하곤 하였는데, 그러한 행형 절차를 가리켜 '린치의 법'이라고 한다. 20세기 초까지도 여러 주에 존속했었다고 한다.
49) 오귀스뜨 꽁뜨와 함께 실증주의 철학의 선구자로 간주되며, 산업주의 사회에 관한 이론서인 『산업체계』의 저자인 쌩-시몽 백작은, 『회고록』을 쓴 쌩-시몽 공작의 먼 친척이었다.
50) 뱅쎈느 성이 병기창으로 사용되기 시작한 것은 제1제정 때이다.
51) 그녀가 스까롱과 결혼한 직후 시절의 이야기일 듯하다. 쌩-시몽의 『회고록』(1715년 편)에 유사한 언급이 보인다.
52) 루도비꼬 아리오스또의 『분기탱천한 오를란도』에 등장하는 인물들이다. '오를란도'의 프랑스식 명칭은 롤랑이다.
53) '조국'을 뜻하는 라틴어 여성명사이다.
54) 포세이돈과 가이아(대지의 여신) 사이에서 태어난 거인(기가스)이다. 그가 자기의 모친, 즉 흙과 닿아 있는 동안에는 아무도 그를 죽일 수 없었다. 헤라클레스가 황금 사과를 찾으러 리비아에 갔다가 그를 만나 싸우다, 그를 어깨 위로 들어 올려 목 졸라 죽였다.
55) "그들은 누더기에 싸여 있는 아기 하나를 발견하였다." 「루가」 2장 12절에 있는 다음 구절을 변형시킨 것이다. "너희들은 누더기에 싸여 있는 아기 하나를……발견할 것이다." 천사가 베들레헴 근처에서 밤새워 양 떼를 지키고 있던 목자들에게 한 말이다.
56) 오늘날 빠리 당훼르 로슈로 대로변에 있는 쌩-뱅쌍-드-뽈 병원 건물을 가리킨다. 그 라틴어 문구가 아직도 건물 정면 상단부에 남아 있는데, 그 건물이 19세기에는 아동 보호소로 사용되었다고 한다. 한편, '앙훼르' 관문은 오늘날의 당훼르 로슈로 광장쯤에 있었고, '천문대 앞 광장'과 문제의 건물과 앙훼르 관문은 서로 인접해 있다.
57) 황소좌의 붉은 별을 가리키며, '황소의 눈'이라고도 한다. 지구로부터의 거리는 약 68광년이라고 한다.
58) 그리스 신화 체계 속에서 불의 신으로 알려진 헤파이스토스를 가리킨다.
59) 비르길리우스, 『농경시』, 1편 463절. 비르길리우스는 태양이 인간에게 닥쳐오는 온갖 위험을 알려 줄 뿐만 아니라, 그 구절 다음에 카이사르의 암살을 예로 들며, 인간이 불경한 짓을 저지를 경우, 태양 빛이 흐려진다고 한다.
60) 제논, 루그레티우스, 세네카, 마르쿠스 아우렐리우스, 볼떼르 등이 상상하던 유의 신이다. 올림포스의 신도, 예수교도들의 신도 아니다. 거의 모든 사람들

이 '하느님' 혹은 '하나님'이라고 옮기는데, 빅또르 위고의 세계관을 심각하게 왜곡시키는 번역이다.
61) 마리 드 메디치가 뤽상부르 궁을 짓게 한 사실을 가리키는 언급일 듯하다.
62) 'chardonneret'를 어원에 입각하여 옮긴 것이다.
63) 'verdier'를 어원대로 옮겼다.
64) 17세기 초, 루이 13세의 모후 마리 드 메디치가 리슐리으에게 하사하였던 뤽상부르 궁이, 집정관 시절과 제1제정 시절에는 상원의, 복고왕조 시절(1815~1848)에는 귀족원의 의사당으로 사용되었다. 고대 로마의 Senatus나 잉글랜드의 House of Lord를 흔히 '상원'으로 옮기나, 프랑스의 Chambre des pairs 역시 '상원' 혹은 '귀족원'으로 옮긴다. '옥좌'와 '귀족원' 사이의 거리가 멀지 않다는 것은 위고의 시각이며, 특히 잉글랜드의 경우가 그러하였다.
65) 부르봉 왕조의 지파, 즉 오를레앙 왕가를 가리킨다. 루이-필립의 옥좌가 무너지게 되었다는 말이다. 하지만 그는 1848년에야 퇴위하였다.
66) '목구멍'을 가리킨다. 먹으라는 뜻이며, 가브로슈가 두 아이에게 빵을 사서 주며 한 말이다.
67) 원전은 라틴어 구절인데, 출전을 밝히지 못하였다. "MORTUUS PATER FILIUM MORITURUM EXPECTAT." 짐작하거니와 비르길리우스의 한 구절일 듯하다.
68) 고대 그리스의 신들이나 정령들 중 에피도타스라는 이름을 가진 존재를 확인할 수 없다. 신들이나 정령들에게 붙는 부가어 'epidotes(분배자, 운수의 결정권자 등)'를 대문자로 써서 마치 신이나 정령인 듯 보이게 하였는지 모르겠다.
69) 격렬하되 짧은 공격을 가리킨다.
70) 머리에 총을 쏜다는 뜻이다.
71) 쟝 발쟝이 야비한 암살범이라는 뜻이다.
72) 실제로 존재하지 않는 곳을 가리킨다. 특히 플라톤이 『공화국』에서 개진한 이상향(이상적인 정부)을 가리킨다.
73) 그리스 신화에 등장하는 거인으로, 그가 아테나 여신을 겁간하려다가 그녀에게 죽임을 당하였다고 한다. 아테나가 그의 가죽을 벗겨 자기의 방패를 만들었다고 한다. 어떤 경우에는 '팔라스'가 아테나(미네르바)를 가리키기도 한다.
74) 흑인 해방을 위해 투쟁하였으나, 흑인들이 그의 뜻을 이해하지 못하였다고

한다. 극소수 동료들과 함께 투쟁하다가 체포되어, 교수형에 처해졌다고 한다.
75) 공병 장교 출신으로, 이딸리아의 여러 혁명에 참가하였다가 스위스로 망명하여 투쟁을 계속하였다고 한다. 한편 가리발디 역시 평생 전쟁터를 치구하던 혁명아였으되, 그는 거의 항상 승리를 거두었다.
76) 다음의 프랑스 격언을 염두에 둔 말이다. "지옥의 밑바닥은 선의로 포장되어 있다." 실천되지 않은 선의를 비꼬는 말이다.
77) 각별한 우정을 나누며 이웃해 살던 곰과 노인이 있었는데, 어느 날 잠든 노인의 콧등에 파리 한 마리가 앉아 있는 것을 보고, 곰이 파리를 쫓아주려고 포석으로 파리를 후려쳤다고 한다. 물론 파리는 죽었지만, 그 서슬에 노인의 두개골도 부서져 노인이 즉사하였다고 한다(라 퐁뗀느,「곰과 노인 정원사」,『우화』).
78) 루크레티우스,『자연에 대하여』, 2편 78행. 미립자(원자)들이 끊임없이 유전(流轉)하며 사물의 변신을 촉발시킬 때, 그 생성과 소멸의 부단한 과정에서 생명이 다음 세대로 전달되는 현상을 노래한 구절이다.
79) 쉬바리스는 이딸리아 남단 따란또 만에 아카이오스인들이 세웠던 고대 그리스 도시이다(BC 720년 경). 시민들의 사치와 문란했던 풍습으로 유명하다.
80) 미주리 주가 노예제도 존속을 고집하며 북부 여러 주와 연합하기를 거부했던 사실과, 남부 캐롤라이나 주가 최초로(1860년) 분리주의를 선포한 사실 등을 가리키는 듯하다.
81) 셰익스피어의 비극「헨리 4세」에 등장하는, 냉소적이고 익살스러운 주정뱅이이다.
82) 'observer'라는 동사가 '관찰한다'는 뜻과 규칙을 '지킨다'는 뜻을 동시에 가지고 있는 점에 착안한 말장난이다.
83) 호메로스의 작품이라고 전하는 에포포이아『일리아스』는 15537행,『오뒷세이아』는 12263행으로 구성되어 있다.
84) 롱바르디아 지방, 밀라노 동남쪽에 있는 오늘날의 멜레냐노를 가리킨다. 프랑수와 1세가 1515년에 스위스와 밀라노 연합군을 그곳에서 격파하였다고 한다.
85) 아르고스의 왕이며 오뒷세우스의 절친한 전우인 디오메데스의 무훈을 노래한,『일리아스』6장 허두의 이야기에서 발췌하여 위고가 재구성한 것이다. '아리스바'와 '테위트라니스'는 각각 '아리스베'와 '테위트라'의 오기(誤記)일 듯하다.

86) 오르도녜스 데 몬딸보가 쓴 연작 『갈리아의 아마디스』 5권에 등장하는 기사이다. 갈리아의 왕 아마디스의 아들이다.
87) 수많은 공작들(브르따뉴와 부르봉의) 중 한 사람의 이름일 듯하다.
88) '에퓌라'는 코린토스의 옛 명칭이다. 한편, 전사들의 왕 에위페테스가 좋은 갑주를 퓔레오스에게 선물하였다는 언급은 『일리아스』 15장에서 발견된다.
89) 『일리아스』에 등장하지 않는 인물이다. 그러한 이름의 출전도 밝히지 못하였다.
90) 테바이가 알렉산드로스에 의해 점령되어 폐허로 변하고, 시민들이 무자비하게 학살당하거나 노예로 전락했던 시절의 일을 가리키는 듯하다.
91) '가문'은 사라고사 공작 호세 데 빨라폭스를 가리키는 듯하다. 그가 아라곤 지방의 군대를 일으켜 프랑스 군에 저항할 때, 사라고사를 영웅적으로 방어한 일(1809년)을 염두에 둔 언급일 듯하다.
92) 화약을 환유하는 말일 듯하다.
93) 적의 함대에 화공을 가할 때 사용하던 화약이라고 한다. 유황과 수지와 초석(硝石) 등을 혼합한 것으로, 그것이 아르키메데스와 어떤 연관이 있는지 모르겠다. 여하튼 명칭 자체는 그리스 화약이다.

5부 2편 레비아탄의 내장

1) 어떠한 무기로도 제압할 수 없는 상징적인 괴물이다. 「욥기」 40장 25절부터 41장 27절에 걸쳐 상세하게 묘사되어 있다. 이 작품에서는 빠리를 가리킨다.
2) 도둑 갈매기들은 바닷새들을 공격하여, 그 새들이 이미 삼킨 물고기를 토하게 한 다음, 그것을 먹는다고 한다. 분뇨를 뜻하는 이름을 얻게 된 것은 그 때문인 듯하다.
3) 백리향 속인 serpolet의 어원이다. 유럽에 흔하며, 향신료로 사용된다.
4) 역시 백리향의 일종이다. 라틴어 어원대로 적는다. 요즈음의 원예가들은 흔히 '타임'이라고 부른다. 향신료로 사용된다.
5) '치료용(생명을 구하는) 풀'이라는 뜻이다. 흔히들 영어식으로 '샐비어'라고도 한다.
6) 야유적인 뜻일 듯하다.
7) parasitismes를 직역한 것이다. 구체적으로 어떤 현상이나 사람들을 가리키는지 짐작하기 어렵다. 참고적으로 덧붙이거니와, 빠리의 하수도 공사가 시작된 것은, 오쓰만 남작 주도 아래 시행된 대대적인 도시 정비 공사가 이루어지던

시기였다(1852~1870). 다시 말해, 제2제정의 야심적인 사업으로, 그 정비 사업에 정치·사회적 목적이 내포되었던 것도 사실이다. 하수도에 대한 작가의 부정적인 언급에, 정적(즉 나뽈레옹 3세)에 대한 못마땅한 시각이 섞여 있음도 부인할 수 없다. 특히, 하수도 대신 이중 기능을 갖춘 배수 시설을 사용하여, 도시의 폐수로 농사를 지어야 한다는 주장은 억지처럼 보인다. 템즈 강으로 유입된 폐수로 인해 런던 시 전체가 '악취에 시달린다면', 그 폐수가 농경지로 들어갈 경우 어찌 되겠는가?

8) 엄청난 재산을 모은 금융가로, 지금의 에뚜왈 근처에 넓은 정원을 갖춘 별장을 가지고 있었다. 그의 사후, 정원이 공원으로 바뀌고, 여러 부지로 분할하여 사업가들에게 임대하였다.

9) 도이칠란드의 화학자이며, 유기화학에 특히 조예가 깊었다고 한다. 『농업에 응용하는 유기화학』이라는 저서(1840년 간행)로 유명하다.

10) 교황이 성탄절이나 부활절에 베드로 성당 발코니에 나와, 그곳에 모인 신도들과 온 누리의 신도들에게 내리는 축복의 기도를 가리키는 라틴어 명칭이다. 직역하면, '이 도시와 온 누리에게'이다. 합당한 인용인지 모르겠다. 몹시 야유적으로 들린다. 타키투스가 예수교의 로마 유입에 관해 언급하면서, 로마를 가리켜 '온 세상의 오물이 몰려드는 하수구'라고 한 말을 염두에 둔 듯하다 (『연대기』).

11) Ville éternelle을 옮긴 것이다. 로마를 가리킨다.

12) 루테티아는 옛 로마인들이 빠리를 지칭할 때 사용하던 명칭 루테티아 파리시오룸의 축약형이다. 즉, '파리시이 족의 진흙 구덩이'라는 뜻이다. 그 도시가 빠리로 불리기 시작한 것은 기원후 300년경부터이다. 키비타스 파리시오룸(civitas parisiorum, 파리시이 족의 도시)이라는 뜻이다.

13) 빠리의 하수도가 때로는 쎈느 강 밑으로 지나기도 한다.

14) 빠리의 하수도를 흐르는 물은 계산된 경사 덕분에 자연적으로 흐르게 되어 있다.

15) 베나레스(바라나시)는 갠지스 강변에 있는 도시로, 인도의 성스러운 일곱 도시들 중 하나이다. 죽은 사람들을 강변의 높은 제방 아래에서 화장하는 습속으로 유명하다. 그러나 '해충 구덩이'가 무엇을 가리키는지 분명치 않다.

16) 아씨리아 제국을 확립한 왕이라고 한다

17) 뮌스터 출신의 재침례파 교도였으며, 자신이 시온의 왕이라고 주장하였다고 한다.

18) 이란의 북동부 지방.
19) 과중한 세금에 항거하며, 나무망치를 들고 시위하던 빠리의 시민들을 가리킨다.
20) 신비주의에 빠져 거의 광증을 보인 사람이라고 한다. 『명상록』이라는 책을 썼으며, 자신이 신의 아들이라고 주장하다가, 체포되어 화형에 처해졌다고 한다.
21) 프랑스 대혁명 및 집정관 정부 시절에, 사람들을 납치하여 그들의 발을 불에 '덥히며'(불로 고문하며) 금전이나 보석의 은닉처를 토설케 하던 강도들이다.
22) '떠돌이 건달'을 뜻하는 에스빠냐어 '삐까로'에서 파생된 단어일 듯하다. 위고의 신조어 아닌지 모르겠다.
23) 동냥꾼들의 집단 거주지.
24) 실재하지 않았던 길이라 한다. '목 따는 길'이라는 뜻이다. 반면 비드-구쎄는 오늘날까지 남아 있으며, '주머니 터는 길'이라는 뜻이다.
25) 비용과 라블레 모두 문인이었으되, 비용이 범죄 집단과 연루되어 처형될 고비를 여러 차례 겪었던 사실을 염두에 둔 언급일 듯하다.
26) 보마르셰의 「세비야의 이발사」 및 「휘가로의 결혼」에 등장하는 악랄한 위선자이다.
27) 몰리에르의 작중인물들 중 가장 유명한 사람이다. 「스까뺑의 사기행각」에 등장하는 인물이다.
28) 유대교 사제로, 예수를 죽이기 위하여 공모자들이 그의 관저에 모였다고 한다. 『신약』의 여러 책에 등장하는 인물이다.
29) Margueritte의 지소형으로, 촌 아가씨나 촌에서 온 도시 근로자 아가씨를 가리킨다. 그리제뜨와 유사한 말이다.
30) 은자라는 별명을 가지고 있다. 루이 11세의 전제정치를 적극적으로 보좌하던 무자비한 사람으로 유명하다.
31) 프랑수와 1세 치세기에 대법관직에 오랫동안 있던 사람이다. 훗날 사제로 변신하여, 추기경이 된 다음에는, 개신교도들을 잔혹하게 처단하였다.
32) 까뜨린느 드 메디치를 가리킨다. 그녀의 아들 샤를르 9세가, 카톨릭과 선동꾼들에 의해 조정되어, 1572년 8월 23~24일의 학살(바르톨로메오 성자 축일 전야 학살 사건)을 윤허하였으되, 그것을 묵인하였다고 한다.
33) 루이 14세 시절에 프랑스 군제를 개혁한 사람이라고 한다.
34) 루이 14세의 마지막 고해신부였다고 한다.

35) 메쌀리나가 상대를 가리지 않고 자신의 몸뚱이를 내맡겼다는 이야기를 염두에 둔 언급일 듯하다. 나르키소스의 반복된 보고를 받고, 부군 클라우디우스 황제가 사람을 시켜 그녀를 암살하였다.

36) 『빠리의 경관』이라는 책을 남겼다고 한다.

37) '다이달로스'는 그가 미노스를 위하여 지은 궁궐 밑의 미로를 환유한다. 한편 '바벨탑'은, 야훼가, 서로 다른 언어를 사용하여 의사가 통하지 않는 사람들을 한곳(바빌론)에 모이게 하여, 그들 사이에 끊임없는 불화를 야기시켰다는 이야기를 가리킨다.

38) 프랑스가 현재의 미터법을 공식적으로 채택한 것은 1795년 4월 7일인데, 위고가 그 단위를 이 작품에서 사용한 것은 이 부분에서가 처음이다.

39) 라씬느가 살던 길은 마레-쌩-제르맹인데, 오늘날 길 이름이 비스꽁띠로 바뀌었고, 그의 집은 그 길 24번지에 있다.

40) 야훼가 레비아탄이라는 괴물에 관해 길게 묘사하기 전에 언급한 괴물이다. 그것이 하마를 가리킨다고 하는 이들도 있다. 「욥기」.

41) '쌩뜨-푸와'는 루이 16세가 뛸르리 궁에 유폐되어 있던 시절에, 비밀 각료 회의를 주도했던 금융인이며 반혁명파였던 사람일 듯하고, '크레끼 후작'은 아르뚜와 지방의 유명한 군벌 가문 사람인 듯한데, 어떤 일화를 가리키는지 모르겠다.

42) 게모니아이는 카피톨리움으로 올라가는 언덕에 있던 죄인 시체 공시대이지 시궁창이 아니었다. 그곳에 공시했던 시신들을 티베리스(떼베레) 강에 던져 버리던 당시의 관례로 인해 야기된 혼동일 듯하다. 혹은 '게모니아이'가 티베리스 강을 환유하는 것쯤으로 이해할 수 있을 듯하다.

43) 자구적 의미는 '성질 고약한 수도사'이다. 사람들에게 겁을 주기 위하여 만들어낸 가공적인 존재라고 한다. 뤼땡이나 크로끄미뗀느와 유사한 존재일 듯하다.

44) 원의는 '어린 소년들'이다. 아주 먼 옛날, 빠리의 어느 빵집 주인이, 자기가 부리던 소년을 죽여 그 살을 빵 반죽에 섞어 구웠더니, 빵이 잘 팔렸다고 한다. 그리하여 그 주인이, 상습적으로 아이들을 죽여 밀가루와 섞어서 빵을 만들어 팔았고, 그 사실이 관가에 알려져 주인은 처형당하고, 빵집은 사라졌다고 한다. '마르무제'는 그 전설 속 소년들을 가리킨다.

45) 루이 14세의 주치의였다. 그에 관한 이야기를 쌩-시몽이 그의 『회고록』에서 상세히 전하고 있다.

46) 옛 아테네에서, 처형당한 죄수들의 시체를 던져 넣었다는 깊은 수렁을 가리키던 보통명사이다. 그리스어 바라트론(barathron)의 라틴어식 변형이다.
47) 프랑스의 화학자이며 정치가였다.
48) 그로-쟝은 촌뜨기나 바보를 가리킨다. 그러나 르벨은 어떤 인물인지 확인할 수 없다.
49) 15세기 초에 바띠스뜨라는 사람이 처음 생산하기 시작한 직물이라고 한다.
50) 의학을 전공한 마라가 1777년에 아르뚜와 백작(훗날의 샤를르 10세)의 경호대 소속 의사로 발탁되었고, 같은 해에 로베뻰느 후작 부인의 폐결핵을 치료하여 의사로서의 명성을 얻었다. 한편, 외양간 의사는 곧 수의사를 가리킬 듯한데, 그가 수의사였다는 기록을 발견하지 못하였다. 위고의 언급이 매우 이상하다.
51) 마라가 1793년에 샤를로뜨 꼬르데라는 처녀에 의해 암살당한 후, 1794년 9월에 그 유해가 빵떼옹에 안치되었으나(미라보의 유해를 치우고), 얼마 아니 되어(1795년 2월) 그곳으로부터 퇴출되어 몽마르트르의 하수구 속에 버려졌다.
52) 19세기 초에 많은 사람들이 바또의 화풍을 바라보던 부정적 시각이 어른거리는 언급이다.
53) 『신성한 희극』의 「지옥편」에 도달한 단떼의 시선을 가리킨다.
54) 리볼리 로에 뛸르리 공원에 잇대어 긴 아케이드가 건설된 것은 제1제정 초이다. 오늘날에도 기념품 상점 및 보석상 점포들이 그 아케이드에 집중되어 있다.
55) 엘리스의 왕 아우게이아스가, 자기의 거대한 외양간을 오랜 세월 청소하지 않아, 왕국의 농경지가 척박해졌다고 한다. 그 외양간을 헤라클레스가 강물을 끌어들여 단 하루 만에 청소하였다.
56) 그리고 1990년대 초의 통계에 의하면, 현재는 그 열 배에 가까운 2100km에 달하며, 하수는 아쉐르에 있는 처리장에서 미생물을 이용해 정화한다.
57) 바로 앞에서 작가는 1806년 1월 1일 기준으로 빠리 하수도의 총 장이 23300미터라고 하였다. 그런데 5리으는 대략 20km쯤 된다. 리으라는 단위가 지방에 따라 3km, 4km, 5km…… 등 제각각이기 때문에 생긴 오차일 듯하다. 그러한 현상이 이미 라블레의 작품(『가르강뛰아』) 속에서도 해학적으로 지적되었다.
58) '도로를 가로지르는 도랑'을 가리키는 말 까쓰스의 어원이 'casser(부러지다, 부러뜨리다)'인 점을 염두에 둔 언급일 듯하다.

5부 3편 진흙탕, 그러나 영혼

1) 단떼가 『신성한 희극』에서 지옥을 아홉 권역으로 나누었던 바, 그러한 개념으로 사용한 단어일 듯하다.
2) 우리나라에서 통용되지 않는 단어인 듯하다. 'chaux grasse'를 원의대로 옮겼다.
3) 선동꾼이라는 단어는 20세기 후반까지도 프랑스 정계에서 가장 흔히 듣던 단어이다. 한편 '소동꾼'이라고 번역한 'bousingot'는 '소동'을 뜻하는 'bousin'에서 파생한 은어형이다.
4) 그 등불이 앞에서 '별'에 비유되었다.
5) 죄수복을 가리킨다. 주홍색은 전통적으로 왕위나 영주권 및 추기경과 같은 고위 사제직을 상징하였다.
6) 샹젤리제 대로가 아니라 쎈느 강변에 인접해 있는 공원(샹젤리제-끌레망쏘 공원)을 가리키는 듯하다. 문제의 두 남자가 따라 걷고 있던 제방은, 앵발리드 다리로부터 남쪽으로 꺾여 흐르는 강변 구역에 있고 그 다리와 샹젤리제 극장 사이의 구간일 듯하다. 한편, 샹젤리제 대로는 쎈느 강변에 인접해 있지 않다.
7) 퐁뗀느블로 숲 속의 모레라는 지점에, 사냥하다 쉬기 위해 지었던 건물인데, 샤를르 10세 시절에 어떤 애호가에게 매각되었고, 그 애호가가 건물을 해체하여 빠리로 옮겨 재조립하였다고 한다. 샹젤리제 공원과 평행을 이루는 강변 산책로에 있다고 한다.
8) 의미가 모호하다. 배급을 준다는 뜻일까?
9) 베르씨 관문 지역은 빠리의 동남쪽 쎈느 강변이고, 빠씨 관문 지역은 빠리의 서쪽에 있어, 그 두 지점을 잇는 선이 쎈느 강 우안 지역(쎈느 강 북쪽)을 지날 경우 반원형을 이룬다.
10) 'puceron de mer'를 옮긴 것이다. 프랑스의 어떤 사전에서도 용례가 발견되지 않아, 어원(puce)에 입각하여 직역하였다.
11) 이스라는 켈트 전설 속의 도시가 바닷속으로 침강한 지점이 몽-쌩-미셸 섬 근처라는 일부 문인(학자)들의 주장에 입각한 언급일 듯하다. 혹은, 만조일 때 섬 주위가 순식간에 바닷물로 둘러싸이는 점을 염두에 두었을지도 모른다.
12) 클레어런스는, 장미전쟁 동안에 형인 에드워드 4세에 반기를 들었다 하여, 체포되어 사형 언도를 받았는데, 죽는 방법을 택하라고 하자, 말바시아 섬에서 생산되는 그리스산 포도주 통 속에 빠져서 죽겠노라 하였다고 한다. 한편 에꾸블로는 15세기에 약간 번영을 누리던 가문인데, 그 가문의 어떤 인물과

관련된 일화인지 확인하지 못하였다.
13) 빵떼옹을 처음에는 교회당으로 사용할 목적으로 1764년부터 짓기 시작하였다. '쌓아 올린다'는, 약간 냉소적인 표현을 사용한 것이, 아마 그러한 사실을 염두에 둔 탓일지도 모르겠다.
14) 프랑스 군이 레이다를 포위 공격한 것은 1646년과 1647년 두 차례인데, 두 차례 모두 실패하였다. 한편, 에꾸블로 자작과 쑤르디스 공작 부인의 사랑과 관련된 일화는 허구일 듯하다.
15) 헤로와 레안드로스, 그리고 티스베와 퓌라모스, 그 두 쌍의 사랑은 죽음보다 강한 사랑이었다. 트리스탄과 이즈, 혹은 로미오와 쥴리엣의 사랑 이야기를 태동시켰을 법한 사랑들이다. 하지만 그러한 사랑도 시궁창 냄새 앞에서는 견디지 못한다는 위고의 농담이다. 한편 '뿌아!'는 역한 냄새를 참지 못하겠을 때 터뜨리는, 일종의 의성어이다(뿌악!).
16) 빠리 제7구에 있는 동네 이름이다.
17) 꼬르네이유의 「킨나」, 5막 1장. 자신이 암살하려 했던 황제 아우구스투스로부터, 그 음모를 고변한 사람이, 함께 일을 꾸몄던 막시무스라는 말을 듣고 킨나가 한 말이다. 한편, 이 작품은 꼬르네이유가 젊은 시절에 쓴 작품이다. '늙은 꼬르네이유'란, 호메로스나 비르길리우스에게 유럽인들이 붙여 주던 일종의 경칭과 같은 것일 듯하다.
18) 쟝 발쟝이 바리케이드에서 그를 죽이지 않고 풀어준 직후, 그가 쟝 발쟝에게 처음으로 반말을 하지 않게 된 후부터.
19) 쟈베르 및 경찰 당국의 심정을 가리킬 듯하다.
20) 『신약』에서 예수가 비유적으로 언급한 '탕아의 귀가'(돈을 탕진하고 돌아오는 자식)를 모작한 제목일 듯하다.
21) '내리닫이창'을 원의대로 옮기면 기요띤느 창문(fenêtre-guillotine)이다. 그 창문이 열려 있다는 것은 단두구(기요띤느)의 작두날이 올려져 있다는 말과 같다.
22) 띠르퓌르가 아니고 띠르퓌라고 한다. 라화이예뜨의 정치적 동지이며, 언론 및 집회의 자유 수호를 위하여 매진한 자유주의자였다.

5부 4편 궤도를 이탈한 쟈베르

1) 오늘날의 꼬르스 강변로일 듯하다.
2) 프랑스 북부 빠-드-깔레 지방에 철도가 부설된 지 채 한 달이 지나지 않은

1846년 7월 8일, 꽝뿌라는 소읍에서 엄청난 열차 탈선 사고가 있었다고 한다.
3) 초기 예수교도들을 박해하던 유대교도 사울(훗날의 파울로)이, 다마스쿠스로 가던 중 예수를 만나 개심하였다는 일화를 가리킨다. 「사도행전」이 전하는 이야기이다.
4) 이 단락의 의미가 모호하다. 그런 상태로 직역한다. 종교가, 즉 신권이, 사법에 개입할 경우, 공화 체제의 존속이 위협받는다고 한 싸드의 말을 연상시킨다.
5) 여기에서 말하는 '문학'이 무엇을 가리키는지 선뜻 단정하기 어렵다. '인위적이고 진실성이 결여된 글이나 말'을 가리킬 듯하다.
6) 꽁시에르주리 감옥은, 프랑스 대혁명 시절에 '단두대 입구의 대기실'이라는 별명을 얻었을 정도로, 많은 사람들이 그곳을 거쳐 단두대에서 사라졌다. 마리-앙뚜와네뜨, 당똥, 로베스삐에르, 쉐니에 등을 비롯하여, 1793년과 1794년 두 해 동안, 그곳을 거쳐 단두대에서 처형된 사람들의 수가 2,600명에 가깝다. '위대한 문명국의 꽁시에르주리'라는 말은 심한 야유처럼 들린다. '야만의 상징'이라 할 수 있으니, 일종의 반어법이다.
7) '법원의 탑들'은 대혁명 시절에 감옥으로 사용되었던 탑들을 가리킨다. 시계탑, 봉벡 탑 등이 그 대표적인 예이다. 한편, 노트르-담므 교회당이 과거의 종교적 영광의 상징이라면, 법원 건물은 세속적 권력의 상징이었다. 또한 '밤'은 '암흑'으로 읽을 수도 있을 듯하다.

5부 5편 손자와 할아버지

1) 아이들이 부르던 옛 노래 「기유리 아저씨」를 가리킨다. 그 노래는 다음과 같이 시작된다. "옛날에 땅딸보 하나 있었네 / 기유리 까라비라고 하는. / 어느 날 그가 사냥하러 갔네……." 그리고 후렴 첫 두 구절이 이러하다. "그가 나무 위로 올라갔네 / 자기의 개들 달리는 것 보려고……." 불라트뤼엘이 후렴 가사를 뇌리에 떠올렸던 모양이다.
2) 비르길리우스의 『목가』 제1편에 등장하는 목동이다. 강압에 못 이겨 고향을 등질 수밖에 없게 된 그의 친구(역시 목동이다) 모이부스가, '거대한 원형 천장 같은 너도밤나무 밑에 편안히 누워 전원적인 노래를 풀피리로 연주하는' 티티루스를 부러워한다.
3) 의미가 모호하고 문맥도 통하지 않는 부분이라, 본문에서 떼어 제시한다. "판자 울타리의 수명을 제외하고는 그 무엇도 돌무더기의 수명에 필적할 수 없다. 임시적으로 그곳에 있다. 그 어떤 존속 이유인가!"

4) 꽁꼬르드 광장으로부터 바스띠유 광장까지 이어지는 길이다. 특히 뗄르리 공원과 잇닿아 있는 구간에는 기념품과 유행 상품들을 파는 상점들이 많다. 어떤 역사적 사실이나 특징을 염두에 둔 언급인지 단언하기 어렵다.
5) 브르따뉴의 일르-에-빌렌느 지역에 있는 도시 푸제르는 '고사리'를 뜻하는 명사 푸제르의 복수 형태로 표기한다. 그러나 작가는 그것을 보통명사처럼 단수형으로 쓴 반면, 철자 f를 대문자로 썼다. 즉, '푸제르'라는 도시와 '고사리'라는 본래의 의미를 동시에 가리키게 하였다. 그다음 행의 '둥지'라는 단어 때문일 듯하다. 중세의 목가들에서 자주 발견되는 전원적 관능의 장인 '고사리 둥지'와 '양치기 소녀'는 질노르망 씨의 변함없는 모습을 암시한다.
6) 로마 신화 체계 속의 쿠피도를 가리킨다.
7) 표독스럽게 순결을 지키는 여신 아르테미스를 가리킨다. '양치기 소녀'와 극단적으로 상반되는 존재이다.
8) 실제로 단단하기로 명성 높은 것은 브르따뉴의 대가리이며, 그러한 특징은 이미 속담이 되었다. 그 속담을 변형시킨 말일 듯하다.
9) 루이 15세가 어렸을 때 오를레앙 공작이 섭정을 맡던 기간을 가리킨다.
10) 도랑뜨는 꼬르네이유의 「거짓말쟁이」, 몰리에르의 「귀족 부르주와」, 마리보의 「사랑과 우연의 장난」 등에 등장하는 인물로, 한결같이 겉멋쟁이나 바람둥이 혹은 몽상꾼이다. 반면 제롱뜨는, 꼬르네이유의 「거짓말쟁이」나 몰리에르의 「억지로 의사 노릇 하게 된 사람」 등에서, 자식들의 결혼에 반대하는 아버지로 등장한다.
11) 앙드레 쉐니에, 「목가」, 24장. 상사병에 걸려 죽어가는 청년에게로 돌아온 여인이 하는 말은 다음과 같다.

    그대 괴로워하는데, 제가 약이래요,
    살아요, 그리고 함께 한 가정 꾸려요,
    내 아버지 아들 얻고 당신 어머니 딸…….

12) 그러나 그는 포슐르방(Fauchelevent)이라는 이름을 꾸뻴르방(Coupelevent) 혹은 트랑슐르방(Tranchelevent)으로 기억하고 있다. 즉, 이름을 외형적(철자적) 형태로 기억하지 않고 의미체로 기억하는 것이다. faucher(낫으로 깎다), couper(자르다), trancher(절개하다, 토막 내다) 등 세 동사로 만든 이름들이니, 실은 같은 이름이다. 따라서 '귀족적 습관'이라는 언급이 내포하고 있는

시각을 음미해 볼 만하다.
13) 아이들과 소녀들의 장난스럽고 짐짓 태를 부린 우아함을 화폭에 담은 화가라고 한다.
14) 4세기 초에, 철학자들과 논쟁을 벌여 그들을 꼼짝 못하게 하였다는 알렉산드리아의 처녀였다고 한다. 순교당하여 성녀로 추존되었고, 중세에는 그녀의 머리매무새와 복색이라고 하는 것으로, 처녀가 25세에 이른 것을 축하했다고 한다. 훗날에는 그 전통이 의상계에 종사하는 아가씨들 사이에 남아 있었다고 한다.
15) 17세기 초에 생긴 인형극의 주인공으로, 몸집이 거대하며, 그녀의 치마폭에서 많은 아이들이 쏟아져 나온다. 지고뉴는 씨고뉴(cigogne, 황새)의 변형일 듯하다.
16) '상아탑 같은 그대의 목'(「아가」, 7장 5절). 신랑이 신부에게 하는 말이다. 질노르망 씨가 그 표현을 인용한 것은 심한 야유처럼 들린다. 결혼을 거부하는 처녀들이 그 음탕하고 노골적인 노래를 읊조리다니, 언어도단 아니냐는 뜻일 듯하다. 또한, 그가 길게 늘어놓은 말은, 몽떼스끼유가 『페르시아인의 편지』에서 지적한 '독신주의'의 폐해를 연상시키기도 한다.
17) 부왈로의 『풍자』 10편 허두에서, 바람둥이 알씨쁘에게 하는 말이다. 그 말 중, '엽색 유희'를 '몽상'으로 바꾸어, 마리우스의 경우에 맞춘 것이다.
18) 생계를 꾸리기 위하여 고된 노동을 감당해야 한다는 뜻이다.
19) 중세의 많은 연가에서 상투적으로 사용되던 표현이다.
20) 농염한 여인을 가리킨다.
21) 무와르는 그리스 신화에 등장하는 모이라의 프랑스식 표기이다. 인간 각개의 수명을 결정하는 무자비한 여인들이며, 따라서 '실 잣는 여인들'이라는 별명을 가지고 있다. 또한 그녀들이 난폭하고 피를 좋아하는 악마들에 비유되기도 하였다. 질노르망 씨가 마리우스에게 고맙다고 한 이유는, 마리우스가 한 말, 즉 태고의 기념물(mémoire)이라는 단어의 '-moire'(무와르)가, 그리스 신화의 '무와르'를 상기시켜 주었기 때문이다.
22) '물결무늬 천' 또한 프랑스어로는 무와르(moire)이다.
23) 옛 그리스의 묘석에 조각된 여인상에 붙여진 이름이다. 루브르 박물관이 소장하고 있으며, 기원전 4~5세기경에 만들어진 것으로 추정된다.
24) 포이보스는 아폴론의 별명으로, '찬란하다'는 뜻이고, 포이베는 아르테미스의 별명이며, 제우스와 레토 사이에서 태어난 아폴론과는 쌍둥이 남매간이다.

25) 인색한 사람을 가리키는 은어라고 하며, 보통명사로 사용된다.
26) '푼돈을 발톱으로 움켜잡는다'는 뜻을 가진 은어이다. 역시 인색한 사람을 가리킨다.
27) 혼례식 올린 교회당에 켜놓은 양초를 가리키는 듯하다.
28) 인도-이란 계통의 종족인 사르마테스족이 기원전 3세기에 점령했던, 발트 해안에서 카스피 해에 이르는 흑해 북쪽 지역을 가리킨다. 야만 지역으로 여겨졌다.
29) 『일리아스』 속에서도 지혜로운 늙은 왕으로 등장하며, 특히 메넬라오스가 그에게 조언을 청한다.
30) 이미 언급한 바와 같이 쀠쟈스는 프랑스의 유명한 법률학자였고, 가마쵸는 『돈끼호떼』에 등장하는 부자이다. 그의 혼인 잔치에 관한 이야기가 길게 펼쳐진다.
31) 「갈라테이아」 등 목가적인 작품들을 썼으며, 특히 「귀뚜라미」, 「두 농부와 구름」 등, 목가적이고 사랑을 주제로 한 우화를 많이 남긴 것으로 유명하다. 라 퐁뗀느 이후 가장 탁월한 우화 작가로 간주된다.
32) 라모의 오페라-발레 「우아한 인도」가 초연된 것은 1735년이다.
33) 프랑스의 정치가이며 철학자. 왕정복고 이후 정리론자(正理論者, 교조주의자)들 편에 섰다고 한다.
34) 랭스의 대성당에서 프랑스의 역대 왕들이 즉위식을 치른 것은 주지하는 바와 같다. 다시 말해, 그 교회당은 장엄함과 엄숙함의 상징이다. 한편 샹뜰루 성의 빠고다(동남아 지역의 불교 사원 모양을 딴 뾰족탑)는, 그 높이가 44m에 이르며, 그 탑에서 보이는 루와르 강 계곡 및 앙부와즈 숲 등의 전원 풍경이 유명하다.
35) '은 방패'를 뜻하는 그리스어로, 마케도니아의 필립포스 2세 및 그의 아들 알렉산드로스 휘하에 있던 정예 보병들을 가리킨다.
36) 아우구스투스 황제 시절에 재상을 지냈으며, 비르길리우스 및 호라티우스 등 문인들의 후원자였던 마이케나스의 정원터에서, 펠레우스와 테티스의 혼례식 장면을 그린 벽화가 발견되었고, 그것을 알도브란디니 대공의 별장으로 옮겨 놓았다고 한다(현재는 바티칸 소장). 그 벽화를 뿌쌩이 모사하였는데, 그 모작이 '알도브란디니의 혼례식'이라는 이름으로 유명해졌다고 한다. 질노르망 씨의 말은, 혼례식이 그 그림 속 장면과 같아야 한다는 뜻일 듯하다.
37) 포세이돈의 아내이다. 그녀에게 연정을 품은 포세이돈이, 돌고래들을 보내

어, 화려한 행차를 꾸며 그녀를 데려오게 한 다음 혼례를 치렀다고 한다.
38) 포세이돈과 암피트리테 사이에서 태어난, 물고기 꼬리를 가진 인간 형상의 해신.
39) 마지막 두 문장을 직역하면 이러하다. "어떤 사람? 누구?" 하지만 이렇게 의역할 수 있을 듯하다. "그것이 사람이었을까? 아니면 누구였을까?"

5부 6편 불면의 밤

1) 솔로몬이 지었다는 「아가」에 묘사된 남녀 간의 애정을 가리킨다.
2) 비아냥거림처럼 들린다.
3) 물론 야유적인 반어법이다.
4) 롱쥐모는 빠리 서남쪽 18km 지점에 있는 소도시이다. 옛날부터 빠리와 오를레앙을 잇는 교통의 요충지였다. '롱쥐모의 역마차 마부'는, 1836년 초연된 아담 아돌프의 희가극 제목이기도 하다. 롱쥐모에 있는 역마차 마부의 동상이 위고가 묘사한 마부의 차림새와 유사하다.
5) 잉글랜드의 정치가이며 군인이었던 존 처칠을 가리킨다. 말브루크는 그가 잠시 머물렀던 로렌느 지방에 있는 성 이름이다. 말보로의 게르만식 변형일 듯하다.
6) 신혼여행을 떠나, 첫날밤을 뭇 사람들이 사용하는 숙박업소의 침대 위에서 보내는, 괴이한 풍습이 시작되던 시절에 대한 반어적 야유이다.
7) 전후 문맥으로 보아, 그러한 행위의 주체는 작가일 듯하다. 한편 '비극적 사건'이라는 말이 기이하기는 하지만, 'drame'를 직역한 것이다.
8) 빠이야쓰의 원의는 '거적' 혹은 '음탕한 계집'인데, 이딸리아의 희극에는 빨리아치오라는 이름으로 등장한다. 또한 옛 장터의 곡예사를 뜻하기도 한다. 빵딸롱 또한 베네치아 희극에 등장하는 인물로, 연정에 들뜬 늙고 음탕하며 인색한 늙은이를 가리킨다. 질르는 옛 장터의 익살 광대이며, 앙뚜완느 바또가 그린 광대의 모습(「질르」)이 유명하다.
9) '사육제'는, 예수가 동방의 점성술사들 앞에 처음으로 모습을 보인 날(1월 6일, 왕들의 날, 예수 현현절, 에피파니아……)로부터 사순절이 시작되는 날(성회례일) 직전까지(직전 마지막 날이 참회 화요일, 질탕하게 먹고 마시는 화요일이다) 마음껏 즐기던 기간에 펼쳐지던 각종 축제들을 가리킨다. 그 축제의 대표적인 행렬이 가장행렬이었고, 베네치아의 가장행렬이 특히 유명했던 모양이다.

10) 앞 문장의 '잉글랜드'는 시모어 경을 가리킨다. 프랑스에서 태어났고, 프랑스의 승마 클럽을 창시한 이들 중 하나라고 한다. 백성들의 축제 현장에 자주 모습을 드러낸 것으로 유명했다고 한다.
11) 까싼드로는, 멍청하고 우스꽝스러운 노인을 형상화한 18세기 이딸리아 희극의 인물이고, 아를레키노는 16세기에 이딸리아 희극에 처음 등장한 인물로, 엘레깽이라는 프랑스 민담 속의 마귀 대왕에서 유래하였다고 하며, 꼴롬비나는 이딸리아 희극에 등장하는 과감하고 깜찍하며 파렴치한 하녀이다. 프랑스식으로 표기하면 각각 까쌍드르, 아를르깽, 꼴롱빈느이다.
12) 몸짓이 너무 음탕하고 난잡하여, 희극 작가이며 『리시스트라타』와 같은 노골적인 작품을 쓴 아리스토파네스조차 외면하였다는 뜻일 듯하다.
13) 라블레의 작품이 노골적이고 질료적인 음담과 분뇨담으로 넘친다는 사실은 주지하는 바와 같다.
14) 18세기 프랑스 희극에 등장하는 인물.
15) 그리스 비극의 창시자이며 최초의 떠돌이 배우로 알려진 테스피스의 허름한 수레가, 모든 유랑 극단의 모태가 되었을지도 모른다. 한편 바데는 통속 희극, 광대극, 희가극 등을 쓰던 문인이며 대중가요 작곡가였는데, 그의 '더러운' 어투가 당시 문인들의 공격 대상이 되었던 모양이다.
16) 파종과 포도 경작을 주관한다고 믿었던 사투르누스를 기리던 축제이다(12월 말).
17) 바쿠스(디오뉘소스)를 기리던 축제 및 그 축제에서 추던 춤, 즐기던 놀이 등을 가리킨다.
18) 원의는 '침대에서 배변한다'는 뜻이다(chier en lit). 괴이하고 상스러운 축제를 가리킨다. 한편, '북쪽 지방'은, 그리스나 이딸리아와 대비되는 북유럽을 가리킨다.
19) 옛 왕조 시절의 대표적인 화폐는 빠리에서 주조되던 것과 뚜르에서 주조되던 것이었다. 그 이외에 부르고뉴, 플랑드르, 잉글랜드 등지에서 주조된 화폐도 함께 통용되었다.
20) 서부 도이칠란드의 도시 이름이다.
21) 세 사람 모두 희극 작가이며 대중가요 작곡가들이다.
22) 쌩−시몽이 '직업적 익살꾼'이라고 술회한(『회고록』) 로끌로르 공작을 가리키는 듯하다.
23) 어느 나라, 어느 시대에도 거의 비슷하겠지만, 특히 빠리의 알 시장 여자 상

인들의 입심이 거칠고 풍성하기로 유명하다. 쎌린느가 『밤 끝으로의 여행』에서 그 현상의 일부를 애정 어린 어조로 그리고 있다(앙루이유 노파의 경우이다).

24) 정치가였던 뽈 드 바라 자작을 가리키는 듯하다. 화려했던 그의 차림새를 염두에 둔 언급일 듯하다.

25) 뚜와(Toi, 너) 대신 남편의 성, 즉 뽕메르씨를 써야 한다. 그것이 상례이나, 공인된 그러한 호칭보다는 '너' 자체가 더 중요하다는, 지극한 애정의 표현이다.

26) '행운의 남자'와 '행운의 여자'를 뜻하는 라틴어이다.

27) 에피쿠로스가 편지 끝 인사말로 항상 사용하던 표현이라고 한다.

28) 『에스뗄과 네모랭』, 흘로리앙이 1788년에 발표한 목가적 우화이다.

29) 인도에서 가져왔다는 그 유명한 다이아몬드가 처음 부르고뉴 공작 샤를르(무모한 샤를르, 1433~1477)의 소유였다가, 그것을 어느 병사로부터 1플로린에 구입하였다는 어느 사제, 뽀르뚜갈의 왕 안또니오, 프랑스의 재무관 쌍씨 드 아를레, 잉글랜드의 제임스 2세, 프랑스의 루이 14세, 루이 15세, 러시아의 황제 등으로 주인이 바뀌었다고 한다. 하지만 그 다이아몬드가 '쌍씨'라는 이름으로 불린다고 한다. 106을 뜻하는 프랑스어 'cent six'와 인명 'Sancy'의 발음이 같은 점에 착안한 말장난이다.

30) 인도산 꿀풀의 일종인 팻취의 영어식 명칭 'patchleaf'의 발음을 프랑스식으로 표기해 사용하는 단어이다. 향이 매우 강하나, 프랑스인들 사이에서는 별로 인기가 없다고 한다.

31) '급살병'은 'trousse-galant(우아한 녀석을 걷어치워 버리다)'을, '아시아 콜레라'는 'choléra-morbus'를 옮긴 것이다.

32) 안달루시아 지방의 움직임 활발한 춤이라고 한다. 한편 부레는 '나뭇단'이라는 뜻으로, 그것으로 모닥불을 놓고 그 주위를 돌며 추던 오베르뉴 지방 민속춤을 가리킨다.

33) 옛 프리기아에 살던 가난한 노부부로, 나그네로 변장한 유피테르와 헤르메스를 환대하였고, 죽을 때까지 헤어지지 않도록 해달라는 노부부의 소망이 가납되어, 내외가 동시에 두 그루 나무로 변신하였다고 한다.

34) 롱고스가 지은 목가적 소설 『다프니스와 클로에』(유럽 목가들의 전형이 된 작품이다)의 두 주인공으로, 양치기 소년·소녀이다.

35) 직역하면, '배때기-신성한-회색!'. '회색'은 취한 상태를 가리킨다. 실제로 앙리 4세가 자주 입에 담던 욕설이라고 하는데, 그 뜻은 '취한 성자의 배때

기!' 혹은 '신의 배때기!'쯤이 될 것이다.
36) 앙리 4세가 많은 여인들을 사랑하였다는 사실을 염두에 둔 언급이다.
37) 1852년에 초연된 앙리 뮈르제의 단막 희극에 등장하는 노인 쟈디스를 가리킨다. 그 이름에 내포된 의미는 '옛날'인 바, 전후 문맥으로 보아 그러한 보통명사로 읽어도 무방할 듯하다. 작품의 제목 또한 '쟈디스 노인'이다.
38) 직역하면 '불멸의 간'이다. 아이네이스가 저승에 가서 보니, 인간에게 숱한 유익함을 끼친 티티오스의 간을 독수리가 매일 와서 파먹고, 다음 날이면 간이 다시 돋아난다. 쟝 발쟝이 거듭 겪어야 했던 심적인 고통을 가리킨다. 엄밀히 말하자면 '불멸의 심장'이라 의역해야겠지만, 옛 로마인들은 간이 열정과 지성의 본거지라고 믿었다 하니, 그것이 '심장'을 대신할 수도 있을 듯하다.
39) 철두철미한 스토아 철학자이며 끝까지 로마의 공화 체제를 수호하려, 폼페이우스의 군대가 화르살라 전투에서 패하자, 공화정의 종말을 슬퍼하며 자살한 우티카의 카토를 가리킬 듯하다.
40) 혼인 초야에 남편들의 목을 따 살해한 다나이스들이, 저승에서 밑 빠진 통에 물을 길어 채워야 하는 형벌을 받았다는 이야기를 가리키는 듯하다.
41) 왕권을 상징하는 십자가 상단에 올린 황금 구슬을 가리킨다.

5부 7편 성배의 마지막 한 모금

1) 『신성한 희극』의 「지옥편」에서 길게 이야기된 지옥의 '제7권역'과, 「낙원편」에서 이야기된 '여덟 번째 하늘'을 가리키는 것일까?
2) '정지된 연회'는 fête morte(죽은 연회)를 옮긴 것이다. 흔히들 '정물'이라고 옮기는 'nature morte(죽은 자연)'이, 19세기 중엽부터 샤르댕 같은 이들의 그림을 지칭하기 위하여 많이 사용되었는데, 위고의 표현에서 그러한 예술적(문예적) 유행의 흔적이 느껴진다(그 표현이 처음 등장한 것은 18세기 중엽이다). 또한 그 문장과, 이어지는 다른 두 문장은, 시제가 이상할 뿐만 아니라 의미도 모호하여, 역자가 유추하여 옮겼다.
3) '거주 지정령 위반'이나 '추방령 위반'을 뜻하는 'rupture de ban'을 옮긴 것이다. 쟝 발쟝이 그러한 표현을 사용하였으나, 그는 이미 공식적으로 죽은 사람이다. 따라서 그가 여기에서 사용한 표현은 '추방령 위반'으로 옮기는 것이 좋을 듯하다. 이미 이승에서 추방된 사람 아닌가?
4) 쟝 발쟝이 자신의 실체를 밝히지 않으면 '샹마튜'가 그의 죄를 몽땅 뒤집어쓰게 되어 있었다(1부, 7편, 샹마튜 사건).

5) '중세풍'을 가리킨다. 대략 12세기부터 16세기까지의 예술품들을 가리킨다.
6) 예를 들어 지오토의 화폭에서 자주 발견되는, 허리 부분이 별도로 없는, 원통형 외투나 드레스를 가리킨다. 직역하면 '자루'이다.
7) 참새를 가리키며, 동시에 무언극 극중 인물 삐에로를 가리킨다. '가면'은 그 인물 모습으로 분장한 사람들을 말한다.
8) 사순절 첫날로, 금욕 내지 고행의 상징이다. 그러한 날 사업 이야기를 하느냐는 꼬제프의 비아냥거림일까?
9) 어떤 사람이 살해되었을 경우, 피살자의 혈육이 반드시 피로 복수하는 코르시카의 관습을 가리키는 이딸리아 말이다. '심판'이라는 뜻도 가지고 있다. 돈과 권력과 종교적 궤변 내지 위선으로 인해 허약해진 사법에 대한 반발로 생긴 관습이다. 메리메의 『꼴롬바』, 『론디노』, 부르제의 『도제』, 그리고 모빠상의 몇몇 단편들이, 그 풍습의 처절한 '아름다움'을 그리고 있다. 또한 그것이 '사회의 최하층'에 침투하였다는 위고의 말은 폄훼적이며 정확지 않을 듯하다. 『레 미제라블』을 가리켜 메리메가 '유치하다'고 한 것 역시, 위고의 그러한 시각이나 언급 때문이었을 것이다. 더구나, 쟝 발쟝이 쟈베르에게 '복수'할 명분도 없고, 또 하였다 해도, 그것은 코르시카의 벤데따가 아니다. 어휘의 오용이거나 의도적 혼용일 듯하다.
10) 인간 세상을 가리키는 듯하다.
11) '하나'와 '다른 존재'는 신과 쟝 발쟝을 가리키는 듯하다. 하지만 왜 구태여 그러한 표현을 사용하였는지, 해석은 구구할 듯하다.
12) 가령 타인의 생명을 거두는 사법의 권한 등을 가리키는 듯하다.
13) 라틴어 vindicta(처벌)의 프랑스어 형태인데, 그 어원은 '복수한다'는 뜻이다. 결국 탈리오(talio, 같은 형태로 돌려주다) 법과 같은 개념이며, 모든 형법의 근간이다. 그러한 근간의 정당성에 대한 이의가 위고의 한결같은 주장이다. 특정 종교의 교리에 근거한 주장처럼 들린다.
14) 물론 「요한계시록」에 언급된 나팔 소리를 가리킬 듯하다.
15) 예수가 베드로에게 하였다는 말이다. "Vade retro me, Satana(물러가라, 사탄아!)"

5부 8편 낙조

1) 쟝(Jean)이라는 이름이 옛부터 그로-쟝(뚱보 쟝)이라는 형태로, 상스럽고, 촌스럽고, 멍청하고, 둔하고, 운수 나쁜 사람을 가리켰다. 특히 라블레의 『가르

강뛰아』에 등장하는 수도사 쟝(혹은 뚱보 쟝)으로 인하여, 그 이름이, 거칠고 아무것도 개의치 않는 사람을 가리키게 되었음 직하다. 항상 몽둥이 하나를 들고 다니던 쟝 발쟝의 모습이나 그의 초인적인 완력 등이 수도사 쟝을 연상시키지 않는가? 또한 두 인물의 근본주의적 혁신 의지 역시 비슷하지 않은가? 그러니, 그 이름이 세속인들에게는 '고약하지' 않겠는가?

2) '콧망울꽃'으로 옮길 수 있을 법한 'muflier'의 또 다른 명칭 'gueule-de-loup'를 직역한 것이다. 금어초(金魚草) 혹은 '금붕어꽃' 등으로들 옮기고 있으나, 원 명칭의 뜻과 너무 거리가 멀어 그러한 번역어를 취하지 않는다. 우리나라의 자생식물이 아닌 바, 그것들이 우리나라의 자생적 명칭일 리도 없다.

3) '봄철'을 가리킨다.

5부 9편 최후의 어둠, 최후의 여명

1) '무심함'이라 읽을 수도 있다.
2) '처형 도구'는 물론 앞 문장에서 언급한 '십자가'를 가리킨다. 또한 교수형에 쓰이는 말뚝을 가리키는 'gibet'를 옮긴 것이다. 또한 그 말뚝은 죄인들의 시신을 매달아 두는 죄인 공시대로도 사용되었다.
3) 어떤 사전에서는 '랍'이 '납의 북한어'라 규정하고 있는데, 그러한 규정의 옳고 그름은 차치하고, 납(鉛)과의 혼동을 피하기 위하여 '랍'으로 쓴다.
4) 담배 냄새가 마리우스의 내면에 놀라움을 야기시키며 '죵드레뜨'의 거처에서 있었던 일을, '번개'처럼 되살려 놓았다는 이 일화는, 기이하게도, 프루스트의 『잃어버린 시절을 찾아서』가 발표되면서, 유럽 문단을 떠들썩하게 만들었던 그 유명한 마들렌느 일화를 연상시킨다(그 일화와 같은 판에 찍어낸 듯 유사한 이야기는 물론 『천일야화』에 있는 것이지만). 감각적 자극 덕분에 영영 잃어버린(사라진) 줄 알았던 과거의 한 시절이 되살아난다는, 프루스트의 그 방대한 소설의 골격이 위고의 이 일화에서도 발견된다.
5) 떼나르디에가 떼나르로 축약되었다는 뜻이다. 한편 철자법과 어법상의 오류 투성이 편지이다.
6) 프랑스 대혁명 시절에 잉글랜드의 수상이었던 윌리엄 피트를 가리키는 듯하다.
7) 나뽈리 왕국의 외교관이었다고 한다.
8) 속이 텅 빈 새의 깃 토막을 몽빠르나쓰가 자기의 코에 넣어 변성을 유발시키던 예를 앞에서 보았다.
9) 자주 팔짱을 끼고 생각에 잠기곤 하던 나뽈레옹의 모습을, 특히 그것을 흉내

내던 일부 정치인들에 대한 가벼운 조롱처럼 들린다.
10) 브라그띠옹 부인이나 당브레 씨 모두 실존했던 인물이라고 한다.
11) '뽕메르씨'의 '마지막 두 음절'은 메르씨(mer-ci)인데, 사경을 헤매고 있던 뽕메르씨 대령이 떼나르디에에게 자기의 이름을 밝힐 때, 그 음성이 너무 약해, 떼나르디에는 마지막 두 음절만 들었고, 그는 그것을 고맙다(merci!)는 의례적인 인사로 들은 것이다. 따라서 그 두 음절을 둥한히 들었다는 뜻이다.
12) 이 번역본의 2부, 2편, 1.
13) 문맥상 조금 부자연스러워 보이는 문장 'Voilà l'homme'를 직역한 것이다. 폰티우스 필라투스가 가시 면류관 쓴 예수를 유대인에게 보이며 하였다는 그 유명한 말 'Ecce homo'를 프랑스어로 슬며시 옮겨 놓은 듯 보인다. 이미 앞에서도 그런 예가 몇 차례 발견되었지만, 쟝 발쟝에게 구세주의 면모를 부여하려는 시각이 엿보인다. 정통파 사제들이나 신학자들의 눈에, 위고가 볼떼르에 버금가는 이단으로 보이지 않겠는가!
14) 역자가 추가하였다.
15) 임종을 맞는 사람이 자식들에게 신의 가호를 빌어주는 의식이다.